1868

THE MOONSTONE

月光石

｜經典全譯本｜（改版）

William Wilkie Collins 威廉．威爾基．柯林斯

顏慧儀———譯

〈導讀〉

正統長篇推理小說的濫觴

推理作家　林斯諺

威爾基·柯林斯（Wilkie Collins）是十九世紀英國的著名作家，也是一八六〇～七〇年代流行的煽情小說（sensational novel）之先驅。他於一八五九年發表的《白衣女郎》（The Woman in White）正是此類小說之發端。煽情小說多環繞著犯罪事件進行，場景多設於一般平凡中產階級的家庭環境，有別於哥德式小說古堡場景的陰森可怖與驚悚。這種「日常氛圍潛藏之邪惡」反而使得煽情小說別具一番震撼人心之懸疑風味，也是本書《月光石》（The Moonstone）的顯眼特徵。

《月光石》發表於一八六八年，最初連載於英國大文豪狄更斯（Charles Dickens）所主辦的雜誌《All the Year Round》。本作與《白衣女郎》並列為柯林斯最知名的作品，一般認為是他最好的兩部作品，也是長篇推理小說最早的先例。

由於煽情小說多以犯罪事件為主軸，經過柯林斯寫作技法的調製，形成了後世推理小說的基本雛形，因此柯林斯可謂是長篇推理小說之父。然而，他並非是最早書寫推理小說的人。推理小說的奠定之作一般公認是一八四一年由美國作家愛倫坡（Edgar Allan Poe）發表的〈莫爾格街謀殺案〉（*The Murders in the Rue Morgue*）。在這部作品中，愛倫坡確立了推理小說的基本公式；不過這是部短篇而非長篇作品。一直要到柯林斯的作品，愛倫坡所奠定的模式才被體現於長篇小說。

雖然《白衣女郎》以後來的標準來看可以被歸類成推理小說，但《月光石》卻更接近愛倫坡所建立的典範，亦即，是所謂的正統(日本稱「本格」)推理小說，亦是西方推理小說黃金時期的作品樣貌。

這種故事通常圍繞著一個謎團（多半是犯罪事件），有著「事件發生↓調查↓解決」的結構，並且相當注重這種結構的確立與效果。真相的揭露必定訴諸理性分析，並講求結果的意外。可以說，故事的主軸就是在於「製造謎團並且解開謎團」。

《月光石》就給出這樣一個典型。故事環繞著一個標準的英式中產階級家族，地點在鄉間宅邸，一顆來自印度的黃鑽石被當成生日禮物送給宅邸女主人的女兒，但生日會當晚鑽石卻被偷了，眾多賓客中誰才是竊賊？或者是外來者犯案？屢破奇案的警官立刻被找來調查，展開了一連串曲折離奇的劇情。在抽絲剝繭之後，令人意想不到的兇手終於現形，真相水落石出。

在本書中可見許多後世司空見慣的推理元素：名偵探、大宅邸、大家族、竊案、家族秘密、眾多嫌犯、紅鯡魚（誤導）、意外犯人、警方調查、現場重建、推理線索的安排等等。這些元素被井然有序地排放在正統推理的架構內，就算年代久遠，以今日推理小說的標準來看，仍然是很有品質的一部作品。

然而，如果僅只是如此，本書不可能獲得文壇的眾多好評。詩人艾略特（T. S. Eliot）甚至認為《月光石》是「第一本最長而且最好的現代英語偵探小說，此一文類由柯林斯創建而非（愛倫）坡」。英國推理小說四大女傑之一桃樂絲・榭爾絲（Dorothy Sayers）則認為《月光石》「很有可能是有史以來最好的偵探故事」，並指出此書相當恪守正統推理小說所注重的公平遊戲（fair play，意謂作者不刻意隱瞞破案線索）。英國文壇巨人卻斯特頓（G. K. Chesterton）則稱讚本書「很有可能是全世界最棒的偵探小說」。如此的盛譽，絕非完全奠基在作品本身的推理特質。柯林斯在《月光石》中投注的心力，並非只是編織一個複雜的謎題並給出絕妙的解答，還運用了許多高超的文學寫作技巧，讓整部作品比起純粹的正統推理小說更為飽滿、更有可看性也更不受侷限。

最顯眼的一個技巧，就是本書特殊的敘事體裁。作品由許多份記述組成，每一章的敘事都是由某一故事人物所寫下的記述，對讀者說明發生的事件。因此隨著故事的進行，敘述觀點也隨之變換，這種多重視點交替的敘事手法在今日雖已屢見不鮮，並且有著更具技巧性的發展，但柯林斯卻仍發揮了成熟的掌握，充分體現敘事者變換所產生的效果與樂趣，使之成為整個故事的魅力所在。事實上這種敘事法早在《白衣女郎》便已出現過，他更在該書的序文提到：「這裡所呈現的故事將由不同敘述者所記述，正如法庭上犯行的經過將由不同的證人所陳述。」這個比喻是十分適恰的，因為柯林斯的小說（或大部分的推理小說）處理的是犯罪故事，這種敘事手法可說是將「觀看犯罪的觀點」做了最佳的安排。而柯林斯對多重視點敘事的偏好，顯然是被其自身的法律訓練所影響。這種將自身專業轉化成寫作技巧的方式，也的確表現出柯林斯過人的文學天賦。

與他的摯友狄更斯相同，柯林斯也擅於創造令人難忘的角色。藉由視點的交替，很自然地產生了敘事口吻的變化，藉由熟練地掌握不同角色的敘事腔調，柯林斯幾近完美地完成了精準的角色刻劃，書寫出許多活靈活現的人物。隨著敘事者的變換，彷彿音樂曲調的轉換，讀者能夠領略到完全不同的風味。比起推理情節的設計性，這點更可說是閱讀本書的最大樂趣。

柯林斯不像愛倫坡將精力全部灌注在解謎上。愛倫坡的推理作品中，不論是〈莫爾格街謀殺案〉、〈瑪莉・羅傑之謎〉（*The Mystery of Marie Rogêt*）或是〈金甲蟲〉（*The Gold-Bug*），都充滿了偏執且狂熱的瑣碎分析，讓整部作品燃燒著濃濃的理性特質。但在《月光石》中，縱然解開謎團是故事主軸，但柯林斯卻藉由角色與情節的自然流動來讓迷霧逐漸消散，並不「為了推理而推理」。畢竟說到底，柯林斯是煽情小說的好手，能抓住讀者心神的精彩情節自然才是故事之依歸。這種對後來黃金時期「理性過剩」的謹慎拿捏，也是柯林斯作品不同於正統推理小說之處。

雖然煽情小說繼承了英國早期通俗小說（melodramatic novel）的特質，但柯林斯仍將社會以及階級議題的探討置入，這兩者在柯林斯作品中都是常見的主題。在《月光石》中，這些問題的刻劃雖不算深入，但也不淺薄，這種在推理之外的批判精神，基本上也超出了大多數正統推理小說的關心範圍，自然也成為《月光石》的另一個耀眼之處了。

在《月光石》一八七一年版的序言中，柯林斯坦言在書寫此書的最後過程飽受痛風煎熬，但並沒提到他利用鴉片減輕痛苦的狀況日益嚴重，到了極度成癮的地步，並出現幻覺。他甚至宣稱常被自己的分身「威爾基鬼魂」（Ghost Wilkie）所糾纏。《月光石》摻雜了他飽受毒癮折磨的真實經驗。故事的第四位敘事者——醫生助手艾茲拉．詹寧斯便是一名孤獨、悲慘的鴉片吸食者，活在病痛、毒癮與死亡的陰影之中，卻在死前得到了心安的救贖。也許書中這段真實與虛構交纏的敘述，正是道出了柯林斯的心情，也讓本書更增添了動人的色彩。

柯林斯在晚年罹患眼疾，有時得靠口述完成著作，並且必須長時間於陰暗的房間中休養。雖然光明在他的殘生中逐漸遠去，但他所留下的《月光石》在黑暗中卻耀目奪人。做為正統長篇推理小說的濫觴，這部作品不但促成了後世推理文學的發展，直至今日也仍是閃亮的珠玉之作。

序章

賽林迦巴坦襲擊事件（一七九九）

下文節錄自一封家族信件

我在印度寫了這封信，寄給我在英國的家族。

寫這封信的目的，是想向我的家族解釋，我為什麼拒絕跟表兄約翰・韓克索握手言和。迄今，我一直都對這件事情保持沉默，卻引起了家族成員的誤解，而他們的想法是我不能不顧的。我希望我的家人能不帶任何偏見，先看完這封信再說。我以我的名譽發誓，我在這封信裡所寫的一切屬實。

一七九九年五月四日，博爾德將軍領軍襲擊並佔領印度的賽林迦巴坦，我和韓克索都參與了這場重大事件，而我與表兄之間的齟齬也因此而起。

為了讓大家更明白事件的全貌，我必須先花點時間說明發動攻擊前賽林迦巴坦的狀況，以及當時軍營內流傳有關儲藏在賽林迦巴坦王宮內各種珠寶和黃金等寶藏的故事。

這些寶藏當中有一顆黃鑽石，是在印度當地歷史記載內留下奇特事蹟的著名寶石。

依據目前所知最早的傳說，這顆鑽石曾鑲嵌在四手月神的前額上。至今為止，黃鑽石都被稱為月光石，而之所以會有這個名稱，一方面是它奇特的色澤彷如月光，另一方面則是傳說這顆鑽石會受到其所崇拜的月神影響，隨著月亮的盈缺變化，色澤跟著增強減弱。據我所知，在古代希臘和羅馬也盛行過類似的傳說，但並非如印度是指鑽石，而是一顆色澤呈半透明、等級較鑽石低的某種寶石。這寶石一樣也會受到月亮盈缺的影響而產生變化，因此被命名為月（the moon）。直到現在，都還有一些寶石收藏者聽過這個傳聞。

最早的黃鑽石傳說出現在西元十一世紀。當時，伊斯蘭教的征服者穆罕默德・加茲尼橫掃全印度，攻佔了聖城索拿斯，並掠奪了當地的珍寶：具有百年以上歷史的印度教聖殿，堪稱為東方世界奇觀的廟宇。

被奉祀在神殿內的所有神像裡，只有月神的神像逃過這些伊斯蘭教徒的劫掠。有三個婆羅門趁夜將額前鑲有黃鑽石的月神神像移出聖殿，搬遷至印度的第二聖城——貝拿勒斯。

之後，月神神像被奉祀在以寶石裝飾廳堂、以黃金做為支柱的新神殿內。在新神殿落成的那個晚上，守護神毘濕奴親臨三位婆羅門的夢境。

毘濕奴將神性的呼息吹向鑲嵌在神像額前的黃鑽石上。三位婆羅門則跪下，將自己的臉埋在袍子裡。守護神命令他們必須要不分日夜守護黃鑽石。一天輪班四次，由三位僧侶輪流執行；守護的工作必須一直持續下去，直到人類的末日來臨。三位婆羅門遵從了守護神的指示。守護神並預言，若有無禮之徒想對這顆神聖寶石伸出魔爪，災難將會降臨在他本人及家族後代身上。三位婆羅門便將此預言以金字刻印在神殿大門上。

經過了很長一段時間，轉換了一個又一個世代，三位婆羅門的繼承者依然日夜輪班守護著珍貴的月光石。時序遷移，來到十八世紀初期，在統治者蒙兀兒皇帝奧朗則布[1]的命令之下，軍隊進佔並盡情掠奪了婆羅門所守護的神殿。四手月神像被聖牛的鮮血沾汙，神像本身也被大卸八塊，鑲嵌在前額的鑽石則被奧朗則布軍隊中一名軍官搶走。

因為無法以武力搶回失去的寶藏，三位守護的僧侶便偽裝自己，暗中監視著鑽石的去向。世代交替，犯下褻瀆聖物行為的那名軍官落得慘死的下場；月光石則帶著詛咒，輾轉於一個又一個無法無天的伊斯蘭教徒手中（月光石仍帶有詛咒其擁有者的威力）。然而不管經歷多少次交替，守護的僧侶及其繼承者仍在暗中監視鑽石，等待著依照守護神毘濕奴的意志，讓聖石能夠重新回到他們手中的那一天。

1. 奧朗則布（一六一八～一七〇七），泰姬瑪哈陵的建造者。

到了十八世紀末期，鑽石成為賽林迦巴坦蘇丹提波的所有物，提波將它鑲嵌在一把匕首的手把上當裝飾，並將匕首當作自己的軍火收藏品中最珍貴的寶藏之一。三位守護僧侶依然潛入蘇丹的宮殿內，繼續執行秘密監視的任務。據說，在提波的宮殿內，有三位官員因為對伊斯蘭教的虔誠信仰（或看似虔誠），深得蘇丹本人的信任，但他們卻跟其他人保持距離。這三位官員，據稱就是偽裝身分的守護僧侶。

以上就是在我們軍營裡流傳，有關月光石種種不可思議的故事。除了我表兄以外（由於他喜愛這種奇異的事物，所以很快就相信了），我們沒有一個人認真看待這個故事。在襲擊賽林迦巴坦的前一晚，韓克索突然對我和其他人發脾氣，因為我們每個人都認為月光石的傳說只是個寓言故事。接著便爆發了無意義的口角爭執，而韓克索被憤怒沖昏了頭，他用一種自誇的語氣宣稱，如果英軍佔領了賽林迦巴坦，鑽石就會成為他的所有物。眾人聽了他的話，當場爆出一陣嘲弄的笑聲。那天晚上，大家都以為事情就這樣結束了。

現在我要開始說明發動攻擊當天發生的事情。襲擊行動一開始，我和韓克索就被分在兩個部隊。當我們涉水過河，在第一個攻城的突破口插上英國旗幟，接著跨越壕溝，奮勇戰鬥，終於進入城內時，我都沒有和他打過照面。直到黃昏時刻，英軍佔領全城，博爾德將軍在一堆死屍之下發現了提波本人的屍體，我們倆才碰上面。

我們分別隸屬於兩個部隊，但都是在將軍的命令下，阻止部隊在攻城時對賽林迦巴坦大肆掠奪造成騷動。但部隊依然做出了令人悲嘆的暴行；更糟的是，這些軍人找到防護門，進入賽林迦巴坦王宮內的寶藏庫，每個人都在身上塞滿了金銀珠寶。當時我為了要讓英軍遵守法紀，來到寶藏庫外頭的天井，我和韓克索就在這裡相遇了。我可以很明顯地察覺到，韓克索已經怒氣衝天，在前往寶藏庫的一路上，他屠殺了所有擋在他面前的人。就我來看，韓克索實在不太適合執行這個交付給他的任務。

雖然寶藏庫內的狀況是有些混亂，但就我所見，還沒有暴力行為發生。這些人（如果我還可以用人來形容他們的話）的行為雖然可恥，但他們卻顯得心情很愉快。他們彼此嘲弄對方，互開玩笑，不料有人突然提起那顆鑽石，而且還把它當作笑話講。「有人找到月光石了？」每次有人這麼一喊，就會引發一陣搶奪的騷動；就算某一處的騷動停止了，隨即又會在另一處引發另一波騷動。當我徒勞無功地試著維持秩序時，聽到天井另一頭傳來可怕的吼叫聲，我擔心因為軍人們的掠奪而造成什麼暴動，立刻就跑向吼叫聲傳來的地方。

我跑到一道敞開的門前，看到兩個印度軍人（從他們的服飾看來應該是王宮的軍官）倒在那裡，已經死了。

隨後我又聽到房間裡傳來慘叫聲，便趕緊跑了進去，發現這房間似乎是個軍械室。有個男人背對我站著，腳邊坐倒著一個受了致命傷、垂死的印度軍人。我進去的那一瞬間，那個男人也回頭了，我發現那是約翰．韓克索，他一手拿著火炬，另一手則握著滴血的匕首。匕首手把尾端上鑲嵌著一顆有如劍柄圓球的寶石，當他轉身面對我時，那寶石映照著火炬的光亮，宛如火焰。垂死的印度人逐漸倒下，指著韓克索手中的匕首，用他的母語說道：「月光石會詛咒你和你的後代！」說完以後，他就倒在地板上，死了。

我還來不及做什麼，其他人已經跟在我身後穿過天井湧進來了。我的表兄像個瘋子一樣衝向那些人，對著我大吼：「叫他們全部出去！找一個人守在門口！」韓克索朝著那些人揮舞手中的火炬跟匕首，他們馬上就退縮了。我找了兩個信賴的哨兵守在門口，後來整晚都沒再看過韓克索的身影。

到了第二天清晨，掠奪還沒有結束。博爾德將軍便要人擊鼓召集大家，發表公開聲明，如果被他查到有任何人侵佔了任何東西，不管是誰，都會被吊死。憲兵司令也在一旁，這表示將軍的命令絕對是認真的。而就在這個集合場所，我又和韓克索碰面了。

他一如往常，朝著我舉起手打招呼，「早安。」

我等了一會兒，才舉起手回應他。

「你先告訴我，」我說：「那個在軍械室裡的印度人是怎麼死的？還有他指著你手裡的匕首時，說的那些話又是什麼意思？」

「我想，那個印度人是死於某種致命傷。」他說：「至於他最後說的那些話，我知道的也不比你多。」

我瞇眼看著他。韓克索最近脾氣很火爆，但現在他看起來卻很冷靜。我決定給他另一次機會。

「你要說的就只有這些嗎？」我問道。

他答道：「就只有這些。」

我轉身離開。從那之後，我就沒有再跟他說過任何話了。

我請求，這封信內有關我表兄的事情，僅限於我的家族之間傳閱（除非發生什麼事件必須要公開這些細節）。就算我去向長官報告我所看到的狀況，韓克索也無法為自己辯解什麼。發動攻擊的前一天晚上，韓克索為了鑽石曾大發脾氣，並和大家起衝突，使得他在這之後不只一次被人嘲弄。但只要韓克索還記得我意外闖入軍械室所看到的情景，他就只能對這些嘲笑保持沉默。後來我聽說他請調到另一個部隊，很顯然地，他是為了要避開我。

不管這件事情是真是假，我都無法對韓克索提出控訴。這是有充分理由的。如果我公開這件事情，除了訴諸道德以外，沒有證據可以證明真偽。我既無法證明門口那兩個印度人是他殺的，也無法確認他是否殺了軍械室內的第三個印度人；因為我並沒有親眼看到他們是如何被殺的。我確實聽到垂死的印度人的遺言，但萬一那只是出於他死前的譫妄，我又要如何去證明我的猜測是真的？就讓我們的家族（不管是站在哪一方）在看過這封信之後自行去判斷，造成我對這個人反感的理由，究竟是合理還是不合理。

儘管我自己不怎麼相信這顆寶石的印度傳說，我也不得不承認，在我下結論之前，我多少也受到這些迷信的影響。我個人確信，或可說是我的妄想，犯罪會招來致命的結果。我不僅相信韓克索確實犯了罪，甚至有一種古怪的想法，覺得如果韓克索真的拿了鑽石，他會因此而後悔一生。要是他將鑽石交給了別人，那個拿了鑽石的人也會後悔的。

第一部

鑽石遺失（一八四八）

事件記述者為茱莉亞．維林德夫人的管家加伯列．貝特瑞吉

1

在《**魯賓遜漂流記**》的第一部，第一二九頁，有這麼一段話：「雖然有點遲了，但我發現，在做一件事情之前，如果不先估算一下成本，還有自己是否有能力達成，真的是太愚蠢了。」

昨天我翻開《**魯賓遜漂流記**》，正好看到這一段。這天早上（一八五〇年五月二十一日），夫人的外甥法蘭克林．布萊克先生也恰巧來訪。我們稍微聊了一下。

「貝特瑞吉，」法蘭克林先生說：「我剛剛去找律師，商談一些家族的事情。然後我們談到兩年前，在我阿姨位於約克夏的宅邸裡發生的印度鑽石消失事件。布拉夫先生的想法跟我一樣，為了傳達真相，我們都覺得應該盡快把這個事件記錄下來比較好。」

我還不太懂他想表達什麼，但想到律師布拉夫先生總是期望尋求比較和平且平靜的解決方式，我就說我也覺得如此。

「因為這個鑽石事件，」法蘭克林先生說道：「如你所知，已經有不少無辜者的人格因此飽受懷疑。這件事情發生之後，無辜蒙冤的人也渴望記錄實情好讓後人可以為他們翻案。毫無疑問地，我們應該要把這個奇異的家族事件給記錄下來。貝特瑞吉，我跟布拉夫先生都同意要這麼做。」

兩人都同意了，當然很好。但我依然不明白我可以做些什麼。

「我知道有幾個相關的事件，」他繼續說：「我也知道有幾個人可以說明這些事件。就從這些簡單的事件開始，我們得依照順序記錄有關月光石的故事。基本上是以個人經驗為主就可以了，我覺得應該要先從我的舅舅韓克索五十年前在印度從軍時是如何得到月光石開始說起。我已經從一份古老的家族信件裡，找到這個可以當作序言的故事；這封信是由一位事件目擊者所記錄下來，裡頭有很多詳細的說明。接下來要說的是兩年前鑽石如何來到阿姨在約克夏的宅邸，然後又如何在經過十二個小時之後消失無蹤。貝特瑞吉，沒有人比你更清楚當時宅邸裡發生了什麼事，所以得要由你執筆，把這事件的開頭給寫下來。」

從法蘭克林先生的話裡，我這才被告知在鑽石事件裡自己所涉入的部分。如果讀者們好奇我在這種狀況下會做出什麼反應的話，我得告訴大家，我的反應和任何站在我這個立場上的人會做出來的反應一樣。我謙稱自己或許能力不足，無法承擔這個任務（但我私下覺得，如果給我機會的話，我應該有足夠的才智可以勝任）。我想法蘭克林先生應該是看到了我表現在臉上的情緒，他不相信我謙虛的話語，並堅持要將這個任務交付給我。

法蘭克林先生離開以後，已經過兩個小時了。他一走，我馬上就在寫字桌前坐下，開始著手要寫這個故事。現在我絕望地坐在那裡（雖然我不覺得是因為我能力不足），感受到魯賓遜所得到的教訓，那就是在做一件事情之前，如果不先估算一下成本，還有自己是否有能力達成，真的是太愚蠢了。請記得，在那一天我倉卒地接受了法蘭克林先生交付給我的工作之前，我是很偶然地打開這本書，看到這一段話。所以說，這如果不是某種預言，又是什麼呢？

我並不是個迷信的人，我看了很多我那個時代的書，也自覺是個無師自通的學者。雖然我快要七十歲了，但是我的記憶力極佳，身體也還算健壯。我認為**《魯賓遜漂流記》**是一部空前絕後的小說，希望讀者們不要覺得我這句話是出自於一個無知者的發言。好多年來，我反覆閱讀這本書（通常一邊看書一邊叼著菸斗），發現這本書可以解答我人生中各種時刻所遇到的問題。在我情緒低落的時候，我看《**魯賓遜漂流記**》；當我想要什麼建言的時候，我從《**魯賓遜漂流記**》中去尋找。過去我想要逃避妻子帶來的煩躁時，和現在我察覺到自己酒喝太多時，我也會看《**魯賓遜漂流記**》。因為翻閱太多次，我已經把六本厚重的《**魯賓遜漂流記**》給翻破了。在維林德夫人最後一次生日的時候，她送給我第七本書。有時候酒喝多了，醉得厲害，看看《**魯賓遜漂流記**》，會讓我變得清醒一點。這本書賣四先令又六便士，藍色的封面，還附有插圖。

不過，這一段並不像是鑽石事件的故事開頭吧？而且我好像一副「老天早就知道」的語氣。我會在下一個章節重新開始，請各位耐心地繼續往下讀。

2

在開始述說鑽石事件之前，我得先講一下維林德夫人的事情。要不是因為鑽石是送給夫人女兒的禮物，鑽石也不會出現在夫人的宅邸裡，後來還丟失了；要不是夫人忍受懷胎與分娩的艱苦，生下女兒，鑽石也不會做為生日禮物出現在宅邸裡。如果我得先提一下夫人的事情，就必須要回溯到更早的時期。而我必須說，若是你也從事跟我相同的工作，應該會覺得先從夫人早期的生活講起，會比較輕鬆吧。

如果你對上流社會有些許瞭解的話，應該有聽過韓克索家族的三位美人。這三位美人是阿黛萊小姐、卡洛琳小姐和茱莉亞小姐；以我個人的觀點來看，茱莉亞小姐是其中最年輕且最漂亮的（如你所知，我有在她們身邊觀察的機會）。我剛開始是先服侍這三位小姐的父親（感謝老天，他跟鑽石事件完全無關，他可是我所見過最饒舌又最暴躁的人）；那時候我十五歲，最早的工作是擔任三位小姐的侍童。我一直在韓克索家工作，直到茱莉亞小姐嫁給已故的約翰・維林德爵士。維林德爵士是個好男人，他只想找個人來管他。在他周遭的人當中，他找到了茱莉亞小姐來擔負這個責任，從此過著幸福快樂的生活。從茱莉亞小姐把他帶進教堂結婚那一天開始，直到她陪在身邊看他閉上眼睛嚥下最後一口氣為止，他始終過得幸福美滿。

有關我如何跟著新娘陪嫁到維林德家工作的經過就省略不提了。「約翰爵士呀，」她說：「若是沒有貝特瑞吉，我可什麼事都做不成。」「親愛的夫人，」他則說：「我也是呀。」那就是約翰爵士寵愛妻子的方式，也是我進入維林德家的經緯了。對我來說，在維林德家工作也是我的唯一選擇，自此之後我就一直跟隨茱莉亞小姐。

由於夫人喜歡戶外工作，例如經營農場等等，我也因此對這些工作培養出興趣；當然也多少因為我自己是農夫的第七個兒子。夫人要我當農場總管的助手，我盡力去做，她很滿意我的表現，所以很快就因能力獲得肯定而得到升遷。幾年以後，在某個星期一早上，夫人說：「約翰爵士，你的農場總管是個老蠢蛋，給他筆養老金讓他告老還鄉吧，然後讓加伯列・貝特瑞吉接任農場總管的位子。」到了星期二，約翰爵士對妻子說：「親愛的夫人，我已經給農場總管一筆養老金讓他回去了，就由貝特瑞吉接他的職位。」你應該聽說過很多婚姻不幸的例子吧，但我家這一對夫婦可是完全相反。希望維林德夫婦的恩愛，可以讓婚姻幸福的人更珍視另一半，也能讓婚姻不幸的人知道還是有人婚姻生活很美滿。我會繼續說故事。

你可以說我的生活算是相當舒適。我有一份相當不錯的工作，頗有地位且受人信賴，住在我自己的小屋裡，每天早上巡視維林德家的產業，下午幫忙記帳，晚上陪伴我的則是一管菸斗跟**《魯賓遜漂流記》**。我的人生夫復何求？請想想，在伊甸園中形單影隻的亞當，他的願望是什麼？如果你能諒解亞當的願望，也請不要怪罪我有這種願望。

我看中的女人，正是每天幫忙整理我的小屋的女人。她的名字是賽琳娜·柯比。我同意已故的威廉·柯伯特[2]對於挑老婆的看法。我看她做事情總是深思熟慮，想法也很踏實，覺得她是個理想的妻子人選。賽琳娜·柯比在各方面都相當不錯，這也是我之所以會跟她結婚的原因。當然還有另一個重要的理由，那就是：如果我沒跟賽琳娜結婚，我每個禮拜得付錢才能換得她幫我鋪床和打掃的服務。若是我跟賽琳娜結婚了，這些服務全都變成免費了。那就是我想要結婚的最主要理由——基於經濟因素的考量，也或許再加上一點愛吧。基於責任和義務，我徵求夫人的意見。

「夫人，我最近一直在想賽琳娜·柯比的事情。」我說：「我覺得跟她結婚，會比雇用她更省一點。」

夫人忍不住爆笑出聲，然後說她也不知道是因為我說的話，還是我想要結婚的理由，讓她覺得很震驚。

我想我說的話裡有什麼戳中她的笑點了，而這笑點究竟是什麼，不是跟對方處於同樣地位的人是不會瞭解的。我不明白夫人的想法，但知道她同意我跟賽琳娜結婚之後，我馬上就去向賽琳娜求婚。結果賽琳娜說了什麼？老天，如果你問我這句話，那表示你對女人真的所知有限。她當然答應了。

離結婚的日子越來越近，在我得為了結婚訂作新外套的時候，我忽然感到不安起來。我找了一些書，想看看跟我一樣即將結婚的男人都在想什麼，然後發現他們都是在典禮的前一週，忽然開始希望可以不要結婚。

我比自己想像的還要緊張，所以我真的起而行，決定要取消結婚典禮。當然不是拍拍屁股就走人。我可不認為賽琳娜是個不給任何賠償就會輕易放我離開的女人。在英國的律法裡，男方取消結婚典禮，可是要給女方一些賠償的。我一面想要遵守法律，一面也精打細算，最後決定給賽琳娜一張羽絨床和五十先令做為賠償。你可能很難相信，不過這是真的，她竟然笨到拒絕我的提議。

後來我當然只能跟她結婚了。我訂了最便宜的新外套，也用最便宜的方式舉行了婚禮。我們說不上是一對佳偶，但也沒有壞到可以說是怨偶。我們兩人半斤八兩。我也不知道是怎麼回事，但我們的想法和行動常常背道而馳。通常我想要上樓時，我妻子卻想要下樓；我想要往東走，我妻子卻想往西走。根據我的經驗，這就是婚姻生活的真貌。

在過了五年各行其事的婚姻生活以後，我的妻子蒙主寵召，離開了這個世界，也讓我們兩人都從這痛苦的狀態中解脫了。妻子只留下一個獨生女兒潘妮洛普。過沒多久，約翰爵士也過世了，他和夫人之間也只有一個女兒瑞秋小姐。之後夫人相當照顧我女兒潘妮洛普，她讓潘妮洛普去學校唸書、受教育，成長為一個聰明敏銳的女孩，然後到了一定年紀的時候，潘妮洛普成為瑞秋小姐的侍女。

至於我，多年來一直在維林德家擔任農場總管，直到一八四七年的聖誕節，我的人生才有了轉變。那一天，夫人來到我住的小屋，和我一同喝茶聊天。她說，從我開始當她父親的侍童算起，我已經跟隨她整整五十年了。然後她送了我一件自己親手做的，非常漂亮的羊毛背心，希望我可以穿上它抵禦寒冬。

我收下這件漂亮的禮物，卻對她給我的這項殊榮不知道該如何表達謝意。但後來令我驚訝的是，

2. 威廉・柯伯特（一七六三～一八三五），英國散文作家，政治家。

那件羊毛背心並不是榮譽的獎賞，而是勸退的收買。夫人比我自己先察覺到，我年事已高，體力不行了；她來到我的小屋，是想用甜言蜜語哄我（如果我可以用這種表達方式的話），希望我能辭去每天在農地奔走、耗費體力的農場管理工作，轉任比較輕鬆的宅邸管家一職安享天年。我和夫人爭辯，不希望因為想要輕鬆度日就轉任管家。但夫人知道我的弱點在哪裡，而且很清楚該怎麼正中要害。我們之間的爭辯很快就結束了，我像個老傻瓜似的，一手擦眼淚，一手抓著新羊毛背心，對夫人說我會考慮她的提議。

夫人離開以後，因為思考她的提議，讓我的腦袋陷入一片混亂。因此我一如往常，在覺得困惑和遇到緊急狀況的時候，用我的老方法尋求解決之道。

我抽起菸，翻開**《魯賓遜漂流記》**，沉浸在書中五分鐘以後，看到了能撫慰我心的句子（第一五八頁）：「今天我們所愛的，往往是明天我們所恨的。」我明白該怎麼做了。今天我想要繼續從事農場管理的工作，但到了明天，我會遵從**《魯賓遜漂流記》**的指示，轉任其他工作。等到了明天，我的心情轉換之後，所有事情都可以解決了。我這樣告訴自己，今天我是以維林德夫人的農場總管身分入睡，明天一早醒來，我就是維林德夫人宅邸的管家了。塵埃落定，一切都可以透過**《魯賓遜漂流記》**得到解決！

我女兒潘妮洛普正站在我身後，探頭看我在寫些什麼。她說我寫得很好，而且全都是事實。她只提出一點異議。她說我現在做的事情跟我的目的一點邊都沾不上，我應該寫的是鑽石事件的始末，但我現在在寫的卻全是我自己的故事。

這真是奇怪，我也不知道為什麼會變成這樣。我很想知道其他以寫書維生的作者們，在寫作時會不會有將自己本身代入書中角色的情況？如果他們也會這樣的話，那麼我很能理解他們的心情。不過我又寫了一段毫無關連的開頭，且浪費了不少紙張。現在我該怎麼做？我只能請求讀者們保持耐心，讓我第三次重新開始。

3

我試著用兩種方式來寫故事的開頭。第一種，挖破腦袋自己想，但結果卻什麼都想不出來。第二種，徵詢女兒潘妮洛普的意見，這一次倒是出現了意想不到的嶄新想法。

潘妮洛普的意見是，我應該依照日期進展循序說明事件經過，就從我們得知法蘭克林・布萊克先生要來宅邸作客那一天開始說起。如果你試圖用這種方式回想某個特定日期起所發生的事情，你會很驚訝的發現自己自然而然地找回記憶。但難就難在要想起最早的起始點到底是哪一天。這件事我得到潘妮洛普的協助，因為她有寫日記的習慣；這習慣從她在學校唸書時就有了，而且還一直持續到現在。我希望可以增進這份記述的內容，所以向潘妮洛普提議，應該由她依照她日記的內容來寫。但是她露出不悅的表情，紅著一張臉說，她的日記是私人的記述，這世界上除了自己以外，她不會給任何人看。我問她這是什麼意思？潘妮洛普說：「你這個討厭鬼！」我則說，親愛的女兒呀。

依照潘妮洛普的提案，我就從一八四八年五月二十四日星期三早上，被召喚至維林德夫人的起居室開始說起。

「加伯列，」夫人說：「我有個讓你驚喜的消息。法蘭克林・布萊克回國了。他目前跟他父親待在倫敦，明天會到這兒，一直待到下個月瑞秋生日那一天。」

如果我手上有頂帽子的話，我會高興得把帽子拋到天花板上去；但因為出於對夫人的尊敬，我可不敢這麼做。法蘭克林先生小時候曾跟我們一起在這棟宅邸內生活過一段時間，但後來我就沒有再見過他了。就我記憶所及，他是個我見過最會打陀螺，卻不曾打破過玻璃的好男孩。不過同樣也在場的瑞秋小姐一聽到我的意見就說，**她**記得法蘭克林先生是她所見過全英國最兇殘的暴君，老是把洋娃娃弄得支離破碎，也把跟他一起玩的小女孩給捉弄得疲累不堪。「每次我一想到法蘭克林．布萊克，」瑞秋小姐這麼下結論：「我都會忍不住大發脾氣，然後累得筋疲力竭。」

我說到這裡，各位讀者應該會很好奇，為什麼法蘭克林先生會在國外度過他從男孩成長為青年那段時期。我說，那是因為他父親不幸身為公爵繼承人，卻無法證明自己具有正式繼承的資格。

以下簡短地說明事情經過：

維林德夫人的大姊嫁給了名人布萊克先生，而這位布萊克先生之所以出名，除了他擁有的龐大產業以外，還有他持續進行多年的訴訟。他長年來奔走於法庭，只為證明自己擁有繼承爵位的資格；在這段期間他花了許多錢雇用律師，還有許多旁觀者爭辯他的主張究竟是合理還是不合理。這件事情太過複雜，容我在此忽略過去。就在訴訟終於做出結論，再也不需要他花更多的錢之前，布萊克先生的妻子去世了，他們三個孩子中的兩位也去世了。一切拍案底定，布萊克先生無法繼承爵位，他覺得要報復這個國家對待他的方式，就是不讓自己的兒子接受這個國家的教育。「**我**被這個國家的制度弄得這麼慘，」他說道：「又怎麼能讓自己的兒子接受這種制度的教育？」我得再說明一點，布萊克先生不喜歡小孩，甚至是他自己的小孩也不喜歡，所以最後只有一種解決方式。法蘭克林先生被帶離我們的房子以後，被送到布萊克先生唯一**可以**信任，且是他認為比英國更優越的國家——德國的一所學校裡。布萊克先生自己留在英國過著舒適的生活，參與議會事務，並且為了證明自己具有繼承爵位的資格，開始著手擬寫一份聲明，準備日後發表；不過這份聲明至今都沒有公諸於世。

好了，事情就是這樣。之後我們都不用再去想有關老布萊克先生的事情了。讓他去煩惱他的爵位繼承問題，我們得要回到鑽石事件上頭。

為了說明鑽石事件，我們得從法蘭克林先生開始說起。他在一無所知的狀況下，把那顆不幸的鑽石帶到我們這棟房子裡。這男孩雖然離開這裡出國唸書，但從未忘記我們的事情。他常常寫信回來；有時候寫給夫人，有時候寫給瑞秋小姐，有時候會寫給我。在法蘭克林先生離開之前，我們之間有一些交易，他跟我借了一捆線球、一把四刃刀，還借了七先令和六便士，不過我從未想過要他歸還這些東西。他寫給我的信裡，主要內容都是想再多借點什麼。

這些年來他在國外過著什麼樣的生活，我都是從他寫給夫人的信件內容裡（夫人告訴我的）知道的。他完成在德國的學業以後，就轉去法國的學校上課；法國那邊的課程結束後，這次又去義大利的學校上課。就我所知，這些學習經歷把他教育成精通各種事物的天才。他有時候寫作，有時候畫畫，有時候唱歌，有時候演戲，有時候寫劇本，樣樣都嘗試過；就像他從我這裡借東西一樣，也是各類物品東借一點西借一點。法蘭克林先生到了法定年紀，就繼承了他母親的財產（一年七百英鎊），但這些錢就像通過一個篩子一樣，來得快也去得快。他擁有越多錢就會想要更多，就好像口袋裡有個漏洞一樣，什麼東西都留不住。

不管法蘭克林先生走到哪裡，他那生氣勃勃又親切的待人接物方式，都讓他成為焦點人物。他在這裡住一會兒，那裡又住一會兒，幾乎居無定所。他的地址就是「歐洲郵政局，留下待取」。他曾有兩次說要回英國來看我們，但湊巧的是（恕我冒昧）兩次都突然有個女人出現在他面前，阻止了他回國的計畫。但如先前夫人告訴我的，他的第三次回國計畫終於成功了。在五月二十五日星期四，我們終於可以看到那個好男孩長成怎樣的好男人。他出身高貴，有冒險進取之心，而根據我們的計算，他今年應該二十有五了。在法蘭克林・布萊克先生來到我們這棟宅邸之前，讀者們應該已經很熟悉他是個什麼樣的人了吧。

那個星期四是個天氣晴朗的夏日，夫人和瑞秋小姐一起開車出門，與幾位鄰居朋友到附近用午餐（因為她們預料法蘭克林先生應該會在晚餐時刻才到）。

她們兩人離開以後，我去檢查客房的狀況，很滿意地發現已經準備好了。身為夫人宅邸的僕役長兼管家（管家工作是出於我自己的要求，因為如果除了我以外，還有其他宅邸內的工作人員擁有已故約翰爵士的酒窖鑰匙，那會讓我很氣惱），我便到酒窖裡去取了一瓶高級的拉圖酒莊紅酒，把它放在外頭，希望到了晚餐時間，夏季溫暖的氣候可以讓原本冰涼的酒溫稍微升高些。一切工作結束後，我決定在溫暖的天候下休憩一陣子（既然溫暖的天氣可以提引出陳年好酒的美味，想當然耳也對老人有相當益處），便將我的躺椅移到後院。當我正要坐下時，聽到宅邸前的露台傳來猶如敲鼓般的微弱聲響。

我繞到露台去查看究竟怎麼了，發現有三個膚色赤褐的印度人，身穿白色亞麻長袍與褲子，三人皆仰望著宅邸。

走近時，我發現那三個印度人身上都掛著一個小小的手鼓，在他們身後則站著一個有著精緻相貌、淡色頭髮的英國男孩，男孩手上還拿著一個袋子。我認為他們應該是巡迴表演的雜耍師，而男孩手中拿著的袋子裡，裝的應該是他們工作時使用的道具。三個印度人的其中一人說著流利的英文，用我看過最優雅的態度說我猜測的並沒有錯，他並希望我能允許他們在這棟宅邸的主人面前做些表演。

我並不是那種食古不化的老人，我也很喜歡看那些娛樂表演，而且我並不會因為對方膚色恰巧比我深一點就排斥對方。但我們不是完人，都有缺點；我的缺點就是，當我看到露台的餐桌上所準備的餐具時，我就發現這個行為舉止比我還要優雅的陌生人，應該也看到了這些餐具裡的銀器。我因此對他說，夫人目前並不在家，要他們幾位立刻離開這個地方。他姿態優美地鞠躬，轉身，隨即離開了。之後我回到院子裡，在我的躺椅坐了一會兒；我得說我並沒有真的睡著，而是去跟周公下棋了。

接著我就被我女兒潘妮洛普給叫醒；她當時急匆匆的樣子，簡直就像房子著火了一樣。你想我女兒急著要做什麼？她是要我去把剛才那三個印度戲子抓起來。因為他們知道今天有人會從倫敦來這棟宅邸作客，而且他們好像想對法蘭克林・布萊克先生做什麼。

一聽到法蘭克林先生的名字，我整個人清醒了過來，問她發生什麼事了。

潘妮洛普才剛從守衛小屋那邊回來，她方才一直在跟守衛的女兒聊天。兩個女孩看到那幾個印度人帶著小男孩經過小屋旁；當時正好是我要求他們離開宅邸之後。這兩個女孩先入為主地認為，小男孩一定是被那幾個印度人虐待（我並不懂她們為什麼會這麼想，大概是因為這男孩長得很漂亮吧），她們便躲在與道路相隔的籬笆後面，偷偷看著那幾個人。接下來這些印度人竟使出了驚人的魔術。

他們先看看道路的前端和後端，確認這條路上除了自己以外沒有其他人。然後三人都轉身面向來時方向，神情凝重地望著我們這棟宅邸。他們用自己的母語很快速地爭執些什麼，疑心重重地看著對方。接著三人轉身看向那英國男孩，就好像**他**可以幫助他們的樣子。那個會說英文、看起來像領頭的印度人說：「伸出手來。」

潘妮洛普說聽到他吐出這麼恐怖的話，她的心臟簡直就像要跳出來一樣。我私下覺得這是她自己比較保留的說法，要是由我來說的話，我會說：「我全身都起雞皮疙瘩了。」（**附註**：女人都比較喜歡這種漂亮的修辭。）

當那個印度人說「伸出手來」的時候，那男孩往後退，猛搖頭，說自己並不喜歡這麼做。但那個印度人問道（語氣一點也不會不友善），他想要被送回倫敦嗎？他想要再跟被他們找到之前一樣，睡在市場的籃子裡，過著吃不飽、穿不暖，被人棄之不顧的悲慘日子嗎？被這麼一說，男孩也不得不同意了。這小傢伙不情願地伸出手。印度人從自己胸前衣襟裡掏出一個瓶子，然後將裡頭黑色的液體（看起來像墨水）倒在男孩的手掌上。印度人先是碰了一下男孩的額頭，對著空中畫出不知所云的符號，然後說：「看。」男孩全身僵硬，像雕像般直挺挺地站著，眼神空洞地看著自己的掌心。（聽到這裡，我覺得這就像在耍什麼戲法一樣無趣，於是我又開始昏昏欲睡，不過潘妮洛普接下來說的話卻讓我驚醒過來。）

印度人又看著道路的兩端，然後那個領頭的印度人問道：「看看那個從國外回來的英國紳士。」

男孩說：「我看到他了。」

印度人說：「那個英國紳士正在前往這棟宅邸的路上嗎？他會在今天到達這裡？」

男孩說：「他正在前往這棟宅邸的路上。他會在今天到達這裡。」停了一段時間之後，印度人問了第二個問題：「那個英國紳士的身上帶著那樣東西嗎？」

那男孩也是停了一段時間之後才回答：「是的。」

印度人問了第三個，也是最後一個問題。「那個英國紳士會如他所說的，在今天晚上到達這裡嗎？」

男孩說：「我不知道。」

印度人問為什麼。

男孩說：「我累了。腦子裡都是白霧，什麼也看不清。我今天沒辦法再繼續看下去了。」

這一段奇異的問答就結束了。領頭的印度人用母語向兩個同伴說了些什麼，然後指指城鎮的方向（我們後來才知道他們就在那裡落腳）。印度人接著在男孩的頭上畫了更多符號，在他額前吹一口氣，男孩一臉驚愕地醒了過來。之後幾個人便朝城鎮的方向走去，兩個女孩就再也沒有看到他們的身影了。

只要仔細找的話，就可以從他們說的話裡找到一些蛛絲馬跡。他們的企圖是什麼？

在我看來，第一，領頭的印度人透過在宅邸外工作的僕人們的閒聊，知道了法蘭克林先生即將來訪，便想從中賺點錢；第二，那些印度人和男孩（企圖用他靈視的能力賺錢）就在宅邸旁閒晃，等著夫人回來，然後逮到機會在夫人面前表演魔術，預知法蘭克林先生即將回來的事情；第三，他們正在綵排時被潘妮洛普給看到了；第四，那天晚上用餐時，我應該要注意餐具的銀器有沒有被偷；第五，潘妮洛普應該先離開，讓自己冷靜一下，好讓她父親可以在陽光下打個盹。

對我來說這些都是合理的判斷。不過如果你跟年輕女孩相處過，你就知道潘妮洛普不會接受這些理由。根據我女兒的說法，他們的企圖應該比我想像的更嚴重。她特別提醒我注意印度人所問的第三個問題：那個英國紳士的身上帶著那樣東西嗎？「喔，爸爸，」潘妮洛普拍拍手說道：「別把這件事當笑話看。那到底是什麼意思？」

「親愛的，我會問問法蘭克林先生的，」我說：「如果妳願意耐心等到法蘭克林先生來的時候。」我對她眨眨眼，表示我其實是在說笑。但潘妮洛普卻當真了。我女兒那認真的個性，有時候實在是會讓我發笑。「法蘭克林先生怎麼會知道這種事情？」我問道。「你問他，」潘妮洛普說：「然後看看**他**是不是也會把這件事情當笑話看。」她臨走前拋下這麼一句尖酸的話，就離開了。

她離開後，我決定還是要問問法蘭克林先生，不過一切都只是為了讓我女兒安心。至於之後法蘭克林先生怎麼回答我的問題，會在後續發展中提到。不過為了不讓各位讀者抱有過大的期待，並因此而失望，我得先說明，之後有關那幾個印度戲子的對話，並沒有半點玩笑的成分。讓我驚訝的是，法蘭克林先生的態度就像潘妮洛普一樣，表現得非常認真。我會告訴你他有多認真，因為他認為，印度人所說的「那樣東西」，就是指月光石。

4

我很抱歉老是提躺椅跟午睡的事情，耽擱了故事的進度。我很清楚一直描述在夏日溫暖的後院裡昏昏欲睡的老人，並不是件多有趣的事情。但我必須循序說明事情的經過，也只好請各位讀者再多陪我一下。接下來會開始說當天稍晚法蘭克林先生來訪的事情。

潘妮洛普離開以後，在我終於又有時間可以打個盹之前，我聽到房子裡傳來碗盤敲擊的聲音；這表示晚餐已經準備好了。我在自己的起居間裡用餐，我不知道其他傭人的餐點如何，但希望他們的胃口和我的一樣好。用完餐後，我像先前一樣，在椅子上舒適地坐下。我把腿伸出去時，正好有個女孩從我面前衝過去。這次不是我女兒，而是廚房女侍南西。看來我擋住了她的路。而當她要我讓開時，我發現她的臉色陰沉。身為僕役長，當看到傭人擺出這種臉色時，我可不會視若無睹。

「妳為什麼不去吃飯呢？」我問：「發生什麼事了，南西？」

南西沒回答我的問題，試圖要推開我繼續前進。我站起來，抓住她的耳朵。南西是個身材豐滿的年輕女孩，我通常都是用這種方式表達我和她之間的親暱感。

「發生什麼事了？」我又再問一次。

「羅珊娜又誤了晚餐時間，」南西說：「我得去把她找回來。這宅邸裡所有工作又都落到我頭上了。放開我，貝特瑞吉先生！」

南西所說的羅珊娜是宅邸的第二侍女。看到南西臉上的神情，我知道當她找到自己的同事時，會說些什麼樣的重話；雖然在這種情況下並不需要說得這麼嚴厲，但我不禁開始同情起羅珊娜了。我發現除了親自去找羅珊娜以外，我其實也幫不上什麼忙。我得告訴她下次要準時，我知道她是會接受**我**好意的人。

「羅珊娜在哪裡？」我問。

「當然是在沙灘那邊！」南西一邊說，一邊甩頭。「她今天早上頭暈又發作了，然後就說她要出去呼吸一下新鮮空氣。我可沒那個耐心等她恢復。」

「妳回去吃飯，好女孩，」我說：「我有耐心等她。我會去把她帶進來的。」

南西看來很喜歡這個提案（因為她胃口向來很好）。當她高興的時候，看起來就像個可愛的女孩。這時候我會摸摸她的臉頰；這無關什麼調戲，只是我的習慣動作而已。

然後我拿起手杖，前往沙灘。

喔，其實我也不用這麼急著出發。很抱歉又要耽擱你一陣子了，不過我得先告訴你有關沙灘還有羅珊娜的事情，因為這兩者都跟鑽石事件多少有些關連。我是多麼努力地要讓事情毫無窒礙地發展下去，但我每次都失敗了。不過人生就是這樣，許多人或事就是會突然間冒出來，讓你不得不去注意他們。請大家有點耐心，我也會盡量簡短說明，我保證不久之後我們就會進入謎團的核心了。

羅珊娜是我們宅邸裡新來的侍女（先談人再說事是基本禮儀）。在鑽石事件發生的前四個月，夫人曾經去倫敦拜訪一所感化院，希望能幫助一些可憐無依、剛從監獄中出來的女性，不要讓她們再重回過去悲慘的日子。感化院的女舍監知道夫人的想法後，告訴她這裡有個名叫羅珊娜．史皮爾曼的年輕女孩，她的過去是個相當悲慘的故事，慘到我不忍在這裡重述細節，因為我不喜歡讓人毫無意義地受苦，我想各位讀者也是一樣的吧。簡而言之，羅珊娜．史皮爾曼以前是個小偷，但她並不屬於大城市裡的扒竊集團；她總是單獨犯案，但夜路走多了，終究得接受法律制裁，接下來她就被送到監獄和感化院去了。女舍監認為，不管羅珊娜以前做了什麼，她都是能在虔誠的基督徒面前證明自己價值的女孩，是很難得的人選。夫人（身為一個基督徒）便對女舍監說：「羅珊娜．史皮爾曼可以到我的宅邸來工作，給她一個機會。」一週過後，羅珊娜就來到這棟宅邸擔任第二侍女的工作了。

除了瑞秋小姐和我以外，沒有人知道羅珊娜的過去。夫人向來會找我商量各種事情（這也是我的榮幸），這一次也跟我商量了有關羅珊娜的事情。而我跟已故的約翰爵士一樣，總是真心地同意夫人的做法。

這個女孩得到了其他跟她相同處境的女孩所無法得到的機會。其他僕人們不會去打聽羅珊娜的過去，沒有人知道原來她曾經有過這麼一段故事。羅珊娜就跟其他僕人一樣，享有一份薪水和福利，而且夫人常常在私下鼓勵她。而我認為，為了回報夫人的善意，這女孩也盡了最大的努力去表現。雖然她身體說不上有多健康，有時還會犯頭暈，但她不僅能確實做好自己被交付的工作，且從不抱怨，做事態度仔細又認真。只除了一點，羅珊娜始終沒能和其他女性僕人交上朋友，她只跟向來對她很親切的潘妮洛普交好，但也說不上多親近。

我其實不太清楚羅珊娜究竟是哪一點犯到其他僕人了。她沒有令人嫉妒的美貌，甚至可以說是這宅邸裡長相最平庸的女孩，而且不幸的是，她兩邊的肩幅還不一樣寬。我想其他僕人討厭她的地方是，她總是沉默不語，獨來獨往。休息時間，其他僕人聚在一起聊天、說閒話時，羅珊娜不是在讀書就是在工作。當輪到她休假的時候，十次中有九次，羅珊娜都是靜靜地戴上自己的帽子，單獨一人離開宅邸。她不跟別人爭執，也不會生氣，只是用一種頑固卻有禮的方式，與他人保持距離。我還得說一件事，雖然羅珊娜基本上是個樸素的女孩，但有某些時刻，你會覺得她不只是個女僕，而像個出身高貴的女士。可能是因為她說話的聲調，或是她臉上的某種表情。我只能說，在羅珊娜第一天來到這棟宅邸時，有個女僕才看到她第一眼就說（雖然這樣並不公平），羅珊娜是個裝腔作勢的女人。

先說了羅珊娜的故事以後，接下來我會再說明羅珊娜一些奇怪的舉動，其中一樣就跟沙灘有關。

我們這棟宅邸鄰近海邊，位於約克夏海岸的高地上。宅邸四周有怡人的散步路線，除了其中一條以外。我認為那條路的狀況很糟，沿著那條路走約四分之一哩，會經過一叢陰鬱的冷杉樹林，接著來到一處被低矮的山崖夾在中間，孤獨且醜陋的小沙灘。

這裡的沙丘一路延伸到海岸邊，海邊矗立著兩塊相望的岩石，兩塊岩石的另一端沒入海中。一塊岩石被稱做北岩，另一塊叫做南岩，在兩塊岩石的中間，海水潮起潮落之處，是我所見過約克夏海岸最可怕的流沙。在退潮之際，可能是流沙的深層底部也跟著發生什麼變化，導致流沙表面看起來好像在抖動一樣，這是相當令人驚奇的景觀，所以我們當地人都稱這片沙灘為顫抖沙灘。在半哩之外有一片很大的海岸，鄰近海灣的出口處，這片海岸阻擋了從外海湧來的強勁海流，每年冬夏兩季海水漲潮，淹沒這片流沙之時，海水的洶湧波濤減緩，一波波緩慢地湧入，平靜地掩蓋了這片沙灘。我可以告訴你，退潮時這流沙灘顯得既荒涼又恐怖，沒有船隻能進入這片海岸，而我們宅邸附近漁村（名為柯伯洞）的小孩也不會到這裡玩耍。似乎只有空中飛過的海鳥會暫時在這裡停留。但是卻有個年輕女孩，每次輪到她休息的時間，我可以保證她一定會獨自到這片沙灘，坐在這裡做事或看書；明明還有這麼多條舒適怡人的散步路線可以選擇，明明她只要打聲招呼就會有人陪她一起散步的。我想那條路確實是羅珊娜．史皮爾曼最喜歡的散步路線：只有一兩次，當她走到柯伯洞的漁村，會立即去探望她在這附近唯一的一個朋友。現在我就走在前往那片沙灘的路上，在把羅珊娜叫回來吃飯後，就可以回到我們原先停滯的點上，讓故事繼續下去。

我經過冷杉樹林時，並沒有看到羅珊娜的身影。走出樹林，接近沙丘時，就看到羅珊娜在沙灘上，戴著她那頂小草帽，穿著試圖遮掩她不對稱雙肩的灰色外套，一個人孤零零地望著沙灘與海岸。我走向她的時候，羅珊娜一臉驚訝，接著別過臉不看我。她沒有直視我的臉；身為僕役長，我沒有看漏她這個舉動。我轉向她面對的方向，發現她在哭。想到我口袋裡正好放著一條印花手帕，那是夫人給我的其中一樣相當漂亮的禮物，我掏出手帕，然後對羅珊娜說：「親愛的，過來沙灘這邊坐下。妳先擦擦眼淚。可以容我問妳為什麼哭嗎？」

等你到了我這個年紀，就會發現要在沙灘上坐下，得花費更多時間。等我坐好時，我發現羅珊娜已經用她那條廉價的亞麻手帕擦乾眼淚了。她看起來很沉靜，卻又飽受折磨；不過當我請她坐下時，她就像個乖孩子一樣照做了。當你想要用最快的方式安慰一位女性時，最好是把她抱在自己膝上。我向來把這件事當作黃金守則。不過事實是，羅珊娜跟南西完全不一樣，這一招在她身上可行不通。

「親愛的，告訴我，」我說：「妳在哭什麼？」

「是過去的事情，貝特瑞吉先生。」羅珊娜靜靜地說：「有時候我還是會想起過去的事。」

「別這麼想，」我說：「妳的過去已經完全被洗清了。為什麼不能就這樣忘記呢？」

她抓住我外套的一角。我是個邋遢的老人，吃東西常常會把牛奶或肉湯灑在外套上。宅邸裡的女僕有時候會幫我清掉外套上的食物殘渣。前一天羅珊娜才剛剛幫我把外套上的一塊污漬清掉；還是用一種新的去污劑，據說可以完全去除污漬。雖然污漬清乾淨了，但毛料上還是有個部位的顏色變得比較暗沉。她摸了摸那一塊地方，搖搖頭。

「雖然髒污已經清掉了，」她說：「可是你還是看得到原先髒污是在哪個地方。貝特瑞吉先生，你還是看得到的。」

她藉由我外套上的污漬來回答這個問題，讓我措手不及，不知該如何回應。有時候我真是為這個女孩感到很遺憾。她有一雙好看的棕色眼睛，雖然就像她的其他部位一樣樸素，但是她看著我的時候，顯露出一種對我的年齡和人格應有的敬意，但同時又有著和周遭一切隔了一層距離，無法觸及的感覺。想到這裡就覺得心情沉重，我似乎沒有成功安慰到她，而我唯一能做的事情，就是帶她回去宅邸吃飯。

「拉我起來吧。」我說：「羅珊娜，妳用餐要遲到了，我是來找妳回去吃飯的。」

「你親自過來？貝特瑞吉先生！」羅珊娜說。

「他們要南西來找妳，」我說：「不過我想，同樣是要被罵，妳可能會覺得由我來會比較好吧。」

她沒有拉我起來，只是抓住我的手，緊緊地握了一下。這可憐的女孩正努力忍住不要再哭出來；她成功了。關於這一點我很敬佩她。「你人真好，貝特瑞吉先生。」她說。「我今天不想吃飯，我想在這裡多留一會兒。」

「妳為什麼會這麼喜歡這裡？」我問道：「妳為什麼老愛到這個看起來這麼悲慘的地方？」

「是有什麼東西吸引我到這裡來。」她說，一邊用手指在沙地上畫著什麼。「我有試著不要再來這裡，但是我做不到。有時候，」她用低沉的聲音說，彷彿也被自己的幻想給嚇到了。「有時候，貝特瑞吉先生，我覺得這裡就是我的葬身之處。」

「午餐有烤羊肉跟奶油布丁。」我說。「去吃飯吧。妳就是餓著肚子才會老想這些事情。」我的語氣有些嚴厲，聽到一個二十五歲的年輕女孩跟像我這種年紀的老人講葬身之處什麼的，就覺得有些不高興。

但她好像沒聽到我在說什麼，只是把手放在我的肩上，讓我坐在原地。

「我覺得這個地方好像對我下咒了。」她說：「我每天晚上都會夢到這裡；我每天坐下來做編織工作的時候，也會想到這裡。你知道我很感謝你們，貝特瑞吉先生，我很想要回報你的親切，還有夫人對我的信任。但在經歷過那些事情以後，貝特瑞吉先生，我有時候會懷疑，對我這種人來說，這裡的生活會不會太美好太平靜了。我跟其他僕人在一起感覺很寂寞，因為我知道我跟他們不一樣，所以我寧願到這裡來。夫人和感化院的女舍監都不知道，那些誠實的一般人會怎麼譴責我這種女人。別責罵我，我知道你是個好人。我有好好做我的工作，不是嗎？請不要告訴夫人說我有什麼不滿；我完全沒有不滿。我只是有時候心情不太平靜而已，就是這樣。」她緊抓著我的肩膀，然後突然指向流沙灘。「你看！」她說，「這景象是不是很迷人？是不是很可怕？我已經看過這風景無數次了，但每次都覺得好像是第一次看到一樣。」

我轉向她指的方向，看見海水開始退潮，沙灘出現顫抖的現象。那平坦寬廣的棕色表面開始緩慢地波動，整片表面出現漣漪般的抖動痕跡。

「你知道在我看來，這像是什麼嗎？」羅珊娜說，再度抓住我的肩膀。「看起來就好像下面擠著無數的人，正掙扎著要爬出來，但越是掙扎越是沉到可怕的深處去。貝特瑞吉先生，丟顆石頭過去吧。丟顆石頭過去，看看沙子怎麼把石頭吸進去。」

她說的話實在是很可怕。這個女孩飢腸轆轆，無法讓她不平靜的腦袋安寧下來。就在我幾乎要回答她時（我的回答對那女孩來說應該很嚴厲吧），忽然聽到背後的沙丘上傳來呼喚我名字的聲音。「貝特瑞吉！」那聲音喊道：「你在哪兒？」「在這裡！」我喊著回應，不過我其實完全不知道到底是誰在叫我。羅珊娜站起身，看向那聲音傳來的方向。而我也試圖要站起來，不料卻被這女孩臉上的表情嚇了一跳，跌了個踉蹌。

羅珊娜的臉完全轉成漂亮的紅色，我從來沒看過她有這種表情；她的臉好似受到驚嚇而無法言語，無法呼吸，卻整個亮了起來。「是誰？」我問。但羅珊娜反倒丟了個問題給我。「喔，那是誰呢？」她語氣輕柔，與其是跟我說話，更像在自言自語。

我轉身看後方，看到一個有著明亮眼神的年輕紳士，正由背後的沙丘上向我們走來；他身穿一件漂亮的黃褐色西裝，手套與帽子都搭配同樣的材質跟顏色，外套的釦眼上裝飾著一朵玫瑰，而他臉上笑容燦爛，彷彿讓這憂鬱的顫抖沙灘都會回應他的微笑一樣。在我能站好之前，他已經衝下沙灘來到我身邊，用外國人的方式抱住我，緊得像是要把我肺裡的空氣擠出來。「親愛的老貝特瑞吉，」他說：「我欠你七先令和六便士。你現在知道我是誰了吧？」

感謝老天！比我們預期的時間提前四個多小時，法蘭克林．布萊克先生到了！

我還沒說話，就看到法蘭克林先生有些驚訝地望著羅珊娜。所以我也順著他的目光看向那女孩。她整個臉刷成深紅色，大概是因為這樣才吸引了法蘭克林先生的注意吧。然後出乎我意料之外的，她既沒有對這位紳士打招呼，也沒有跟我說一聲，就突然轉身離開。這完全不像平常的她；羅珊娜平時可是我所見過最有禮貌，行為舉止也相當得體的女僕了。

「真是個奇怪的女孩，」法蘭克林先生說：「不知道她在我身上看到什麼了，怎麼會讓她這麼驚訝呢。」

「先生，」我想到法蘭克林先生在歐陸受過的外國教育，不禁想要開開玩笑，便說：「我想應該是因為你那些像外國人的行為舉止吧。」

我在這兒記錄下法蘭克林先生無心的問題和我愚蠢的回答，是想要安慰和鼓勵一下所有無知的人們。就像我所說的，有時候那些比我們優越的人，其實也不比我們聰明到哪裡去。即使像法蘭克林先生那樣受過外國高等教育的人，或是像我這種有年紀、有經驗，還有與生俱來的智慧的人，都無法理解為什麼羅珊娜會做出那樣不可思議的舉動。不過在她灰色的身影消失在沙丘之前，我們倆就沒有再想她的事情了。這到底是怎麼回事？我想各位讀者很自然會想這麼問。就請各位朋友繼續耐心讀下去；當我發現羅珊娜這些舉止背後真正的原因時，我想你會跟我一樣，覺得很遺憾。

5

在羅珊娜離開後，沙灘上只剩下我們兩個人，我做的第一件事情就是試著再站起來。但是法蘭克林先生阻止了我。

「這個恐怖的地方倒是有個好處，」他說：「那就是可以讓我們兩人獨處。你先坐著，貝特瑞吉，我有事情要跟你說。」

我看著他說話的樣子，試圖從站在我眼前的這個男人身上，尋找過去我所記得的那個男孩的影子。但這男人完全沒有過去的樣子。當然，在他臉上已經看不到小時候的粉嫩臉頰，他也不再是那個穿著小夾克的男孩了。他的膚色轉白，臉的下半部則蓄著棕色的翹鬍子和下巴鬚，這一點真是讓我震驚又失望。他的行為舉止給人一種輕率的感覺，而我得承認這讓他相當迷人且令人愉快。但這些細節全都比不上他那不拘小節的態度。最糟糕的是，他並沒有如自己預期的長得又高又壯。法蘭克林先生的身材纖瘦、苗條，體態良好，但只是中等身高而已。簡而言之，他現在的樣子讓我很困惑。歲月洗去了他以往的樣貌，只有那雙明亮、直勾勾地看著你的眼神完全沒有改變。我從那雙眼睛裡找到了我所熟悉的影子，所以我也就不再研究他的外貌了。

「歡迎回到老家，法蘭克林先生。」我說：「你比我們預期的還要早到了幾個小時呢。」

「我為什麼會早到是有理由的。」他回答。「貝特瑞吉，過去這三四天來，我懷疑我在倫敦被跟蹤了，所以我沒搭下午的火車，反倒搭了早上的火車出發，希望給那些跟蹤我的黑皮膚陌生人來個出其不意。」

他所說的話嚇到我了。我想起那三個印度戲子，還有潘妮洛普的臆測：她認為那幾個印度人對法蘭克林先生圖謀不軌。

「誰在跟蹤你？先生。為什麼他們要做這種事？」我問。

「跟我說說你今天遇到那三個印度人的事情。」法蘭克林先生沒聽到我的問題，只是繼續說。「貝特瑞吉，很有可能你看到那三個印度戲子和跟蹤我的陌生人是同夥。」

「先生，你是怎麼知道那三個印度戲子的事情？」我又問了。雖然我知道用問題回答問題不太禮貌，但你也知道這就是人性，所以請不要苛求我。

「我在宅邸那兒遇到潘妮洛普。」法蘭克林先生說：「是她告訴我這件事情的。你女兒變得很漂亮呢，貝特瑞吉。她耳朵小小的，還有雙小腳。過世的貝特瑞吉太太也是這麼漂亮嗎？」

「先生，過世的貝特瑞吉太太有許多缺點。」我說。「其中一個缺點就是（容我在這兒跟你細數我妻子的缺陷），她從來就沒耐心做完任何一件事情。與其說她是個女人，還不如說她比較像隻蒼蠅；她就是沒有辦法定下心來。」

「我看她跟我比較合得來，」法蘭克林先生說：「我也沒辦法定下心來做事。貝特瑞吉，你說話真是越來越犀利了。你女兒也是這麼說的。我請她告訴我更多有關印度戲子的事情時，她說：『先生，我父親會告訴你的，他是個可愛的老人家，也很會說話。』潘妮洛普說了這番話……她的臉整個都紅了。要不是因為我很敬重你，我就會……算了。我從她還小的時候就認識她了，而且她對這件事情也不是很在乎，我們還是別開玩笑了。那三個印度戲子做了什麼？」

我對我女兒有些不滿；不是因為她讓法蘭克林先生吻她（我知道在這件事情上，法蘭克林先生是很受女孩子歡迎的），而是她竟然要我當她那段愚蠢故事的二手傳播者。不過目前除了向法蘭克林先生說明那件事以外，也沒其他辦法了。當我說完那段故事，法蘭克林先生臉上的笑容消失了。他坐著，眉間緊鎖，捻著鬍子。在我說完以後，他重述了那個領頭的印度人問小男孩的兩個問題，就好像要將這些問題牢牢留在自己腦海中。

「『那個英國紳士正在前往這棟宅邸的路上嗎？』『那個英國紳士的身上帶著那樣東西嗎？』我懷疑，」法蘭克林先生說，一邊從口袋拿出一個小小的紙包裹：「他們所說的**那樣東西**，指的就是這個。而這個就是我那位韓克索舅舅的鑽石。」

「老天！」我驚訝地爆出這句話：「你怎麼會拿到那位邪惡中校的鑽石？」

「那位邪惡中校在遺囑裡，指名要把這顆鑽石留給我的表妹瑞秋，做為她的生日禮物。」法蘭克林先生說：「而我父親身為遺囑執行人，要我把這顆鑽石帶過來這裡。」

就算我看到淹沒顫抖沙灘的海潮突然在我面前乾涸，也不會比我聽到法蘭克林先生說的這些話更驚訝了。「中校把他的鑽石留給瑞秋小姐！」我說。「而你父親竟然是中校的遺囑執行人！先生，為什麼你父親見到中校卻沒捅他一刀呢？我跟你保證他一定會這麼做的。」

「貝特瑞吉，你用詞好嚴厲呀，看來你對中校真的印象很不好。我跟他一點也不熟，你比較認識他，你先把你知道有關中校的傳聞告訴我，接著我會告訴你我父親是怎麼成為他的遺囑執行人。我在倫敦也查到一些有關他和那顆鑽石的資料，在我看來真的都不是什麼好事，但我希望可以跟你確認一下這些事情的真假。你剛剛叫他『邪惡中校』，老朋友，你能告訴我為什麼會這麼叫他嗎？」

我看他確實很想知道的樣子，便告訴他了。

接下來，為了讓讀者瞭解更多細節，我會說明我們兩人的談話內容。請專心閱讀，否則一旦我們深入到故事核心，你會搞不清楚狀況。也請不要邊讀邊想著小孩子、晚餐，或是剛買的新帽子。拜託試著忘記政治、馬、城市裡的物價，還有你在酒館內聽到的牢騷。我希望你不要覺得我在書裡頭這麼做很不恰當，因為這是我對各位好心的讀者提出的唯一請求了。老天！我不知道各位在閱讀偉大作家的著作時是什麼樣子，我也不知道當這種請求是出現在你正閱讀的書裡，而不是出自於某個真人時，各位又是什麼樣的反應？

我開始回想夫人的父親，那位既饒舌又壞脾氣的先生的事情。他總共有五個孩子。最早是生了兩個兒子，隔了很久之後，他的夫人又突然懷孕，接著以很快的速度連生了三個女兒。我先前也說過，維林德夫人是他三個女兒中最年輕也最漂亮的。長子亞瑟繼承了爵位跟財產。次子，即是那位「光榮」的約翰，從親戚那兒繼承了一筆不小的財產就從軍去了。

他們說，約翰是家族之恥。我自己也視韓克索家族為歸宿，實在不想提太多這位「光榮」的約翰的性格細節。但我認為，約翰是我見過最可惡的流氓之一。我對他的評價就只有這樣。他加入軍隊後，先是在衛兵隊服役，之後在二十二歲時離開了衛兵隊（別問為什麼）。軍隊是很嚴格的，對「光榮」的約翰來說，這些規矩太嚴厲了。他後來到印度去，希望那兒比較不那麼嚴格，然後試著加入戰役。他很勇敢（給他一點公平的評價），就像鬥犬和鬥雞的混合體，還帶點野蠻人的氣息。他參加了佔領賽林迦巴坦的戰役，不久之後就調到另一個部隊；過了一段時間，再轉調到第三個部隊。他在那個部隊晉升為中校，然後中暑病倒就回到英國來了。

他回來以後的態度，讓他成為所有親戚的拒絕往來戶。第一個這麼做的就是維林德夫人。當時剛新婚的夫人公開宣布（當然是在約翰爵士的同意之下），今後再也不准她的哥哥踏進她任何一間房子一步。當然還有很多關於中校的惡事傳聞，讓人們對他敬而遠之。但我真正要提的是有關鑽石的事情。

有傳言說，他是用某種骯髒手法得到這顆印度鑽石；他雖然勇敢，卻不敢向人提起這件事。他從沒試著要把鑽石賣掉；他並不需要錢，也不是為了錢才去拿這顆鑽石（再給他一點公平的評價）。他從沒打算把鑽石送人，也沒在任何人面前把鑽石拿出來過。有人說，那是因為他擔心引起軍方高層的注意；也有人說（這是很無知的說法），他擔心秀出鑽石可能會讓自己喪命。

但或許有這可能，後者的說法裡頭摻雜了一點真實。他並沒有害怕什麼；不過，在印度時，他確實有兩次生命受到威脅，而深信這背後全都是月光石在作祟。他回到英國以後，發現所有親戚都避著他，也認為這是月光石的詛咒之一。中校的人生受到一股神秘力量牽引，並讓他被自己的家人所放逐。男人們不想要他加入自己的俱樂部，女人們也全都拒絕他，尤其是他看中並想要結婚的對象；就算在街上碰見過去的朋友和親戚，他們也會假裝沒有看到他。

如果有人遇到同樣的狀況，很可能會試圖跟這個世界妥協。但就算自己做錯了，就算與整個社會為敵，「光榮」的約翰也不想讓步。在印度時，就算面臨暗殺威脅，他也不放棄那顆鑽石；在英國，即使面對公眾意見對他的侮辱，他也還是保留著鑽石。現在他的性格和形象，應該就像一張照片呈現在你眼前，讓你一目了然。他勇敢地面對所有困難；而他雖然長得英俊瀟灑，卻給人一種被邪惡掌控的感覺。

我們不時會聽到有關中校的傳聞。有的說他戒了鴉片，開始轉而蒐集古書；有的說他最近正在做一些奇怪的化學實驗；還有的說他被目擊到在貧民區和那些低下階層的人一起飲酒狂歡。不管怎麼說，中校過著一種孤獨、墮落且見不得人的生活。只有一次，在他回到英國以後，我曾經親眼見過中校一次。

那是鑽石事件發生的兩年前，在中校死亡的一年半前，他出其不意地造訪夫人在倫敦的寓所。那天是六月二十一日，瑞秋小姐的生日當晚，我們一如往常幫小姐舉行慶生派對。我接到男僕通知，說有位紳士想見我。我走到門廳，發現那位紳士就是中校；他當時形容枯槁，年老力衰，一身破敗，但仍如同往常一般狂野且邪惡。

「你去跟我妹妹說，」他說：「我來祝我的外甥女生日快樂。」

他曾經試著寫過幾封信，希望可以跟夫人和好，而我相信他這麼做只是故意惹惱夫人。不過這是他第一次親自造訪夫人的宅邸。我幾乎要告訴他，夫人今晚正為小姐舉行生日派對，沒空跟他見面。但他臉上邪惡的表情嚇到我了。我上樓去幫他傳話，將他一人（出於他自己的意願）留在門廳等候。其他僕人站得遠遠地瞪著他，就好像他是一部會走動的武器，裡頭滿載著火藥和子彈，稍一不注意就會攻擊他們。

夫人遺傳了點家族的壞脾氣。「你去告訴韓克索中校，」她說：「維林德小姐正在忙，而我不想見他。」我試著向夫人要求一個比較和平的回答；因為我知道中校與生俱來的壞脾氣可能會在聽到這回答時爆發出來。但是一點用也沒有。夫人勃然大怒，直接衝著我說：「如果我需要你給我建議的話，我會問你的，」夫人說道：「但現在我沒有要求你給我意見。」我回到樓下，用修正過、比較溫和的方式傳達夫人的意思。我說：「真是抱歉，夫人和瑞秋小姐目前正在忙。她們也很遺憾沒有辦法跟中校見面。」

雖然我盡量用很禮貌的方式告訴他，我還是預期中校會大發脾氣。但令我驚訝的是，他完全沒有這麼做。他很平靜地接受了，這不尋常的舉動反倒讓我慌了起來。他用那雙閃閃發亮的灰色眼睛看著我；然後他笑了，但不是像其他人那種開口大笑，而是**悶悶地**笑。那笑聲微小，如同暗自竊笑，帶著一種很可怕的惡意。「謝謝你，貝特瑞吉，」他說：「我會記得我外甥女的生日的。」說完以後，他就轉身離開了。

到了第二年瑞秋小姐生日時，我們聽說他臥病在床。又過了六個月（即是鑽石事件發生的六個月前），一位德高望重的牧師寄了封信給夫人，信裡頭寫了兩件對家人來說是好事的消息。第一件事，中校在臨終前原諒了他的妹妹；第二件事，他也原諒了其他所有人。這是多麼具有教化意義的事情。我本身對教會（除了主教和牧師以外）懷有真誠的敬意；但是我也認為，惡魔還是棲息在這位「光榮」的約翰心裡面，而這個可憎的人在他可憎的人生最後（恕我冒昧）這麼做，完全只是想要拉攏這些牧師而已。

以上就是我告訴法蘭克林先生的故事。他聽得非常專注。當我說到中校在外甥女生日當晚造訪，卻被妹妹拒於門外時，法蘭克林先生露出一臉震驚的表情。雖然他自己並不知道，但我從他的表情就明白，我告訴他的事情讓他覺得很不安。

「你已經說了你所知道的故事，貝特瑞吉，」他說：「現在輪到我說了。但在說出我在倫敦查到了些什麼事情，還有我是怎麼跟這顆鑽石扯上關係之前，我希望你先告訴我一件事。我的老友，你的表情告訴我，你還不是很瞭解我們為什麼要談這些事情。我說的對嗎？」

「我確實不懂，先生。」我說：「不管在什麼狀況下，我心裡所想的一定都反映在臉上。」

「既然如此，」法蘭克林先生說：「我希望在我繼續說下去之前，你先瞭解我的想法。在中校給瑞秋生日禮物這件事情上，我發現有三個很嚴重的問題。你仔細聽我說，貝特瑞吉，如果對你有幫助的話，你還可以扳指頭算算是不是真有三個問題。」法蘭克林先生說。他想要用這種方式表示自己是個頭腦清晰的人，而且頗樂在其中；我倒是很開心看到他這副模樣，因為這讓我回想起他小時候的神情。「第一個問題是，有人陰謀掠奪鑽石，才造成他在印度遇到的生命威脅嗎？第二個問題，當他回到英國時，那些想要奪取鑽石的人也跟著一起回來嗎？第三個問題，中校是否知道有人想要奪取鑽石，然後藉由將鑽石遺留給無辜的外甥女，故意把這些麻煩和危險帶給他的妹妹？貝特瑞吉，**這**是我所想到的問題。希望我沒有嚇到你。」

雖然他很親切地這麼說，但我**確實**被他給嚇到了。

如果他的猜測無誤，那麼我們這棟寧靜的英格蘭住宅就要被一群邪惡的印度人入侵了（一個死人為了復仇，而將一群流氓帶進來）。我聽到法蘭克林先生所說的話時，第一個想到的就是這件事。在這個時代，有誰還聽過這種事情（現在是十九世紀，正是科學發展最盛的時期，大家也都在為英國憲法的制定而歡欣鼓舞），就算真的聽過，有誰會相信什麼詛咒？儘管如此，我還是先繼續說故事。

如果你也得知這樣的消息，十個人中大概有九個都會跟我一樣胃痛發作吧。當胃痛的時候，意識就會渙散，坐立不安。我坐在沙灘上，不發一語，但仍感到很慌亂。法蘭克林先生留意到我的狀況，為了照料我疼痛的胃或是混亂的腦袋（我覺得兩者是指同樣的事情），便在開始說自己發現的事情以前，敏銳地問我：「你需要什麼嗎？」

我需要什麼？我當時並沒有告訴**他**，但我現在可以偷偷地告訴**你們**。我想要的是我的菸斗和一本**《魯賓遜漂流記》**。

6

我隱藏自己目前的心情，要求法蘭克林先生繼續說下去。法蘭克林先生回答：「貝特瑞吉，你聽了不要覺得不安呀。」

法蘭克林先生告訴我，他之所以會知道那位邪惡中校和鑽石的事情，是因為有一天他去漢普斯特拜訪一位家族律師（在他來這裡之前）。一天晚餐過後，兩人獨處時，法蘭克林先生無意中說出父親給了他一個任務，要他把一樣生日禮物帶去給瑞秋小姐。然後律師告訴了他很多事情，提到有關這個禮物的真相，還有老布萊克先生與中校其實相當友好，才會委託老布萊克先生當他的遺囑執行人。這些事實真是令我太震驚了，我實在不知道用我自己的語言重新整理過，是否能夠真實的傳達。所以我試著將法蘭克林先生所發現的事情，用他當時所說的話一五一十地呈現出來。

「貝特瑞吉，不知道你記不記得，」他說：「以前我父親有一陣子試圖證明自己有繼承爵位的資格？當時剛好韓克索舅舅從印度回來，我父親發現他這位大舅子持有一些文件，可能對自己的訴訟有幫助，於是便和中校聯絡。一開始假裝是要為他的回國接風洗塵，但中校可不會被騙。『你想要從我這裡得到什麼。』他說：『否則你不會冒著名譽掃地的風險來接近我。』我父親發現應對這個人最好的方式就是跟他攤牌，於是他告訴中校，他需要中校所持有的文件。中校回應說給他一天的時間考慮。但他後來回覆的信裡卻給了一個很意想不到的答案；我那位律師朋友也給我看過那封信了。中校要我父親也幫他做一件事，他希望可以做個友善的交易。因為風雲莫測的戰爭（他是用這句話來形容的），他得到一顆世界上最大的鑽石，而他相信如果將鑽石留在自己身邊，不管身處何地，他本人以及鑽石都有安全上的憂慮。因此，他決定將鑽石交給另一個人保管。而他所託付的，必須是個謹慎小心的人。那個人必須將鑽石放在某個被嚴格看管的地方（例如銀行或是珠寶收藏家的保險庫），而且因為其價值連城，必須要單獨存放。被委託保管的人最主要做的事情，就是等待中校的聯繫。他或是其可信任的代理人，會在每年特定的地點、特定的時間，收到中校本人的信籤，信裡會告知中校是不是還活著。如果過了指定的時間，還沒有收到中校的消息，那就表示中校很可能已經死於謀殺。一旦中校過世，就可以打開指示該如何處置鑽石的密函，並且要隱密地進行。如果我父親願意接受這個委託保管的任務，中校就會把我父親需要的文件交給他。這就是那封信的內容。」

「你父親怎麼做？先生。」我問。

「怎麼做？」法蘭克林先生說：「我會告訴你我父親做了什麼。他用所謂的『一般常識』看待信件的內容。他說中校說的事情荒誕無稽。中校在他的印度之行中，得到了某顆怪異的水晶，而他把這當作無價的鑽石。如果他認為自己的生命受到威脅，為了避免自己和他的水晶受到傷害，他應該去找警察才對，畢竟現在是十九世紀了。但過去這幾年來，中校是個癮頭很重的鴉片吸食者，這件事情也已經讓他惡名昭彰了，如果接受這個鴉片吸食者的提議，可以幫助我父親得到那些貴重的文件，他倒是很樂意這麼做，當然也是因為他知道這不會給他帶來什麼麻煩。之後那顆鑽石，以及該如何處置鑽石的密函，就一起被封進父親往來銀行的保險庫，然後每年都會收到中校通知他還活著的信；這些信就由代表我父親的律師布拉夫先生收件。任何一個明智的人，處於相同的情境，應該也會做出跟我父親一樣的判斷。貝特瑞吉，對我們來說，這個世界上所發生的事情都不像是真的，除非這些事情來到我們面前，要求我們用自己微不足道的經驗去做判斷。只有在看報紙上那些新聞事件時，我們才會覺得那只是一件趣聞。」

從他的陳述中，我完完全全感覺到，法蘭克林先生認為他父親在面對中校的要求時，做了太過輕率且錯誤的判斷。

「你自己個人的看法是什麼？先生。」我問。

「我們先講完中校的事情吧。」法蘭克林先生說。「貝特瑞吉，英國人的思考模式總是很奇妙地想要系統化；你剛才的問題就是其中一個例子。如果我們沒有專注於開發機械，（就心靈層面來說）就會是這個世界上最懶散的人種了。」

我心想他之所以會這麼說，是因為那些外國教育。我猜他應該是學到那些法國人嘲弄我們的方式吧。

法蘭克林先生繼續說之前的故事。

「我父親拿到了他要的文件，」他說：「從那之後就再也沒有見過他的大舅子了。每年在指定的日期，中校都會寄一封信過來，然後由布拉夫先生打開閱讀。我看了那一大束的信，每一封內容都寫得像商業文書一樣簡短。『先生，茲以此函證明本人仍存活。請將鑽石置於原位。約翰．韓克索。』

每年同一時期都會收到信，而信的內容永遠千篇一律，直到六或八個月前，信的內容才開始不一樣。『先生，他們說我就快要死了。請你過來一趟，幫我立遺囑。』然後布拉夫先生就過去找他。中校住在郊區的一棟小別墅，自從他從印度回來以後，他就一直獨居在那裡。陪在他身邊的，是他養的狗、貓和鳥，每天除了過來幫忙打掃的人，以及陪在床邊的醫生以外，沒有人類的伴侶。他所立的遺囑很簡單。中校將自己大半產業都耗費在他的化學實驗上頭。他的遺囑只有三項條文；他躺在床上，神智很清晰地口述出來。第一條，希望有人可以繼續照顧他所養的動物；第二條，希望在北部一所大學成立化學研究基金；第三條，將月光石當作外甥女的生日禮物，並請我父親擔任這項任務的執行人。我父親剛開始拒絕接下這項任務，但他想了一會兒就讓步了，一來覺得反正這件事情不會給自己帶來什麼麻煩，又因為聽了布拉夫先生的建議，這對瑞秋小姐來說或許有些好處，畢竟鑽石可能相當值錢。」

「先生，中校有說原因嗎？」我問：「他有說為什麼要把鑽石留給瑞秋小姐嗎？」

「他有說。他還把理由寫在遺囑裡了。」法蘭克林先生說。「我這裡有份遺囑摘要，你可以拿去看看。貝特瑞吉，不要這麼渙散，我們一件事情一件事情來。你現在知道中校遺囑的內容了，接下來我會告訴你中校死後又發生了什麼事。在遺囑執行以前，一般來說會把鑽石送去做鑑定。我們問了好幾個珠寶鑑定商，結果證實中校說的是對的，那是世界上最大顆的鑽石之一。不過要鑑定這鑽石的價值，又遇到了一些難題。它的尺寸大到足以在鑽石交易市場引起話題，色澤也是前所未見的，但是它卻有一個缺陷，那就是在鑽石的中心部位有一道瑕疵。雖然有這麼明顯的缺陷，但鑑定價格還是高達兩萬英鎊。你可以想像我父親有多驚訝了。他曾經想也不想就要拒絕遺囑執行人的任務，差點就把這價值連城的東西交給家族以外的人。現在他對這鑽石產生興趣了，便將一起封在保險庫內的密函給打開。布拉夫先生把那封信連同其他文件都給我看過了；我看了以後覺得，這些內容暗示了確實有什麼陰謀在背後運作，企圖奪取中校的性命。」

「你真的相信有什麼陰謀嗎？先生。」我說。

「我的想法跟我父親所謂的『一般常識』不一樣。」法蘭克林先生回答：「不過我真的覺得中校的生命確實受到威脅。那封密函的內容是指示他死後該如何處置鑽石，不過他其實是安靜地死於病床上。如果他是死於謀殺的話（也就是說，沒有在每年指定的時間收到他的來信），我父親就得將鑽石秘密送到阿姆斯特丹，交給當地一位著名的鑽石切割工匠，並將鑽石切成四到六顆。這些鑽石將被分售出去，所得用來補助大學內化學研究的實驗；這一點在他的遺囑內也提到了。貝特瑞吉，發揮你的智慧，我們來推論一下中校的指示究竟有什麼含意吧。」

我絞盡腦汁去想。但我的腦袋就是典型的英國混散型腦袋，常常將一堆事情混雜在一起，理不出頭緒，要不是法蘭克林先生幫我找到一些線索，我也想不到那究竟代表什麼意思。

「你想想看，」法蘭克林先生說：「保持鑽石的完整性，是不是為了避免中校的生命受到威脅。他可不是那種會向敵人示弱的人；他不會說：『你有膽就殺了我。如果你殺了我，你就永遠碰不到鑽石了，那顆鑽石正藏在你碰不到的地方，我把它放在銀行的保險庫裡了。』他反倒會說：『你有膽就殺了我。如果你殺了我，鑽石就會被切得亂七八糟，再也不是原來的鑽石了。』你覺得這是什麼意思？」

「我知道了，」我說：「他想要降低鑽石的價格，好用來欺瞞那些想要搶鑽石的匪徒。」

「不是這麼回事，」他說：「切割那顆有瑕疵的鑽石，反倒會提高價格。理由很簡單：四到六顆完美無瑕、閃亮亮的小鑽石，把所有的價格加起來，會比一顆大卻有瑕疵的鑽石還要昂貴。如果那些匪徒的目的是金錢，中校的指示反倒會激起他們更想要搶奪鑽石的慾望。若是把鑽石交給阿姆斯特丹的鑽石切割工匠處理，反而會提高鑽石的價格，也能讓鑽石在市場上賣出更好的價錢。」

「我的老天！」我忍不住說道：「那麼這到底是怎麼一回事？」

「這是原本就是鑽石主人的印度人所策劃的陰謀。」法蘭克林先生說。「這個陰謀背後有某種印度教的迷信思維在作祟。我是看了一封家族信件之後，才確認確實是這麼一回事。」

現在我終於明白，為什麼出現在我們宅邸前的三個印度戲子，會引起法蘭克林先生的注意了。

「我不想強迫你接受我的想法，貝特瑞吉，」法蘭克林先生繼續說：「但這裡面提到有三位被特別選出來的印度教僧侶，他們奉獻一生，不顧危難，在一旁虎視眈眈地，希望有朝一日可以奪回他們珍貴神聖的寶石；這一點很符合這個東方民族特有的耐心，還有宗教帶給他們的影響。我是個想像力豐富的人，我的腦子不是只有務實的一般常識而已，像那些屠夫、麵包師傅和收稅員一樣。不過，暫且把我對這件事情真相的臆測放在一邊，先看看眼前與我們有關的問題吧。想要奪取月光石的陰謀，是不是在中校死後還繼續進行呢？中校是不是因為知道這一點，才把月光石當作生日禮物送給自己的外甥女？」

我開始覺得夫人和瑞秋小姐也陷入這陰謀當中了。我可沒聽漏法蘭克林先生告訴我的每一個字。

「我知道月光石的故事之後，」法蘭克林先生說：「其實不太願意把鑽石帶到這裡來。但布拉夫先生提醒我，如果我不做的話，也會有人把東西帶給瑞秋的，不如就由我來親自交付會比較好。我把鑽石從銀行拿出來以後，總覺得看到一個衣衫襤褸、黑皮膚的人在跟蹤我。我回到我父親那裡去拿行李，卻意外收到一封信，讓我又在倫敦多停留一陣子。所以我帶著鑽石回到銀行，卻覺得又看到那個怪人跟著我。今天早上我到銀行把鑽石拿出來，已經是第三次看到那個跟蹤我的人了。我為了甩掉他的跟蹤，在他還沒發現之前，搭了早上的火車出發，所以我現在到了，鑽石也平安無事。不過我才剛到就聽見這些消息，那三個印度人已經來到宅邸，而且還在以為四下無人時，探查我什麼時候從倫敦出發，身上是否帶著他們想要的東西。我不想浪費時間再提那些印度人是怎樣把墨水倒在男孩的手心，要他用天眼通去看在遠方的人，還有放在他口袋裡的東西。這種把戲我常常在東方國家看到，我也跟你一樣，覺得這只是在變戲法而已。現在最重要的問題是，我是不是把單純的意外事件解讀成別有意義了？還是我們已經找到充分的證據，可以證明我把鑽石從銀行拿出來以後，這些印度人就開始追蹤月光石的蹤跡？」

我們兩人都不怎麼想處理這個問題。我們互看一眼，又看向沙灘；海水正平緩地湧上沙灘，越來越高，逐漸淹沒整個顫抖沙灘。

「你覺得怎麼樣？」法蘭克林先生突然問道。

「先生，我在想，」我回答：「我應該把鑽石埋在這流沙裡，**這樣子**就不會有任何問題了。」

「如果現在鑽石是在你手裡，」法蘭克林先生回答：「貝特瑞吉，你就儘管這麼做吧。」

很有趣的是，當你正感到焦躁的時候，僅僅一個無聊的笑話，也可以驅走不安的感覺。我們兩人都大笑起來；雖然笑得很開心，但這樣不僅是偷走屬於瑞秋小姐的法定財產，還會讓身為遺囑執行人的布萊克先生身陷麻煩。我也搞不清楚我們為什麼會覺得這樣很有趣。

法蘭克林先生先回神，回到原來的話題上。他從口袋裡拿出一封信，打開，並將信紙交給我。

「貝特瑞吉，」他說：「為了阿姨，我們得先思考的是，為什麼中校要將鑽石留給他的外甥女。你得先想想，當中校回到英國以後，維林德夫人是怎麼對待她哥哥的，還有那一天，中校說他會記住他外甥女的生日。然後你再看這封信。」

他給我的是中校遺囑的摘要。我在寫這份筆記時也拿了一份；現在為了讓讀者更瞭解，我把遺囑的內容抄錄一遍。

第三項，也是最後一項，我將黃鑽石遺留給我的外甥女瑞秋．維林德小姐，我妹妹茱莉亞．維林德夫人的獨生女；條件是，她的母親，即前述茱莉亞．維林德夫人，在我死後至瑞秋．維林德小姐生日這段期間仍然存活。黃鑽石乃屬於我的資產，在東方被稱為月光石，在茱莉亞．維林德夫人仍存活的條件下，將贈與瑞秋．維林德小姐。我希望我的遺囑執行人能將該鑽石交給瑞秋．維林德小姐；他可以親自交付，也可以指定一位可信賴的代理人。執行人將在我外甥女瑞秋生日那一天，在我妹妹，即前述茱莉亞．維林德夫人的見證下，將鑽石交付給瑞秋．維林德小姐。並在交付鑽石的同時，將記載我遺囑最後一條內容的信件交給我妹妹，告訴她我之所以將鑽石遺贈給外甥女，是因為我原諒她對我的名譽造成的終生傷害；身為一個垂死之人，我原諒她對我這個有軍官身分的紳士的侮辱。我在外甥女生日那一天造訪時，她命令僕人將我拒於門外，這件事情我也原諒她了。

接下來又說明，如果在中校死亡之時，夫人去世，或是瑞秋小姐去世，鑽石將被送到荷蘭，依照那封密函的指示進行處置。至於鑽石所賣得的金錢，也是一樣將贈送給北部的大學，協助他們成立化學研究的基金。

我將信紙遞還給法蘭克林先生，苦思著不知道該對他說什麼。在這之前，我一直覺得中校在臨死前仍一如往常充滿惡意。我無法說這封遺囑的內容改變了我對他的看法，但確實讓我有些動搖。

法蘭克林先生說：「你看過中校的遺囑了，覺得如何？我把鑽石帶來我阿姨的宅邸，是被當作他報復的工具，還是證明了他確實是個知曉懺悔的基督徒？」

「很難說，先生。」我回答。「我不知道他死時是不是仍滿心想著要報復，而且謊話連篇。我想只有上帝知道真正的答案。你別問我。」

法蘭克林先生將遺囑在手中扭來轉去，好像希望這麼做可以從紙張裡頭擠出一些真相。他態度轉變之快令人吃驚，突然從生氣勃勃又開朗的樣貌，變成一個嚴肅沉思的年輕人。

「這件事有兩個面向，」他說：「一個比較客觀，一個比較主觀。你覺得我們應該選哪一個？」

他曾經受過德國式和法國式的教育。在我看來，之前佔據他思考模式的是其中一種，現在我覺得另一種思考模式佔了上風。但我的人生法則其中一樣就是，不要去干預那些我不懂的事情，所以我在他所說的客觀與主觀想法間遊走著。老實說，我只是牢牢地瞪著他，沒說任何話。

「我們來想一下隱含的意義好了。」法蘭克林先生說。「為什麼我舅舅要把鑽石留給瑞秋？為什麼不給阿姨？」

「先生，理由並不難猜。」我說：「中校知道夫人的性格，他瞭解夫人一定會拒絕接受**他**給的任何東西。」

「他怎麼知道瑞秋不會拒絕呢？」

「先生，現今有哪一個女孩會拒絕像月光石那樣的禮物呢？」

「那是比較主觀的想法。」法蘭克林先生說：「貝特瑞吉，看來你比較傾向主觀思考。但有關中校的遺囑內容，我們還沒考慮到一件事情。為什麼他會指定，必須要在母親仍存活的情況下，瑞秋才能得到她的生日禮物？」

「先生，我並不想中傷一個死人，」我回答：「但如果他**真的**想要藉由她的孩子，把這些麻煩跟危險帶給他妹妹的話，他就必須確認這時候他妹妹還活著。」

「喔！那是你對他動機的解釋了，不是嗎？又是主觀判斷。你有去過德國嗎？貝特瑞吉。」

「沒有，先生。如果可以的話，請告訴我你的解釋是什麼？」

「我覺得，」法蘭克林先生說：「中校很可能是想要向自己的妹妹證明，他已經原諒她了，而為了證明這件事，他送了個禮物給她的孩子；當然不是為了他的外甥女，畢竟他從未見過瑞秋。如果要從主觀跟客觀兩方面去解釋，會得出跟你的解釋完全不同的面向，貝特瑞吉。從我的觀點來看，既然主觀解釋有可能成立，就不能說客觀解釋不能成立。」

法蘭克林先生下了這麼個比較正面且令人安心的結論以後，似乎覺得他已經解決問題了。他仰躺在沙灘上，問說接下來要做什麼。

他表現得這麼聰穎，思路清晰（不過是在他提到那些外國人的胡言亂語之前），而且在討論這件事時，完全是領導話題進行的姿態，所以他突然間表現出這種完全依賴我的態度，實在令我有些反應不過來。一直到後來我才知道（這還是瑞秋小姐先發現再告訴我的），法蘭克林先生之所以會有這些奇怪的轉變，完全是出自於他在國外所受到的教育。在我們的人格正要成形的年紀，我們通常會受到身邊人的影響；但法蘭克林先生卻在這時被送到國外，而且是一個國家換過一個國家，在他受到身邊的人影響，即將形成某種人格之前，又換到另一個地方，因此沒有一種人格特質在他的身上固定下來，使他成為一個人格當中有多種面向的人；這些面向多少有些互相矛盾，而他這一生似乎都在跟各種面向持續鬥爭著。他可以很勤勞，但也可以很懶惰；他有時候思路混亂，但有時候又頭腦清晰；有時候他能很快下決斷，但同時又是個需要別人幫助的人。他有法國的一面，有德國的一面，也有義大利的一面；至於他英國的那一面則藏在底層，彷彿在說：「我就是這個樣子，像個會變形的怪物一樣，不過還是有一些過去的影子，留存在最深層的底部。」瑞秋小姐曾說過，法蘭克林先生義大利的那一面通常是他表層的人格，有時候在面對事情時，他會出其不意地讓步，然後用很溫和的方式，請求你幫他收拾爛攤子。我想各位讀者應該不會對此時的法蘭克林先生有過於嚴苛的評價，因為現在他表現出來的正是他義大利的那一面。

「先生，」我說：「我想應該只有你知道接下來該做什麼吧？我不會知道這種事的。」

法蘭克林先生似乎沒有察覺我的話語是在催促他行動，他只是一逕地望著天空而已。

「我不想用莫名其妙的理由讓我阿姨感到不安。」他說。「不過我也不想就這樣沉默不語，不給我阿姨一點警告。貝特瑞吉，請你告訴我，如果是你的話，你會怎麼做？」

我只告訴他一個字：「等待。」

法蘭克林先生說：「要等多久？」

我開始說明我的想法。「先生，據我瞭解，有個人得要將這顆惱人的鑽石在瑞秋小姐生日時交給她，這個人如果不是你，也會是另一個人。非常好。今天是五月二十五日，而瑞秋小姐的生日是六月二十一日，我們還有整整四週的時間。先等等，看這段時間會發生什麼事。如果到時真的出了什麼問題，我們再去警告夫人吧。」

「貝特瑞吉，你說得真是太好了！」法蘭克林先生說：「可是從現在到生日這一段時間，我們該拿鑽石怎麼辦才好？」

「先生，就跟你父親做的一樣好了。」我說。「你父親把鑽石放在倫敦銀行的保險庫裡，你也可以把鑽石放在法蘭茲霍爾的銀行保險庫。」（法蘭茲霍爾是離這裡最近的一個城鎮，而倫敦的銀行並不見得就比這裡的安全）「如果我是你的話，」我又說：「我會在夫人她們回來以前，帶著鑽石直接衝到法蘭茲霍爾去。」

他終於找到事情可做了（或者該說找到事情可以讓他騎馬去做）。法蘭克林先生迅速地跳起身。他很快地站起來，一句客套話也沒說，就把我拉起來。「貝特瑞吉，你真是比黃金還珍貴！」他說。

「跟我一起來，幫我去馬廄挑一匹最好的馬吧。」

我總算看到（感謝老天！）深藏在法蘭克林先生心底的英國面向，衝破那些外國教育所粉飾的表面，浮現出來。我又看到昔日的法蘭克林先生，就像以前一樣興沖沖要去騎馬的模樣，讓我想起了往日美好的日子。我要幫他準備馬嗎？不管他要幾匹馬，我都會幫他準備好的。

我們趕緊回到宅邸，用最快的動作替馬裝上馬鞍，接著法蘭克林先生急速地跨上馬背，衝向銀行，將那受詛咒的鑽石再度放入銀行保險庫內。我聽著他的馬蹄聲漸漸離去，在庭院裡回身，發現這裡只有我一個人時，忽然覺得自己好像還在作夢一樣。

7

當我還沉浸在自己的思緒中，需要一點時間釐清我的想法時，我女兒潘妮洛普突然擋在我面前（就像以前她母親常常把我擋在階梯上一樣），一開口就要求我告訴她，方才我跟法蘭克林先生都說了些什麼。在當前的狀況下，我得要做的，就是設法消除潘妮洛普的好奇心。所以我告訴她，我跟法蘭克林先生在談有關國外的政治問題，一直聊到兩人都累了，就一起在陽光洋溢的沙灘上睡著了。如果下次你的妻子或女兒也在不對的時間問不對的問題，你就試著用這種方式回答她們吧；若這女人天性溫順的話，她會給你一個吻，說下次有機會她會補償對你造成的困擾。

那個午後緩慢地過去，夫人和瑞秋小姐也回來了。

不用說，當她們知道法蘭克林先生已經到了，然後又騎著馬出去，有多驚訝了。自然**她們**也問了同樣的問題；但這一次「外國政治」和「在沙灘上睡著」可沒辦法敷衍**她們**。因此我編了個藉口，告訴她們法蘭克林先生之所以搭早上的火車過來，完全是他那古怪的個性使然。接著她們又問我，那麼法蘭克林先生隨即又騎馬飛馳離開，難道也是因為他那古怪的個性嗎？我說：「是的，沒錯。」然後用一種我認為很聰明的方式溜出來。

解決夫人她們丟給我的難題以後，回到房間，我卻發現自己面臨了更多的難題。潘妮洛普來找我，她就像天性溫順的女人一樣，給我一個吻，說她要謝謝我的回答，但也像個天生好奇的女人，又給我帶來另一個問題。這一次她問我，我們的第二侍女羅珊娜．史皮爾曼發生什麼事了。

在離開顫抖沙灘以後，羅珊娜似乎就直接回到宅邸，但卻顯得一副心神不寧的樣子。她臉上的神情可說是五味雜陳（如果相信潘妮洛普的形容方式），時而莫名其妙地高興起來，時而又莫名其妙地覺得悲傷。這一刻她問了潘妮洛普很多有關法蘭克林．布萊克先生的事情，但下一刻又為了潘妮洛普擅自認為陌生的紳士不可能會對她有興趣而生氣。她在自己的針線盒上胡亂寫著法蘭克林先生的名字，然後對著名字一下露出驚奇的神情，一下又微笑。接下來她面對鏡子，看到自己一雙不對稱的肩膀時，先是驚訝，然後哭了起來。羅珊娜跟法蘭克林先生之前就認識了嗎？當然不可能！他們之前有聽說過彼此的事情嗎？當然也不可能！我可以看得出來，當發現羅珊娜瞪著他的時候，法蘭克林先生是真的很驚訝。潘妮洛普也可以看得出來，當羅珊娜打探法蘭克林先生的時候，也是對他一無所知。我們一直用這種一來一往的討論方式，實在是很折磨人，不過後來潘妮洛普丟出了一個我此生從來沒有想過，最駭人的假設，結束了我們的對話。

「爸爸，」潘妮洛普很嚴肅地說：「除了這個以外，我想沒有其他的解釋了，羅珊娜對法蘭克林・布萊克先生一見鍾情！」

各位讀者大概都聽過年輕漂亮的女孩對某位男士一見鍾情的故事，而且覺得這很正常。但是一個出身自感化院，有著平凡相貌跟不對稱肩膀的女僕，竟然對拜訪她女主人宅邸的紳士一見鍾情，這種荒唐的故事情節，就算找遍基督教國家裡的任何一本書都找不到！我一直笑，笑到眼淚都流出來了。潘妮洛普顯得很生氣。「我不知道原來你是個這麼殘酷的人，爸爸。」她輕聲說，然後離開房間。

我女兒所說的話，宛如在我身上潑了桶冷水一般。我對自己生氣，也因為她對我說的那些話，覺得很不安。接下來我要換個話題了。很抱歉我又岔開話題去講別的事情，不過那並非毫無理由的；繼續看下去，你就會知道這兩者間有什麼樣的關係。

夜晚來臨，在法蘭克林先生從法蘭茲霍爾回來以前，晚餐的整裝鈴已經響起。我親自端了杯熱水到法蘭克林先生的房間，希望知道他之所以這麼晚回來，是不是路上發生了什麼事。但讓我失望的是（可能也讓讀者失望了），什麼事都沒發生。他在往返的路上並沒有遇到那些印度人。他很順利地將鑽石交給銀行（他只跟銀行的人說這是一顆價值連城的寶石），口袋裡放著收據回來。我走下樓，心想，在我們為了鑽石的事情亢奮一整天之後，這倒是一個挺平淡的結局。

我無法告訴你法蘭克林先生與夫人和瑞秋小姐共進晚餐時，是什麼樣的狀況。

我其實也可以親自去服侍他們進餐。但以我目前在宅邸的工作來說，親自服侍晚餐會降低我在其他僕人眼中的地位（除了在某些比較盛大的家庭宴會上）；不過夫人是覺得我還滿容易做出這種降格的事情。我的消息來源是潘妮洛普和一名男僕。潘妮洛普告訴我，她從沒看過瑞秋小姐這麼精心整理自己的頭髮，還有在她去起居室見法蘭克林先生時，她的外表也是前所未見的亮麗。男僕則說，一邊服侍法蘭克林先生進餐，還得同時保持恭敬、冷靜的態度，真是他做男僕以來最困難的一件工作。晚餐過後，我聽到房間裡傳來樂聲，他們在唱二重唱。法蘭克林先生唱出美妙的高音，瑞秋小姐的聲音則更高，夫人彈鋼琴；夫人的琴聲伴隨著兩人的歌聲，穿越過廳堂，傳到外頭的露台。之後我帶著蘇打水和白蘭地，到吸菸室去找法蘭克林先生；但我卻發現此時瑞秋小姐佔據了他的腦海。「自從我回到英國以後，我還沒遇到過像瑞秋這樣可愛的女孩！」雖然我試著跟他談比較嚴肅的話題，但他除了這些以外，沒再告訴我什麼。

接近午夜時，我一如往常地帶著男僕山繆爾一起巡視宅邸。我們很快地把宅邸裡所有的門都關上，只剩下通往露台的一道門。我要山繆爾先回房休息，我自己一個人則到露台去，想在回房間前呼吸一下外頭的新鮮空氣。

那天晚上很平靜，滿月高掛空中。外頭實在是太安靜了，靜到我可以聽見海水漲潮，淹沒我們這附近海灣口的微弱波浪聲。由於房子的方位，我所在的露台位於背光處，但月光照亮了從外頭延伸到露台的碎石子路。我抬頭看了看月亮，又看向那條碎石子路，發現有個人影跑向宅邸的後方。

我是個狡詐的老人，當下忍耐著沒有立即喊出聲；但不幸地，我的腳步遲緩且沉重，一腳踏上碎石子路就發出聲音了。在我走到宅邸的角落之前，我聽到比我更輕的腳步聲(而且我想不只一個人)，匆匆忙忙地退開。當我到達宅邸的角落時，那些入侵者已經跑進碎石子路旁的灌木林內，躲在樹叢裡。他們可以很輕鬆地穿過灌木林，越過籬笆，逃到外頭的道路上。如果我年輕個四十歲，可能還有力氣在他們逃離前追上他們。但我並不年輕了，所以我回到宅邸，找了位年輕的幫手。我和山繆爾在不打擾其他人的狀況下，各拿了一把槍，巡視宅邸周遭的土地和灌木林，直到確認沒有任何人在這一帶徘徊，我們才又走回來。我走在看到那個人影的碎石子路上時，注意到路面落了個被月光照亮的小東西。我把那東西撿起來，發現那是個小瓶子，裡頭裝了散發出香味、濃如墨水的液體。

我沒有對山繆爾說這件事情。不過我想起潘妮洛普告訴我的，那些印度戲子如何將某種像墨水一樣的液體倒在男孩的掌心。我隨即想到，我很可能打擾了那些印度人侵入宅邸的計畫，也阻止了他們想要用那些異教徒的方式打探鑽石下落。

8

我發現我有必要在這裡先暫停一下。

我搜尋自己的記憶（在潘妮洛普的日記幫助下），發現我可以省略在法蘭克林先生到達宅邸，至瑞秋小姐生日那一天之間發生的事情。大部分是因為在這段時間內，沒什麼事情值得一書。但我在潘妮洛普的協助下，記錄了幾件那段期間的事情；我盡量不要像記流水帳般鉅細靡遺說明每天發生的事，而盡快寫到鑽石事件發生的那一天。

我會先從那天晚上，撿到那罐有香味的墨水瓶開始說起。

第二天（二十六日）早上，我給法蘭克林先生看那罐墨水瓶，也告訴他前晚發生的事情。他認為，這些印度人不僅試圖闖入宅邸尋找鑽石下落，同時也笨到相信在男孩額前畫記號、在他手心上倒墨水這種法術，就可以讓他看到常人看不到的人物或景象。法蘭克林先生告訴我，在我們國家，或是在東方國家，都有人在變這種戲法（只是他們都沒有用墨水）；這種戲法有一個法文名稱，意思是指千里眼。「他們想靠這種戲法找到鑽石。」法蘭克林先生說：「他們以為我們一定會把鑽石放在宅邸裡。如果他們昨晚真的成功入侵宅邸，他們認為那個千里眼男孩可以幫他們找到鑽石所在。」

「先生，你認為他們會再來嗎？」我問。

「這要看那個男孩是不是真的可以看到什麼。」法蘭克林先生說：「如果他看到鑽石就擺在法蘭茲霍爾銀行的保險庫，那他們應該就不會再到宅邸來了。如果他看不到，那麼不消幾天，我們就有機會在灌木林裡抓到這些人。」

我很有信心地等待著這個機會的來臨；但奇怪的是，那些印度人再也沒有來過了。不知道是不是那些印度人在鎮上聽說了法蘭克林先生去銀行的傳聞，或是那男孩真的看到鑽石就放在銀行的保險庫裡（關於這一點我是不太相信）；或者只是湊巧（這倒是最合理的解釋），從那一天之後，直到瑞秋小姐生日，我都沒有再看到那些印度人接近這棟宅邸的跡象。那些印度戲子依然在附近的鎮上徘徊，法蘭克林先生和我則等著看有什麼事情會發生，而且刻意不顯露出我們對印度人的疑心，好降低他們的警戒。我們彼此保持著同樣的狀態，因此關於印度人的事情，到事件發生之前，倒是沒有什麼好說的了。

五月二十九日，法蘭克林先生和瑞秋小姐找到某些方法打發時間。我在這裡說明他們兩人所熱中的事情，是有理由的。讀者們會發現，這件事情跟後來的事件有些許關連。

出身名門世族的人，通常會發現他們的人生總會遇到一個很大的障礙；那個障礙就是閒閒沒事做。他們似乎花費了大部分的人生在尋找自己想要做什麼事。很有趣的是，他們常常會盲目地陷入某種狂熱狀態（尤其是當他們想做的事情是有關智性上的追求時）。十次當中有九次，他們都是在破壞某樣東西，同時相信這麼做會讓自己成長，但事實卻是他們只是把房子搞得一團糟而已。舉例來說，我有好幾次看過這些人（我得說這當中有男性也有女性）帶著空藥盒出門，抓了一些蠑螈、甲蟲、蜘蛛和青蛙回來，接著不是在這些可憐的生物身上穿釘打洞，就是把牠們分解成一塊一塊的。我看過那些年輕的先生小姐們，把抓到的蜘蛛拿出來用放大鏡仔細觀察；或者在下樓時看到一隻無頭青蛙在那兒跳呀跳的。

你可能會想，他們為什麼要做這麼殘忍的事情？但其他人卻說，他們是在做自然研究。有時候我看到他們花了好幾個小時，用尖銳的工具摧殘一朵花，只因為他們想要瞭解花的構造是什麼。**瞭解**花的構造以後，難道花的顏色看起來就比較漂亮？或是味道聞起來會比較香嗎？但你想想，這些閒閒沒事做的少爺小姐們，確實需要找點事情做呀。

在他們還是小孩的時候，他們玩泥巴，用泥巴做派；在他們逐漸成長以後，他們開始做這些奇怪的科學實驗，解剖蜘蛛，糟蹋花朵。不管做什麼事情，這都是因為他們空空的腦袋裡什麼都沒想，閒散的雙手無事可做。所以他們開始在畫布上塗鴉，弄得滿屋子都是顏料的味道；或是在玻璃杯裡放滿髒水養蝌蚪，搞得整個屋子的人都反胃；或是開始鑿石子，屋裡的食物上頭到處都是石塊碎屑；或者是開始把拍照當興趣，然後不顧大家的意願替所有人都拍照。這對真的需要靠勞動賺錢，只為有衣服可以穿，有食物可以吃，有房子可以避難的人來說，是個巨大的負擔。不過辛苦工作一天，都比在那兒糟蹋花朵，或是解剖蜘蛛的肚子，要好得太多了；這時候我真感謝自己不是生在那樣的世家，我的腦袋**必須**要去思考，我手邊也有事情**必須**要去做。

至於法蘭克林先生和瑞秋小姐，我很高興地說，他們沒有去折磨或破壞什麼東西。他們有時是會搞得一團混亂，但他們搞破壞的對象頂多是門框而已。

法蘭克林先生是個全才，他對各種事物都有所涉獵，其中一樣是他說的「裝飾繪畫」。他告訴我們，他發明了某種新的繪畫顏料，他稱這種顏料為「載具」。我不知道這東西的成分是什麼。我只有兩個字可以形容：極臭。瑞秋小姐很著迷，想要試試看這種顏料，法蘭克林先生便派人去倫敦買材料回來調製；那東西的味道會讓進入房間的狗兒都打噴嚏。

瑞秋小姐在自己的衣服外頭套上圍裙，開始裝飾起她的小起居間（這是英文的名稱，法文說法叫做「貴婦的小客廳」）。他們從門裡面著手畫起。法蘭克林先生用浮石把門上漂亮的漆都刮掉，然後在上頭塗上他所謂的「畫布」。瑞秋小姐接著在法蘭克林先生的指示跟幫助下，開始在畫布上作畫；作畫內容有固定的模式跟圖案，包括半獅半鷲的怪獸、鳥、花、丘比特等等。這些圖案是仿自某位有名的義大利藝術家，但我忘了他叫什麼名字，只知道他畫了很多聖母瑪麗亞的畫像，還跟麵包師傅家的女孩私通。畫裝飾繪畫很花時間，而且往往弄得很髒，但我們這兩位年輕的先生小姐卻樂此不疲。當他們沒有出去騎馬、去找朋友吃飯或唱歌的時候，兩人通常都湊在一起，像蜜蜂一樣忙著裝飾房間。是哪個詩人說過「閒人手裡專出壞事」？如果他來到這棟宅邸，看到瑞秋小姐手拿畫筆、法蘭克林先生調製「載具」，一定會覺得這句話再真實也不過了。

接下來比較值得一書的是，在六月四日星期天發生的事情。

那一天傍晚，僕人們在廳內第一次因為家族的事情而有了些爭執；這爭執就如同裝飾繪畫一樣，跟後來的事件有些許關連。

我們看到法蘭克林先生和瑞秋小姐是多麼開心地在做目前熱中的事情，也覺得兩人在各方面都很相配，因此很自然就猜測，除了裝飾繪畫之外，他們應該也已經兩情相悅了吧。有人說，在夏季結束以前，搞不好這宅邸就要舉辦婚禮了。其他人（由我領頭）則認為，瑞秋小姐應該會結婚，但我們都懷疑（理由接下來會說明）新郎會不會是法蘭克林．布萊克先生。

大家都看得出來法蘭克林先生是戀愛了，但問題是我們很難理解瑞秋小姐究竟在想什麼。讓我先告訴各位讀者有關瑞秋小姐的個性，然後再交由各位去做判斷，如果你做得到的話。

六月二十一日就是瑞秋小姐十八歲的生日了。如果你喜歡皮膚較黑的女性（我聽說這風尚最近已經逐漸退流行），如果你並不在意身高問題，我想瑞秋小姐會是你所見過最可愛的女士之一。她身材雖然嬌小苗條，從頭到腳比例卻很完美。光是看著她坐下、站起身，尤其是看著她走路的樣子，我想就可以讓所有男士欣賞到她姿態的優雅；而且這完全跟她的穿著無關，是她的身姿所展現出來的優美（容我如此形容）。她的髮色是我見過最烏黑的，而她的眼睛也與髮色相稱。我得承認她鼻子有點小；她的嘴和臉頰，借用法蘭克林先生的話，就猶如眾神的美食；她的膚色如太陽一般溫暖，也像陽光一樣令人賞心悅目。她總是抬頭挺胸，一舉一動皆充滿活力，有著良好的教養；她的聲音如銀鈴般清晰悅耳，笑的時候可以先從她的眼裡看到笑意，再漸漸擴散到嘴角。我盡力以描繪肖像方式形容瑞秋小姐的模樣，但我想我窮盡一生都數不盡。

瑞秋小姐的性格如何？這位可愛的小姐難道沒有缺點嗎？她就跟你我一樣，也有缺點，但不多也不少。

嚴格來說，我們這位年輕漂亮、優雅迷人的瑞秋小姐確實有一個缺點，就連我都不得不承認這件事情。她不太像其他同年紀的女孩子。也就是說，她很有主見，而且很頑固。例如，若她覺得某些現在流行的時尚風格不適合自己，她就堅持不跟大家做同樣的打扮。而在一些日常小事上，她這種性格還沒有什麼問題，但若是碰到重要大事，（我和夫人都認為）這就有點危險了。她就像年紀大她兩倍的女士一樣，自行做判斷，從來不問其他人的意見，不會事先告知她想做什麼，也不會向人吐露秘密，甚至連對自己的母親都不曾說過什麼。不管是大事還是小事，不管是她喜愛的人或討厭的人，瑞秋小姐都是用這種態度去面對，她也有足夠能力去應付發生在自己人生中的喜悅和悲傷。我常常聽到夫人說：「瑞秋最好的朋友跟最大的敵人都是她自己呀。」

讓我再多說一件事。

瑞秋小姐雖然守口如瓶，固執己見，但她性格中卻沒有一點陰暗色彩。她從來就是說到做到，我也從沒聽她說過以否定代表肯定的曖昧話語。我記得在她小時候，曾經因為她喜愛的玩伴做了什麼錯事，而受到大人的懲罰。那時她雖然知道玩伴做錯事了，卻沒有向大人告密，因此當事情爆發後，她也一起受到懲罰。不過她也沒有說謊。她會直直地看著你的臉，搖搖頭，平靜地說：「我不會告訴你的。」大人又再度因她的拒絕回答而懲罰她，儘管如此，她還是什麼都不說。她很固執，有時候甚至是像惡魔一樣的固執，但她同時也是這個世界上最好的人。各位讀者可能會覺得這個人充滿矛盾吧。我再偷偷告訴你一件事。下次你就二十四小時觀察一下你的妻子吧。如果這一天之內，你都沒有發現你的好妻子身上出現任何矛盾的特質，那麼老天保佑，你娶的不是個人，而是個怪物！

你現在已經很熟悉瑞秋小姐是個什麼樣的人了，接下來我們試著看看瑞秋小姐對婚姻抱有什麼觀感。

六月十二日那天，夫人寄了封信給一位在倫敦的紳士，邀請他來參加生日派對。這位先生正好是我私下認為瑞秋小姐的心之所繫。跟法蘭克林先生一樣，這位高佛瑞・亞伯懷特先生也是瑞秋小姐的表兄。

夫人的二姊（各位請不用擔心，這次我不會再花費太多篇幅說明這個家族的事情）年輕時戀愛受挫，之後便意氣用事找個男人嫁了。她和這位男性的婚姻就是世人說的門不當戶不對。在尊貴的卡洛琳小姐堅持要嫁給法蘭茲霍爾的平民銀行家亞伯懷特先生時，還引起了一場家族風暴。他很有錢，也很有地位，家族人口數量龐大，而這些家族成員都仰賴他的照顧。他試著想提升社會地位，但情況卻對他很不利。不過，隨著時間過去，現代社會逐漸變得開明，階級地位的問題不再那麼嚴重，讓原本門不當戶不對的婚姻也變得沒什麼大不了。我們現在都可以生活得比較自由了，不管是不是在國會議堂上，我也不在意你是個清道夫還是個公爵（身分隔閡已經消失了）。這就是現代人看待社會階級的方式，我也跟大家一樣。亞伯懷特家族住在法蘭茲霍爾周邊一棟豪宅裡。他們很有錢，也相當受到鄰居的敬重。我們就不要再浪費篇幅說這個家族的事情了，看在瑞秋小姐的分上，我們應該要把重點放在亞伯懷特先生的次子，也就是高佛瑞先生身上。

雖然法蘭克林先生個性開朗、聰明、善解人意，但要能勝過瑞秋小姐對高佛瑞先生的好印象，在我看來實在不是件容易的事。

首先，從外表和身高來看，是高佛瑞先生勝出。他身高六尺，膚色是漂亮的白裡透紅；他有張光滑的圓臉，鬍子剃得乾乾淨淨，一頭亞麻色長髮漫不經心地落在頸後。但我何必要告訴讀者他的外貌如何呢？如果讀者當中有人曾捐款給倫敦的婦女慈善機構，你應該就會知道高佛瑞．亞伯懷特是什麼樣的人物。高佛瑞先生的職業是律師，有著對女性親切的性格，有時候也是個充滿同情心的善人。要不是有他的幫助，那些婦女福利的慈善機構都無法運作。他擔任好幾個慈善組織的副總裁、經理和調停人，這些組織包括收容貧窮女性的母親協會、救助貧困婦女的抹大拉[3]協會，以及主張女性應擁有與男性同等的地位，試圖改變男性對性別的觀點，強調男女平權的協會。只要這些女性坐下來開會，就會看到高佛瑞先生也在場；他維持會議的和諧運作，幫助這些女性們解決各式各樣的難題，而且總是態度謙恭有禮。

我認為他是全英國最有教養的慈善家了。他在慈善場合進行的演講，可以讓你在淚如雨下的同

3. 抹大拉（Magdale），出自聖經路加福音，抹大拉的馬莉亞，是耶穌第一個女門徒。

時，還願意掏出錢來贊助他們。這種人才可不多見，他很適合當個公眾人物。上次我到倫敦去的時候，夫人曾帶我去兩個地方，一個是到戲院看一個女人以狂熱的姿態跳舞，另一個則是到愛塞特廳去聽高佛瑞先生的演說。女士們對他的演說發出歡呼，男士們則揮舞手帕，舉杯致意，群眾手舞足蹈、七嘴八舌地討論著。而造成這一切的高佛瑞先生，是我所見過脾氣最溫和的人了（同時也是個性最單純，和顏悅色，很容易相處的人）。他喜愛大家，大家也都喜愛**他**。像法蘭克林先生這樣的人（任何一個平常人），有什麼機會可以和高佛瑞先生一較長短呢？

六月十四日，收到高佛瑞先生的回覆。

他接受夫人的邀約，表示會在星期三瑞秋小姐生日當天到達，一直待到星期五傍晚就得離開，因為之後有婦女慈善機構的工作而不得不回去。他還在信裡寫了首詩，詩裡用優雅的文字祝賀瑞秋小姐的「誕辰」。後來我知道，瑞秋小姐和法蘭克林先生在晚餐時一同取笑他寫的詩。法蘭克林先生那一派的潘妮洛普用一種勝利的姿態問我，聽到這件事情感覺如何？「瑞秋小姐是在誤導妳，親愛的。」我回答。「我可沒這麼容易被騙。妳就等著看亞伯懷特先生親自朗誦這首詩時，會發生什麼事吧。」

我女兒這麼回應，還說法蘭克林先生會在亞伯懷特先生到來之前，試著追求瑞秋小姐。我贊成她的意見，因為我也看到法蘭克林先生確實抓住每一個機會，想要贏得瑞秋小姐的心。

雖然法蘭克林先生是個老菸槍，但聽到瑞秋小姐說她不喜歡他衣服上那股菸臭味，他就戒了雪茄。戒菸之後，他卻因為身體依然需求菸草的戒斷症狀，導致晚上睡不好，每天早上下樓時總是一臉憔悴，形容枯槁，讓瑞秋小姐忍不住求他回復吸菸的習慣。可是他拒絕了！他不希望因為菸味而讓瑞秋小姐不舒服，並表示會堅決地與戒斷症狀對抗，耐心等待身體重新適應，讓他可以睡得好為止。像法蘭克林先生這樣的獻身壯舉，當然能給瑞秋小姐製造一個好印象，更何況他們每天都一起替門框做裝飾繪畫。一切進展順利，但瑞秋小姐房間裡仍擺飾著高佛瑞先生的照片，那張照片是高佛瑞先生在倫敦的演說會上拍的，照片裡的他英姿煥發、辯才無礙，還有那雙可以吸引你掏出口袋裡的錢奉上的動人眼神。你認為如何呢？瑞秋小姐每天早上（根據潘妮洛普的情報）都是一邊看著高佛瑞先生的照片，一邊梳她的秀髮。我自己是認為，再過不久之後，瑞秋小姐跟高佛瑞先生的喜事就要近了。

六月十六日發生了一件事，讓法蘭克林先生的追求計畫遇到前所未有的不利狀況。

那天早上有位奇怪的紳士來到宅邸，說有要事想見法蘭克林．布萊克先生；這位先生的英文有著奇異的口音。我想這位紳士的要事應該與鑽石沒有關係，理由有兩點：第一，事後法蘭克林先生沒有和我談這件事情；第二，在這位紳士離開以後，法蘭克林先生去跟夫人談了一下。夫人後來可能跟瑞秋小姐提了些什麼。不管如何，當天晚上在彈鋼琴時，瑞秋小姐對法蘭克林先生說了些重話，主要是指責他跟一些不三不四的人混在一起，還有他那些在國外生活時染上的壞習慣。第二天，他們兩人都沒有去畫裝飾繪畫。我猜測，可能是法蘭克林先生在歐陸時做了些錯事（可能跟女人有關，也可能是債務問題），現在這些錯事的後果跟隨著他來到英國了。不過這些都純屬猜測。在這件事情方面，不管是夫人還是法蘭克林先生，都沒有告訴我究竟是怎麼回事。

六月十七日，看起來兩人之間的不和已經消解了。他們又再度畫起裝飾繪畫，而且好像又回到以往好朋友一樣的交往狀態。如果潘妮洛普的觀察可信的話，法蘭克林先生抓到機會和瑞秋小姐和好，但他既沒有被接受，也沒有被拒絕。潘妮洛普相信（我在此不贅述潘妮洛普所觀察到的各種徵兆），瑞秋小姐覺得自己不該不信任法蘭克林先生的誠懇，也有點後悔先前用嚴厲的態度對待他。雖然跟其他女侍比起來，潘妮洛普確實是瑞秋小姐的密友（因為這兩個女孩是從小一起長大的），但從瑞秋小姐保留的個性看來，我相信她應該不會告訴任何人她到底在想什麼。我認為潘妮洛普在當時所告訴我的觀察，應該有大半是出自自己的期望吧。

六月十九日，又發生了另一件事情。我們找了醫生過來宅邸。這位醫生是來替一個人看病；這個人我先前已經跟各位介紹過了，就是宅邸的第二侍女——羅珊娜·史皮爾曼。

這可憐的女孩（我先前說過，她在顫抖沙灘的態度實在是讓我很不解）又做出了一些讓我丈二金剛摸不著頭腦的事情。潘妮洛普曾經說羅珊娜愛上了法蘭克林先生（有關這件事情我要她不可以跟任何人說），我依然覺得這荒謬至極。但我必須得承認，不管是我還是潘妮洛普，都覺得這第二侍女的行為舉止是越來越怪異了。

舉例來說，這女孩常常偷偷地擋在法蘭克林先生面前。法蘭克林先生看到她，就跟看到一隻貓一樣，從來沒花費心思多看一眼羅珊娜那張平庸的臉蛋。羅珊娜的食慾明顯下降許多（雖然本來就吃不多），而她的雙眼常常呈現出前一天哭了一整個晚上的樣子。有一天，潘妮洛普撞見羅珊娜正在做一件糟糕的事情，關於這件事我們倆都決定噤聲不談。潘妮洛普看到羅珊娜在法蘭克林先生的鏡台前，把瑞秋小姐送給法蘭克林先生，讓他裝飾在自己鈕釦上的一朵玫瑰拿起來，然後換上自己摘來、樣貌差不多的另一朵玫瑰。之後，羅珊娜有幾次出言頂撞我，我出於善意警告了她，但情況並沒有改善，有幾次瑞秋小姐跟她說話時，她的態度也相當不得體。

夫人注意到羅珊娜態度的轉變，便問我知不知道是怎麼回事。我為了掩護那女孩，便說是因為她身體不太舒服，才導致十九日那一天請醫生過來幫她看病這件事情。醫生說羅珊娜是神經過敏，他也懷疑這份工作究竟適不適合她。夫人覺得應該要將她調到位於內陸的另一個農場裡工作，讓她換個環境。但這女孩哭著請求夫人不要讓她離開這裡；很不幸地，我還建議夫人可以試著讓她多留一陣子。接下來各位看到事件的進展，就會知道這是我做過最糟糕的建議了。如果我可以知道將來會發生什麼事，我絕對會親自帶著羅珊娜・史皮爾曼遠離這棟宅邸的。

二十日那一天，我們收到高佛瑞先生的訊息。他說他會在當天晚上先到法蘭茲霍爾，和他父親商量一些有關工作的事情，隔天下午再和他兩位姊姊在晚餐前騎馬來到宅邸。隨信還附帶一個精緻的瓷器首飾盒，是高佛瑞先生送給瑞秋小姐的禮物。法蘭克林先生只送了一個項鍊墜盒，那墜盒的價值恐怕還不夠首飾盒的一半呢。儘管如此，我女兒潘妮洛普（改不了女人的頑固個性）還是堅持法蘭克林先生有機會勝出。

感謝老天，我們終於說到瑞秋小姐生日那天晚上的事情了。這一次我會以不拖泥帶水的方式，鉅細靡遺地描述那天晚上發生的事。各位讀者請振作精神，接下來的新章節當中，我會帶著大家直搗事件的核心。

9

六月二十一日，瑞秋小姐生日當天。一早開始天氣有些不穩定，且充滿陰霾，但接近中午就逐漸放晴了。

我們在僕人廳裡舉行慶生活動，依慣例開場由我們這些僕人獻上小禮物給瑞秋小姐，並以我為首代表大家講些祝賀的話。我的演說和每年議會開始時女王的演說如出一轍；也就是說，幾乎每年都是一樣的內容。在發表演說以前，大家也都表現出從未聽過我演講內容的樣子。演說結束後，大家發現內容其實了無新意，雖然會有些抱怨，但還是期待著明年的演說會有什麼不一樣。說來這些人都很容易管理，不管是議會殿堂或是廚房，這對他們都可說是基本倫理。用過早餐以後，我和法蘭克林先生秘密討論了一下有關月光石的問題；今天正是從法蘭茲霍爾的銀行將鑽石拿出來，交到瑞秋小姐手中的日子。

我不知道是不是因為法蘭克林先生試著向瑞秋小姐求愛，遭到斷然拒絕，或是戒菸的關係造成他晚上睡不好覺，以至於讓他性格當中充滿矛盾和不穩定的面向更加明顯。我只知道，瑞秋小姐生日當天早上，他並沒有留給瑞秋小姐一個好印象。他腦子裡有二十多個如何處置鑽石的點子，而且每分鐘都在改變主意。至於我，則認為事實就如同我們看到的樣子。這段期間沒有發生任何狀況，足以讓我們去警告夫人有關鑽石的事情；法蘭克林先生也依然背負著將鑽石交給瑞秋小姐的法律義務，這些都是不容改變的事實。這是我的想法，而經過幾次迂迴曲折的思考以後，法蘭克林先生也被迫接受了我的想法。我們的計畫是，他要在午餐過後到法蘭茲霍爾取出鑽石，然後跟著高佛瑞先生及他的兩個姊姊一起騎馬回來（為了讓他不要單獨一人帶著鑽石上路）。

計畫底定之後，法蘭克林先生便去找瑞秋小姐。

他們兩人花了一整個早上，還有部分下午的時間，在裝飾繪畫上頭。潘妮洛普則在他們的指示下幫忙調繪畫的顏料。而夫人在接近午餐時間時，就開始不斷進出房間，一手拿著手帕掩住鼻子（因為那天他們用了很多法蘭克林先生的載具），一邊徒勞無功地試圖勸阻這兩位藝術家的工作。一直到三點鐘左右，兩人才願意脫下圍裙，讓潘妮洛普從調製載具的工作中解放出來，然後清理自己身上弄得一團糟的衣服。但他們的工作總算大功告成了；他們終於在生日當天把繪畫完成，而且兩人都覺得很自豪。我必須要說，這些半獅半鷲的怪獸、丘比特等等，是我看過最美麗的圖案；雖然這些肖像數量極多，且都與花朵和其他裝飾纏繞在一起，動作和姿態也顯得多樣而凌亂，讓我在欣賞過這些繪畫的精巧美麗以後，過了幾個小時腦子裡依然被亂糟糟的構圖所佔據，實在令人感到不愉快。我還得要說，潘妮洛普那天做完調製載具的工作，回到廚房後頭之後，開始覺得身體不舒服，令我實在是對那載具沒什麼好感。更糟的是，就算顏料乾了，那臭味還是陰魂不散！如果為了成就藝術，必須要付出某種犧牲的話（而這個犧牲就是我女兒），我會說，管這些藝術去死吧！

法蘭克林先生在午餐桌上隨便拿了些東西果腹後，就動身騎馬到法蘭茲霍爾去。他告訴夫人說是要去幫忙護衛兩位即將來訪的表姊，但其實真正的目的是去拿月光石，而這目的只有我跟法蘭克林先生知道。

為了那天晚上的慶祝晚宴，我有一堆事情要做，我得要親自服侍大家進晚餐，所以在法蘭克林先生離開以後，我一心只想著晚宴的事情。檢視過當天要用的紅酒，跟其他僕人確認過工作內容之後，我便決定在客人到達之前先休息一下，抽個菸，還有看點書。各位讀者應該知道，就是我先前提過的書。做這些事情可以讓我身心都覺得安寧。外頭傳來行進的馬蹄聲，使我從白日夢（不是打盹）中驚醒；我走出去，看到法蘭克林先生和他的三位表兄姊一行人已經抵達了，還有一位老亞伯懷特先生的侍從也跟著一起過來。

但奇怪的是，高佛瑞先生的表現讓我驚訝，他的精神就跟法蘭克林先生一樣，看起來不像往常那麼好。他一如以往親切地和我握手，還很有禮貌地說很高興看到老朋友貝特瑞吉穿得這麼隆重。但他的身上籠罩著一層陰霾，我也不明白為什麼會這樣；當我問候他父親的身體如何時，他也只是簡短地回答：「跟以前一樣。」不過，兩位芳齡約二十的亞伯懷特小姐倒是顯得很開心，這讓氣氛不至於太糟。兩位小姐的身高和她們的兄弟差不多，個性爽朗，一頭黃髮，有著玫瑰色的粉嫩臉頰，全身上下都充滿活力，從頭到腳散發出健康的氣息。那兩匹載著小姐的馬，雙腿微微顫抖著；而當兩人跳下馬匹時（等不及有人扶她們下馬），我敢說地板就像橡膠一樣彈了一下。兩位亞伯懷特小姐說話時，一定會張大嘴巴用「喔！」做開頭，她們不管做什麼事都弄得碰碰作響，不管別人說了什麼，也不管好不好笑，她們隨時都會咯咯傻笑和尖聲大笑。我私下稱她們是「跳跳人」。

在兩位小姐喧鬧聲的掩護下，我得以在大廳跟法蘭克林先生說兩句悄悄話。

「先生，你拿到鑽石了嗎？」

他點點頭，然後拍拍他上衣胸前的口袋。

「你有看到那些印度人嗎？」

「連個影子也沒有。」他回答之後，便問夫人現在在哪裡。得知夫人目前在起居室，他便直接往那裡走去。而在他進去起居室大約一分鐘之後，傳喚鈴就響了，潘妮洛普被叫去請瑞秋小姐過來，說法蘭克林先生有事情要跟她說。

大約三十分鐘以後，當我經過大廳時，聽到從起居室內傳來一陣尖叫聲，因而止住了腳步。我並沒有因這尖叫聲而認為是出了什麼事，因為我認出來那叫聲是兩位亞伯懷特小姐發出來的。不過我還是進去起居室（假裝要問有關晚餐的事情），看看是不是真的發生了什麼嚴重的事情。

瑞秋小姐站在那兒，手裡握著邪惡中校的鑽石，露出一臉迷炫的神情。她的兩側蹲著兩個「跳跳人」，著迷似地看著那顆鑽石，每當鑽石在她們眼前展現出不同的色澤時，就發出喜悅的尖叫。高佛瑞先生站在桌子的另一邊，像個大小孩一樣拍著手，一邊輕聲說：「太美了！真是太美了！」法蘭克林先生則坐在書櫃前的一張椅子上，一邊扯著自己的鬍鬚，一邊焦躁不安地看著窗邊。而法蘭克林先生的視線所在之處，是站在窗邊的夫人；她手上拿著邪惡中校遺囑的摘要，背對著那一群人。

當我前去詢問有關晚餐的指示時，夫人轉過身來面對我；我看到她眼裡堆聚著不滿，那家族遺傳的壞脾氣讓她嘴角抽搐著。

「三十分鐘後，你到我房裡來。」她回答：「我有些事情要跟你說。」

她說完以後，就走出起居室。我很明白，夫人正面臨一個難題，一如當時在顫抖沙灘時，我和法蘭克林先生所面對的難題。這個月光石，是否證明了她確實曾不公平地對待自己的兄長？或是證明她的兄長比自己所想像的還要可惡？夫人必須要思考這嚴肅的難題，而她對邪惡中校的人格一無所知的女兒，手裡還拿著中校給她的生日禮物。在我離開房間之前，從出生起就很體貼屋子裡年長僕人的瑞秋小姐攔住我。「加伯列，你看！」她說，將鑽石拿到我眼前，我看到那鑽石映照著從窗外射進來的陽光。

老天保佑！這真的**是**顆鑽石！簡直就跟鴴鳥的蛋一樣大！鑽石綻放出如同滿月一般的光亮。看著這顆鑽石時，會發現你的目光被一片深沉的黃色所吸引，以致除此之外什麼都看不清了。它深不可測；你可以握著這顆鑽石，卻又覺得這顆鑽石就像天堂一樣深不可測。我們先把鑽石放在陽光下，接著又把室內的陽光遮起來，鑽石本身在黑暗中發出如月色一般的螢光。難怪瑞秋小姐會看得目眩神迷，也難怪她的表姊們會發出尖叫。這鑽石抓住了**我**的注意力，連我都不禁跟「跳跳人」一樣，發出「喔！」的喊叫。這些人當中唯一能保持神智清醒的，只有高佛瑞先生了。他用雙手環抱著兩位姊妹的腰，以富有同情心的眼光來回看著我和鑽石。「這只不過是碳化合物，貝特瑞吉！不管怎樣都只是碳化合物而已，老朋友！」

我猜想，他的目的是要教育我科學知識。不過他所做的事卻只提醒了我晚餐的事情。我得趕緊到樓下去找那一群侍者。我走出房間時，高佛瑞先生對我說：「親愛的貝特瑞吉，我相信你一定能做得很好的。」他擁抱自己的姊妹，一邊含情脈脈地望著瑞秋小姐，同時還能向我表達敬意。他真的是個對**周遭**的人充滿關愛的人！跟他相比，法蘭克林先生在這方面簡直就像個野蠻人一樣。

半個小時以後，我依照指示來到夫人的房間。

我和夫人討論的事情，就如同當天在顫抖沙灘和法蘭克林先生所討論的一樣；唯一不同的是，我小心說明那幾個印度戲子出現在宅邸的事情，且由於最近並沒有發生什麼事件，我因此覺得沒有必要向夫人警告他們可能帶來的問題。夫人要我離開房間時，我可以瞭解夫人認為中校此舉抱著惡意，而她會找到任何機會讓瑞秋小姐將鑽石脫手。

我離開房間，正要回去工作時，遇上了法蘭克林先生。他問我知不知道瑞秋小姐在哪裡？我說我並沒有看到她。他接著又問我知不知道高佛瑞先生在哪？我也不知道；不過我想高佛瑞先生應該跟瑞秋小姐在一起吧。法蘭克林先生看來也是想著同樣的事情。他用力拉扯自己的鬍鬚，然後走進圖書室內，別有深意地重重關上門。

接下來我一直在準備生日晚宴的工作，沒受到任何人的打擾，直到我自己也該盛裝打扮出去迎接客人的時候。就在我穿上白色背心時，潘妮洛普出現在我的浴室前，假裝要幫我清理一小撮掉落的頭髮，並且幫我調整一下領帶。這女孩興致高昂，而我看得出來她有話想告訴我。她在我光禿的額頭上印下一個吻，然後說：「跟你說一個新消息，爸爸，瑞秋小姐拒絕他了。」

「**他**是誰？」我問。

「那個出席女性慈善會議的男士，爸爸。」潘妮洛普說：「他是一個下流奸詐的傢伙！我討厭他，因為他想要排擠法蘭克林先生。」

如果我喘得過氣的話，我會跟她抗議不該這麼不禮貌的詆毀一個優秀的慈善家。但此時我女兒正好在幫我調整領帶，她也把自己的情緒發洩在手指的動作上頭。我這一生還沒像這樣被勒絞過脖子。

「我看到他帶著瑞秋小姐走到玫瑰園去。」潘妮洛普說：「而我在冬青樹後面等著，看他們回來時是什麼神情。他們去的時候手挽著手，兩個人都在笑；回來時卻是分開走，兩人都神情嚴肅，互相不看對方的臉。所以我絕對沒有搞錯。我這一生從來就沒有這麼高興過，爸爸！不管怎麼說，這個世界上只有一位女士會拒絕高佛瑞．亞伯懷特先生。但如果我是身分地位相符的小姐的話，我會是除了瑞秋小姐以外的另一個。」

我應該在此時抗議一下，但我女兒又拿起梳子來幫我梳頭，同時也把自己的感情全都宣洩在**梳頭的動作**上了。如果你的頭髮也所剩無幾，你就知道那是多麼大的折磨。如果你沒禿的話，那麼感謝老天，在你的頭皮跟梳子之間，至少還有一層頭髮可以提供防護。

「在冬青樹的另一頭，」潘妮洛普繼續說道：「高佛瑞先生整個人僵在原地。『妳寧願要我什麼都不說，假裝什麼事都沒發生過嗎？』他說。瑞秋小姐很快速地轉向他。『你接受了我母親的邀約，』她說：『也必須跟她的客人應酬。除非你想製造一些不好的傳聞。不過我當然希望你可以繼續留下來作客。』她又向前走了幾步，接著似乎軟化了一些。『讓我們忘記過去發生的事情吧，高佛瑞。』她說：『讓我們跟以前一樣，就只是表兄妹。』她將手交給他，他吻了她的手。我是覺得這動作有點失禮，然後瑞秋小姐就離開了。高佛瑞先生在原地等了一會兒，頭低垂，用腳在碎石子路上慢慢地磨出一個洞，然後他的臉上浮現出你從未見過的懊惱神情。『可惡！』他從齒縫間迸出這句話來，接著抬起頭，走向宅邸。『糟糕透了！』如果這句話是表示他對自己的觀點，我想他說得沒錯。我很確定他確實糟糕透了。事情就是這樣，爸爸。」潘妮洛普叫喊著，又對我的頭皮下了最後也最重的一擊。「法蘭克林先生才是瑞秋小姐的真命天子！」

我從她手中把梳子拿回來，打算開口斥責我女兒的不當言行。但在我能開口說什麼之前，突然聽到外頭傳來馬車輪子的聲音。第一批晚宴的客人已經到了。潘妮洛普很快地就跑走了。我穿上外套，看著鏡子裡倒映的自己。我的頭頂看起來像熟透的龍蝦一樣紅，但我的穿著打扮得體一如所有參加晚宴的人。我走進大廳，正好趕上宣布兩位客人的到達。我想你對這兩位客人應該沒什麼興趣吧。這兩位正好是那位慈善家先生的父母親——亞伯懷特先生和夫人。

10

在亞伯懷特夫婦之後，其他客人也陸續抵達，現在我們可以對客人做一些完整的介紹。包括家族成員在內，客人總共有二十四位。當這幾位客人全都在桌前的位子落坐後，頓時傳達出一股高貴的氣息。法蘭茲霍爾的教區長起身發表祝福之詞（他的演說非常優美）。

對各位讀者來說，沒有必要為這些客人的事情去費心。因為他們不會再出現在這個故事裡了（至少在我所述說的這個故事之內），除了其中兩位以外。

這兩位就坐在瑞秋小姐兩側，而瑞秋小姐今天猶如女王一般，是整個晚宴的焦點。尤其是在今天這種場合，她更是所有人注目的對象。她在身上配戴著那個美麗的生日禮物——月光石（夫人私下對於這點有些不悅）；這顆鑽石讓其他所有珠寶都相形失色。當鑽石交到她手中的時候，是沒有任何座台的。但我們這位全才的法蘭克林先生，拿一些銀線用靈巧的手指幫瑞秋小姐製作了一個胸針座台，好讓她可以把鑽石別在白色的禮服上。當然每個人都對這鑽石的尺寸和美麗感到驚奇。唯有兩位客人只是說些客套的讚詞；這兩位便是我先前提過，坐在瑞秋小姐左右兩側的客人。

坐在左側的客人是坎迪先生，法蘭茲霍爾的一位醫生。

他是一個令人愉快也讓人樂於作伴的小個頭男人。不過他有一個缺點，就是不管合不合宜，都有點太喜歡說笑話了；他常常莽撞而一頭熱地跟陌生人開玩笑，完全沒有顧及對方的感受。在社交場合，他也經常犯錯，雖然本身並沒有這個意圖，卻總有一鳴驚人之舉。他在工作的時候，是個比較謹慎的人；雖然他的判斷往往出自於某種直覺(根據他的對手所言)，但事後卻證明他的診斷是正確的，而比他更仔細檢查的醫生反倒是錯的。

他對瑞秋小姐說的有關鑽石的話題，仍是令人困惑不解的笑話。他很鄭重地乞求（基於科學上的興趣），讓他把鑽石帶回去燒燒看。「我會先加熱，瑞秋小姐，」醫生說：「提升到某種溫度以後，再把鑽石暴露在空氣中，鑽石就會一點一點地蒸發掉。接下來妳就不用煩惱該怎麼收藏這顆珍貴的寶石了。」夫人有些憂心忡忡地聽著這段對話，似乎希望醫生是真心這麼說的。他倒是該看看瑞秋小姐對於讓自己的鑽石為科學而犧牲能有多熱中。

另一位坐在瑞秋小姐右側的客人是非常出名的公眾人物：眾所周知的印度旅行家莫斯威特先生。這位先生曾冒著生命危險喬裝深入印度內陸一些從未有歐洲人涉足過的地方。

他身材瘦高，體態結實，膚色棕黑，惜字如金。雖然他神情疲倦，但眼神平穩、專注。有傳聞說他厭倦了我們這兒平凡無聊的日子，渴望能再回到東方的荒野去過放浪的生活。他除了對瑞秋小姐說了幾句有關鑽石的話以外，我懷疑他整個晚宴期間說的話不超過六個字，喝的酒也不到一杯。月光石是唯一能引起他注意的東西。在他落腳過的幾個印度地區，他似乎曾聽過有關月光石的傳聞。他看著月光石好長一段時間，長到瑞秋小姐都覺得有些困惑了，才用他那冷靜、不帶任何感情的語氣說：「如果妳要去印度的話，維林德小姐，請記得不要將妳舅舅給的生日禮物帶過去。印度的鑽石有時候是屬於印度宗教信仰的一部分。我知道在某些城市的廟宇，如果有人像妳這樣把鑽石帶出去，性命隨即不保。」瑞秋小姐此刻安全地待在英國，聽到他這麼說，反而很高興。「跳跳人」比她更開心，她們落下手中的刀叉，發出鏗鏘聲響，兩人同時爆出熱烈的歡呼：「喔，好有趣喔！」夫人在椅子上顯得坐立不安，馬上轉移了話題。

晚宴繼續進行，我逐漸發現，這個晚宴並不像其他晚宴一樣熱鬧。我現在回想生日晚宴的狀況，尤其在知道之後發生的事情時，更覺得是鑽石的詛咒影響了晚宴的客人們。我不斷替他們倒酒，並有特權在客人抱怨食物不合胃口時，悄悄地向他們建議：「請試試看，我敢說一定會合您胃口的。」其中十次有九次，他們都會改變主意；但他們會說那是因為他們信任我這個人的建議。在晚宴進行之時，會有對話中斷、沉默無言的狀況出現，這情況讓我個人覺得很不安。當他們重拾話題時，卻又不自覺地開始說起不好的事情。坎迪先生說了我聽他說過最糟糕的話題。你只要聽聽他究竟說了什麼，就可以理解我在一旁聽著是多麼難以忍受了；做為一個掌控晚宴程序的主持人，我只希望晚宴可以再熱鬧一點而已。

另一位出席的女士，是有名的崔德蓋爾夫人，她去世的丈夫是一位教授。她總是會跟客人聊自己亡夫的事情，但也總是忘記告訴剛認識的陌生人，她的丈夫已經過世了。我猜想她是認為，全英國健全的成人應該都知道這件事情吧。在一次尷尬的沉默之後，有人提起了有關人體解剖的骯髒噁心話題。這位崔德蓋爾夫人同樣在未提及自己丈夫已經過世的情況下，談起丈夫的事情。據她形容，解剖是她丈夫閒暇時最喜歡的活動。不幸的是，坐在對面的坎迪先生（他不知道崔德蓋爾夫人的丈夫已經過世）聽到了。基於禮貌，他表示知道一些可以讓教授更開心的娛樂。

「在外科大學，他們最近進了一批很棒的骨骼。」坎迪先生說，用很大、很歡樂的聲音，越過桌子對夫人說：「夫人，我會建議教授下次有空時，可以去拜訪他們一下。」

此時四周安靜得連一根針落在地上都聽得見。所有人都陷入沉默當中（因為大家都想起教授已經過世的事情）。我當時站在崔德蓋爾夫人的後頭，正為她倒一杯白葡萄酒。她低垂著頭，用很低的聲音說：「我摯愛的丈夫已經不在了。」

但更不幸的是，坎迪先生並沒有聽到。他在不知情的情況下，用更大聲但更禮貌的語氣繼續說：「教授可能不知道，但只要有大學成員的證明，就可以讓他進去參觀。除了星期天以外，每天的十點到下午四點都可以過去。」

崔德蓋爾夫人的頭幾乎垂到自己的領子裡，她用低沉的聲音，再度莊重地重複先前的話語：「我摯愛的丈夫已經不在了。」

我越過桌子，朝坎迪醫生猛眨眼。瑞秋小姐則碰碰他的手臂。夫人以一副無法用言語說明的神情看著他。但這些都沒有用！他以一種無人能抵擋的熱忱繼續說：「我可以把我的會員證明寄送給教授，」他說：「請您告訴我教授目前的地址。」

「先生，他目前的地址是**墳墓**。」崔德蓋爾夫人說道。她突然脾氣爆發，用一種憤恨的語氣強調：「教授已經死了十年以上了。」

「喔，老天呀。」坎迪先生說。除了「跳跳人」爆出笑聲以外，所有人的腦袋都陷入一片空白，彷彿被教授召喚去他的墳墓裡一般。

坎迪先生就是這樣的人。其餘的事蹟就像他本人一樣，總是用各種方式惹人生氣。他在該說話時閉口不言，卻在不該說話時大放厥詞。而在公共場合能暢所欲言的高佛瑞先生，這一次卻很保留。在經歷玫瑰園的挫敗後，不知道他是因為生氣，還是害羞，才有這種表現。他只是悄聲跟坐在他隔壁那位女士說話（這位女士是我們家族中的一位親戚）。這位女士也是婦女慈善組織的一員，她是位性靈高尚的人，身穿有著精緻衣領的禮服，對香檳相當有品味。她喜歡不甜的香檳，而且還能喝很多。我站在他們倆後頭伺候，在拔開香檳的栓塞和幫他們上羊肉時，聽到他們之間的對話，但我可以說他們一直在同一話題上打轉。

我沒聽見他們談到關於慈善事業的事情；等我有機會聽到時，他們談的事和哪個女性被監禁或是被拯救相差甚遠，而是爭論著嚴肅的話題。宗教就是愛（在我開香檳和上羊肉時，聽到高佛瑞先生這麼說），愛就是宗教。塵世如同一件比天堂糟一點的衣服；天堂就是塵世，是穿壞了以後又重新修復過的衣服。塵世裡有一些令人不快的人，但是為了要修復這種狀況，所有天堂的女性都應該加入這個優秀的慈善組織，並且不該與來引導她們的男性有所爭執。說得好！說得非常好！但是為什麼高佛瑞先生要跟這位女士爭執呢？

至於法蘭克林先生，我想各位讀者會說，法蘭克林先生炒熱了當天晚宴的氣氛是吧？完全沒有！他狀況是好了點，我猜潘妮洛普已經告訴他，當天下午高佛瑞先生在玫瑰園被拒絕的事情，所以他看起來精神還不錯。但是他在跟其他人交談的時候，十次當中有九次挑錯話題，或是對不對的人說出不對的話；最後的結果是，他惹惱了其中一些人，還讓所有人都覺得困惑。他所受過的那些外國訓練（法國、德國，還有義大利面向），在夫人款待賓客的場合中一起爆發出來。

舉例來說，他花了很長一段時間跟某位已婚女士說話，他用思路清晰又機智風趣的法式態度跟法蘭茲霍爾教區長的阿姨交談，結果讓這位女士對這個不是自己丈夫的男人懷抱著憧憬。他接著轉換到德式風格，開始談起某位莊園領主的事情，某日有位家畜商人想要跟這位領主討論他培育公牛的經驗，但後來發現這些經驗根本無足輕重，如果要得到真正的公牛，必須先從腦子裡想像，逐漸發展成一頭完美的公牛形象，再將牠製造出來。

接下來郡議會的成員在吃起士和沙拉的時候，突然開始討論起有關英國民主進程的話題，有人說：「如果我們失去了傳統的防衛條款，布萊克先生，請你告訴我們，那我們還剩下些什麼？」你想想法蘭克林先生會用他的義式風格做出什麼樣的回答？「我們還剩下三樣東西，先生。愛、音樂，還有沙拉？」客人們不僅僅是被他轉換自如的各種風格給嚇到了，當他及時換到英式風格的時候，反倒失去了外國風格的那種順暢自然；而在談論醫療專業的話題時，他直截了當地嘲笑了醫生一番，這讓向來好脾氣的坎迪先生都有些惱火了。

他們之間的爭執起因，是因為坎迪先生知道了（我忘記他是怎麼知道的）法蘭克林先生晚上睡不好。坎迪先生告訴他，他的神經系統出了問題，必須馬上接受治療。法蘭克林先生回道，醫療過程就跟在黑暗中摸索出路一樣，完全不可靠。坎迪先生聰明地反擊，說法蘭克林先生在夜裡基本上就是在黑暗中摸索出路，而除了治療以外，沒有任何可以幫助他解除失眠的方法了。法蘭克林先生不遑多讓地回嘴說，他常聽說瞎子摸象這一句話，現在總算知道這是什麼意思了。他們兩人就這樣迅速地一來一往，尖牙利嘴地回應對方，弄得兩人都真正火了起來；尤其是坎迪先生，他完全失去自我控制，只是一逕地想要維護自己在醫療上的專業地位。弄到後來夫人不得不介入干預，要兩人不可再繼續爭執下去。夫人的介入自然削減了所有人談話的興致，他們會突然開始談起一些話題，但只維持個一、兩分鐘，這些話題中也缺少活力和相互激盪的火花。惡魔（或者可說是鑽石）降臨這個晚宴；而當夫人起身，對其他幾位女士示意該離席，讓幾位男士去喝酒的時候，大家都鬆了一口氣。

我在準備將酒瓶排在老亞伯懷特先生（今晚他代表主人）的面前時，突然從外頭的露台傳來一陣聲響，把我們都給嚇了一跳。法蘭克林先生和我互相對看一眼。那聲音是印度鼓聲。就像自然定律一樣，當月光石回到這棟宅邸時，那些印度人也跟著回來了。

當我看到這些印度人聚集在露台的角落時，我跑出去準備警告他們不得靠近這裡。但不幸的是，那兩位「跳跳人」動作比我還要快。她們就像兩支火箭一般，匆匆地奔到露台前，著迷似地看著那些印度人開始耍弄他們的技藝。其他女士也跟著出去，男士們則跟在女士們的旁邊。在我來得及說「老天呀！」之前，這些印度人開始對大家行禮致意，而「跳跳人」則對那個漂亮的小男孩又親又抱。

法蘭克林先生站在瑞秋小姐的旁邊，我則站在她的後頭。如果我們的猜測沒有錯的話，印度人的目標會是裝飾在瑞秋小姐胸前的鑽石，而此刻瑞秋小姐卻什麼也不知道。

我不知道他們到底表演了哪些雜耍技藝，又是怎麼表演的，只記得我正因為當天晚宴進行得不順利而感到懊惱，再加上看到那些印度人竟在此時回到宅邸來看他們的珠寶究竟在不在，氣到腦袋一片混亂。但我第一件注意到的事情是，那位旅行家莫斯威特先生突然出現，他避開圍成半圓的圍觀人群，靜靜地走到那幾個印度戲子身後，用他們的語言對他們說話。

當他們聽到他說的第一句話時，幾乎是靈巧而快速地轉向他；我懷疑就算莫斯威特先生用刀子刺向那些印度人，他們的反應動作都不會這麼快。下一刻，他們用一種非常禮貌卻歪歪扭扭的方式對莫斯威特先生行禮致意，接著用我們聽不懂的語言彼此交談了一會兒，莫斯威特先生就再度靜悄悄地退下。充當翻譯的領頭印度人，此時迅速轉身面對圍觀的群眾。我注意到，這位印度人在跟莫斯威特先生說過話以後，咖啡色臉蛋露出沮喪的神情。他向夫人鞠躬，並說明表演已經結束。「跳跳人」非常失望，發出很大聲的「喔！」，不滿莫斯威特先生阻止了表演的進行。領頭的印度人以謙卑的姿勢將手擺在自己胸前，再度說明表演已經結束了。小男孩拿出帽子向人討賞。女士們接著回到起居室去，除了法蘭克林先生跟莫斯威特先生以外，其他男士也都回去繼續喝酒，我和男僕們則跟著印度人，直到確定他們離開這塊土地。

我穿過灌木林回到宅邸時，聞到一股菸草味，接著看到法蘭克林先生和莫斯威特先生（他抽的是平頭雪茄）在樹林間慢慢地散步著。法蘭克林先生招手要我過去加入他們。

「這位是加伯列・貝特瑞吉，」法蘭克林先生向這位偉大的旅行家介紹我的名字。「我剛才跟你提過，他是這個家族長年來的僕人和朋友。請你告訴他方才跟我說的事情。」

莫斯威特先生將雪茄從口中拿出來，以慵懶的姿態靠在一棵大樹樹幹上。

「貝特瑞吉先生，」他說：「那些印度人可不是什麼雜耍戲子。」

我覺得很驚訝，便很自然地問這位旅行家，之前是否曾見過這三位印度人。

「我從沒見過他們。」莫斯威特先生說：「可是我知道真正的印度雜耍戲子是什麼樣子。你今晚看到的表演其實是很拙劣的模仿。根據我長久的經驗，我覺得他們應該是相當高階的婆羅門。我告訴他們說我知道他們偽裝成雜耍戲子，而你看到他們的反應了，他們很擅長掩飾自己的情緒。我無法解釋為什麼他們會有這樣神秘的行為。他們犯了種姓制度中有違階級身分的兩項禁忌：第一，他們離開印度跨海而來；第二，他們偽裝成雜耍戲子。在他們的母國，這麼做是要付出很大的犧牲代價。一定有什麼動機促使他們這麼做，而且一旦拋棄身分地位以後，就算日後回國也沒辦法回復到原來的地位了。」

我嚇壞了。莫斯威特先生繼續抽他的雪茄。我覺得法蘭克林先生似乎在猶豫該轉換他的哪一個面向，之後他打破沉默：「莫斯威特先生，我有點猶豫要不要告訴你我們家族內部的事情。知道這件事，對你來說沒有任何好處，而我其實也不願意讓家族以外的人知道。不過在聽了你說的事情以後，我想，為了維林德夫人和她的女兒，我必須要告訴你一些事情，或許對你來說會成為解謎的線索。這件事我只告訴你，我希望你答應我不要說出去。」

說完以後，法蘭克林先生就開始述說先前在顫抖沙灘告訴我的那些事情。就算莫斯威特先生外表再怎麼冷酷，也禁不住露出感興趣的神情；他甚至完全沒抽他手中的雪茄。

法蘭克林先生說完後問道：「以你的經驗來看，這是怎麼一回事？」

「我的經驗告訴我，」這位旅行家說：「你有幾次驚險地逃過生命威脅了，法蘭克林．布萊克先生。而且那次數可能比我經歷過的還要多。」

這次換法蘭克林先生嚇壞了。

「真的有這麼嚴重嗎？」他問。

「我認為是有這麼嚴重。」莫斯威特先生回答。「聽過你告訴我的事情以後，我認為印度人的目的確實是想要奪回月光石，將它再度置於神像的前額，這也是讓他們足以拋棄自己身分地位，做出重大犧牲背後的主要動機。這些人像貓一樣耐心等待，並在時機到來時像老虎一樣兇殘。我真不知道你是怎麼逃過他們的追捕的。」這位卓越的旅行家說。他點燃雪茄，然後盯著法蘭克林先生看。「你曾經帶著鑽石往返倫敦跟這裡，而你竟然還活著。讓我們數數看你有幾次生命危機。我想，你先前兩次將鑽石從倫敦的銀行拿出來時，都是在大白天吧？」

「確實是大白天。」法蘭克林先生說。

「街上還有很多人？」

「是有很多人。」

「你之前確實有說好在什麼時候會抵達維林德夫人的宅邸，是吧？從車站到這宅邸是一段挺偏僻的道路。你有遵守時間嗎？」

「沒有。我比預定的時間還要早到幾個小時。」

「恭喜你逃過一劫。你什麼時候把鑽石拿去本地的銀行？」

「我到了宅邸一個小時以後，我預定到達時間三個小時以前，就把鑽石拿去本地銀行。」

「你又逃過一劫了。你是一個人把鑽石帶回來的嗎？」

「沒有。我正好遇上我的表兄姊跟他們的侍從。」

「你第三次逃過一劫。如果你想要去某個蠻荒地帶旅行的話，布萊克先生，記得告訴我，我會跟你一起去的。你是個幸運的人。」

我這時打了個岔。他所說的這些事情，跟我的英式思考方式有些不一致。「先生，你的意思是說，」我問道：「如果有機會的話，他們會為了奪回鑽石而取走法蘭克林先生的性命？」

「你抽菸嗎？貝特瑞吉先生。」旅行家問。

「是的，先生。」

「你要清乾淨菸斗裡的菸灰時，會覺得麻煩嗎？」

「不會，先生。」

「在印度，他們殺人，就如同你清理菸斗裡的菸灰一樣，是微不足道的事情。如果在他們取回鑽石的道路上，有一千個人擋在他們面前，而他們發現可以殺人卻不被發現的話，他們會毫不猶豫地殺掉這一千個人的。在印度，拋棄種姓制度的身分地位是一件很嚴重的事情，但犧牲一條性命卻是再普通不過了。」

我說他們是一群殺人的小偷。莫斯威特先生卻說**他**認為他們是一群奇妙的人。法蘭克林先生沒有表達任何意見，只是帶我們回到原先的話題。

「他們看到鑽石就別在維林德小姐的禮服上了。」他問：「我們該怎麼做？」

「做你舅舅威脅要做的事情。」莫斯威特先生回答：「韓克索中校很瞭解他要應付的是一批什麼樣的人。你們明天（至少派一人以上護衛）把鑽石送去阿姆斯特丹，將鑽石切割成幾份。就切割成六份吧。只要這麼做，就可以讓月光石的神聖地位消失，也會讓奪回鑽石的陰謀消失。」

法蘭克林先生轉向我。

「沒其他辦法了，」他說：「我們明天得跟維林德夫人談談。」

「但今晚怎麼辦？先生。」我問。「如果那些印度人回來的話？」

在法蘭克林先生說話前，莫斯威特先生先回答了。

「印度人今晚應該不會冒險回來。」他說：「他們向來不會用這麼直接的方式達到目的。更何況是目前這種狀況，他們也瞭解小小的錯誤可能會招致致命的結果。」

「但如果那些小偷比你想像的還要勇敢呢？」我堅持說。

「如果是這樣的話，」莫斯威特先生說：「那就把狗放出來。你們院子裡有大型犬嗎？」

「有兩隻，先生。一隻獒犬和一隻獵犬。」

「牠們會發揮作用的。貝特瑞吉先生，在這種緊急時刻，這些獒犬跟獵犬有一個好處，那就是牠們不會因為神聖的人命而感到良心不安。」

他對我說這句話時，正好聽到客廳裡傳來鋼琴的聲音。他把雪茄丟掉，拉著法蘭克林先生的手臂，準備要回去幾位女士的身邊。我跟著兩人一起回到宅邸時，發現天空迅速地被陰霾所遮掩。莫斯威特先生也注意到了。他看了看四周，接著用慵懶、無表情的神情看著我說：「貝特瑞吉先生，今晚那些印度人會需要雨傘。」

我知道**他**開玩笑是想要緩和一下情緒。但我不一樣，我不是個卓越的旅行家，我也沒有那種當閒雲野鶴的時間和性命，去跟來自世界偏僻角落的小偷和謀殺犯搏鬥。我回到自己的小房間，坐在椅子上，全身冒汗，一邊憂心忡忡地想著接下來該做什麼。在這種憂慮的時刻，其他人可能會煩惱到腦袋發熱，但我是用另一種方式平息自己的情緒。我點了菸斗，打開《**魯賓遜漂流記**》。

讀了約五分鐘以後，我看到一句驚人的句子，在第一六一頁，內容如下：

「對危機的恐懼比出現在眼前的危機還要可怕十倍。而我們此時會發現，焦慮帶來的煎熬遠比我們所擔憂的厄運更難熬。」

看到這個句子之後，若有人還不相信《**魯賓遜漂流記**》可以指引人生方向，**那**他不是腦袋裡有顆螺絲鬆了，就是他完全喪失自信了。跟這種人討論只是浪費時間；那些冥頑不靈的人實在值得同情。

我第二斗菸還沒抽完，思緒也還沉浸在這本不可思議的書裡頭時，潘妮洛普（她送茶過來給我）來到我的房間，跟我報告在起居室裡發生了些什麼事。她離開時，「跳跳人」正在唱二重唱，她們每唱一個樂句之前，都會先唱一聲洪亮的「喔！」。潘妮洛普注意到夫人在玩惠斯特橋牌時出了錯；而我們從沒見她在打牌時出錯過。她看到那位偉大的旅行家在房間角落打盹；聽到法蘭克林先生藉由婦女慈善機構的事譏諷高佛瑞先生，而高佛瑞先生很聰明地反擊，表現得比他做為慈善家時還要銳利多了。她趁機探看瑞秋小姐的反應，雖然表面是在取悅崔德蓋爾夫人，還給她看幾張照片，但實際上小姐一直都在偷偷注意法蘭克林先生；關於這點沒有一個侍女會看漏的。最後一個是，她發現坎迪先生不見了；坎迪先生中途神秘消失，又不知不覺地回到起居室，然後開始跟高佛瑞先生說話。以整體情況來看，客廳裡大家談話的狀況，比先前晚宴時還要熱鬧許多。如果我們可以再撐一個小時，到了該散場的時間，我們就可以擺脫這群人了。

這個世界上所有的一切彷彿都消失了。在潘妮洛普離開以後，就連《**魯賓遜漂流記**》所帶給我的慰藉，也都幾乎消失殆盡。我又開始覺得坐立不安，便決定在下雨之前，先去外頭巡視一遍。我沒有帶任何男僕一起去，因為他們不是狗，鼻子不靈，在緊急時刻根本派不上用場，所以我帶著一隻獵犬一起去巡視。牠對陌生人的嗅覺靈敏，相當可靠。我們繞著宅邸外的土地走了一圈，還走到外頭的路上，回來時盡量照原路再走一遍，但沒有發現任何鬼鬼祟祟的人影。

來接送的馬車到達時，正好開始下起雨來。雨下得很大，彷彿會下一整晚一般。除了醫生以外(他的二輪馬車並沒有頂蓋)，其餘的人都坐上有頂蓋的馬車，舒適地回家去了。我告訴坎迪先生，我擔心他回到家時會渾身濕透。他開玩笑地回了一句，我可能不知道醫生的皮膚都是防水的。之後他就在大雨中搭著馬車離開，還一邊為自己說的笑話吃吃發笑。這些晚宴的客人終於離開了。

接下來我要告訴各位當天夜裡發生了什麼事情。

11

我送走最後一位客人之後，回到內廳，看到山繆爾正在整理桌上的白蘭地和蘇打水。夫人和瑞秋小姐離開起居室，身後跟著兩位男士。高佛瑞先生手裡拿著一杯加了蘇打水的白蘭地，法蘭克林先生則什麼都沒拿。他坐下來，神色疲憊至極；看來在生日宴會上的談話讓他疲累到極點。

夫人回身向他們道晚安，又用力地注視著別在她女兒衣襟胸前，那顆邪惡中校的閃亮鑽石。

「瑞秋，」她問道：「妳今天晚上要把鑽石收在哪裡？」

瑞秋小姐興致正高昂，且想要說點什麼玩笑話；這種特質可以在過了興奮的一整天，情緒亢奮的年輕女孩身上看到。一剛開始，她說她不知道該把鑽石擺在哪裡，然後又說：「當然是放在我的化妝桌上，就跟其他首飾擺在一起。」接著她又想起來，鑽石在黑暗中會自己散發如月色的幽光，她很可能會在午夜時醒來，被那光芒給嚇到。她又想起她的起居室裡有一個印度式櫃子，隨即決定要將這顆印度鑽石放在印度式櫃子裡，好讓兩個出自同樣產地的物品可以放在一起。夫人讓女兒毫無意義的想像馳騁了一會兒之後，終於決定介入，阻止她繼續說下去。

「親愛的女兒，妳的印度式櫃子沒有鎖。」夫人說。

「老天呀！媽媽，」瑞秋小姐喊道：「這裡是旅館嗎？我們這屋子裡難道會有小偷嗎？」

夫人沒有多留意瑞秋小姐的胡言亂語，便和兩位男士道晚安。她接著轉向瑞秋小姐，吻了她一下。

「要不要今晚**我**幫妳把鑽石收起來？」她問。

瑞秋小姐拒絕了母親的提議，就像十年前當她還小的時候，拒絕跟新買的洋娃娃分開一樣固執。夫人知道，今晚再繼續跟瑞秋小姐理論下去，也是沒有意義。「瑞秋，明天早上起床第一件事就是，到我房裡來。」她說：「我有事情要告訴妳。」她說完這最後一句話，就慢慢地走出房間。夫人看來沉浸在自己的思緒中，而且相當不喜歡這事件的發展方向。

接下來換瑞秋小姐向大家道晚安。她先跟高佛瑞先生握手，那時高佛瑞先生正站在房間一角欣賞一幅畫；然後她轉向法蘭克林先生，法蘭克林先生仍坐在角落裡，看起來疲累且沉默。

我不知道他們說了些什麼。但我當時正站在橡木框的大鏡子前，正好可以看見瑞秋小姐的倒影。我看到瑞秋小姐將掛在胸前的首飾盒從衣襟裡拉出（這首飾盒正是法蘭克林先生給她的禮物），讓他看了一下，然後在她回到房間休息前，給了法蘭克林先生一個別有意味的微笑。她的這個動作讓我對自己先前的想法喪失了信心。我開始認為，或許潘妮洛普對自己年輕女主人的觀察才是正確的。

瑞秋小姐離開以後，法蘭克林先生注意到我。他那千變萬化的思緒此刻正轉到印度人那兒去。「貝特瑞吉，」他說：「我在想，當我們在灌木林談話的時候，我是不是太認真看待莫斯威特先生說的事情了。我懷疑是不是他在旅行時聽到的那些傳聞影響了我們？你真的要把狗放出去外頭嗎？」

「我會把項圈鬆開，」我回答：「如果牠們真嗅到了什麼動靜，我會在晚上讓牠們出去轉一轉。」

「好吧。」法蘭克林先生說。「那麼我們就看看明天會怎麼樣吧。貝特瑞吉，如果不是有什麼迫切的理由，我不太想要去驚動阿姨。晚安。」

他跟我點頭時，臉色蒼白，神情疲憊。見他拿著燭台要上樓，我大膽對他提出建議，說他可以在睡前喝點加水稀釋的白蘭地。高佛瑞先生從另一頭走過來，也支持我的建議。他用很友善的方式拍了拍法蘭克林先生，建議他在睡前喝點什麼。

我之所以記下這些細節，是因為聽聞過當天這兩個人之間發生的事情之後，我很高興看到他們和好如初。他們之間的唇槍舌劍（潘妮洛普在起居室時聽到的），以及為了爭取瑞秋小姐心目中最佳地位而展開的爭奪戰，一切都在此刻消解為零。不過呢，他們倆其實都是脾氣溫和且相當務實的人。這就是有地位的人的優點；他們不像那些沒有地位的人，並不是好與人爭辯之人。

法蘭克林先生拒絕了白蘭地兌水的提議，和高佛瑞先生一同上樓去（他們倆的房間正好在隔壁）。不過走到樓梯轉角處，或許是被他的表兄說服了，也或許就像平常一樣，是他自己改變了主意，「我搞不好晚上會想要喝點什麼，」他對著樓下的我說：「你晚點送杯白蘭地兌水到我的房間裡來。」

我要山繆爾送一杯白蘭地兌水去法蘭克林先生的房間；然後我走到外頭，把狗兒的項圈鬆開。在我鬆開項圈時，兩隻狗都有點驚訝，因為牠們從來沒有在晚上被鬆開項圈過，牠們接著像兩隻小狗一樣興奮地跳到我身上。不過，大雨澆熄了牠們的興致，牠們舔舔對方身上的雨水，然後爬回狗舍。進屋裡時，我注意到天空出現了轉晴的徵兆，但那時候雨還下得很大，地面一片泥濘。

我和山繆爾一如往常巡視過整棟宅邸，鎖上門窗。我親自檢視每一樣東西，在這種時刻我可沒有辦法全心信賴我的副手。確認一切都安全無虞之後，我很快就回到自己的房間休息了，那時正好是介於午夜十二點至凌晨一點之間。

我想，那天發生太多令人操心的事了，我有點難以承受。那天晚上，我就跟法蘭克林先生一樣，患了失眠症。一直到日出前，我才終於得以入睡。在我躺在床上卻神智清醒的這段期間，整棟宅邸像墓地一樣安靜無聲。除了雨水滴落的聲響和掠過樹梢的風聲嘆息以外，再沒有其他聲音。

我在約過了七點半之後醒來，打開窗戶，看見外頭一片陽光燦燦。八點時，我正要到外頭去把狗鍊拴上，聽到身後的階梯上傳來裙子摩擦的窸窣聲響。

我轉身，看到潘妮洛普急匆匆地從樓上奔下來。「爸爸！」她尖叫道：「快來樓上，求你快點！**鑽石不見了！**」

「妳瘋了嗎？」我問她。

「不見了！」潘妮洛普說：「鑽石不見了！大家都不知道為什麼會不見。你快上來看看。」

她拉著我上樓，來到瑞秋小姐的起居室，起居室隔壁就是瑞秋小姐的臥房。瑞秋小姐就站在臥室的門前，臉色白得就像她身上穿的白色睡衣一樣。那個印度式櫃子的兩扇門打開著，其中一個裡層的抽屜被拉得大開。

「你看！」潘妮洛普說。「我昨天晚上親眼看到瑞秋小姐把鑽石放進這個抽屜裡的。」我走近櫃子，看見抽屜裡頭空空如也。

「妳真的把鑽石放在這裡面嗎？小姐。」我問。

瑞秋小姐的表現跟以前不同，她神情僵硬、聲音顫抖地告訴我跟我女兒一樣的答案。「鑽石不見了！」她說完這句話以後，就回到自己的臥室裡，緊緊地將門關上。

在我們還不知道接下來該怎麼做時，夫人進來了；她聽到女兒的起居室傳來我的聲音，心想是不是發生了什麼事。鑽石消失的消息似乎把她給嚇壞了。她直直走向瑞秋小姐的臥房，堅持要進房間去。瑞秋小姐讓她進去了。

鑽石消失的消息像火一樣，隨即蔓延至整棟宅邸。接下來出現的就是那兩位男士。

高佛瑞先生是第一個離開自己房間前來的人。當他聽到這消息時，只是握住雙手露出迷惑的神情，並沒有發揮他平時清晰的腦力。雖然我知道法蘭克林先生聰明到足以提供我們建議，但在他聽到這消息時，也是跟他的表兄一樣不知所措。意想不到的是，他昨晚似乎睡得挺好的；因為很久沒有睡這麼香了，讓他腦袋還有點昏昏沉沉的。不過，在他喝下一杯咖啡以後（這是他在歐洲養成的習慣，在用早餐前數小時先喝一杯咖啡），腦袋整個開始轉了起來；他轉換到頭腦清晰的那一面，然後用很果斷而明智的方式，做出了以下的指示：

他首先要僕人去檢查一樓的門窗，確認除了前門以外的所有門窗（因為我已經把前門打開了），是否都跟昨晚一樣鎖得好好的。接著他要求我跟他的表兄去確認一下，鑽石是不是意外地掉落在某個看不到的角落，例如櫃子的後方，或是櫃子後面的桌子底下。我們找過這些地方，卻什麼都沒看到。

接下來他又詢問潘妮洛普，但潘妮洛普知道的也不多。之後他建議我們該問問瑞秋小姐，就要潘妮洛普去敲敲瑞秋小姐的臥房門。

夫人開門走出來，並順手關上她身後的門。同時我們聽到瑞秋小姐將門給鎖上的聲音。夫人出來跟我們站在一起，神情顯得困惑又憂傷。「看來鑽石不見給瑞秋帶來不小的打擊。」她這麼回答法蘭克林先生的提問。「她迴避談這件事情，雖然我覺得很奇怪，但她不肯告訴**我**為什麼。我看目前你們是沒有辦法見她了。」夫人說完瑞秋小姐令人困惑的態度之後，花了一點力氣才回復到她原來的冷靜和決斷力。

「狀況已經無可轉圜了嗎？」她平靜地說：「我想沒有其他選擇，只能找警察了。」

「警察要做的第一件事情，」法蘭克林先生接著說：「就是要先去抓昨天晚上在這兒表演的那幾個印度戲子。」

夫人和高佛瑞先生（他不知道這事件的內幕）兩人都愣了一會兒，然後露出驚愕的神情。

「我沒時間跟你們解釋原因。」法蘭克林先生繼續說。「我只能告訴你們，肯定是那些印度人偷了鑽石。請給我一封介紹信，」他對著夫人說：「給法蘭茲霍爾的其中一位治安官，信裡說明我代表夫人，我會馬上帶著這封信騎馬過去找他。我們不能浪費任何時間，才有可能抓到那些小偷。」（注意：不管他現在表現出來的是法國還是英國的面向，看來都是屬於好的那一方面。問題是在於，這現象能持續多久？）

他把筆、墨水和紙交給他的阿姨；夫人有些不情願地（在我看來）寫下他所要求的內容。如果她可以用比較寬容的方式處理這個價值兩萬英鎊的鑽石被偷的事件，我相信（以夫人對她逝去兄長的觀點，以及她對他的不信任感）夫人應該會覺得讓小偷把鑽石拿走，還不用付遺產稅，才是比較好的解決方法。

我跟法蘭克林先生一起走到馬廄，逮到機會便問他，印度人是怎麼偷偷溜進這棟宅邸裡的（當然我認為那些印度人非常狡猾）？

「他們其中一人可能趁晚宴的客人要回去，一片混亂的時候，偷偷溜進客廳裡。」法蘭克林先生說。「當阿姨和瑞秋在討論晚上要把鑽石收在哪裡時，那個傢伙搞不好就躲在沙發底下。他只要等屋子裡所有人都睡著，就可以偷偷拿走放在櫃子裡的鑽石了。」他說完，要侍從打開馬廄大門，然後跨上馬鞍。

他說的似乎是唯一合理的解釋。但小偷又是怎麼離開宅邸的？我起床以後去開大門時，看到門跟昨晚一樣是鎖上的，還上了門栓。至於其他的門窗也都鎖得好好的。狗也一樣毫無動靜，不是嗎？假設小偷是從樓上的窗戶逃走，他又要怎麼逃過狗的視線？難道他來的時候，身上就準備了下藥的肉塊嗎？我的腦中充滿各種疑問，同時狗兒們從屋子的角落衝過來，在我身前跳上跳下，還在濕草地上打滾了一番。我看牠們健康極佳，精神狀態良好，完全推翻了我先前的假設，便把牠們的項圈重新拴上。我想越多，越覺得法蘭克林先生方才的推論無法解釋全貌。

我們用了早餐；不管這宅邸裡發生了什麼事，是竊盜案還是謀殺案都好，不管怎麼樣，我們都得要吃早餐。用完早餐以後，夫人找我過去談話，我發現我不得不把之前隱而未言的事情全都告訴夫人，包括那些印度人的真實身分以及他們的陰謀。夫人是個很有勇氣的女性，她剛開始聽到我說的事情是有些震驚，但隨即恢復鎮靜。比起異教徒的流氓和他們的陰謀，夫人更擔心自己女兒的狀況。「你也知道瑞秋個性古怪，她的所作所為有時候跟她同年紀的女孩完全不一樣。」夫人對我說。「但我還從來沒看過她行為舉止這麼怪異過，且始終守口如瓶。看來鑽石遺失的事情對她造成不小的打擊。

誰會料想得到，這顆可怕的鑽石竟在這麼短的時間內就對她造成這麼大的影響？」

瑞秋小姐的表現確實很奇怪。她並不像其他年輕女孩一樣，會拘泥於一些小事情；但現在她卻把自己關在房間裡。公平點來說，這棟宅邸裡受到事件打擊的人不只她一個。例如高佛瑞先生（雖然一般來說他是負責安慰的人）似乎也不知道該怎麼做，看起來有些困惑不解。他目前沒有同伴可以談話，也無法發揮自己擅長的能力，去安慰沮喪的瑞秋小姐，他只是在宅邸和花園間來來回回毫無目標地走著。在這不幸的事件發生以後，他想自己有兩個選擇，但不知道該選哪一個。他應該要離開宅邸，讓這家人自己去處理事情，因為畢竟他只是個無責任的客人；或是他應該要留下來，看看自己能幫得上什麼忙？他最後決定，在這個家族面臨令人沮喪的局面時，他應該選擇後者，才是最有禮貌且最適當的選項。突發事件是能測試一個男人真性情的最佳方式，而經歷過各種狀況的高佛瑞先生，卻比我原來想像中還要脆弱些。至於女僕們（除了羅珊娜．史皮爾曼以外，她獨自待在一旁）都在角落裡說著悄悄話，對一點都不可疑的東西大驚小怪；當家裡發生什麼不尋常事件時，她們展現出了人性當中脆弱的一面。我也發現我變得很愛操心，且脾氣不佳。那顆詛咒的月光石把我們全都搞得天翻地覆。

快十一點的時候，法蘭克林先生回來了。或許是因為壓力太大，在他離開這段期間，之前展現出來堅定不搖的面向逐漸消失。他離開時騎著馬，回來卻用走路的。他先前表現出鋼鐵般的意志，現在卻像全身塞了棉花的布偶，走路時軟趴趴的。

夫人說：「警察會過來嗎？」

「他們會過來。」法蘭克林先生說：「他們說會盡速趕過來。管區的西格雷夫督察長會帶著他的兩個手下來宅邸。但這只是個形式而已！我看這案子沒希望了。」

「什麼？印度人溜了嗎？先生。」我問。

「那幾個被惡劣對待的印度人已經關到牢房裡了。」法蘭克林先生說：「可是他們就跟未出世的嬰兒一樣無辜。看來跟我先前想的不一樣，有人躲在宅邸裡的推論已經說不通了。全部都說不通。這根本就是不可能的犯罪！」法蘭克林先生說完，有感於自己的無力而顯得有些沮喪。

聽他說了事件出乎意料之外的轉折，我們都大吃一驚，之後夫人便要法蘭克林先生坐下，請他多說明一些。

看來在到法蘭茲霍爾時，他的心情還是一樣堅定。他對治安官坦誠說出事件的狀況，治安官也隨即派遣警察去找印度人。但第一個疑問是，那些印度人並沒有立即準備要離開城鎮的樣子。警察偵詢過後，發現那三個印度人和男孩在昨晚十點到十一點之間，被目擊已經回到法蘭茲霍爾；從距離和時間上來判斷，也證明了在我們宅邸的露台前表演過後，他們就直接走了回來。之後警察也詢問了他們所投宿的旅社主人，證實在當天午夜還有看到那三個印度人和男孩的身影。而午夜過後，我已經把宅邸裡所有的門窗都上鎖了。這些目擊證言全都對印度人有利。治安官說這些印度人看來毫無嫌疑，不過他稍後會派人來宅邸調查事件，為了以防萬一，發現有任何指向印度人可能犯案的物證，他會先以流浪的名義將那些印度人扣押一週。他們在城鎮時是曾因無知而做了一些不好的事（我不記得是什麼了），但還不至於到被問罪的地步。不過每個人類組成的機構（包括執法機構在內）都是有彈性的，只要走對門路，一切都好解決。這位治安官是夫人多年的老友，在他指揮之下，當天早上隨即開庭，判決這些印度人入獄一週。

以上是法蘭克林先生在法蘭茲霍爾遇到的事情。印度人偷走了鑽石的假設，看來已經完全被打破了。如果印度戲子是無辜的話，那麼到底是誰從瑞秋小姐的櫃子裡拿走月光石的？

十分鐘以後，我們終於可以大大鬆一口氣，因為西格雷夫督察長到了。他進來時經過露台，而法蘭克林先生就坐在露台上曬太陽（我想現在他義大利的那一面又跑出來了），在他們還沒展開調查之前，法蘭克林先生就已預告這件案子再怎麼調查都無望了。

對我們這戶人家現處的情況來說，法蘭茲霍爾警察督察長是安撫我們心情的最佳人選。西格雷夫先生高大壯碩，行事間帶有軍人氣息，他指揮手下時聲音洪亮，有雙堅毅的眼睛，身穿一件長大衣，釦子直扣到衣領。「我就是你們需要的那種人！」這句話彷彿直截了當地寫在他的臉上。他很嚴厲地指揮兩個手下，感覺就像是不能違背**他**的指令。

他先把宅邸周圍裡裡外外都巡過一遍，之後得出的結論就是，小偷不可能是從外頭進來，因此，竊盜事件應該是由屋子裡的某人犯下的。請各位讀者想像一下，當督察長這番話傳至宅邸內的僕役們耳朵裡時，他們會有什麼樣的反應。督察長先開始搜查起居室；搜查結束以後，立即對僕人進行偵訊。在偵訊的同時，他派了一個手下站在通往僕人房的樓梯間，指示在搜查結束前，不可讓任何人通過。

聽到後面那個指令，這個家裡屬於弱勢地位的僕人們當場覺得驚慌失措。僕人們推開來人，蜂擁上樓到瑞秋小姐的起居室房門前（羅珊娜・史皮爾曼這次被他們帶著一起過去），他們打斷西格雷夫督察長的工作，問他既然覺得大家看起來都像是有罪的樣子，那麼就請他立刻說出究竟懷疑的是誰。

但督察長先生依然表現得很公正，他用堅毅的眼神看著僕人們，用軍人般嚴厲的語言恐嚇他們。「女人，回樓下去，每一個都下去。妳們不可以在這裡。妳們看！」督察長先生說，一手指著瑞秋小姐那繪著裝飾繪畫的門框，在門鎖下方有一小塊被弄花的污漬。「妳們這些女人家的裙子都把這畫給弄得一團糟了。全都出去！出去！」站得最靠近督察長、也最靠近門框邊的羅珊娜，最先開始照著他說的話移動，很快地溜下樓去做自己的工作。其他人也跟著她一起走出房間。督察長搜查過房間以後，沒有什麼發現，便問我是誰最先發現鑽石不見的，我說是我女兒。接下來就是我女兒被詢問了。

一開始詢問時督察長的說話方式就有些尖銳。「女孩，妳給我注意，妳最好實話實說。」潘妮洛普的火氣隨即上來了。「警察先生，可從來沒有人教我說謊！如果我父親站在這裡，任憑我被人指控說謊和偷竊，還不准我回去自己的房間裡，把一個可憐的女孩僅有的人格踐踏至此，那他就不配當我心目中的好父親！」我即時說出幾句公正持平的話，讓潘妮洛普得以有證明自己無辜的立場。接下來的問答進行得很流暢，最後也沒得出什麼值得注意的證據。潘妮洛普在前一天晚上，看著瑞秋小姐將鑽石放進櫃子的抽屜裡，第二天早上八點送茶到瑞秋小姐的房間，就發現櫃子打開，抽屜裡空空如也。她隨即通知宅邸裡的人鑽石不見了。這就是潘妮洛普所能提供的證言。

督察長先生接下來要求見瑞秋小姐。潘妮洛普透過門扉向瑞秋小姐傳達督察長的要求，但她的回應跟之前一樣：「我跟警察沒有什麼話好說。我現在沒有辦法見任何人。」這位經驗豐富的警官在聽到回答時，跟我們一樣驚愕，但也覺得有點被冒犯了。我對他說瑞秋小姐身體不適，希望他可以等一段時間再見她。下樓時，我們正好遇見高佛瑞先生和法蘭克林先生要穿過廳堂。

這兩位年輕人在事件發生當時就住在同一屋簷下，所以也被找去詢問，看他們是否知道些什麼。但兩人一樣什麼都不知道。他們前天晚上有聽見什麼可疑的聲音嗎？除了雨水滴滴答答的聲音以外，什麼都沒有聽到。我比他們都晚睡，也什麼都沒聽到嗎？沒有！從質詢當中被解放出來以後，法蘭克林先生依舊抱持難題解決無望的想法，他悄悄對我說：「那個人對我們來說沒什麼用。西格雷夫督察長是個白癡。」而高佛瑞先生在結束詢問後對我說：「他很明顯是個很有能力的人。貝特瑞吉，我對他很有信心！」一如古代先賢所言，這世界上有多少人，就有多少種觀點。

督察長先生的下一個搜查目標，是回到「貴婦小客廳」；由我和潘妮洛普陪同。他的主要目的是查看有沒有家具在晚上被移動過，而跟原來放的位置有所出入。看來他先前雖然搜查過起居室，但結果讓他不是很滿意。

當我們在檢查桌椅時，通往臥室的門突然打開了。瑞秋小姐先前一直拒絕和任何人會面，但令我們驚訝的是，此時她卻突然自己走出房門，來到我們身邊。她拾起一頂放在椅子上的花帽，然後問了潘妮洛普以下幾個問題：

「法蘭克林・布萊克先生今早要妳送個訊息給我？」

「是的，小姐。」

「他說想要跟我談一談，是吧？」

「是的，小姐。」

「他現在人在哪裡？」

我聽到樓下的露台傳來聲音，便從窗口探頭出去，看到兩位男士在那附近走來走去。我便代替女兒回答：「小姐，法蘭克林先生在露台那邊。」

瑞秋小姐不發一語，也不理會一旁試圖跟她搭話的督察長，臉色蒼白得像個死人，整個人沉浸在自己的思緒裡。她離開房間走下樓去露台找她的表兄們。

我知道基於禮儀，我不應該打破不可偷窺別人的規則，但我就是忍不住又探頭出去，看到瑞秋小姐在外頭碰到兩位男士。她似乎沒有注意到高佛瑞先生也在一旁，直直走向法蘭克林先生；而發現到這一點的高佛瑞先生則退開，讓兩人單獨在一起。她很激動地對法蘭克林先生說了些什麼。他們的對話只持續了很短的時間，但我從法蘭克林先生的臉部表情判斷出來，他驚訝得不知道該怎麼反應。兩人都還在露台上時，夫人出現了。瑞秋小姐一看到夫人，便又對法蘭克林先生說了最後幾句話，隨即在夫人靠過來之前，又回到宅邸裡。夫人很訝異，她也看到法蘭克林先生驚愕的樣子，便走上前去和他說話。高佛瑞先生也加入他們的談話。法蘭克林先生稍微退開，我想他是在告訴他們剛才發生了什麼事，因為從另兩個人突然停止說話的樣子，我判斷他們也非常驚愕。我看到這裡時，起居室的門突然很用力地打開，瑞秋小姐迅速穿越起居室，走向臥室房門。她的動作粗魯，傳達出憤怒情緒，眼神凶惡，臉頰泛紅。督察長先生再度試著要跟她說話。她在臥房門前轉身。「我並沒有說我要見你。」她激動地喊出來：「我這裡不需要你。鑽石不見了，不管是你還是任何人都找不到的！」她說完就進入房間，當著我們的面鎖上房門。站得離房門最近的潘妮洛普聽到，在關上門的瞬間，瑞秋小姐開始哭了起來。

上一刻氣憤不已，下一刻淚流滿面。這到底是什麼意思？

我告訴督察長先生，瑞秋小姐因為鑽石遺失，心情沮喪，脾氣才會有些失控。我很難過看到瑞秋小姐如此失態，即使是在一位警官面前也不可以。由於擔心她這樣的舉動有損家族名譽，我當下能找到最切合情況的理由也只有這個說法了。但我私下認為，瑞秋小姐非比尋常的言行更令我無法理解。從她在臥房門前說的話來判斷，我猜測瑞秋小姐不高興我們找警察過來；而法蘭克林先生之所以這麼驚訝，是因為她向他表達了自己的這種想法（因為法蘭克林先生是去找警察過來的人）。如果我的猜測是正確的，為什麼瑞秋小姐要反對我們找警察過來？他們是有可能幫她找到遺失鑽石的人呀。而且，天知道，**她**又是怎麼確定鑽石再也找不到了？

現在這樣停滯的狀況下，不必期待宅邸裡有哪一個人可以回答這些疑問。法蘭克林先生似乎為了維護瑞秋小姐的名譽，拒絕對僕人（即使是像我這樣的老僕人）透露瑞秋小姐究竟在露台跟他說了什麼。高佛瑞先生是位紳士，且身為親戚，可能已從法蘭克林先生那兒知道了談話的內容，但也遵守保密原則，一個字也沒有透露。夫人自然知道他們說了些什麼；她試圖接近瑞秋小姐，但瑞秋小姐回應她什麼都不想談。「妳跟我談鑽石的事情，只會讓我心情更沉重。」就算是母親親自過來，也無法從瑞秋小姐那裡得到任何解釋。

在瑞秋小姐這方面僵持不下；尋找月光石也遇到了瓶頸。前者的狀況，就算是夫人也無法提供什麼幫助。後者的狀況，西格雷夫先生的智慧也很快就見底了。

在搜查過女性起居室，沒有什麼新發現之後，這位有經驗的督察長問我，僕人們都知道昨晚鑽石放在什麼地方嗎？

「我知道鑽石放在哪裡，先生。」我回答：「然後是男僕山繆爾。當大家在談論應該要把鑽石收在哪裡時，他也在場。我女兒也知道，她已經告訴你了。她或是山繆爾有可能把這件事情告訴其他僕人，或是有些僕人可能在側門外面聽到他們的談話；那道側門就連接到後面的階梯。所以據我所知，這屋子裡的所有人都有可能知道昨晚鑽石擺在哪裡。」

我提供的答案範圍太廣，讓督察長先生難以集中焦點，於是他接著問我，有關僕人們的人格品行問題。

我第一個先想到的是羅珊娜．史皮爾曼。但不管出於我在這宅邸裡的地位，還是我個人的想法，我都不希望將嫌疑焦點導向這可憐的女孩；因為自她在這裡工作以來，我看到的她其實是個誠實的人。感化院的女舍監告訴夫人，她是個真心懺悔且值得信賴的女孩子。就先讓督察長自己去發現羅珊娜是否有犯罪嫌疑，若真的發現了，我會再告訴他羅珊娜到這宅邸工作的來龍去脈。「在我們這兒工作的都是好人。」我說。「他們也都值得夫人的信任。」接下來，西格雷夫先生只剩下一件事情要做：由他自己去試探在這兒工作的僕人們，究竟是什麼樣的人。

僕人們一個一個被叫去問話。最後證明，他們沒什麼好說的。有些人（尤其是女性）花比較長時間強烈表達她們對被禁止回去自己臥室的憤怒。其餘的人在被詢問過後，就下樓回去自己的工作崗位繼續幹活。潘妮洛普又被叫過去做第二次詢問。

我女兒在女性起居室時曾發了一頓小脾氣，而且意識到自己可能成為被懷疑的對象，這幾點看來給西格雷夫督察長留下不太好的印象。他似乎已經開始認為，潘妮洛普是昨晚最後一個看到鑽石的人。第二次詢問結束，潘妮洛普過來找我時一臉忿恨。毫無疑問地，警官剛才簡直就快要當面說她就是偷鑽石的賊！我不敢相信他竟然會這麼愚蠢（跟法蘭克林先生對他的觀點一致）。雖然他什麼都沒說，可是他望著潘妮洛普的眼神真的不是很友善。我笑著安慰可憐的潘妮洛普，告訴她這太荒謬了，沒有人會認為她是小偷的。但私底下，我擔心我也會跟潘妮洛普一樣大發脾氣。這是個小小的試煉。絕對是的。我女兒就坐在房間的角落，把圍裙蓋在頭上，一副很沮喪的樣子。各位讀者可能會認為，這女孩真傻。直到督察長公開指控她是小偷前，潘妮洛普都得像這樣膽顫心驚地等下去。我必須承認，西格雷夫先生是個公正的執法人士；但我希望他記得自己的職責所在。其實我管他記不記得，這傢伙都給我見鬼去！

搜查的下一個步驟，也是最後一個步驟，將事件帶向另一個危機。警官和夫人談了一下（在我在場的情況下），他跟夫人說鑽石可能是屋子裡的人偷走的，接著要求夫人允許他們立即搜索僕人們的臥室，以及他們儲藏東西的櫃子。夫人是個心胸寬大的貴族仕女，她拒絕了這個提議，不希望自己的僕人被當成小偷一樣看待。「我不會同意讓你們這麼做，」她說：「因為我相信我屋子裡的每一個人都是清白的。」

督察長先生對夫人行禮，一邊瞧向我這頭，表情擺明了在說：「既然這樣你們找我過來做什麼？」身為僕役長，我得要感謝夫人的寬大為懷，但也希望能自行證實我們的清白。「夫人，非常謝謝您對我們的信賴。」我說：「但是我希望您能允許警官搜查房間，這麼做才是正確的。我會親自帶頭示範。」我在門前擋下西格雷夫督察長。「我答應你會讓其他人也同意的。這是我房間的鑰匙。就從我的房間開始搜查吧。」夫人拉住我的手，眼眶含淚地感謝我。老天！我其實真希望當時我可以揍督察長一拳。

之後如同我答應過他的，其他僕人也都跟進；當然還是有一些不情願，不過他們的想法都跟我一樣。警官們翻找女性的房間時，該房間的主人會在一旁看著。廚娘看來就是一臉想把督察長先生直接放上火爐烤的樣子；其他女僕則是一副等督察長烤好就可以開吃了的神情。

房間的搜查結束，當然，到處都找不到鑽石。西格雷夫督察長回到我的小房間，思考下一步該怎麼做。他和手下已經來到宅邸數個小時，但仍不知道月光石是怎麼被偷走的，還有可能偷走的人會是誰。

當警官還在獨自沉思該怎麼做時，法蘭克林先生要我過去圖書室找他。當我將手放在門上，正要推開時，讓我吃驚的是，門突然從內側被打開，而走出來的竟是羅珊娜．史皮爾曼！

早上清掃過圖書室後，不管是第一侍女或第二侍女，應該都沒有要事必須進去圖書室了。我攔住羅珊娜，問她是不是違反了這個屋子裡的規則。

「妳在這個時間到圖書室來做什麼？」我問。

「法蘭克林．布萊克先生把他的一只戒指放在樓上房間裡，」羅珊娜說：「我幫他把戒指送到圖書室來。」她回答時臉色整個轉紅，隨即搖頭晃腦的離開，一副自己做了什麼重要事情的樣子，讓我實在無法理解她是怎麼一回事。搜查房間這件事情，確實讓女僕們多少有點沮喪，不過她們沒有一個人像羅珊娜一樣，這麼快就將這些事情拋諸腦後。

我看到法蘭克林先生坐在寫字桌前寫些什麼。我進入圖書室時，他要我給他一份火車時刻表。當他發出第一聲時，我就發現他性格中堅毅的一面又浮現出來，先前那副軟趴趴的樣子已經消失無蹤；現在坐在我面前的男人，又充滿了鋼鐵般的意志。

「要去倫敦嗎？先生。」我問。

「我要發個電報到倫敦去。」法蘭克林先生說。「我已經說服阿姨，我們得要找個比西格雷夫督察長還要聰明的人來，才能解決問題。所以我取得她的同意，要發個緊急電報給我父親。我父親認識警察總長，這位警察總長會派一個適當的人選，來幫我們解決鑽石的謎題。說到謎題，」法蘭克林先生壓低音量說道：「在你去馬廄之前，我有話要跟你說。你現在還不要跟別人說這件事。我覺得如果不是羅珊娜．史皮爾曼的腦袋出了問題，就是她真的知道什麼她原本不該知道的有關月光石的事情。」

聽到他這麼說，我真不知道我到底是該驚訝，還是該沮喪。如果我年紀尚輕，我可能會對法蘭克林先生和盤托出自己的情緒。但到了一個年紀以後，你就會習得一個好習慣——如果你不知道該說什麼，那就閉上嘴巴。

「她進來圖書室的時候，手上拿了一只我落在臥房裡的戒指。」法蘭克林先生繼續說：「我謝過她之後，以為她會馬上離開這裡。但是她站在我桌子的對面，用一種很古怪的方式看著我，半是驚恐，半是親暱，我也不知道究竟是什麼。『這件鑽石失竊的案件真的很奇怪，先生。』她突然開口說。我說：『對，確實很奇怪。』然後我在想，她接下來到底想要說什麼。貝特瑞吉，我以我的名譽發誓，我覺得她應該頭腦有問題。她說：『先生，他們永遠也找不到鑽石的，不是嗎？我知道，沒有一個人可以找得到鑽石。』她認真地點點頭，還對我微笑！在我來得及問她是什麼意思的時候，我們就聽到門外傳來你的腳步聲。我想她應該很怕被你看到她在圖書室裡。不管怎麼樣，她臉色一變，就離開圖書室了。那到底是什麼意思？」

這麼一來，我就更不能告訴法蘭克林先生那女孩以前的經歷了。因為這樣似乎就等於在告訴他：這女孩就是偷鑽石的小偷。此外，就算我將事情和盤托出，甚至假設羅珊娜就是小偷，也無法解釋她為什麼要對法蘭克林先生說出自己的秘密。

「我不能因為這個女孩喜歡妄想，說了一些古怪的話，就讓她陷入窘境。」法蘭克林先生接著說：「但如果她把對我說的話告訴了那位督察長先生，我擔心那愚蠢的傢伙一定會認為……」他停頓下來，沒有把話說完。

「先生，最好的處理方式就是，」我說：「先讓我跟夫人私下報告這件事情。夫人對羅珊娜很好，而那女孩可能只是因為太莽撞、太愚蠢了，才會說出那些話來。先生，當屋子裡發生什麼事的時候，女僕們通常都會比較悲觀；對這些可憐人來說，這會讓她們覺得自己是什麼重要人物吧。如果有人生病了，她們就會相信有預兆顯示這個人即將去世；如果有珠寶遺失了，她們也會相信有預兆顯示這珠寶再也找不回來了。」

聽了我的意見以後（我必須要說，這是我自己認為可能的解釋），法蘭克林先生似乎鬆了一口氣，他將寫好的電報摺起來，不再談論那個話題。我走向馬廄，去找一輛輕便馬車時，順道探頭看了看僕人廳，我發現他們正在用餐。羅珊娜．史皮爾曼並沒有跟大家在一起。我問了之後，知道她突然說自己身體不適，要上樓回房間去躺一下。

「真是奇怪！我方才看到她的時候，她還好端端的。」我說。

潘妮洛普跟著我出來，然後說：「爸爸，不要在其他人面前講這種話。你這樣只會讓他們比以前更欺負羅珊娜而已。那可憐的女孩因為法蘭克林·布萊克先生的事情而心碎了。」

這是關於那女孩怪異行為的另一種解釋。如果潘妮洛普說的是對的，就可以解釋羅珊娜古怪的行為舉止和言談了；只要能引起法蘭克林先生的注意，不管要她說什麼、做什麼，她都不在乎。若真是這樣的話，我就能明白為什麼她剛剛碰到我時，態度是那麼的虛浮又自負。就算法蘭克林先生只對她說了三個字，她的目的也已經達成了。

我親自將馬具套上。在這一團謎題當中攪和以後，我得說，看到自己能順利將馬具的韁繩扣上馬車，實在是一大樂事。我相信各位讀者在看到馬車的把手能安然裝在馬身上時，也會跟我有同樣的心情。這已經可以說是目前這個宅邸裡稀少的樂趣之一了。

我駕著馬車繞到宅邸正門前時，看到法蘭克林先生、高佛瑞先生，還有西格雷夫督察長，都在門前的階梯等著我。

督察長先生在經過一番深思熟慮後（他在僕人的房間和櫃子裡沒找到鑽石），似乎有了新的結論。他依然堅持先前的觀點，也就是宅邸裡的某人偷了鑽石（算他聰明，沒有直接斷定犯人就是潘妮洛普，雖然他心裡可能是這麼想的），他認為犯人應該與印度人合謀，決定要回去偵訊那幾個被關在法蘭茲霍爾監獄裡的印度人。聽到督察長打算回去法蘭茲霍爾時，法蘭克林先生自願送他過去，這樣他也可以從那裡打電報回倫敦。依然誠心相信西格雷夫先生有能力解決案件的高佛瑞先生，也對詢問印度人的事情相當有興趣，因此請求能與警官同行。而之前隨行的一位低階警官留在宅邸裡，以防有任何事情發生，另外一位則跟著督察長回去法蘭茲霍爾，這樣一來只有四個座位的馬車就坐滿了。

在出發之前，法蘭克林先生走過來我這邊，沒有讓其他人聽到我們的對話。

「我會在那兒停留，」他說：「等偵訊印度人的結果出來，再打電報到倫敦。我相信這個糊塗的管區警官也是墜入五里霧中，什麼都不知道，他這麼做只是在爭取時間而已。他認為有僕人跟印度人串通，這真是荒謬至極。貝特瑞吉，在我回來以前，你要好好守著宅邸，然後試著問問看羅珊娜・史皮爾曼究竟知道些什麼。我不是要你去做什麼自我矮化的事，或是對她殘忍的事，只是希望你能比平常更發揮你的觀察力。我們得在阿姨知道以前，盡量不著痕跡地把事情搞清楚……不過我想解決事件是我們眼下最急迫的需求了。」

「先生，這件事關係到兩萬英鎊呢。」我想到鑽石的估價，便這麼說。

「這件事關係到能否讓瑞秋的心情平靜。」法蘭克林先生沉重地說：「我很擔心她。」

他急促地轉身離開，猶如他不想跟我談太多。我想我瞭解為什麼。如果他繼續跟我談下去，我就會知道瑞秋小姐在露台上跟他說了什麼秘密。

他們駕著馬車前往法蘭茲霍爾。而我準備私底下去跟羅珊娜談一談，但是卻一直苦於找不到機會。她在午茶時間才下樓來。但是她出現時，整個人非常激動，就像歇斯底里症狀發作一樣，所以我在夫人的要求下，讓她用了點嗅鹽，然後要她回房去休息。

我可以告訴各位讀者，接下來的一天非常沉悶且悲慘。瑞秋小姐依然把自己關在房間裡，說她身體不舒服，不能下樓用餐。夫人為了女兒的事情，情緒已經夠低落了，我也不好再去告訴她羅珊娜對法蘭克林先生說的話，這樣只是徒增她的煩惱罷了。潘妮洛普一直以為自己會被指控是小偷，然後立即送去審判。其他女人拿起聖經和讚美詩做禱告，但表情卻滿是酸楚；依照我的人生經驗，在經歷非比尋常的一天之後，人往往會去尋求宗教的慰藉。至於我，還沒有心情諮詢我的《**魯賓遜漂流記**》。我走到外頭的院子裡，想要擺脫那一群被愁雲慘霧籠罩的人，便將我的椅子擺在狗舍前，跟狗兒們玩耍一番。

晚餐時間前半個小時，兩位男士從法蘭茲霍爾回來了；西格雷夫督察長則是隔天再過來。他們也拜訪了住在城鎮附近的印度旅行家莫斯威特先生。在法蘭克林先生的請求下，他前去幫忙做印度文的翻譯；因為那三個印度人中有兩位連半句英文都不懂。雖然花了很長一段時間仔細詢問那些印度人，結果還是一無所獲，並沒有任何跡象顯示這些印度人賄賂了宅邸裡的僕人。得知偵訊的結果以後，法蘭克林先生便將電報送去倫敦，只待明天會有什麼回音。

瑞秋小姐生日的隔天，就在這樣的混亂中結束。到那時為止，我們都還看不到解決事件的曙光。但是，一兩天之後，我們看到了些微的希望。請各位讀者靜待接下來的發展。

12

星期四晚上平靜地過去，沒發生什麼事情。到了星期五早上，我們得知兩個新消息。

第一件消息：麵包店的人宣稱在前一天下午看見羅珊娜·史皮爾曼，她當時臉上覆著厚重的面紗，走在通往法蘭茲霍爾一條穿越濕地的步道上。由於羅珊娜雙肩不對稱的關係，認不出她才真是件奇怪的事，但是麵包店的人一定搞錯了，那天羅珊娜因為身體不適，整個下午都待在樓上她自己的房間裡休息。

第二件消息是由郵差帶來的。坎迪先生諸多運氣不佳的事蹟又添了一樁。他在瑞秋小姐生日那晚冒雨駕馬車回去，當時還告訴我醫生的皮膚是防水的，但就算他的皮膚真的可以防水，坎迪先生那晚全身還是濕透了，因此現在感冒發高燒臥病在床。

根據郵差帶來的消息，代表坎迪先生是個不懂得深思熟慮的人，這可憐的人高燒昏迷講的譫語，就跟他平時清醒講的話一樣，都是無聊的胡說八道。我們都為他生病感到難過；法蘭克林先生更是覺得遺憾，不過主要是為了醫生因病不能來為瑞秋小姐看診。我在早餐時間進入餐室時，聽到法蘭克林先生告訴夫人，他覺得月光石失竊事件若不能很快有令人安心的結果，可能需要緊急請最好的醫生來看看瑞秋小姐的狀況。

用完早餐沒多久，就收到老布萊克先生回覆給兒子的電報。電報上通知我們，在他老朋友（警察總長）的幫助下，已經找到能幫我們解決事件的適當人選。這個人的名字是考夫警佐，他預計搭早班火車從倫敦過來。

法蘭克林先生看到電報裡提及警佐的名字，不禁愣了一下。當他在倫敦居留期間，似乎從他父親的律師那兒，聽過一些有關這位警官的傳奇軼聞。

「我想我開始覺得這事件可望解決了。」他說。「如果我聽到的那些傳聞有半數屬實，那麼全英國最有可能解決這事件的人，絕對非考夫警佐莫屬了！」

我們都很興奮，越是接近這位能力卓越的著名警官預計出現的時間，越是感到迫不及待。西格雷夫督察長在和我們約好的時間來到宅邸，他聽到警佐會過來的消息之後，隨即將自己關在房間裡，準備筆、紙和墨水，開始著手寫報告，以便交給警佐參考。我很想要親自到車站去接警佐，可是我不能用夫人專用的馬車去接人，即使考夫警佐是這麼有名的人。至於另外一輛小馬車則已預定撥給高佛瑞先生使用。對於在阿姨這麼煩惱的時刻離開，他深深覺得抱歉；但星期六早上有個經營困難的女性慈善機構等著和他開會，聽他提供建議，他不得不在星期五晚上回到城裡。不過，他希望可以聽到來自倫敦的聰明警官對這案件的看法，所以把離開的時間延後，準備搭最晚的一班火車回倫敦。

差不多到了警佐該抵達的時刻，我下去大門口看看他到了沒。

在我走到警衛室時，有一輛馬車沿著道路駛過來。一個頭髮灰白、有些年紀的男人從馬車內走出來；他非常精瘦，瘦到我懷疑他身上的肉到底有沒有一盎司重。他穿著一身合乎禮儀的黑色西裝，領子上圍著白色領巾。他的臉頰削瘦得如同一把銳利的斧頭，皮膚如同秋天的落葉一般蠟黃乾枯；他的雙眼是像鋼鐵一般的淡灰色，眼裡有一種能讓你倉皇失措的力量，當他望著你時，好像可以從你身上挖掘出你自己都不知道的一面。

他走路腳步很輕，他的聲音帶著憂鬱的音調，他細長的手指彎曲如鉤爪，你可以說他是個牧師，也可以說他是做葬儀社的，你可以猜他可能從事任何工作，但就是猜不到他真正的職業。考夫警佐和西格雷夫督察長是完全相反，而且是會讓你覺得不舒服的類型；對因案件而深感沮喪的家族來說，考夫警佐若提出搜查的要求，我可能會拒絕吧。

「這裡是維林德夫人的宅邸嗎？」他問。

「是的，先生。」

「我是考夫警佐。」

「這邊請，先生。」

在我們走向宅邸的路上，我告訴他我的名字和在這家裡所擔任的職位，反正之後他要執行夫人委託的案件時也會問我這些問題。然而他這一路上對公務的事隻字未提。他很欣賞我們的庭院，還說他覺得海風很清新。我私下不禁懷疑，這位名聞遐邇的考夫警佐究竟是如何成名的。我們到達宅邸時，受到兩隻狗暴怒的歡迎；這是這兩隻狗第一次同時對來訪的客人這麼張牙舞爪。

我問了夫人在哪裡，僕人說夫人待在其中一個溫室，所以我帶著考夫警佐繞到後頭的院子，然後請個僕人過去找夫人。

在等待回音的期間，考夫警佐看了看我們左邊攀滿長春藤的拱門，還探看了一下玫瑰園。他直接走進花園，對所有看到的東西都很感興趣，彷彿是第一次看到這樣新奇的事物。結果這位聞名的警官其實對玫瑰園這種浮華的事情所學甚廣，這點讓園丁很驚訝，也讓我覺得很厭惡。

「啊，你把花種在面向南方和西南方的位置，這方位很正確。」警佐一邊說，一邊搖晃灰白色的腦袋，從他憂鬱的聲調中，還可以感受到一絲喜悅。「這是玫瑰園的形狀，在方形的園子裡，把花種成一個一個圓形。是的，是的，花床之間還有走道。不過不應該做成碎石子路，應該要做成草地。園丁先生，花床間的走道用草地會比較好，碎石子路不適合玫瑰。那個花床是白玫瑰跟粉玫瑰吧。這兩種玫瑰可以種在一起，不是嗎？這是白色的麝香玫瑰。貝特瑞吉先生，我們英國種出了最新品種，而且是最好的麝香玫瑰呢。真是漂亮！」考夫警佐用細長的手指撥弄麝香玫瑰，然後像對著小孩一樣對玫瑰說話。

這種人可以幫瑞秋小姐找到鑽石，指出犯人是誰嗎？

「警佐，看來您好像很喜歡玫瑰。」我說。

「我沒什麼時間去喜歡任何東西。」警佐說。「但如果我有時間賞玩什麼的話，貝特瑞吉先生，大部分時候通常都是玫瑰。我從小就在父親苗圃的玫瑰花堆裡長大，如果可以，我也希望我死時是被玫瑰包圍著。是的，等我退休，不再追著小偷跑時，我會試著自己親手種點玫瑰。園丁先生，我會在花床間造一條草地步道。」警佐這麼說。看來他似乎不太喜歡我們玫瑰園裡的碎石子步道。

「對像從事您這種職業的人來說，」我大著膽子說：「這是個不尋常的嗜好。」

「如果你仔細檢視自己（大多數人都不會這麼做），」考夫警佐說：「你就會發現，很多時候一個人的嗜好品味都跟他的職業性質不合，說能有多相反就有多相反。如果你能舉出兩種比玫瑰和小偷更背道而馳的事物，我就還來得及修正我的興趣。園丁先生，你也覺得大馬士革玫瑰是所有玫瑰當中最迷人的，不是嗎？啊，我是這麼覺得。有位女士過來了。這位是維林德夫人？」

他比我和園丁都還要早看到夫人的身影；雖然只有我和園丁知道夫人可能從那個方向走過來。我開始覺得，比起先前給我的第一印象，他可能其實是個頭腦敏銳的人。

警佐的外貌，或者是他身負的任務（或許兩者皆是），似乎讓夫人覺得有些困窘。我第一次看到夫人在接待陌生人時，一副不知所措的樣子。考夫警佐很快就讓夫人安下心來。他問，在之前是否有其他人過來負責處理偷竊事件。在他知道確實有其他警官在處理案件，而且此人目前就在宅邸裡之後，他要求在開始進行搜查之前，先跟這個人談一談。

夫人帶著他回到宅邸去。在回去之前，考夫警佐最後向園丁說了一句話，還是有關碎石子步道的事情。「請你告訴夫人，請她把步道改成草地。」他說，一臉酸楚地看著步道。「不要用碎石子！不要用碎石子！」

我不是很瞭解，為什麼西格雷夫督察長在跟考夫警佐見面時，會看起來像是縮小了好幾號。他們兩人一起關在房間裡，不受任何人打擾，談了好長一段時間。當兩人走出房間時，督察長先生看起來很興奮，而警佐先生則在打呵欠。

「警佐想要看看維林德小姐的起居室。」西格雷夫先生用一種誇耀且熱切的口吻這麼跟我說。「警佐可能會有一些問題，請你跟我們一起過去。」

我被如此要求時，眼睛看著這位偉大的考夫先生。站在西格雷夫督察長旁邊的考夫警佐，用一種靜待其變的眼神望著他，這眼神我先前也有注意到。我不敢肯定地說考夫警佐是像在提防蠢蛋一樣，注意他這位警官同僚會不會有什麼輕率之舉，我只是高度懷疑。

我帶著警佐上樓。警佐腳步輕盈地走向那個印度式櫃子看個透澈，然後在起居室巡了一圈，問了一些問題（偶爾問督察長先生，大多是一直問我），可是我們都不太瞭解這些問題究竟有什麼意義。過了一會兒，他來到畫著裝飾繪畫的那道門前，手指試探性地劃過門框上那一塊小污漬。這塊小污漬正好位於門鎖下方。之前西格雷夫督察長要擠進起居室的女僕們出去時，也曾經注意到這塊污漬。

「真是可惜呢。」考夫警佐說：「怎麼會弄成這樣？」

他這麼問我。我回答說，幾個女僕在前一天早上擠進房間時，被她們的裙襬弄髒了。「在她們造成更多傷害之前，」我補充說：「西格雷夫督察長命令她們離開房間，先生。」

「是的！」督察長先生用一種軍人說話的口吻回應：「我命令她們離開這裡。是她們的裙子弄髒繪畫的，警佐，是裙子弄髒的。」

「你有注意到是誰弄的嗎？」考夫警佐問的依然是我，而不是他的警官同僚。

「沒有，先生。」

他轉向西格雷夫督察長，說道：「你注意到了，是不是？」

督察長看來有點被問得猝不及防，但他依然盡力回答問題。「我記不得了，警佐。」他說。「那只是件小事而已，小事嘛。」

考夫警佐看著西格雷夫督察長，那眼神猶如先前他望著玫瑰園裡的碎石子步道一般，然後用隱喻的方式，首次向我們展現我和西格雷夫先生都沒有的特質。

「督察長先生，上週我負責搜查一件案子。」他說：「這件案子是樁謀殺案，我發現現場的桌巾上有一個小污點，但卻沒有人把這個污點當一回事。而以我的經驗，在這個骯髒世界裡的所有骯髒事物當中，沒有一樣是不值得一提的小事。在我們做更進一步調查之前，我們得先找到是誰把繪畫弄髒的，還有這畫到何時才變乾。」

督察長先生（記筆記時有點悶悶不樂）問說是不是要找女僕們來問話。考夫警佐想了一會兒之後，嘆了一口氣，搖搖頭。

「不用，」他說：「我們先處理繪畫的問題。這個問題比較快解決，只要回答是或不是；詢問女僕們是誰的裙子弄髒繪畫會比較花時間。昨天早上女僕們是幾點進到這個房間裡來？十一點，是嗎？這宅邸裡有誰知道，昨天早上十一點的時候，這畫是乾的還是濕的？」

「夫人的外甥法蘭克林．布萊克先生知道。」我回答。

「這位先生目前在宅邸裡嗎？」

法蘭克林先生就在附近，等著自己被介紹給考夫警佐的機會。不到一分鐘，他就出現在起居室內，說了以下的證言：

「警佐，」他說：「這扇門上的繪畫是維林德小姐畫的，我在一旁指導她，使用的載具顏料是我調製的配方。這顏料在十二小時之內就會變乾。」

「你記得有這塊污漬的這一部分繪畫是何時完成的嗎？先生。」警佐問。

「我記得。」法蘭克林先生回答。「這是繪畫的最後一部分，我們希望在星期三可以把繪畫完成，而這部分是我親自畫完的，應該是在下午三點前後完成的吧。」

「今天是星期五。」考夫警佐說，轉向西格雷夫督察長。「我們回溯一下時間吧，先生。繪畫完成是在星期三下午三點左右，顏料變乾需要十二小時，也就是說，這一塊繪畫是在星期四清晨三點左右變乾的。星期四早上十一點，你到這房間來做搜查，從三點到十一點，中間經過了八小時。督察長先生，雖然你認為是女僕的裙子把這繪畫弄髒的，但實際上繪畫已經**乾了大約八小時了**。」

西格雷夫先生受到第一次打擊。要不是他懷疑潘妮洛普，我會比較同情他。

考夫警佐解決了繪畫的問題之後，就不再理會他的警官同僚，反而轉向法蘭克林先生，好似他還更像是個能幹的助手。

「先生，很有可能你提供了有利的線索。」他說。

當他說完這句話時，臥室的門打開了，瑞秋小姐突然現身走過來。

她好像完全沒顧慮到這位考夫警佐是個陌生人，直接就對他說話。

「你的意思是說，」她指向法蘭克林先生：「**他**提供了你有利的線索？」

（「這位就是維林德小姐。」我站在警佐背後對他耳語。）

「小姐，」警佐一邊說，一邊用他那雙鐵灰色的眼睛仔細看著瑞秋小姐的臉。「這位先生是有可能提供了有利的線索。」

她停頓了一會兒，試著將目光轉向法蘭克林先生。我會說她「試著」這麼做，是因為她在兩人眼神即將對上時，又趕緊將目光移開。看來她心裡很困惑，臉上神色五味雜陳，接著又轉為蒼白。雖然她臉色一片白，但她的臉上出現了令我驚訝的新表情。

「小姐，我已經回答妳的問題了，」警佐說：「我希望這次由我來問問題。這裡，妳畫在門上的繪畫有一塊污漬。妳知不知道這污漬是什麼時候弄的？是誰弄的？」

彷彿對方沒有說話，又或者她什麼都沒聽到，瑞秋小姐並沒有回答他的提問，反而繼續質詢。

「你是另一個警官嗎？」她問。

「我是考夫警佐，是個警探，小姐。」

「你認為年輕女孩的建議值得聽嗎？」

「小姐，我很樂於一聽。」

「自己的事情自己做，不應該讓法蘭克林．布萊克先生來幫你！」

她說這句話時，神情和話語裡充滿了針對法蘭克林先生的野蠻惡意。雖然我從她出生起就認識她了，除了夫人以外，我最愛且最尊敬的就是瑞秋小姐，但我仍得說，我這一生從未像現在這樣替瑞秋小姐感到羞恥。

考夫警佐那雙毫不動搖的雙眼，從未離開瑞秋小姐的臉龐。「謝謝妳，小姐。」他說。「妳會剛好知道有關這污漬的事情嗎？有沒有可能是妳自己不小心弄的？」

「我不知道這塊污漬的事情。」

她說完之後，就轉身回到臥室，把門關上。這一次我聽到（就像上次潘妮洛普聽到的一樣）她把自己一個人關在房裡之後，就開始放聲大哭。

我不敢看考夫警佐，只是看著站離我最近的法蘭克林先生。對於剛才發生的事，他看來比我更沮喪。

「我跟你說過，我很擔心她的狀況。」他說。「現在你知道為什麼了吧。」

「看來因為鑽石遺失的關係，維林德小姐情緒變得不太穩定。」警佐說。「這是顆很珍貴的鑽石，有這樣的反應很正常！很正常！」

前幾天當她也用同樣的態度面對西格雷夫督察長時，我也是以這個藉口搪塞過去，但這一次卻是由一個完全陌生的人說出口。

不知道為什麼，我感到一股寒意流貫全身上下。現在我明白了，在考夫警佐和瑞秋小姐第一次會面和談話之後，在他腦袋中閃現的一抹靈感（相當可怕的靈感）究竟是什麼。

「先生，我們應該重視年輕女士說的話。」警佐對法蘭克林先生說。「我們先別管剛才發生的事，繼續處理先前的問題吧。感謝你讓我們知道繪畫是在何時變乾的。另一個問題是，這繪畫最後一次被人看到還是完好如初的狀態，究竟是何時？**你**是個聰明人，應該知道我這麼問是什麼意思吧？」

法蘭克林先生平靜下來，努力讓自己的注意力從瑞秋小姐轉移到事件上頭。

「我想我瞭解。」他說。「我們若是能找出特定的時間點，就可以縮小搜查範圍。」

「就是這樣，先生。」警佐說。「星期三下午你把繪畫完成以後，還有注意這繪畫的狀況嗎？」

法蘭克林先生搖搖頭，回答：「我想恐怕沒有。」

「你呢？」考夫警佐轉向我，問道。

「我想我恐怕也沒有注意，先生。」

「星期三晚上，最後一個待在這房間裡的人是誰？」

「先生，我想應該是瑞秋小姐。」

法蘭克林先生突然插話：「或者也有可能是你女兒，貝特瑞吉。」他轉向考夫警佐，向他解釋潘妮洛普是瑞秋小姐的侍女。

「貝特瑞吉先生，請你女兒準備一下。等等！」警佐說，接著把我帶到窗邊，免得別人聽到我們之間的談話。「督察長先生方才告訴我他處理這件案子的過程。」他悄聲對我說：「他對我說他懷疑這案子是僕人幹的。現在最重要的事情是讓僕人們的心情平靜下來。請你告訴你女兒還有其他僕人兩件事：第一，我還沒發現任何證據顯示鑽石是被偷走的；我只知道鑽石不見了。第二，我到這兒來的主要目的，是希望請求僕人們能幫助我找到那顆鑽石。」

我想到之前西格雷夫督察長禁止僕人們回到自己房間，那時候女僕們的反應，對應到處理這事情的經驗或許派得上用場。

「警佐，我可否提出第三件事情？」我問：「僕人們是不是可以在宅邸裡自由上下樓，也可以自由進出自己的房間？」

「他們的行動完全自由！」警佐說。

「**這麼做**確實可以讓他們平靜一點，先生。」我回應：「不管是廚師還是洗碗工人，應該都會很高興的。」

「貝特瑞吉先生，那就請你馬上去辦。」

我在不到五分鐘之內就把事情做完了。只有在說明有關臥室的事情時，我遇到了一個難題。我身為僕役長，卻仍費了好大的力氣，才阻止女僕們跟著我和潘妮洛普上樓；她們都熱心地想要當證人，協助考夫警佐做調查。

看來警佐認為潘妮洛普提供的證據相當可信。詢問過程中，他變得沒有那麼陰鬱，反而像他在玫瑰園裡看到麝香玫瑰一樣，興致高昂了一點。警佐從潘妮洛普那兒得到了一些新證詞，她恰如其分地提供明確的說明。在這裡我得說，她表現得正如同我的孩子，完全沒半點她母親的個性在內。感謝老天！沒有半點她母親的個性。

潘妮洛普證實了以下的事情：她對門上的繪畫相當有興趣，也幫忙做調製載具的工作。她有注意到門鎖下方的那一塊繪畫，因為那是最後完成的部分。在繪畫完成數個小時之後，她看到那部分並沒有污漬。在當天晚上十二點，她離開房間時，也注意到沒有污漬。當晚她曾向臥房裡的瑞秋小姐道晚安，然後聽到起居室內的鐘聲敲響。她曾經把手擺在那幅裝飾繪畫的門鎖上頭，也發現當時繪畫還沒有變乾（因為先前有幫忙調製載具的關係）。她小心翼翼地注意不要去碰到繪畫。她發誓她有小心不讓裙襬碰到繪畫，且當時繪畫上也沒有污漬。她不能保證當她離開房間時，裙子是不是不小心碰到過繪畫。她記得當天穿了哪一件裙子，那是瑞秋小姐送給她的新衣服。她父親也記得她是穿哪一件裙子，可以指認出來。她回房去拿了那件裙子，在她父親的指認下，證實那就是她當晚穿的衣服。由於裙子很長，花了好一段時間檢視上面有沒有沾到污漬，結果是沒有發現裙子上有任何痕跡。潘妮洛普的證詞就是這樣，相當精準且令人信服。加伯列·貝特瑞吉可以具結信用保證。

接下來警佐問我，可不可能有人將我們養的兩隻大狗帶進屋子裡，在進入房間時尾巴不小心掃過繪畫。在知道這種事情不可能發生之後，他拿出放大鏡仔細檢視那塊污漬。那上頭看不出有人的指紋。所有的跡象均顯示，那塊污漬是有人經過時衣服擦過繪畫所造成的。那個人（結合潘妮洛普和法蘭克林先生的證詞）應該是在星期四清晨十二點到三點之間，曾經進出這個房間。

調查進展至此，考夫警佐發現到西格雷夫督察長還在這個房間裡，便對他的警官同僚下了幾道指示：

「督察長先生，你所謂的小事，」考夫警佐指著那道門，「已經變成相當重要的證據了。目前我的調查發現，從這塊小污漬，我們必須進行以下三項搜查：第一，搜查這棟宅邸裡有沒有哪件衣服上沾有繪畫的顏料；第二，這件衣服是誰的；第三，此人是否有可能在深夜十二點到三點之間進出這個房間。如果能找到符合這些條件的人，我想就可以找到鑽石的行蹤了。若您願意的話，我想就由我自己來進行搜查，督察長先生可以回鎮上去執行平時的業務了。我知道你把一個手下留在宅邸裡，我希望你可以把他留下來，以備我需要有人幫忙。若是沒有其他問題的話，感謝你的協助，再見。」

西格雷夫督察長非常尊敬考夫警佐；但是他的自尊也很強。他被考夫警佐重重打擊，所以在離開時，也盡其所能漂亮地回擊一番。

「我不打算發表任何意見，」督察長先生用軍人式的聲調清晰說道：「在將這案子交給你處理時，我只有一件事情要說。警佐，希望你不要小題大做。再見。」

「我也希望你不要因為自尊太強的關係，看漏了一些重要的小事。」考夫警佐回話之後，就逕自走到窗邊。

法蘭克林先生和我等著看接下來會發生什麼事。警佐站在窗邊，雙手插在口袋，看向外頭，用口哨吹著〈夏日最後一朵玫瑰〉這首歌。在之後的調查過程中，我發現當警佐專心在想問題時，就會吹口哨。當他的腦子開始快速運轉，一點一點朝結論邁進時，這首〈夏日最後一朵玫瑰〉通常都能讓他思考效率更好，且更能激勵自己。我猜這跟他的性格有關。這首歌可以讓他回想起自己最喜歡的玫瑰，但是他吹奏這首歌的曲調卻是這麼的憂鬱。

過了約一、二分鐘，警佐離開窗邊，走到起居室中央，停在那兒，雙眼裝滿沉思，一面看著瑞秋小姐臥室的門。又過了一會兒，他重新振作，點了點頭說道：「就這麼做吧。」他告訴我，希望在夫人方便的時間，撥給他十分鐘，他想跟夫人談談。

我離開房間，要去傳達這個訊息時，聽到法蘭克林先生問了警佐一個問題，我不禁停在門邊，想聽聽警佐怎麼回答。

「你能猜到是誰偷了鑽石嗎？」法蘭克林先生問。

「**沒人偷了鑽石**。」警佐回答。

我們兩人都被他的回答給嚇到了，且同時請求他告訴我們這是什麼意思。

「請稍安勿躁。」警佐說。「謎團還沒有全部解開來。」

13

我在夫人的起居室找到她。當她知道考夫警佐想要和她談談時，她顯得相當驚愕且惱怒。

「我一定得見他嗎？」她問：「加伯列，你不能代表我去跟他談嗎？」

我一時之間有些困惑，而且我想我很直接地把這困惑表現在臉上了，因此夫人很好心地說明她為什麼想這麼做。

「恐怕我現在精神不佳。」她說：「我有點怕見到那個從倫敦來的警官。我也不知道為什麼，我有種不好的預感，總覺得他會帶來麻煩跟不幸。這很蠢，而且一點都不像我，但我就是這麼覺得。」

我不知道該說些什麼。越深入觀察考夫警佐的行事風格，我對他的印象就變得越來越好。夫人坦白說明她憂心的事之後就稍稍振作起來，這是像她這樣勇敢的女性自然會有的作為。有關她的勇氣，我在前面已經告訴過大家了。

「若我必須要見他的話，我會去的。」她說。「但是我沒辦法單獨見他。加伯列，你帶他過來起居室吧，然後請你全程都陪著我們。」

我從夫人還年輕時就一直待在她身邊，這是我第一次看到她這麼憂鬱。我回到女性起居室。法蘭克林先生到外頭的花園去了，他和高佛瑞先生在那兒散步；高佛瑞先生不久之後就要出發回倫敦。考夫警佐和我便直接走往夫人的起居室。

我得說，夫人看到考夫警佐時，臉色微微發白。但是她控制住自己，接著問考夫警佐會不會反對讓我也在場。她甚至好意地補充說明我是她最信賴的顧問，也是跟在她身邊很久的資深僕役，我知道這個宅邸裡發生的所有事情，若是有什麼問題的話，問我是最清楚的了。警佐禮貌地回答，他先前在問及有關僕人的問題時，我給了他很大的幫助，因此他很樂意讓我一同在場。於是，夫人指著兩張椅子，要我們坐下。我們的小會議便開始了。

「關於這個案子，我已經有些想法了。」警佐說。「不過請夫人諒解，目前我還不能說出來。我現在要做的事情是，先告訴夫人我在樓上小姐的起居室裡有什麼發現，還有我接下來打算做什麼（若是夫人允許的話）。」

他接著開始說明起居室門上繪畫的那一塊污漬，以及從這塊污漬他得出了什麼樣的結論；他說明的方式就如同面對西格雷夫督察長時一樣，只是用字上多了幾分尊敬。「我已經確定了一件事，」最後他做了結論：「原本放在櫃子抽屜裡的鑽石不見了。另一件可以確定的事情是，繪畫上的污漬肯定是這宅邸裡某人在經過時，衣服擦過繪畫所造成的。在我們進行下一步調查之前，必須要先找出那件衣服在哪裡。」

「若是能找到那件衣服，」夫人說：「就能找到小偷了？」

「很抱歉，夫人，我並沒有說鑽石被偷了。我只是說，目前看來鑽石不見了，若能找到有污漬的衣服，代表我們可以找到鑽石的去向。」

夫人看向我。「你明白這是什麼意思嗎？」她說。

「考夫警佐才明白是什麼意思，夫人。」我說。

「你建議要怎麼找到那件有污漬的衣服？」夫人轉向考夫警佐問道：「這些好僕人都為我工作多年了，讓另一位警官搜過他們的房間和櫃子，已經夠讓我羞於啟齒了。我不能也絕不會同意讓他們再度遭受這種侮辱。」

（好一位值得我們敬重侍奉的女士，而且是萬中挑一的女主人！）

「就是這件事，我需要和夫人商量。」警佐說。「另一位警官因為表現出懷疑僕人的態度，已經對他們造成了傷害，我若也表現出同樣的態度，他們一定不會合作的；尤其是女僕。但我還是希望可以再搜索一遍僕人的櫃子；因為第一次搜查只鎖定在找鑽石，第二次的焦點是放在有污漬的衣服。夫人，我同意妳的想法，在做這件事情之前應該先問過僕人們的意見。但我同樣認為，我們應該要搜查僕人們的衣櫃。」

看來討論陷入僵局了。夫人用比我的語言還要慎重的方式這麼說。

「為了解決這個困境，我有個計畫。」警佐說。「若夫人同意的話，我會向僕人們說明案情。」

「女僕們會覺得自己被懷疑是小偷的。」我打斷他的話。

「貝特瑞吉先生，」警佐說：「女僕們不會覺得被懷疑的，因為我會告訴她們，我要搜索星期三晚上住在這宅邸裡**所有人**的衣櫃，包括夫人在內。但這當然只是做做樣子。」他說道，瞄了眼夫人。「對僕人來說，如果知道比他們地位高的人和他們一樣被同等對待，他們就會接受，不會妨礙調查，反而覺得能協助辦案是件相當光榮的事情。」

我開始瞭解他的目的了。夫人雖然剛開始聽到時有些震驚，但也漸漸明瞭。

「你確定這搜查是必要的嗎？」她說。

「夫人，為了達成目的，我認為這是最短的捷徑。」

夫人起身拉鈴招來她的女僕。「你可以跟僕人們說明，」她說：「告訴他們我同意讓你搜查我的衣櫃。」

但考夫警佐插進一個意料之外的問題，阻止了夫人的動作。「我們是不是該先確定一下，」他說：「住在這宅邸裡的其他先生小姐們，是否也同意我搜查他們的衣櫃。」

「這宅邸裡的另一位女士，就是維林德小姐。」夫人露出驚愕的神情回答。「另外兩位男士是我的外甥，布萊克先生和亞伯懷特先生，我想這三位應該都不會拒絕你的提案的。」

我提醒夫人，高佛瑞先生不久之後就要離開了。

正當我說完這句話，高佛瑞先生就來敲門，準備向夫人道別；法蘭克林先生則跟在後頭進來，他將會陪同高佛瑞先生到車站。

夫人把要搜查衣櫃的事告訴他們。高佛瑞先生很快就下了決定。他從窗口叫喚山繆爾，要他將他的旅行箱抬上來，然後把鑰匙交給考夫警佐。「請你在搜查結束以後，再將我的行李寄送到倫敦。」他說。考夫警佐接下鑰匙，很有禮貌地道歉：「很抱歉得讓你暫時不方便了，先生。雖然只是做做樣子，不過地位高的人若是肯合作，僕人們也會跟進的。」

高佛瑞先生在和夫人說再見以後，留下了一個道別的訊息給瑞秋小姐，訊息的字裡行間充滿了感情，但從內容看來，我認為他並不打算放棄瑞秋小姐，下次若有機會，他會再一次向瑞秋小姐求婚。而法蘭克林先生在跟著他表兄出去以前，也對警佐說可以檢查他的所有衣物，他的衣櫃和行李箱都沒有上鎖。

考夫警佐在行事前先做了完善的確認。夫人已經同意讓他搜查，接著高佛瑞先生和法蘭克林先生也做了示範。現在只剩下瑞秋小姐了，若她也同意的話，我們就可以召集僕人，說明必須要檢查他們的衣櫃，尋找那件沾了污漬的衣服。

當起居室又只剩我們三人時，夫人那對考夫警佐莫名的排拒感，似乎讓她對此番會談比之前更覺不悅。「如果我把維林德小姐衣櫃的鑰匙也交給你，」她對警佐說：「是不是就表示你所要求的事情都已經完成了？」

「很抱歉，夫人，」考夫警佐說：「在此之前我想先問一下，方便的話，可否給我看你們衣物送洗的記錄。沾有污漬的衣物也有可能是亞麻布。萬一搜尋過衣櫃後，仍沒有找到特定的目標，我希望可以算一算這宅邸裡亞麻布的數量，以及有幾張亞麻布送洗。若是有亞麻布不見，就可以假設那很可能就是沾有繪畫污漬的布，是在昨天或今天被擁有這張亞麻布的主人給刻意丟掉了。」警佐接著轉向我說：「西格雷夫督察長認為那污漬是星期四早上僕人們湧進起居室時弄出來的。貝特瑞吉先生，看來這也是西格雷夫督察長所犯的眾多錯誤之一。」

夫人要我拉傳喚鈴，請人把送洗記錄送過來。在送洗記錄被送來之前，她一直都和我們在一起，以便警佐在看過記錄後，還有什麼需要她協助的。

羅珊娜·史皮爾曼把送洗記錄送過來。這女孩在今早下樓用早餐時，一臉蒼白憔悴，但她很快又恢復正常，可以執行日常工作。考夫警佐很仔細地觀察這位第二侍女。當她走進房間時，他盯著她的臉看；她走出房間時，他則看著她那不對稱的肩膀。

「你還有什麼事要跟我說嗎？」夫人問道，一副亟欲遠離警佐的樣子。

考夫警佐翻開送洗記錄，花了約半分鐘瀏覽過內容後，闔上記錄。「不好意思，夫人，我得問妳最後一個問題。」他說。「方才把送洗記錄送過來的那個年輕女僕，就跟其他僕人一樣，也在這兒工作很久了嗎？」

「你為什麼會這麼問？」夫人問。

「我上次看到她的時候，」警佐回答：「是她因為偷竊入獄的時候。」

既然警佐都知道了，我們也無法再隱瞞下去，只得告訴他實話。夫人極力強調，羅珊娜在這裡的工作態度良好，也說明感化院女舍監對她的評價極高。「我希望你沒有懷疑是她做的吧？」夫人在最後認真地問了。

「我已經告訴夫人，截至目前為止，我都不認為這宅邸裡的人偷了鑽石。」

在聽到警佐的回答以後，夫人就起身準備到樓上向瑞秋小姐要衣櫃鑰匙。警佐比我早一步替夫人開門。他深深地彎腰對夫人行禮。夫人經過他身邊時，似乎忍不住打了個寒顫。

我們在起居室裡等了好一段時間，但夫人始終沒有把鑰匙送過來。考夫警佐沒有對我說話，只是將他憂鬱的面容轉向窗邊。他將瘦長的手指插在口袋裡，一邊輕聲用口哨吹著〈夏日最後一朵玫瑰〉。

後來山繆爾進來了。但他沒有拿著鑰匙，反而遞了一張小紙片給我。我有些笨拙地戴上我的老花眼鏡，同時感覺到警佐陰沉的視線正盯著我看。紙片上寫了兩三行字，是夫人用鉛筆寫的。信中告知，瑞秋小姐拒絕讓警佐檢查衣櫃。問她原因，她只是大哭。夫人又再詢問一次理由時，她說：「我不會這麼做，因為我不想要這麼做。如果妳用力量逼迫我的話，我會讓他檢查我的衣櫃。但除此之外我不會屈服的。」我瞭解，在聽到自己女兒這樣的回答以後，夫人實在不想當面跟警佐說明。若不是年紀已經大到足以克服年輕時容易害羞的缺點，要我直接面對警佐告訴他這件事情，我也會羞愧得面紅耳赤。

「維林德小姐的衣櫃鑰匙怎麼了嗎？」警佐問。

「小姐不希望自己的衣櫃被檢查。」

「啊！」警佐說。

他的神情相當自制，聲音卻透露了某種無法隱藏的情緒。他說那句「啊！」的聲調，猶如他已經預料到是什麼結果了。他半是讓我生氣，卻又有些嚇到我；我也不知道為什麼會有這種感覺。

「你要放棄搜查衣櫃嗎？」我問。

「是的。」警佐說。「我們得放棄了，因為這位年輕小姐拒絕跟大家一樣被搜查。我們要不就搜查這宅邸裡所有的衣櫃，要不就一個也不搜查。請你把亞伯懷特先生的行李箱送到倫敦，然後把送洗記錄也送回去，替我向那位送記錄過來的小姐道聲謝。」

他將送洗記錄擺在桌上，接著拿出自己的小刀，開始修剪指甲。

「你看起來沒有很失望的樣子。」我說。

「我確實沒有很失望。」考夫警佐說。

我試著要他再多說明一點。

「為什麼瑞秋小姐要妨礙你的搜查？」我問道。「若能幫助你進行搜查，對她來說不是也很有利嗎？」

「請等一等，貝特瑞吉先生，請你再等一等。」

若是有誰腦袋比我還聰明，可能就會知道他的計謀是什麼。或是有誰不像我這麼偏袒瑞秋小姐，也可能看出他的想法。我現在才想到，夫人之所以會這麼怕他，可能就是因為她在「隱隱之中」（如同聖經所言）看出警佐的計謀了吧。只是我這時還看不出來而已。

「接下來要做什麼？」我問。

警佐修完指甲，用陰鬱的眼神檢視過後，將小刀收起來。

「我們去外頭的花園走走吧。」他說，「去看看那些玫瑰花。」

14

從夫人的起居室出去，到玫瑰園的最短捷徑，是穿過灌木林的小徑。為了讓讀者更瞭解事情的進展，我還得再多說明一件事，那就是：這條小徑是法蘭克林先生最喜歡的散步路線。每當他走去庭園，或是我們不知道他在哪兒時，通常都會在這一帶找到他。

我得要說，我是個頗為頑固的老人，考夫警佐越是堅持不告訴我他在想什麼，我就越想知道。當我們走上那條灌木林小徑時，我試著用另一種方法探他的口風。

「就目前的狀況看來，」我說：「如果我是你的話，我已經江郎才盡了。」

「如果你是我，」警佐回答：「你應該已有定見了。就目前的狀況看來，你會感覺到你所假設的結論已經塵埃落定了。現在不需要擔心結論是什麼，貝特瑞吉先生。我要你跟我一起過來，不是要你來對我追根究柢的；我是希望可以從你這裡得到一些資訊。我想在屋子外頭，而不是在裡頭的話，事情會進行得順利一點。在屋子裡隨時都有人來敲門打擾，或是常有人在一旁當聽眾；而在我人生的經驗中，我覺得新鮮空氣對我們的健康都有好處。」

到底有誰能智取**這個**男人呢？我放棄了，靜靜等著接下來他會提出什麼問題。

「我不想討論瑞秋小姐的動機，」他繼續說道：「我只能說，很可惜她不願意協助搜查，由於她的不合作，讓這件案子的調查工作窒礙難行。我們得用其他方法去調查門上的污漬；你也可以說，能解開污漬的謎團，就等於解開鑽石的謎團。貝特瑞吉先生，我決定和僕人們會面，從言談中瞭解他們的想法和行為，而不是去搜查他們的衣櫃。但是在我開始調查之前，我想先問你一兩個問題。你是一個觀察力敏銳的人，你是否注意到，在發現鑽石不見以後，僕人中有沒有人出現怪異的舉止（異常驚恐，或是不安的舉動）？他們之間有沒有為了什麼事而起爭執？其中是否有人的表現跟平常不太一樣？例如突然發脾氣？或是突然生病了？」

我想到在昨天晚餐時間，羅珊娜．史皮爾曼突然身體不適，但我同時看到考夫警佐的眼神轉向一旁的灌木林，因此沒有回答他的問題；接著我就聽到他輕輕叫了聲：「噢！」

「怎麼了？」我問。

「我背上的風濕痛發作了。」警佐用很大的音量說，就好像他希望除了我們之外的第三人可以聽到一樣。「不久之後天氣一定會變。」

我們走了幾步，回到宅邸的角落附近，直直轉向右邊，進入露台，再從中間台階走進下面的花園。考夫警佐停在開闊的地方，我們從這裡可以看到四周的各個角落。

「那個年輕女孩，羅珊娜．史皮爾曼，」他說：「我想從她的外表看來，她應該不太可能得到男人的青睞。不過我還是得問一下，她是不是就跟其他女孩一樣，正和某個男人暗通款曲？」

在目前這種情況下，他竟然問我這個問題；他究竟是什麼意思？我沒有回答，只是瞪著他。

「當我們經過灌木林小徑的時候，我看到羅珊娜．史皮爾曼就躲在那附近。」警佐說。

「當你說『噢！』的時候嗎？」

「是，就是在我說『噢！』的時候。如果她是跟男人在那裡私會，就沒什麼問題。但如果不是的話，她躲在那兒的動機就很可疑了（因為這宅邸裡發生的事件），而我也必須做出一些應對策略。」

老天，我到底該跟他怎麼說？我知道穿過灌木林的小徑是法蘭克林先生最喜歡的散步路線，也知道當他從車站回來的時候，大多會從這裡進來宅邸；我也知道潘妮洛普有好幾次看到羅珊娜在這附近徘徊，她曾多次告訴我，羅珊娜的目的是要引起法蘭克林先生的注意。如果我女兒說的沒錯，考夫警佐之所以在這裡看到她，應該就是她在這兒埋伏，等著法蘭克林先生回來。我現在面臨兩難的局面，我是不是該把潘妮洛普對羅珊娜此種行為所做出不切實際的解讀告訴警佐；但這麼做會顯得那好像是我的幻想一樣。或是什麼都不說，任由警佐將嫌疑轉向羅珊娜——這是非常糟糕的狀況。出於對這女孩的同情（我以我的靈魂和人格擔保），我告訴警佐造成羅珊娜行為的可能原因，還說羅珊娜是失心瘋了，才會喜歡上法蘭克林．布萊克先生。

考夫警佐從來不會大笑。若有任何事情讓他覺得有趣，他的嘴角會微微上揚，但僅只如此。他現在就嘴角上揚了。

「你倒不如說她是瘋了，才會變成這麼個其貌不揚的女僕，不是嗎？」他問道。「在我看來，喜歡上像法蘭克林．布萊克先生這樣風度和外表出眾的紳士，並不是她最瘋狂的行為。不過，我很高興事情已經澄清了，能夠澄清一件事情，我的腦袋也會比較輕鬆。貝特瑞吉先生，我不會把這件事說出去的。我希望能諒解人性中的各種弱點；雖然我這一生似乎沒有太多機會展現這一面。你認為法蘭克林．布萊克先生沒有察覺到那女孩對他的心意嗎？啊，如果她長得好看一些，他很快就會注意到了。在這個世界上，其貌不揚的女性都無法受到愛神的眷顧，希望她們可以在別的方面得到補償。你們的花園真的很不錯，草地也整理得很美。你看看花朵與草地是這麼的互相輝映，比起跟碎石子路擺在一起好多了。不用了，謝謝。我不想摘玫瑰。把她們從莖上摘下來，會讓我心碎的。你知道，就像僕人之間如果有什麼事情發生，也會讓你覺得很難過。當大家發現鑽石不見了之後，僕人們是不是有出現什麼令你無法理解的怪異行徑？」

在這之前我和考夫警佐算得上是相談甚歡，但是他在最後狡獪地丟出這個問題，卻讓我當場愣住。說白一點，我根本就不想幫他解答問題，尤其是他（像躲在草叢裡的毒蛇）提出的問題關係到我的僕役手下。

「我沒注意到任何事情，」我說：「只除了我們每個人，包括我在內，都變得六神無主。」

「喔。」警佐說：「你要說的就是這些？」

我神情不變（連我都忍不住佩服自己）地回答：「就只有這些了。」

考夫警佐那雙陰沉的眼瞳用力地盯著我的臉。「貝特瑞吉先生，」他說：「我想跟你握個手表達感激，可以嗎？我覺得你真的是個很好的人。」

（我實在無法理解，他為什麼會在我欺騙他，讓他無法證實自己的猜測時，對我提出這種要求。但我確實覺得有點驕傲，能夠讓這位名人看得起，是我的榮幸！）

我們走回宅邸，警佐要求我給他一個房間，然後依照僕人（只有在宅邸內工作的僕人們）的階級地位，讓他們一個一個到房間裡來接受詢問。

我帶考夫警佐到我自己的房間裡，然後在僕人廳把大夥集合起來。羅珊娜・史皮爾曼一副平常的模樣出現在僕人們之間。知道警佐察覺到她的存在後，她很快就回到宅邸來；我懷疑在警佐發現她之前，她有聽到一些我們討論僕人的對話內容。但不管如何，她現在表現出自己一生中從不知道有灌木林小徑存在的模樣。

我依照警佐的要求，要僕人們一個一個進房間接受詢問。

廚娘是第一個進入法庭（也就是我的房間）的人。她只進去一下子，出來時對我說：「考夫警佐似乎精神不太好，但是他真的是個完美的紳士。」接下來是夫人的侍女。她在房間裡待得比較久，出來時她說：「如果考夫警佐不相信一位值得尊敬的女士所說的話，不管怎麼樣，我都希望他可以保留自己的態度不要表現出來。」潘妮洛普接著進去房間。她只在裡面待了一到兩分鐘，出來時她說：「考夫警佐真是可憐。爸爸，我想他年輕時一定受過失戀的嚴重打擊。」潘妮洛普的下一位是第一侍女。她跟夫人的侍女一樣，待了很長一段時間，出來時她說：「貝特瑞吉先生，我替夫人服務這麼久，還從沒被那種低階警官當面懷疑過！」接下來是羅珊娜．史皮爾曼。羅珊娜在房間裡頭待得最久，出來時沒有說什麼，如死寂一般沉默，嘴唇白如槁灰。跑腿的男僕山繆爾接著羅珊娜後頭進入房間。他也只待了一到兩分鐘，出來時他說：「幫考夫警佐擦靴子的僕人真是做得很糟！」最後進去房間的是廚房的侍女南西。她一樣只待了一到兩分鐘，出來時她說：「考夫警佐真是個好人，貝特瑞吉先生，就連對待像我這樣辛勤工作的可憐女孩，也是一樣妙語如珠耶。」

所有僕人都被問完話以後，我走進法庭內，看看是不是還有什麼事情需要我去做。我看到考夫警佐又一樣看著窗外，嘴裡用口哨吹著〈夏日最後一朵玫瑰〉。

「先生，有什麼發現嗎？」我問。

「如果羅珊娜．史皮爾曼申請外出，」警佐說：「你就讓這個可憐的小東西出去吧，不過要第一個通知我。」

我不應該多嘴告訴他羅珊娜和法蘭克林先生的事情的！很明顯地，考夫警佐在懷疑羅珊娜；雖然我很努力避免這種狀況發生。

「我想你不會懷疑羅珊娜跟鑽石遺失事件有關吧？」我大著膽子問。

警佐憂鬱的嘴角微微上揚，然後如同在花園時一樣，用力地瞪著我的臉。

「我想我還是不要告訴你，貝特瑞吉先生，」他說：「免得你又再一次失去理智了。」

我開始懷疑，考夫警佐是否真的那麼看得起我了。這時候突然有人適時敲門，打斷我們的對話。廚娘派人送口信來，反倒讓我鬆了一口氣。羅珊娜．史皮爾曼**剛剛**申請外出，理由就跟平時一樣，她覺得頭痛，需要出去呼吸一下新鮮空氣。我看到警佐給了我一個暗示，便回答可以。「僕人通常都是從哪個門出去？」傳遞訊息的人離開以後，他問道。我告訴他僕人的出入口在哪裡。「把你房間的門鎖上。」警佐說：「如果有人問起我在哪裡，就說我在房間裡思考問題。」他的嘴角再度上揚，接著就消失在我面前。

我單獨一人被留下；但面臨這些狀況，我突然覺得很好奇，想要自己去尋找一些線索。

很明顯地，在考夫警佐詢問過宅邸裡的僕人們以後，他對羅珊娜的懷疑越來越深了。唯一兩位（羅珊娜除外）被長時間詢問的僕人，就是夫人的侍女和宅邸的第一侍女，這兩個人都是事件發生時就帶頭抨擊羅珊娜的人。想到這裡，我刻意表現出一副若無其事的樣子，走到僕人廳去找她們，發現那兩人正在享用下午茶，便自然而然地加入她們（**附帶說明一下**，喝茶可以讓女士打開嘴巴，就像給油燈加油就會使它更亮）。

我用喝茶做為策略，看來挺奏效的，不到半個小時，我就知道她們跟警佐說了些什麼。

看來無論是夫人的貼身侍女，還是第一侍女，都認為羅珊娜前一天是在裝病。這兩位惡魔（請原諒我說話這麼難聽，但我還**能**用什麼話來形容這兩位毒婦呢？）曾經在星期四中午休息時，偷偷上樓查看狀況。她們試著去推羅珊娜的房門，發現被鎖起來了；在敲門沒有回音後，她們又試著偷聽房間內的狀況，也沒聽到任何動靜。後來羅珊娜下樓來，但看起來還是身體不適，再度回到樓上休息時，她們兩人又上去推門，但仍是被鎖上的；接著她們從鑰匙孔偷窺內部，卻發現鑰匙口被堵上了。凌晨四點左右，她們還聽到她房裡傳來生火的劈啪聲（現在可是六月，竟有僕人在自己房裡生火？）。她們把這些事情都告訴了考夫警佐，雖然兩人極力想要取悅警佐，但他卻用懷疑的眼神看著她們，明白表示他不相信她們所說的話。因此在她們的詢問結束，離開房間以後，兩人都對考夫警佐沒有什麼好評。也因為如此，她們不管怎麼樣（就算不考慮喝茶的影響效果）都會大談此事，抱怨警佐對她們的無禮。

我知道警佐的行事方式相當迂迴，且看到當羅珊娜外出時，警佐也偷偷跟在後面出去，就明白警佐只是不想讓這兩位女僕知道，她們的證言其實有派上用場。若他表現出相信她們的證詞，這兩位女僕一定會得意地向其他人大吹特吹，結果反而會讓羅珊娜起了戒心。

我在溫暖和煦的夏日午後走到宅邸外頭的庭園，心裡很同情那個可憐的女孩，同時也對於事情往這方向發展感到很不安。我走向灌木林，過了一會兒，在那兒遇到法蘭克林先生。他送表兄去車站回來以後，就一直和夫人在一起，兩人談了很長一段時間。夫人告訴他，瑞秋小姐不知為何不同意讓警佐搜查她的衣櫃；而他也因為瑞秋小姐的事情顯得情緒低落，不太願意談這件事情。那天傍晚，我第一次看到他遺傳自這個家族的壞脾氣顯現出來。

「貝特瑞吉，」他說：「我如果說現在我們深陷於重重懸疑迷霧之中，你同意這說法吧？你記得我第一次帶著月光石到這裡那天早上的事情嗎？我真希望那時候我們就把鑽石丟進流沙裡了。」

他這樣發完牢騷後，又陷入沉默，試圖恢復以往的冷靜。我們肩並肩，悶不吭聲地走了約一兩分鐘，他問我考夫警佐怎麼樣了。我不太可能用「警佐在我房間裡思考案情」這個藉口來搪塞他，所以把事情經過一五一十地都告訴法蘭克林先生，包括夫人的侍女和第一侍女說的有關羅珊娜．史皮爾曼的壞話。

法蘭克林先生的眼神閃閃發亮，他那明晰的腦袋隨即抓到警佐究竟在懷疑什麼了。

「你今天早上是不是有跟我說，」他說：「昨天有個商販在通往法蘭茲霍爾的小路上看到羅珊娜，不過我們都以為那個時候她應該身體不舒服，在自己房間裡休息？」

「是的，先生。」

「如果阿姨的侍女跟另一個女僕所言屬實，那麼我們也可以說那個商人真的遇到羅珊娜了。那女孩為了欺騙我們而裝病，她之所以要偷偷到鎮上去，是因為有什麼跟犯罪相關的原因吧。那件沾有繪畫顏料的衣服一定是她的。半夜四點會聽到她房裡傳來生火的聲音，則是因為她想要把衣服燒掉。是羅珊娜．史皮爾曼偷了鑽石！我得要去告訴阿姨。」

「還不行。請你稍等一下，先生。」在我們身後響起了陰鬱的聲音。

我們兩人同時轉身，正好與考夫警佐面對面。

「為什麼不行？」法蘭克林先生問。

「因為，先生，如果你告訴了夫人，她就會告訴維林德小姐。」

「就算她說了，那又如何？」法蘭克林先生火冒三丈地回嗆，好像考夫警佐嚴重冒犯了他似的。

「先生，」考夫警佐靜靜地說：「你認為在此時此地，問我這種問題是明智的行為嗎？」

短暫的沉默降臨兩人之間。法蘭克林先生走向前，靠近考夫警佐，兩人都直直地望向對方的臉。

法蘭克林先生先開口，他的聲音突然降低音調。

「考夫先生，我想你應該瞭解，」他說：「你現在是在處理一件相當棘手的問題吧。」

「這不是我第一次，應該說是好幾百次，處理棘手問題了。」警佐回答，態度仍如同以往般毫不動搖。

「你的意思是要我不要告訴阿姨事情的進展？」

「我的意思是，除非我說可以，你才能跟別人說。如果你執意要告訴夫人目前的進展，我就放手不管這個案子。」

事情就這樣說定了。法蘭克林先生沒有其他選擇，只能屈服，帶著怒氣轉身離開。

我就在一旁，一邊發抖一邊聽著兩人的對話；我不知道該相信哪一個人，也不知道接下來該做什麼。但是在困惑之中，卻有兩件事情很清楚：第一，雖然我不清楚是怎麼回事，但在他們的對峙背後，應該跟瑞秋小姐有很大關係；第二，他們完全不需要用言語交談，就可以理解對方是什麼意思。

「貝特瑞吉先生，」警佐說：「當我不在的時候，你做了件蠢事。你擅自做了模仿偵探行為的事情。今後你如果要當偵探，得要有我同行才可以。」

他說完拉著我的手臂，帶我走向他來時的那條小路。我得說，雖然我很榮幸得到他的認可，但我不會幫助他去設陷阱讓羅珊娜·史皮爾曼跳下去的。不管她是不是小偷，也不管她是不是做了什麼違法的事情，我都不會幫他。因為我很同情那女孩。

「你希望我做什麼？」我甩開他的手，停下腳步問道。

「我只是希望你可以告訴我有關這一帶的地理狀況。」警佐說。

我無法拒絕幫助考夫警佐增進他的地理知識。

「有沒有一條路可以從這個方向走到附近的海灘？」警佐問。他邊說邊指向通往顫抖沙灘的那片冷杉樹林。

「是的，」我說：「那邊確實有條路通往海灘。」

「告訴我在哪裡。」

在夏日夕陽灰濛濛的天空下，我和考夫警佐肩並肩走向顫抖沙灘。

15

警佐始終保持沉默，沉浸在自己的思緒中，直到我們走到通往流沙灘的冷杉樹林。他重新振作自己，就像是下定什麼決心一樣，再度對我開口。

「貝特瑞吉先生，」他說：「我很感謝你為我帶路，我想你也可以在夜晚來臨前再幫我一個忙。我覺得我們沒有必要像這樣對彼此隱藏自己的想法，所以就由我這邊先來對你開誠布公吧。你看來已經下定決心，不再提供我任何會對羅珊娜·史皮爾曼造成偏見的訊息，因為對**你**來說她是個好女孩，也因為你是真心同情她。你設身處地替他人著想，使得大家都很信賴你；可是在這件案子上，我們必須要拋棄掉你所謂的替人著想。羅珊娜·史皮爾曼不可能會惹上什麼麻煩，就算我認為她和鑽石消失事件有關（證據已明明白白出現在你眼前了），她也不會有事。」

「你的意思是說，夫人不會控訴她偷了鑽石？」我問。

「我的意思是，夫人**無法**控訴她偷了鑽石。」警佐說。「羅珊娜·史皮爾曼只不過是個被某人利用的工具而已，但她也會因為那個人的關係而毫髮無傷。」

不可否認地，他的態度很真誠。可是對於他所說的話，我還是感到一絲不安。「你可以告訴我那個人是誰嗎？」我說。

「你不知道嗎？貝特瑞吉先生。」

「我不知道。」

考夫警佐站得直挺挺地，用一種陰鬱的神情觀察我。

「對我來說，能包容人性的弱點是一件好事。」他說。「貝特瑞吉先生，尤其在此時，我覺得我特別需要對你體諒一點。就像你一樣，你也對羅珊娜·史皮爾曼非常體諒，不是嗎？你該不會剛好知道，她最近是不是拿到了件新的亞麻布料？」

我完全無法理解他為什麼突然拋出這個讓人摸不清頭緒的問題。在知道即使我說出真相，也不會對羅珊娜造成傷害後，我告訴他，羅珊娜剛來宅邸工作時孑然一身，兩週前夫人為了獎勵她工作表現良好（我特地強調工作表現良好），給了她一件新的亞麻布料讓她做衣服。

「這是個悲慘的世界。」警佐說。「貝特瑞吉先生，人生就像個標靶一樣，總是處於被不幸瞄準的狀態，而且往往會正中靶心。有關亞麻布的事，我們應該會在羅珊娜的所有物裡發現一件新的睡袍或是裙子，做為揭穿她所作所為的證據。你應該可以跟得上我，沒有搞不清楚吧？你自己也問過僕人的證言，知道躲在羅珊娜門外那兩人發現了什麼。我想你應該知道，昨天那女孩裝病以後，她做了些什麼事。你想不到？真是的，事情就跟落在樹上的陽光一樣，清清楚楚可以看到呢。星期四早上十一點時，西格雷夫督察長（他本人集結了眾多人性弱點）對著女僕們指出門上的那塊污漬，使羅珊娜很快就想到，自己的衣物上是不是沾到污漬了。她一逮到機會就回去自己房間裡，確認她的睡袍或是裙子上沾了污漬，隨即裝病，到鎮上去做了另一件新的睡袍或裙子。接著在星期四晚上，她在自己房裡生火（她並不是想要燒掉沾了污漬的衣服，她很清楚她的那些同事就在外頭窺視，而且燒掉衣物的話，就得要處理掉燒完以後的灰燼），是想要把新做好的衣服晾乾、熨燙。她留著沾有污漬的衣服（可能就穿在身上），然後伺機把衣服丟在我們眼前的這片沙灘上。我今天下午跟著她到這附近的小漁村，看到她進去一棟木屋，在我們回去前我想去那兒看看。她在那棟木屋裡停留了一陣子，出來時斗篷底下似乎藏了什麼東西。這女人身上披的斗篷，就像是慈愛的象徵，但內在卻掩藏了許多罪惡。離開木屋以後，我看到她往北方的海岸走去。貝特瑞吉先生，應該有人把你們這一帶的景色當作最典型的海岸風光代表吧？」

我盡可能地簡短答覆：「是的。」

「每個人的品味都不一樣，」考夫警佐說：「以我來看，我覺得每一處的海景都很迷人。如果你跟蹤一個人到海岸邊，發現那個人警戒地四處窺看，你就會知道，在海岸邊要找個地方掩護是多麼不容易的事情。我得選擇當場抓住羅珊娜，或是就讓她去玩藏東西的小遊戲。我選擇不管她，因為我不希望今晚就讓某個我們暫隱其名的人起了戒心。所以我回到宅邸，請你帶我走另一條到北方海岸的路。沙灘上會留下走過的人的腳印，這也是我所知道的最佳偵察方式。如果我們沒在沙灘上當場逮到羅珊娜．史皮爾曼，只要天色亮得夠久，我們也可以利用足跡判斷她走到哪裡去。我們到沙灘了。我希望你什麼都不要說，讓我先去看看，可以嗎？」

若真有一種病叫做「**偵探病**」的話，我想我現在就是得了這種病。考夫警佐穿過沙丘，走向海岸。我跟在他後頭（心臟怦怦跳），和他隔著一段距離，等著看接下來會發生什麼事。

我發現自己幾乎站在之前和羅珊娜談話的同一個地方，當時剛從倫敦到這兒來的法蘭克林先生突然出現在我們面前。我的雙眼看著警佐，腦子裡卻不斷回想和羅珊娜在這裡的談話內容。我幾乎可以再次感覺到，那可憐的女孩握住我的手，向我表達她多麼感謝我友善地對待她。我彷彿聽到她的聲音，又對著我說顫抖沙灘是如何吸引她，讓她不由自主地來到這裡；也幾乎又看到她的臉色突然變亮，就像她看到法蘭克林先生俐落地穿越過沙丘，朝我們跑來時的神情。我想著那些往事，覺得情緒越來越低落；看了眼淒涼的沙灘景色，我試圖振作自己，但卻只是讓我更不安。

黃昏時的陽光已經漸漸褪去，這片荒涼的沙灘上瀰漫著凝重可怕的寂靜。海潮無聲地在外灘起起落落；內灣水波不興，一片黯淡。一塊塊黃白色的泥濘，漂浮在死寂的海面上。在最後一線光亮之下，還可以看到這些泡沫渣和黏液一般的物體，就在兩塊突出的南岩和北岩間沉浮著。現在是退潮的時間了，我站在那兒等待，看著這塊棕色的沙灘開始起伏顫抖。那是這塊可怕的地方唯一在動的事物。

我發現，當沙灘開始顫動時，警佐的神情有些訝異。他看著沙灘差不多一分鐘以後，轉身走到我身邊來。

「這個地方真是不可思議，貝特瑞吉先生。」他說：「而且看來羅珊娜．史皮爾曼沒有來這片沙灘。你自己過去看看吧。」

他帶我走下沙灘，我看到除了我們兩人以外，沙灘上沒有其他人的腳印了。

「那個小漁村離我們這裡有多遠？」考夫警佐問。

「柯伯洞離這裡很近，」我說，一邊告訴他漁村的名字，「要從這裡往南走。」

「我下午看到那女孩從柯伯洞出發，沿著海岸走向北方。」警佐說。「因此她應該會走到這裡來。柯伯洞是不是位於這片海灘的對面？現在是退潮，我們可以從沙灘走過去柯伯洞嗎？」

我回答：「是的，可以。」同時回覆了他的兩個問題。

「如果可以的話，我希望我們動作快一點。」警佐說：「我想要在天黑以前找到那女孩是從哪裡離開海岸的。」

我們朝著柯伯洞走了一百碼左右，考夫警佐突然無預警地跪在沙灘上，看起來像是忽然激動得跪地禱告。

「這邊的沙灘上出現了一些跡象。」警佐說：「貝特瑞吉先生，這邊有女人的腳印！我們先暫且假設這是羅珊娜的腳印吧，除非之後我們發現其他可以推翻的證據。不過這腳印很奇怪；你可以看到，真的很奇怪。唉，這可憐的女孩，她一定瞭解自己的腳印會暴露蹤跡吧。但她的舉動會不會太倉卒了，好像在半途突然想到不可以留下腳印。這邊有一組腳印是**從**柯伯洞過來，然後又有一組腳印走回柯伯洞的方向。這邊的腳尖方向是朝著海邊，然後那邊靠近海浪邊緣的部分，又有看似腳後跟的痕跡。我不想傷害你的感情，但我想羅珊娜是個很狡詐的人。這樣看來，她似乎是想要走到我們剛才過來的那片沙灘，卻不想在沙灘上留下任何足跡。這是不是表示，她是沿著海浪邊緣走到那片有岩石的海岸邊，然後又同樣沿著海浪邊緣走過來，接著從有腳後跟痕跡的地方走回沙灘上，回到柯伯洞？對，我想就是這樣沒錯。這跟我的想法一致，她離開木屋時，斗篷底下確實藏著什麼。不過她並不是要毀掉什麼東西，不然她為什麼要這麼警戒，避免在沙灘上留下足跡，好讓我不知道她要走去哪裡？我想，她一定是想要藏什麼東西。或許我們走到木屋那兒，就會知道她要藏的到底是什麼了。」

聽了他的想法以後，我染上的「偵探病」退燒了。「我想你應該不需要我的幫助了吧。」我說。「我還能為你做什麼？」

「貝特瑞吉先生，我越是跟你相處，」警佐說：「就越是發現你身上的各種優點。你很謙虛。老天，這個世界上的人實在是不懂得什麼叫謙虛！而你的身上卻有這麼罕見的美德！如果我自己一個人到木屋去的話，住在裡頭的人一定不會願意回答我的問題。但如果我跟你一起去，由你這個受敬重的鄰居來介紹我，他們就會願意和我說說話了。我剛剛想到這主意，覺得挺不錯的。你覺得呢？」

當下沒有我想要的現成機智來回答他的問題，便試著以問他問題來爭取一點時間。我問他想要去哪一個木屋？

警佐形容那個地方給我聽，我隨即知道那是一個叫做約蘭德的漁夫和他的妻子，以及兩個已經成年的兒子和女兒所住的木屋。若各位讀者回頭看前面的章節，就會知道我一開始介紹到羅珊娜這個人，就有提到她有時候會改變到顫抖沙灘的散步路線，去柯伯洞探望自己的朋友。她的朋友就是這漁夫一家子；這一家人深受鄰居的敬重跟信賴。羅珊娜之所以會跟這一家人熟稔，是因為他們女兒的關係；這女兒小時候感染疾病，造成她的腳有些畸形，因此她也被人叫做「跛腳露西」。我猜想，這兩個女孩因為身體上都有些缺陷，才會有同病相憐的感覺吧。不管如何，雖然見面的機會不多，但約蘭德一家和羅珊娜很親近，彼此相處愉快。警佐跟蹤羅珊娜，發現她造訪了**約蘭德家的**木屋，我若提供一些資訊給警佐，可能會帶來一些新希望。羅珊娜只不過是依照她平常的習慣行事；從她去探望漁夫一家人的舉動顯示，她其實是無辜的，什麼壞事都沒有做。所以我告訴自己，如果我認可了警佐的推論，就不會對這女孩造成任何傷害，反而是在幫助她。我試著說服自己去相信這件事。

趁著天還有些亮，我們走向柯伯洞，一邊走一邊查看沙灘上的腳印。

我們到了木屋時，知道漁夫和他兒子出海去了，而身體虛弱的「跛腳露西」則在二樓的房間裡休息。好心的約蘭德太太一個人招待我們進廚房。當約蘭德太太知道考夫警佐在倫敦是個名人時，趕緊拿出珍藏的荷蘭琴酒和兩根乾淨的菸斗來招待我們，然後一直盯著警佐看，好像永遠也看不夠的樣子。

我安靜地坐在角落，等著看警佐要怎麼把話題轉移到羅珊娜．史皮爾曼身上。在這種狀況下，他慣常使用的迂迴策略，變得比往常還要更迂迴。我這會兒實在也說不清他那時到底是怎麼運用他的策略。但可以確定的是，他先從皇室成員開始，接著提到巡道會[4]的保守派，然後又談起魚的市價；再從這些話題開始（用他一貫陰沉且不著痕跡的方式），講到月光石遺失事件、我們宅邸裡第一侍女的毒舌，還有其他女僕對待羅珊娜・史皮爾曼的惡劣行徑。他用這迂迴的方式說明自己的來意，表示自己一方面是來尋找遺失的鑽石，但另一方面也是希望幫羅珊娜洗刷宅邸裡其他敵視她的人加諸在她身上的不白之冤。我們進去廚房大約十五分鐘以後，約蘭德太太開始相信和自己談話的是羅珊娜最好的摯友，不斷地向考夫警佐勸酒，她相信多喝荷蘭琴酒可以改善他的胃，還能讓他精神振作一點。

我深信考夫警佐在約蘭德太太這兒只是白費唇舌，徒勞無功，就像欣賞一齣戲般好整以暇地坐著聽他們之間的對話。考夫先生極具耐心，不厭其煩地用各種方式旁敲側擊，彷彿希望他隨機的攻擊可以打中目標。約蘭德太太喋喋不休，且對考夫警佐全心信賴，但不管他怎麼嘗試，問出來的都是羅珊娜的優點，而無法從她的談話中得到任何不利羅珊娜的偏見。當我們看了看手錶，發現差不多該是要離開的時間了，考夫警佐於是使出最後一個手段。

「夫人，晚安。」警佐說。「在離別之際，我得告訴妳，我是真心為羅珊娜著想的。但是我覺得羅珊娜若留在那裡工作，不會有什麼好處的；我給她的建議是，她應該要離開那裡。」

「唉呀！謝天謝地！她最近就**將**要離開呢！」約蘭德太太喊道。

（**附註**：我在這裡將約蘭德太太用的約克夏方言，翻譯成一般的英文。就算是善於社交的考夫先生，如果沒我的翻譯，也無法理解約蘭德太太說的話。所以各位讀者，若我在這裡將約蘭德太太使用的方言原原本本寫出來，恐怕你也會一樣困惑的。）

羅珊娜・史皮爾曼要離開宅邸！我聽到這句話，耳朵都豎起來了。很奇怪的是，她竟然沒有事

4. 又稱衛理公會，為基督教新教的宗派之一。

先通知我或是夫人。我開始懷疑，考夫警佐的最後一擊，是不是正中他要的目標了。我不禁想，雖然我一直認為自己幫助警佐進行調查，並沒有對羅珊娜造成任何傷害，但或許實際上跟我想的完全不一樣。我看到警佐如何編織謊言去欺騙一個誠實的女人，而身為一個虔誠的清教徒，我知道謊言之父即是惡魔，災厄與惡魔通常都是形影不離。我嗅到空氣中瀰漫的惡意，試著要把警佐帶離開這裡，但他隨即又坐下，請約蘭德太太再給他一杯琴酒。約蘭德太太坐在他對面，替他倒了一杯酒。我感到極度不安，走到門邊，想要對他們說我得走了，但卻什麼都沒說出口。

「所以她想要離職嗎？」警佐說。「她離職以後要做什麼工作？真是可悲，在這世界上，除了妳跟我以外，這可憐的小東西就沒有其他朋友了。」

「啊，她還是有朋友的！」約蘭德太太說：「我先前就告訴你了，她傍晚的時候來過這裡；她坐在這兒，稍微跟我還有我女兒露西聊了一下，就單獨到樓上露西的房間裡去。那是我們這兒唯一放有紙筆和墨水的房間。『我想要寫封信給朋友。』她說：『但是我在宅邸裡時，老是有其他僕人在一旁偷看，監視我，讓我沒辦法好好寫信。』我無法告訴你她是要寫信給誰，不過這應該是一封很長的信，因為她在房間裡待了很長一段時間。她寫完下來以後，我要給她一張郵票，但她手上沒拿著信，也沒收下我給的郵票。她的人和所作所為都讓人同情，真是個自我封閉的可憐女孩。不過我可以告訴你，她在其他地方也是有朋友的，她離職以後應該是會去找那個朋友。」

「她很快就會離開嗎？」警佐問。

「她會盡快離開的。」約蘭德太太說。

他們說到這兒時，我從門外再度踏進廚房內。身為夫人的僕役長，我絕不會容許自己在場時，讓人隨口議論我們宅邸裡僕人的去向。

「我想妳應該搞錯了，」我說：「如果羅珊娜想要離職，她應該會第一個告訴我。」

「我搞錯了？」約蘭德夫人大叫：「我怎麼會搞錯，貝特瑞吉先生？才不過一個小時前，她就在這裡，從我這兒買了一些旅行用的物品呢。不過我想起來了，」這個令人厭煩的女人說，一邊開始搜索自己的口袋。「是有關羅珊娜給我的錢。你們兩位等會兒回去宅邸，會跟她碰面嗎？」

「我很樂意幫妳傳訊息給她。」在我還沒來得及接上話之前，考夫警佐先回答了。

約蘭德太太從口袋掏出幾枚先令和六便士，用一種極其令人惱怒、小心翼翼的方式，在自己手掌上數錢。她將數好的錢交給警佐，但臉上神情顯得非常捨不得和它們分離。

「可以請你幫我把這些錢還給羅珊娜嗎？我祝福她一路順風。」約蘭德太太說。「今晚她堅持付錢向我買一兩樣她想要的東西，而我也不否認我們家確實缺錢，但我到現在還為了讓她從微薄的薪水裡拿錢付給我而過意不去。老實說，等明天早上我家老公工作結束回來，若是聽到我跟羅珊娜收錢，一定會不開心的。請你告訴她，我是真心想把她向我買的東西當成禮物送給她。快把錢收起來，別放在桌上。」約蘭德太太說完，突然將錢塞給警佐，好像那些錢燒燙了她的手指。「不要！這位好先生！日子不好過，人也很容易被誘惑；你要是再把這些錢放在我面前，我怕我會受不了誘惑，可能會又想將錢放進自己口袋裡了！」

「請快點！」我說。「我不能再等下去了，我有事得回去宅邸！」

「我隨後就來。」考夫警佐說。

我第二次走到門邊，但也是第二次，我沒有辦法跨越門檻。

「夫人，」我聽到警佐說：「要把錢還給她是一件很敏感的事情。妳收費比較便宜，是吧？」

「便宜！」約蘭德太太說：「你自己來看看吧。」

她拿起一根蠟燭，帶著警佐走到廚房的一個角落。我不由自主地跟了過去。角落裡堆著一些零碎的小東西（幾乎都是金屬製品），大多是漁夫從沉船上找來的，放在這裡是不知道這些東西賣不賣得出去。約蘭德太太在這堆垃圾中搜索，拿出一個古舊的馬口鐵箱，鐵箱上有蓋子，還有一個扣環；在船上工作的人常會把地圖、圖表等等放在這種鐵箱裡面，免得被弄濕。

「就是這個！」她說。「羅珊娜傍晚來的時候就買了跟這個類似的玩意兒。『這個剛好可以給我放袖口和領邊，』她說：『這樣我把這些東西收在行李箱，就不會被弄皺了。』我收她一先令九便士，考夫先生。我發誓，絕對沒有比這個價錢更便宜的了。」

「簡直是便宜得要命！」警佐重重地嘆息，然後說道。

他把馬口鐵箱拿在手上，掂掂重量。當他在檢視鐵箱的時候，我想我一定聽到他哼了幾個〈夏日最後一朵玫瑰〉的音符。現在已經毫無疑問了。他找到另一個證據可以證實他對羅珊娜的偏見；而且是在這個我認為對她品行保證最安全的地方找到，竟然還是我帶他到這裡來的！各位讀者應該可以想像我當時的感受，我有多後悔介紹了約蘭德太太跟考夫警佐認識。

「可以了吧。」我說：「我們真的得走了。」

約蘭德太太完全沒注意到我說了些什麼，又埋頭在垃圾堆中東翻西找，這次拿出了一條狗鍊。

「你拿看看這有多重，先生。」她對警佐說。「我們有三條狗鍊，而羅珊娜就拿走了兩條。『親愛的，妳要這兩條狗鍊做什麼？』我問她。『我可以用這個捆行李箱。』她說。我接著說：『繩子比較便宜。』『鍊子比較紮實。』她說。『我從沒看過有人用鍊子捆行李箱的。』我說。『喔，約蘭德太太，妳別再說了，』她說：『就給我這些鍊子吧。』考夫先生，她真是個奇怪的女孩；雖然她心地善良，對露西比姊妹還要親，但有時候真的很奇怪。所以我就給她了。我收她三先令六便士。考夫先生，我可是個誠實的人，真的只收三先令六便士。」

「一條三先令六便士嗎？」警佐說。

「是兩條的價錢。」約蘭德太太說：「兩條三先令六便士。」

「這簡直就是大放送，夫人。」警佐搖搖頭說：「妳根本就是送給她嘛。」

「這就是我跟她收的錢。」約蘭德太太說，稍微避開放在桌上那一小堆錢幣，好像光是看著這些錢就令她厭惡自己。「她買的跟帶走的所有東西，就是馬口鐵箱跟狗鍊了。一樣一先令九便士，另一樣三先令六便士，加起來總共五先令三便士。我的良心告訴我，我沒辦法收這可憐女孩的錢，她自己也很需要錢。」

「夫人，**我的**良心也告訴我，我不能幫妳把錢還給她。」考夫警佐說。「妳也已經很好心送她禮物了，真的。」

「你真的這麼認為嗎？先生。」約蘭德太太說。她的臉色神奇地亮了起來。

「毫無疑問。」警佐回答。「不信妳問問貝特瑞吉先生。」

就算問**我**也沒用。不管他們問了什麼問題，**我**也只能說：「晚安。」

「錢真麻煩！」約蘭德太太說完，便似乎無法再控制自己一般，極為快速地抓走放在桌上的錢幣，一下子就收進自己的口袋。「看到這些錢就放在桌上，卻沒人要把它收起來，實在是讓人很不舒服。」這個失去理智的女人喊道，接著重重地坐下，看著考夫警佐，那神情彷彿在說：「這錢又收回我口袋裡了，你要把它再挖出來的話，你就試試看！」

這一次我不僅踏出門，還直直往回家的路上走。誰能告訴我，我覺得這兩個人實在太缺德了。我往村落的方向走不到三步，就聽到身後傳來警佐的聲音。

「謝謝你介紹我們認識，貝特瑞吉先生。」他說：「我很感激這位漁夫的妻子，她提供了不少新資訊。不過約蘭德太太真是令人感到困惑。」

我幾乎就要脫口對他說出刻薄的話來了；因為我對他生氣，也生自己的氣。聽他說感到困惑，我不禁覺得或許這次會面並沒有帶來太大的傷害。我謹慎地保持沉默，等著他接下來要說什麼。

「是的，」就好像他在暗中讀懂我腦子裡想的事情一樣，警佐說：「貝特瑞吉先生，這對你來說可能會覺得很欣慰吧（你是這麼為羅珊娜著想），因為我不僅沒有確認我的想法，反而感到更困惑了。當然，我很清楚那女孩今晚做了些什麼。她把兩條鍊子合起來，扣在鐵箱的扣環上，這樣她就可以把鐵箱沉到海裡或是流沙裡頭，而鍊子另一端扣在只有她自己知道在哪裡的岩石上。直到調查結束以前，鐵箱都會安全地放在那個地方；等調查結束以後，她方便的時候就可以過來把東西拿走。如果照這樣的話，計畫可說是天衣無縫。不過，」我第一次聽到警佐的聲音裡帶了些不耐煩。「問題是，她究竟在馬口鐵箱裡藏了什麼鬼東西？」

我想的是「月光石」。但我只對考夫警佐說：「你猜不到嗎？」

「不是那個鑽石，」警佐說：「如果羅珊娜．史皮爾曼手中有鑽石的話，那麼我從以前到現在的經驗全都派不上用場了。」

聽到他說這句話之後，我感覺體內那股「偵探病」帶來的熱度，似乎又再度沸騰了起來。不管怎麼樣，我因為想要解開新的謎題而渾然忘我，不假思索地開口：「是那件沾有污漬的衣服！」

在黑暗中，考夫警佐稍微停下腳步，接著將手放在我的手臂上。

「若是把東西丟進流沙裡的話，那東西就永遠也浮不上來了嗎？」他問。

「永遠也浮不上來。」我回答：「不管這東西是輕還是重，只要被吸進顫抖沙灘裡，就再也回不來了。」

「羅珊娜．史皮爾曼也知道這件事嗎？」

「她知道。」

「那麼，」警佐說：「她又何必非要這麼大費周章不可？把有污漬的衣服放在鐵箱裡丟進流沙，另一端還綁在岩石上？她沒有道理要把衣服藏起來；可是她確實藏了些什麼。這真是個問題。」警佐說完，又繼續向前走。「那件沾有污漬的衣服，是裙子還是睡袍？或者是其他就算冒險也要保存下來的東西？貝特瑞吉先生，如果接下來沒發生其他事情，我明天想去法蘭茲霍爾一趟，看看她買了什麼材質的布料來做新衣服。雖然在目前這種狀況下，離開宅邸是一件相當危險的事情，但這樣總比在一團迷霧中攪和要好多了。很抱歉我有些情緒不佳，我的判斷失靈了，羅珊娜．史皮爾曼確實讓我覺得很困惑。」

當我們回到宅邸時，僕人們正在用晚餐。我們在外面院子裡遇到的第一個人，是西格雷夫督察長的部下；他把這位部下留在這裡，希望能幫上考夫警佐的忙。警佐問說羅珊娜．史皮爾曼是不是已經回到宅邸了？是的。什麼時候回來的？大約在一個小時之前回來的。她回來以後做了些什麼？她先到樓上去脫下她的帽子和斗篷，現在正靜靜地和其他人一起用餐。

考夫警佐聽完後沒有回話，只是走到宅邸的後頭去，看來深陷在對事件的推論當中。他在黑暗中錯過了進入宅邸的入口，繼續向前走（雖然我在後頭喊了他），直到他停在一道通往花園的小門前。我趕到他身邊，想將他帶回來，卻發現他抬起頭，專注地盯著位於宅邸後方，臥房那一層樓的某一扇窗戶。

我也抬頭看，發現他正在看的是瑞秋小姐的房間；房內的燈火搖曳，好像裡頭發生了什麼不尋常的事情。

「那是維林德小姐的房間嗎？」考夫警佐問。

我回答說是的，然後請他跟我回宅邸去用晚餐。但警佐依然站在原地，喃喃說著什麼他想要享受一下夜晚花園的氣息。於是我讓他一個人待在那裡盡情享受。當我轉身回到入口時，聽到小門那邊傳來〈夏日最後一朵玫瑰〉的口哨樂音。考夫警佐又有什麼新發現了！而且這次還是因為瑞秋小姐的房間窗戶！

最後這個直覺讓我不禁走回到考夫警佐身邊。我很有禮貌地讓他知道，我不能把他一個人留在這裡。「你是不是覺得有什麼奇怪的地方？」我指了指瑞秋小姐房間的窗戶。

我從他的聲音可以判斷出來，考夫警佐的推論似乎又找到正確方向了。「你們約克夏人都喜歡打賭，是嗎？」他問。

「這個嘛，」我說：「如果是呢？」

「如果我是個約克夏人，」警佐往前走，一邊拉著我的手臂。「我會跟你打賭，貝特瑞吉先生，瑞秋小姐會突然決定要離開宅邸。如果我猜對的話，我還可以再跟你打一個賭，那就是瑞秋小姐是在一個小時前才決定的。」警佐提出的第一件事讓我很驚愕。第二件事情讓我想到，方才我們才從警察口中得知，羅珊娜一個小時前剛從沙灘回到宅邸。這兩件事混在一起，讓我在前去用晚餐的路上心神不寧。我甩開考夫警佐的手臂，不顧禮儀地比他先穿過大門進入宅邸，想要去問問看他的猜測是否屬實。

我進入宅邸第一個遇到的人，是男僕山繆爾。

「夫人要見您跟考夫警佐。」在我還來得及問任何問題之前，他先說了。

「夫人等多久了？」在我身後的警佐問道。

「約莫一個小時，先生。」

又來了！一個小時前羅珊娜回來，瑞秋小姐突然做出反常的舉動，夫人要見我和警佐，這些全都在這一個小時之內發生！發現這些原本不相干的許多人與事，用這種方式糾結在一起，實在令人感覺很不舒坦。我沒看警佐一眼，也沒跟他說話，就走到樓上去。當我抬起手要敲夫人的房門時，我發現我的手在微微顫抖。

「若今晚宅邸內爆發出什麼流言蜚語，」警佐在我後頭輕聲說：「我也不會覺得驚訝。別擔心！我對於別人的家務事，可是口風很緊的。」

他說完以後，我就聽到房內傳來夫人的聲音，她要我們進入房間。

16

進去時，我發現除了一盞讀書燈以外，夫人沒有點其他的燈。房間內黯影幢幢，遮掩住她的臉。她不像以往那樣抬頭直視我們，而是倚靠一張桌子坐著，眼神刻意望著一本攤開的書。

「警官先生，」她說：「對於你正在偵辦的案件來說，如果有人想要離開這宅邸，是不是得先通知你會比較好？」

「確實是比較好，夫人。」

「那麼我先告訴你，維林德小姐想要明天一早去法蘭茲霍爾，到她阿姨亞伯懷特夫人那裡住個幾天。」

考夫警佐看著我。我踏前一步，想要跟夫人說什麼，但卻不由自主地退縮了。我又後退一步，保持沉默。

「夫人，可以請問一下，維林德小姐是**什麼時候**決定要去她阿姨那裡的？」警佐問。

「大約一個小時前。」夫人回答。

考夫警佐又看了我一眼。人家說老人的心臟跳不太動，但我現在心卻跳得極快，彷彿回到二十五歲時一樣。

「夫人，」警佐說：「我無權要求控制維林德小姐的行動，唯一能拜託您的就是盡可能請她明天晚點再出發。我早上有事要去法蘭茲霍爾一趟，最晚大約會在午後兩點回到這裡來。若維林德小姐可以等到那個時候，我想在她離開前跟她講兩句話；不過希望事前不要讓她知道。」

夫人指示我直接轉達命令給馬車夫，告訴他瑞秋小姐明天下午兩點以後才能用車。「你還有什麼話要說嗎？」傳話結束以後，她問警佐。

「夫人，只有一件事情。如果維林德小姐很訝異自己的行程做了調整，請不要告訴她是因為我的要求才讓她延後出發時間。」

夫人的視線猛然從書本抬起來，望向我們，好像有什麼話要說一樣；但她費了很大的力氣抑制自己，視線又再度調回書本上，比了個手勢要我們離開。

「真是個了不起的女性。」我們再度來到大廳時，考夫警佐說：「她的自我控制能力很強，貝特瑞吉先生，困擾你的謎團終於可以在今晚解開了。」

聽他說了這些話之後，我這老糊塗的腦袋突然理解了他的意思。我想我那時候整個理智都飛掉了。我抓住他外套的衣領，把他推在牆上。

「你這混蛋！」我喊道：「你明明知道瑞秋小姐有問題，還刻意隱瞞我到現在！」

考夫警佐抬眼看著我（此時他還被我釘在牆上），沒有試著抬起手，那張陰鬱的臉文風不動。

「啊，」他說：「你最終還是猜到了。」

我的手鬆開他的衣領，垂了下來，頭深深地垂在胸前。請各位讀者要記住，雖然這像是在為我的無禮行為找藉口，但我畢竟服侍這個家庭長達五十年。當瑞秋小姐還是個孩子的時候，她好幾次爬上我的膝蓋，扯我的鬍子。對我來說，瑞秋小姐儘管有許多缺點，但仍是一個老僕眼中最親愛最美麗的年輕小姐。我向考夫警佐道歉，我想我當時應該是一邊說一邊流淚，也不是用很合宜的方式道歉。

「貝特瑞吉先生，請不要難過。」警佐說。儘管我如此對待他，他的話語裡還是充滿善意。「從我的經驗看來，太容易動怒是得不到任何好處的。不過如果抓住我的領子可以讓你好過點，就請你這麼做吧。老實說，你揪領子的技術一點也不好，不過考慮到你的情緒，即使技術笨拙，我還是會給你打高分。」

他說著，嘴角揚了起來，雖然還是一臉沉悶，但他似乎自認為說了個很有趣的笑話。

我帶他到我的小會客室內，關上房門。

「請你跟我說實話，警佐。」我說。「你到底在懷疑什麼？現在可不是出於善意而隱瞞我真相的時候。」

「我沒有懷疑什麼。」考夫警佐說：「我只是知道真相。」

我的怒氣又再度升了起來。

「說白一點，」我說：「你是指瑞秋小姐偷了她自己的鑽石？」

「是的，」警佐說：「這就是我的意思。維林德小姐自始至終都藏著鑽石，而且她還找了羅珊娜・史皮爾曼當同謀，因為她知道警察會先懷疑羅珊娜是小偷。簡而言之，這個案件的真相就是如此。貝特瑞吉先生，你可以再抓住我的領子；如果這麼做可以讓你消氣的話。」

老天！就算我再度對他暴力相向，也無法撫平我心中的激動。「你告訴我，她為什麼要這麼做。」我唯一能做的只是這麼問他。

「你明天就可以聽到我說明原因了。」警佐說。「如果維林德小姐拒絕把前去拜訪她阿姨的時間延後（不過我想她會接受的），明天我就會在夫人面前將整件事情和盤托出。而由於我不知道之後可能發生什麼事，我希望到時候你也可以在場。今晚就先不要談這些事情了。不行，貝特瑞吉先生，今晚我不會再談月光石的事情了。你桌上已經布置好晚餐。飢餓向來是我覺得相當令人愉悅的人性弱點之一，若是你願意搖鈴的話，我會說飯前祈禱詞，『感謝主賜我們食物……』。」

「警佐，希望你用餐愉快。」我說。「我已經沒胃口了。我會服侍你用晚餐，然後請容我告退，我得花點時間整理一下想法。」

我看著他享用我們所提供的美食，不過如果他被這些美食噎著了，我也不會覺得遺憾。他正在用餐時，園丁頭子貝格比先生帶著他的每週帳本走進來，警佐隨即開始跟他談起玫瑰，還有草地步道和碎石步道的好處。我離開他們兩人，心情沉重無比。這是我多年來所遇到，唯一一個無法靠抽菸和看**《魯賓遜漂流記》**解決的難題。

我感到惶惶不安，悲苦悽慘。我不知道該去什麼地方，便走向露台，希望在那兒可以讓心情平靜一點。我想了些什麼並不重要。我只是覺得自己老態龍鍾，筋疲力竭，不得其所；甚至在我人生當中第一次向上帝祈求，求祂快點把我這個老人帶走吧。儘管如此，我還是選擇堅決相信瑞秋小姐的清白。如果考夫警佐要當個如所羅門般公正的裁判官，告訴我說瑞秋小姐讓她自己密謀犯下可鄙的罪行，我也會效法他睿智地回答所羅門：「你不瞭解她；但是我很瞭解。」

山繆爾打斷了我的沉思。他帶來一封訊息，是夫人寫給我的。

我走進屋子裡，想找盞燈看信，山繆爾在旁注意到天氣好像開始變了。我先前腦子裡思緒紛亂，沒有注意到天候的變化。不過，現在我的注意力回來了，我聽到狗兒不安地躁動，風聲低鳴。我抬頭看著天空，發現雲層顏色變得越來越黯淡，急速蓋過稀薄的月亮。山繆爾說的沒錯，暴風雨就要來了。

在信中夫人告知，法蘭茲霍爾的治安官寫信來，通知她有關那三個印度人的事情。下週他們就會被釋放，一旦重獲自由，就可能開始進行他們的計謀。所以如果我們還有什麼問題要問他們，就要盡快把握所剩不多的時間。夫人之前跟考夫警佐會面時，忘了跟他提這件事，因此要求我代替她去通知警佐。我已經完全忘了那些印度人（我想各位讀者也都忘記了吧）。我不覺得這時候再提印度人的事情有什麼用處。但不管如何，我還是依照命令行事。

我看到警佐和園丁在一起，兩人中間擺著一瓶蘇格蘭威士忌，邊喝邊交頭接耳爭論該怎麼種玫瑰。當警佐看到我走進來時，因為他對這話題太感興趣了，反而舉手示意我不要打斷他們討論。我聽了半天才知道，他們正在討論要讓玫瑰長得好，是不是應該將白色的苔蘚玫瑰移植到犬玫瑰上。貝格比先生說應該要這麼做；考夫警佐則說不應該這麼做。他們像兩個熱血男孩，徵詢我的意見。我對種玫瑰一竅不通，因此採取了中間路線；如同正義女神使用她的秤子做判斷一樣。「兩位男士，」我說：「我現在有比兩造更重要的事情要說。」說出公正無誤的判決以後，趁著兩人陷入沉默的空檔，我將那張寫有訊息的紙條放在考夫警佐面前。

當時我可以說是非常討厭警佐。但是事實卻讓我不得不承認，他的腦袋反應敏捷，是個不可多得的人才。他看完訊息的內容以後，只花不到半分鐘回想西格雷夫督察長的報告，就從中搜尋到有關印度人的事情，接著隨即給出了回答——我記得在西格雷夫先生的報告中，有提到一位有名的旅行家，他很懂印度人的生活習慣跟語言，是不是？很好。你知道那位先生的名字和地址嗎？很好。你可以幫我在夫人的信紙後面寫下來嗎？沒問題。明天早上我到法蘭茲霍爾時，會去拜訪這位先生。

「你有可能從這些印度人身上找到什麼線索嗎？」我問。「西格雷夫督察長認為這些印度人就像嬰兒一樣純潔無辜。」

「到目前為止，西格雷夫督察長所判斷的事情，全部都被證明是錯誤的了。」警佐回答。「明天我們可以去看看，西格雷夫督察長的另一個判斷，是不是也是錯的。」他說完以後，又轉向貝格比先生，接續方才被中斷的話題。「這個問題關係到土質和季節變化，以及耐心培育跟辛苦努力的付出，園丁先生。現在我要跟你說另一種看法。你把白色的苔蘚玫瑰……」

他們說到這裡時，我已經把房門關上，再也聽不到他們兩人在討論什麼了。

我在走道上遇到潘妮洛普，她在那兒走來走去的。我問她是在等誰。

她是在等瑞秋小姐的傳喚鈴，找她去幫忙整理第二天的行李。瑞秋小姐告訴她要離開宅邸去法蘭茲霍爾拜訪阿姨的理由是，她再也沒辦法待在這裡，尤其無法忍受跟臭味四溢的警官同處於一個屋簷下。在大約一個半小時前，瑞秋小姐知道她明天必須延到下午兩點才能出發，隨即發了一場脾氣，而當時夫人也在場，罵了瑞秋小姐一頓，然後要潘妮洛普先離開房間（夫人有些事情想要單獨跟女兒說）。我女兒對於宅邸內氣氛的變化感到很沮喪。「一切都不對勁，爸爸。每件事都變得跟以前不一樣了。我覺得好像有什麼厄運籠罩在我們頭上。」

這也是我的感想。但在女兒面前，我必須強顏歡笑。當我們兩人正在說話時，瑞秋小姐的傳喚鈴響了。潘妮洛普跑向後頭的階梯去幫忙整理行李；我走往另一個通往大廳的方向，透過玻璃窗察看外頭天氣的變化。

當我正走向從僕人廳通往大廳的推門時，門從對側被猛力打開，羅珊娜．史皮爾曼衝進來，她的臉上布滿痛苦的表情，一手重重地壓在自己胸前，好似那兒就是她苦痛的來源。「孩子，妳怎麼了？」我攔住她問道：「不舒服嗎？」「看到老天的分上，不要跟我說話。」她回答完以後，從我手中掙脫，跑向僕人用的階梯。我叫廚娘（她正好在旁邊）去照看一下那女孩。另外還有兩個人也聽到動靜。考夫警佐無聲地從我房間內衝出來，問我發生什麼事了。我回答：「沒事。」法蘭克林先生從另一側打開推門，要我到大廳去，然後問我知不知道羅珊娜．史皮爾曼在哪裡。

「她剛剛才從我身邊過去。她的表情很悽慘，舉止很古怪。」

「貝特瑞吉，我想我在不自覺的狀況下傷害到她了。」

「先生，你做了什麼？」

「我不知道該怎麼解釋，」法蘭克林先生說：「但如果那女孩真的跟鑽石遺失事件有關，我相信她正打算向我（全世界這麼多人，她竟然找上我）承認所有的事。這是不到兩分鐘前的事。」

當他告訴我這些事情時，我看了看推門，那道門好像從裡側被稍微拉開了一點。

有人在門後偷聽嗎？在我走到門附近之前，門又回到原來的位置。我隨即開門看，似乎瞄到考夫警佐黑色外衣衣角消逝在走道的轉角處。他很明白，我已經瞭解他的調查重點落在什麼地方，他現在無法再從我這裡得到任何協助。所以在這種狀況下，他只能依靠自己秘密搜查。

我不確定看到的是不是考夫警佐，也不想再去引發什麼紛爭。老天，這裡已經夠多紛爭了。我跟法蘭克林先生說有狗偷偷跑進屋子裡來，然後請求他告訴我，他和羅珊娜之間發生了什麼事。

「先生，你是不是剛好經過大廳？」我問：「她是碰巧遇上才跟你說話的嗎？」

法蘭克林先生指了指撞球檯。

「我當時正在那兒打撞球，」他說：「希望可以讓自己不要去想鑽石遺失的事情。我很偶然地抬頭，發現羅珊娜就像幽靈一樣，突然出現在我旁邊。她用一種奇怪的方式偷偷走過來，讓我一時之間不知道該怎麼反應。我看到她臉上焦慮不安的神情，就問她是不是有話要跟我說。她回答說：『是的，如果我有勇氣的話。』我知道她有偷走鑽石的嫌疑，所以聽了她的話，只覺得很可能跟鑽石事件有關係。我得說實話，這讓我有些不安。我並不希望這女孩對我告白自己的罪行。不過，雖然我們之間氣氛很尷尬，但她都已經下定決心要說了，我沒辦法拒絕她。那時候的狀況真的很糟；而且我覺得我還把事情弄得更糟。我對她說：『我不是很瞭解妳要做什麼。有什麼事情需要我幫忙嗎？』貝特瑞吉，我想我表現得不是很親切。我感覺到在那一瞬間，那女孩的表情變得很陰沉。我手裡還拿著球桿，所以我又開始打球，想要藉此沖散一點尷尬的氣氛。不過結果顯示，我只是讓事情往更糟的方向發展。我想我可能在無意中羞辱了她吧。她突然轉身離開。『他寧願看著撞球。』我聽到她說：『也不想要看著我！』在我還沒來得及阻止她以前，她就跑離大廳了。貝特瑞吉，我覺得不太舒服，你可否告訴羅珊娜，我對她並沒有惡意？或許我對她是有點嚴厲；我想我八成希望鑽石真的是她偷的。我並不是覺得她有什麼不好，只是……」他的話語中斷，又走回撞球檯邊，繼續打球。

在瞭解警佐隱瞞我的重要訊息之後，我可以明白他未能說出口的是什麼。

除了證實鑽石確實是羅珊娜所偷的之外，沒有其他事情可以掃除考夫警佐腦子裡對瑞秋小姐的懷疑。現在最重要的，不再是安撫瑞秋小姐因事件而過於激動的情緒，而是如何證明瑞秋小姐是清白的。如果羅珊娜真的沒做什麼壞事，法蘭克林先生對她說的話，確實是重重傷害了她。但是她裝病，偷偷到法蘭茲霍爾去，還一整晚不睡，試圖偷偷地做什麼，或是破壞什麼東西；她在傍晚時還去了顫抖沙灘。我必須得說，她做了很多招人懷疑的事情。因為這樣（我得對羅珊娜說聲抱歉）我只能說，若是站在法蘭克林先生的立場，他對羅珊娜的判斷不能說是有偏見或是不合理。我這麼對他說。

「是的，是的。」他回道：「但雖然很微小，也有可能可以解釋羅珊娜一些不可思議的行為。貝特瑞吉，我很不喜歡傷害女性的感情，你幫我傳話給那可憐的小東西。如果她有話要跟我說（我不在乎她是不是會氣得想要抓我的臉），就請她到圖書室來找我吧。」

他放下手中的球桿就離開了。

我回到僕人廳去詢問，知道羅珊娜已經回房裡休息。她謝絕了所有幫助，表示希望獨自安靜地待在房間內。因此她今晚沒有再做任何告白了（如果她真有什麼要告白的話）。我向法蘭克林先生報告這件事，之後他就離開圖書室回自己房間了。

我將燈熄滅，把窗戶關上，這時候山繆爾進來大廳，告訴我留在我房內的兩位客人的事情。看來有關白色苔蘚玫瑰的爭論終於告一段落。園丁已經回家去了，而在宅邸的一樓，到處都找不到考夫警佐的身影。

我去我房間看了看。確實空無一人；只看到兩個空酒杯，空氣中飄散著烈酒氣味。警佐是不是已經到替他準備的房間裡休息了？我到二樓去查看狀況。

走到二樓時，聽到我的左手邊傳來安靜且穩定的呼息聲。我左手邊的走廊通向瑞秋小姐的房間。我往走廊那兒看過去，發現走廊盡頭有三張椅子排放在一起，而考夫警佐竟然就睡在上頭——一條紅色手帕綁在他的灰髮上，他把那件黑色大衣捲起來當枕頭使用。

當我靠近時，他就像隻狗一樣，迅速且安靜地醒了過來。「晚安，貝特瑞吉先生。」他說：「如果你想要種玫瑰的話，不管園丁說什麼，都不要將白色的苔蘚玫瑰移植到犬玫瑰上頭。」

「你在這裡做什麼？」我問：「你為什麼不在自己的床上休息呢？」

「我之所以沒在自己的床上休息，」他說：「是因為我就跟在這悲慘世界裡生存的大多數人一樣，雖然在營生上童叟無欺，但也不是可以輕鬆度日。今天傍晚有個巧合，羅珊娜．史皮爾曼從沙灘回來的時間，正好是維林德小姐決定要離開宅邸的時間。不管羅珊娜藏了些什麼，我可以確定的是，維林德小姐沒有確定東西已經藏好之前，是不會離開這裡的。這兩個女孩今天晚上一定會互相聯繫。如果她們試圖在深夜大家都入睡以後互通信息，我希望可以及時阻止她們。貝特瑞吉先生，不要怪我破壞了你對客人的安排，要怪就怪鑽石吧。」

「我祈求上帝，希望鑽石從來就沒有來到這裡過。」我忍不住爆發了。

考夫警佐用一種悲傷難過的神情，看著他得要委屈自己在上頭過夜的三張椅子。

「我也這麼希望。」他低沉嚴肅地說。

17

那天晚上沒有發生任何事情，而且（我很高興補充說明）瑞秋小姐和羅珊娜並沒有試著互通信息，因此考夫警佐整晚的警戒算是白忙一場。

我預期考夫警佐早上的第一件任務，就是出發前往法蘭茲霍爾。但是他卻等了一會兒，假裝還有其他什麼事情得先做。我讓他自己去搞他的計謀，走到庭園，沒過多久就在灌木林小徑遇上法蘭克林先生。

我們只說了兩三句話，警佐就出乎意料地出現了。他走近法蘭克林先生；但在我看來，法蘭克林先生用一種高姿態去面對他。他禮貌地向法蘭克林先生道早安之後，法蘭克林先生只說了：「你有什麼話要跟我說嗎？」

「先生，我有話要跟你說。」警佐回答。「是有關我在這兒的搜查。我想你已經察覺到，經過昨天的調查，事情出現了一些轉折。很自然地，因為你在這個家庭的地位，你會覺得很震驚且沮喪，而把這個家裡發生的醜聞怪罪在**我**頭上。」

「你到底想要做什麼？」法蘭克林先生很尖銳地問道。

「先生，我想要先提醒你，截至目前為止，不管如何，都**證明**我的推論是正確的。同時也請你記得，我是在夫人的要求之下，到這裡來執法的警官。在這種狀況下，你身為一個好公民，是不是應該要協助我辦案，提供你所知的特別情報給我？」

「我沒有什麼特別的情報。」法蘭克林先生說。

考夫警佐忽視他的回答，就好像他根本沒有回答一樣。

「先生，你可以幫我節省時間，好讓我不需要用這麼迂迴的方式去辦案。」他繼續說：「希望你願意理解我的想法，並且把事情說出來。」

「我無法理解你在想什麼。」法蘭克林先生回答：「我也無可奉告。」

「先生，昨晚有一位女僕（我不提名字）私底下找你說話。」

法蘭克林先生再次很快打斷他的話，也再次回答：「我無可奉告。」

我站在一旁，保持沉默，想到昨晚那道拉門稍微動了一下，還有看到大衣衣角消失在走道的轉角處。在我打斷他的偷聽行為之前，考夫警佐絕對聽到我們在說什麼了，他懷疑羅珊娜下定決心要對法蘭克林先生自首。

接著當我看到羅珊娜．史皮爾曼本人出現在灌木林小徑的另一端時，還真是嚇了我一大跳。潘妮洛普跟在她身後，很明顯地是希望把羅珊娜帶回去宅邸裡。羅珊娜看到法蘭克林先生並非一個人時，整個僵在原地，困惑得不知道下一步該做什麼；潘妮洛普等在她身後；法蘭克林先生也隨即看到她們；魔鬼般狡詐的考夫警佐則假裝沒看到。這一切都在瞬間發生。在我和法蘭克林先生來得及開口之前，考夫警佐繼續銜接先前的話題。

「先生，你不需要擔心你會傷害那個女孩。」他對法蘭克林先生說，並且故意用很大的聲音，讓羅珊娜也能聽到。「相反的，我希望你能誠實說出你的想法，你對羅珊娜．史皮爾曼這個女孩有興趣嗎？」

法蘭克林先生也馬上假裝沒注意到那兩個女孩的存在。他用很大的聲音回答：「我對羅珊娜．史皮爾曼一點興趣也沒有。」

我看向小徑的盡頭，看到法蘭克林先生說完這句話時，羅珊娜馬上就轉身離開。她不像先前那樣，拒絕潘妮洛普的幫助，這次讓她扶著自己的手臂，一起走回宅邸。

兩個女孩的身影消失以後，早餐的傳喚鈴聲響起了。就連考夫警佐也不得不承認，他的策略失敗了！他小聲地對我說：「貝特瑞吉先生，我得要去法蘭茲霍爾一趟。我會在下午兩點以前回來。」他離開前沒有再說什麼；而我們有好幾個小時的時間，得以擺脫警佐的糾纏。

「我希望你可以跟羅珊娜澄清一下。」只剩我們兩人時，法蘭克林先生對我說。「我想我是注定要在那個不幸的女孩面前，做或是說一些很糟糕的事情。你也看到了，考夫警佐對我們兩個設下陷阱。

如果他可以讓**我**覺得混亂，或是激怒**她**，那麼我們兩人中就有人可能會說出他想要的答案。我在一時衝動之下，也只能說出那樣的回答。這麼做可以阻止那女孩說出什麼來，也可以告訴警佐，我看穿他的意圖了。貝特瑞吉，昨晚我們在說話時，很明顯他一定在一旁偷聽。」

我私下想，他做的可比偷聽這件事情更差勁。警佐應該記得我告訴過他，羅珊娜對法蘭克林先生有好感，因此他都把**這些**算計好了，故意利用羅珊娜在場時，問法蘭克林先生是否對羅珊娜感興趣。

「先生，有關偷聽的事，」我回答（把剛剛私下想的那件事留在我自己心中），「若這類的事情繼續發生，我想我們就得要發揮同舟共濟的精神了。打探、偷窺、竊聽這些事，在我們這種狀況下極有可能會發生。法蘭克林先生，過不了幾天，我們就只能保持沉默了，否則一旦說了什麼都會被人竊聽，不久之後每個人的秘密都會被公開。先生，很抱歉我突然情緒不穩定。發生在這宅邸裡的駭人事件，讓我的腦子都迷糊了，也讓我脾氣變得不太好。我會記得你告訴我的事情，只要有機會，我就會去跟羅珊娜．史皮爾曼澄清一下。」

「你昨天晚上沒有跟她說到話，是吧？」法蘭克林先生問。

「是的，先生。」

「那麼現在先什麼都不要說吧。我可不希望警佐還在一旁窺探的時候，讓那女孩又決定要向我吐露秘密。貝特瑞吉，我的行為前後很不一致，是吧？但我不知道該用什麼方法解決這件事情，更可怕的是，我甚至覺得除非證實鑽石是羅珊娜偷的，否則沒有其他辦法了。不過我不想，也不願意幫助考夫警佐去找出那女孩的犯罪證據。」

這樣的確很沒道理，但也跟我的想法不謀而合。我完全瞭解他為什麼會這麼想。如果各位讀者，在這一生中曾覺得自己是個有道德感的人，應該也會完全理解他的。

當考夫警佐待在法蘭茲霍爾這段期間，宅邸內外發生的事情簡述如下：

瑞秋小姐在等待馬車載她去阿姨家的這一段時間，依然固執地把自己關在房間裡。夫人和法蘭克林先生一起用了早餐。早餐過後，法蘭克林先生突然決定，為了要讓自己混亂的心靈平靜下來，他要去散個長長的步。我是唯一送他離開宅邸的人；他告訴我會在警佐抵達宅邸以前回來。前一晚出現了天氣即將改變的預兆，這一天一早天候就開始變了。拂曉過後，下起了大雨，伴隨著強風。一整天風勢都很強勁。雖然烏雲密布，但雨勢並沒有變大。如果你年輕力壯的話，這倒也還是個可以出外散步的天氣，更何況可以讓胸中吸飽從海岸邊吹來的強勁海風。

在用完早餐過後，我去幫忙夫人處理帳務的事情。她只有一次略微提及月光石，而且還是為了告誡我們現時不准提到這件事。「等那個人回來再說。」她是指考夫警佐。「到時候我們**一定**不談也不行，不過現在就不要再勉強討論這件事了。」

我離開夫人以後，發現潘妮洛普在我房間裡等我。

「爸爸，我希望你可以去跟羅珊娜談一談。」她說：「我很擔心她。」

我懷疑我能為她做什麼。但是我的座右銘是，若力有所及，男人（男人天生比較優越）都有義務去幫助女人。當有女性需要我幫助的時候（不管是不是我女兒），我都會堅持先知道原因是什麼。你越常要求她們提出理性的原因，你就會發現越能在各種方面掌控她們。她們（這些可憐的人兒）總是先做再想，但這並不是她們的錯，真正錯的是還就縱容她們的傻男人。

這次潘妮洛普給了我她自己設想的理由。「爸爸，我想法蘭克林先生雖然無心，但卻重重傷害了羅珊娜。」

「羅珊娜為什麼要去灌木林小徑？」我問。

「我只能說是因為她瘋了。」潘妮洛普說：「她今天早上不知道是出於什麼理由，下定決心要去跟法蘭克林先生說話。我盡力阻止她了；你也有看到吧。要是在她聽到那些可怕的話之前，我就讓她離開那裡的話……」

「親愛的女兒，」我說：「不要太過自責。我也不知道會發生這種事情呀。」

「沒有人知道的，爸爸。可是法蘭克林先生用那種殘酷的語氣，說他對羅珊娜一點興趣都沒有！」

「他這麼說，是為了要堵住警佐的嘴。」我回答。

「我也這麼跟她說。」潘妮洛普說道。「可是你也知道的，爸爸，法蘭克林先生（雖然不該怪他）這幾個星期以來，已經好幾次讓她感到屈辱和失望了；這件事又讓她的絕望達到頂點！當然，她沒有權利要求法蘭克林先生一定要對她感興趣，而她為了法蘭克林先生忘記自己的身分地位，確實也是一件很不得體的事情。但她看來失去一切東西了，包括自尊和感情。爸爸，當法蘭克林先生說那些話時，她的樣子嚇到我了，她好像變成石頭一樣僵硬。她變得好安靜，雖然又像以前一樣回去工作，但整個人就像在夢裡，渾渾噩噩的。」

我也開始覺得有點不安了。潘妮洛普說的話，讓我不得不拋下我比較優越的思考模式，去回想昨晚法蘭克林先生和羅珊娜之間發生了什麼事。她那時候看起來像是心都碎了；而這一次她無可避免地又受傷了，被結結實實痛擊要害，真是個可憐的孩子。可悲呀！但最可悲的是，這女孩完全沒辦法為自己辯解，也沒有權利去表達自己的感情。

我曾經答應法蘭克林先生會去找羅珊娜談一談，現在似乎正是我實現諾言的絕佳時機。

我們發現羅珊娜在掃臥室外頭的走廊，她穿著一身整潔的印花洋裝，整個人蒼白而平靜。我注意到，她的眼神黯淡且遲鈍，看起來不像是哭了太久，而是很長一段時間盯著某樣東西造成的。很可能她的腦子也迷糊了。她確實是個平凡無奇，容易讓人忘了她的存在的女孩；她已經被人忽視不知道幾百次了。

「別這麼難過，羅珊娜。」我說。「不要想東想西，讓自己更苦惱。法蘭克林先生要我傳話給妳。」我盡量用友善且溫柔的語氣，直接把事情告訴她。如同各位讀者看到的，我對異性的標準其實是很嚴格的。不過在某些場合，我對待女性的態度確實是有點不夠溫柔。

「法蘭克林先生人很好，也很體貼。請你幫我謝謝他。」她只回答了這麼一句。

我女兒已經注意到，羅珊娜一邊在工作，一邊卻像還未清醒過來一樣。而根據我的觀察，我可以說，她現在連聽話和說話的時候，都像還沒有清醒似的。我懷疑她的腦子是不是能理解我方才告訴她的事情。

「羅珊娜，妳確定瞭解我說的話的意思？」我問。

「是的。」

她重複我的話，但那反應看起來不像個活生生的女人，而是個被機器操控的人偶。她一直持續掃地。我盡量用輕柔且親切的動作，拿走她手中的掃把。

「別這樣，」我說：「這不像妳。妳想太多了。我是妳的朋友；就算妳犯了錯，我也還是妳的朋友。把妳想要說的事情都說出來吧，羅珊娜，妳就說出來吧。」

在以前，每次我這麼一說，她都會忍不住流淚。但這一次我卻沒看到她表情有任何變化。

「好，」她說：「我會把事情全部都說出來的。」

「妳要告訴夫人嗎？」我問。

「不是。」

「告訴法蘭克林先生？」

「對，我要告訴法蘭克林先生。」

我不知道該說些什麼。她似乎完全不瞭解我方才所說的，法蘭克林先生要我代為傳達的意思，那就是提醒她現在不該私下去找他說話。我只能告訴她，目前法蘭克林先生不在，他去散步了。

「沒關係，」她回答：「我今天不會去打擾法蘭克林先生的。」

「妳為什麼不跟夫人說呢？」我說。「跟這位慈悲、信仰虔誠，且對妳這麼親切的夫人談談，會比較好。」

她用一種很嚴肅且鎮定的視線望著我，像是試圖將我方才說的話牢牢定在自己腦海裡。然後她從我手中拿回掃把，慢慢地移動到走廊的另一端。

「我不會跟夫人說。」她說，接著又繼續掃地，然後自言自語般地說：「我知道有另一種方法可以讓我好過一點。」

「是什麼方法？」

「請你讓我繼續工作吧。」

潘妮洛普跟在她後面，表示說想要幫忙。

她回答：「不用了，我想要自己完成我的工作。謝謝妳，潘妮洛普。」她看了看四周，最後視線落到我身上。「謝謝你，貝特瑞吉先生。」

她看起來毫不動搖，我也無話可說了。我向潘妮洛普暗示要她跟我過來。離開時，羅珊娜的狀態就跟我們來時一樣，一邊打掃，一邊卻像仍沉浸在夢中。

「這件事情需要請醫生來解決。」我說：「這已經超出我能力範圍了。」

我女兒提醒我，坎迪先生正病著，因為（各位讀者應該記得）他在生日宴當晚冒雨駕馬車回去的關係，而由助手（艾茲拉．詹寧斯先生）代替他執行工作。不過，我們都不太清楚詹寧斯先生是個什麼樣的人，他是在某些特殊狀況下被坎迪先生雇用的。不知道為什麼，我們都不是很喜歡他，也不太信任他。在法蘭茲霍爾還有其他幾位醫生，不過我們從來都沒請這幾位醫生來過；潘妮洛普也懷疑，以羅珊娜目前的狀況，請一位陌生的醫生過來，可能會對她造成更大的傷害。

我想去把羅珊娜的狀況告訴夫人。但是，一想到夫人心裡煩惱已經夠多了，我猶豫著該不該再用這個新問題去加重她的負擔。不過，我想我還是得做點什麼。我判斷那女孩狀況會越來越糟，我必須要通知夫人她的狀況。雖然心裡有些不情願，但我終究還是前往夫人的起居室。起居室空無一人。夫人跟瑞秋小姐兩人關在房間裡交談。而在她離開瑞秋小姐的房間之前，我是無法見到夫人了。

我一直等到掛在前廳階梯上的時鐘走到一點四十五分，夫人都沒有出現。又過了五分鐘，我聽到宅邸外頭的道路上，傳來有人叫喚我的聲音。我立刻就知道那是誰。考夫警佐從法蘭茲霍爾回來了。

18

我走出前門，遇到正要走上台階的警佐。

在我們之間發生過這麼多紛爭以後，若我還顯示出對他的搜查結果感興趣的樣子，實在是有違我的本性。但是，雖然我是這麼想，卻止不住自己的好奇心。我拋卻了自尊，開口第一句話就是：「法蘭茲霍爾那兒有什麼新的消息嗎？」

「我見過那些印度人了。」考夫警佐回答。「我也發現在星期四時，羅珊娜偷偷跑去鎮上買了什麼。印度人會在下星期三被釋放。我跟莫斯威特先生都認為，那些印度人到這裡來，就是為了要偷月光石。當然，他們的計畫因為星期三晚上發生的事情，全都泡湯了；在失去鑽石以後，他們也不知道該何去何從。不過，貝特瑞吉先生，我可以告訴你一件事情，就算**我們**找不到月光石在哪裡，**他們**也會找到的。你還不知道那些印度戲子的能耐。」

當警佐在說這些令人驚愕的話時，法蘭克林先生正好散步回來。他比我還要有自制力，克制住了自己的好奇心，無言地穿過我們身邊進入宅邸裡。

至於我，既然都已經拋棄自尊心了，當然希望我的犧牲可以得到更多回報。「你對印度人做了很多調查。」我說：「那麼羅珊娜呢？」

考夫警佐搖搖頭。「有關她的謎團變得更複雜了。」他說。「我追蹤她的足跡，到鎮上販賣亞麻布的布商麥特比那裡。她沒在其他布商、女帽店或是裁縫店買東西，只在麥特比買了一條很長的布料。她挑了某種特定的材質，而布料長度正好可以做一件睡袍。」

「誰的睡袍？」我問。

「可以肯定是她自己的。在星期四早上的十二點到三點之間，她一定是趁你們都入睡以後，偷偷溜到瑞秋小姐的房間，把鑽石藏起來。她回去自己房間裡時，睡袍沾到了門上未乾的顏料。她沒辦法把那塊污漬洗掉，也沒辦法把睡袍給處理掉，因為她手上的亞麻布不夠，沒辦法再做一件新睡袍。」

「你如何證明那是羅珊娜的睡袍？」我提出反對意見。

「因為她買來做衣服的布料材質。」警佐回答：「如果是幫維林德小姐縫製新睡袍，她應該會買蕾絲、綢邊，還有鬼知道什麼其他的材料；而且她也應該沒辦法在一個晚上就完成。她買了樸素的長布料，就表示做的是給僕人穿的樸素長睡袍。不，貝特瑞吉先生，一切都很清楚了。問題的重點在於，她既然都做了新睡袍，為什麼不把舊睡袍處理掉，而是把它藏起來？如果那女孩不自己說出來的話，我們只有一個方法可以解決這個難題了。我們得去顫抖沙灘找到她藏東西的地方，從那裡我們才能瞭解整個案子的真相。」

「你要怎麼找到東西藏在哪裡？」我詢問。

「我很抱歉得讓你失望了。」警佐說：「那是秘密，我不會告訴任何人。」

（我不想和警佐一樣賣關子，我可以先在這裡說，警佐從法蘭茲霍爾那裡帶回來一些有利搜索的消息。從他的經驗，他知道羅珊娜應該會把藏匿地點記下來，免得過一段時間再回去找東西時，因為地形狀況的改變而找不到正確地點。只要找到她的筆記，警佐就能知道要去哪裡找東西了。）

「貝特瑞吉先生，」他繼續說：「我們現在最重要的事，不是去猜測藏東西的地點，而是該辦正事了。我要喬伊斯盯著羅珊娜。喬伊斯在哪裡？」

喬伊斯就是法蘭茲霍爾的警察，他在西格雷夫督察長的命令下，留在宅邸協助警佐進行搜查。他問這問題時，時鐘正好敲響兩點鐘，這個時候馬車也過來接瑞秋小姐出發去她阿姨家。

「我們一件事情一件事情來。」在我要派人去找喬伊斯時，警佐說：「我得先見維林德小姐。」

由於可能會下雨，所以是用加蓋馬車載瑞秋小姐到法蘭茲霍爾。考夫警佐要山繆爾從馬車後頭的僕人座位下來。

「待會兒在那邊的木門前，你會看到我朋友就在旁邊的樹林裡等著。」他說：「你把馬車駛過去那一帶時，不用停車，他會自己跳上馬車後頭的座位。你什麼話都不用說，也什麼都不要看，否則你會惹上麻煩的。」

他說完這些警告以後，就要這男僕回去自己的座位上。我不知道山繆爾有何想法，但我很明白，瑞秋小姐一離開宅邸，就會被人私下跟蹤監視（若她真的決定要離開宅邸的話）。瑞秋小姐竟然被監視！而且這間諜就躲在她母親馬車的後座上！我幾乎要克制不住上前去跟警佐爭辯。

第一個走出宅邸的是夫人。她站在台階的最頂端，看著會發生什麼事。不管是對警佐還是對我，她都沒有說一句話。她雙唇緊閉，雙手交疊在胸前，身上裹著一件雨天時穿的斗篷，站在那兒，如同一尊雕像，等著她女兒現身。

過不了幾分鐘，瑞秋小姐就下樓來了。她身穿一件材質柔軟的黃色衣服，讓她黝黑的膚色沒那麼明顯，另外再套上一件腰間束緊的外套。她頭戴一頂時髦的稻草帽，帽子上垂下白色的面紗。她手上戴著淡黃色的手套，手套服貼得如同她的第二層肌膚。她垂在背後的黑髮如同緞子一般光滑。她的小耳朵就像玫瑰色的小貝殼一樣，耳垂上掛著珍珠耳環。她迅速地走到我們旁邊來，身形挺直如百合，動作輕盈柔軟如貓科動物。我從她美麗的外貌看不出有任何改變，但是她的眼神和嘴唇線條卻洩漏了什麼。她的眼神比我以前見過的更顯明亮且堅定；她的唇色蒼白，也失去了以往我常常見到的笑容。她突然且匆忙地吻了她母親的臉頰，說道：「請妳原諒我，媽媽。」她說完便用激烈的動作拉下帽子上的面紗，蓋在臉上。下一刻她就衝下台階，跑進馬車車廂，好似那是她的藏身之所一樣。

考夫警佐的動作也很快。在瑞秋小姐坐上座位時，他推開山繆爾，搶先一步握住門把。

「你想要做什麼？」瑞秋小姐隔著面紗說。

「小姐，我想要在妳離開以前，跟妳說句話。」警佐回答。「我無法阻止妳去拜訪阿姨。我只能告訴妳，若妳現在離開宅邸，會妨礙我替妳找到遺失鑽石的工作。請妳理解這一點，再思考一下妳是不是要離開。」

瑞秋小姐根本沒打算要回應他。「走了，詹姆斯。」她對車夫喊道。

考夫警佐一言不發地將車門關上。當他關上門時，法蘭克林先生從台階上衝下來。「再見，瑞秋。」他說，一邊朝瑞秋小姐揮手。

「走了！」瑞秋小姐用比先前更大的聲音喊道，就像她未留意考夫警佐的存在一樣，她也沒看法蘭克林先生一眼。

法蘭克林先生後退一步，像是受到重重的打擊。車夫不知所措，他沒有立即駕車，只是站在駕駛座上，看向夫人尋求指示。夫人的臉上混合著生氣、悲傷和羞恥的神情，給了車夫一個手勢，要他出發，然後匆促地轉身，回到宅邸裡。當馬車向前進時，法蘭克林先生突然回過神來，對著夫人的背後喊道：「阿姨，妳說得一點都沒錯。謝謝妳對我這麼親切，現在我得要走了。」

夫人轉身，似乎是想要對他說什麼。但她有所猶豫，便只是友善地對他揮揮手。「法蘭克林，你離開前來我這裡一下。」她用沙啞的聲音說，接著走回自己的房間。

「貝特瑞吉，你幫我個忙。」法蘭克林先生轉向我，眼裡閃著淚光。「盡快送我去車站吧。」

他隨即轉身走回宅邸裡。瑞秋小姐離開時的表現，讓他整個人都萎靡了起來。可見得他有多喜歡瑞秋小姐！

只剩下我和考夫警佐站在台階下，兩人相對看。警佐面對著樹林的方向；從宅邸延伸出去，彎彎曲曲的道路，就穿越這樹林到外頭的大路上。他雙手插在口袋裡，用口哨哼著〈夏日最後一朵玫瑰〉。

「你有時間吹口哨的話，」我很粗暴地說：「不如去做點其他更有用的事情吧。」

這時，透過樹林的縫隙間，可以看到遠方馬車的身影，他們正逐漸接近外頭的木門。我看到站在馬車後頭的山繆爾身邊，出現了另一個人的身影。

「好了。」考夫警佐對自己說。他接著轉身面對我。「就跟你說的一樣，貝特瑞吉先生，現在不是吹口哨的時候，而是該用不傷害任何人的方式來處理這件案子的時候了。我們就先從羅珊娜・史皮爾曼開始。喬伊斯在哪裡？」

我們喊著喬伊斯的名字，但沒有得到任何回應。我找了在馬廄工作的男孩去找喬伊斯。

「你聽到我對維林德小姐說什麼了吧？」我們兩人在等回音時，警佐對我說。「你也看到她的反應了？我很直接地告訴她，她離開會對我們搜尋鑽石的工作造成阻礙，但就算聽到我這麼說，她還是執意離開。瑞秋小姐帶了個夥伴一同出遊，貝特瑞吉先生，她同伴的名字就是月光石。」

我什麼話都沒說。我堅定自己的立場，要相信瑞秋小姐到底。

馬廄男孩回來了，身後跟著（在我看來極其不情願的）喬伊斯。

「羅珊娜・史皮爾曼在哪裡？」警佐問。

「我不知道，先生。」喬伊斯開口說：「對不起。可是不知道是怎麼回事……」

「在我去法蘭茲霍爾以前，」警佐打斷他的話，「我要你好好監視羅珊娜・史皮爾曼，同時不要讓她發現自己被監視。你的意思是說，你讓她溜掉了？」

「我想恐怕就是這樣，先生。」喬伊斯說完，開始發抖。「我大概是**太過**注意不要讓她發現我的存在。宅邸的一樓有太多彎彎曲曲的走道了……」

「你失去她的蹤跡有多久了？」

「將近一個小時，先生。」

「你可以回去法蘭茲霍爾執行你的日常勤務了。」警佐的語氣一如往常般冷靜、沉悶。「我不覺得你有做這一行的才能，喬伊斯先生。你沒有辦法勝任現在的工作。再見！」

那個人趕緊溜走了。我則是無法說明，當我得知羅珊娜不見時，心情是如何受到動搖。幾乎是在同一時間，我的腦子裡轉著千百種思緒。我在那種狀態下，只能站在那兒瞪著考夫警佐，沒有辦法用言語表達我所想的一切。

「不是這樣的，貝特瑞吉先生。」警佐說。他似乎看穿了佔滿我腦子的思緒是什麼，便決定暫時拋棄其他紛亂的念頭，先回答這個主要問題。「你的年輕朋友羅珊娜並不像你想的一樣，會這麼輕易就從我手裡溜走。只要我知道維林德小姐身在何地，我就可以找到她的同謀在什麼地方。我昨晚試著阻止她們兩人互通信息。這樣很好。她們會在法蘭茲霍爾，而不是在這裡會合。搜查地點要改變了（雖然比我預期的還要快），我們要從這裡移動到維林德小姐去拜訪的宅邸。在這段期間，我想我得再麻煩你一件事，請你把僕人們集合起來。」

我跟他一起走到僕人廳。雖然很丟臉，但我不得不承認，當他跟我說這些話時，我的「偵探病」又犯了，一時忘記我其實很討厭考夫警佐，很親密地抓住了他的手臂。「看在老天的分上，請告訴我你要對這些僕人做什麼？」

考夫警佐站得直挺挺地，用一種陰鬱的語調，對著他面前空無一物的空間喃喃自語。

警佐說：「如果這個人（很明顯是指我）知道要怎麼種玫瑰的話，他就是這世界上最完美的物種了。」他嘆了一口氣，表達他沉重的情緒以後，也抓住我的手臂。「事情是這樣的，」他又回到搜查的話題上。「羅珊娜可能有兩個選擇。她不是直接到法蘭茲霍爾（在我能趕到那裡之前），就是先到她藏東西的顫抖沙灘去。我們第一件要做的，是問問在她離開宅邸以前，有沒有哪個僕人看到她。」

問了僕人們這個問題以後，我們發現最後一個看到羅珊娜的人，是廚房女侍南西。

南西看到羅珊娜手裡偷偷藏了一封信，跟送肉到後門來的屠夫說話。南西聽到羅珊娜對屠夫說，希望他幫忙把信帶回法蘭茲霍爾，然後寄出去。那屠夫看了看地址後說，從法蘭茲霍爾寄信到柯伯洞會繞一大圈，而且在星期六寄信的話，要在下週一才會寄到目的地。羅珊娜回答說，就算星期一才寄到也沒有關係。她唯一要確定的是，屠夫可以照她的話去做。那屠夫答應了，然後搭上馬車離開。此時南西被叫回廚房去工作。在那之後，就沒有人再看到羅珊娜．史皮爾曼了。

「怎麼樣？」只剩下我們兩人時，我問警佐。

「這個嘛，」警佐說：「我得去法蘭茲霍爾一趟。」

「你想要去確認信的事情嗎？先生。」

「是的。記錄東西藏在什麼地方的筆記，就在那封信裡。我得要去郵局看看她的寄件地址。如果我的猜測正確的話，下週一我就得再去拜訪我的朋友約蘭德太太了。」

我跟警佐一起到馬廄去準備馬車。但在馬廄時，我們又得到有關羅珊娜的新消息。

19

看來羅珊娜失蹤的消息，也在戶外工作的僕人之間傳開了。他們彼此詢問有誰看到羅珊娜。結果是一個綽號叫「達菲」的小男孩看到了。他有時會來幫忙除草，正好在約半小時前看到羅珊娜．史皮爾曼。達菲很肯定地說，他看到羅珊娜**跑著**，而不是走著，往海岸邊的冷杉樹林那方向去。

「那男孩知道這一帶的海岸在哪裡嗎？」考夫警佐問。

「他是在那一帶出生長大的。」我回答。

「達菲，」警佐說：「你想賺點小錢嗎？想要的話，就跟我過來。貝特瑞吉先生，你把馬車準備好，在這裡等我回來。」

他用很快速的腳步走向顫抖沙灘，那速度是我這個年紀的人（雖然我體力仍保持得滿好）跟不上的。達菲正好是精神體力最佳的年紀，他像個小野蠻人一樣發出喊叫，然後跟在警佐身後跑過去。

在考夫警佐離開這段期間，我發現我還是無法好好整理腦子裡混亂的思緒。有一種古怪、令人麻木的不安感，佔據了我的腦海。我進進出出宅邸，做了很多可有可無的事情，但現在我一件也不記得我做了什麼。我也不記得警佐離開這裡，前往沙灘以後，究竟經過了多久的時間；直到達菲帶著給我的訊息跑回來。考夫警佐從自己的筆記上撕下一頁，用鉛筆在上頭寫了訊息：送一只羅珊娜．史皮爾曼的靴子過來，要盡快！

我派了第一個找到的女僕去羅珊娜房間，然後要男孩回去跟警佐說我會親自帶著靴子過去。

我很清楚，這麼做已違背了他要我盡快把東西帶過去的命令。但我希望在將羅珊娜的靴子交給警佐以前，先親眼看看究竟警佐發現了什麼新謎題。在這最後一刻，我想要盡我所能保護羅珊娜的想法又回來了。但是在我拿到靴子的那一瞬間，這感覺又被驅散（因為偵探病的關係），我以一個七十歲老人所能做到的最快速度跑向目的地。

當我到達海岸邊時，烏雲團聚，大雨開始落在因風而捲起的白色海浪上頭。我聽到海灣口附近的沙灘傳來浪潮的隆隆聲。

我又再往前走一些，看到那男孩就藏身在沙丘的背風處避雨。我看到狂暴的海浪不斷席捲沙灘，大雨掃過海面，宛如一件隨風飄揚的衣物。有一道黑色的身影，孤單地站在黃褐色的沙灘上；那是考夫警佐。

他一看到我就朝著北方海岸揮手。「朝那個方向，」他大吼道：「走下來我這邊！」

我走下沙丘來到他身邊，屏住呼吸，心跳快得像是心臟就要從我的喉嚨裡蹦出來一樣。我沒辦法說話。我有上百個問題想要問他，卻一個都說不出口。

他的臉色嚇到我了。我看到他的眼神異常恐怖。他把我手中的靴子搶走，放在沙灘的一枚腳印上頭；這腳印是從我們所在位置的南方開始，直直向北，走到被稱為南岩的那塊岩石附近。腳印還沒有因為下雨而模糊掉，且與羅珊娜的靴子大小分毫不差。

警佐對照靴子和腳印，不發一語。

我抓住他的手臂，想要對他說些什麼，但就跟先前一樣，我什麼話都說不出口。他沿著腳印走向岩石與沙灘交界的地方。南岩被漲潮打濕，海水淹沒了顫抖沙灘。考夫警佐有一種令人感到驚悚的耐心，一個一個對照靴子與腳印，發現腳印確實是直接**通往**岩石。但他不管找了多久，都無法找到**離開**岩石的腳印。

他最後放棄了。他再度看著我，但依然沉默不語。接著他又看向我們面前的海洋，海水一波波地湧上顫抖沙灘。我朝著他正在看的地方望去，也從他臉上瞭解了他的想法。一瞬間，一股可怕的戰慄爬上我全身。我不禁跪倒在沙灘上。

「她回到藏東西的地方，」我聽到警佐喃喃自語般地說：「但在她走到岩石之間的時候，發生了可怕的意外。」

此時我的腦海裡浮現出，數個小時前，當我在走廊那兒看到羅珊娜在掃地時，她跟平常不同的樣貌、話語和舉止，以及當她聽我說話、和對我說話時，那雙遲鈍無神的眼睛。這再再都告訴我，警佐的猜測直接指出了最可怕的真相。我試著告訴他我最害怕的事實。我想要說：「警佐，是她自己選擇了死亡。」但我還是什麼都說不出來。

我全身顫抖無法控制，甚至感覺不到大雨打在我身上。我也看不到浪潮正在節節漲高。彷彿作夢一般，我看到羅珊娜就在我眼前，如同那一天早上我到沙灘來，要帶她回宅邸去時一樣。我聽到她的聲音告訴我，顫抖沙灘在呼喚她，即使她百般不願，卻忍不住覺得**這裡**搞不好會是她的歸宿。另一個更讓我驚嚇的是，我想到我的女兒。潘妮洛普跟羅珊娜正好年紀相當。我女兒若是像羅珊娜一樣，受到這些事情的折磨，搞不好也會在這裡悲慘地死去。

警佐好心地扶我起身，帶著我離開她死去的地方。

我鬆了一口氣，感覺自己又可以呼吸，又可以開始思考。我看向沙丘，發現在戶外工作的幾個男僕和漁夫約蘭德一起跑了過來；他們都察覺到不對勁，過來看看我們有沒有找到羅珊娜。警佐用簡短的話語告訴他們腳印的事情，然後說羅珊娜很可能發生了可怕的意外。

他接著對漁夫提問，一邊面向海洋：「從她腳印停止的這個地方來看，在這種天氣狀況下，她有沒有可能坐船出海？」

漁夫指向不斷席捲沙灘的浪潮，以及拍打我們兩側海岬的巨大海浪。

「沒有一艘船足夠堅固到可以載著她安全穿過**那一帶**。」他回答。

考夫警佐最後又看一次沙灘上的腳印；大雨很快地將腳印給抹去了。

他說：「腳印證明了她不可能藉由陸路離開這裡。還有，」他踏前一步，看著漁夫說：「漁夫也證明了她不可能走海路。」他停下，思考了一會兒。「在我離開宅邸的半個小時前，她被人目擊到跑向這一帶。」他對約蘭德說：「現在已經過了一段時間。我們可以說，她過來這裡時大概是一個小時前。在當時，這邊岩石的水位有多高？」他指向南邊，也就是流沙那一帶。

「依照今天的潮汐狀況來看，」漁夫說：「一個小時前，那一帶的水位不是很高，連隻小貓都淹不死。」

考夫警佐轉向北邊，面對流沙。

「那這一邊呢？」他問。

「也很低。」約蘭德回答。「海水剛好可以蓋過顫抖沙灘，不過就這樣而已。」

警佐轉向我，說意外應該是發生在流沙那一帶。我終於忍不住說出來了。「那不是意外！」我告訴他。「她每次來這裡，都是在她厭倦人生，想要結束生命的時候。」

他回瞪著我。「你怎麼知道？」他問。其他人也圍過來了。但警佐很快就恢復原先冷靜的模樣。他讓其他人退開，說我是個老人，羅珊娜的意外驚嚇到我了。他說：「你們讓他一個人待著吧。」然後他轉向約蘭德問道：「等潮汐退了以後，有機會可以找到她嗎？」約蘭德回說：「不可能。掉進流沙裡的東西，永遠也找不到的。」說完以後，漁夫踏前一步，靠近我一些。

「貝特瑞吉先生，」他說：「有關羅珊娜的死，我有件事情得要告訴你。沿著岩塊的側邊，大約再走四英尺左右，在流沙底下三呎之處，有一塊岩石。我的疑問是，她為什麼沒有抓住那塊岩石？如果她是意外從岩塊上滑下來，她應該會掉在那塊岩石的上頭，那深度剛剛好淹過她的腰部。她一定是從那裡踏出來，或是跳到比較深的地方，否則她不會失蹤的。這不是意外，先生！流沙已經把她吞沒到深處了。這一切都是她自願的。」

聽到這位專業知識可信的人所說的證言，使警佐頓時陷入了沉默。其他人就像他一樣，也默默不語。我們不約而同地轉身爬上沙灘。

當我們走上沙丘時，正好遇到從宅邸跑過來的馬夫。這人是個好人，而且對我很尊敬。他臉上帶著些微哀傷，將一張紙條遞給我。「潘妮洛普要我把這東西交給你，貝特瑞吉先生。」他說：「這是她在羅珊娜房間裡發現的。」

這是她給一個已經盡力（感謝老天，我真的盡力了）親切對待她的老人的最後留言。

貝特瑞吉先生，在過去，你總是原諒我的一切。等你下回來到顫抖沙灘時，請你就原諒我最後一次吧。我已經找到我的歸宿了；那個地方始終都在等著我。先生，我活著和死的時候，都很感謝你一直對我這麼親切。

我再也無法承受了。這簡短幾句話，讓我沒有辦法像個成人一樣，控制好自己的情緒。幼時要來到這新世界，容易落淚；年老時將離開這世界，一樣容易落淚。☆1

我忍不住大哭了起來。

考夫警佐靠近我一些；我相信他是出於善意。但我後退一步避開他。「別碰我，」我說：「都是因為你，才會害她走向這一步的！」

「你錯了，貝特瑞吉先生。」他很平靜地回答：「不過等我們回去宅邸以後，我們再好好談一下這件事情。」

我在馬夫攙扶下跟著其他人一起離開沙灘。我們穿越過大雨，回到宅邸，面對等著我們的困頓與駭懼。

☆1
Your tears come easy, when you're young, and beginning the world.Your tears come easy, when you're old, and leaving it.

20

我們回去之前，羅珊娜的事情就已經傳開了。我發現僕人們陷入恐慌狀態。當我們要前往夫人的房間時，門從裡頭被猛烈地打開，夫人從房間裡走出來（法蘭克林先生跟著她，試著要安撫夫人，但徒勞無功），周身散發著可怕的怒氣。

「你得要為這件事情負責！」她大喊道，揮動雙手威嚇著警佐。「加伯列，你把酬勞給這傢伙，然後叫他消失在我的眼前！」

警佐是我們當中唯一可以正常和夫人應對的人。他也是我們當中唯一一個還能保持冷靜的人。

「夫人，我就跟妳一樣，不需要為這件悲慘的意外負責。」他說。「如果半個小時以後，妳仍然堅持要我離開這棟宅邸，我會接受夫人的命令告退，並且不收妳半毛錢。」他說這句話時雖然極其有禮，但也傳達出某種決心。

這句話讓夫人和我都冷靜了點。夫人任憑法蘭克林先生拉她回到房間裡去。

關上門後，警佐以他的觀察方式看著周圍的女僕們。他注意到，當其他女僕都只是顯露出驚恐的模樣時，唯有潘妮洛普在流淚。「等妳父親換下濕衣服以後，」他對潘妮洛普說：「到妳父親的房裡來，我們有事要跟妳談談。」

不到半個小時後，我換好乾衣服，也在警佐的要求下，借他乾淨的衣服換穿。潘妮洛普接著過來我房間，看警佐需要她做什麼。

直到這一刻，我才發覺到，我女兒真的是個很堅強且富有責任感的女孩。我抱住她，讓她坐在我的腿上，心裡祈求上帝好好保佑這孩子。她將臉埋在我胸前，雙手環著我的頸子；我們就這樣沉默了一段時間。我想，那死去的可憐女孩應該就在我和我女兒的心底。警佐走向窗邊，看著外頭。我在心底感謝他的體貼。

上流社會的人們有一項比其他人更奢侈的享受，那就是他們可以盡情放縱於自己的情緒當中；但地位較低的人們卻沒有這樣的權利。貧窮的生活毫不留情地奪去了我們大部分的時間。我們已經學會要壓抑自己的情緒，有耐心地繼續進行自己原先的職責。我對此沒有任何怨言，只是體悟到這一點而已。

當警佐這邊已經準備好要問我們問題時，我跟潘妮洛普也準備好要回答他了。潘妮洛普被問到，知不知道什麼是造成羅珊娜自殺的原因，她回答（我想各位讀者也知道了）是因為愛上了法蘭克林·布萊克先生。接下來警佐又問，她有沒有跟其他人說過這件事情，潘妮洛普回答：「為了羅珊娜好，我沒跟任何人說過。」我覺得我有必要補充說明一下，於是開口說道：「這也是為了法蘭克林先生好。若羅珊娜**真是**為了法蘭克林先生而死的話，也是在他不知情的情況下，這不是他的錯。如果法蘭克林先生今天真的要離開這裡，請不要讓他承受知道真相後的痛苦。」考夫警佐說：「你說的沒錯。」說完又陷入沉默當中。與潘妮洛普的看法相比較（我是這麼認為），他似乎有其他的想法，但他沒有說出口。

半個小時的時間到了，夫人的傳喚鈴也響了。

我在前去夫人房間的路上，遇到了從夫人起居室出來的法蘭克林先生。他說夫人已經準備好要見考夫警佐（當然希望我跟先前一樣也在場），還說在這之前他有幾句話要跟警佐說。我們一同回去我的房間，半途他停在大廳查看火車時刻表。

「先生，你真的要走了嗎？」我問。「如果給她點時間，瑞秋小姐會再回來的。」

「等她知道我已經離開以後，」法蘭克林先生回答：「她就會回來了。然後她再也不會想見我了。」

我想他對於瑞秋小姐對待他的態度有些怨言，但他並沒有真的生瑞秋小姐的氣。夫人已經發現了，從警察來到這宅邸的那一刻起，只要向瑞秋小姐提及法蘭克林先生的事情，就會引發她的怒火。而法蘭克林先生太喜歡他的表妹，以致無法向自己承認這個事實，直到瑞秋小姐離開宅邸到阿姨家，才讓他不得不面對現實。他看到了殘酷的事實，只能下定決心離開這裡了，這種情況下任誰也都**只能**這麼做。

他當著我的面跟警佐說話。

法蘭克林先生表示夫人也覺得自己先前話說得太急了，接著又問警佐可否在收下由他付的酬勞以後，就不再插手管鑽石的事情。警佐回答：「不可能的，先生。我收酬勞，就是為了辦好事情。如果不能盡到該盡的責任，我就不收酬勞了。」

「我不明白你為什麼要這麼做。」法蘭克林先生說。

「先生，我會解釋的。」警佐說。「我來到這裡時，接到的任務是解決鑽石遺失的事件。我現在已經可以解決案件了。等我告訴夫人事情的原委，以及該用什麼方法找回遺失的鑽石，我的任務就結束了。等我說明完以後，再請夫人決定她要不要我繼續執行任務。我會做我該做的事，然後收取我應得的酬勞。」

接著考夫警佐又提醒我們，即使是警探，也是有好好辦完一個案子的榮譽感。

他說的很對，所以我們也無法反駁什麼。我起身要帶他去夫人的起居室時，警佐問法蘭克林先生是不是也想在場聆聽。法蘭克林先生回答：「若夫人不反對的話。」當我跟著警佐要離開房間時，法蘭克林先生又悄悄對我說：「我知道那個人要說的是有關瑞秋的事情；但是我太偏袒瑞秋了，我怕我不能控制自己的情緒。你們先去吧。」

我把他留在我房裡，他悲愴地靠在窗台上，用雙手遮住自己的臉。潘妮洛普在門邊偷看著，想要去安慰他。若我是法蘭克林先生的話，我會叫潘妮洛普進來。當你被一個女人惡劣地對待後，你會很需要另一個女人的安慰，這個女人十之八九都會站在你這邊。或者等我們離開後，他會叫潘妮洛普進來？不過我得先為潘妮洛普說句話，除了安慰法蘭克林先生以外，她不會做多餘的事情的。

在此同時，我和考夫警佐前往夫人的起居室。

上一次和夫人交談時，我發現她一點也不願意將眼光從桌上的書移開來抬眼望人。這一次情況有好轉。她直視警佐，兩人堅毅的眼神不相上下。家族遺傳的硬脾氣展現在她臉部的每根線條上；我明白警佐這次遇到對手了。像夫人這樣堅強的女性，就算從他嘴裡說出什麼天大的壞消息，她也會屹立不搖。

21

等我們坐下以後，第一個發聲的是夫人。

「考夫警佐，」她說：「半個小時以前，恐怕我對你說了什麼不禮貌的話。雖然我這麼說是有原因的，但現在我不想把這當作藉口。若我真的搞錯了，我誠心誠意地向你道歉。」

她的聲調優雅，舉措得宜，這道歉對警佐起了某種效果。他要求夫人允許他說明自己的理由；這是出於對夫人的敬意。他說，他沒有必要為羅珊娜的事情負責，因為他必須小心謹慎地進行調查，不能讓羅珊娜得知自己正被懷疑。他尋求我的同意，為他證明他的調查確實沒有引發任何問題。我證實了他的宣言。我當時以為這件事情就到此為止了。

但是考夫警佐卻更進一步，向夫人解釋羅珊娜可能自殺的原因，而我想各位讀者也瞭解，這是多麼令人痛苦的理由。

「我聽說了有關那女孩自殺的動機，」警佐說：「我想這可能是真的。她的自殺動機跟我現在調查的案子沒有什麼關連性。但是我得要說，我有其他的想法。我相信，是鑽石遺失的事情，帶給她無法承受的焦慮感，最後導致她的自我毀滅。我不想說我已經完全瞭解她的焦慮感是什麼，但我認為（若夫人允許的話）有一個人可以證實我說的是對還是錯。」

「那個人現在在這宅邸裡嗎？」過了一會兒之後，夫人問道。

「夫人，這個人已經離開這裡了。」

這回答直接指出了那個人就是瑞秋小姐。我們全都陷入沉默，我幾乎覺得這無言的狀態永遠也不會結束。老天！當我坐在那兒，等著這兩人再度開口說話時，只能聽著窗外風聲呼呼，雨水激烈地拍打窗戶。

「請你好好解釋一下，」夫人說：「你指的是我女兒嗎？」

「是的。」考夫警佐一語道破。

當我們走進房間時，我注意到夫人將她的支票簿擺在桌上，很明顯是為了支付警佐的酬勞。她現在將支票簿收進抽屜裡。我心痛地注意到，她的手顫抖得厲害；這是一雙多麼看顧她的僕人的手。老天爺！我想這雙手也會在我臨終之際，送我離開這個世界。

「我本來是希望，」夫人用一種很慢、很冷靜的語調說：「我可以在把你應得的報酬給你，對你說再見之時，不用聽到你嘴裡說出我女兒的名字。在你過來以前，我外甥是不是跟你說了些什麼？」

「夫人，布萊克先生傳達了妳的訊息。我也給了布萊克先生我的理由……」

「你沒有必要告訴我你的理由。你既然都說了那個名字，我想你我都很瞭解，你已經無法回頭了。為了我自己，還有我女兒，我希望你就在這裡，把所有事情都說清楚。」

警佐看了看手錶。

「夫人，如果時間夠的話，」他回答：「我比較希望可以寫成書面報告，而不用直接向妳口頭說明。不過，如果妳希望我繼續搜查的話，寫報告就太浪費時間了。我隨時都準備好可以向妳報告。只是由我向夫人面報，我想對妳我來說都會是一件相當痛苦的事情。」

此時夫人再度打斷他的話。

「既然這樣，我就盡可能不要讓你和同樣在場的僕人朋友太痛苦吧。」她說。「我就大膽提問了。你懷疑維林德小姐為了某種理由，欺騙我們，把鑽石藏起來，是不是？」

「是的，夫人。」

「很好。現在讓我告訴你，身為維林德小姐的母親，我很瞭解她**根本不可能**會做這種事情。你不過是這一兩天才和她見面，而我從她出生起就認識她了。你可以儘管說出你對她的懷疑，但這麼做也不能損害我對她的信任。我可以先告訴你，儘管你辦案經驗豐富，但你被嚴重誤導了。請你注意，我沒有隱瞞什麼情報。我就跟你一樣，從我女兒那裡沒有得到半點消息。但我相信我女兒，理由就跟我先前告訴你的一樣，我很瞭解我的孩子是什麼樣的人。」

她轉向我，朝我伸出手。我親吻了一下夫人的手，沒有說一句話。「請繼續說。」她說，轉向警佐時，眼神如先前一般堅定。

考夫警佐鞠了個躬。夫人說的話僅對他產生一點小作用。他那瘦削的臉變得柔和一些，好似他對夫人感到抱歉。至於夫人試圖粉碎他對瑞秋小姐的控訴，很明顯地，完全無法動搖他的想法。他在椅子上坐好，接著繼續用骯髒的手段攻擊瑞秋小姐。

「我得請夫人同時從我們兩人的觀點來看這件案子。」他說：「妳可否讓自己站在我的立場，以我的辦案經驗來重新檢視？妳可否讓我先簡短說明我的經驗？」

夫人給了個手勢，表示可以請他說明。

警佐繼續說：「過去二十年來，我處理了大量有關家族醜聞的案件，我也是個能保守秘密的人。我可以告訴妳，從我處理這些事務的經驗當中，我知道一件事情：具有高貴身分地位的年輕小姐，有時候會有一些不想讓家人和親戚知道的私人債務。這些債務的源頭，有時候是衣飾商，或是珠寶商。有時候，像在本案中需要金錢的理由，我實在不想說出來，因為怕會嚇到妳。不過，夫人，請記得我說過的話。現在我們來看看發生在這宅邸裡的案子，是如何與我過去不管喜歡或不喜歡的經驗相印證。」

他停了一會兒，又接著往下說。他的思路清晰得可怕，讓你很容易就能理解他在說什麼，但他近乎可怖的正義觀卻讓人不敢恭維。

「我得到第一個跟遺失鑽石有關的消息，」警佐說：「是來自西格雷夫督察長的報告。他證明了自己完全無能勝任這個案件的搜查工作。但從他告訴我的事情當中，至少還有一件值得一聽且讓我感到驚愕的事情，那就是維林德小姐不僅拒絕接受他的詢問，還用一種不可理解的粗魯、蔑視態度對待

☆2
Cultivate a superiority to reason, and see how you pare the claws of all the sensible people when they try to scratch you for your own good!

他。我覺得很奇特；但最初我想或許是因為督察長的問話方式笨拙，可能冒犯了維林德小姐。我把這件事情放在心裡，開始獨力著手處理案件。後來我發現了門上繪畫的污漬，而且經由法蘭克林．布萊克先生的證實，我瞭解到這畫上的污漬跟鑽石遺失事件是有關連的。在當時我是懷疑宅邸裡的僕人偷走了鑽石。這樣很好。但結果發生什麼事了？維林德小姐突然走出房間跟我說話。我從這位小姐的表現，觀察到了三件事情：即使鑽石遺失已經超過二十四小時了，她還是處於極度憤怒的狀態；她對待我的方式，就像她對待西格雷夫督察長一樣；還有她對法蘭克林．布萊克先生感到異常的生氣。這樣很好。我告訴自己，這位年輕小姐剛剛丟失了她價值連城的鑽石；而根據我的觀察，這位小姐性格相當衝動。在這種情況下，這位性格衝動的小姐會怎麼做？她用一種不可理解的忿恨態度，對待三位各以不同方式想要幫助她找回鑽石的人——布萊克先生、西格雷夫督察長，還有我。調查進行到**這個時候**，夫人，我開始回頭檢視自己的經驗。我從我的經驗去解釋維林德小姐異常的行為。她讓我聯想到我認識的其他幾位年輕小姐。我想她有一筆不敢告訴任何人的債務，而鑽石之所以會遺失，表示她得要將鑽石交給她的債主。這就是依照我的經驗推理得出的結論。夫人，妳有什麼話可以反駁呢？」

「我已經告訴過你我的反駁理由，」夫人回答：「你被誤導了。」

我沒有說一句話。我腦子裡浮現出《**魯賓遜漂流記**》的內容（我也不知道這念頭是從哪裡冒出來的）。我真希望考夫警佐現在就被送到一座無人荒島去，沒有名字叫做星期五的黑人陪他，也不會有船來接他回去！（**注意**：我基本上是個善良的基督徒，只要你不要讓我太火大。而我想各位善良的讀者如果處在我的地位，應該也會想著同樣的事情吧。）

考夫警佐繼續說下去。

「夫人，不管是對是錯，」他說：「我已經得出我的結論，接下來就是找到證據了。我向夫人建議，應該要搜查這宅邸裡所有的衣櫃。這麼做是為了要找到在繪畫上製造出污漬的那件衣服；若能找出這件衣服，就可以證實我的推論。結果發生什麼事情了？夫人同意了，布萊克先生同意了，亞伯懷特先生同意了；只有維林德小姐直截了當地拒絕。但這結果卻讓我很滿意，因為這證實了我推論的正確性。若夫人和貝特瑞吉先生仍堅決不相信我的推論，那只表示你們對這幾天發生的事情視而不見。我跟維林德小姐說，若是她離開宅邸，會妨礙我搜尋遺失鑽石的工作時，夫人也在場。妳也看到了，她丟下那些話語以後，就離開了。妳也看到了，布萊克先生提供我一些解決案件的線索，她就在大家面前那樣侮辱布萊克先生。這些事情代表什麼意義？如果那不是指維林德小姐私下藏著鑽石，又代表什麼意思？」

這一次他看向我。

聽他這樣一件一件地說明瑞秋小姐可能涉案的理由，實在是一個很可怕的經驗，我即使想要替她辯護，卻不得不承認他說的都是事實。但我是個理性的人（感謝老天），這一點也讓我跟夫人一樣，堅持住自己的觀點。這讓我振奮了起來，面對考夫警佐而得以擺出無畏的神情。朋友們，請看看我展示的範例吧，絕對會對你有利的。只要這麼做，就可以避免涉入種種麻煩當中。培養理性吧，然後你就可以看到那些明智的人試圖用他們的利爪傷害你時，你所得到的好處了。☆2

考夫警佐發現我和夫人都沒有反應，便繼續說明。老天！我發現他並沒有因為我們的沉默而閉嘴時，實在是非常生氣。

「夫人，有證據指出維林德小姐就是本案的關鍵。」他說。「接下來我發現，維林德小姐跟死去的羅珊娜·史皮爾曼之間也有關連。如果夫人允許的話，我們回頭來談談維林德小姐拒絕她的衣櫃被搜查時的事情。在當時，我認為接下來有兩個問題得要好好琢磨一下：第一，我要用什麼方法來進行搜查；第二，在這宅邸的女僕裡頭，是否有人充當維林德小姐的共犯。在仔細思考之後，我決定採取我們所謂的非正規搜查方法。因為我所要處理的是家族的醜聞，而我得讓家醜不得外揚。我希望不要打草驚蛇，因此協助搜查的人當中，陌生人越少越好。由於維林德小姐很可能就是嫌疑犯，一般的搜查——例如拘留嫌疑犯，將其送上法庭等——是沒有辦法在這種狀況下執行的。從這件案子的狀況來看，我認為貝特瑞吉先生是可以協助我辦案的最佳人選，因為他的人格受到稱頌，在這個宅邸裡有令人尊敬的地位，而且他對僕人很瞭解，同時也把家族的榮譽掛在心上。我也試著想請布萊克先生協助，但卻遇到了一個障礙。**他**很早就看出我搜查的目的，基於他對維林德小姐的偏袒，我們之間是很難取得共識的。我之所以跟夫人解釋這麼多，是想要讓妳瞭解，我試著不要讓案件的實情給外人知道。我是唯一知道事件真相的局外人，而我的專業信譽就是立基於我能管得住我的舌頭。」

聽他說到這裡，我覺得我的專業信譽就是立基於管不住我的舌頭。他在夫人面前提起我的事情，還把我說得像是警官的副手一樣；到了我這年紀，這些話已經超越我身為一個好基督徒的耐性了。

「夫人，請容我先說明一下，」我說：「就我所知，我從頭到尾都沒有想過要協助這個可惡的警察。如果考夫警佐想要反駁的話，就請他說說看！」

我發洩完之後，覺得舒坦許多。夫人友善地拍拍我的肩膀，表示她相信我。我激憤地看向警佐，想知道他對於**我說的話**有什麼反應。但警佐回看我的眼神像隻溫馴的小羊，而且一副比以前還要喜歡我的樣子。

夫人告訴他，他可以繼續說下去。「我瞭解你在考量到我的狀況之下，」她說：「已經盡力去做了。我準備好要聽你說了。」

「接下來我要說有關羅珊娜．史皮爾曼的事情。」考夫警佐說：「我想夫人也知道，我是在她把送洗記錄送到這裡來時，認出她的。在那之前，我都認為維林德小姐可能不會把自己的秘密告訴任何人。不過當我看到羅珊娜時，我就改變念頭了。我曾經懷疑她是不是偷偷將鑽石藏起來。現在這可憐的女孩已經過世了，不過我不希望夫人誤會我曾經很嚴厲地對待她。如果這只是單純的竊盜事件，我對待她的態度會像對這宅邸裡其他僕人一樣。從我們處理由感化院出來的女性經驗當中，這些女性若是曾被友善且公平地對待，她們大部分都能悔改，並且記取以前的教訓。但這次可不是一件單純的竊盜事件，我認為這是鑽石擁有者精心策劃的詐欺事件。以這樣的觀點，思考羅珊娜和這案件的關連性時，我很自然地想到一個問題（還請夫人見諒）：維林德小姐是否只是想製造出鑽石遺失的假象而已？還是她想更進一步誤導我們相信鑽石是被偷走的？如果是後者的話，這裡正好有一個有竊盜前科的羅珊娜．史皮爾曼，這個人可以誤導我們到另一個方向。」

我在想，他是不是有能耐把他對瑞秋小姐和羅珊娜的控訴，引導至更可怕的方向去？我想接下來各位讀者就會看到，**他做得到的**。

「我找到有力的證據證明，死去的羅珊娜有涉案的可能性。」他說。「是誰有可能幫助維林德小姐將鑽石轉賣出去？是羅珊娜．史皮爾曼。像維林德小姐那樣地位的年輕小姐，沒有管道可以處理這種危險的事情。有誰比羅珊娜．史皮爾曼更適合當中間人？夫人，這位死去的侍女在過去當小偷的時候，可是個高手。據我所知，她認識在倫敦的一些人（跟金錢借貸相關），可以不問原因來歷就幫忙處理像月光石這種高價寶石。夫人，請妳記住這一點。現在請容我說明，我是如何從羅珊娜的行為中找到證據，並依此推論出她涉案的嫌疑。」

他接下來簡短說明羅珊娜這幾天的行為。各位讀者想必已經跟我一樣很熟悉這些細節了；各位也瞭解，當他在複述這死去的可憐女孩的行為時，是如何將她與遺失的鑽石連結起來。就算是夫人，聽到他所說的這些事情，也不禁受到驚嚇。他說完以後，夫人對此沒有任何回應。不過對警佐來說，不管他有沒有得到回應都無所謂。他接著又跟之前一樣，語氣平穩地繼續說下去（見鬼去吧）。

「我已經說明完我所知道的案情細節了。」他說：「夫人，現在請讓我繼續說下去。我想到有兩種方法，可以完美結束這個案件。其中一個方法比較確定能找回鑽石；另一個方法，我得說，是個比較大膽的實驗。我想請夫人決定，要我先說比較確定的方法嗎？」

夫人做了個手勢，要他繼續說下去，並請他自己做選擇。

「謝謝，」警佐說：「謝謝夫人交由我來選擇，那麼我就從比較確定的方法開始說明了。不管維林德小姐是否會滯留在法蘭茲霍爾，或是回到這裡來，我建議都要好好監視她的一舉一動。要注意她見了什麼人，去哪裡騎馬或散步，她寫了什麼信，又收到什麼信。」

「然後呢？」夫人問。

「接下來我想請夫人找一位新的女僕，」他回應：「由這位女僕頂替羅珊娜・史皮爾曼的位置，她必須要能做秘密調查。我會推薦人選。」

「接下來呢？」夫人又問道。

「接下來，」警佐繼續說：「最後一步是，我建議找一位警官去倫敦，和在那裡的放款人取得聯繫。這個人就是我先前說過，是羅珊娜也認識的人，我相信維林德小姐經由羅珊娜牽線，和這個人有所聯繫。我得說，我所建議的這個方法，不僅會比較花錢，也很花時間。我們圍繞著月光石布線，將線越收越緊，若維林德小姐決定保留鑽石，我們會發現鑽石確實在她手中；若她被債務逼急了，決定要脫手，我們也已經安排好人手，會在倫敦發現月光石的蹤跡。」

夫人聽到自己的女兒要被這樣調查，受到了很大的刺激，她第一次用憤怒的語氣回話。

「我不想用這種調查方法，」她說：「請你說說另一種方法。」

「另一種方法，」警佐從容地說道：「就是比較大膽的實驗了。我想我對維林德小姐的性情已經有某種程度的瞭解。（我相信）她有能耐做出非常大膽的詐欺行為，可是她的性格太激烈也太莽撞，她還不習慣欺騙別人，所以無法在一些小地方做偽裝，面對一些刺激也還不能控制自己。當她必須偽裝自己情緒的時候，她反而有好幾次都沒有辦法控制而爆發出來。我想要給她一個很突然的刺激，加速她的行動。坦白說，我要在她毫無防備的狀況下，告訴她羅珊娜已經死去的事情，看看她有沒有可能因為這樣而坦白說出一切。夫人能接受這個提案嗎？」

出乎我意料之外的，夫人立即回應他：「好的，就這麼做吧。」

「馬車已經準備好了。」警佐說：「夫人，再見。」

夫人抬起手，在他走出房門前叫住了他。

「依照你的計畫，我們會用這種方式去刺激我女兒。」她說。「不過身為她的母親，我希望這件事情由我親自來做。若你願意的話，請你留在這裡，我去法蘭茲霍爾。」

這大概是考夫警佐這一生中唯一一次，像個普通人一樣，愣愣地站在那兒，什麼話都說不出口。夫人拉了傳喚鈴，要侍女拿來雨衣等防雨的衣物。外頭依然下著大雨，而唯一有篷蓋的馬車載著瑞秋小姐到法蘭茲霍爾去了。我試著說服夫人，不要在這種惡劣的天候出門。但是一點用也沒有！我要求可以跟夫人一起去，至少能幫她撐傘，但她完全聽不進去。馬車跟車夫都已經準備好了。「有兩件事情你可以信任我。」夫人對考夫警佐說：「我會像你本人去做一樣，用很大膽的方式去測試維林德小姐。而在今晚最後一班往倫敦的火車離開以前，我會通知你結果如何；可能是由我本人親自通知你，或是會寫信說明。」

她說完以後，就登上馬車，自己操著轠繩，出發前往法蘭茲霍爾了。

22

夫人離開以後，我終於有空去想到考夫警佐。我發現他坐在大廳一個舒適的角落，一邊翻閱他的筆記，嘴角揚起惡意的角度。

「你在做案件的筆記嗎？」我問。

「不是，」警佐說：「我在看我接下來的預定行程是什麼。」

「喔！」我說：「你認為案件就要結束了嗎？」

警佐回答：「我認為夫人是英格蘭最聰明的女士之一。我也覺得去看玫瑰，比看鑽石還要有趣一點。貝特瑞吉先生，請問園丁在哪裡？」

我再也無法從他這兒挖出任何有關月光石的事情了。他對於調查已經完全失去興趣，只堅持要找到園丁在哪裡。一個小時以後，我聽到他們兩人在溫室裡用相當大的音量說話，兩人爭議的焦點自然是跟犬玫瑰有關。

在這段時間，我的職責就是去問法蘭克林先生是不是仍決定在下午離開這裡。在聽我說了夫人起居室內的談話內容，以及最後夫人決定怎麼做之後，法蘭克林先生決定多留一段時間，他希望知道法蘭茲霍爾那裡的狀況如何。而他這個再自然也不過的計畫變更（我想一般人都會決定這麼做），卻只是讓他陷入更糟糕的情境。法蘭克林先生變得很不安，他在等待時無所事事，也因此讓他性格當中各種矛盾的異國面向一個接一個地跑出來。

他有時候表現得像義大利人，有時候則像德國人，有時候又像法國人；他在宅邸內所有起居室裡外來來去去，話題全繞著瑞秋小姐是如何惡劣地對待他，而除了我以外，他沒有其他對象可以說話。（例如）我看到他坐在圖書室內一張現代義大利的地圖下方，而除了一直說話之外，他找不到其他方法可以解決目前正困擾他的問題。「我是個很有抱負的人，貝特瑞吉。但是我該怎麼做？如果瑞秋可以幫助我的話，我就能把沉睡在體內各種潛力都激發出來。」他滔滔不絕地訴說自己有很多優點被忽略了，然後又一副可憐兮兮的樣子，而我絞盡腦汁還是找不到安慰他的方法。此時我忽然想到，這正是可以妥善運用《**魯賓遜漂流記**》的時候。我蹣跚地走回我的房間，又蹣跚地帶著這本不朽的書回來。但圖書室內已經空無一人！只有**我**跟那張現代義大利地圖大眼瞪小眼。

我試著到會客室去找法蘭克林先生，但卻只在地板上找到他的手帕；這證明他方才有來過。而現在會客室空空如也，這也證明他又離開了。

我試著到餐廳去找法蘭克林先生，卻看到山繆爾手拿一盤餅乾和一杯雪莉酒，正在那兒找人。一分鐘前，法蘭克林先生怒氣沖沖地拉了傳喚鈴，要人送些點心過來。山繆爾也火速準備好食物了，但就如同他拉傳喚鈴時一樣迅速，法蘭克林先生也很快就消失蹤影。

我試著去晨間起居室找法蘭克林先生，終於在那兒看到他。他坐在窗邊，手指在窗玻璃的霧氣上畫著一些看不懂的象形文字。

「先生，你要的雪莉酒已經準備好了。」我對他說。但我覺得我好像在對房間裡的四面牆壁說話。

他沉浸在自己思緒裡的最深處，難以自拔。「貝特瑞吉，你認為該怎麼解釋瑞秋的行為？」我得到的回應只有這句話。我還找不到他需要的回答，所以我把《魯賓遜漂流記》遞給他，我相信只要願意花點時間耐心尋找，一定可以找到答案的。但法蘭克林先生闔上《魯賓遜漂流記》，用他那德國式的性格胡言亂語起來。「為什麼我們不仔細看看這件事情呢？」他說得好像我個人拒絕去仔細檢視這個事件。「貝特瑞吉，你為什麼會失去耐性呢？耐性可是最終能達到真相的最好方法了。你不要打斷我。如果你先用客觀的方法，接著再用主觀的方式，把主觀和客觀結合起來看，就可以很清楚明白瑞秋的行為了。我們瞭解了什麼？我們知道自從星期四早上發現月光石遺失以後，瑞秋就受到很大的精神打擊，讓她到現在都還沒有辦法恢復。到目前為止，你對這個客觀想法有什麼反對意見嗎？很好，那麼……你不要打斷我。現在，她因為處於精神受到刺激的異常狀態，我們也無法期待她會像正常人一樣思考行動。我們從內到外，用這種觀點去思考的話，會得到什麼樣的結論？我們會得到主觀的想法。你若要反駁主觀想法的話，我接受你的挑戰。很好，接下來呢？接下來當然是結合主觀和客觀想法了。用比較正確的說法是，瑞秋不再是瑞秋了，她變成了另外一個人。如果她是別人的話，我會介意她以這種態度對待我嗎？貝特瑞吉，你說的話沒有什麼道理，不過你也很難指責我說的話欠缺理性。然後最後的結論是什麼？結論就是，雖然你想用你狹隘且充滿偏見的英式思考讓我覺得混亂，但我其實覺得很快樂且很舒適呢。雪莉酒呢？」

我覺得我的腦袋怪怪的，搞不清楚現在是用自己的腦袋在思考，還是在用法蘭克林先生的腦袋思考。在這種可悲的狀態之下，我試著去做三件比較正面的事情。我把法蘭克林先生的雪莉酒送過來；我回去自己房裡休息；我抽了點菸，撫慰我的心靈，覺得我這一生從沒抽過這麼美味的菸草。

不過，請不要以為我可以就這樣逃過法蘭克林先生的糾纏。他又從晨間起居室晃出來，走到大廳，接著又來到僕人的活動空間，他在這兒聞到了我的菸草味，這又讓他想起為了瑞秋小姐決定戒菸的事情。他雙眼閃爍，拿了自己的雪茄盒過來，打斷我一個人的時光，然後用他簡潔、機智又不可思議的法式風格，重複談起同樣的主題。「借點火給我，貝特瑞吉。你可以想像，像我這樣抽了這麼久的菸，竟然沒有發現到，一個男人挑雪茄的方法，就跟挑女人是一樣的嗎？你仔細聽我說，我會跟你證明我說的是對的。你挑了一支雪茄，試試看味道，但你不喜歡。然後你接下來會怎麼做？你把這支雪茄丟了，又去找下一支。你看這跟挑女人一不一樣。你選擇了一個女人，試探她的意向，但是她讓你傷心了。男人都是笨蛋！從你的雪茄盒就可以記取教訓了。你應該要忘了她，去找下一個更好的女人。」

對於他的評論，我只是搖搖頭。我必須說，他的說法非常聰明，但我的經驗卻完全不是這麼回事。「當我過世的另一半還在的時候，」我說：「法蘭克林先生，我真的試著想要去做你剛才說的事情。但是法律規定，一旦你選定了一支雪茄，你這一生就離不開它了。」我對他眨眨眼，指出這一點。法蘭克林先生爆笑出聲。我們兩人就像蟋蟀一樣吵鬧歡樂，直到他性格中的另一個面向又浮現出來。在等待從法蘭茲霍爾傳回來的消息時，我和法蘭克林先生就這樣一來一往（而警佐則和園丁仍在針對培育玫瑰的事互相爭論）。

馬車在比我預料的時間早半個鐘頭左右回到宅邸。夫人決定那一天要留在她姊姊家裡。車夫帶回了兩封信，一封給法蘭克林先生，一封給我。

我要人將給法蘭克林先生的信送到圖書室去。經過一整天的到處晃蕩，他已經是第二次進去圖書室避難了。我則回到自己房間內看給我的信。我一打開信，就看到一張支票從裡頭掉出來；這告訴了我（雖然我還沒看信件內容），月光石一案已經大致底定，考夫警佐的調查任務也跟著結束了。

我派人到溫室去找警佐，告訴他我要跟他談談。他過來時，仍滿腦子都在想著園丁和犬玫瑰，還宣稱這世界上沒人跟貝格比先生一樣頑固；不過，不久之後他也會放棄自己固執的觀點了。我要求他別再想這些微小的瑣事了，應該專注在更重要的事情上。此時他很快就注意到我手上拿的信。「啊！」他用一種厭煩的語調說：「你拿到夫人的信了？貝特瑞吉先生，還有什麼事需要我幫忙嗎？」

「警佐，請你自己判斷吧。」我接著唸了信的內容（我盡量用謹慎且強調的語氣）：

「**親愛的加伯列**，我想請你通知考夫警佐，我做了之前承諾警佐的事情，已經告知維林德小姐有關羅珊娜．史皮爾曼死亡的消息。維林德小姐很嚴肅地宣稱，自從羅珊娜到我們宅邸工作以來，她從未私下跟羅珊娜說過話。在鑽石遺失的那一晚，她並沒有跟羅珊娜碰過面，即使巧遇擦身而過也沒有。從星期四早上大家發現鑽石不見以後，直到星期六午後維林德小姐離開宅邸，這之間她們兩人也都沒有說過話。以上是在我突然告知我女兒羅珊娜．史皮爾曼自殺之後，從她那裡得來的說法。」

我唸到這裡，抬頭看了看警佐，問他到此為止有什麼想法。

「如果我說出我的看法，恐怕只會讓你不高興。」警佐回答。「貝特瑞吉先生，請繼續吧。」他用一種非常令人惱怒的方式說：「請繼續。」

我想起他這個人竟敢厚顏無恥地抱怨我們園丁是非常固執的人，一聽到他說「請繼續」時，我幾乎想要回嘴。不過這一次我體內那好基督徒的本性阻止了我。我繼續唸夫人的信件：

「我依照警佐的想法，測試過維林德小姐以後，也用我的方法試圖打動她。在我女兒離開宅邸前，我曾經兩次私下提醒她，她的行為讓人嚴重懷疑她是否做出了有辱自己身分地位的罪行。此時我告訴她，我的擔憂已經成真了。

「對此她鄭重提出明確的宣言：第一，她從未欠過任何人錢；第二，自從星期三晚上將鑽石放進櫃子，鑽石就不在她手中了。

「以上這些就是我女兒所告訴我的全部內容。當我問她是否知道鑽石是如何遺失的，她始終頑固地保持沉默。我請求她為了我，將事情的真相說出來，但她含著眼淚拒絕了。『有一天妳會知道，我為什麼不顧自己被懷疑是小偷，也要選擇保持沉默，甚至連妳都不能說。我之前做了很多錯事，或許會讓妳同情我，但我從未做過讓妳覺得羞恥的事情。』以上就是我女兒告訴我的話了。

「經過我跟警佐的討論以後，我認為（雖然他對我們來說是陌生人）我應該要告知他維林德小姐說了些什麼話。請你把這封信的內容唸給他聽，然後將有我署名的支票交給他。我雖然解除了他之後的任務，但我信任他的誠實和智慧；不過我也相信，發生在這宅邸裡的狀況誤導了他。」

信在這裡結束了。我將支票交給考夫警佐之前，問他還有什麼話要說。

「貝特瑞吉先生，」他回答：「當案件結束以後，我就沒有必要再提出我的意見了。」

我隔著桌子將支票扔向警佐，有些忿忿不平地說：「你相信夫人在信裡說的**那**部分吧？」

警佐看了看支票，從支票上的數字知道夫人的大方時，不禁揚起他憂鬱的眉頭。

「這數字實在是很慷慨呢。」他說：「我甚至覺得我應該要多回報些什麼。貝特瑞吉先生，我會記得這數字的，等需要我回報的時刻到來，我就會想起夫人曾對我有多慷慨。」

「你這是什麼意思？」我問。

「夫人用很聰明的方式暫且平息了事件。」警佐說。「不過像**這種類型**的家族醜聞，總會在你意想不到的時刻爆發出來。幾個月後，我們就會有更多調查要做了。」

他的話語和說話時的態度，指出了以下的事實：夫人的信件內容更讓他證實了，瑞秋小姐的表現又再加深她的嫌疑，而且她還說了一連串可惡的謊言來欺騙她的母親（有哪個女兒會在這種狀況下欺騙自己的母親？）。我不知道其他跟我處於同樣立場的人，聽了警佐這樣說會怎麼回應。但我這樣回話了：

「考夫警佐，我認為你說的話是對夫人和她女兒的侮辱。」

「貝特瑞吉先生，請把我說的話當作一種警告，這麼一來你就會更接近目標了。」

儘管我又氣又怒，但一聽到他給我的可憎的回答，不禁閉上了嘴。

我走向窗邊，讓自己冷靜下來。雨已經停了，我看到園丁貝格比先生就在外頭的庭園，等著跟考夫警佐繼續辯論有關犬玫瑰的事情。

「為了表達我對警佐的敬意，」貝格比先生一看到我就說：「如果警佐想要走路到火車站，我會陪他一起去的。」

「什麼？」在我身後的警佐大叫：「你還沒被我說服嗎？」

「我一點也不相信。」貝格比先生回答。

「那我會走路到車站去。」警佐說。

「我在大門那兒等你。」貝格比先生說。

各位讀者想必看得出來，我先前氣得不得了，但被這麼一打斷，我還能再生氣嗎？考夫警佐注意到我情緒上的變化，還多說了一句話推波助瀾。「別這樣。」他說：「你為什麼不像夫人一樣，批評我對這個案子的想法？你怎麼不說，發生在這宅邸裡的狀況誤導我了？」

就算是考夫警佐本人提出這種要求，但能做到先前只有夫人可以做的事情，我就已經感到很愉快了。我冷靜下來，讓自己回復到平常的狀態。我試圖用一種高高在上，蔑視的態度，而非從夫人的角度，去看待瑞秋小姐的事情。但我唯有一件事做不到，那就是把月光石趕出腦海。我的直覺告訴我，我應該不要再去想月光石事件了，但是我跟現在的新世代不一樣，無法將這兩件事情分開。考夫警佐說的話擊中了我的痛處，雖然我蔑視他這個人，但那被擊中的部位到現在還在隱隱作痛。最後我倔強地將話題引回夫人的信件內容。「我覺得我的想法是對的。」我說。「不過你別管我是怎麼想。你繼續說，我可以接受你的反駁。你認為瑞秋小姐說的話不可信，還說我們接下來得繼續處理月光石事件。警佐，你再說說你的觀點吧。」我很輕率地下了結論：「說說你的觀點呀。」

考夫警佐並沒有覺得不高興，他反倒握住我的手，很用力地搖了搖，直到我的手指都開始覺得疼了。

「我對天發誓，」這位奇怪的警官用鄭重的語氣說：「貝特瑞吉先生，若是我還有機會與你共事，我明天就會開始做僕人的工作了。先生，如果我說你就像個孩子一樣坦率，那可是對大部分小孩子的過度稱讚，這些小孩當中十之八九根本都不配。別這樣，我們不要再爭辯了。我對夫人還有維林德小姐的事情無話可說。不過為了你好，我可以給你一個預告。我已經警告過你，你之後還必須再處理有關月光石的事情。現在面臨離別之際，我要告訴你未來會發生三件事情；不管你喜不喜歡，你都會注意到這三件事情的。」

「你說吧。」我滿不在乎地輕率說道。

「第一件事，」警佐說：「下星期一，郵差將羅珊娜的信寄送到柯伯洞時，你會從約蘭德家人那兒得到一些消息。」

即使他對我潑一桶冷水，我可能都不會覺得像現在聽到他說這些話時那麼不愉快。瑞秋小姐堅稱她自己是無辜的，這也讓羅珊娜種種奇怪的作為（做一件新的睡袍，試圖隱藏沾有污漬的睡袍等等）都變得無法解釋了。直到此刻考夫警佐強迫我回想，我才突然想到原來還有這件事情沒有解決。

「第二件事，」警佐繼續說：「你還會再聽到那三個印度人的事情。若瑞秋小姐還留在法蘭茲霍爾，你就會聽說他們也在法蘭茲霍爾；若瑞秋小姐到了倫敦，你就會聽說他們也到了倫敦。」

我對那三個印度戲子已經完全失去興趣，而且我深信瑞秋小姐是無辜的，所以我認為這兩個預言其實很簡單就能預測。「這兩件事情說到這裡就好了。」我說：「你再說第三件事情。」

「第三件，也是最後一件事，」警佐說：「你遲早都會聽到有關那位倫敦放款金主的事情（我先前有兩次提過這個人了）。請你給我你的筆記本，我會在上頭寫上這個人的姓名跟地址；若事情真的發生了，你就會知道我說的完全沒錯。」

他在空白的頁面寫下：賽提穆斯．路卡先生，倫敦，蘭貝斯，米德賽克斯區。

他指了指地址：「這是我最後一次跟你提有關月光石的事情了。時間會確認我說的到底是對還是錯。在我離開之前，先生，我向你表達我個人對你的喜愛。如果在我從警官退休之前，我們都沒有機會再見面的話，希望你可以造訪倫敦近郊的一棟小房子；我最近看上了這棟房子，正想把它買下來。貝特瑞吉先生，我會在那花園裡面做一條草地步道，然後種上白色的苔蘚玫瑰……」

「你如果想要種好白色的苔蘚玫瑰，就得先將玫瑰移植到犬玫瑰上頭。」從窗外傳來喊叫聲。

我們兩人同時轉身。永遠精力旺盛的貝格比先生，為了早點跟警佐爭辯有關玫瑰的事情，因為在大門那兒等太久，已經等不及地來到這裡找人。警佐用力地握了握我的手，接著就跑到庭園去，整個人看來熱血沸騰。「等他回來的時候，你再問問他對苔蘚玫瑰有什麼看法，我會讓他徹底改變自己的觀念的。」他回身朝向窗戶揮手，一邊喊道。「兩位男士，冷靜點！」我像之前一樣，試著緩和兩人之間劍拔弩張的氣氛。

「有關於苔蘚玫瑰，你們兩位要討論的還很多呢！」但我想我很可能是對牛彈琴（就像愛爾蘭人說的那樣)。這兩人一起離開,一邊走一邊激辯玫瑰的事情,互不相讓。我最後看到他們時,貝格比先生固執地搖頭,而考夫警佐抓住貝格比先生的手臂,好像要抓住犯人一樣。啊,好極了!雖然我其實很討厭警佐,但此刻我卻不得不說我挺喜歡他的。

若各位讀者有能耐的話,請你解讀一下我此刻的想法吧。不過你們很快就能擺脫我這矛盾的心情了。等我向各位說完法蘭克林先生離開宅邸的事情之後,星期六的事件就告一段落了。下一週會發生一些新的事件,不過我主要負責的部分已經完成了,我會把任務交接給下一個被指定的人。若你跟我一樣,已經厭倦我的描述,只要再過幾頁,我們就都可以解脫了。

23

我讓馬車隨時處於待命狀態,以便在法蘭克林先生堅持那天晚上坐火車離開時派上用場。當我看到法蘭克林先生提著自己的行李出現,就明白他這一次是鐵了心了。

「先生,你已經決定了嗎?」我們在大廳遇到時,我這麼說。「你為什麼不多等一兩天,給瑞秋小姐一個機會呢?」

法蘭克林先生外表那些不屬於他的虛飾似乎有些褪色,現在正是該說再見的時刻了。他沒有回答我一句話,只是將夫人給他的信放在我手中。這信件的內容有大部分都跟寫給我的一樣,但是在信的結尾,提及一些瑞秋小姐的事情,而正是這些內容讓法蘭克林先生下定了決心。夫人在信上寫道:

我說啊，你可能會覺得奇怪，為什麼我容許女兒對我保持沉默。一顆價值兩萬英鎊的鑽石不見了，有人向我暗示，我女兒知道鑽石失蹤的真相，但她卻為了某些我不知道的人、我不瞭解的事情，而必須保持沉默。我為什麼要任自己被這些事情煩擾？如果考慮到瑞秋目前的狀況，或許你就可以理解了。她現在正處於精神緊繃的狀態，我看著都覺得可憐。直到時間過去，在她心情平靜下來以前，我都不會再拿月光石的事去煩擾她。因為這樣，我解除了那位警官的任務。這件神秘案件不僅讓我們，也讓他很困擾。但這卻不是個能讓陌生人幫助我們的事件。他的存在只是增加我的煩憂，也讓瑞秋每次一聽到他的名字，就變得更歇斯底里。

我對未來的計畫已經底定了。我想要帶瑞秋到倫敦去，一方面希望換個環境能讓她的心情輕鬆一點，另一方面是想要尋求更好的醫療諮詢。你可以到法蘭茲霍爾來跟我們會合嗎？親愛的法蘭克林，我想你得要跟我一樣，耐心等候，直到適當的時機到來。以瑞秋如今糟透的心理狀況來看，她還是無法原諒你協助調查鑽石遺失的事情。雖然你盡力去協助調查，但或許是輕率行事，你在不知情下試圖暴露她不欲人知的秘密，反倒加重了她的焦慮。我無法為你所做的事情辯解，但這狀況是我們兩人都始料未及的。我沒有辦法用理智去說服她，只能同情她目前的狀況。我很遺憾我得要這麼說，但我覺得就這個情況來看，你最好跟瑞秋分開一陣子。我唯一能給你的建議就是，請多給她一點時間吧。

我將信交還給法蘭克林先生，心中為他感到無限遺憾，因為我很明白他有多麼喜歡瑞秋小姐。我也看到夫人轉述瑞秋小姐目前的狀況，讓他心裡受到了很大的傷害。

「先生，你知道一句俗話，」我只能對他說：「否極泰來。法蘭克林先生，事情不會比現在更糟的了。」

法蘭克林先生將信件摺起來，我的大膽勸慰似乎沒什麼用處。「我帶著那顆可怕的鑽石從倫敦來到這裡時，」他說：「我覺得這是全英格蘭最幸福快樂的一個地方。但你現在看看這裡變成什麼樣子！四散各方，分崩離析，這宅邸的氛圍已經被謎團跟懷疑給佔據了。你記得那天早上在顫抖沙灘，我們兩人在討論我那個韓克索舅舅，跟他的生日禮物的事情嗎？貝特瑞吉，月光石用中校也沒有預料到的方式幫他復仇了！」

他說完以後，跟我握個手，就走到外頭的馬車上。

我跟著他走下台階。看著他就這樣離開，我心裡感覺很悽楚；過去待在這宅邸的時光，可說是他這一生中最歡樂的時刻。潘妮洛普也過來了，一邊哭（她因發生在這宅邸裡的事情而覺得極度悲傷沮喪）一邊向法蘭克林先生告別。法蘭克林先生吻了她一下。我對他揮手，好似在對他說：「先生，我們永遠歡迎你過來。」有些女僕也出現了，躲在角落偷看法蘭克林先生的離去。他就是那種很討女性歡心的男人。他要離去的前一刻，我停下馬車，請求他之後要寫信給我們。他似乎沒留意到我在說什麼，只是用雙眼瀏覽周遭的一切，用自己的方式向這棟宅邸和這片庭園告別。「先生，請你告訴我們接下來你會去哪裡吧。」我抓住馬車的轠繩說道，希望瞭解他未來有什麼計畫。法蘭克林先生突然拉下帽子，讓帽簷遮住眼睛。「去哪裡？」他重複我說的話。「我要去地獄！」他剛說完，馬兒就邁步開跑，似乎牠也像基督徒一樣，對那可怕的字眼感到恐懼。「不管你去哪裡，先生，上帝保佑你！」在他的馬車離開我的視線之前，這是我唯一能對他說的話了。他是一個親切可愛、令人愉快的紳士。雖然他有缺點，也有傻傻的一面，仍是個對人親切、和藹可親的人。但他離開夫人的宅邸時，帶著深深的悲傷。

在那個星期六，長長的夏日就在沉寂與鬱悶的氣氛當中結束了。

為了不讓自己情緒再低落下去，我去抽我的菸，看我的《**魯賓遜漂流記**》。女僕們（除了潘妮洛普以外）以談論羅珊娜的自殺方式來消磨時間。她們固執地相信是羅珊娜偷了月光石，然後因害怕被發現是自己做的而畏罪自殺。當然我女兒很快就說，她堅持先前的看法，但她所認為造成羅珊娜自殺的動機無法解釋一切，一如瑞秋小姐也無法完全證明自己的無辜。若事情真如潘妮洛普所說的，也無法說明羅珊娜為什麼要偷偷到法蘭茲霍爾去，還有她為什麼要做一件新的睡袍。但就算對潘妮洛普指出這幾點也是沒用的；我提出這些反駁，就像是在防水布上淋水，對她毫無影響。事實就是，我女兒遺傳了我的理性，而以成果來看，她甚至遠遠勝過自己的父親。

第二天（星期天），載著瑞秋小姐前往亞伯懷特家那輛有篷蓋的馬車，空車回到宅邸來。車夫帶了夫人的訊息，要交給夫人的侍女和潘妮洛普。

從信件內容得知，夫人決定在星期一帶瑞秋小姐到倫敦的房子去。夫人還指示兩位侍女幫忙打包一些必要的衣物，然後在指定的時間到倫敦去跟她們會合。宅邸裡的僕人大多數也都要移動到倫敦去。夫人發現，瑞秋小姐因為宅邸裡發生的事情，而不願意回到這裡，所以她們會直接從法蘭茲霍爾到倫敦。我得留在這裡看顧宅邸裡裡外外，直到接獲進一步指示。跟我一起留在宅邸的僕人們，會提供膳食工資。

我同時想起法蘭克林先生曾說過，這宅邸裡的人已四散各方，分崩離析。很自然地，我又想到法蘭克林先生。我越是想著他的事情，就越是為他的未來擔憂。最後我決定寫封信給他父親的貼身男僕傑夫可先生（前幾年有幸認識他），請他告訴我，法蘭克林先生回到倫敦以後都在做什麼。

星期日的傍晚，比星期六傍晚還要更鬱悶。和成千上萬生活在英倫群島的人們一樣，我們總是以固定方式結束每週一次的休息日；也就是說，我們的睡覺時間好像都會自動提前，就連坐在椅子上都能睡著。

我不知道星期一發生的事是不是也讓宅邸裡其他人動搖了，但**我**可是受到了重重的打擊。考夫警佐所說的第一個預言實現了——我從約蘭德家的人那兒得知了有關羅珊娜的消息。

那一天，我送夫人的侍女跟潘妮洛普到車站去，她們會帶著行李去倫敦跟夫人會合，接著我就待在庭園裡處理瑣事。在這個時候，我聽到有人叫喚我的名字；轉過身，看到了漁夫的女兒「跛腳露西」。她走路一拐一拐的，身材異常的瘦（我覺得過瘦對女人來說是致命的缺陷），不過她卻擁有其他能夠取悅男人的特質。她的膚色略黑，神情敏銳，有張聰明的面相，說話時聲音溫和且清晰，那一頭柔軟漂亮的棕色秀髮也是她的優點之一。她腋下夾著的拐杖說明了她是個不幸的女孩，而她火爆的脾氣可說是她所有缺點當中最突出的一個。

「妳好，親愛的。」我說：「找我有什麼事嗎？」

「那個叫法蘭克林．布萊克的人在哪裡？」她將身體靠在拐杖上，一臉嚴厲地望著我說。

「妳用這種方式說一個紳士，是很不禮貌的。」我回道。「如果妳想要找夫人的外甥，請妳稱他為法蘭克林．布萊克**先生**。」

她一跛一跛地朝我走近，臉上一副隨時要把我生吞活剝的神情。「法蘭克林．布萊克**先生**？」她複述我的話。「說他是兇手法蘭克林．布萊克還比較適合他。」

我以前應對已故的貝特瑞吉太太的方式，可以在此時派上用場了。如果女人想要惹你生氣，你只要扭轉局勢，讓**她**也生氣就好了。她們通常已經準備好怎麼對付你發出的所有防禦，但卻不知道該怎麼應付你的挑釁。只要一句話，勝過千言萬語；我只要說一句話就足以對付跛腳露西了。我一副很愉快的樣子看著她的臉，然後說：「呸！」

那女孩隨即發怒了。她將身體重心擺在完好的那隻腳上，接著舉起拐杖，憤怒地在草地上敲了三下。「他是兇手！他是兇手！他是兇手！羅珊娜．史皮爾曼就是因為他才死的！」她用很大的音量喊出這些話來。有一兩個在附近庭園做事的人，都將眼神轉過來看我們在做什麼。當他們發現說話的人是跛腳露西，預期到會是什麼狀況時，又將眼神轉回去。

「羅珊娜．史皮爾曼是因為他才死的？」我重複她說的話。「妳為什麼會這麼說？露西。」

「你又在乎了？有任何人在乎嗎？啊，如果她對其他人的看法跟我一樣，現在就還活著了。」

「她一直都覺得**我**是個好人。」我說：「我也盡力對**她**親切。」

我盡可能用一種安撫的語氣說話，並不想用什麼機智的話語去羞辱這個女孩。先前我只注意到她的壞脾氣；現在我注意到她的不幸。對一個低下階層的人來說，這種不幸只會導致他們變得厚顏無恥。我說的話觸動了露西。她垂下頭，靠在拐杖頂端。

「我很愛她。」露西輕聲說。「貝特瑞吉先生，她這一生過得很悲慘，有一些可惡的傢伙對她很不好，而且還讓她走上岔路。可是即使如此，她的個性還是這麼溫和甜美。她簡直就是個天使。她如果跟我在一起會比較快樂吧。我還計畫我們可以像姊妹一樣到倫敦去，靠做針線活討生活。但是那個男人來這裡以後，就把一切都搞砸了。他迷惑住羅珊娜了。你不要說他無意這麼做，甚至沒有注意到羅珊娜的心意。他應該知道的。他應該要同情她一下。『沒有他，我活不下去，露西。可是他從沒正眼看過我。』她就是這麼說的。太殘酷了，太殘酷了，太殘酷了。我說：『妳不需要為個男人這麼苦惱。』但她說：『有些男人就是值得妳豁出性命，露西，而他就是其中一個。』我存了一點錢，也跟父母親都說好了，我真的希望能帶她離開她悲慘的處境。我們應該可以住在倫敦的小房子裡，像姊妹一樣生活。先生，你也知道，羅珊娜受過很好的教育，寫得一手好字。她做針線也很靈活。我也受過很好的教育，能寫一手好字。我做針線雖然沒有她這麼靈活，但也做得很不錯。我們可以靠自己生活得很好。可是，今天早上是怎麼了？今天早上發生什麼事了？我收到她寄來的信，她說她活不下去了。她寫信來跟我訣別。那個人在哪裡？」那女孩大叫，抬起靠在拐杖頂端的頭，淚眼當中再度散發出怒氣。「那個我一點都不想以禮相待的紳士在哪裡？哈，貝特瑞吉先生，窮人站起來跟富人對抗的日子不遠了。我向上帝禱告，希望第一個被對付的人就是**他**！我向上帝禱告，希望第一個被對付的人就是**他**！」

在我面前的，是一個好基督徒，但這也是一個好基督徒被逼迫到極點時，所展現出來的崩壞。就算是牧師（雖然我知道關於這件事有很多意見）也沒辦法在這種狀況下對這女孩說教。我唯一能做的，只是提醒這女孩她的重點在哪裡，希望藉此讓她說出些什麼來。

「妳希望法蘭克林．布萊克先生做些什麼？」我問。

「我想要見他。」

「有什麼特別的事要跟他說嗎？」

「我有封信要交給他。」

「是羅珊娜．史皮爾曼寫的？」

「是的。」

「她連同要給妳的信，一起寄給妳嗎？」

「是的。」

我心底那模糊而晦暗的情緒是不是又要冒出來了？這些我渴求知道的事情，是不是就像有自己的意志般，一個一個出現在我面前？我等了一會兒。考夫警佐雖然離開了，但卻把病毒給留了下來。這些徵兆和預示都讓我心裡的偵探病又開始發作了。

「妳沒辦法見到法蘭克林先生。」我說。

「我必須，也一定要見他。」

「他昨晚到倫敦去了。」

跛腳露西很用力地瞪著我的臉，然後發現我說的是實話。她不發一語，突然轉身走向前往柯伯洞的方向。

「妳等等！」我說。「我明天應該會收到法蘭克林．布萊克先生在哪裡落腳的消息。請妳把信給我，我會幫妳把信寄過去給他。」

跛腳露西把身體靠在拐杖上，回身看著我。

「我要親手把信交給他。」她說。「我不會用其他方式把信交給他。」

「需要我先寫信把妳說的事情告訴他嗎？」

「告訴他我恨他，這樣你就跟他說實話了。」

「好，好。可是信呢？」

「如果他想要這封信的話，他就得回到這裡來，從我這裡把信拿走。」

她說完以後，一拐一拐地朝柯伯洞的方向走去。我體內的偵探病已經高燒到足以燃光我的尊嚴了。我跟著她一起走，試著想要讓她再多說些什麼。但完全沒有用。我身為男人是我的不幸，而跛腳露西可是很喜歡讓男人失望的。那天稍晚一點，我試著從她母親那裡打聽些什麼，但善良的約蘭德太太卻只是哭，一邊從酒精當中獲得安慰。我在海岸邊找到漁夫。他說這真是一個「很爛的工作」，然後繼續修補他的漁網。不管是露西的父親或母親，他們知道的都不比我多。唯一的機會，就是等到明天早上，寫封信給法蘭克林．布萊克先生，告知他信件的事情。

請各位讀者想像一下，星期二早上我是懷著什麼樣的心情在等待郵差過來。當天郵差帶來兩封信，一封是潘妮洛普寫給我的（我沒什麼耐心細看這封信），告訴我夫人和瑞秋小姐已經平安在倫敦落腳了。另一封是來自傑夫可先生，他在信中告知，他主人的兒子已經離開英格蘭了。

似乎法蘭克林先生一到倫敦就直奔他父親的住處，但他到達的時間卻很不湊巧。老布萊克先生最近專注於他在下議院的工作，當天晚上則在自家享受他們稱為「私人草案」的議會遊戲。傑夫可先生親自帶著法蘭克林先生到他父親的書房。「親愛的法蘭克林，你怎麼突然回來了？發生什麼事了嗎？」「是的，瑞秋出了點事，而這件事讓我極度沮喪。」「我很難過。可是我現在很忙，沒辦法跟你談這個。」「你什麼時候有空？」「親愛的兒子，我不會騙你的，等議期結束我就有空了。再過一陣子就行了。晚安。」「謝謝你，晚安。」

根據傑夫可先生告訴我的，以上就是父子倆在書房的對話。出了書房以後，法蘭克林先生和傑夫可先生的對話也很簡短。「傑夫可，明天早上幾點有臨港列車？」「早上六點四十分，法蘭克林先生。」「你在五點叫我起床。」「你要出國嗎？先生。」「傑夫可，我會搭上火車，任它把我帶到隨便哪個地方都好。」「需要我告訴你父親這件事嗎？先生。」「是的，請你在議期結束的時候告訴他吧。」

第二天早上，法蘭克林先生就出發到國外去了。至於他會到哪裡去，沒有人（包括他自己）知道。下次聽到他的消息時，他可能是在歐洲、亞洲、非洲或美洲。根據傑夫可先生所言，他有可能去全世界四大洲的任一個地方。

這個消息讓我想要挖掘真相的行動停滯了下來（我沒辦法讓跛腳露西和法蘭克林先生見面）。潘妮洛普相信是得不到法蘭克林先生的回應，羅珊娜才自殺的；這個觀點目前已經獲得證實了。至於羅珊娜在死前留給法蘭克林先生的信件中，是否向他告白了自己那幾天的作為，確實是為了吸引他的注意（一如法蘭克林先生所推測的），這件事就不得而知了。不過也可能她只是單純地向法蘭克林先生告別，向這個她一生可望不可及的人訴說自己悲苦的暗戀。也可能她會說明自己從月光石遺失，直到她在顫抖沙灘死去，那幾天之間的詭異行動（考夫警佐所觀察到的）。這封被封起來的信仍留在跛腳露西手中，其內容不僅是我，所有認識她的人，連她的父母親，都無法得知。我們所有人都認為，跛腳露西應該知道這個死去女人的秘密；我們也試著想讓她說出來，可是沒有人能成功做到。僕人當中有幾個人（她們仍然堅信是羅珊娜偷了月光石）試著到她去過的岩塊附近窺探，不過卻什麼也沒找到。潮起潮落，夏日靜靜走過，秋日悄悄來臨。吞噬了她軀體的流沙，依然守著她的秘密。

從星期二早上收到的信件，我得知法蘭克林先生在星期日早上離開英格蘭，以及夫人和瑞秋小姐在星期一下午到達倫敦的消息。接下來是星期三，那天沒有什麼事發生。然後星期四時，潘妮洛普捎來了新的消息。

我女兒的信上提到，在看過幾位倫敦的名醫之後，他們收了診療費，但只建議瑞秋小姐應該要做點別的事情，轉換心情。比如去看花展、歌劇，以及參加舞會等等，倫敦有各種各樣的活動。而出乎她母親意料之外的是，瑞秋小姐顯得興致高昂，高佛瑞先生也一起出席活動。在她生日那天，高佛瑞先生試圖求婚時，受到瑞秋小姐的冷漠對待，但高佛瑞先生還是一如往昔的親切熱情。高佛瑞先生得到瑞秋小姐親切的招待，且也讓瑞秋小姐成為他女性慈善機構會員中的一員；這件事倒是讓潘妮洛普感到扼腕。據說夫人的精神不是很好，她還跟律師做了兩次長談。信中也寫到家族裡貧窮親戚的事情，其中一個是有關於克拉克小姐。之前在生日晚宴時我有提到這位，她當時坐在高佛瑞先生的隔壁，非常喜歡喝香檳。潘妮洛普很驚訝，克拉克小姐沒有被邀請到倫敦的宅邸。要是在以前，她應該會馬上就過來，黏在夫人身邊。接下來的內容冗長且不知所云，一如女人家在互相嘲弄一樣。這些都是不值一提的小事，除了一件事情以外。我聽說等我的部分結束以後，接下來會是由克拉克小姐說明事件。我先在這裡誠懇地告訴各位讀者，請不要相信克拉克小姐所說的任何一句話，尤其是當她提到我的事情的時候。

星期五也沒有什麼事發生；除了我們的一隻狗後耳部出現皮膚病徵兆。我給牠擦了鼠李的汁液，讓牠吃些清湯和蔬菜。很抱歉，提這件事似乎有些離題了。請跳過這一段吧。我會盡快把這部分結束，免得冒犯了各位讀者的耐心。不過，狗兒真是很好的夥伴，如果生病了我也會幫牠們治療的。

星期六是這一週的最後一天，也是我的記述的最後一天。

那天早上，我收到一份倫敦的報紙，其內容讓我驚愕不已。我看到上頭寫地址的筆跡，覺得相當困惑。從我的筆記本當中抽出寫著倫敦金主姓名和地址的那張紙，對照之後發現，那確實是考夫警佐的筆跡。

發現這份報紙是警佐寄來的之後，我翻閱內容，看到其中一個警察相關的報導被圈了起來。以下我會將報導內容寫出來，讓各位讀者瞭解，為什麼考夫警佐要特地將這份報導送給我看。

蘭貝斯訊：今日法庭關門前，著名的古董寶石、雕刻品、凸紋寶石……交易商賽提穆斯・路卡先生向地方法官提出訴求。當事人說明，他一整天受到幾名遊蕩街頭的印度流浪漢騷擾。騷擾當事人的印度人共有三名。這幾名印度人曾幾次被警察趕走，但又幾度回來，甚至進入店中假裝行乞。印度人被警告不可在店門前出現，但隨即又讓人發現在建築物後頭鬼鬼祟祟觀望。路卡先生表示，除了受到騷擾，他也懷疑這些印度人企圖搶劫。路卡先生店內的收藏品中，包含許多古代及東方珠寶，皆是極為高價的物品。路卡先生前幾天才解雇了一位在他店內工作的象牙雕刻職人（出身自印度），因為對方試圖行竊；他懷疑這位前員工有可能與那幾個印度流浪漢共謀，計畫在街上聚集群眾，引發騷動，接著趁亂入侵他的店。面對法官的詢問，路卡先生承認他沒有證據可證明這些印度人試圖行搶。他只能說明這些印度人的騷擾，除此之外，沒有其他證據。法官回答，若印度人持續對路卡先生進行騷擾，他可依法將這些印度人帶到法庭來。至於路卡先生店內的昂貴收藏品，則需要由路卡先生自己好好保管。法官會與警察溝通，請他們特別注意店鋪附近的狀況。當事人之後向法官道謝，並離開法庭。

我記得有個古代賢人說過（我忘了他是在什麼狀況下說出這句話的），他曾建議自己的同胞要「看到最後」。我看著我這份記錄的最後幾頁，思考著這幾天來我是怎麼寫的，發覺我的記錄已經來到尾聲了。我們經歷了月光石事件所帶來的各種驚異，而我們也以最大的驚異做為這份記錄的終結，那就是——考夫警佐所預言的三件事情，全都在不到一個星期之內出現了。

星期一，我從約蘭德家的人那兒聽說了信件的事情之後，又從來自倫敦的報紙知道了那三個印度人和放款金主的事情；請別忘記此時瑞秋小姐也待在倫敦。各位讀者，儘管這跟我的個人感想完全相牴觸，但我還是把這些不利的證據都寫出來了。各位看了這些證據以後，選擇相信警佐的話，我也不怪你們會這麼想；依照理性思考去推論，各位一定會覺得瑞秋小姐與路卡先生有所接觸，而現在月光石已經被抵押在那金主的店鋪裡了。雖然謎團尚未全部解開，但我也只能帶領各位到這裡為止，接下來我就得結束我的記述了。

為什麼我得在這裡結束？為什麼不是由我帶著一路跟我走到這裡來的讀者們，一同解開謎題呢？

為了回答這個問題，我必須說明，我是在命令之下行事，這個命令告訴我，我得要說明的是事件的真相。但是我不可以說出太多當時我還不知道的事情。或者，說得更白一點，我只能告訴各位我當時的親身經歷，而不能轉述別人告訴我的事情；因此接下來將由其他人說明他們自身的體驗。這個記錄月光石事件的計畫，重點不是在記錄事件本身，而是在記錄幾位目擊證人的證詞。我想像，在五十年後，這個家族的人閱讀這份記錄時會是什麼樣子。老天，他會覺得自己身負重任吧。因為他被要求不可僅靠傳聞做判斷，還必須像個開庭的法官一樣，要親自檢視證人的各種證詞。

我們就要在這裡道別了。我希望在經歷過這麼長的旅途之後，我們雙方都會將彼此當作夥伴一樣。那顆來自印度的邪惡鑽石已經到了倫敦去；而各位讀者也該跟著它一起去倫敦，把我留在鄉下的宅邸吧。請原諒我這份記錄裡頭的一些缺失；我談了太多有關我自己的事情，也用跟各位讀者很親近的口氣說話。我不想造成任何傷害；也讓我在剛吃完飯後敬你一杯啤酒（這是夫人的收藏品），祝你身體健康，生意興隆。希望你可以從我所記錄的這幾頁文字當中，找到**魯賓遜**在荒島的經歷中獲得的教訓；「我們唯一可以找到聊以自慰的東西就是，將記錄上的『福』與『禍』，都放在帳面上的『貸方』。」再見了，各位。

第二部

發現真相（一八四八～一八四九）

該事件由幾個記述組成

第一份記述
——記述者為約翰・維林德爵士的表姪女克拉克小姐

1

我之所以能成為一個生活規律、有秩序的人，都要歸功於雙親（兩位都已經去世了）早年對我的教育。

在那早已逝去的歡樂過往，父母親提醒我，隨時都要把頭髮梳理整潔，然後在上床休息前，要將每一件衣服都仔細摺疊整齊，用相同的順序，放在床角同一個角落的同一張椅子上。在摺疊衣服之前，我總是會在我的小日記上先記下當天發生的事情；摺完衣服以後，則是唱一首夜晚的搖籃曲。唱完搖籃曲，我才能進入甜美的夢鄉。

長大之後（天哪），睡前的搖籃曲變成悲傷且苦澀的沉思，原本令人愉悅的睡眠也常常變得輾轉難眠。雖然如此，我還是維持早晚摺疊衣服跟寫日記的習慣。摺疊衣服的習慣可以讓我回想起愉快的童年（在我父親過世以前）；至於寫日記的習慣（寫日記可以讓我每天過著規律的生活，避免亞當遺傳至我們身上的懶惰缺陷出現），意外地竟在我沒有預料的方面幫上忙。沒想到貧窮的我竟然能替嬸嬸娘家那邊的有錢親戚做點事，我真是有幸能幫得上法蘭克林・布萊克先生的忙。

過去有段時間，我跟姻親之間沒有什麼聯繫。當我們過著孤立又窮困的生活時，常常會被周遭的人所遺忘。我現在因為經濟的緣故，住在布列塔尼的一個小鎮；這小鎮住著一群經過精挑細選、個性認真的英國人，我們還擁有一位無與倫比的新教徒牧師，跟一個便宜的小市場。

我在這裡過著隱遁生活，這裡猶如希臘佩特莫斯島一般，被包圍在天主教的凶猛海洋之中，卻收到一封來自英格蘭的信件。我發現，法蘭克林・布萊克先生竟想起我這微不足道的人。我這位富有的親戚（我也可以說他在精神上很富有）毫不掩飾地寫道，他希望我可以提供他一些東西。他之所以會有這些怪異念頭，是因為想起了那樁悲慘的月光石事件，希望我能記下當初在倫敦拜訪維林德嬸嬸時的所見所聞。他基於有錢人特有的體貼，會提供我一些金錢上的報酬。但我必須要重新挖開幾乎已被時間癒合的傷口，我也必須要回想起那令人傷心的記憶。而在這之後，我又得面臨另一種苦惱：我是否該接受法蘭克林・布萊克先生的支票。我的生性很脆弱，在我做為一個基督徒的謙遜，最終擊敗罪惡的驕傲和自我否定，決定要接受支票之前，我著實掙扎了好一段時間。

若是沒有我的日記，我懷疑自己有沒有辦法誠實地賺到這筆錢（原諒我用這麼低俗的表達方式）。因為有這本日記，我這可憐的勞工才得以拿到應有的報酬（我原諒布萊克先生用這種方式侮辱了我）。在我拜訪維林德嬸嬸的宅邸時，我記錄下所有發生的一切事情，每件事都依照日期記錄下來（感謝我早年養成的習慣），而且每件事我都寫得很詳細。我之所以這麼注重事實，完全是出於我對他人的尊重。布萊克先生可能很輕易就察覺到，我在這份記錄中，並沒有刻意恭維事件的相關人士。他可以用錢買到我的時間，卻無法買到我的良心。*

*附註：由法蘭克林・布萊克先生所添附。關於這一點，可以請克拉克小姐放心。她所寫的記述，以及所有我經手的其他記述，都不會被添加、修改或刪減。不管寫作者持有什麼樣的觀點，不管是不是出現

什麼奇特的論述，使得記錄的內容變得不是很好閱讀；儘管如此，沒有任何一字一句會被修改。這些都是真誠的記錄，由事件的目擊者闡述他們的證言。我唯一需要說明的是，克拉克小姐所描述的「事件相關人士」這一點，不僅可以看出克拉克小姐運筆時的犀利機智，無庸置疑地，還可以看到克拉克小姐本人特質的展現。

從我的日記當中我知道，一八四八年七月三日星期一，我偶然經過維林德嬸嬸位於蒙塔古廣場附近的宅邸。我看到百葉窗打開，窗簾也拉了起來，想說上前敲個門問候一下，是基本的禮貌。來應門的人告訴我，嬸嬸和她女兒（我實在無法稱她是我的表妹）在約一個星期前從鄉下來到這裡，並且想要在倫敦長住一段時間。我請人幫我送個訊息給嬸嬸，表示不想要在現在打擾她們，只是想問問有沒有什麼事情需要我幫忙。

應門的人用一種無禮的沉默接下我的訊息，然後讓我獨自在大廳等候。那女孩是個叫貝特瑞吉的老僕人的女兒；貝特瑞吉是個不信教的傢伙，而且在嬸嬸家裡待了很長很長一段時間，長到讓人難以忍受。我坐在大廳裡等候回應時，從包包裡的小冊子當中，挑出一本我覺得很適合給來應門的女孩看的內容。大廳很髒，我坐的椅子也很硬，不過一想到我能夠以德報怨，就覺得這點小事都不算什麼了。那本小冊子的內容，是在說明現在年輕女孩的裝扮有多麼墮落。它的書寫方式很平易近人，標題就叫做：「來談談你的帽飾」。

「夫人想要請您在明天中午兩點左右過來用餐。」

我忽略她傳達我嬸嬸訊息時的無禮，還有她用那種大膽無畏的眼神盯著我看的態度。我謝謝這個年輕的傲慢之徒，接著用一種好基督徒的誠心對她說：「妳可以看看這份小冊子嗎？」

她看了看標題說：「小姐，這份小冊子是男性還是女性寫的？如果是由女性寫的，我想我也不會想看。但如果是男性寫的，我想請妳告訴他，他對這件事根本一無所知。」她將小冊子交還給我，然後打開門。我們得要隨時種下善果。我等到門關上以後，將小冊子塞入郵件信箱內。我隔著欄杆把第二份小冊子塞進去後，覺得有些如釋重負，並自認已經盡了我對他人的責任了。

那天晚上，「母親的修改衣服會社」特別委員會有個會議。這個慈善機構的主要目標是（我相信所有嚴肅的人都已知道），拯救被不負責任的父親送去當舖的褲子，避免贖回的褲子被一些無可救藥的父母拿去直接裁掉，而修改成符合自己小孩身高的尺寸。當時我是這個特別委員會的成員之一；我會提及這個機構，是因為我那位高貴的朋友——高佛瑞．亞伯懷特先生，在精神上和實質上都幫助我們很多。那個星期一晚上，我本來很期待可以見到他，還打算在跟他見面時，告訴他我拜訪了維林德嬸嬸家的事情。但我很失望地發現他那天沒有到場。當我說我很驚訝亞伯懷特先生不在時，特別委員會的姊妹們紛紛停下手中修改褲子的工作（那天晚上工作量很繁重），抬頭看我，問我難道沒聽到那個消息嗎？在我發覺到自己的無知後，她們還告訴我一件事，這件事即成為這份記錄的開端。在上星期五，有兩位男士（雖然這兩位男士的社經地位大相逕庭）不約而同成為一起震驚倫敦暴行的受害者；這兩位男士分別是住在蘭貝斯的賽提穆斯．路卡先生，以及高佛瑞．亞伯懷特先生。

由於我目前隱居在鄉下地方，無法引述當時有關這起暴行的報導，也無法親自聆聽高佛瑞．亞伯懷特先生用他熱情的措辭說明事件經過。我能做的，只是重述那個星期一晚上她們告訴我的事情。一如以往，我在摺疊好我的衣物前，把這些事都記錄在我的日記裡。每件事物都要做得仔細整齊，且要放在該放的位置。寫這些文字的，是一個貧窮又虛弱的女人。而對這個貧窮又虛弱的女人，讀者還能期待些什麼呢？

那一天是一八四八年六月三十日星期五——再度感謝我親愛的父母親，我想沒有一部字典可以像我的日記一樣，這麼精準地記錄日期。

那一天，我們這位天賦異稟的高佛瑞先生，湊巧在倫巴底街的一間銀行兌現支票。他去的銀行名字被我不小心用墨水弄髒了；而我是個注重真相的人，所以就不在此做不負責任的臆測。不過很幸運的是，銀行的名字並不重要。真正重要的是，高佛瑞先生處理完事務以後遇到的事情。他要離開銀行時，碰巧在門口和另一位也正要離開的男士遇上，他和這位男士素未謀面，兩人都很有禮貌地想請對方先開門離開。對方堅持要高佛瑞先生先走，高佛瑞先生說了幾句感謝的話，然後兩人互相行禮，就在銀行大門前分道揚鑣。

那些輕率且膚淺的人一定會說，這一段描述裡有很多胡說八道的部分，是出自我個人荒謬的胡亂猜測。喔，我年輕的朋友，還有罪人同胞們，請注意不要隨便用你那世俗的頭腦來評價別人。喔，請你們在道德上保持純潔吧。讓你的信仰如同你的襪子，而你的襪子也如同信仰一般，你要讓這兩者都保持純潔無瑕，可以在必要的時候隨時穿上。

我向各位道歉，我又不知不覺陷入主日學模式了。對這種記述來說，這是最不恰當的寫作形式。讓我再回到世俗的一面吧。有時候最微小的事情，是會引發可怕的結果的。現在先告訴各位，那位有禮的陌生人即是來自蘭貝斯的路卡先生；我們先跟著高佛瑞先生回到他位於吉爾伯恩的家吧。

他發現大廳裡有個衣衫襤褸，但長相清秀的小男孩在等他。這男孩交給他一封信，表示自己是受一位不認識的老婦人所託，而老婦人並沒有要他必須等待高佛瑞先生的回應才可以離開。對於高佛瑞先生這種從事許多慈善事業的人來說，這種事情並非不尋常。他讓那男孩離開，然後打開這封信。

那是他從未見過的筆跡。信裡要求高佛瑞先生在一個小時之後，到位於史傳德區北杭伯蘭街的一棟房子，他以前從未有機會去過那一帶。寫信的老婦人表明，希望跟「母親的修改衣服會社」的經理人談談有關這個機構的事情。如果高佛瑞先生可以為她解惑的話，她會捐贈一大筆款項給機構。她在信中提及自己的名字，還說明她只在倫敦短暫停留，除了這個時間，恐怕沒有其他機會可以跟這位著名的慈善家會面。

一般人應該不會輕易就為一個陌生人修改自己的行程，但基督教的英雄對於做善事是不會有猶豫的。高佛瑞先生隨即出發前往北杭伯蘭街。一個看起來身分高貴、身材有些肥胖的人來應門，一聽說是高佛瑞先生，隨即請他到公寓後頭一個位於一樓的空房間裡。他一進入房間就注意到兩件不尋常的事：第一，他聞到隱約的麝香與樟腦的味道；第二，他看到桌上有一本打開的書，似乎是古老的東方手抄本，上頭繪滿了印度的人物和神祇。

他看著桌上的書，背對通往外頭房間那扇門，在背後完全沒有發出任何聲音的狀況下，他的脖子被人從後面勒住。而在眼睛被蒙住，嘴巴也被什麼東西塞住，並被兩個人（他猜測）制伏在地板上之前，他注意到勒住自己脖子的手臂是黃褐色的。第三個人搜索他的口袋，然後無禮地搜遍（身為一個女士，容我大膽使用這個字眼）他全身。

在此，我很高興地告訴各位，因為擁有虔誠的信仰，才讓高佛瑞先生得以在這麼恐怖的狀況下撐過難關。不過，或許像我這樣的女士，不適合在這裡談論像高佛瑞先生這樣地位的人受到那些暴徒怎樣粗魯的對待。就讓我們跳過幾分鐘，來到他們對高佛瑞先生那令人不快的搜身結束的那一刻。他們在搜身時完全保持沉默。做完搜身後，暴徒們對談了一些話。雖然高佛瑞先生完全不懂他們的語言，但可以從語氣中聽出來（他的耳朵是受過訓練的），他們感到很失望且憤怒。他突然從地板上被拉起來，推到椅子上，雙手和雙腳都被綁住。下一刻，他就感覺到有風吹進來。仔細聆聽了一陣子，他終於確認現在房間內只剩自己一個人。

過了一段時間，他聽到下方傳來一陣窸窣聲，好像女人的裙子拖過地板的聲音。那聲音上了樓梯，然後停下來。女人的尖叫聲劃破了空氣；下方有個男人的聲音喊道：「怎麼了！」然後聽到男人的腳步聲也上了樓梯。高佛瑞先生感覺到有人好心扯下蒙住他眼睛的繃帶，拉出塞在他嘴裡的東西。他很驚異地看著眼前兩個陌生人，問道：「發生什麼事了？」那兩個人回看著他說：「我們也正想問你發生什麼事了。」

無可避免地，那兩個人必須向高佛瑞先生說明發生了什麼事。不過，讓我再說得更精準一點。高佛瑞先生使用了些嗅鹽、喝了點水，稍微鎮靜下來，才開始聽那兩個人的說明。

根據這棟房子的房東先生與太太的證詞（夫妻兩人都頗受這一帶鄰居的敬重），這公寓的第一層和第二層樓在前一天租給了某位看起來相當高貴的紳士（那位紳士的樣貌就如同來幫高佛瑞先生應門的人）。租期一週，但這位紳士已預付一星期的房租，還多付了額外一週的錢，並告訴他們，這公寓是要給他三位從印度來的朋友暫住的，這三個人皆出身高貴，且是第一次來英格蘭。在發生暴行的稍早，其中兩位印度人就跟那位高貴的紳士一同待在這公寓裡。他表示第三個印度人將在不久之後過來，而他們的行李（據說體積相當龐大）則會在午後透過海關大樓送抵。

就在高佛瑞先生拜訪他們的十分鐘前，第三位印度人才剛剛抵達。就待在樓下的房東先生和太太所知，之後沒發生什麼特別的事情。五分鐘之前，他們看到那三個印度人和他們的英國朋友走出公寓，默默地走向史傳德區的方向。房東太太記得方才有位男士來訪，卻沒看到這位客人跟他們一起離開，很奇怪這位陌生人為何會獨自留在樓上房間。在跟丈夫稍微商量過後，她決定去看看是不是發生了什麼事。結果就如同我先前的敘述。以上就是房東先生和太太的證言。

接下來，他們調查了一下那個房間。高佛瑞先生身上帶的東西被丟得到處都是。不過把這些物品都收齊以後，卻發現一樣東西也沒丟；他的手錶、項鍊、皮包、鑰匙、手帕、筆記本，還有一些散得亂七八糟的文件，經過高佛瑞先生仔細檢查後，發現全都完好如初。同樣地，這公寓裡沒有一樣東西受損或被帶走。那些來自東方的貴族只拿了他們自己的那本繪本，此外什麼都沒帶走。

這是怎麼一回事？從一般世俗的眼光來看，高佛瑞先生是被一群不知名的人所害，但是不知為什麼他們搞錯對象了。在我們當中潛伏著不可見的陰謀，而我們這位親愛且無辜的朋友，不幸落入陷阱當中。看到像高佛瑞先生這樣虔誠、熱中慈善活動的基督徒，竟然會一腳踏入錯誤的陷阱裡，這對我們其他人是一種怎樣的警示啊！那些印度人有可能會趁我們鬆懈警戒時襲擊我們！

我可以針對這個主題寫一大篇熱忱的文章，不過（天哪）我沒辦法這麼做，因為我只能敘述這起事件而已。我那位有錢親戚給的支票（這對我來說是多麼沉重的負擔）提醒我，我還沒把這份記述完成。現在我得離開高佛瑞先生，讓他在北杭伯蘭街的公寓裡休息，回過頭來看路卡先生之後的狀況。

離開銀行以後，路卡先生因生意關係拜訪了倫敦好幾個地方。他回到自己住處時，發現有封信要交給他；據收信的人說，那信是一個小男孩送過來的。就跟高佛瑞先生的情況一樣，路卡先生也發現信上的筆跡很陌生，但署名的人卻是路卡先生的一位客戶。信件內容說（很顯然是請代理的第三者所寫），這位客戶因為突發事件而來到倫敦，目前落腳在圖騰漢廳路，艾佛瑞大廈的公寓裡。他希望可以馬上跟路卡先生見面，商談一筆交易。這位客戶是個熱心的東方古董收藏者，與路卡先生有多年的生意往來，可說是路卡先生建立他蘭貝斯店面的贊助者之一。我們怎麼可能會離開自己的衣食父母呢？所以路卡先生隨即叫了出租馬車，趕去見他這位客戶了。

高佛瑞先生去北杭伯蘭街時，發生在他身上的事情，同樣也發生在去艾佛瑞大廈的路卡先生身上。有位看起來身分高貴的人來應門，接著帶他到樓上後頭的起居室去，而桌上同樣攤著一本繪圖裝飾的手抄本。就跟高佛瑞先生一樣，路卡先生的目光也被這本美麗的印度藝術作品所吸引，這時有條黃褐色手臂勒住他的喉嚨，用繃帶蒙住他的眼睛，又用什麼東西塞住他的嘴巴。他也被推倒在地上，徹底搜身。路卡先生後來被丟在那房間裡的時間比高佛瑞先生還要久；不過結局是一樣的，公寓的房東察覺有些不對勁，便到樓上看看發生什麼事情。艾佛瑞大廈的房東告訴路卡先生的證言，跟北杭伯蘭街的房東告訴高佛瑞先生的如出一轍。一位高貴的紳士說了一番似乎可信的說詞，還秀出他滿滿的荷包，表明自己是幫幾位外國友人租房子。

這兩件案子唯有一件事情不一樣，那就是路卡先生在收拾他被丟得亂七八糟的東西時，發現他的皮包和手錶都沒事，但唯有一份文件消失了（比高佛瑞先生不幸些）。這份文件是路卡先生那天去銀行存放一個價值連城的珠寶的收據。不過即使擁有這份文件也無法進行詐欺，除非簽署文件的本人出面，否則無法將珠寶從銀行領出來。路卡先生一回復過來，隨即趕往銀行，想說或許搶匪可能會大意到拿著這份收據去銀行領取珠寶。不過他到了銀行以後，卻發現這幾個人並沒有出現，之後也沒有再看到他們。有可能是那幾個印度人的高貴英國朋友（銀行的人是這麼認為的），在他們企圖用這張收據前就先提醒他們了。

他們兩人皆通報了警察，而且我相信警察也投入很多精力去搜查。警方認為這幾個小偷是在資訊不充分的狀況下進行劫掠，他們並不確定路卡先生有沒有將自己擁有的珍貴寶石交給另一個人，而可憐的高佛瑞先生之所以也成為他們的目標，是因為他偶然在銀行和路卡先生說過話。補充一下，高佛瑞先生沒有出席星期一晚上的聚會，是因為他在警方要求之下出面提供案件相關的證言。我已經說明完這兩件事情，接下來就要回到我這個卑微的人，在蒙塔古廣場的宅邸裡所經歷的簡單故事。

我在星期二準時出席了午餐聚會。根據我的日記，那一天可說是悲喜交雜，有令人感到遺憾的事，也有令人覺得應該感謝的事。

親愛的維林德孀孀一如以往，用優雅且和善的態度接待我。但沒過一會兒，我就覺得事情有點不對勁。孀孀看著她女兒的目光相當焦躁不安。我每次看到瑞秋都會想，為什麼像約翰爵士和維林德夫人這樣出色的雙親，卻會生出這麼一個相貌平凡的女兒。不過那一天她不只讓我失望，還著實嚇到了我。我很心痛地看到，她的言行完全失去了一個女士該有的矜持。她好像正處於某種興奮狀態，笑的時候發出很大的聲音，用餐時既浪費又不知節制。在我得知瑞秋是因月光石事件而變成這樣子之前，我就已經深深同情她的母親了。

午餐結束後，孀孀說：「瑞秋，妳記得醫生說的嗎？用餐以後看本書，讓自己鎮靜一下。」

「媽媽，我會去圖書室。」她回答：「不過如果高佛瑞過來的話，要立刻通知我，我等不及要聽聽他在北杭伯蘭街的冒險故事了。」她親了親母親的前額，然後看向我這邊，漫不經心地說：「再見，克拉克。」她無禮的態度並沒有讓我生氣，我只是將這件事記在我的備忘錄上，提醒自己記得要替她禱告。

只剩下我和孀孀兩人之後，她告訴我有關那個印度鑽石的可怕故事；我很高興自己不用在這裡複述事件經過。孀孀很明白地說，她希望不要張揚這件事情。不過她的僕人們全都知道月光石遺失，而且最近還有兩起事件上了報，人們總是會開始臆測，維林德夫人的鄉下宅邸發生的事件，和北杭伯蘭街以及艾佛瑞大廈的事件之間，是不是有什麼關連。到了這地步就沒辦法再隱瞞下去，開誠布公反倒是最好的方法。

有些人聽到以下這些事情，可能會震驚得說不出話來。但我從以前就知道瑞秋頑固的性格，不管嬸嬸跟我說了什麼有關她女兒的事情，我都不會太訝異。情況有可能會越來越糟，從只是竊盜，到最後變成謀殺。我告訴自己，這一切都是天性使然！喔，親愛的，這絕對是天性使然。唯一讓我震驚的是，我嬸嬸在這些情況下所採取的行動和態度。我們當然要請個牧師過來呀。但維林德夫人卻是請醫生。我這可憐的嬸嬸，年輕時是在她那無神論父親的宅邸裡度過的。又是天性使然！喔，親愛的，又是天性使然呀！

「醫生建議要讓瑞秋多做點運動，多去參加一些活動，盡量讓她不要沉浸在過去的事情裡。」維林德夫人說。

老天！這簡直就是異教徒的建議！我心想，在這個基督教的國家裡，竟有這麼異教徒的建議！

嬸嬸繼續說：「我盡力去完成這些指示了。不過發生在高佛瑞身上的怪異事件，真是在不對的時候爆發出來。瑞秋一聽說這件事就靜不下來，始終處於興奮的狀態。她一直煩我，要我寫信給我外甥，要他過來拜訪。她甚至還想跟另一個被粗魯對待的人談談；那個人是叫做路卡先生吧。可是他們倆完全不相識呢。」

「親愛的嬸嬸，妳對這世界的瞭解比我還要深。」我客氣地建議，「瑞秋的言行一定有什麼道理可以解釋的。她一定有什麼可怕的秘密，不想讓妳還有其他人知道。該不會是最近發生的這些事情，有可能會暴露出她的秘密？」

「暴露出她的秘密？」嬸嬸複述我說的話。「妳這是什麼意思？路卡先生的事件，還有我外甥的事件，會暴露出她的秘密？」

她說完這句話，天啟就出現了。

僕人打開門，說高佛瑞．亞伯懷特先生到了。

2

在僕人宣布他已經到了之後，高佛瑞先生（跟他做的任何事情一樣）就在恰好的時間進入房間。他並不會緊跟在僕人後頭進來，把我們給嚇一跳；他也不會太晚進來，讓我們對著敞開的門空等。他在日常生活中完全展露出一個好基督徒的完美行徑。這位可愛的先生真是非常完美。

「去找維林德小姐，」嬸嬸對僕人說：「告訴她亞伯懷特先生已經到了。」

我們兩人都問候了他的身體狀況，又問他在經歷過上星期的可怕事件以後，感覺怎麼樣。他用完美老練的技巧，同時回答我們的問題：他用話語回應維林德夫人，並給了我一個迷人的笑容。

「我真是何德何能讓大家這麼關心我呢。」他用一種溫柔的語氣喊道：「親愛的阿姨！親愛的克拉克小姐！他們只是搞錯人了。我只是被人蒙住雙眼，只是被綁起來，只是被推倒在那塊薄薄的地毯上，底下是特別堅硬的地板。想想情況還有可能更糟呢。我有可能被謀殺，也有可能被搶。我失去了什麼？我只是被嚇破膽而已，但法律可不承認這也是一種傷害。所以嚴格說來，我什麼損失也沒有。如果可以的話，我真希望這件事情不要讓太多人知道；我被這事件引起的騷動和公眾的注意給嚇壞了。不過因為路卡先生公開說明**他**經歷的事件，連帶我的事件也得要公開了。直到溫和的讀者對這事件失去興趣為止，我都會是報紙的話題。但我本人已經很厭煩了，希望這些讀者也很快就會像我一樣。親愛的瑞秋怎麼樣了？她喜歡倫敦的華麗生活嗎？那太好了。克拉克小姐，我想請妳原諒我，最近有關委員會跟婦女慈善的工作有些耽誤了。不過我真心希望下週能參加『母親的修改衣服會社』的聚會。妳們星期一的聚會有什麼進展嗎？委員會對未來的計畫有什麼展望嗎？修改褲子進行得順利嗎？」

他那溫和的笑容，搭配上誠懇的道歉，真是讓人無法抵擋。他那低沉、富有情感的聲音，讓他即使是在跟我談公事，也帶有一股無法形容的魅力。事實上，我們修改褲子的進展有點**太**順利了，量多到幾乎無法處理。我正要跟他說這些事情時，門突然打開，維林德小姐的出現打擾了我們虔誠的談話。

她以不像個女士般的快速度跑向高佛瑞先生，頭髮散亂，臉上浮現著不合時宜的紅暈。

「我好想見你，高佛瑞。」她對他說。而我得要很遺憾地補充，她說話的方式就像個年輕男人在對另一個年輕男人說話。「我真希望你可以帶路卡先生一起過來。你們兩個現在是倫敦最有趣的人了（只要事件還持續騷動）。這件事真是可怕，對身心有害，而且對像克拉克小姐這樣中規中矩的人來說，這絕對是他們本能上就會避開的話題。不過別在意，請你告訴我在北杭伯蘭街發生的所有事情，我知道報紙的報導還有所保留。」

就算是高佛瑞先生，身上還是保有一些亞當遺傳給我們的缺陷，雖然量非常少，但還是有的！我得說，當我看到他溫柔地用雙手執起瑞秋的手，然後將她的手輕輕地放在自己左胸前時，我有些失望。這舉動簡直就是鼓勵她不停說下去，也讓她繼續侮辱我。

「親愛的瑞秋，」他用方才和我討論機構的未來展望，以及我們正處理的褲子問題時，令我全身激動的聲調說道：「報紙報導的就是事情的全部了，而且他們說故事的方式還比我更高明呢。」

「高佛瑞認為我們都太大驚小怪了。」嬸嬸說：「他剛剛才說不想再談這件事情了。」

「為什麼？」她問這問題時，突然抬頭望著高佛瑞先生，眼中閃過一絲光芒。而他看著瑞秋的眼神卻是充滿寵溺，以致我覺得我不得不打斷他們一下。

「瑞秋，親愛的！」我提出溫和的告誡：「真正的偉大和真正的勇氣，是展現在謙遜之上的。」

「高佛瑞，你真是個好人。」她完全忽視我的存在，繼續像個年輕男人一樣，跟她的表兄說話。「不過我確信你一點也不偉大，我也不相信你有什麼過人的勇氣，同時我也認為，若你真的謙遜的話，你那些女性崇拜者早在多年前就讓你拋卻那項美德了。一定是有什麼原因讓你不想談你在北杭伯蘭街發生的事情，我想要知道為什麼。」

「我的理由很簡單，也很容易理解。」他繼續忍受瑞秋的無禮。「那就是我已經厭倦這個話題了。」

「你厭倦這個話題了？親愛的高佛瑞，我要告訴你一句話。」

「是什麼？」

「你跟慈善機構的女性牽扯太多，因而讓你養成兩個壞習慣。你學會用一種很嚴肅的方式說很荒謬的事情，而且你也從告訴她們謊話而得到某種樂趣。你沒有辦法跟你那些女性崇拜者坦率直言。我的意思是，希望你可以跟我坦白。來，坐下吧。我會問你很直接的問題，也希望你可以直率地給我一個答案。」

她拉著高佛瑞先生越過房間，讓他坐在靠窗邊的一張椅子上；他坐下時，陽光正好會灑在他臉上。我深深覺得我有義務要好好說明瑞秋所說的話和她的行為。可是夾在法蘭克林・布萊克先生給我的支票，和我說明真相的義務之間，我該怎麼做呢？我看向嬸嬸。她坐著不動，似乎不打算介入那兩人之間。我從來沒看過嬸嬸這麼懶散。我想這可能是她在鄉下宅邸裡經歷過那一場試煉所造成的吧。不管怎麼說，以維林德夫人的年紀，還有她雖然已邁入中年，卻仍精力旺盛的性格來看，這都不是什麼很好的徵兆。

就在此時，瑞秋已經坐在我們這位友善且寬容（在我看來太寬容了）的高佛瑞先生身邊，開始用一連串的問題攻擊他，完全沒有注意到她母親和我的存在，就好像我們不在這個房間裡一樣。

「警察做了些什麼？高佛瑞。」

「他們沒做什麼。」

「我想他們應該已經確定，對你設下陷阱的那三個印度人，就是後來也對路卡先生設陷阱的人吧。」

「親愛的瑞秋，就我所知的範圍來看，這應該是無庸置疑的。」

「沒有發現任何他們的行蹤嗎？」

「完全沒有。」

「你是不是覺得，或不覺得，那三個印度人就是之前來我們鄉下宅邸那幾個人？」

「有些人是這麼認為。」

「你也這麼想嗎？」

「親愛的瑞秋，在我能看到他們的臉之前，我的眼睛就被蒙住了。我完全搞不清楚是什麼狀況，怎麼有辦法提供任何意見呢？」

就算是像高佛瑞先生這樣擁有如天使般溫和性格的人，在這一連串的壓迫之下也不得不讓步。我不知道究竟是放縱的好奇心，還是無法控制的恐懼感，讓維林德小姐做出這種行徑。我只能跟各位說明，在高佛瑞先生回答完她的問題，並企圖從椅子上站起來時，她真的按住他的雙肩，把他推回椅子。喔！請不要說她的行為極度無禮。也請不要認為，我方才所描述的狀況，是一種極度魯莽的罪惡。我們不應該隨意評價他人的行為。基督教的朋友們，我們真的、真的、真的不應該隨意評價他人的行為。

她滿不在乎地繼續問問題。虔誠的信徒一定會想到（就像我一樣），在大洪水時代之前，那些過著恬不知恥的縱欲生活，不知眼前災難將至的盲目的人們。

「高佛瑞，我想知道那位路卡先生的事情。」

「瑞秋，很不幸的，我一點也不瞭解路卡先生。」

「在你偶然和他在銀行碰面之前，你完全沒有見過他？」

「從來沒見過。」

「之後也沒有再見過他了？」

「沒有。我們是有一起去協助調查，不過是在個別的地方接受詢問。」

「路卡先生有一張銀行給的收據被搶走了，是不是？那是什麼樣的收據？」

「他把一個價值連城的珠寶放在銀行的保險庫內。」

「報紙是這麼說的。這對一般讀者來說可能就夠了，但對我來說還不夠。銀行給的收據上一定有寫明那是一顆什麼樣的寶石。」

「瑞秋，我聽說銀行的收據上什麼都沒有寫。那上面只寫著，這顆寶石是屬於路卡先生，由路卡先生親自來存放，由路卡先生親自封起來，而只有路卡先生本人前來時，才能取出寶石。據我知道的內容就是這樣，只是一個形式化的文章而已。」

他說完以後，瑞秋停頓了一下。她看了看她母親，嘆了口氣，又看向高佛瑞先生，繼續問問題。

「之前我們家發生的事件也上報紙了？」她說。

「我很遺憾，但確實是這樣。」

「有一些我們完全不認識的閒人，認為我們約克夏宅邸裡的事件，和倫敦的這兩起事件有關連？」

「我想有一部分好奇心旺盛的人確實這麼想。」

「那些人說，對你和路卡先生施暴行的就是那三個印度人，而那個價值連城的寶石就是……」

她說到這裡就停了下來。在方才那幾分鐘，她的臉色看起來越來越蒼白。她的髮色很黑，襯得她蒼白的臉色更顯恐怖。在她問問題的時候，我們都以為她是不是要昏倒了。高佛瑞先生第二次試著要站起來，而嬸嬸請求瑞秋不要再說了。我想要給瑞秋一點嗅鹽，提供一些比較溫和的醫療，讓她鎮靜一下。但是她完全不接受我們的提議。「高佛瑞，你坐著。媽媽，我很好，妳一點也不需要擔心。克拉克，妳也很想聽吧。我不會昏倒的，尤其是在**妳**也在場的狀況下。」

她確實是這麼說的。我回到家以後，立刻就把這些話記在我的日記裡了。可是，喔，不要輕易評價他們。虔誠的基督徒們，請不要輕易評價他人。

她又轉向高佛瑞先生。帶著一種可怕的執著，她又回到方才的問題，繼續問道：「剛才我有跟你說過，有一些好奇心旺盛的人所提出的觀點。高佛瑞，請你坦白跟我說，他們是不是有人說到，路卡先生的寶石就是月光石？」

當她說出那顆印度鑽石的名字時，我發現我這位令人崇敬的朋友身上發生了某些變化。他的表情沉了下來，平日那種溫和怡人的態度也消失了。一種基於崇高理由而出現的憤慨，讓他這麼回答她。「他們**確實**是這麼說的。」他回答：「有些人毫不猶豫就指控路卡先生為了個人利益造假。他已經一次又一次、很認真地說，在他被攻擊以前，他從來就沒有聽過月光石。可是這些可惡的傢伙，明明就沒有證據，卻說路卡先生是因某種理由而隱瞞月光石的事情，他們不相信路卡先生說的半句話。真是可恥！非常可恥！」

當高佛瑞先生說話的時候，瑞秋用一種很奇怪的神情看著他（我無法形容究竟是什麼樣的神情）。他說完以後，瑞秋說：「高佛瑞，你跟路卡先生不過只有一面之緣，但你卻替他說了這麼多好話。」

我這位天性善良的朋友，給了她一個我這一生中聽過最崇高偉大的回答。

「瑞秋，我希望我可以站在所有被壓迫的人那一邊。」

他說這句話的語調，幾乎可以融化任何石頭。不過，親愛的讀者，石頭有多堅硬呢？石頭再堅硬，也比不上不知悔改的人心。瑞秋發出冷笑。我雖然感覺很不好意思，還是在這裡記錄下來：她當著高佛瑞先生的面發出冷笑。

「高佛瑞，你就把你那些高貴的感性留給女性委員會吧。我確信既然有謠言攻擊路卡先生，那麼應該也有關於你的謠言出現吧。」

這句話讓嬸嬸也不得不從她懶散的狀態中覺醒過來。

「親愛的瑞秋，」她告誡道：「妳不可以說這種話。」

「媽媽，我不想要傷害人，我只是想澄清一些事情。請妳耐心一點，很快就會知道了。」她的目光轉回高佛瑞先生身上，帶著一種突發的憐憫。她握住他的手很長一段時間，長到完全不符合一位女士應有的矜持。

「我相信我知道，你為什麼不願意在我母親和我面前談這件事情。」她說。「這件不幸的事件，讓人們把你和路卡先生聯想在一起。你已經告訴我**他**的謠言了，關於你的謠言又是什麼？」就算是在最後一刻，永遠以德報怨的高佛瑞先生也試圖原諒她。

「別問我。」他說：「瑞秋，妳最好忘記這些事。我說真的。」

「我想要聽！」她用很大的音量發出可怕的尖叫。

「告訴她吧，高佛瑞。」嬸嬸乞求道：「你的沉默反而會對她造成更大的傷害！」

高佛瑞和善的眼裡充滿淚水，接著他又祈求似地看著瑞秋一眼，最後終於說出來：「瑞秋，如果妳想知道，我就說吧。他們說月光石是被當作抵押品，交給了路卡先生，而我就是典當月光石的人。」

她站起身，尖叫出聲。她交互看著嬸嬸和高佛瑞先生，神情狂亂，讓我以為她是不是要發瘋了。

「不要跟我說話！不要碰我！」她避開我們所有人（像一隻被獵捕的野獸一樣），躲到房間的角落。「全都是我的錯！我應該要把事情導正回來！我已經犧牲了我自己——如果想要這麼做的話，我有權這麼做。可是眼睜睜地看著一個無辜的人被毀了；只是為了保守一個秘密，卻看著一個人的人生被毀了。喔，老天！這太可怕了！我做不到！」

嬸嬸從椅子上半站起身，接著又坐下來。她有些虛弱地呼喚我，要我去她的女紅盒拿一個小藥瓶過來。「快點！」她耳語道：「妳倒六滴到水裡，不要讓瑞秋看到。」

如果是在別的狀況下，我一定會覺得這指示很奇怪。但現在我沒有時間思考，只有給藥的時間。高佛瑞先生下意識幫我阻擋了瑞秋對這邊的注意力，他在房間另一角試圖說些什麼話安撫瑞秋。

「真的，真的，妳把事情誇大了。」我聽到他說，「像這種轉眼即逝的小小謠言，怎麼可能動搖我的名聲跟地位呢。過不了幾週，這些謠言就會消失，我們不要再談這件事情了。」但即使用這麼寬大的言語安慰她，瑞秋還是難以接受。她的狀況變得更糟了。

「我必須，也一定要阻止這件事情。」她說。「媽媽，請妳聽我說。克拉克小姐，妳也聽我說。我知道是誰拿走月光石，我知道。」她用很強烈的語氣強調，憤怒地重重跺腳。「**我知道高佛瑞．亞伯懷特是無辜的**。高佛瑞，你帶我去找治安官，你帶我去找治安官，我會對他發誓你是無辜的。」

嬸嬸抓住我的手，對我耳語：「妳站在我們之間，大約一兩分鐘就可以了，不要讓瑞秋看到我。」我注意到嬸嬸的臉色有些青白，讓我警戒了起來。她發現我似乎嚇到了。「那些藥過一陣子就會發揮作用了。」她說完閉上眼睛，停頓了一會兒。

在這段期間，我聽到高佛瑞先生還繼續柔聲安慰瑞秋。

「在這種狀況下，妳不能出現在公開場合。」他說。「親愛的瑞秋，妳是這麼純潔又莊重，不可以讓這種小事破壞**妳的**名譽。」

「**我的**名譽？」她放聲大笑。「為什麼呢？高佛瑞，我就跟你一樣被控偷竊呢。全英格蘭最厲害的偵探說，是我偷了我自己的鑽石。你去問問他是怎麼想的吧，他會告訴你，是我把鑽石典當出去，為了償還我的私人債務！」她停止說話，衝到房間另一端，跪倒在她母親腳邊。「喔，媽媽！媽媽！媽媽！我一定是瘋了，不是嗎？我明明知道真相的。」她的情感太過狂熱，沒有注意到她母親的身體狀況。她又站起身，回到高佛瑞先生身邊。「我不會讓你，不會讓所有無辜的人，因為我的錯誤而遭受指控或被誤會。如果你不肯帶我去找治安官，就寫份聲明說你是清白的，我會在上頭署名。高佛瑞，請你照我說的去做吧，不然我就寫信給報社，還到大街上嚷出事實來。」

我可以說，她的言語不是什麼痛悔自責，而是一種歇斯底里。寬大為懷的高佛瑞先生為了安慰她，拿來一些紙張，並在紙上寫下聲明。她狂熱且迅速地在上頭簽名。「你把這份聲明發出去，不用考慮**我**的狀況。」她將這份聲明交給高佛瑞先生時說道，「高佛瑞，我想我至今為止都對你不太公平。你是個大公無私的人，比我想像中還要好很多。請你方便的時候再過來一趟，我會為以前對你的不公正態度做補償的。」

她將手交給高佛瑞先生。唉呀！墮落的天性！唉，高佛瑞先生身上也有這種天性！他忘我地親了親她的手，用一種很溫柔的方式去回應她，而這總比完全跟天性的原罪妥協要好多了。「親愛的，我會再來的。」他說，「到時候，希望我們不要再談這可怕的話題了。」我從未看過，也從未聽過我們這位基督徒的英雄這麼謙卑過。

在任何人來得及說什麼話之前，面向大街的門外突然傳來雷擊般的敲打聲，把我們全都嚇了一跳。我看向窗外，看到世俗、眾生與惡魔在門前等待著。那是一輛馬車，一個裝扮得如同要粉墨登場的車夫，車上坐著三個我看過打扮最放蕩的女人。

瑞秋突然開始有了動作，且恢復原先的鎮靜。她穿越過房間，走向她母親。「她們是來接我去看花展的。」她說，「媽媽，在我離開以前讓我說一句話。我是不是讓妳覺得很痛苦呢？」

（在發生過那些事情以後，她的道德感是要遲鈍到什麼程度，才會問出這種問題？我是該同情她，還是譴責她？我比較傾向寬容。我憐憫她。）

那些藥水發揮功效了。我可憐的嬸嬸臉色已回復原先的狀態。「沒有，沒有，親愛的。」她說，「妳跟朋友一起去吧，好好享受。」

她女兒屈身吻了她。當瑞秋要走出門時，我已經離開窗邊，來到門的附近。我發現她身上又出現其他變化——她的眼睛裡滿是淚水。看到那顆固執的心有瞬間軟化的跡象，讓我很感興趣，幾乎要對她說出什麼熱心誠摯的話語。但是，我充滿善意的同情，對她來說卻是某種冒犯。

「妳憐憫我嗎？」當她走出門時，用一種苦澀的語調對我耳語。「妳沒看到我有多開心嗎？我要去參觀花展，克拉克，而且我要戴著全倫敦最漂亮的帽子去。」她說完這番空洞的嘲弄話語，給了我一個飛吻，然後就離開這個房間了。

我真希望可以用言語說明我對這個悲慘且誤入歧途的女孩的同情。不過我詞窮了，就跟我的經濟狀況一樣糟糕。在此僅允許我用一句話來說明：我感覺到我的心為她在滴血。

我回到嬸嬸坐著的椅子邊時，發現高佛瑞先生正在房間的各個角落，無聲地尋找些什麼。在我向他提議需不需要幫忙之前，他就已經找到他要的東西了。他走回我和嬸嬸的身邊，一手拿著那份清白的聲明，另一手拿著一只火柴盒。

「親愛的阿姨，這是個小小的陰謀！」他說，「親愛的克拉克小姐，這是連像妳這樣正直道德的人都不會控訴的偽造罪行。可不可以請妳們讓瑞秋以為我願意接受這種慷慨的自我犧牲？在我離開這宅邸以前，我可以在妳們面前銷毀這份文件嗎？」他劃了一根火柴，把文件點上火，然後將燃燒的文件放到桌上的碟子裡。「跟讓瑞秋純潔的名聲被這個腐敗的世界破壞相比，」他說，「我所遇到的這些小麻煩都不算什麼。看！這文件已經變成一堆灰燼了。性情衝動的瑞秋永遠也不會知道我們做了什麼。妳們感覺如何？我親愛的朋友們，妳們感覺如何？我現在感覺就像個小孩子一樣，心情輕鬆無比。」

他露出他那美麗的笑容，一隻手握住我嬸嬸，另一隻握住我的手。我深深被他高貴的行為所感動，一句話都說不出口。閉上眼睛，帶著一種忘我的心態，我將他的手放在自己的唇邊。他喃喃說著輕柔的規勸話語。但是在那一刻，我的心充滿純潔、超脫世俗的狂喜。我坐在那兒，迷失於崇高的喜樂當中。當我再度張開眼睛，感覺就像從天上落到人間一般。除了嬸嬸，房間裡沒有其他人，高佛瑞先生已經離開了。

我應該讓記錄停留在這裡，我應該止於記錄下高佛瑞先生高貴的行為就可以了。但很不幸地，布萊克先生給我的支票，毫不留情地催促我要記錄接下來發生的事情。在那個星期二，我造訪位於蒙塔古廣場的宅邸時，還發生了更多令人感到痛苦的事情。

我發現只剩下我和維林德夫人以後，話題便很自然地轉向她的健康問題。我小心翼翼地詢問她，為什麼要對自己女兒隱瞞身體不適的狀況，還有服藥的事情。嬸嬸的回答著實嚇到了我。

「卓西拉，」嬸嬸說（我還沒跟各位讀者說過，我的教名是卓西拉），「妳雖然無意，卻問了一個令人沮喪的問題。」

我馬上就起身。我的體貼讓我只有一個選擇，那就是向嬸嬸道歉，然後對她說我該離開了。維林德夫人隨即阻止我，堅持要我再度坐下來。

「妳知道了我一直隱瞞的秘密。」她說：「這個秘密我只對我的姊姊亞伯懷特夫人，以及律師布拉夫先生說而已。我相信他們會替我保密；而我相信妳也會這麼做的。卓西拉，妳等一下還有約會嗎？妳今天下午有時間嗎？」

不用說，我接下來的時間都可以留在這裡陪嬸嬸。

「請妳再多留一個鐘頭吧。」她說。「我得告訴妳一件事情，雖然我想妳聽了應該會覺得很遺憾。聽完之後，如果妳願意幫助我的話，我想請妳做一件事情。」

當然也是不用說，我不會拒絕嬸嬸的請求的。

「請妳留在這裡等一下，」她繼續說：「五點的時候布拉夫先生會過來。卓西拉，我想請妳當我遺囑簽署時的見證人。」

遺囑？我想起放在她女紅盒裡的藥水，也想起她臉色發青的模樣。我的腦袋裡彷彿射進了一道光，但那並不是來自這世界的光亮，而是來自彼世的警告。再過不久，嬸嬸的秘密再也不會是秘密了。

3

我想，在可憐的維林德夫人自己開口說明之前，她並不希望我隨意說出我已經猜到令人抑鬱的真相了。我保持沉默，等她開口；我在心裡想著，是不是該在某些適當時機說些安慰的話，並且默默做好心理準備，不管狀況有多麼令人傷痛。

「卓西拉，我病得很嚴重，而且已經好一段時間了。」嬸嬸開始說：「但奇怪的是，我自己卻一直都沒有發現。」

我想到有成千上萬的人，也是在精神上有很嚴重的疾病，卻不自知。我很害怕嬸嬸也是其中之一。「是的，親愛的。」我很悲傷地說：「是的。」

「妳也知道，我帶瑞秋到倫敦看醫生。」她說：「我當時想，找兩個醫生來看比較好。」

兩個醫生！以瑞秋的狀況來說，竟不是找一個牧師！「是的，親愛的？」我又說：「是的？」

「其中一個醫生我完全不認識。」嬸嬸繼續說：「另一個醫生則是我丈夫的老朋友，由於我丈夫的關係，他一直都很關心我和我丈夫的狀況。在看過瑞秋以後，他說要到另一個房間私下跟我談一些事情。當然我以為他是要告訴我，一些關於我女兒健康狀況的特別指示。但讓我驚訝的是，他很嚴肅地拉住我的手，對我說：『維林德夫人，不管是在專業醫療上，還是個人的交情上，我都很關心妳。我想妳恐怕遠比妳女兒更需要接受治療。』他問了我一些問題，我原先覺得這些問題無足輕重，後來卻漸漸發現我的回答讓他越來越沮喪。最後他跟我約好，隔天瑞秋不在的時候，他會帶另一個醫生朋友過來看我。那一次檢查的結果是（他們用很溫和且親切的方式告知我），我的病已經不是他們可以治療的了。過去兩年來，我罹患了某種隱伏的心臟疾病，這種疾病在我不知情的狀況下，一點一點地侵蝕我的身體。我可能再活幾個月，也可能隨時倒下，兩位醫生都說不準我還可以活多久。親愛的，不用說，當我得知身體狀況時，確實有段時間很沮喪。不過我比我想像中還要認命，決定在那一刻到來之前，先把我在這個世界需要處理的事情都辦好。目前我最擔心的就是瑞秋，我希望不要讓她知道這件事情。如果她知道了，一定會認為我之所以生病，是因為對月光石事件過於焦慮，然後她會痛苦地責怪自己，雖然這完全不是她的錯。那兩位醫生都確認，我的病是在兩年前就出現了。卓西拉，我相信妳會替我保守秘密的，因為我看到妳的臉上滿是悲傷和同情。」

悲傷和同情！對於一個信仰虔誠的英國基督教女性來說，這是一種異教的情感！

我可憐的嬸嬸完全不知道，當她告訴我她這悲傷的故事時，一股虔誠的感謝之意竄過我全身。我終於找到一件事情，是**我**能幫得上忙的了。我這位摯愛的、即將過世的親人，在她毫無準備的狀況下，面臨了悔改的機會；而這一切就如同上天的啟示一般，將嬸嬸引領到我的面前。我憶起我有好多個珍貴的神職人員朋友，不是一兩個，而是十幾二十個，可以幫助我完成這件事情。光是想，我就感受到無上的喜悅了。我抱住嬸嬸，此刻只能用擁抱這個舉動來表達滿溢我心中的柔情。「喔！」我對她說：「喔！妳讓我想起一些我可以為妳做的事情。親愛的，在我們分離以前，為了妳好，我會幫助妳的。」我預先跟她說明一些事情，並且告訴她，在她居住的這一帶，有三位我認識的友人，不分晝夜地進行慈善工作，孜孜不倦地對不信教的人進行規勸；只要我跟他們說一聲，他們全都會很樂意為她提供服務。不過，嬸嬸的反應卻讓我覺得她不是很能接受我的提議。可憐的維林德夫人顯得很困惑且害怕，她告訴我不想跟陌生人見面。我退讓了，當然這只是暫時的，我的經驗（做為《聖經》的熱心讀者，也探訪過很多病人，我還有超過十四位神職人員朋友這麼告訴我）讓我瞭解，他們需要看一些書來做好心理準備。我有一些書很適合眼前的緊急狀況，這些書可以讓嬸嬸的心靈得到啟發，說服她接受教義，讓她做好信教的準備，洗滌她的心靈，讓她變得更堅強。「親愛的，妳會看這些書吧？」我用最迷人的方式說，「如果我把我寶貴的書帶來的話，妳會看吧？嬸嬸，一切就照順序來吧。妳看書時就用鉛筆把妳覺得有必要的地方圈下來，然後問自己：『這一點對我來說有用嗎？』」雖然我這訴求很簡單，但連這樣都讓嬸嬸覺得很驚愕（可見得異教思想對這個世界的影響有多深）。

嬸嬸說：「卓西拉，為了讓妳高興，我會盡力去做的。」她這麼說時，臉上帶著驚訝之色，雖然對我來說應是深具啟發性，但我卻有些不敢看她的臉。我沒有時間可以浪費了。壁爐上的時鐘提醒我，我還有時間回家拿幾本書（大約十二本），再趕在五點前回來跟律師碰面，做嬸嬸遺囑簽署的見證人。我向嬸嬸保證會在五點前回來，然後帶著我救濟的使命，離開了這座宅邸。

當事關我自己的事情時，我會謙卑地以搭公共馬車的方式移動。但這一次是事關嬸嬸，所以我決定浪費一點，搭出租馬車回去。

我回到家，細心挑選了十二本書，將書全裝在一個皮袋子裡，又趕回蒙塔古廣場的宅邸。我相信就算找遍全歐洲的文學收藏，都不會有我這些書籍。我給了車夫他應得的報償，但他卻咒罵我一聲，我的回應是遞給他一本小冊子。如果我遞給他的是一把手槍，他大概還不會表現得這麼驚訝吧。他跳上車廂，嘴裡一邊咒罵著褻瀆的話語，以表達自己的不悅，然後憤怒地駕車離去。但我很高興地說，他這麼做是沒有用的。不管他的感受如何，我都種下了善的種子，因為我從車窗又丟了本小冊子進去。

來應門的人（不是那個戴著裝飾帽的女孩，而是一個男僕，這讓我鬆了一口氣）告訴我，維林德夫人找來醫生，兩人正在房間裡談話。律師布拉夫先生已經先到了，現在圖書室裡等著。我也被帶到圖書室等嬸嬸結束跟醫生的談話。

布拉夫先生一看到我，顯得很驚訝。他是維林德家族的律師，我們先前在嬸嬸的宅邸裡有過數面之緣。我得很遺憾地說，布拉夫先生因做了太多世俗的工作，顯得蒼老且髮色灰白。在他工作的時候，他是法律和貪欲的宣揚者；在他不工作的時候，他會看本小說，也會撕毀一本傳教的小冊子。

「克拉克小姐，妳會在這兒待很久嗎？」他一邊說，一邊瞥了眼我手中的皮袋子。

若我告訴眼前這個人，袋子裡的內容物是什麼，恐怕有引發一場用褻瀆神的語言相互爭辯的大戰之虞，所以我降格以求，向他說明我來這裡的目的。

「嬸嬸告訴我，她今天要簽署遺囑。」我說：「她請我來這裡當遺囑的見證人。」

「是嗎？是這樣嗎？那麼，克拉克小姐，就請妳當見證人吧。妳已經超過二十一歲了，而且維林德夫人的遺囑對妳也沒什麼金錢上的利益。」

遺囑裡沒有留給我任何金錢上的利益。喔，聽到這點我還真是感激萬分。若我這位有錢的嬸嬸有稍微想到貧窮的我（對我來說，給我五英鎊，我就很感謝了），在遺囑裡添上我的名字，留給我一點遺產的話，我的敵人聽了一定會懷疑，我這麼急著回去我的圖書室選取書籍，還搭昂貴的出租馬車來回，一定有什麼不良動機。現在就算是嘴巴最壞的傢伙也無法對我指指點點。這真是太好了！喔，真的，真的，真是太好了！

布拉夫先生又跟我搭話，把我從撫慰的反思中喚醒。看來我的沉默讓這位俗物感到不安了，即使這違背他的意願，他還是不得不跟我說點話。

「克拉克小姐，慈善事業有沒有什麼新的消息？妳的朋友高佛瑞．亞伯懷特先生在北杭伯蘭街被打傷以後，現在怎麼樣了？我的天！我的俱樂部裡有好些人都在談他的事情。」

我忽略這個人說我已經超過二十一歲，而且沒有從維林德夫人的遺囑得到任何金錢利益時的無禮態度。但是他說到高佛瑞先生時的語氣，卻超過我的忍耐極限。在經歷過那天下午的事情之後，我感覺到若有人再提及相關事件，我有義務要替高佛瑞先生說明他的無辜。尤其是為了懲罰布拉夫先生這種無禮褻瀆之人，我益發覺得我的作為是正確的。

「我跟這個俗世沒有什麼關係，」我說：「而且我也沒有從俱樂部得到什麼利益。不過我偶然聽說了你方才提到的事情，我覺得這個世界上沒有比錯誤的謠言更讓人厭惡的了。」

「是呀，是呀，克拉克小姐，妳相信妳的朋友，這是再自然不過的了。不過高佛瑞・亞伯懷特先生會發現，這個世界上的人不會像慈善機構的婦女一樣，這麼輕易就相信他的無辜。有一些證據對他很不利。月光石消失的時候，他也在那個宅邸，而且他又是第一個離開宅邸回到倫敦的人。老天，從後來發生的事件看來，這些都是很不利的條件。」

我知道，我應該在他說更多以前制止他。我知道我應該告訴他，有一位非常瞭解這個事件的人，願意擔保高佛瑞先生的無辜。但是，能夠引導這位律師先生說出錯誤的消息，再讓他陷於失敗的困窘當中，這誘惑對我來說實在是太大了。所以我佯裝無知，問他「後來發生的事件」是什麼意思。

「克拉克小姐，我說的後來發生的事件，就是跟那些印度人相關的事件。」他越說越顯露出地位在我之上的優越感。「從法蘭茲霍爾的監獄被放出來以後，那些印度人做了些什麼？他們直接就前往倫敦，然後去監視路卡先生。接下來呢？路卡先生知道自己放在家裡『價值連城的珠寶』被盯上了，偷偷地將珠寶送到銀行，放進保險庫裡。他是很聰明，但那些印度人可也不是省油的燈。他們懷疑那顆『價值連城的珠寶』被偷換到另一個地方了，所以做出大膽的計畫，想弄清楚他們的猜測是不是正確。而他們決定要抓住什麼人，搜索什麼人？不是只有路卡先生而已（當然這一點無庸置疑），還有高佛瑞・亞伯懷特先生。為什麼？亞伯懷特先生自己的解釋是，犯人看到他在銀行偶然和路卡先生談話，因此盲目懷疑他也是相關人士。真是荒唐！那天早上有半打的人也跟路卡先生說過話，為什麼那些人就沒被跟蹤、誘騙，掉入陷阱？才不是這樣！完全不是！最明顯的解釋就是，亞伯懷特先生就跟路卡先生一樣，跟那個『價值連城的珠寶』有所牽連，而那些印度人不確定他們之中到底是誰擁有那顆寶石，才會決定同時襲擊他們兩人。克拉克小姐，這就是公眾的想法，而且這想法還不太容易被駁倒呢。」

他說最後那幾句話時，一副自己很聰明的樣子，全身上下充滿了世俗的自負。而我實在忍不住想要引導他多說一點（對於我自己的作為，我也感到很羞恥），然後再用那不動如山的實證去壓倒他。

「我不想跟像你這麼聰明的律師爭辯。」我說，「但是先生，調查此案那位著名的倫敦警官卻不認為亞伯懷特先生有涉案的可能，那位考夫警佐甚至還懷疑說這是瑞秋自己做的呢。」

「克拉克小姐，妳是在告訴我，妳同意考夫警佐的判斷嗎？」

「先生，我不對任何人做評斷，也不提供任何意見。」

「小姐，不管哪一種都是罪大惡極。我認為考夫警佐錯了。我的意見是，若他瞭解瑞秋小姐的個性，他會懷疑那宅邸裡的任何一個人，就是不會懷疑她。我承認她有她的缺點：她老是神神秘秘的，極有自我主張，個性古怪又不受控制。她跟和她同年齡的女孩子完全不一樣，但是她待人真誠且忠實，性格高尚且慷慨，如果所有的證據都指明她是犯人，但是瑞秋小姐仍堅稱自己是無辜的，身為一個律師，我會選擇相信瑞秋小姐說的話。這些話聽來很激烈，但是克拉克小姐，我就是這麼想的！」

「布拉夫先生，你可以再多說明一點，讓我更明白你的意思嗎？例如，假設你發現瑞秋對發生在亞伯懷特先生和路卡先生身上的事情，表現出不尋常的興趣？例如，她針對這可怕的謠言問了很多奇怪的問題，而在聽說謠言的內容以後，突然情緒亢奮得無法控制？」

「克拉克小姐，就算發生妳說的這些事情，也不能動搖一絲一毫我對瑞秋．維林德小姐的信任。」

「她就這麼值得你信賴嗎？」

「她就是這麼值得我信賴。」

「布拉夫先生，請容我告訴你一件事情：不過是兩個小時前，高佛瑞．亞伯懷特先生也在這宅邸裡，而維林德小姐宣稱亞伯懷特先生跟鑽石消失事件沒有半點關係，她用的詞彙非常強烈，我這一生都沒看過有哪位女士這樣說話。」

當我看到布拉夫先生因我說的話而陷入混亂，我感覺到一股勝利的喜悅（雖然我得承認這不是什麼值得驕傲的勝利）。他站起身，不發一語地盯著我看。我維持不動如山的姿態坐在椅子上，欣賞我造成的這個局面。

「現在你還認為亞伯懷特先生有可能是犯人嗎？」我盡力用很輕柔的語氣問道。

「克拉克小姐，如果瑞秋小姐聲明亞伯懷特先生是無辜的，那麼我也會毫無顧忌地說，我就像妳一樣堅信他確實不是犯人。我跟其他人一樣，都被表象給誤導了。今後我為了贖罪，遇到有人以這些謠言攻擊妳的朋友時，我會盡力去駁斥他們。不過，我同時也要恭喜妳，成功地在我沒有預料的狀況下，對我展開攻擊。小姐，如果妳是男人的話，妳也會是一個好律師的。」

他說完以後就轉過身，焦躁地在房間內走來走去。

我很清楚地瞭解，我告訴他有關事件的新證據，讓他很驚訝，且陷入一片混亂。他越來越沉浸在自己的思緒，有一些喃喃自語從他的嘴裡冒了出來。我不禁浮現一種糟糕的想法——他陷入思考月光石遺失事件當中了。他毫不顧忌地認為高佛瑞先生就是犯人，而瑞秋的異常行為是想要替高佛瑞先生掩飾罪行。身為瑞秋的擁護者（從方才布拉夫先生的說詞看來，各位也知道他對瑞秋的擁護是無庸置疑的），他先前的解釋已經被證明是完全錯誤的。我對這位高高在上的律師先生說出的事實，讓他陷入混亂複雜的思緒中，他也無法忽略我告訴他的話語。「真是個複雜的案子！」他走到窗邊，用手指敲著玻璃，一邊對自己說。「這案子讓所有的解釋說明都無效，也讓我們根本無法推測到底是怎麼一回事。」

他的自言自語並沒有要求我做出任何回應，不過我還是回答了。雖然很難以置信，但即使是在那個時刻，我也無法放著布拉夫先生不管。我似乎超越了人性的缺點；我對他所說的話有不同的意見，而我也察覺到另一個表達意見的機會。不過，我的朋友呀，沒有任何一樣東西可以超越人性缺點，當我們被自己天性裡的缺陷所掌控時，任何事情都有可能發生。

「很抱歉打斷你的思考，」我對不明白真相的布拉夫先生說：「不過我們之前都沒有想到過，還有一種可能的解釋。」

「克拉克小姐，確實有可能。不過我並不知道那解釋是什麼。」

「先生，在我向你證明亞伯懷特先生的無辜以前，你曾經告訴過我，你之所以會懷疑他，是因為鑽石消失的時候，亞伯懷特先生就在那宅邸裡。不過請容我提醒你，當時法蘭克林．布萊克先生也在那裡。」

這個年老的俗物離開窗邊，坐在我對面的椅子上，他定定地看著我，嘴邊帶著嚴苛且殘酷的笑容。

「克拉克小姐，妳不像我想的那樣，會成為一個好律師。」他用一種沉思般的態度回答。「妳不知道什麼叫做見好就收。」

「恐怕我不明白你的意思，布拉夫先生。」我很謙虛地說。

「克拉克小姐，我只告訴妳一次。妳應該知道，法蘭克林．布萊克先生是我很親近的朋友。不過那不重要，在妳想到什麼說詞反駁我之前，我就採用妳的觀點來說明吧。小姐，妳說的沒錯，我懷疑亞伯懷特先生的理由，同樣可以套用在布萊克先生身上。這一點非常好，那麼我們就懷疑他們兩人都有可能是犯人吧。我們可以說，以他的性格來看，他是有可能偷走月光石。但問題在於，他這麼做有什麼好處？」

「布萊克先生有債務，」我說，「這件事在家族之間已經是惡名昭彰了。」

「而高佛瑞．亞伯懷特先生的債務問題尚未浮上檯面，不過他有債務是事實。但是克拉克小姐，我們來看看，若是依照妳的理論進行推論，會遇到什麼樣的困境。我幫忙處理法蘭克林．布萊克先生的債務問題，而我也可以告訴妳，他大部分的債權人（他們都知道他父親相當富有）都願意等待，並不急著馬上回收金錢。這是妳會遇到的第一個困境，而且是個很難解決的困境。第二個困境是，我從維林德夫人那兒得知，在那個惡魔一般的印度鑽石消失以前，維林德小姐是想要嫁給布萊克先生的。她一下子和他親近，一下子又對他冷淡，像個年輕女士對男人賣弄風情一樣。但她曾經對母親告白過，她愛上了法蘭克林表兄，而她母親也同意對法蘭克林先生保守這個秘密。所以，克拉克小姐，既然布萊克先生的債權人願意等待，而他也很有可能跟一個女繼承人結婚，他或許被人認為是個惡棍，但妳認為在這種狀況下，他為什麼要偷月光石？」

「人心難解。」我輕聲說。「又有誰能真正瞭解人心呢？」

「小姐，也就是說，雖然他沒有任何要偷走鑽石的理由，但是因為他天性中的墮落，他有可能是犯人是吧。真是太好了。就算真是他做的，他該死的為什麼要……」

「很抱歉，布拉夫先生，如果我再聽到那個字，我就要離開這個房間了。」

「我很抱歉，克拉克小姐，接下來我會謹慎選擇用字。我想要問的是，就算他真的偷了鑽石，但他為什麼要協助搜查，甚至還提供重要的證據？妳可能會說，他這麼做是為了要擺脫嫌疑。我得要說，他沒有必要擺脫嫌疑，因為沒有一個人懷疑是他做的。他先是因天性墮落而偷走了月光石（雖然他完全沒有理由這麼做），然後他為了鑽石遺失的事件做了一些調查；他其實沒有必要這麼做，況且還為此冒犯了他想要娶的那位女性。以上就是妳試圖把鑽石遺失事件與法蘭克林．布萊克先生連結在一起，所做出的荒謬至極的推論。不是這樣的，完全不是，克拉克小姐。我們今天在這裡的交談，證明這案子落入了一個死胡同。瑞秋無庸置疑是無辜的（我和她母親都這麼相信）；亞伯懷特先生也絕對不是犯人，否則瑞秋小姐不會願意替他做擔保。而就像我告訴妳的一樣，布萊克先生的無辜也是不證自明。從一方面來看，我們都很確信這些都是事實。不過從另一方面，我們也知道一定有人把月光石帶到倫敦，而目前擁有這寶石的是路卡先生，或者是他存放寶石的銀行。我的經驗完全無用。有任何人的經驗可以說明這個案子嗎？我無法說明，妳也無法說明。我想任何人都想不出個解釋來。」

對，任何人都想不出來，但考夫警佐卻知道是怎麼一回事。我想要用非常非常和善的方式提醒他這件事情，也希望他不要認為我這麼做是在詆毀瑞秋。但就在此時，僕人敲門進來，告訴我們醫生已經離開，夫人現在可以見我們了。

我們的討論就此結束。布拉夫先生收拾自己的文件，他看來似乎因為方才我們兩人的辯論而顯得有些疲累。我也起身，拿著我那裝滿珍貴書籍的皮袋子，卻覺得我還可以像那樣繼續跟他爭辯好幾個小時。我們兩人前往維林德夫人的房間時，都沒有開口說一句話。

請容我在說明接下來發生的事之前，先多說兩句。我是用很客觀的視點，去描述發生在我和律師之間的事情。我被要求記錄下這個令人震驚的月光石事件。在大家都認為月光石隱藏在倫敦這段期間，我不僅得說明事件的轉折，還要說出什麼人被懷疑可能是犯人。我和布拉夫先生在圖書室的談話記錄，正好可以達成這個目的；不過在此同時，我也在道德上做出了相當大的犧牲，那就是我暴露出自己罪惡的自負。

我承認，在當時我心中人性的弱點凌駕了一切；而在我做出這種恥辱的告白以後，我的道德感也凌駕了人性的缺點。現在我回復了道德上的平衡，也在精神上覺得神清氣爽。各位讀者，我們可以繼續了。

4

簽署遺囑的作業，比我預期的還要快結束。我覺得他們想要快點解決這件事情，甚至到了一種失當的程度。男僕山繆爾被找來當第二個見證人，我嬸嬸也很快地將筆握在手中，開始簽名。在這麼嚴肅的狀況下，我強烈覺得自己有必要因應場合說點什麼。不過布拉夫先生的態度讓我覺得，有他在場的時候，我最好克制自己不要隨便說話。整個過程不超過兩分鐘就結束了，山繆爾（我應該可以說，對他同樣沒有利益可言）很快就回到樓下去工作。

布拉夫先生將遺囑收起來，接著看向我這邊，很明顯地，他在想我會不會主動離開，讓他和夫人單獨相處。我得要完成我的慈善任務，而我帶來那袋珍貴的出版品正放在我的腿上。從他的眼神看來，他好像希望可以靠這樣移動聖保羅大教堂，一如他希望我可以快點離開這裡。但我得承認，這個人身上有一個優點（無疑是從他世俗工作的訓練得來的），他很會看場合氣氛。看來我給他的印象，就像我給出租馬車車夫的印象一樣。**他**說了幾句咒罵的話語，就急匆匆地離開，留下我和夫人獨處。

房間裡只剩下我們兩人時，嬸嬸就躺倒在沙發椅上，雖然神情有些困惑，但她稍微提及了遺囑的事情。

「卓西拉，我希望妳不要覺得我忽略妳了。」她說：「留給妳的遺產，我想要親手**交給**妳。」

現在正是個絕佳機會！我馬上就抓住這一點，隨即打開袋子，先拿出擺在最上頭的一本書。書名為《居家的誘惑》，這是比較早期的版本（總共第二十五刷而已），作者是無名氏，但咸信應該是那位貝洛斯小姐寫的。這本書的內容（不是那些世俗的讀者所熟悉的）是在告訴大家，在我們日常生活的習慣當中，有很多隱藏著惡魔的誘惑。每一章節都是以女性的日常生活為重心，例如：〈髮梳裡的撒旦〉、〈鏡子裡的撒旦〉、〈茶桌下的撒旦〉、〈窗外的撒旦〉……等等。

「親愛的嬸嬸，請妳仔細看看這本書，妳一定會瞭解我的意思的。」我將書攤開遞給她，指著那一頁上頭，一連串狂熱的發言，主要內容是：沙發椅上的撒旦！

可憐的維林德夫人（她無心地靠坐在沙發椅上）看了書一眼，就將書遞還給我，神情比以前還要困惑。

「卓西拉，」她說：「我想我得等身體狀況好一點，才有辦法看這些書。醫生他……」

她一說出醫生的名字，我就知道接下來會發生什麼事了。之前我曾經照料幾位即將過世的朋友，而在那幾次的經驗當中，這個惡名昭彰、不信教的醫生，已經多次介入我的慈善活動；他假意說要讓病人靜養，甚至說對病人來說最可怕的騷擾，就是克拉克小姐和她的那些書。這種盲目的物質主義（在我不知情的狀況下運作著），剝奪了貧窮的我唯一擁有的東西，那就是幫助我即將過世的嬸嬸，豐富她精神上的資產。

「醫生告訴我，」我這位被誤導的可憐親戚說：「我今天狀況不太好。他禁止我今天接見任何陌生人；他還警告我，如果想要看點書，最好看些比較輕鬆、有趣的讀物。『維林德夫人，不要做會讓妳的腦袋疲累，讓妳心跳加速的事情。』卓西拉，他離開的時候是這樣告訴我的。」

我無計可施，只能退讓了；不過就像之前，這也只是暫時的撤退。我們這種從事聖職的人的工作，比起從事醫療專業的人的工作，要重要得許多；而這也讓那些醫生只會利用病人的弱點去讓對方相信自己，如果不接受他的診斷，他就要放棄醫療，置病人於不顧。不過，還有其他方法可以散播善意的種子，而我是少數知道這些方法的人。

「親愛的，可能過一兩個小時妳就會覺得好點了。」我說：「或者妳明天早上醒來時，會想要看點什麼，到時候這些好書就能派上用場。嬸嬸，妳可以讓我把書留在這裡吧？我想醫生應該不會反對的。」

我將書放在她的沙發底下，一半留在裡頭，一半露在外面，然後用她的手帕將露出的部分蓋起來，旁邊則放著她的嗅瓶。每次她想要拿這兩樣東西時，她就會碰到書，要不了多久（誰知道得花多少時間呢？），這些書就會觸動**她**，讓她想要去閱讀了。我把這些事情都做完以後，覺得應該是離開的時候了。「嬸嬸，我得走了，請妳好好休息。我明天會再來拜訪妳的。」我說著。在說這句話時，我偶然看向窗子，看到好幾個花箱和花盆，裡頭種滿了各式各樣的花朵。維林德夫人有一個奢侈的興趣，那就是她很喜歡這些轉瞬即逝的花朵，她習慣每天一早起床就看看這些花，聞聞花香。我腦子裡突然閃過一個新的主意。「喔，我可以拿點花回去嗎？」我說，接著若無其事地走到窗邊。但是我並沒有摘花，而是在天竺葵和玫瑰花的花盆之間，偷偷又塞了另一本書，想要給嬸嬸一個驚喜。我又想到其他點子：為什麼我不在她可能進去的房間都藏一點書呢？我很快地跟嬸嬸道別，然後穿過大廳，偷偷溜進圖書室內。剛才幫我開門的山繆爾以為我已經離開了，就再度下樓去做事。我看到圖書室桌上放了兩本那個不信教的醫生推薦的「娛樂」書籍，隨即用我的兩本書蓋在這些書上頭。在餐室裡，我看到嬸嬸最寵愛的金絲雀在籠子裡鳴唱。她有親自餵食金絲雀的習慣，有一些雜草散落在籠子底下的桌面，我在這些雜草之間放了一本書。在起居室裡，我發現一個更令人振奮的好機會，讓我可以清空我的袋子。嬸嬸最喜歡的樂譜就放在鋼琴上頭，我把兩本書夾在樂譜之間。我在後頭的起居室又放了一本書，我把書放在還沒完成的繡花布下頭，我知道那是嬸嬸做的東西。有一個小房間和起居室相連，但是那個房間沒有門，而是用一道布簾隔開。嬸嬸最喜歡的古董扇子就擺在壁爐上。我打開第九本書，翻到我最喜歡的那一頁，然後把扇子夾在那一頁當記號。接下來的問題是，我是不是該到樓上寢室的樓層去。我可能會遇到讓我自己遭到羞辱的危機，萬一我在那兒遇到那個戴裝飾帽的女僕，她一定會把我趕出去的。可是那又有什麼關係？我不過是個害怕被羞辱的可憐基督徒。我做好心理準備，走上樓去。樓上安靜無聲，無一人影；我猜現在正好是僕人們的午茶時間。嬸嬸的房間就在前頭。我已故叔叔約翰爵士的小型肖像，就掛在床對面的牆上。畫像裡的叔叔似乎在對我微笑，並且鼓勵我：「卓西拉，在這房間裡放本書吧！」在嬸嬸的床頭兩側各放著一張邊桌。她晚上睡得很不安穩，夜裡醒來會想要找些什麼東西。我在一張桌上放了本書，鄰近一盒火柴；在另一張桌上又放了一本，就放在巧克力糖的旁邊。不管是她突然想要點燈，或是想要吃些糖，她都會看到書，或是碰到書，而這些書會用沉默的說服力告訴她：「來吧！看我！看我！」不過現在我袋子裡剩下一本書，還有一個地方我沒去探索過，那就是和臥室相連的浴室。我偷偷窺看浴室，聽到從未欺瞞我的神聖內在聲音在我耳邊細語：「卓西拉，妳已經在每一個她可能會去的地方放書了，現在只剩下浴室。把書放在浴室，妳的任務就完成了。」我注意到有件浴袍橫放在椅子上。這件浴袍有個口袋，我就將最後一本書放入口袋裡。當我趁他人未察覺之際溜出宅邸，站在街道上，袋子裡空無一物時，我內心對達成任務的狂喜是無法用言語形容的。喔，俗世的朋友們，你們迷失於奢華的迷宮當中，只為尋找不可掌握的「愉悅」情感，但其實只要能向善，你們就可以變得更快樂！

那天晚上我把所有衣服都摺疊好時，一邊回想我在我富有嬸嬸的宅邸裡，奢侈地散播了多少真正的財富，我就覺得，現在的我比我孩提時代還要開心，完全從日常的煩憂當中解放出來。我覺得心情好輕鬆，愉快地哼著入睡前的安眠曲。我太開心了，所以在唱第二首安眠曲以前，我就睡著了。就像個孩子一樣！就像重回孩提時代！

我度過了一個愉快的夜晚。第二天起床時，我覺得我返老還童了！如果我能詳述我這逐漸老朽的身體所產生的變化，各位就能理解我為什麼說我看起來變年輕了。但很遺憾地，我無法在這裡說明這一切。

接近午餐時間時，我戴上帽子，準備前往蒙塔古廣場的嬸嬸家（我不是前去享受有錢人家的奢華餐點，完全是為了我親愛的嬸嬸）。當我把一切都準備妥當時，我住的寄宿公寓的女僕前來敲門。「維林德夫人的僕人要見克拉克小姐。」

我住在倫敦的時候，是住這棟公寓起居室那層樓。前面的起居室是我的客廳。這房間很小，天花板很低，設備很簡陋，但我整理得很乾淨。我看向走廊，想看看是哪個僕人被派來找我。是那位年輕的男僕山繆爾。山繆爾很有禮，也還很青澀，他看來孺子可教，態度也相當和善。我對這個山繆爾向來很感興趣，總是希望有機會跟他談談有關性靈的嚴肅話題，因此邀請他進入我的客廳。

他拿著一個很大的包裹走進客廳。當他把手上的包裹放下時，露出有些驚恐的神情。「小姐，這是夫人要給妳的東西。包裹裡頭有一封給小姐的信。」讓我訝異的是，說這些話的同時，這個青澀的年輕男僕露出一副放了東西就想要快點逃離這裡的表情。

我問了他幾個和善的問題，試圖讓他留久一點。如果我今天去蒙塔古廣場那裡，可以見到我嬸嬸嗎？不行，夫人出去兜風了，瑞秋小姐和亞伯懷特先生也跟她一起出門。我知道高佛瑞先生還有很多慈善事業相關的工作待辦，所以覺得很奇怪，他為什麼會像那些無所事事的人一樣，出門兜風玩樂。我在門口擋下想要離開的山繆爾，又問了他幾個更和善的問題。瑞秋小姐今晚要參加一個舞會，亞伯懷特先生會在下午過來喝咖啡，然後跟她一起去參加舞會。明天還有一場晨間音樂會，山繆爾受命去買票，其中也包括亞伯懷特先生的票。「小姐，再不去的話，票很可能會賣光了。」這個無知且青澀的年輕人說。他真的如他所說的，跑出房間；而我獨自待在客廳裡，感到有些焦慮不安。

那天晚上，「母親的修改衣服會社」有一場特別會議，我們邀請高佛瑞先生過來開會，請他給我們一些建議和協助。但是他並不打算幫助我們這些被大量的褲子淹沒，搞得筋疲力竭的女性朋友，卻反而要去蒙塔古廣場喝咖啡，然後跟瑞秋一起去參加舞會！第二天下午還有「不列顛女僕週日甜心監督會社」的慶祝活動。他不打算參與這個探討人生與心靈的機構的活動，反而要去參加另一個世俗活動，聽什麼晨間音樂會！我問我自己，這究竟是怎麼回事？唉呀！這是不是表示，我們這位基督教英雄在我面前展現出他的另一面，而且他展現出來的，正是我在現代社會所看到的墮落傾向。

不過，現在讓我們回頭來說明那一天發生了些什麼事情吧。當我發現客廳裡只剩我一個人的時候，我很自然地注意到，那個一臉驚恐的青澀年輕人所帶來的包裹。嬸嬸是不是送來她說要給我的遺產？她送來的該不會是什麼她不穿的衣服？用了很久的銀湯匙？過時的珠寶飾品？或是任何那一類的東西？我做好不要抱怨的心理準備，打開包裹。結果你猜那裡頭是些什麼？裡頭是我前一天散放在宅邸各處，那十二本珍貴的書籍。這幾本書全都因為醫生的囑咐，送回我這邊來了！難怪那個年輕的山繆爾在把書送到時會嚇成那樣。難怪他完成這件悲慘的工作以後，就趕緊奪門而出！至於嬸嬸（這個可憐人！）則在信裡說，她不敢違背醫生的指示，所以將書送還給我了。

我現在該做些什麼？依據我所受過的訓練，以及我的行動守則，我從來不會猶豫的。

我們這些真正的基督徒，一旦受到良心驅使，找到可用行動證明我們信仰的益處時，從來就不會猶豫。當我們在執行任務時，不管輿論或個人觀點，都不會影響我們的決心。執行任務可能會讓我們花錢，可能會造成反動，可能會引發爭執，但是我們不會去理會我們以外的人是怎麼想的，只是一心一意地執行任務。我們是超越理性，也超越荒謬的；我們不用任何人的眼去看，不用任何人的耳去聽，不用任何人的心去感受，我們只用自己的一切去感知所有。這是多麼光榮的恩典！而我們得到了什麼？啊，朋友們，請不要問這麼無益的問題。我們就是我們所得到的一切，因為我們是正確的。以我被誤導的嬸嬸的狀況來看，很明顯的，我必須要用虔誠的堅忍毅力去度過這個難關。

因為嬸嬸不願意接受，找神職人員過來的計畫失敗了；因為醫生異教徒般的頑固，讓嬸嬸看書的計畫也失敗了。接下來我還能做什麼？下一步就是——用筆記進行作戰。也就是說，既然書被送回來了，那麼我就抄寫一些書裡的章節，用郵件寄給嬸嬸，或是像前一天一樣，把這些筆記散落在房間的各個角落。如果是信件的話，他們就不會起疑；而既然是信件，他們就很有可能會打開，一旦打開，就會閱讀信件的內容了。我可以自己寫一些信：「親愛的嬸嬸，可以請妳看一看接下來的內容嗎？」「親愛的嬸嬸，昨晚我在看書時，正好看到以下這個段落。」其他信也可以請我在「母親的修改衣服會社」中的姊妹們代勞：「親愛的夫人，請妳聽聽一位真誠且謙虛的朋友的話語。」「親愛的夫人，可以讓我告訴妳一些令人振奮的話語嗎？」利用這種禮貌的請求方式，我們可以避過醫生的監視，再一次將我那些書的內容章節介紹給嬸嬸。到了那天傍晚，我已經寫了十二封給嬸嬸的信件，而不再是十二本醒世的書籍。我立即將其中六封寄送出去，留著另外六封，打算第二天自己帶去嬸嬸家裡。

下午兩點以後，我又來到這個信仰抗爭的地方，對維林德夫人的男僕山繆爾丟出幾個友善的問題。嬸嬸前一晚睡得不是很好，她正在前幾天簽署遺囑的那間房間裡，倒在沙發上，試圖小睡一下。

我說我會在圖書室等，看有沒有機會見到嬸嬸。由於我滿腔熱血，一心只想要把信件散置在宅邸各處，並沒有想到要問瑞秋在不在。整棟宅邸很安靜，晨間音樂會也早就開始了，我以為瑞秋和她那群追求享樂的朋友（唉呀！高佛瑞先生也是他們其中一員）還在聽音樂會，便想說我有充足的時間和機會，可以進行我的慈善工作。

那天早上寄給嬸嬸的信件（包括我寄給她的六封信）全都放在圖書室的桌上，完全未開封。她很可能覺得今天不太想處理大量信件，如果她後來進入圖書室，看到信件數量，可能會有些嚇到吧。我將手中的其中一封信放在壁爐上頭；我想將這封信放在遠離其他信件的地方，好吸引嬸嬸的注意。第二封信，我故意放在早餐室的地板上。在我後頭進來的僕人一定會以為是掉在這裡的信，然後將信送去給嬸嬸。一樓的種子已經散播完畢，接著我輕輕跑上樓，到起居室樓層去散播我的慈悲。

一走近前廳，我就聽到鄰近街道的大門那兒傳來敲門聲。那是很輕柔、不規則，但帶些顧慮的敲門聲。在我來得及回到圖書室（我應該要在那裡等嬸嬸的）之前，那位勤奮的年輕男僕就出現在大廳，前去應門。我想這應該沒有什麼關係，以嬸嬸目前的健康狀況，她不會接見訪客的。但我卻驚恐地發現，這個輕聲敲門的訪客是個例外。我聽到樓下傳來山繆爾的聲音（他回答了幾個問題，但我聽不清楚），他說：「先生，請您上樓。」下一刻我就聽見腳步聲——男性的腳步聲——上了樓，逐漸接近起居室。這位嬸嬸願意接見的男性訪客是什麼人？我問我自己這個問題，但我隨即就想到答案了。除了醫生以外，還**可能**是誰呢？

若有其他訪客到來，就算我被發現待在起居室也沒關係。我可以解釋，我是因為厭倦在圖書室等待，所以上樓到起居室來轉換心情。但是我的自尊不容我去面對這個叫嬸嬸把書送還給我並羞辱我的男人。我很快地躲進起居室旁的第三個房間，這個房間跟後頭的起居室相連結，只用一道窗簾遮住出入口。我想我只要躲一兩分鐘就可以解脫了。照理說，過不了多久，醫生就會被叫到病人的房間裡去。

我等了一兩分鐘，接下來又過了一兩分鐘。我聽到外頭的訪客在房間裡來來回回走來走去。我也聽到他在喃喃自語。我開始覺得我認得這個聲音了。我怎麼會犯這種錯誤呢？這個訪客不是醫生，而是另一個人？是布拉夫先生嗎？不是！我準確的直覺告訴我，這個人不是布拉夫先生。不管是誰，他一直都在自言自語。我稍微拉開沉重的窗簾，傾聽外頭的聲音。

我聽到那個人說：「我今天就會做這件事！」而說話的人是高佛瑞・亞伯懷特先生。

5

我握著窗簾的手落了下來。請各位讀者，千萬不要以為我當時腦袋裡想的是我這極度尷尬的處境。我依然是以姊妹般的熱情去關心高佛瑞先生，一直想著為什麼他沒有去參加音樂會。不是的！我在思考他喃喃自語時，說出來那些驚人的話語。他會在今天做這件事。他用一種帶著果斷決心的語調說，他會在今天做這件事。他要做什麼事？他還會做出比他這幾天表現更糟糕的事嗎？他要放棄自己的信仰了嗎？他要退出「母親的修改衣服會社」，棄我們於不顧了嗎？我們是不是從此再也無法在會議中看到他如天使般的笑容了？我們是不是再也沒辦法在愛塞特廳聽到他無以匹敵的演說了？我只要想到這個人有可能做出這些事情，就焦急得不得了，幾乎想要衝出我隱藏的房間，以所有倫敦女性慈善機構的名義請求他說明清楚。此時，我忽然聽到房間裡響起另一個聲音。那聲音透過我面前的窗簾傳來，那聲音響亮、大膽，帶著女性的魅力。那是瑞秋・維林德的聲音。

「你為什麼到這裡來？高佛瑞，」她問，「你怎麼不去圖書室呢？」

他柔聲笑了，並回答：「因為克拉克小姐就在圖書室裡。」

「克拉克在圖書室裡！」她隨即坐在起居室一張絲質沙發上。「高佛瑞，你做得一點都沒錯，我們最好還是待在這裡吧。」

聽了這些話，我氣得熱血衝上腦袋，但同時又很疑惑，不知道下一步該怎麼做。想一想，我全身又冷了下來，覺得沒有什麼好猶豫的。在我聽到他們說的那些話以後，我是沒辦法在這個節骨眼現身了。想要退開（除了火爐以外，也沒其他地方可退），卻又沒有辦法。在我面前的，可是一個殉教般的場景。為了公平起見，我偷偷掀開一點窗簾，讓我可以看到他們的身影，也聽得更清楚點。我秉持著最純粹的基督徒精神，開始面對我的磨難。

「你不要坐在沙發上，」這位年輕的女士說：「高佛瑞，你拿張椅子過來。我在跟別人說話的時候，希望可以跟對方面對面坐著。」

他隨手拿了張最近的椅子，那張椅子很矮，但是他個子很高，整個人比椅子尺寸要大上許多。我從沒看過他的長腿這麼不自在，一副不知道該擺哪裡的樣子。

「那麼，」她繼續說：「你想要說什麼？」

「親愛的瑞秋，我想要跟妳談談。」

「你是想問我，是不是因為媽媽今天身體不適，所以我決定要留在她身邊，不去聽音樂會的事情？」

「這也是我想說的事情之一。大家都很遺憾妳今天沒辦法去音樂會，不過他們可以理解。大家都很關心，也都希望維林德夫人的身體能夠快點好起來。」

「高佛瑞，**你**不覺得這件事情很嚴重，是吧？」

「一點也不嚴重！我可以很肯定地說，要不了幾天，一切都會恢復原狀了。」

「我也這麼認為。雖然我一開始有些被嚇到，但我認為媽媽很快就會好了。我也很謝謝你，願意去跟我的朋友說我不去參加音樂會，那些人對你來說幾乎完全是陌生人呢。但你為什麼不乾脆跟他們一起去聽音樂會呢？我以為你很喜歡音樂，絕對不會錯過聽音樂會的機會。」

「別這麼說，瑞秋！只要跟妳在一起，在這裡，我就很快樂了。」

他緊緊握住自己的雙手，看著瑞秋。由於他坐的位置的關係，當他做出這些動作時，他的臉轉向我這邊。我發現他此刻的神情，就猶如他在愛塞特廳演講，為成千上萬的可憐人請求大家的幫助時，所流露出那種充滿憐憫的表情。在當時，他的表現是這麼地令我著迷，如今我卻覺得作嘔得想吐。

「高佛瑞，要克服壞習慣並不容易。不過，為了我，請你試著克服你的壞習慣，不要老是奉承別人吧。」

「瑞秋，我這一生從來就沒有想要奉承妳。我承認，表達愛意的語言有時候確實有點像諂媚。不過，最親愛的，無望的愛總是會傳達出真實的。」

當他說那句「無望的愛」時，他將椅子拉近，握住瑞秋的手。之後有短暫片刻，兩人都陷入沉默當中。他的表現會嚇到所有人，很顯然地也嚇到了**她**。我終於瞭解，方才他單獨一人在起居室時，喃喃自語的話語是什麼意思了，「我今天就會做這件事。」唉呀！就算是我這麼謹守禮節的人，也不得不注意到，他正在做他想要做的事情。

「高佛瑞，之前你在鄉下跟我講那件事的時候，我們不是協議過了，你忘記了嗎？我們都同意，我們永遠是表兄妹，除此以外什麼都不是。」

「瑞秋，每次我見到妳，我都想要打破這個協議。」

「那就不要來見我了。」

「可是沒有用！我每次一想到妳，我就想要打破協議。喔，瑞秋！前幾天當妳告訴我，我在妳心目中評價變得比以前還要高的時候，我聽了真是太高興了！聽到那些話，讓我覺得我還是有希望的，我是不是瘋了呢？我夢想有一天妳會為我軟化，對我敞開心房，我是不是瘋了呢？如果我真的瘋了，妳也不要告訴我！親愛的，就讓我陷在我的幻覺裡頭吧。如果我什麼也得不到的話，至少我還有那幻想可以珍惜、可以安慰我。」

他的聲音顫抖，一邊說，一邊用他的白色手帕遮住眼睛。又是他在愛塞特廳演講時的絕招！除了聽眾們的歡呼，還有敬酒以外，其他都與他的演說如出一轍。

瑞秋雖然本性頑固，但也有些動容了。我看到她稍微靠向高佛瑞先生。她說話的聲調裡，展現出另一種情感。

「高佛瑞，你確定你有這麼喜歡我嗎？」

「那當然！瑞秋，妳很清楚我是什麼樣的人。但讓我告訴妳我是怎麼想的吧。就算我對這個世界的一切都失去興趣了，我也不會停止對妳的愛。我的身上發生了我自己都無法理解的變化。妳相信嗎？我那些慈善事業，如今對我來說完全變成無法忍受的阻礙了，我真希望我現在就離那些婦女會議遠遠的，再也不要看到她們了！」

如果有任何關於變節的歷史記載，可以跟我方才聽到的這番宣言相比，我只能說，眼前發生的事情，跟我過去讀過的案例完全不同。我想到「母親的修改衣服會社」，我想到「週日甜心監督會社」，我想到許許多多經由這個男人指導成立的婦女會社。我想到那些可說是依靠高佛瑞先生才能正常運作的婦女會議，就是同樣的這一位高佛瑞先生剛剛說，他認為這些慈善活動是一種阻礙，而且他每次出席會議都希望可以離我們越遠越好！若我告訴我那些年輕的女性朋友，我在此刻是如何吞下我的自尊，保持沉默，她們應該也會受到鼓舞，展現出堅忍不拔的精神吧。同時我也要澄清，我雖然很生氣，卻沒有聽漏接下來的對話。瑞秋又開口了。

「你已經對我做了告白。」她說：「若是我也對你坦白說出我的想法，我不知道你之後有沒有辦法從對我這段不愉快的感情當中解脫出來。」

他受到驚嚇了。我坦承我也受到驚嚇了。他認為，我也認為，她想要說出月光石事件的真相。

「你會認為我是這個世界上最無恥的人嗎？」她繼續說：「這是真的，高佛瑞。我做了破壞自己聲譽的事情，還有什麼比這更無恥的呢？而這就是我現在的寫照。」

「親愛的瑞秋！妳沒有理由說這種話來貶低妳自己！」

「你怎麼知道我沒有理由？」

「妳怎麼可以這麼說！我知道妳要說什麼，因為我很瞭解妳。親愛的，妳的保持沉默並沒有降低我對妳的評價。妳那珍貴的生日禮物消失了，或許確實是件很奇怪的事情，但妳跟這事件有某種關連，也很奇怪。」

「你是在說月光石的事嗎？高佛瑞……」

「我肯定妳是在說那件事……」

「我並不是指月光石事件。我聽說了有關月光石遺失事件的謠言，但就讓人們去說吧，不管怎麼做都不會破壞我的聲譽。若有一天月光石事件的真相公開了，大家會瞭解我確實要為這件事負起某種程度的責任。他們會知道，我確實保守了一個悲慘又可怕的秘密，可是我是清白的，我跟這件事情一點關係也沒有。高佛瑞，你誤會我了。我應該要說得更明白一點。請你給我多一點時間，我會跟你說明清楚。請你假設一下，如果你沒有愛上我？如果你愛的是另一個女人？」

「所以？」

「假設你發現了，那個女人完全配不上你？假設你發現，就算只是想到那個女人，對你來說也只有屈辱的感覺？假設只是想到你曾經有娶這個女人的念頭，就讓你羞憤得臉紅？」

「然後呢？」

「然後，假設一下，儘管有以上種種，你還是沒辦法把這個人從心裡完全消除掉？假設你無法隱瞞她在你心中引發的情感（在你還相信她是個好女人的時候）？假設愛神的惡作劇還是讓你感受得到你對她的愛？喔，我沒有辦法說清楚！我要怎麼跟一個**男人**說明，這種同時讓我著迷又讓我害怕的感情？高佛瑞，沒有的話我無法呼吸，但有的話又像是毒藥一樣會殺死我；這讓我活又讓我死的，竟是同一種東西！你走吧！我越說腦袋越糊塗了。不行！你不可以離開！我不能讓你走的時候留下錯誤的印象。我得要好好說出我的想法才行。你注意聽！**他**不知道，他永遠也不會知道我告訴你的這些事情。我再也不會跟他見面了；我才不管之後會發生什麼事，我永遠、永遠、永遠也不會跟他見面！你不要問我他是誰！不要再問了！我們不要談這個了。高佛瑞，你能像個醫生一樣告訴我，為什麼我會覺得窒息，需要更多空氣？有哪種歇斯底里患者會像我一樣，不是放聲哭泣，而是喋喋不休？我敢說我就是這樣！那又如何？我帶給你很多困擾，但你會很輕易就忘記的。你對我的評價已經降低了，對不對？不要看我！不要同情我！看在老天的分上，你走吧！」

她突然轉身，雙手狂野地敲打絲質沙發的椅背。她將臉埋在沙發椅上，放聲大哭。在我為此感到驚愕以前，我反倒被高佛瑞先生接下來採取的行動給嚇到了。他跪倒在她的腳邊，而且是**雙膝**跪下！他伸出雙手，抱住瑞秋，然後說出了幾個字，讓瑞秋全身一陣戰慄。

「妳真是個高貴的人。」

他只說了這麼一句話。但他的語氣、情感，完全跟他在公眾場合演講時，引爆聽眾情緒的口氣一模一樣。瑞秋坐著，不知是受到太大的打擊，還是入迷了（我不知道是哪一種），她甚至沒有費力掙脫高佛瑞先生的手。至於我呢，眼前發生的事情讓我不知道該不該遵守禮儀規範。我很疑惑，不知道是該先閉上眼睛，還是先摀住耳朵，最後我選擇兩者都做。我依然站在那裡，手裡緊抓著窗簾，試圖壓抑我心中歇斯底里的情感。我必須承認醫生所說的，當你想要壓抑心中情感時，不得不抓住些什麼東西。

「是的，」他的聲音和行為，充滿了熱情與虔誠。「妳真是個高貴的人。妳是一個為了真相而勇於說出一切的女性；妳是一個願意犧牲自己的尊嚴，也不願犧牲一個愛自己的男人的女性。妳才是最珍貴的財寶呀。一個男人若是娶了這種女性，並能得到她的認同和尊重的話，那對這個男人而言，這就是他人生中無上的光榮了。親愛的，妳方才提到妳在我心目中的評價是什麼。現在想想妳在我心裡佔據了什麼位置；我現在跪在妳面前乞求妳，讓我幫妳治療妳受傷的心吧。瑞秋，妳可以做為我的妻子，讓我成為一個值得誇耀的幸運男人嗎？」

聽到這裡，我真的應該要關上我的耳朵，不要再聽下去了；但瑞秋接下來說的話，充滿了我從未聽過的情感，讓我又把自己的耳朵張開。

「高佛瑞！」她說，「你瘋了！」

「親愛的，為了妳也為了我，我從來就沒有這麼理性過。想像一下未來吧。妳要為了那個永遠不知道妳的感情，而且妳永遠也不會再跟他見面的男人，犧牲妳自己的幸福嗎？妳是不是應該要忘記這段不幸的感情？而且在妳未來人生的路途上，妳一定會忘記的。妳已經經歷過那樣的人生，也厭煩這一切了。不要再耽溺於那些悲慘的情緒，多接觸些高貴的事物吧。有一個人愛妳，願意守護妳；有一個家可以給妳日復一日的平靜跟美滿。瑞秋，讓自己放鬆一下吧，能安慰妳的地方就在**那裡**！

我不祈求妳能愛我；只要妳喜歡我，尊敬我，就夠了。把其他事情都交給妳的丈夫去處理吧，接下來就交給時間去治癒妳那被深深傷害的心。」

她開始讓步了。喔，她以前受的教養到底是怎麼一回事？若我跟她站在同樣的位置上，我做的事情絕對跟她完全不同！

「高佛瑞，你不要誘惑我。」她說，「我是個無恥且莽撞的人。你不要誘惑我，讓我變得更無恥、更莽撞。」

「瑞秋，我只有一個問題：妳不喜歡我嗎？」

「我？我很喜歡你。在你跟我說了這些話以後，如果我還不尊敬、敬佩你的話，那我就是無血無淚了。」

「瑞秋，妳知道有很多妻子也都很尊敬、敬佩她們的丈夫？而且她們和丈夫都相處得很不錯。還有多少新娘在走向婚禮的祭壇之時，仍在心中審查著她們未來的丈夫？但這不見得就是一樁不愉快的婚姻，不管怎麼說，婚禮還是順利進行了。事實上，女性有時候是把婚姻當成一個避難所，雖然她們不見得會承認，但其實有為數不少的人是這麼想的。而且後來，她們也發現婚姻確實能讓她們變得更有自信。請妳看看妳自己的狀況吧。妳還這麼年輕貌美，有可能就這樣單身一輩子嗎？請妳相信我對這個世界的瞭解，這是不可能的。這只是時間問題而已。過了幾年，妳可能就嫁給別的男人。或者妳也可以嫁給現在跪在妳腳邊的男人，這個男人認為妳對他的尊敬和景仰，比這世界上其他女人的愛都還要珍貴。」

「高佛瑞，小心點！你在灌輸我某種想法，而我以前從來都沒有這麼想過。我再次告訴你，我現在覺得很悲慘又很疲累，不想再聽你的求婚了。請你記住這一點，離開這裡！」

「除非妳答應我，不然我不會站起來的。」

「如果我答應的話，你我都會後悔的，到時候一切就太遲了。」

「親愛的，當我握住妳的手，而妳答應我的求婚的時候，那會是最美好的一天。」

「你真心這麼認為嗎？」

「妳說呢？我從我父母親的生活來看，真的覺得我們可以過得很好。告訴我，妳覺得怎麼樣？妳覺得我父母親在法蘭茲霍爾的宅邸過得不開心嗎？」

「一點也不，就我看來他們過得很好。」

「當我母親年輕的時候，瑞秋，她也跟妳一樣，愛上一個配不上她的男人（這件事不是什麼家族秘密了）。她後來嫁給我父親，她尊敬他，敬佩他，但除此之外什麼感情也沒有。妳也親眼看過他們的相處模式。妳不覺得我們也可以做到那樣嗎？」[5]

「高佛瑞，你不會催我吧？」

「我會等妳的。」

「你不會要求我給你更多？」

「我的天使！我只要求妳把自己交給我而已！」

「娶我吧！」

她只說了這麼短短一句話，就接受了他的求婚！

他又突然開始行動了，在這狀況下真是不恰當呀。他把瑞秋拉近，越拉越近，近到兩人的臉碰在

5. 詳細內容請見貝特瑞吉的記述，第八章。

一起，然後……不行！我真的沒辦法再繼續說下去。我只能說，我試著在事情發生以前閉上眼睛，不過稍微有點遲了。我還估計她應該會抗拒，但她卻屈服了。對於這件事情，我有許多話得要跟我的女性同胞們說，那分量豈止是一兩冊的書就可以解決的。

就算我這個人再無知，也知道他們之間的談話該結束了。既然他們此刻都已經互相同意了，我想他們應該會手挽著手一起走出門，然後結婚去吧。不過，高佛瑞接下來的提議，卻是婚姻大事當中一件微小、但必須要辦的事情。他坐在瑞秋身邊（這次沒有被說一定要坐在瑞秋對面了），說道：「要由我跟妳母親說嗎？」他問：「還是由妳來說？」

她回絕了這兩個提議。

「等我母親身體好一點，再跟她說吧。高佛瑞，我希望現在先不要公布我們的婚約。你先走吧，傍晚的時候再回來。我們在這裡已經待太久了。」

她站起身來，同時瞥了一眼我藏身的這個小房間。

「是誰把窗簾拉下來的？」她說。

「這個房間門窗都關得緊緊的，不需要把窗簾拉下來，讓室內空氣不流出去吧。」

她走近窗簾。正當她要將手放上窗簾的時候——一掀開必然會發現躲在後頭的我，樓梯間突然傳來那個年輕男僕的聲音，讓她停下了動作。毫無疑問地，那聲音裡充滿了緊張的情緒。

「瑞秋小姐！」男僕喊道：「瑞秋小姐！妳在哪裡？」

她跳離窗簾，奔向門邊。

男僕也正好走進房間裡來。他原本紅潤的臉色變得慘白。他說：「小姐，請快點到樓下來！夫人昏倒了，不管怎麼做，她都醒不過來。」

沒過一會兒，這房間內又只剩我一個人。我得以在沒有任何人發現的狀況下，溜下樓去。

經過大廳時，高佛瑞先生急匆匆地跑過我身邊，他要去找醫生。「妳進去房間幫他們！」他說著，指了指房間。我看到瑞秋跪倒在她母親身邊，她母親的頭則垂在瑞秋胸前。只消看嬸嬸的臉一眼，就足以讓我察覺到可怕的事實了。直到醫生來之前，我都沒有把我的想法說出口。醫生沒過多久就到了，他先要瑞秋到其他房間去，然後跟我們其餘的人說，維林德夫人已經過世了。我要告訴各位嚴肅的基督徒，這位醫生在懷疑到底是什麼造成維林德夫人病情加重時，他用一種責備的眼神看著**我**。

一個小時以後，我偷偷去看了餐室和圖書室的狀況。我嬸嬸在過世以前，完全沒有打開我寄給她的那些信。不過更讓我震驚的事情是，幾天以後我才想到，她在過世之前來不及將她說的小小遺產交給我。

6

1.「克拉克小姐向法蘭克林·布萊克先生致意，並在將她微不足道的記述寄送給布萊克先生之時說明，提及維林德夫人過世的悲慘事件時，她覺得讓人的情緒過度高漲不是一件好事，因此她在手稿內附上一些她所擁有的珍貴書籍的節錄，內容全都與疾病、親人過世相關。（克拉克小姐熱切地盼望）這些節錄對她最敬重的親戚法蘭克林·布萊克先生來說，就像是喇叭的吹奏聲一樣，有警醒的作用。」

2.「法蘭克林·布萊克先生向克拉克小姐致意，感謝她寄送來的第五章記述。他雖將克拉克小姐隨信附送的節錄稿寄回，但他表示這跟他個人對這類作品的意見沒有任何關係，他只是認為，這些節錄稿之於他們想要完成的目的，是不必要的。」

3.「克拉克小姐感謝法蘭克林・布萊克先生將節錄稿寄送回來。她感性地表示，有鑑於自己是個基督徒，不會將法蘭克林・布萊克的行為當作是一種冒犯。克拉克小姐表達對布萊克先生的深切關心，並說明布萊克先生將來若罹患疾病，她會再度將這些節錄稿寄給布萊克先生。同時她也想要瞭解，在她開始動筆寫最後一個章節以前，布萊克先生是否需要由她來寫出後來解決月光石謎團的線索。」

4.「法蘭克林・布萊克先生很抱歉得讓克拉克小姐失望了。他再次說明，他請克拉克小姐寫這份記述的指示。克拉克小姐必須依照自己在日記裡的記錄，僅以個人的經驗去描述她所知的人事物。之後發現解決事件的線索，將會交由另一位目擊者來完成。」

5.「克拉克小姐極為抱歉又寫了一封信打擾法蘭克林・布萊克先生。她寄送出去的節錄稿已經被送回來，而她也被禁止發表對月光石事件的個人觀點。克拉克小姐心痛地發覺到，自己的很多提議都（以世俗字彙來說）遭受駁斥。不過，她在逆境之中學到堅忍不拔的毅力。她再度寫信詢問布萊克先生（他對她的記錄設下諸多限制），是否也反對將他們的通信加入記述內容當中。布萊克先生在記錄中的介入說明，是將克拉克小姐當作這一份記錄的作者，這一點確實能讓克拉克小姐有自由發揮的空間。但克拉克小姐想要知道，是否可以用公開通信記錄的方式說明清楚自己的立場。」

6.「法蘭克林・布萊克先生同意克拉克小姐的提議，並相信既然他同意了，那麼討論這議題的通信也可以就此打住。」

7.「克拉克小姐（寄出最後一封信）認為，她身為基督徒的義務，讓她必須提醒法蘭克林・布萊克先生在最後一封信中（顯然充滿了對她的侮辱），並沒有說明清楚作者的目標是什麼。她激動地請求布萊克先生能屏除個人偏見，請他設身處地想想，一個貧窮而可憐的女性，怎堪受到如此屈辱。為回報布萊克先生最後的宣言，克拉克小姐將她抄寫的所有書籍節錄稿，都寄還給法蘭克林・布萊克先生。」

（接下來並未收到任何回信。無須置評。〔簽名〕**卓西拉・克拉克**）

7

上一章的通信記錄充分顯示，我為什麼會在第五章結束時，只簡單說明了維林德夫人過世的經過。為了嚴守僅能在這份記述中寫下我個人經驗這個規則，我接下來要說的是，在嬸嬸過世一個月後，我再度和瑞秋・維林德相遇。那一次，我和她在同一個屋簷下待了幾天。在我拜訪的那段期間，發生了一些事情，其中一件比較特殊，必須在章節中說明的，就是她跟高佛瑞・亞伯懷特先生的婚約。一連串家族不幸事件一一揭露，等到這最後一件落幕時，我的責任也完成了。我必須在此再度告訴各位讀者（而且很不情願），我對事件的描述只能限於我個人的經驗而已。

嬸嬸的遺體之後從倫敦的宅邸移出，埋葬在一個教堂的小小墓地裡，這個教堂就鄰近屬於她產業的土地附近。我被邀請和其他家族成員一同參加葬禮。不過（依我宗教上的觀點），我實在沒有辦法在短時間內從嬸嬸死亡的打擊中回復過來。此外，他們還通知我，將由法蘭茲霍爾的教區長來主持儀式。我過去曾經有幾次在維林德夫人的餐桌上，聽這個宗教叛變者說禱告詞；我在想，即使我的身體好到可以長途旅行，我也可能不適合出席那場葬禮。

維林德夫人過世以後，她的女兒就交由姊夫亞伯懷特先生監護。依照遺囑，他將在外甥女出嫁，或是到某個特定年齡以前，都擔任她的監護人。我猜想，高佛瑞先生是在這種狀況下，向父親透露他和瑞秋的婚約。不管怎麼樣，孀孀過世還不到十天，他們兩人的婚約在家族間已經不是秘密了。對老亞伯懷特先生（另一個宗教叛變者）來說，最主要的問題就變成，該如何討好這位即將與兒子結婚的富有年輕女士。

瑞秋一開始就丟出了一些難題，這個問題是有關她現在要住在什麼地方。在蒙塔古廣場的宅邸，會讓她聯想到自己母親死亡的不幸；在約克夏的宅邸，又跟月光石消失的事件有關。她的監護人在法蘭茲霍爾的宅邸沒有上述兩樣顧慮，但是她正在服喪的身分，可能又會讓兩位總是興致高昂的亞伯懷特小姐感到沮喪，因此她自己也認為應該過些時候再去拜訪。之後，老亞伯懷特先生提議，她可以住在布萊頓一棟附家具的房子。他的妻子，還有一個病弱的女兒，會跟瑞秋一起住在那裡，然後過一陣子老亞伯懷特先生也會加入她們。他們不會參加當地人的社交活動，只是接待一些老朋友，而他的兒子高佛瑞會過著搭火車往返倫敦和布萊頓的生活。

我之所以要說明他們是如何漫無目標地討論居處問題（肉體上不知足、無休止的渴望，以及心靈上恐怖的停滯狀態），是為了要陳述後來發生的事情。而我會來到這裡與瑞秋同住（全都是天命），也是因為我要幫忙替布萊頓的房子找僕人。

我的亞伯懷特孀孀，是個大而化之、沉默寡言、長相端麗的女士；以上這些是她性格當中唯一值得記述的優點。從她出生起，就從來沒有為自己做過任何事情。她這一生都在接受別人的幫助，也只聽從別人的觀點。從心靈角度看來，她是我所見過最無望的人了，我想絕對沒有方法可以解決這個令人困惑不解的案例。亞伯懷特嬸嬸會在聽從**我的**教義時，又同時聽從西藏喇嘛的傳教，然後照本宣科地把我說的教義和西藏宗教的教義都說出來。她是在倫敦的旅館短暫停留時，偶然發現布萊頓這棟附家具的房子，然後她就坐在沙發上，派人去找她兒子來處理買房子的事。有一天早上，她坐在床上用早餐時（仍在旅館裡），想到應該要去找一些僕人，然後她就以找「克拉克小姐來」為條件，放自己的侍女一天假，認為她應該會很高興。我到旅館時是十一點鐘，看到她穿著睡袍，穩穩地坐在床上，給自己搧扇子。「親愛的卓西拉，我需要一些僕人。妳這麼聰明，請妳幫我找幾個人過來吧。」我環視這個亂糟糟的房間。教堂鐘聲響起，提醒我現在正是開始工作的時候了；這些鐘聲也告訴我，我應該要對嬸嬸的態度提出一些勸誡。「喔，嬸嬸！」我悲傷地說：「一個基督徒的英國婦女可以**這麼**懶散嗎？這種生活方式，可以讓妳得到永恆的生命嗎？」嬸嬸回答：「卓西拉，如果妳好心來幫我的話，我就會起來換衣服了。」我還能說什麼呢？我是在跟一個女殺手周旋吧；我跟亞伯懷特嬸嬸之間的談話永遠都沒有交集。「妳有想要雇用的僕人清單嗎？」我問。嬸嬸搖頭；看來她連列清單的力氣都沒有。「親愛的，瑞秋有清單。」她說：「她在隔壁房間裡。」我走到隔壁房間，自從我們在蒙塔古廣場的宅邸分別以後，我和瑞秋是第一次見面。

她陷入深深的悲傷當中，看起來很瘦小又脆弱。若要我說，我對人的外貌（這是最微不足道的東西）有什麼喜好，我會認為瑞秋最不幸的地方就在於她的膚色；若衣服邊緣是白色的話，會讓她的黑皮膚變得更明顯。但是我們的膚色跟外貌又有什麼關係？親愛的女孩們，外貌是提升我們性靈的阻礙跟陷阱呀！但出乎意料的是，我一走進房間，瑞秋就站起身，朝我伸出雙手。

「我很高興見到妳，」她說：「卓西拉，前陣子我對妳說了一些很愚蠢又很不禮貌的話。很抱歉。」

希望妳可以原諒我。」

我想我的表情完全表露出心裡的訝異。她臉紅了一下，然後繼續說明。「我母親這一生中有很多朋友，」她繼續說：「她的朋友不見得都是我的朋友。但現在我失去她了，我希望可以跟她的朋友交流一下，讓我的心得到慰藉。她很喜歡妳。卓西拉，如果可以的話，請妳也當我的朋友吧。」

對所有正常人而言，她的動機真是讓人震驚。在基督教為主的英國，竟然有這麼一個服喪中的年輕女孩，因為不知道該向何處尋求安慰，結果找上了她母親的朋友！我這位親戚終於瞭解她自己的缺陷，但並不是出於信念和責任，而是出於感傷和衝動！雖然這是令人感到多麼悲傷的事情，但從我的慈善工作經驗得知，也不是完全沒有希望。我想稍微試探一下，母親的過世對瑞秋的內在帶來了什麼改變，應該無傷大雅。於是我決定藉由詢問她跟高佛瑞・亞伯懷特先生的婚約，來探索瑞秋的內心。

我盡其所能地用真摯的語言和她打招呼以後，就在她的要求下，在沙發上落坐。我們談了些家族的事情，還有對未來的規劃——我想要藉由討論未來規劃來引她說出結婚的事。雖然我一直試著要把對話引導到那個方向去，瑞秋卻始終不肯接受我的暗示。我們兩人才剛剛和解而已，如果由我這邊直接提出問題，恐怕有些不恰當。

除此之外，我想要知道的，她幾乎都告訴我了。跟我當時造訪蒙塔古廣場的宅邸時完全不一樣，瑞秋不再是那個莽撞又大膽無禮的人。這讓我覺得，我應該可以跟她談談她的未來規劃。我先從給她一點真誠的警告開始，跟她說這麼匆促就定下婚約會不會太魯莽，接著再跟她談更多有關婚約的事情。我心裡懷著某種新生的情感，看著瑞秋；同時又想起，當她面對高佛瑞先生的結婚提議時，她那令人意外的莽撞表現。我心中突然湧現一股神聖的使命感，我想我應該可以為她在這方面做點事。在這個案例上，我相信進行的速度很重要。我回到原先替房子找新僕人的話題上。

「親愛的，僕人的清單呢？」

瑞秋寫了一份清單給我。

「廚師、廚房侍女、女僕和男僕。」我唸道，「親愛的瑞秋，妳只是想要短期雇用這些人吧，在妳的監護人一家待在那房子的那段期間。如果要在倫敦找，我覺得很難找到符合條件和資格，且願意配合短期雇用的人。布萊頓的房子找到了嗎？」

「找到了，高佛瑞已經處理好了。原本房子裡的僕人希望他可以繼續雇用他們，可是高佛瑞覺得他們不適合，他回來的時候還沒有解決僕人的事情。」

「瑞秋，妳自己沒有雇用僕人的經驗嗎？」

「我從沒做過。」

「亞伯懷特嬸嬸有努力過？」

「沒有，親愛的。卓西拉，請不要責怪她。我想她是我看過這世界上最快樂的女人了。」

「親愛的，快樂是有很多層次的。關於這件事情，我們日後再談談吧。我想我還是要先解決找僕人的困境。嬸嬸會幫忙寫封信給那房子裡的人吧？」

「如果我幫她寫，她會簽名的。最終的結果都一樣。」

「妳說的沒錯。我想先拿這封信，然後明天去布萊頓一趟。」

「妳真是太好了！等妳準備好，我們就會過去找妳。然後我希望妳可以當我的客人，在布萊頓待一陣子。布萊頓是個生氣勃勃的地方，妳一定會喜歡的。」

就這樣，她邀請我到布萊頓去，我接下來就有很大的希望可以進行我的計畫了。

我們見面時，那一週已經過了一半，到了週六下午，房子就已經準備好，只等他們搬過來了。在這麼短的時間內，我已經篩選過一堆來應徵的僕人，我不僅檢視他們的人格，還檢視他們的宗教傾向，然後依著我的良心做了最佳選擇。我還在布萊頓找到兩位我的朋友（都是認真嚴肅的人），這兩位朋友都很值得信賴，讓我可以向他們透露我來到布萊頓的神聖任務。其中一個朋友是位神職人員，大方出借他服事的教堂，做為我檢視應徵僕人的地點。另一位朋友和我一樣是單身女士，則出借她的圖書室給我，她的圖書室同樣收藏了許多珍貴的書籍。我從她的藏書中借了六本書，全都是為了瑞秋而精心挑選的。我把這些書散放在幾個她有可能會常去的房間後，我的準備工作就大功告成了。幾位健全的僕人們正在等著她的到來，有健全的牧師可以開導她，還有幾本健全的書就放在她的桌上。我用三倍的熱情去接待那失去母親的女孩。星期六下午，我坐在窗邊等候我的親戚們到來時，腦海呈現一種宛如置身天堂般的平和。但一股暈眩感不斷反覆襲來。唉呀！他們之中有幾人可以感受到我完成工作的精緻度呢？這是個很大的問題，我們就不要再追究這件事了。

在六點到七點之間，她們到了。令我驚訝到難以言喻的是，護衛她們過來的並非高佛瑞先生，而是律師布拉夫先生。

「妳好嗎？克拉克小姐。」他說，「我會在這裡待一段時間。」

他意有所指的，應該是之前不約而同拜訪蒙塔古廣場的宅邸時，我們之間有關月光石事件真相的爭議。雖然我當時要求他暫停討論了，不過我可以確信，這個老市儈此行應該是有什麼私人目的。我已經為親愛的瑞秋準備了一窺天堂的機會，但誘惑的蛇卻跟著她過來了！

「卓西拉，高佛瑞最近有點忙，這次沒辦法陪我們一起過來。」亞伯懷特嬸嬸說：「他在倫敦被一些事情絆住了。布拉夫先生自願要代替他陪我們過來，他會在這兒待到下週一早上。對了，布拉夫先生，醫生說要我多運動，但我很討厭運動。」亞伯懷特孀孀指向窗外，此時有個人推著一部輪椅經過前面。「我覺得那樣子運動也可以。如果你只是想要呼吸點新鮮空氣，那麼坐在輪椅上就夠了。如果你是想要運動到筋疲力竭的話，那麼光是像那個人這樣推輪椅，就夠累了呢。」

瑞秋獨自站在窗邊，沉默不語，雙眼凝視著海岸。

「親愛的，妳累了嗎？」我問道。

「沒有。我只是有點沒精神。」她回答。「我在約克夏的時候，也常常像這樣，看著陽光灑在海面上。卓西拉，我是在想，過去的日子真是一去不復返呢。」

布拉夫先生留下來用晚餐，一直在這兒待到很晚。我越是看著他，就越覺得他這一次來到布萊頓，一定私下有什麼理由。我很仔細地觀察他。他一整晚都跟以前一樣，表面上平易近人，有時候會說一些不敬神的流言蜚語，就這樣待到他該離開的時候。當他和瑞秋握手時，我注意到他那雙沉重而狡猾的眼睛，帶著一種特殊的興趣和注意，看了瑞秋一會兒。他很明顯地在觀察瑞秋。他離開時，只對瑞秋還有其他人說了些普通的告別話語。他表示明天會過來一起用午餐，然後就回去他寄宿的旅館了。

第二天早上要把亞伯懷特孀孀叫起來，換下她的睡袍，帶她去上教堂，是不可能的事情。她那個病弱的女兒（就我看來她根本就沒病，完全只是遺傳到她母親的懶散）則宣稱，她今天要一整天都待在床上。只有瑞秋和我兩個人去了教堂。我那位牧師朋友做了一番精彩的講道，他告訴我們，在這個充滿異教徒的世界裡，有各種各樣小小的原罪存在。他流暢的演說，伴隨著他美妙的聲音，在神聖的殿堂中迴響，持續了約一個小時左右。我們離開時，我對瑞秋說：「親愛的，妳的心找到方向了嗎？」她回答我說：「沒有，那只讓我頭痛而已。」對其他人來說，她的回應可能很讓人氣餒；不過，像我這樣全心全意為慈善和傳道付出的人，沒有事情能讓我洩氣。

回來時，我們發現亞伯懷特孀孀和布拉夫先生已經在用午餐了。當瑞秋說她頭痛不想吃任何東西時，狡猾的律師隨即找到機會，準備展開攻擊。

「只有一個方法可以治療頭痛。」這個可怕的老人說道：「瑞秋小姐，去散散步吧，這樣妳的頭痛就會好了。如果妳願意的話，我可以陪妳一同出去散步。」

「我很高興你願意陪我去。我現在最想做的事情就是去散步一下。」

「現在已經過兩點鐘了。」我在一旁做出溫和的建議。「瑞秋，教堂午後的禱告在三點鐘開始。」

「妳覺得我還會想要去教堂嗎？」她有些生氣地說：「我頭痛得很厲害呢。」

布拉夫先生很殷勤地幫她開門。下一刻，他們兩人已經走出門外了。我想，我從未像此刻這麼強烈地想要執行我那神聖的使命。但我該怎麼做？我想我只能在接下來找個機會介入他們之間。

我從午後禱告回來以後，發現他們也才剛剛回來。我只是看他們一眼，就知道律師已經對瑞秋說了他想要說的話。我從來沒看過瑞秋這麼沉默，一副陷入深思的樣子。我也從沒看過布拉夫先生對瑞秋這麼仔細呵護，且用那種帶著明顯敬意的眼光望著她。他說，也可能是藉口，他那天晚上跟人約了用晚餐，然後就這樣離開我們了；他打算搭第二天早上第一班火車回倫敦。

「妳確定妳要這麼做嗎？」他在門口這麼對瑞秋說。

「我很確定。」她這麼回答。然後兩人就互相告別。

等布拉夫先生離開以後，瑞秋就告退回自己房間去。她也沒有出現在晚餐桌上。她的侍女（那個戴裝飾帽的女孩）下樓來宣布說，瑞秋的頭痛又犯了。我跑上樓到她房門外，對她說我願意為她做任何事情。但門鎖上了，而她一直沒有將門打開。這兒可有一堆阻礙有待我一一去解決！雖然她關上了門，我卻因此受到了鼓舞。

第二天早上，僕人送茶到她房間，我跟著一起進去。我坐在床邊，對她說一些很真摯的話語。她一邊聽著，雖然很有禮，卻顯得有些倦怠。我注意到，我跟朋友借來的那些書，被推到桌子角落。我問她，妳是不是有稍微看一下？有，不過她對這些書都不感興趣。妳願意讓我唸一些段落給妳聽嗎？我覺得這些地方寫得很好，不過妳可能沒有看到。不用了，現在不要——她說她有其他事情得要思考一下。她一邊說著，一邊反覆摺疊、打開睡袍的褶邊。為了重振她的精神，我試著提及目前佔據她心裡的事情。

「親愛的，妳知道嗎？」我說，「昨天我對布拉夫先生有個奇怪的想法。你們一起散步回來的時候，我看到你們的樣子，總覺得布拉夫先生是不是跟妳說了什麼壞消息。」

她的手指從睡袍褶邊上落下來，抬起那雙嚴厲的黑色眼睛，望著我。

「剛好相反！」她說，「那其實是我很關心的消息，我很感謝布拉夫先生告訴我那件事情。」

「是這樣嗎？」我的語調裡帶了一種淡淡的興趣。

她的手又回到睡袍的褶邊上，然後憂鬱地轉過頭，不再看我。我在從事慈善活動時，遇到這種狀況已經好幾百次了，她的表現只會刺激我再試一次而已。我關心她的福祉，充滿無畏的熱情，因此我冒了很大的風險，直接就跟她談她的婚約。

「那是妳很關心的消息？」我重複道，「親愛的瑞秋，那麼這一定是有關高佛瑞．亞伯懷特先生的消息囉？」

她突然從床上坐起來，臉色變得蒼白。她幾乎就要用像之前那樣傲慢無禮的言詞來反駁我了。但是她克制住自己的衝動，躺回枕頭上，想了一會兒，然後告訴我這幾句令人驚愕的話：

「**我永遠也不會嫁給高佛瑞．亞伯懷特先生。**」

這次該是我問她了。

「妳這是什麼意思？」我大叫：「家族所有人都認為你們的婚約已經定下來了！」

「高佛瑞・亞伯懷特先生預定今天要到這裡來。」她用固執的語氣說。「等他來了，妳就知道了。」

「可是，親愛的瑞秋……」

她搖了搖床頭的傳喚鈴。那個戴裝飾帽的女孩現身了。「潘妮洛普！我要洗個澡！」

我退開，讓她的侍女去做事。在當時，我想她是用這種方式暗示，強迫我離開這個房間。以那些世俗的人來看，我對瑞秋來說，不過是她前進的絆腳石。我只是想要藉由對她的婚姻提出一點真誠的告誡，把她的心靈提升到比較高的境界而已。不過，如果她說的是真的，那麼她應該是不會結婚了。可是呀，我的朋友們！像我這樣虔誠的基督徒（我對她懷有虔誠的願景），是不會只侷限在這一點上面的。假設瑞秋真的悔婚，而對亞伯懷特父子來說，這場婚事本來就已經底定了，那麼會發生什麼事？如果她仍固執己見，結果就是雙方用惡劣的言語互相指控。等這場暴風雨般的談話結束以後，對瑞秋又有什麼樣的影響？她會陷入一種有益的道德消沉當中。在這種狀況下，依照她的性格，她會堅決去反抗，而這會讓她疲累到無法再保持自己的自尊和固執。她會轉向身邊最有同情心的人尋求安慰。而我就會是那個在她身邊的人；我會給她滿滿的關懷，給她最恰當的語言、激勵的話語。在我看來，沒有比這個機會更能執行我神聖的任務了。

瑞秋下樓來用早餐，可是她什麼都沒吃，幾乎也沒說幾句話。早餐過後，她毫無目標地晃過一個又一個房間，然後她又突然振奮起來，打開鋼琴蓋。她所選擇的樂曲，是最可恥、最猥褻的音樂，這種音樂通常都是在某種舞台表演時演奏，而我光想到那是什麼樣的表演，全身血液就都凍結了。在這種時候介入去規勸她，不是一件恰當的事情。我私下偷偷確認了高佛瑞・亞伯懷特先生到達的時間，然後為了躲避那些音樂，離開了房子。

我單獨一人出去以後，就去拜訪我那兩位當地的友人。跟這幾位個性認真嚴肅的人，做真誠的談話，對我而言真是一種難以形容的奢侈享受。我受到友人的鼓勵，也因為和他們的對話而重振精神，之後我回到那房子，正好就是我們期待的客人到來的時刻。我走進起居室，通常這時間裡面都空無一人，不料卻正巧和高佛瑞．亞伯懷特先生碰上！

他並沒有一副想要飛快離開這裡的樣子，完全相反的是，他朝我走來，用最真誠的姿態迎接我。

「親愛的克拉克小姐，我等著要見妳呢。剛好我在倫敦的事情比預期還要早結束，所以我就比預定時間還要早到這裡來了。」

雖然這是我們在蒙塔古廣場宅邸碰面後第一次見面，但他連一絲尷尬也沒有地向我解釋原由。他一點也不知道——這是真的——我看見了他求婚的那一幕。但另一方面，他知道我參加「母親的修改衣服會社」，以及我與其他慈善團體友人的關係，會提醒我，他無恥的忽視了他的女性同胞，還有窮人同胞。然而，他現在就在我面前，充分嶄露他迷人的聲音和富魅力的笑容！

「你見到瑞秋了嗎？」我問。

他輕輕地嘆了一口氣，接著拉起我的手。若不是他的舉動把我嚇得動彈不得，我會馬上就把手抽回來。

「我見過瑞秋了。」他的語氣非常平靜。「親愛的朋友，妳知道我們訂婚了吧？她突然決定要解除婚約。她回想這整件事情，認為為了我們兩人好，她應該要撤回這個倉卒的婚約，讓我可以更自由地去做其他選擇。不管我問了她什麼問題，她只給我這個理由。」

「你做了什麼呢？」我問，「你同意了嗎？」

「是的。」他的情緒完全平靜無波，沒有一絲動搖。「我同意了。」

我無法想像，他竟然能在這種狀況下做出那樣的舉動，所以我只是呆站在那兒，手還被他握著。盯著任何人看，是一種很粗野的行為，而盯著一個紳士看也是非常無禮的。我卻同時做了前述兩件事情。我還覺得昏昏沉沉地，像在作夢一樣，開口問：「這是什麼意思？」

「請容我告訴妳吧。」他回答：「我們先坐下如何？」

他帶著我到一張椅子上坐下。我隱約記得，他當時的態度顯得非常溫柔可親。我不記得他是不是把手臂環在我的腰間，撐著我走路；我不是很肯定。但我那時候覺得很無助，而他對待女士的態度卻很討人喜愛。不管如何，我們倆都坐下了。那時除了這麼做以外，我也無法做出其他反應。

8

「我失去了一個美麗的女孩，搞砸了自己優異的社會地位，還拋棄了一份相當高的收入。」高佛瑞先生開始說：「但我完全沒有一絲猶豫，就同意解除婚約。我為什麼要做這種奇怪的決定？親愛的朋友，這完全沒有理由的。」

「沒有理由？」我重複他說的話。

「親愛的克拉克小姐，讓我用小孩子來做譬喻吧。」他繼續說：「一個孩子想要做一件事情，妳被他的行為嚇到了，想要讓他解釋為什麼。但那個小孩子卻無法告訴妳理由。妳也可以問小草為什麼要生長，鳥兒為什麼要鳴唱。那麼，我就像這樣，我就是小孩子，就是小草，就是鳥兒。我不知道我為什麼要向維林德小姐求婚，我不知道我為什麼會毫不知恥地忽略我那些女性同胞們，我不知道我為什麼要背棄『母親的修改衣服會社』。妳問一個孩子，妳為什麼會這麼調皮？那小天使把手指放進自己嘴裡，想了想說他不知道。克拉克小姐，我就是這個樣子！我沒辦法對任何人說，但我覺得我必須要對**妳**告白。」

我開始漸漸恢復了。我面對的是個心理上的問題。我對心理問題很有興趣，而且我也有方法可以解決這些問題。

「我的老朋友，請妳運用妳的智慧，幫幫我吧。」他又說，「為什麼，隨著時間越來越近，我卻覺得這場婚事就像是作夢一樣不真實？為什麼我會突然覺得，我真正的幸福是在於幫助我那些親愛的女性同胞，好好做我的慈善事業，在議會主席需要我的時候，去做幾場熱情的演說呢？社會地位可以帶給我我想要的東西嗎？但我已經有社會地位了！這麼多的收入可以帶給我什麼？這份收入可以讓我獨立生活，負擔得起我的房租，一年買兩件新外套。我想從維林德小姐身上得到什麼？她已經親口告訴我（親愛的女士，這是我們之間私下的談話），她愛著另一個男人，她之所以會答應跟我結婚，是因為她想要忘記那個男人。這場婚事實在太可怕了！喔，這場婚事實在太可怕了！克拉克小姐，在我一路來到布萊頓的路上，我就是這樣反省著一切。我像囚犯般帶著一種要來服刑的心情，來到瑞秋面前。當我發現她也改變主意，聽到她說想要解除婚約時，我真的大大地（毫無虛假）鬆了一口氣。上個月，我還興高采烈地將她抱在我胸前。一個小時前，當我知道我不需要再像那樣緊抱住她的時候，我心裡就猶如喝了烈酒一般狂喜。這完全不可能，不可能會變成這樣的。但事實就是如此。從我們坐下以後，我告訴妳的一切，全部都是事實。我失去了一個美麗的女孩，搞砸了優異的社會地位，拋棄了一份相當高的收入；但是我毫無猶豫就接受她解除婚約的提議。親愛的朋友，妳能瞭解這是怎麼一回事嗎？**我**完全不知道該怎麼解釋！」

他的頭垂在胸前，因為自己難解的心理問題而喪氣。

我被深深地感動了。我現在知道該怎麼處理這個案例（假如可以說我就像是個心靈的醫生）。從我們的經驗看來，這不是個尋常的案例；像高佛瑞先生這樣具有優異能力的人，有時也會像平庸無才的人一樣，發出這種謙卑的話語來。以神的意旨來說，毫無疑問地，我的目標就是告訴那些偉大的人，他們其實是生命有限的人類，而上天雖然賦予他們強大的才能，但也可以隨時將這些能力奪回去。我現在可以看到，高佛瑞先生從他悲慘的際遇中感受到的羞辱，其實對他有益；而我是在不為他所知的立場下觀察到這一點。我也發現，他不準備和瑞秋結婚以後，他性格當中比較好的那一面又逐漸回來，而他也急切的想要回頭從事婦女跟窮人的慈善工作。

我用幾句簡短而親密的話語，告訴他前述觀點。我可以很明顯看到他變得很高興。我這麼告訴他以後，他說自己就像是從黑暗中浮現出來，向著光明前進的人。當我告訴他，「母親的修改衣服會社」依然歡迎他時，這位基督教英雄滿心感激地將我的兩隻手輪流湊到唇邊親吻。我因為成功地將他拉回婦女慈善事業這一邊來，而被狂喜沖昏了頭，所以就隨他去了。我閉上眼睛，腦袋因喜悅而進入忘我的狀態，不覺將頭靠在他的肩膀上。若我再維持同樣姿勢多一點時間，我想我可能會因為心醉神迷而昏倒在他的臂彎裡；但是來自外面的聲音突然介入，讓我整個人驚醒過來。外頭傳來刀叉碰撞的鏗鏘聲響，是男僕在準備午餐用的餐桌了。

高佛瑞先生突然站起身，看著壁爐上的時鐘。

「跟**妳**在一起，時間過得真快！」他說道：「我得要去趕火車了。」

我問他為什麼要這麼趕著回倫敦。他告訴我，婚約解除的問題還沒有跟家族裡的人講，而且也有可能會有人反對這件事情。

「我父親告訴我，」他說：「他今天因工作而離開法蘭茲霍爾前往倫敦，不是今天傍晚就是明天早上，他就會來到布萊頓了。我得去把我和瑞秋的決定告訴他。他已經全心認為我們兩人會結婚了，我擔心他會反對我們解除婚約。為了我們好，我得要在他來布萊頓以前，先讓他接受這件事情。最最親愛的朋友，我們之後會再見面的！」

他說完以後，就匆忙地離開了。我也急急忙忙地跑上樓，回到自己房裡，想要在與亞伯懷特嬸嬸和瑞秋共用午餐以前，先好好冷靜一下。

在把高佛瑞先生的事情想過一遍後，我明白，他之所以在瑞秋一提出解除婚約，馬上就答應她，是因為世俗的觀點讓他這麼做的。我後來聽說，他急著用各種方式試圖回復原先在我心中的地位；他熱切地希望可以（透過我）與「母親的修改衣服會社」的成員和解，並得到這世界上眾多善良的人，以及如我這般親密的朋友的祝福。我之所以提出這些令人作嘔的誹謗中傷，是因為我想說，即使是這樣，也絲毫都沒有影響到高佛瑞先生在我心目中的評價。為了忠實完成任務，我依照日記的內容，寫出了我對這位基督教英雄觀感的變化。在這裡我必須加以說明的是，當高佛瑞先生的評價回復到以前的狀態，我對這位具有天賦的朋友的觀感就沒再改變過。我一邊寫一邊淚流滿面，甚至還想要寫更多。不過不行，我被嚴格禁止書寫我個人經驗以外的事情。在這次事件以後，不到一個月的時間，我因為經濟市場的問題（這讓我的收入變得更少了），不得不過著流放國外的生活。我帶著高佛瑞先生給我的美好回憶，離開了英國，而那些對他的中傷雖然仍持續著，卻無法真正傷害到高佛瑞先生。

讓我擦乾眼淚，回到正題吧。

我下樓去用午餐，有些不安地看著瑞秋，不知道她因為解除婚約的關係，有沒有受到什麼影響。在我看來（雖然我個人其實對這種事沒什麼經驗），重新恢復自由，讓瑞秋又開始在想她愛的那個男人了，而她對於自己無法控制這種令人羞恥的情緒，感到相當憤怒。那個人是誰？我懷疑是某人，不過現在不需要浪費時間在無意義的猜測上頭。當我成功讓她改宗以後，她就不會對**我**有任何隱瞞了。她會告訴我所有關於那個男人的事情，也會告訴我月光石事件的內幕。就算我不是抱持著要讓她性靈提升這種高尚的目的，我也希望可以讓她從那充滿罪惡的秘密當中解放出來，這成為最能鼓舞我行動的動機了。

亞伯懷特嬸嬸用完餐以後，坐著她的輪椅去做她所謂的運動了。瑞秋陪著她一起去。「我想要推輪椅。」她很突然地說：「我想要運動到讓自己累得站不起來。」

到了傍晚，她還是維持同樣的情緒。我從朋友借我的珍貴書籍裡（《珍．安．史坦普小姐的人生、書信以及勞動》，第四十四版）找到一段文章，很適合說明瑞秋現在的模樣。我建議她唸唸這一段，她卻走到鋼琴旁邊。若她認為這種應對方式就可以讓我退縮，就表示她完全不瞭解像我們這種認真嚴肅的人。我把珍．安．史坦普小姐的書帶在身邊，滿懷堅定的信念，等待下一次機會的來臨。

那天晚上，老亞伯懷特先生沒有出現。我知道他之所以重視兒子與維林德小姐的婚約，完全是出於貪婪；不過我也堅信（高佛瑞先生會盡力阻止他），他會在明天早上才出現。因為他的介入，我預期這裡將引發一場風暴，而瑞秋因為激烈對抗的關係，也會筋疲力竭。我知道他人，尤其是地位次於他的人，對老亞伯懷特先生的評價相當好，都認為他是個好人。但根據我的觀察，他只在事情順著自己的意思發展時，才會看起來像個好人；不過，像這樣的日子也不多了。

第二天早上，如我所料的，亞伯懷特嬸嬸被她突然來到的丈夫給嚇了一大跳。但他踏入這房子內沒有多久，就換**我**嚇了一跳，因為緊跟著他身後進來的人，竟是布拉夫先生。

我從來就沒有像此刻這麼不歡迎這位律師的出現。他一副做好所有準備，要阻擋一切的姿態，甚至擺出一副能夠幫助瑞秋與她的敵人和平相處的模樣！

「先生，真是令人開心的驚喜呢。」亞伯懷特先生用虛偽的熱忱語氣說：「我昨天才剛離開你的辦公室，怎料到今天竟然又在布萊頓跟你碰面了。」

「昨天你離開以後，我一直在想我們之前談的事情。」布拉夫先生回答，「然後我想到，在這種情況下，我應該可以提供一點幫助。我剛剛好準時搭上火車，不過倒是沒有跟你坐上同一班馬車。」

他解釋完以後，就在瑞秋的身邊坐下。我謙卑地退到房間角落，還把珍．安．史坦普小姐的書放在膝上，以防不時之需。嬸嬸則坐在窗邊，一如往常地，平靜地替自己搧扇子。亞伯懷特先生就站在房間中央，用充滿激情的口吻，對著外甥女說話，禿頭變得比平常更加粉紅了。

「瑞秋，親愛的，」他說：「我從高佛瑞那兒聽到了不得了的事情。我到這裡來，就是為了問妳這件事。妳在這房子裡有間自己的起居室吧？可以請妳帶我過去嗎？」

瑞秋沒有動。我不知道她這麼做，是有意要讓情況變得更糟，還是接收到布拉夫先生的暗示。她不願意帶老亞伯懷特先生到她的起居室去。

「不管你想對我說什麼，」她回答：「請你就在這裡說吧。我希望我的親戚們，還有我母親信賴的老朋友（她看了一眼布拉夫先生）都可以在場。」

「親愛的，那就隨妳的意吧。」亞伯懷特先生溫厚地說。他坐在一張椅子上，其他人都望著他的臉，似乎是期望這個已經過了世俗生活七十年的老人，可以說出些什麼真理來。我則看著他的頭頂，然後發現，他的**禿頭**才是顯露出內心真正情緒的地方。

「幾個星期以前，」這位老紳士說道：「我兒子告訴我，維林德小姐和他定下了婚約。瑞秋，有沒有可能他其實是誤解了妳的意思呢？」

「沒有。」她回答。「我確實跟他定下婚約。」

「很好，妳回答得很坦白。」亞伯懷特先生說：「而且親愛的，我也對妳的回答很滿意。看來高佛瑞沒搞錯，你們確實在幾個星期前定下婚約。那麼想必昨天他告訴我的事情是錯的了。我開始瞭解了。你們小倆口吵架了，而我那愚蠢的兒子卻嚴重誤解了。啊！要是我在他那個年紀，我應該比他更明白的。」

瑞秋身上所有的墮落天性（遺傳自人類的母親夏娃）開始蠢蠢欲動了。

「亞伯懷特先生，我們確認一下彼此到底有沒有瞭解這件事情吧。」她說，「昨天我跟你兒子之間並沒有發生什麼爭執。若是他告訴你，我向他提出解除婚約的提議，而他也接受了；那麼，他說的是實話。」

位於亞伯懷特先生頭部的情感顯示溫度計，看來開始向上竄升了。他臉部的表情比之前還要和藹可親，但是他粉紅色的**禿頭頂**，卻變得比先前還要深。

「親愛的，別這樣。」他用非常和煦的語氣說，「妳別生氣，也不要對可憐的高佛瑞太嚴厲。他確實說了些什麼不好的話。但他從小就是個笨拙的孩子。不過，瑞秋，他都是為妳好，一切都是為妳好！」

「亞伯懷特先生，我想不是我沒說清楚，就是你刻意誤解我的意思。讓我再說一次，我跟你兒子之間，這一生除了仍維持表兄妹關係以外，不會再有其他改變了。我說得夠清楚嗎？」

即使是老亞伯懷特先生，從她說這些話的語氣，也不會錯認她的意思。他的溫度計又升高了，而他聲調裡那種為眾人所知的和藹可親，也逐漸消失了。

「妳的意思是說，」他說：「妳解除婚約了？」

「亞伯懷特先生，正是如此。」

「先提出解除婚約提議的人，也是**妳**嗎？」

「確實是由我先提出的。而我先前已經說過，你兒子也同意了。」

溫度計升到最高點了。我的意思是，他頭頂的顏色從粉紅色轉為深紅色。

「我兒子是個器量狹小的卑劣之人！」這位憤怒的老市儈喊道，「為了身為他父親的我的名譽，不是為了**他**的，我請問妳，維林德小姐，妳是怎麼看待高佛瑞．亞伯懷特先生的？」

布拉夫先生在此刻首次介入他們的談話。

「妳可以不用回答這個問題。」他對瑞秋說。

老亞伯懷特先生很快地轉過臉盯著他。

「先生，請你不要忘了，」他說：「你在這兒是個不請自來的客人。如果你有什麼話要說，最好等我們問你，你再開口。」

布拉夫先生一副沒聽到的樣子。**他**那張蒼老、邪惡的撲克臉完全沒有變動。瑞秋謝謝布拉夫先生給她的意見，然後轉向亞伯懷特先生。以她的年齡和性別來看，她的姿態實在不像是位年輕女士該有的樣子。

「你的兒子也問了我同樣的問題。」她說，「我只有一個答案給他，也只有一個答案給你。我之所以提議要解除婚約，是因為經過反思以後，我認為為了我們兩人好，最好解除這匆促定下的婚約，這樣也可以讓他自由去選擇其他對象。」

「我兒子做了什麼？」亞伯懷特先生堅持問道，「我有權利知道，我兒子到底做了什麼？」

她也很固執。

「我已經給你，也給他，我覺得最恰當的說明了。」她回答。

「請妳解釋清楚，維林德小姐，是不是妳拋棄我兒子了？」

瑞秋沉默了一會兒。我就坐在她後面，聽到她嘆了一口氣。布拉夫先生握住她的手，輕輕捏了一下。她很快就恢復常態，像之前一樣大膽地回應亞伯懷特先生。

「我曾經經歷過比這個更可怕的誤會，」她說：「可是我卻忍耐下來了。等過一段時間，你就會為曾經說我拋棄你兒子而感到羞愧了。」

她的語氣帶著苦澀，我瞭解她想到的是月光石事件。「我無話可說了。」她消沉地說。她並不是對在場的任何人說話。她不看我們，只是看向離她最近的一扇窗。

亞伯懷特先生站起身，很用力地推開椅子，讓椅子倒落在地板上。

「我倒是還有些話要說。」他大聲宣稱，一邊用手很大力地拍了桌子。「我兒子不覺得這樣是種侮辱，但我覺得是！」

瑞秋抬頭，很驚愕地看著他。

「侮辱？」她重複說道，「你這是什麼意思？」

「侮辱！」亞伯懷特先生又再度宣稱，「維林德小姐，我知道妳為什麼要跟我兒子解除婚約。雖然妳沒有明說，但我確定我很瞭解妳的動機是什麼。是你們那可惡的家族自尊侮辱了高佛瑞，就像我當年娶妳阿姨的時候，你們也是這樣侮辱我的。她的家族，那些下賤的傢伙，只因為她嫁給一個誠實無欺、靠自己拓展事業積累財富的人，而背棄了她。我沒有什麼可以誇耀的祖先庇佑，我的先人可不是什麼靠劫掠跟謀殺生活的兇手和流氓，而亞伯懷特家族的人曾經是衣不蔽體、大字不識一個的莽夫。哈！哈！我結婚的時候，大家都說我配不上韓克索家族。然後現在又來了，我兒子配不上**妳**。我從以前就這麼想了。年輕的女士，妳也是有韓克索家族血統的。我就知道是這樣。」

「你的猜疑不值一提。」布拉夫先生說：「我很驚訝你竟然會這麼想。」

在亞伯懷特先生來得及回應什麼之前，瑞秋就說出了最可怕、最輕蔑的話語。

「當然，」她對律師說：「這不是很顯而易見嗎？如果他真**那麼**認為的話，那麼我們就讓他一個人去妄想吧。」

亞伯懷特先生頭頂的深紅色，現在變成了紫色。他喘著氣，用憤怒的眼神來回看著瑞秋和布拉夫先生，但是他似乎因為太生氣了，不知道該先反駁哪一個人。他始終坐在窗邊搧扇子的妻子，終於察覺有些不對勁了，她試著安慰丈夫，不過有些徒勞無功。我在一旁看著這場令人痛苦的談話，內心深深覺得我應該要說點什麼安慰的話語，但我擔心這麼做可能會造成不良的後果，所以控制住自己不要開口。對一個基督徒的英國女性來說，這麼做不太恰當，但此舉並非出於謹慎，而是道德上的理由。既然事情已經發展至此，我開始思索有沒有什麼權宜之計。若要我在此時對他們提出任何勸誡，我還是會覺得有點猶豫。不過這痛苦的家族爭議，讓我想起珍．安．史坦普小姐的第一千零一封書信，是有關「家庭和諧」的內容。我從角落站起身，翻開那本珍貴的書籍。

「親愛的亞伯懷特先生，」我說：「請容我說一句話。」

當我站起身，吸引了所有人的注意力時，我知道他其實想要對我說些什麼失禮的話。但我溫和的說話方式，讓他克制住自己。他用異教徒般的驚愕神情瞪著我看。

「我身為這個家族的朋友，我深深希望大家都可以幸福，」我繼續說：「而我也身為一個長期激勵、說服、幫助、啟發和支持別人的人，請讓我告訴大家，我們擁有一種最寬容的自由，那就是，我們可以讓自己的腦袋冷靜下來。」

他開始恢復正常了；他正在即將爆發的臨界點上。他**可能**會因為任何其他人而爆發。但是我的聲音（一般都很溫和）在危急時刻，通常都會比較高一點。在這種緊張的狀況下，我總是會不由自主地提高音調。

我把手中的書抬起來，讓他看清楚，然後用食指敲了敲打開的那一頁。「這不是我說的話！」我熱切地說：「喔，不要認為我是希望大家聽我說話，我說的話不足掛齒。亞伯懷特先生，這是在荒野中天賜的食物！是落在乾枯大地上的甘露！這是安慰的話語，智慧的話語，愛的話語，這是珍．安．史坦普小姐最珍貴、最珍貴的話語！」

我說到這裡，因呼吸而停頓了一下。但在我能開口說下一句話以前，這個披著人皮的野獸就憤怒地大叫：「管他什麼珍．安．史坦普……！」

我沒有辦法寫出那句可怕的話，所以我就在這裡留白處理了。當他說那句話時，我嚇得發出尖叫，匆匆忙忙跑到放著小包包的邊桌旁，把裝在我包包裡的小冊子全都倒出來，從其中拿出一本講褻瀆咒罵的書籍，標題是：「閉嘴！看在老天的分上」。我將小冊子遞給他時，表情帶著痛苦的祈求。他將小冊子撕成兩半，丟向站在桌子另一端的我。其他人也都站了起來，全都不知所措。我很快地又在角落裡坐下。珍．安．史坦普小姐也曾經歷過類似的情況，在那時候是有人押著她的雙肩，把她推出房間。我受到她不屈不撓精神的激勵，耐心地等待著是不是會發生同樣的磨難。

不過，什麼都沒有發生。他接下來是對自己的妻子說話。「誰……誰……是誰，」他因為過於憤怒而口吃了。「是誰把這個厚顏無恥的瘋子給找來的？是妳嗎？」

在亞伯懷特孀孀回答以前，瑞秋就先開口了。「是我請克拉克小姐來作客的。」她說。

這句話對亞伯懷特先生造成了相當奇異的效果。他突然間從一個憤怒到極點的人，變成一個情緒降到冰點、充滿鄙夷神情的人。很明顯地，瑞秋說的話（她的回答既簡短也很清楚）讓他覺得自己在最後終於佔了上風。

「喔？」他說，「**妳**請克拉克小姐來這裡作客？來**我的**房子作客？」

這次換瑞秋失控了。她的臉色轉紅，雙眼放射出強烈的光亮。她轉向律師，指著亞伯懷特先生，非常傲慢地說：「他這是什麼意思？」

「看來你是忘了，」他對亞伯懷特先生說：「你是以維林德小姐監護人的身分，也是為維林德小姐，而買這棟房子的。」

「我還沒決定呢。」亞伯懷特先生插嘴：「我之前應該有說過，我還有一些話沒說，都是因為這個……」他看向我，似乎是在考慮要用什麼樣可怕的詞彙來說我。「因為這個猖狂的老處女打斷了我的話。先生，我要告訴你，如果我兒子沒有資格當維林德小姐的丈夫，那麼他的父親也沒有資格擔任維林德小姐的監護人。如果你瞭解我的意思的話，我拒絕依照維林德夫人的遺囑，擔任她的監護人。以你的法律用語來說，我拒絕執行該項條款。這房子是用我的名義購買的，我對此完全負責。這是我的房子，我可以隨我的意保留它還是賣掉它。我不想催趕維林德小姐。不過，若她覺得方便，我希望她的客人和她的行李可以離開這棟房子。」他說完，深深一鞠躬，就走出去了。

因為瑞秋拒絕嫁給他兒子，老亞伯懷特先生就對她展開了這種報復。

門一關上，亞伯懷特孀孀突然做出一些舉動，把我們都嚇得說不出話來。她突然生氣勃勃地，迅速從房間另一頭走過來。

「親愛的，」她執起瑞秋的手，「我為我丈夫感到羞恥，我不知道他竟然會對妳發這麼大的脾氣。至於妳，」亞伯懷特嬸嬸轉向我這邊，這次不是行動迅速，而是眼神敏銳。「妳真是做了一些壞事，惹惱了我丈夫。我希望以後再也不要看到妳或妳那些小冊子出現在這裡。」她臉又轉回瑞秋，吻了吻她。「親愛的，我代我丈夫請求妳的原諒。」她說：「我可以幫妳做什麼?」

瑞秋一直以來都是剛愎自用的硬脾氣，她這一生中充滿了任性且不可理喻的作為，此時卻在這幾句陳腔濫調的安慰話語之下融化了。她流著淚，沉默地吻了吻亞伯懷特嬸嬸。

「若我能代維林德小姐回答的話，」布拉夫先生說：「亞伯懷特夫人，可否請妳叫來潘妮洛普，讓她把小姐的帽子和披肩拿過來。我們會在十分鐘以後離開這裡。」接著他又用低沉的語調說：「妳可以相信，我會把事情辦妥，讓妳跟瑞秋都覺得滿意。」

看著這個家族的人竟對這個人如此信任，實在是一件神奇的事情。亞伯懷特嬸嬸什麼話也沒說，就起身離開房間。

「啊！」看著嬸嬸離開以後，布拉夫先生說了。「我承認韓克索家族的血統是有些缺陷，不過還是有一些好的地方。」

他說完這相當世俗的發言以後，就重重地看著我，好似希望我可以主動離開這裡。但是出於我對瑞秋的關懷（我的感情一定比他的還要高尚），我牢牢地坐在原地。

布拉夫先生放棄了，就如同他在蒙塔古廣場維林德嬸嬸家那時一樣。他帶著瑞秋，坐在窗邊的一張椅子上，他就在那兒對她說話。

「親愛的年輕女士，」他說：「我知道亞伯懷特先生的行為嚇到妳了，他會有這種反應也讓妳很吃驚。如果我們要跟這個男人繼續鬥爭下去，就得要讓他知道，不是所有事情都會順著他的意思發展。不過那並不值得我們這麼做，妳剛才說得很對，我們可以不用在意他。」

他停止說話，看向我這邊。我動也不動地坐在那兒，一手夾著我那些小冊子，珍．安．史坦普小姐的書則放在我的膝蓋上。

「妳知道，」他將臉轉回對著瑞秋，繼續說：「妳母親的一個優點就是，總是只看周圍的人身上好的一面，而忽略了他們身上壞的那一面。她之所以指名自己的姊夫擔任妳的監護人，是因為她很相信他，也覺得這麼做可以取悅她的姊姊。我個人從來就不喜歡亞伯懷特先生，所以我建議妳母親在遺囑內多加了一項條款，在某些狀況下，可以讓遺囑執行人有權利向我諮詢，尋找比較適任的新監護人。今天就發生了遺囑裡所說的狀況，而我現在得要把這些事情都處理好才行。有件事情我跟我妻子的意見一致。我有這個榮幸請妳到我家作客嗎？在把事情處理好之前，妳可否先做為我的家人，住在我家一段時間？」

我聽到他說的話之後，就起身想要插話。之前他要亞伯懷特嬸嬸叫人把瑞秋的帽子跟披肩拿來時，我就怕布拉夫先生會做出這種事。

但在我還來得及說什麼之前，瑞秋就答應了他的邀約。他們之間的協議讓我感到痛苦，瑞秋一旦踏入布拉夫先生家的大門，我就再也沒機會把這個迷途羔羊帶回羊欄裡了！只是想到這件事，就讓我痛苦不堪。我把那些世俗的禮教束縛都拋諸腦後，把腦子裡浮現的第一句話，不顧一切地喊了出來。

「等等！」我說：「等等！你們聽我說。布拉夫先生！你不是瑞秋的親戚，可是我是。我希望遺囑執行人可以指定由我當她的監護人。瑞秋，親愛的瑞秋，我邀請妳到我家來。請妳搭下一班火車到倫敦來吧，跟我一起住！」

布拉夫先生什麼話都沒有說。瑞秋看著我，完全沒有掩飾臉上的驚訝。

「卓西拉，妳人真好。」她說，「若是到了倫敦，我會去拜訪妳的。不過，我會接受布拉夫先生的提議。以目前的狀況看來，我覺得待在布拉夫先生家是最好的選擇。」

「喔，不要那樣說！」我乞求道：「我不可以跟妳分開呀，瑞秋，我不可以跟妳分開！」

我試著抱住她，可是瑞秋退開了。我的熱情沒有辦法傳遞給她，反倒讓她起了警戒心。

「我想妳好像太過激動了。」她說：「我不明白為什麼。」

「我也不明白。」布拉夫先生說。

他們真是固執得不得了（他們真是殘酷可怕，如世俗般冷酷嚴厲），這一點完全激怒我了。

「喔，瑞秋！瑞秋！」我大叫出來：「妳難道沒發現，我是真心誠意希望妳可以成為一個好基督徒嗎？妳難道沒有發現我的想法，就像當初妳母親過世時，我也是這樣對她做的？」

瑞秋踏前一步，用一種怪異的眼神看著我。

「我不明白妳為什麼會提到我母親。」她說，「克拉克小姐，妳可以好好解釋一下嗎？」

在我來得及回答以前，布拉夫先生就上前來，把手臂伸向瑞秋，試著將她帶離這個房間。

「親愛的，妳最好別問。」他說，「而克拉克小姐，妳也最好別再說了。」

我不是無動於衷的畜生或石頭，這一番話，激起了我想要闡明真相的想法。我氣憤地將布拉夫先生推開，用很莊重、適當的語言，毫不顧忌地告訴他們，維林德孀孀死前並沒有改宗，因此死得不得其所。

瑞秋狠狠地瞪著我，發出很可怕的尖叫（寫到這裡，我都覺得很不好意思）。

「快走！」她對布拉夫先生說：「快離開這裡，看到老天的分上，我要在那個女人再度開口說話之前離開這裡！喔，你想想我母親那純潔無瑕、熱心助人又美麗的一生。布拉夫先生，你也參加葬禮了，你看到大家都愛她，你看到那些人因為失去了他們親愛的朋友，在墳墓前哭泣的樣子。現在那個可惡的人卻誹謗我母親；我那個在塵世像天使，在天堂也是天使的母親！不要再說了！快離開這裡！只要想到跟她呼吸同樣的空氣，我就要窒息了。我也受不了跟她待在同一個房間裡！」

她不再聽我的任何勸誡，跑向門邊。在那一刻，她的侍女正好拿著披肩和帽子走進來。她匆忙把這些衣物穿戴在身上。「幫我把我的行李打包好，」她說：「然後把行李送到布拉夫先生家去。」我試著要再靠近她。我覺得很鎮靜，也很難過，但是我並沒有覺得受到冒犯。我只是想要跟她說：「希望妳那顆固執的心可以稍微軟化些！我原諒妳的無禮！」她拉下帽子上的面紗，把披肩從我手中抽出來，急匆匆地轉身離開，當著我的面把門關上。我用慣常的毅力耐住了我所受到的侮辱。我現在已經跨越了那時候受到傷害的感覺，寫下這一段回憶。

布拉夫先生在急忙離開之前，對我說了幾句嘲諷的話。

「克拉克小姐，妳剛才應該什麼都不要說的。」他說完，朝我鞠個躬，就離開了。

那個戴著裝飾帽的女孩接著搭話。

「這是妳咎由自取。」她說：「雖然我只是個卑微的僕人，但是我要說，我真是替妳感到可恥。」她說完，就離開房間，重重地將門關上。

我一個人被留在房間裡。我被他們斥責，被他們拋棄了。現在我一個人被留在房間裡。

對這麼明顯的事實——這個遭全世界迫害的基督徒的感人景象，還需要說明些什麼嗎？不需要！我的日記顯示，我的故事該到這裡結束了。從那之後，我再也沒有見過瑞秋・維林德。她侮辱我時，我已經原諒她了。我也對她獻上我最真誠的祝福。當我死的時候，我會以德報怨，在遺囑中把那本**《珍・安・史坦普小姐的人生、書信和勞動》**當作遺產送給她。

第二份記述

——記述者為律師馬修．布拉夫先生，執業於格雷法律學院廣場

1

我的朋友克拉克小姐的記述就到此為止，接下來由我接手進行。會交由我來接續記述的工作，有兩個理由。

第一，由於職業性質的關係，我正好可以說明一些之前一直隱而不宣的真相。維林德小姐基於私人理由解除婚約，我正是促成她做這決定的要因之一。高佛瑞．亞伯懷特先生之所以願意退讓，不再執著於他這位美麗的表妹，也是有他個人的理由；而我發現了他的理由是什麼。

第二，不知是幸還是不幸，恰好我個人也和那顆印度鑽石有些淵源（就是在我記述內所說的那段期間）。有一位舉措高雅的東方人，來到我的辦公室，那個人正是那三個印度人的首領。順帶一提，與印度人見面那天之後，我又和著名的旅行家莫斯威特先生碰面，跟他談了些有關月光石的事情。我們的談話對後來事件的發展有很重要的影響。因此我想各位讀者可以理解，為什麼會由我來說明接下來發生的事情了。

為了要揭開婚約解除的真相，我必須依照時間先後循序說明。或許對讀者來說會覺得很奇怪，但我從頭到尾仔細回想這一連串事件，發現我必須要回溯到最早的時候，從我最親密的客戶兼友

人──約翰．維林德爵士──死前那一刻開始說起。

約翰爵士身上有一些無害且溫厚的人性缺點。在這些缺點當中，其中一項必須由我著手處理的，就是他始終不情願立下遺囑（因為他一直以來身體都很健康）。維林德夫人勸告他應該正視這件事，我也苦口婆心地勸說，而他承認我們說的都是對的，卻始終沒有採取行動，直到最後病到發現自己很可能不久於人世。然後，在最後一刻，我來到他的病床邊，幫他立下遺囑。約翰爵士的遺囑，可以說是我律師生涯中處理過最簡約的一份遺囑了。

當我進入房間時，約翰爵士正在打盹。他看到我就坐起身來。

「布拉夫先生，你好。」他說。「我想立遺囑應該不會花太長的時間，做完以後我就可以回去睡覺了。」當我在準備筆、墨水和紙張時，他興致盎然地看著我的動作。「你準備好了嗎？」他問。我朝他鞠躬，然後將筆尖浸在墨水裡，等著他對我下指示。

「我把我的一切財產都留給我的妻子。」約翰爵士說。「就這樣。」他轉身躺在枕頭上，準備要睡覺了。

我不得不打擾他。「你的意思是說，」我說：「你把你所有的財產，不管是哪一種類型，全部都留給維林德夫人？」

「是的。」約翰爵士說。「我說得很簡單，你為什麼不也寫得簡單一點，好讓我回去睡覺呢？所有東西都留給我妻子。我的遺囑就是這樣。」

他名下的產業有兩種類型：房地產（我盡量避免用法律專業術語）和現金。在大多數的案子裡，我都會勸我的客戶重新考慮一下。不過以約翰爵士的狀況看來，他不僅很信任自己的妻子（所有的好妻子都值得丈夫的信任），維林德夫人本身也有管理這些財產的能力（就我對女性認識的經驗來說，大概一千人中才有一個人可以擔當此重責）。所以不到十分鐘，我就寫好約翰爵士的遺囑，而約翰爵士也得以繼續睡覺。

維林德夫人充分證明丈夫對她的信任是正確的。在她成為寡婦的第一天，她就找我來幫她立遺囑。她可以自行把事情處理得很妥當，使我也省了給她必要建議的工作。我要做的事只有將她的指示寫成正式的法律文書而已。在約翰爵士過世兩週後，他女兒的未來也已經做好明智且妥善的安排。

這份遺囑一直都放在我辦公室的防火保險庫內，已經不知過了多少年了。直到一九四八年的夏天，因為一件令人悲傷的事件，才讓我有機會重新打開這份遺囑。

就在我前面提到的那一天，醫生對可憐的維林德夫人發出病危宣告。我是第一個獲知這個消息的人，而我發現維林德夫人急著想要修改遺囑。

關於她女兒的條款內容原本就已經夠周全，沒什麼需要修改加強的地方。不過隨著時間過去，她想要給其他一些親戚的遺產則有所變動，必須要就原始版本補上三到四個附加條款。我們談妥以後，我勸夫人應該要立第二份遺囑以防萬一。目的是為了不要讓修改過的第一份遺囑，造成日後的混亂和重複，且依照我專業上的直覺，認為應該要把事情做到最妥善的地步。

第二份遺囑成立的過程，就如同見證人克拉克小姐所形容的。有關瑞秋・維林德小姐在金錢利益方面的條款，跟第一份遺囑完全一樣；唯一改變的是，要為她指定一位監護人，而監護人的選擇則在我的建議指導下進行。維林德夫人一過世，遺囑就是在監督者的認證之下開始執行。

這件事情大約過了三週以後（依照我的記憶），我開始察覺到，檯面下有一些不尋常的事正在進行。我剛好有天造訪擔任監督者工作那位朋友的辦公室，發現他帶著一股非比尋常的興趣望著我。

「我有一些消息要告訴你。」他說。「我今天早上在民法律師協會聽到有人說，有人要求檢驗維林德夫人的遺囑，而且已經這麼做了。」

我還真是不知道這消息！遺囑的內容沒什麼好質疑的，而且我也想不到有誰會去檢驗這份遺囑。（我得先在這裡說明一下，以防有人不清楚是怎麼一回事。法律規定可以透過民法律師協會提出檢驗遺囑的要求，只要付一先令即可。）

「你知道是誰提出遺囑檢驗的嗎？」我問。

「我知道，」那個律師毫不猶豫就告訴**我**了。「是史吉普和史邁利聯合事務所的史邁利先生提出來的。遺囑還沒有抄寫登記，所以只好跳過正常程序，讓他看原版的遺囑了。他很仔細地檢視遺囑，然後在筆記本上記些東西。你知道他到底想要做什麼嗎？」

我搖搖頭。「我今天之內會設法弄清楚。」我說，接著回到自己的辦公室。

若是其他事務所的律師不明所以想要檢視我過世客戶的遺囑，我可能還沒有辦法問到原因。不過對我來說，要探查史吉普和史邁利聯合法律事務所的事情，可以說是易如反掌。我有一位處理習慣法的員工（他在這個領域相當優秀）正好是史邁利先生的兄弟，而因為這一層間接關係，過去這幾年來，史吉普和史邁利事務所從我這裡撿了不少我認為不值得處理的案子。我對那個事務所來說，是某種程度上的重要贊助者，因此針對目前的情況，如果有必要的話，我想要提醒他們一下我們彼此的立場。

我一回到辦公室，就跟我的員工說了這件事情。在我跟他說明清楚事情原委以後，我就要他去他兄弟的辦公室傳話：「布拉夫先生向兩位致意，並且請問史吉普先生和史邁利兩位律師，為什麼會覺得有必要檢視維林德夫人的遺囑？」

之後史邁利先生親自跟著他的兄弟來到我的辦公室。他告訴我，他這麼做是應某位客戶的要求。接著他又說，出於客戶對自己專業的信任，他無法再透露更多了。

我們針對這件事情簡短地討論了一下。毫無疑問地，他是對的，而我錯了。但我卻覺得很生氣，且疑心重重，堅持要他告訴我更多細節。糟糕的是，我拒絕接受對方提供的其他消息，宣稱我有權自由決定我要的是什麼。更糟的是，我利用自己的地位，做出不恰當的威脅。「先生，」我說：「你是要失去那一位客戶，還是要失去我提供給你的客戶呢？自己選擇吧。」我自己也知道，我的作為簡直就跟暴君沒兩樣。不過就跟其他暴君一樣，我很快就得到我要的東西了。史邁利先生幾乎是毫不猶豫地就做了選擇。

他露出順從的笑容，對我說出那位客戶的名字：

高佛瑞．亞伯懷特先生。

有名字就夠了，我不需要知道得更多。

我的記述寫到這裡，我覺得應該要讓讀者瞭解維林德夫人遺囑的一些內容。

讓我簡短說明一下，瑞秋．維林德擁有的是終身財產權。由於她母親卓越的直覺，和我長期以來的經驗，決定不要讓她負擔管理財產的責任，同時也讓她免於受到貧窮、貪得無厭的男人的騷擾。不管是她，還是她的丈夫（若她結婚的話），都無法直接透過房地產或存款提取現金。他們可以住在倫敦和約克夏的房子裡，每年有一筆相當優渥的收入——但僅此而已。

我思考方才得知的事情，覺得很煩惱，不知道該怎麼採取下一步。

不到一週前，我才剛聽說維林德小姐訂了婚約（關於這件事，我覺得很驚訝也很沮喪）。我是真的很喜歡且關心她；但對於她選擇與高佛瑞．亞伯懷特先生結婚，卻感到很遺憾。而現在我得知這個男人（我一向覺得他是個油嘴滑舌的騙子）果然和我想的一樣壞，很明顯地，他在這場婚姻中圖謀的是金錢利益。那又如何？各位讀者可能會說，這種事情每天都在發生呢。親愛的讀者，這麼說也沒錯，但是請你稍微想一下，如果這件事情是發生在自己的姊妹身上呢？

我第一件想到的事情是，在他找律師幫他檢視遺囑以後，高佛瑞・亞伯懷特先生是否還會想要履行婚約？

一切都要看他目前的財務狀況如何，不過這一點我完全不得而知。若財務狀況不吃緊的話，他還有時間可以在結婚後，等維林德小姐的收入撥下來。但如果他必須在短時間內湊到一筆錢，那麼維林德夫人的遺囑就發揮效果了，她可以成功阻止自己的女兒落入一個惡棍的手中。

若是後者的話，我就沒有必要在維林德小姐還在為母親哀悼的狀況下，急著告知她這個令人沮喪的消息。如果是前者的話，我對這件事情保持沉默，可能會讓維林德小姐從此過著悲慘的婚姻生活。

我打電話到倫敦的一家旅社，得知亞伯懷特夫人和維林德小姐目前就住在那裡。她們告訴我，隔天就要到布萊頓去，但原本應該陪她們去的高佛瑞・亞伯懷特先生，卻因突發狀況而不能去了。我隨即表示可以代替他護衛兩位女士。我想著該怎麼處理瑞秋・維林德的案子，心裡還覺得有點猶豫該不該告訴她。但我一見到她，就下定決心了，我應該要直接告訴她真相。

我到達布萊頓的隔天，在同她一起散步的時候，找到機會告訴她這件事情。

「我可以跟妳談談妳婚約的事情嗎？」我問。

「可以，」她漫不經心地說：「如果你沒有其他事情想說的話。」

「瑞秋小姐，我是你們家族交往相當久的朋友，也為你們家族服務很長一段時間了。請容我問妳一句，妳是真心想要這個婚約嗎？」

「我是在絕望的狀況下訂立婚約的，布拉夫先生。我只是希望可以在平穩、幸福的婚姻生活中，找到一點平靜。」

這話說得可真重！暗示著在事情的表面底下，其實暗藏有其他問題，而且是跟戀情有關。不過我還有其他目的，在此就不去追究這方面的事情了。

「高佛瑞．亞伯懷特先生的想法可能跟妳不一樣。」我說。「不管怎麼說，**他**是真心想要跟妳結婚的嗎？」

「他是這麼說的，而我也想要相信他。在我對他做了那些事情以後，他應該不會想要跟我結婚了，除非他是真的很喜歡我。」

真是可憐！她從沒想過，那個自私的男人是為了金錢利益而想要娶她的。我開始覺得我的任務可能越來越艱難了。「對我這個老人家來說，聽起來有點奇怪……」我繼續說。

「哪裡奇怪？」她問。

「妳談到未婚夫的口氣，好像不很清楚他究竟是不是真的喜歡妳。妳自己瞭解妳為什麼會懷疑他的真心嗎？」

她是個很敏銳的人，令我驚訝的是，她很快就從我的語調和舉止，察覺到我的問題裡隱藏著其他目的。她停下腳步，把手從我的手臂中抽出來，探索似地看著我的臉。

「布拉夫先生，」她說：「你有關於高佛瑞．亞伯懷特的事情想要告訴我吧。請說。」

我很瞭解她的個性，所以就把事情告訴她了。

她再度將手交給我，和我一起慢慢地走著。我感覺到，當我繼續說話時，她的手指無意識地抓緊我的手臂，臉色也變得越來越蒼白。不過她始終不發一語。我說完以後，她依然保持沉默。她的頭微微低垂，雖然走在我身邊，卻像是沒有察覺到我的存在，也沒有察覺到周遭的一切，只是沉浸（或者我該說是深埋）在自己的思緒當中。

我沒有打擾她。以我對她性格的瞭解，我知道應該要給她一點時間去思考。對其他女孩子來說，若是跟她說了什麼她感興趣的話題，第一個反應一定是問更多的問題，然後馬上跑開，去告訴她的密友們。但瑞秋．維林德就算聽到什麼感興趣，第一件事情卻是把自己關起來，好好思考一番。這種獨立思考的特質，若是擺在男人身上，是個美德；但擺在女人身上，不僅會讓她跟同性的朋友疏遠，也會讓一般人對她有所誤解。我認為我的想法就跟一般人一樣，但是對於瑞秋．維林德，卻不是這麼一回事。她身上獨立思考的特質，在我看來是屬於美德的一種；一部分當然是因為我很喜歡且關心她，另一部分是基於我對她個性的認知，我認為她跟月光石事件確實有某種關連。雖然表面上看來，她跟月光石事件的關連很容易讓人起疑（讓人覺得她是不是跟那個尚未被逮捕的小偷共謀），但我很明白，她並沒有犯罪。我之所以會認為她並沒有策劃這樁犯罪事件，是因為她事前並沒有像現在這樣，把自己關起來思考問題。

我想我們又繼續走了一哩左右，直到瑞秋終於又打起精神來。她突然間抬頭看著我，臉上露出如以前一般開朗的笑容；我從沒在其他女人臉上看過這麼令人難以抗拒的笑容。

「你對我這麼好，我真是虧欠你太多了。」她說。「我現在又覺得你真是帶給我太多東西了。若是你回到倫敦，聽到有人在談論我的婚約，請你告訴他們我已經沒有婚約了。」

「妳決定要解除婚約嗎？」我問。

「在你告訴我那些事情以後，你還懷疑我會不解除婚約嗎？」她很自豪地回道。

「親愛的瑞秋小姐，妳還很年輕，妳會發現，想從現在這種狀態下全身而退，不是一件容易的事情。妳沒有其他人可以商量嗎？我的意思是說，女性朋友之類的。」

「沒有。」她回答。

聽到她這麼說，真是讓我覺得很沮喪。她這麼年輕，這麼孤單，卻必須要一個人承受這一切！雖然我瞭解自己並不適合當她的諮詢對象，但我還是忍不住衝動地想要幫助她，便盡我所能向她提了一些建議。我曾經跟許多客戶提出建議，也幫忙處理很多困難的案件，但這卻是我第一次遇到，要對一個年輕女士建議怎麼解除她的婚約。以下我簡短說明我給她的建議：我要她跟高佛瑞．亞伯懷特先生談談（當然是私底下會面），先說她已經知道他之所以求婚是出於金錢上的利益追求，然後再說她既然已經知道了這件事情，他們就不可能結婚了；接著她會要他選擇，是要答應解除婚約，以換來她的沉默，還是不答應解除婚約，迫使她必須把他們解除婚約的理由昭告大眾。如果他試圖辯解，或是否認自己確實為了金錢利益而求婚，她就得請高佛瑞先生來找**我**談。

維林德小姐很專心地聽完我的建議。她優雅地道謝，但也很誠實地告訴我，她不會照我說的去做。

「為什麼妳不想照我的建議去做呢？」我問。

她猶豫了一會兒，接著反倒提出一個問題。

「如果有人問你，高佛瑞．亞伯懷特先生是個什麼樣的人。」她起個頭。

「所以？」

「你會怎麼回答？」

「我會說，他是個卑賤的騙子。」

「布拉夫先生！我曾經相信過那個人，我也曾經答應要嫁給那個人，既然這樣，我怎麼可以說他很卑劣，說他欺騙了我，還昭告天下讓所有人都鄙視他？我只要想到他可能成為我的丈夫，我就覺得丟臉。若我照著你告訴我的方法，跟他攤牌，我就是在他面前丟臉了。我沒辦法做到。在我們之間發生了這些事情以後，我沒有辦法做到！**他**可能覺得這一點都不可恥；但對**我**來說，卻是天大的侮辱！」

這又是她個性當中另一項毫不保留地展露在我面前的古怪特質。她很害怕被人知道和這種卑劣的事情扯上關連，甚至讓她盲目地下判斷，且由於過於匆促地下決定，反倒損及了她在朋友心目中的評價。在這之前，我還不太確定我的建議適不適合她的狀況；但在聽她說了這番話之後，我毫不懷疑地肯定，我的建議應該是最適當的了。我也再度規勸她應該要照我說的去做。但她只是搖搖頭，重複說她無法做到。

「他向我求婚的時候，是很真心的。我是因為覺得他很好，才決定接受他的求婚。既然這樣，我沒有辦法當面告訴他，他是個最卑劣的流氓。」

「可是親愛的瑞秋，」我勸誡道：「妳也不可能不告訴他任何理由，就說要解除婚約呀。」

「我會告訴他我想過了，我覺得我們兩個人分開是最好的。」

「就只有這樣？」

「就只有這樣。」

「妳有想過他會說什麼嗎？」

「不管他想說什麼都隨便他。」

我景仰她的纖細感情跟決心毅力，但我也不禁覺得她的做法錯了。我請求她再重新思考一下，並提醒她，這麼做會讓自己陷入可怕的誤解當中。「光靠妳自己，是沒有辦法面對輿論指責的。」我說。

「我可以的，」她回答：「我已經這麼做了。」

「妳是什麼意思？」

「布拉夫先生，你忘了月光石事件了。**那次**我不是已經靠我自己，勇敢面對輿論的指責了嗎？」

她的回答讓我一時之間無話可說。她這篇奇特的道理，讓我試著去解釋在月光石事件當時，她那些怪異行徑背後的理由。而我年輕的時候，也許會有些特立獨行的舉動，但現在的我是完全沒辦法了。

在我們走回房子以前，我試著對她提出最後一次勸誡。但她還是跟之前一樣毫不動搖。當天我離開時，腦中充滿了對她的各種矛盾觀感——她很固執；但她錯了。她是個有趣又令人敬佩的女孩；但她也令人深深地同情。我要她答應我，若有什麼消息，隨時寫信告訴我，然後就帶著滿腹的不安回去倫敦工作了。

我回去的那天傍晚，在我還沒收到瑞秋寄來的信件以前，讓我感到驚訝的是，老亞伯懷特先生竟然來找我。他告訴我，高佛瑞．亞伯懷特在當天**接受了**瑞秋解除婚約的提議。

從我對這案子的觀點來看，事實很明顯了，高佛瑞．亞伯懷特先生順從地接受了解除婚約的提議，就好像他已經知道會這樣一般。他需要一大筆金錢，且要在短時間內把這筆錢湊齊，雖然瑞秋的收入有助於他的財務狀況，但卻無法即時幫他解決眼前的危機；瑞秋因此沒有遭到對方的攻擊就全身而退了。如果動機是出於他的投機的話，我想，那麼又是什麼原因讓他放棄這樁可以讓他後半輩子生活無虞的婚姻呢？

我對於事情幸運地順利解決感到高興，但這一切又因為老亞伯懷特先生的造訪而出現了轉變。他來我這裡當然是想要了解，維林德小姐為什麼會突然做出解除婚約的決定。不用說，我沒辦法告訴他我所知道的事情。我可以感受到老亞伯懷特先生相當惱怒，因為他對先前跟他兒子的談話內容毫無心理準備。從他的表情和語言，我相信他隔天到布萊頓去跟瑞秋小姐談話的時候，絕對不會讓那年輕女士好過的。

我想到第二天要做什麼就無法入睡。我對這件事情的回想到此結束了，後來我聽到一些消息，證明了亞伯懷特先生確實是個不可信任的男人，這些事情也由那位模範生一樣的克拉克小姐忠實地記錄下來。我唯一要多加說明的一點是（補充克拉克小姐的記錄），維林德小姐之後有很長一段時間住在我位於漢普斯特的家裡，生活過得相當平靜，我妻子和女兒們也都跟她相處愉快，而在遺囑執行人指定了新的監護人之後，我很高興且驕傲地說，我們就像一家人一樣，深情地互相告別。

2

我接下來要寫的是我個人與月光石的關連，更清楚地說，是我如何知道印度人竊取月光石的計畫。我先前已經透露過一些訊息了，而這些事情跟後來發生的事件之間，有極重要的關連性。

在維林德小姐離開我家約一週或十天以後，我的一個職員拿著一張名片，進到我的辦公室裡來，說有個紳士在樓下等著，他想要跟我見面。

我看了看名片，上面寫著一個我從沒見過的外國名字。在名片下方還寫了一行英文，其中提到一個名字我倒是記得很清楚：「賽提穆斯．路卡先生推薦。」

像路卡先生這樣地位的人，竟然厚顏無恥到推薦朋友到我這兒來，讓我驚訝得一時無言地坐在那兒好一會兒，還在想著我到底有沒有看錯名字。我的職員看出我心中的困惑，便好心地告訴我在樓下等著的那位陌生人的樣貌。

「先生，他的外貌很顯眼，膚色很黑，我們其他人都覺得他很可能是印度人。」

我把職員說的話，和名片上的這行字連結在一起，想到路卡先生的推薦，和這位陌生人的造訪，背後可能都與月光石有所關連。出乎我這位職員意料之外，我隨即決定要見這位紳士。

我先說明一下，為什麼我會出於好奇心，犧牲自己專業的信譽去見這位紳士。因為我想，目前沒有人（找遍全英格蘭都沒有）可以跟我一樣，跟這顆印度鑽石有這麼緊密的接觸：韓克索中校躲避暗殺的秘密計畫是交由我來管理；我定期會收到中校的信件，證明他還活著；我幫他撰寫遺囑，其中提到要將月光石留給維林德小姐；我說服他的遺囑執行人要快點行動，因為這顆鑽石可能對這個家族來說，是莫大的資產。最後，我幫助法蘭克林．布萊克先生克服他心中的不安，要他帶著鑽石到維林德夫人的宅邸去。我想沒有人可以否認，在與月光石相關的各種事件當中，我都是與它有最多接觸的人。

當那位神秘的客人現身時，我就直覺到，站在我面前的人，應該就是那三個印度人之一；恐怕還是其中的首領。他身穿歐洲人的裝束，但是黝黑的膚色、瘦長柔軟的身軀，以及那嚴肅、優雅而有禮的舉止，即使是受過教育的人，第一眼也無法看出他出身自東方。

我指著一張椅子要他坐下，並請他說明來找我的目的是什麼。

他先為打擾我而道歉（他的用字相當優雅），接著這個印度人拿出一個用金色的布包住的小包裹。他揭開那層布，以及下面第二層的絲質布塊後，拿出一個小盒子，或可說是首飾盒，放在我的桌上。這盒子是用黑色檀木製成，上頭鑲嵌著美麗的珠寶。

「先生，」他說：「我是來向你借點錢的，而這個東西是我留在這邊的抵押品。」

我指指他給我的名片。「是路卡先生推薦你過來的？」我說。

這印度人向我鞠躬。

「我請問一下，為什麼路卡先生不借錢給你呢？」

「先生，路卡先生告訴我，他已經沒有錢可以借了。」

「所以他就推薦你到我這兒來？」

這次是印度人指了指他的名片。「上面就是這麼寫的。」他說。

他回答得很簡短，但目的卻是昭然若揭了。如果月光石在我這裡的話，這個東方紳士會毫不猶豫地就殺了我吧。不過在同時，雖然我感受到他的企圖，我卻覺得他的行為舉止真是個理想的客戶典範。他很可能完全不尊重我的生命，但是他能做到我國大部分同胞都做不到的事情，那就是——他尊重我的時間。

「我很抱歉，」我說：「我想我沒辦法幫助你。路卡先生要你來找我，恐怕是他搞錯了什麼吧。我的專業裡頭確實有借貸這一項，但是我不借錢給陌生人，也從沒借錢給有這種抵押品的人。」

他跟其他人不一樣，沒有試圖勸我放寬規則，只是默默地用兩層布將那個小盒子包好。他站起身。這個令人讚賞的刺客，竟然在我回答他的同時，準備要離開！

「不好意思，」他說：「在我離開以前，可否請你好心回答我一個問題？」

我也向他鞠躬。他在離去前，竟然只要問一個問題！在我應付客戶的經驗中，只有一半的人會這麼做。

「假設你願意（且合法）借我錢，」他說：「我需要在什麼時候還錢給你？」

「根據這個國家的普通法規定，」我回答：「你得要在拿到錢那一天開始算起的一年左右，把錢還給我。」

這個印度人最後一次向我鞠躬（而且是深深的鞠躬），接著突然轉身，踏著輕柔的腳步離開辦公室。他的動作在一瞬間完成，安靜無聲，柔軟靈活，可以說嚇到我了。等我回過神來，思考這位不可思議的客人的事情時，我隨即想到一個結論。

當我們一起談話時，他的臉部表情、聲調高低和行為舉止，全都在他的掌控之下，儘管我仔細觀察，仍看不出絲毫端倪。但是他給了我一次可以觀察他平靜表面下真正情緒的機會。不管我跟他說了什麼，他都一副沒放在心上的樣子，直到最後我回答他有關還款時間的問題。當我告訴他這個訊息時，他第一次直直地看著我的臉。我明白，他最後問我這個問題別有用心，而他也特別注意聽我怎麼回答。我越是思考，就越覺得他帶著首飾盒來向我抵押借錢這件事，只不過是個形式，他真正目的是在為最後提出那個問題而鋪路。

我對自己推論出來的結論感到很滿意，然後想要試著更進一步，猜測這個印度人這麼做的目的究竟為何。就在此時，我收到一封賽提穆斯．路卡先生寄來的信件。他用一種過度卑屈的語調向我致歉，並保證我若願意和他見面一談，他會把所有事情都告訴我。

我又因為好奇心，做了另一次有損我專業的決定，跟他約好在第二天見個面。

跟那位印度人相比，路卡先生實在是個卑劣的傢伙，他粗俗、醜陋、卑屈、平凡，不值得在這份記錄中針對此人做太多篇幅的描述。我會在以下簡述他告訴我的事情：

在印度人造訪我辦公室的前一天，某位很有教養的紳士也去了路卡先生的店裡。雖然對方一身歐洲式裝束，但路卡先生隨即就瞭解到，這個人就是那幾個曾經在他店門口徘徊，騷擾到他不得不求助於治安官的印度人之一。他驚愕地發現這個人的真實身分之後，很快就認為（若是我也會這麼想）這個人也是把他五花大綁，然後搶走他銀行收據的印度人同夥。他整個人頓時因恐懼而全身動彈不得，覺得自己的末日已經來臨了。

不過，這位印度人卻表現出一個陌生人應有的優雅舉止，他拿出那個小首飾盒，同樣向路卡先生提出借貸請求。為了盡快擺脫這個人，路卡先生隨即說自己沒錢可借。印度人接著便問，是否可以推薦一位能夠借錢給他的人。路卡先生回答說，能借他錢的，通常都是令人敬重的律師。他又請路卡先生給他幾個夠資格的人名，路卡先生於是提到了我的名字，但那只是因為出於恐慌之下，他第一個想到的人就是我。「先生，我當時汗如雨下，」這個卑劣的人最後這麼說：「我完全不知道我在說什麼。布拉夫先生，希望你可以理解，我當時太過害怕了，根本無法判斷什麼。」

我盡量用親切和藹的態度把這位客人送走。這是我用最快速度擺脫這傢伙的最佳方法了。在他離開之前，我又問了他一個問題。

在他離開你那裡時，這個印度人有沒有說什麼特別的話？

當然有！在離開之前，那個印度人問了路卡先生同樣的問題；當然他也得到了同樣的回答。

這是什麼意思？路卡先生的說明沒能讓我解決這個問題。而憑我一個人的智慧，是無法解開這個難題的。那天晚上我有個晚餐約會；我走上樓去，腦袋昏昏沉沉的，對當時的我來說，要找到我的穿衣室，跟找到解答，是同樣困難的事情。

3

我在晚宴上遇到一位相當引人注目的大人物，那就是莫斯威特先生。

他遊歷世界各地，回到英國以後，社交界的人都對這位旅行家相當感興趣，因為他不僅經歷過許多冒險，還能活著回來，跟別人談論自己的冒險經歷。他宣稱，最近他就要回去繼續旅行了，而這次是要去探索其他尚未有人造訪的秘境。他這第二度拋卻性命也要去冒險的勇氣，讓他在最近成為社交界的寵兒。機運讓我在這個場合遇見他。我們可不是每天都有機會在晚宴上遇到某位名人；感覺下一次聽到他的消息時，或許就是他死於非命的新聞。

晚宴結束，餐室裡只剩下男士們時，我發現我正好坐在莫斯威特先生的旁邊。當讓大家只能夠討論健全話題的女士們離開以後，在場清一色的英國男士們自然而然就開始討論起政治來了。

相對於這個全國男人都熱中的議題，我好像就是最不像英國人的人之一。對我來說，討論政治是最無趣且最無益的事情了。酒過一巡之後，我瞄了眼莫斯威特先生，發現他的想法跟我不謀而合。他雖然很巧妙地掩飾（因為顧慮主人的心情），但是我很肯定，他已經無聊到想要打盹了。這讓我想要做個實驗，看看如果我跟他提起月光石的話題，是不是能讓他清醒過來。若是他很感興趣，我也可以問問他，對前一天那個印度人造訪我那枯燥乏味的辦公室有什麼看法，而這其中是不是有什麼複雜難解的陰謀。

「莫斯威特先生，若我沒有搞錯的話，」我說：「你認識已故的維林德夫人，而且正巧對月光石失蹤案一連串怪異事件相當感興趣，不是嗎？」

這位著名的旅行家隨即清醒了過來，接著詢問我的名字。

我告訴他我是韓克索家族的律師，從以前就幫忙韓克索中校處理過他那顆鑽石的事情。

莫斯威特先生很快地在椅子上轉身，背對他身後那群人（保守黨跟自由黨），將他的全副注意力都放在我——布拉夫先生——這個在格雷法律學院廣場執業的平凡律師身上。

「你最近有聽說那些印度人的事情嗎？」他問。

「我相信他們其中一個人在昨天拜訪了我的辦公室。」我回答。

莫斯威特先生是身經百戰的人，但顯然我的回答讓他著實吃了一驚。我向他說明了發生在我和路卡先生身上的事情。「很明顯地，那個印度人在離開時問的問題，是別有企圖的。」我說：「他為什麼這麼想要知道借來的錢的還款期限呢？」

「布拉夫先生，你看不出他的目的是什麼嗎？」

「莫斯威特先生，我對我的愚蠢感到可恥，但我確實看不出來。」

聽到我用這麼誇大的方式強調自己的愚昧，這位偉大的旅行家似乎變得很感興趣。

「我問你一個問題。」他說：「現在奪取月光石的陰謀進行到什麼地步了？」

「我不知道。」我回答。「我完全不瞭解印度人的陰謀是什麼。」

「布拉夫先生，你之所以不知道印度人的陰謀是什麼，那是因為你從沒有真正認真地去檢視這一切。我們是不是該重新檢視一次，從你替韓克索中校寫遺囑，到昨天印度人拜訪你辦公室之間發生的所有事情？就你的立場來說，最重要的是維林德小姐的權益，因此為了以防萬一，你有必要清楚瞭解這件事情的全貌。請你告訴我，你自己有辦法看透印度人的陰謀嗎？或者你希望我可以幫你做說明？」

不用說，我完全需要他幫助我釐清事件，所以我自然選了後者。

「很好。」莫斯威特先生說。「我們就先從這三個印度人的年紀開始討論起。我敢說，這三個人看起來大約是同一年紀，而你可以自行判斷一下，你所見到的那個人是不是正值壯年。你覺得不到四十歲嗎？我也這麼覺得。我們就說他們都是三十多歲左右吧。現在我們回想一下，韓克索中校剛回到英國，還有你開始幫他進行保命計畫的時候。我並不需要你去算到底是幾年前。我只是要說，很明顯地，依照目前我們所知這幾個印度人的年齡，他們應該是當年跟著中校來到英國那幾位印度人的繼任者（布拉夫先生，在他們的國家，他們可是屬於最高階級的婆羅門）。很好，這幾個印度人是繼任者。如果真只是這樣的話，那麼這件事情就不值得我們在這裡討論。但他們做的並不只是這些，他們還繼承了前任婆羅門在這個國家成立的組織。先別問！我可以肯定，從我們的觀點來看，這個組織虛有其表。我認為這個組織是用金錢去推動的，他們需要一些人做事時，就會去僱請倫敦一些專走旁門左道，做些可疑勾當的英國人，還有一些是偷偷地同情這些印度人的國家以及宗教的人，這些人在這個大城市裡從事各行各業，三教九流都有。就像你可以看到，沒什麼了不起的。不過我們得要多多注意，因為我們越是深入探究，就越會遇到與這個低調的印度小組織相關的事件。我已經把背景都說清楚了，現在讓我問你一個問題，我希望你的經驗可以回答，給那些印度人第一個搶奪鑽石機會的，是哪一件事情？」

我瞭解他為什麼會提到我的經驗。

「他們的第一個機會，」我回答：「是韓克索中校去世的時候。我想，他們當然知道中校去世的消息吧。」

「當然。就像你說的，中校的去世給了他們第一次機會。在那之前，鑽石都還放在銀行的保險庫裡。你替中校寫了遺囑，說明他會把鑽石遺贈給他的外甥女，然後遺囑就被執行了。而你身為一個律師，應該知道這些印度人在那之後採取了什麼樣的舉動吧。」

「他們經由民法律師協會，申請一份遺囑的抄本。」

「沒錯。我剛才提到，他們僱請的其中一個專做可疑勾當的英國人，可以幫他們取得一份遺囑的抄本。那份遺囑告訴他們，鑽石被遺贈給維林德夫人的女兒，而身為執行人的老布萊克先生，或是其代理人，會負責將鑽石交給她。我想你應該也同意，要打探像維林德夫人跟布萊克先生那種地位的人是很容易的。這些印度人面對的難題是，他們應該要在鑽石從銀行裡拿出來時下手，還是要等鑽石被送到約克夏維林德夫人的宅邸時才下手。第二個方案是比較保險的，這也說明了為什麼印度人會偽裝成戲子，出現在法蘭茲霍爾等待時機成熟。不用說，在倫敦有組織裡的人負責幫他們監視鑽石的去向。有兩個人負責這件事情，其中一個專門跟蹤任何從布萊克先生家裡去到銀行的人，另一個則藉著跟布萊克先生家裡的基層僕人喝酒攀交情來打探消息。從稀鬆平常的閒談裡，他們得知法蘭克林．布萊克先生到銀行去取回鑽石，而且他是隻身一人帶著鑽石前往維林德夫人的宅邸。接下來發生的事情，你應該跟我一樣記得一清二楚。」

我記得法蘭克林．布萊克先生曾經告訴我，他在路上發現被其中一人跟蹤，因此才讓他搭了前一班車，提前好幾個小時抵達約克夏。然後他在身旁那些伺機而動的印度人得以接近他以前，直接把鑽石存放在法蘭茲霍爾的銀行（感謝老貝特瑞吉的建議）。這一切都很明顯，不過印度人並沒有注意到對方已經有所警戒。但是我不明白的是，為什麼在到瑞秋生日的那一段期間，這些印度人都沒有再試圖接近維林德夫人的宅邸（他們應該是認為鑽石就在宅邸裡）？

我向莫斯威特先生提出這個問題，同時也告訴他，我聽說印度人帶著一個小男孩，他們用幾滴墨水變了個戲法等等這些事情；雖然可以說這整個過程，宛如使用千里眼這種超能力，但**我**可是半點都不信。

「我也不相信。」莫斯威特先生說。「千里眼只是印度人的浪漫傳奇幻想而已。他們試圖用神奇的超能力來提振自己的士氣（不過對英國人來說沒有什麼說服力），因為他們得要在這個國家執行這種危險的任務。很明顯地，那個男孩是很容易受到催眠術影響的類型，他只是把催眠他的人灌輸在他腦海裡的事情講出來。我也測試過是否真的有千里眼，但到目前為止遇到的全都是催眠術。不過那些印度人並不這麼想，他們認為那男孩的千里眼可以看到他們看不到的事物，而就像我之前說的，這麼做可以讓他們更加團結，為目標共同努力。我跟你解釋這件事情，只是想提供你一個全新觀點來看人性。去探究什麼是千里眼，還是催眠術，對務實的人來說都是難以相信的事情，而這對我們目前面臨的問題也沒有幫助。我的目的是，一步一步用理性的法則，從事件的結果往前回推到符合自然法則的原因，以此來找出印度人的陰謀是什麼。我目前說的符合你的期望嗎？」

「莫斯威特先生，你說的完全沒錯！不過我現在非常想知道，你是如何解釋我剛才提出來的問題。」

莫斯威特先生露出微笑。「這個問題很簡單就可以解決了。」他說。「我可以告訴你，你之前所觀察到的問題，是正確的。那些印度人確實不知道法蘭克林．布萊克先生對鑽石做了些什麼；因為在布萊克先生第一天到達宅邸的晚上，他們就犯了第一個錯誤。」

「第一個錯誤？」我重複說道。

「當然他們犯錯了！他們犯的錯就是，那天晚上在露台附近徘徊時，被貝特瑞吉先生給發現了。不過，他們知道自己犯下錯誤，也因此之後有好幾週的時間，他們都沒有做出其他舉動。」

「為什麼？莫斯威特先生。我就是想知道他們為什麼不行動？」

「因為，布拉夫先生，印度人通常不會去冒不必要的風險。你替韓克索中校寫的遺囑裡說明，鑽石要在維林德小姐生日當天交給她。這樣很好。請你告訴我，對他們來說，最安全的方法是什麼？是從已經警戒到他們的存在，而且在智力上略勝一籌的法蘭克林．布萊克先生手中奪取鑽石？或是等一段時間，再從一位不知道真相，但是會開開心心在每個可能的場合，戴著珍貴珠寶向人展示的年輕女孩手中奪取鑽石？你希望有些證據可以證明我的理論是不是正確的嗎？這些印度人的作為就是證據了。在等了好幾週以後，他們在維林德小姐生日那天，再度來到宅邸，而他們耐心的等待終於有了代價，那就是——他們看到鑽石就別在維林德小姐的胸前。我在當天晚上聽到中校跟鑽石的事情時，就察覺法蘭克林・布萊克先生陷入了很大的危險當中，幸好他從法蘭茲霍爾回到維林德夫人宅邸時，有其他人陪同，否則他一定會遭到攻擊的。我也相信維林德小姐身上會發生不好的事情，才建議他們應該依照中校的威脅，把鑽石切割成好幾份。但是鑽石在那天晚上神秘地消失了，讓我的建議無用武之地，也破壞了印度人的計畫；而且你也知道，之後那些印度人還被當作流浪者，關在監獄裡動彈不得。他們陰謀計畫的第一步就在這裡結束了。在我說明他們計畫的第二步以前，我先請問一下，我方才的說明是否解釋了你提出的問題？對像你這樣實際的人來說，這樣的解答是否讓你覺得滿意呢？」

我必須要說，他的說明完全能解決我的問題。我真是感謝他對那些印度人性格特質的了解，也很感謝他只談到韓克索中校的遺囑，否則我之後經手的遺囑何止百份，哪可能都記得住？

「到目前為止都很好。」莫斯威特先生繼續說：「印度人錯過了第一個可以奪取鑽石的最佳時機，因為他們在那時被關入法蘭茲霍爾的監獄裡頭。第二次機會是什麼呢？第二個機會其實在他們還在監禁期間就來臨了。」

繼續往下說之前，他先打開自己的記事本，翻到某一頁。

「我那段時間跟幾個朋友一起待在法蘭茲霍爾。」他說：「在印度人被釋放的前一兩天（我記得應該是星期一），監獄的管理人送了一封信給我。有一位莫侃太太將信送過來，是要給那些印度人的；這位莫侃太太就是這幾位印度人之前住的寄宿公寓的房東。那封信是在前一天早上寄到莫侃太太的信箱裡。監獄的管理人注意到，信上的郵戳是『蘭貝斯』，地址是用正確的英文書寫沒有錯，但是形式上卻跟一般的書信不太一樣。他們打開信，發現裡頭是用外文寫的，隨即判斷這應該是印度斯坦語。當然他們將信送來給我，是希望我可以幫他們翻譯。我把信的原文抄寫到我的記事本裡，這旁邊則是我寫的翻譯。請你看看吧。」

他將攤開的記事本遞給我。這上頭抄寫的第一行字，是信件的地址。抄寫地址沒有加任何標點符號，只是寫著「給約克夏法蘭茲霍爾住在一位莫侃太太寄宿公寓裡的三位印度人」。接下來是一大段印度文字，然後再下面是翻譯，但內容看來猶如謎題：

以夜之攝政王之名，其位安於羚羊之背，其臂環抱天地四方。

兄弟們，朝向南方，來到位於泥濘河流旁喧囂街頭的我身邊。

理由如下：

我已經看到了。

內容就到這裡結束了，沒有標註日期，也沒有簽名。我把記事本遞還給莫斯威特先生，實在是搞不懂這些印度人的信件內容究竟想要傳達什麼。

「我可以替你解釋第一句話的意思，」他說：「而從印度人後來採取的舉動，可以解釋其他字句。印度的月神形象，是一個有四條手臂的神祇，坐在羚羊背上；這位神祇的另一個名號，就是夜之攝政王。而開頭的這一句，我想很可能間接地在指涉月光石。現在，讓我們看看監獄管理人把信件交給他們以後，那些印度人做了些什麼事情。在他們被釋放的當天，他們就馬上來到車站，搭上第一班開往倫敦的火車。我們在法蘭茲霍爾的幾個朋友都覺得，沒有繼續秘密跟監他們是件很可惜的事。但是後來維林德夫人遣走警官，也停止所有針對鑽石遺失事件的調查，所以沒有人可以去淌這個渾水了。那些印度人獲得自由以後，就到倫敦去了。布拉夫先生，接下來你聽到有關他們的消息，是什麼？」

「他們去騷擾路卡先生，」我回答：「他們在路卡先生位於蘭貝斯的店面外頭徘徊不去。」

「你有看到路卡先生去請求治安官協助的報導嗎？」

「有。」

「如果你記得的話，在他的陳述裡頭，有提到一位在他店裡工作的外國員工。他懷疑這位員工偷竊，所以將他解雇了，而且還認為他可能跟那三個印度人有共謀關係。我們的推論很清楚了，布拉夫先生，我們知道是誰寫了這封信，還知道這個員工試圖從路卡先生那兒竊取，那顆價值連城的東方珠寶究竟是哪一個。」

這推論確實非常清楚明白，甚至不需要多做說明，我就馬上理解了。當莫斯威特先生提起那事件時，我就明白月光石已經藉由某種管道落入路卡先生的手中。我的問題是，那些印度人是怎麼知道的？不過這個問題（是我所有問題當中最難解的）已經解開了。我身為一個律師，開始相信莫斯威特先生可以帶領我走出這個曲曲折折的迷宮，而他現在已經引領我走了很長一段路了。我向他表達我的感激，他也相當和藹地接受了我的謝意。

「在我們繼續推論之前，我希望你提供我一些消息。」他說：「一定有人把鑽石從約克夏帶到倫敦去，也一定有人拿鑽石去換了錢，否則那鑽石不會落在路卡先生的手中。你有沒有發現有人可能做出這件事情來？」

「我不知道。」

「有件關於高佛瑞・亞伯懷特先生的傳聞（誰身上沒有傳聞呢？）。有人說他是個聲譽卓越的慈善家；但我聽說的事情，可能會毀損他的名譽。」

我深深同意莫斯威特先生所說的話。我同時也覺得有義務要告知他，有證據證明高佛瑞・亞伯懷特先生完全沒有嫌疑（當然我沒有提及維林德小姐的名字），而這證據在我看來是鐵證如山。

「很好。」莫斯威特先生靜靜地說：「讓我們靜待時間去解決這件事情吧。不過，布拉夫先生，我們得再回頭談談印度人。他們回到倫敦以後，又再度遭到挫敗。他們第二次的嘗試之所以失敗，完全歸因於路卡先生的狡詐和先見之明；這個人之所以能靠放高利貸獲得莫大的利益和地位，可不是浪得虛名的。他很快速地解雇了他懷疑的員工，讓印度人失去可以協助他們進入店裡面的共謀者，又在印度人計畫綁架他搶走鑽石以前，先行將鑽石送到銀行的保險庫裡。至於這些印度人懷疑路卡先生做了什麼，從他們拿走他銀行收據這件事就可以知道了。他們瞭解月光石又再次被放在他們無法碰觸到的地方；那顆鑽石又回到了銀行的保險庫裡（雖然報導上只寫那是一顆『價值連城的寶石』）。布拉夫先生，你覺得第三次奪取鑽石的機會是什麼？這個機會何時會到來？」

當他說出這句話時，我突然瞭解到那個印度人造訪我辦公室的理由了！

「我明白了！」我高聲說道：「那些印度人就跟我們一樣，理所當然地認為月光石就是借貸的抵押品，而他們想要知道抵押品什麼時候可以被贖回，因為到時候鑽石就會從銀行的保險庫裡拿出來了。」

「布拉夫先生，我就說過了，如果給你點時間的話，你也可以自己導出結論的。一年後，當月光石被贖回的時候，就是印度人奪取鑽石的第三次機會了。路卡先生親自告訴他們抵押期限，而你的法律專業也讓他們確認了路卡先生說的是實話。我們可以大略猜測一下，鑽石大概是在什麼時候落入那個高利貸業者的手裡？」

「根據我的估算，大概是在六月底的時候吧。」我回答。

「今年是一八四八年。很好。如果那位不知名人士會在一年後贖回月光石的話，他就會在一八四九年的六月底再次成為鑽石的主人。到那時我已經在遠在英格蘭千里以外的地方了。不過，我想這日期值得**你**記錄下來，然後記得在那段期間要待在倫敦。」

「你認為會發生什麼嚴重的事情嗎？」我說。

「我想就算我待在中亞最可怕的宗教狂熱者之間，都比帶著月光石走出銀行還要安全些。布拉夫先生，那些印度人已經失敗兩次了。我相信，他們第三次絕對不會失敗的。」

以上就是關於這個話題，他所說的最後一句話。接著有人送咖啡過來。客人們紛紛起身，在房間的各個角落走來走去；我們到樓上去，加入參加宴會的女士們。

我在自己的筆記本上記下日期，並在這裡重複寫下筆記的內容，做為我這份記述的結語：

「一八四九年六月。在接近六月底的時候，注意是否有印度人的消息。」

在此歇筆，我負責的部分已經結束了。請各位讀者繼續看下一份記述。

第三份記述
——記述者為法蘭克林・布萊克

1

一八四九年的春天，我正在東方旅行。我當時變更了數月前即已擬定好的旅行計畫；這旅行計畫我也已經告知我在倫敦的律師和銀行。

由於行程變更，取消了原訂要去一個有英國領事館的城市，我只得差遣僕人先去那裡領取給我的信件和匯款。那個僕人跟我約好了會合的時間和地點，但卻因為一個他自己也無法預料的意外，導致他無法準時抵達。我和其他僕人就在沙漠邊緣搭帳篷，等了他一個星期，終於等到那個僕人帶著信件和現金，現身在我的帳篷入口處。

「先生，很抱歉我給您帶來了一些壞消息。」他說，指著其中一封信。那封信的邊緣繪著訃聞用的黑框線，看地址的字是布拉夫先生的筆跡。

由於急於得知信件內容，我顯得焦躁不堪。第一封打開的信，就是那封訃聞。這封信通知我，我父親過世了，而我繼承了他鉅額的遺產。繼承遺產，就表示我也繼承了應負的責任，因此布拉夫先生請求我盡快趕回英國。

第二天一破曉，我就在回去祖國的路上了。

我的老朋友貝特瑞吉之前提到，我因為長期在英國以外的地方受教育，而出現了各種人格特質。這一點是有些誇張。他用古怪的方式過度解釋了他那年輕女主人對我所受外國教育的嘲諷，他甚至相信他真的在我身上看到了法國、德國和義大利人的特質，但那只是我親愛的表妹說的玩笑話罷了，真正覺得我身上存在這些特質的，只有貝特瑞吉而已。不過，除此之外，他說我因為遭到瑞秋的冷落對待而傷心，最終決定離開英格蘭這件事情，倒是正確的。

我離開英國，希望這麼做可以忘了她（如果改變環境，不要見她有幫助的話）。我相信，只要能改變環境，遠離傷心地，就能讓一個人有所改變，這是人性；這些要素可以強迫一個人轉移注意力，不要淨是想那些傷心事。但我一直沒辦法忘了她。隨著時間過去，距離拉遠，又每天都體驗到許多新奇事物，每當回憶起她的事情時，那種苦澀的傷痛，也漸漸淡去。

另一方面，當我決定要回去時，原本可以治療我傷痛的方法，卻開始一點一點地失去效力。我越是接近她現在居住的國家，越是想到可能可以跟她再會，她對我的影響力就變得越來越大。我剛離開英格蘭時，甚至連提起她的名字，都令我痛苦不堪。我回到英格蘭，和布拉夫先生見面時，她卻是我第一個問及的人物。

當然他告訴了我，在我離開英格蘭這段期間，到底發生了些什麼事——在貝特瑞吉的記述之後所發生的那些事情。只除了一件事情以外。那時候布拉夫先生並沒有告知我，促成瑞秋和高佛瑞・亞伯懷特解除婚約的理由。我也沒有繼續追問，畢竟這是相當尷尬的事情。我知道瑞秋後來並沒有和高佛瑞結婚，她在經過深思熟慮後，決定要解除婚約。聽到這個結論，我鬆了一口氣。

我聽他說完之前的事情，問的第一個問題是，瑞秋現在的狀況如何（又是有關瑞秋的問題！）。在離開布拉夫先生的房子以後，她現在是在哪一位監護人的照顧之下？她目前住在哪裡？她住在已故約翰・維林德爵士的姊妹家中。梅瑞德夫人是位寡婦，遺囑執行人指定由她擔任瑞秋的監護人，而她也接受了這項職務。我聽說她們兩人相處得很好，目前她和梅瑞德夫人住在位於波特蘭廣場的一棟房子裡。

我知道這件事情以後，不到一個半小時，就在前往波特蘭廣場的路上了。我甚至沒有告知布拉夫先生要過去探望瑞秋！

來應門的人並不清楚維林德小姐在不在家。我請那個僕人將我的名片送到樓上，我想這是可以最快確認的方法了。一會兒，那個僕人一臉高深莫測的神情走下樓來，告訴我維林德小姐出門了。若是別人用這種說詞，我會懷疑他們是有意拒絕見我。但我不會懷疑瑞秋。我留下訊息，告訴她會在傍晚六點再過來一趟。

六點時，僕人又再度告訴我，維林德小姐目前不在。我問有沒有留言給我。他回答沒有。維林德小姐收到我的名片了嗎？僕人告訴我，維林德小姐**確實收到**名片了。

這已經夠明顯了。瑞秋不想見我。

但即使受到這種待遇，我也不想什麼都不做，不去探究原因就放棄。我把名片送給梅瑞德夫人，請她撥冗在她方便的時候與我見面。

梅瑞德夫人很快就答應了。我被帶到一間舒適的小客廳，裡面有位面容和藹、身材嬌小的老夫人。梅瑞德夫人為人很親切，知道瑞秋拒絕見我，向我表達她的驚訝和難過。不過她沒有給我任何解釋，或是迫使瑞秋說明理由，因為她認為這是瑞秋個人的事情。她只是非常有禮貌且有耐性，一再地向我表示歉意；除此之外，我跟梅瑞德夫人的會面並沒有得到什麼訊息。

我接下來試著寫信給瑞秋。第二天我要僕人帶著信到瑞秋的居所，並且嚴令他要在那裡等回信。

僕人確實收到回音，但只是如下的一行字：

維林德小姐表示拒收法蘭克林・布萊克先生的書信。

我想起我過去是這麼喜歡她，如今卻得到這種屈辱的回應。在我能恢復神智之前，布拉夫先生就來找我談公事。我把公事先擺一邊，跟他討論起這件事情。他也跟梅瑞德夫人一樣，無法告訴我為什麼瑞秋會這麼做。我問他，瑞秋是不是聽到什麼有關我的傳聞。布拉夫先生則說，他不記得聽過和我有關的不利謠言。她住在布拉夫先生家時，有沒有提過我的事情？沒有。在我長期待在國外這段期間，她有沒有問過我的狀況？她從沒有問過這類問題。我從記事本裡拿出維林德夫人在法蘭茲霍爾時寫給我的信，那一天我正要離開約克夏，我向布拉夫先生指出其中的兩句話：

以瑞秋如今糟透的心理狀況來看，她還是無法原諒你協助調查鑽石遺失的事情。雖然你盡力去協助調查，但或許是輕率行事，你在不知情下試圖暴露她不欲人知的秘密，反倒加重了她的焦慮。

「這封信裡說的事情，」我問：「有沒有可能是造成她現在拒絕見我的原因？」

布拉夫先生的神情看起來很憂傷。

「若你堅持要一個答案，」他說：「恐怕我是沒有辦法提供任何解答給你了。」

我拉了拉傳喚鈴，要僕人幫我把旅行皮包準備好，還要他給我一份火車指南。布拉夫先生很驚訝地問我要做什麼。

「我要搭下一班火車去約克夏。」我說。

「請問為什麼呢？」

「布拉夫先生，在一年前，我協助調查遺失的鑽石，這件事對瑞秋造成了傷害，而且這傷害到現在仍然存在。我不能接受這種事情！我要找出她為什麼對自己母親保持沉默，又對我充滿敵意。如果能以時間、痛苦跟金錢為代價，我要抓到那個偷走月光石的小偷！」

這位老紳士出於自己的職責，試著勸誡我一番（他想要用理性來說服我）。但我對他說的一切充耳不聞；沒有任何務實的思考模式，可以撼動我的決心。

「我要弄清楚我離開以後又發生什麼事情，然後一步一步拼湊出到目前為止的狀況。自從我離開之後，應該有一些證據還沒有找到，但我想加伯列．貝特瑞吉應該會知道的。我會先去找貝特瑞吉。」

在接近傍晚時，我又站在那令人懷念的露台前，看著這棟洋溢著鄉間寧靜氣氛的宅邸。我在荒蕪的庭園裡，第一個遇到的人是園丁。他在一個小時前才看到貝特瑞吉就坐在後院的老地方曬太陽。我知道那是哪裡，於是告訴園丁，會過去那裡找貝特瑞吉。

我繞過熟悉的小徑，看到那扇通往後院，敞開的門。

我看到他就在那裡。在那一去不復返的快樂過往，他一直都是我最好的老朋友。我看到他就在那個老地方，坐在那張半圓形躺椅上，嘴裡叼著菸斗，膝上放著《**魯賓遜漂流記**》，兩隻狗分別坐在他的兩側打盹。傾斜的夕陽正好位於我的背後，在我面前的地上打下一道陰影。狗兒可能是看到了影子，或是聞到我的氣味，早一步發現我的到來，隨即站起來吠叫。椅子上的老人從打盹中醒了過來，發出一個命令，讓狗兒安靜下來，然後他用手擋在眼前，遮住陽光，看著站在門邊的人。

我的眼裡突然滿是淚水。我等了一會兒，直到做好心理準備，才對他開口。

2

「貝特瑞吉！」我說，指了指他膝上那本令人懷念的書，「《魯賓遜漂流記》有沒有告訴你，你今天傍晚會見到法蘭克林·布萊克？」

「法蘭克林先生，我發誓，」那老人喊道：「《魯賓遜漂流記》還真的告訴我了！」

他在我的幫助下站起身，不斷來回看著我和那本《魯賓遜漂流記》，很顯然是搞不清楚，究竟是我的出現，還是預知到我出現的書，哪個讓他比較驚訝。他最後決定是書了。他兩手拿著攤開的書，用一種難以形容的期待神情看著書頁，好像他盼望著魯賓遜本人會從書中走出來跟我們說話。

「法蘭克林先生，就是這一段。」他找到之後說：「先生，在你進來的前一刻，我就是在看這一段。第一五六頁，『我就像看到幽魂一樣，呆愣地站在那兒，無法動彈。』這不就像是在說『法蘭克林·布萊克會突然出現』一樣嗎？若不是的話，英文這種語言就一點意義也沒有了。」貝特瑞吉猛然合上書本，用空下的一隻手握住我伸向他的手。

在這種情境下，我原本猜想他一定會先問我一大堆問題。不過他沒有問，第一個浮現在這個老僕人腦海裡的念頭，是對一個來訪的家族成員的熱情招待。

「進來吧，法蘭克林先生。」他一邊說，打開他身後的門，然後對我鞠躬。姿態古怪，但有一種懷舊的感覺。「我晚點才會問你這次為什麼要過來，但首先我要好好招待你一下。自從你離開以後，這裡改變很多，宅邸封閉了，也遣走了大部分的僕人。但是不用在意，我會幫你準備晚餐，園丁的妻子會幫你鋪床；如果酒窖裡還有拉圖酒莊的紅酒，也請法蘭克林先生嚐嚐吧。先生，歡迎你過來！歡迎你！」這可憐的老人，盡力掃除這荒廢宅邸的陰沉氣氛，希望能讓我感受到往日歡樂而殷勤接待的氛圍。

我不想讓他失望。但這個宅邸現在是瑞秋的產業，而在她拒絕見我之後，我還能夠在這宅邸裡寢食嗎？我的自尊讓我實在沒有辦法這麼做。

我抓住貝特瑞吉的手臂，帶著他走到庭園來。我沒其他辦法，只能告訴他實話了。他是這麼喜歡瑞秋，也對我很親切，在聽了我說的話之後，對於事情發展至此，感到很困惑也很沮喪。他用向來有話直說的方式表達看法，這讓我想到我所知道最積極正面的處世哲學——貝特瑞吉專屬的處世哲學。

「瑞秋小姐確實有她的缺點，我一直都知道這一點。」他說。「自視甚高就是她其中一個缺點。她一直想要勝過你，而你一直在忍受她的態度。法蘭克林先生，你不知道有時候女人就是需要你對她強硬一點？我不是跟你說過已故的貝特瑞吉太太的事情？」

我從以前就常常聽他說已故的貝特瑞吉太太的事情，他總是把她說得像是擁有女性與生俱來的缺陷和墮落天性的典範一樣。他現在又用同樣的語氣跟我說貝特瑞吉太太的事蹟了。

「很好，法蘭克林先生。你現在聽我說。不同的女人，自大的方式也不一樣。已故的貝特瑞吉太太總是在我否定她喜歡的事物時，發揮她這種能力。我常常工作了一天回到家，她卻把我叫到廚房去跟我說，因為我對她不好，所以她決定不做晚餐給我吃了。我容忍她一段時間，就像你現在容忍瑞秋小姐的態度一樣。但最後，我的耐心用盡了。我走下樓去，把貝特瑞吉太太抱在懷裡，你懂得的，當然是充滿愛意地摟著她，然後很快地把她帶到家裡最好的那間客廳，那是她接待朋友的地方。我說：『親愛的，這裡是妳最適合待的地方。』我回到廚房，把門關起來，脫下外套，捲起衣袖，開始自己做晚餐。晚餐做好以後，我以最佳的方式盡情享用。之後我抽了根菸，喝了杯烈酒；然後我清理桌子，把食器、刀叉都洗乾淨歸位，還把爐灶也清好了。我把廚房都打掃乾淨以後，就打開門，讓貝特瑞吉太太進來。『親愛的，我吃完晚餐了。』我說：『而且我希望妳看到，我也把廚房按照妳的要求，全都收拾乾淨了。』法蘭克林先生，之後那女人終其一生都沒有再讓我自己煮過晚飯。這個寓意就是：在倫敦時，你得要忍受瑞秋小姐對你的態度；不過你在約克夏時就不用這麼做了。你回來這裡吧！」

我實在是無言以對。我只能告訴我這位老友，雖然他的說服相當有力道，但我還是謝絕了他的好意。「今天晚上真是宜人，」我說：「我想要走回法蘭茲霍爾，在那裡的旅館過夜。你明天早上過來跟我一起用早餐，我有事情要告訴你。」

貝特瑞吉很嚴肅地搖頭。

「聽到那樣的事情，我很難過。」他說。「法蘭克林先生，我本來是希望可以聽到你跟瑞秋小姐和好的。先生，如果你堅持要這麼做，」他想了一會兒以後，繼續說：「你不需要到法蘭茲霍爾去過夜，有個地方還比較近一點，就在離這裡大約兩英里處，是霍樂史東的農場。你可不能把**這個**算到瑞秋小姐的資產上，」這老人頑皮地說：「法蘭克林先生，霍樂史東的房子是屬於他自己的產業。」

貝特瑞吉一提到那個農場，我就想起來了。那棟農舍就坐落在山谷之間，面臨約克夏最美麗的一條河流。那個農夫的屋子裡，有一間空房和起居室，他通常會提供給藝術家、釣客，還有旅人居住。我停留在這兒的期間，住在那棟農舍應該是最好的選擇了。

「房間還空著嗎？」我問。

「昨天霍樂史東太太才問我，可不可以介紹客人過去住呢。」

「貝特瑞吉，我會很高興去那兒住的。」

我們走回後面的庭園，去取我放在那裡的行李。貝特瑞吉把行李掛在一根樹枝上，然後將樹枝扛在肩膀，接著他好像又陷入看到我突然出現時，那種驚愕的混亂情緒當中。他用一種不可置信的神情看了看宅邸，又轉了個方向，用同樣不可置信的神情看著我。

「我已經活了好長一段時間了，」這位跟我非常親近的老僕人說道：「從沒想過我會看到這種光景。宅邸在那裡，法蘭克林．布萊克先生在這裡，但可惡的是，其中竟然有一個要轉身離去，到別的地方過夜！」

他轉身帶路，一邊搖頭晃腦，一邊發出令人不舒服的吼叫。「現在只剩下一個奇蹟還可以發生了。」他回頭對我說：「法蘭克林先生，你下一件該做的事情，就是把你孩提時代跟我借的七先令和六便士還給我。」

這段挖苦嘲諷的話，讓我們倆的心情都變好了一些。我們離開宅邸，穿過那道木門。一旦踏出那片土地，貝特瑞吉身為一個僕人的職責漸漸消失（這是貝特瑞吉自己設定的倫理規範），他的好奇心逐漸湧了上來。

他放慢腳步，好讓我們兩人可以並肩行走。「法蘭克林先生，今晚天氣很好，適合散步。」他說，就好像我們兩人只是偶然在路上相遇。「先生，想想看，如果你就這樣走到法蘭茲霍爾去的話……」

「怎麼樣？」

「我明天早上就會到法蘭茲霍爾跟你一起用早餐。」

「那你明天到霍樂史東那裡跟我一起用早餐吧。」

「法蘭克林先生，謝謝你的邀請。但並不是因為你邀請我吃早餐，我才過去的。你剛剛說，你有事情要跟我說，是吧？」他不再迂迴詢問，而是投出一記直球。「雖然我問得有些突然，但先生，希望你可以告訴我，你為什麼會突然決定要來這裡？」

「之前我是為什麼來這裡的？」我問。

「因為月光石，法蘭克林先生。但這次是為什麼呢？先生。」

「貝特瑞吉，還是因為月光石。」

老人突然間停下腳步，神情陰鬱地盯著我看，好像他懷疑自己的耳朵是否聽錯了。

「先生，若你是在開玩笑的話，」他說：「我怕我因為上了年紀，有些遲鈍，聽不出你的意思來。」

「我沒在開玩笑。」我回答。「我來這裡，是為了要繼續我離開英國以後停頓的調查。我想要做到還沒有人做成的事情，我要找出是誰拿走了月光石。」

「法蘭克林先生，你就不要管鑽石的事情了！你聽我的話，不要管鑽石了！那顆被詛咒的印度鑽石，會迷惑所有接近它的人。先生，現在是你人生中最美好的時刻，不要把金錢跟精神浪費在這顆鑽石上頭。考夫警佐都找不到了，你又能做什麼呢？考夫警佐！」貝特瑞吉又重複一次，朝著我堅決地搖了搖食指。「那個人可是英格蘭最厲害的警探呢！」

「老友，我已經下定決心了，就算你抬出考夫警佐，也不會嚇倒我。對了，我近期想要跟他談一談，你最近有聽說他的消息嗎？」

「法蘭克林先生，警佐不會提供你任何幫助的。」

「為什麼？」

「你離開英格蘭以後，考夫警佐退休了。這在當時可是警界的大事呢。他在多金買了一棟小房子，專心致力在培育玫瑰上頭。法蘭克林先生，他還寫信給我呢。他不用先把白色苔蘚玫瑰移植到犬玫瑰上，就成功栽植出苔蘚玫瑰了。園丁貝格比先生還去多金看了他的花園，不得不承認自己輸了。」

「這沒什麼關係，」我說：「就算沒有警佐，我也可以自己做到。不過，首先我需要你的幫助。」我說這句話時是無心的。但不管如何，貝特瑞吉似乎被我回答的什麼話給激怒了。「法蘭克林先生，我可以告訴你，我沒辦法幫助你什麼。」他的話語有些尖銳。

從他說話的語調，還有他說完以後有些不安的模樣，我從他的舉止當中瞭解到，他握有一些消息，但猶豫著不知道該不該告訴我。

「我希望你可以幫我做的，」我說：「是搜集一些考夫警佐沒留意到的小證據。我知道你可以做得到的。你還可以做其他事情嗎？」

「先生，你希望我做其他事情嗎？」貝特瑞吉露出一副極度謙遜的神情。

「我希望你可以做更多。」

「法蘭克林先生，我只是在吹牛而已。」老人固執地說：「有些人這一生到死就是改不了吹牛的壞習慣。我也跟他們一樣。」

現在只剩下一個方法可以說服他了。那就是利用他對瑞秋和我的關心來打動他。

「貝特瑞吉，如果我跟瑞秋和好的話，你開心嗎？」

「先生，我在你的家族工作這麼多年，所期望的也不過就是如此！」

「你記得我離開英格蘭以前，瑞秋是用什麼態度對待我的？」

「我記得很清楚，就像昨天發生的事情一樣！夫人還親自寫了封信給你，你也很好心地把信給我看過。信上說，因為你參與珠寶的調查，而激怒了瑞秋小姐。但不管是你、夫人，還是任何人，都不知道她為什麼會這麼生氣。」

「你說的一點都沒錯，貝特瑞吉！我從旅遊途中回來，卻發現她還是跟以前一樣生氣。我知道去年她之所以會那麼做，是因為鑽石的關係，而今年她態度依舊，也跟鑽石脫不了關係。我試著要跟她談談，但她不肯見我；我也試著寫信給她，但是她不回信。你告訴我，我該怎麼搞清楚這個狀況？尋找月光石，很可能就會找到瑞秋改變態度的原因吧。」

貝特瑞吉雖然還不是很清楚，但我說的這番話，很顯然引起他的注意了。他問了我一個問題，讓我瞭解他確實動搖了。

「法蘭克林先生，你不會因為瑞秋小姐這樣對待你，而覺得不悅嗎？」

「我離開倫敦的時候，」我回答：「是覺得有些生氣。但現在這一切都過去了，我只想要跟瑞秋和解，除此之外別無所求。」

「先生，如果你在調查過程中發現瑞秋小姐的秘密，不會覺得害怕嗎？」

我明白他為什麼會問這個問題，因為他比誰都還要信任瑞秋。

「我就跟你一樣相信她。」我回答。「就算揭開了她的秘密，也不會動搖我心中對她的評價，就跟你一樣。」

貝特瑞吉心中最後的顧慮消失了。

「法蘭克林先生，若我幫助你調查這件事情是錯的，」他宣稱：「我只能說，那是因為我就跟初生的小嬰兒一樣，完全無法預料我這麼做會產生什麼結果。若你堅持要由自己進行的話，我倒是可以提供你一個消息，幫助你去發現新證據。你還記得那個可憐的女孩，羅珊娜．史皮爾曼嗎？」

「當然！」

「你那時候覺得，她好像有什麼關於月光石的事情要向你告白，是不是？」

「除此之外，我實在找不到其他理由解釋她的古怪行為了。」

「法蘭克林先生，若你願意的話，你可以解決這個疑惑。」

這一次輪到我呆愣在原地了。四周被黑暗所包圍，雖然我凝目細看，還是看不清他的臉。我覺得很驚訝，急著追問他。

「那封信在哪裡？」

「先生，冷靜點！」貝特瑞吉說。「我的意思是說，羅珊娜．史皮爾曼留了一封信給**你**。」

「在她朋友手中。她這個朋友現在住在柯伯洞。你以前住在這裡的時候，應該有聽說過她，跛腳露西，那個拄著拐杖的跛腳女孩。」

「那個漁夫的女兒嗎？」

「是的，法蘭克林先生。」

「為什麼那封信沒有交給我？」

「先生，跛腳露西有她的打算，她堅持要親自把信交給你。但是等我要寫信通知你時，你已經離開英格蘭了。」

「我們回去吧，貝特瑞吉，去柯伯洞找她！」

「先生，現在太晚了。住柯伯洞的人是我們海岸這一帶最節省蠟燭的，他們通常都很早就去睡了。」

「胡說！我們不到半小時就可以到柯伯洞了！」

「先生，你是可以在半小時以內到。可是等你到那邊，你會發現他們已經把門鎖起來了。」他指著我們下方山谷的星點燈光。同時，我也聽到透過寧靜的夜晚，傳來的潺潺水聲。「法蘭克林先生，我們已經到農場了。今晚就好好休息吧，明天早上請在你方便的時間過來找我。」

「你會跟我一起去漁夫的小屋嗎？」

「會的，先生。」

「一大早出發？」

「法蘭克林先生，看你要多早都行。」

我們接著走向通往農場的下坡路。

3

我只大略記得一些到霍樂史東農場以後發生的事情。

我記得我受到熱忱的歡迎；他們上了一頓豐盛的晚餐，多到可以餵飽東岸所有村莊的人；房間乾淨得無可挑剔，床鋪是羽絨床，這是人類的祖先所發明最能讓人墮落的東西。但我一晚輾轉難眠，不斷起身抽菸；當我看到太陽升起時，不禁覺得鬆了一口氣，終於可以起床了。

我前一天晚上已經跟貝特瑞吉說好，一大早就跟他一起到柯伯洞去；因為我急著要去拿信。我沒有在農場用早餐，只拿塊麵包就出發上路了。一路上我還在想，我到達時會不會貝特瑞吉還沒起床。但幸好貝特瑞吉似乎跟我一樣亢奮。我去到那裡時，發現他手裡拿著一根手杖，已經在等著我了。

「貝特瑞吉，你今天早上好嗎？」

「先生，狀況很糟。」

「真抱歉。為什麼呢？」

「法蘭克林先生，完全是因為我發明的一種疾病。我是不想說啦，但我想在今天早上以後，你也會被我傳染了。」

「我才不怕呢！」

「先生，你是不是覺得胃有點刺痛，不舒服，而且頭好像被重擊般隱隱作痛？啊，還沒呢！法蘭克林先生，等你到柯伯洞以後，這些症狀就會發作了。我把這種病叫做『偵探病』，我第一次得這種病，是陪著考夫警佐一起調查的時候。」

「是呀是呀，而且治療這種病的方法，就是打開羅珊娜．史皮爾曼的信件，是吧？那我們快點去拿信吧。」

雖然時間尚早，但我們到時發現漁夫的妻子已經起床，在廚房裡忙著了。貝特瑞吉向她介紹我的名字以後，好心的約蘭德太太便以特別為陌生名人訪客準備的交際禮儀(我後來才知道那是什麼儀式)來款待我。她把一瓶荷蘭琴酒以及數根菸擺在桌上，然後開口問：「先生，倫敦那兒有什麼新聞嗎？」

在我來得及回答這有無數個答案的問題以前，有個幽魂一般的身影，從廚房黑暗的角落現身，朝我逼近。那是一個臉色蒼白、形容枯槁的女孩，她有一頭很漂亮的頭髮，但眼神相當嚴厲。她拄著拐杖，一跛一跛地走到我旁邊，出神地望著我，好似我是某種既有趣又恐怖的東西。

「貝特瑞吉先生，」她直盯著我，開口說道：「請你再跟我說一次這個人的名字。」

「這位紳士的名字是，」貝特瑞吉說（他特別強調**紳士**這個字）：「法蘭克林．布萊克先生。」

那女孩轉過身，突然離開了廚房。好心的約蘭德太太為她女兒古怪的行為道歉（我想應該是這樣的），而貝特瑞吉則將約蘭德太太充滿方言的語言翻譯成一般英文。但我其實並不確定他們說了什麼，我的注意力全都被那女孩的拐杖敲打在地板上的聲音給吸引過去。碰、碰、碰地，打在木製的階梯上；碰、碰、碰地，那聲音越過我們頭上的地板；碰、碰、碰地，又走下樓來。接著那個幽魂般的女孩，就站在敞開的門前，手中拿著一封信，彷彿在召喚我出去一樣。

我離開其他兩人，把他們不斷的互相道歉拋在腦後，跟著那個奇怪的女孩走出去。她一跛一跛地走在我前面，但是速度卻越來越快；我跟隨著她的腳步，沿著傾斜的沙丘走向海灘。她領著我走過幾艘停靠的船隻，來到遠離其他漁夫視線和聲音的地方，停下腳步，第一次轉身面對我。

「站在那裡。」她說：「我要看看你。」

從她臉上的表情，我可以很清楚知道她的想法。她強烈覺得我是個非常令人厭惡且噁心的人。我得要說，在這之前還沒有任何一個女人用這副神情看著我。或許這麼說有點自負，我該說沒有任何一個女人在我面前露出這種表情過。在這種狀況下，被人長時間盯著觀察，實在令人覺得很難受。因此，我試著轉移跛腳露西的注意力，好讓她不要再一臉嫌惡地盯著我的臉看。

「我想妳有一封要給我的信。」我開口說：「這就是那封信嗎？」

「你再說一次。」這是她給我的回應。

我像個乖小孩上課時一樣，又再說了一次。

「不行，」她自言自語地說，視線仍無情地盯牢我的臉。「我沒辦法從他的臉上看出些什麼，我也沒辦法從他的聲音裡聽出些什麼。」她突然將視線移開，手則疲累地擺在拐杖上頭。「喔，我可憐的朋友！」我第一次聽她說話語氣這麼溫柔。「喔，我逝去的朋友！妳究竟從這個人身上看到什麼了？」她迅速地將頭抬起來，視線又回到我身上。

「你近來吃得好嗎？」她問。

我盡所能用最嚴肅的口吻回答：「是的。」

「你睡得好嗎？」

「是的。」

「你看到一個可憐的女僕時，會覺得自責嗎？」

「不會。為什麼我要覺得自責呢？」

她突然把信件推到我面前。

「拿去！」她很憤怒地吼道：「我以前從沒看過你。老天保佑，最好我以後也不要再看到你！」

她說完，就用自己最快的速度，一跛一跛地走開。我想其他人或許瞭解她為什麼會採取這種態度。但當下我只能猜測，她大概是瘋了吧。

我下了這個結論以後，就看向羅珊娜．史皮爾曼留下來的信件。上面地址是這麼寫的：

法蘭克林．布萊克先生親啟

請由露西．約蘭德轉交給布萊克先生（請不要交由任何人轉交）

我打開封緘。信封裡有一張信紙，我將信紙拿出來時，還滑出一張紙條。我先看了那封信：

先生，若你想要知道，當你在維林德夫人的宅邸作客時，我對你做的那些事情代表什麼意義，請照著那張備忘錄所寫的去做；且在做那些事情時，請注意不要讓任何人看到。

你謙卑的僕人

羅珊娜．史皮爾曼

我接著拿起那張紙條。以下我將備忘錄內容一字不漏地記錄下來：

備忘錄：在退潮時到顫抖沙灘。走到南岩旁邊，找到燈塔和柯伯洞海岸巡邏站旗桿連成的一直線。把一根棍子，或是任何長直物體，擺在岩石上。記得擺在燈塔和旗桿連成的一直線上頭。注意，要將棍子的一端擺在岩石邊緣，跨過底下的流沙，手沿著棍子前進（從岩石那一端的棍子開始往前摸），在海草之間會找到一根鍊條。找到鍊條以後，手沿著鍊條往下延伸，直到摸到深入流沙裡面，掛在岩石邊緣的鍊條一端。**然後將鍊條拉起來**。

當我看到最後一句時（原文也是用這樣強調），聽到背後傳來貝特瑞吉喊我的聲音。這位偵探病發明者完全無法抵抗疾病的發作。「法蘭克林先生，我等不及了。她信裡寫了些什麼？先生，看到老天的分上，告訴我，她信裡究竟寫了些什麼？」

我把信還有備忘錄交給他。他看信的時候，臉色絲毫沒有改變，但是在看備忘錄時卻露出驚訝的神色。

「警佐也曾經說過這件事！」貝特瑞吉大叫。「先生，警佐從一開始就確認，她一定有寫一張備忘錄，上面寫著她把東西藏在什麼地方。老天呀，法蘭克林先生，這個秘密讓大家都困惑不已，甚至連考夫警佐都不知道，原來解答就在這裡等著你去揭開呢。先生，很明顯現在是漲潮。到退潮還要多久的時間呢？」他抬頭，看到有個小伙子就在離我們不遠處修補漁網。「湯米．布萊特！」他用極大的音量叫道。

「我聽得到！什麼事？」湯米也吼回來。

「退潮是什麼時候？」

「一個小時以後。」

我們兩人都看了看自己的手錶。

「法蘭克林先生，我們可以沿著海岸走，」貝特瑞吉說：「我們還有充足的時間可以走到顫抖沙灘。你覺得如何？先生。」

「走吧。」

在我們前往顫抖沙灘的路途中，我請貝特瑞吉幫忙回憶，考夫警佐調查期間發生的一些事件（特別是有關羅珊娜．史皮爾曼的行動）。在這位老友的幫助之下，我很快就回憶起當時發生的一連串事情了：在所有人都相信羅珊娜．史皮爾曼身體不舒服，回自己房間休息時，她其實是去了法蘭茲霍爾；她在晚上將房門鎖上，點了一整晚蠟燭，偷偷地在做些什麼；她還從約蘭德太太那裡買了一個防水塗漆的馬口鐵箱，以及兩條狗鍊。這一切都讓考夫警佐確信，羅珊娜一定在顫抖沙灘藏了什麼東西。但由於鑽石遺失事件的搜查中斷，他也不知道羅珊娜究竟藏了什麼。而這個謎題現在就要解開了。我們來到顫抖沙灘，走至南岩旁邊。

在貝特瑞吉的幫助下，我很快就找到燈塔和海岸巡邏站旗桿連成的一直線，然後依照備忘錄的指示，將手杖放在直線的位置上。雖然岩石凹凸不平，但我們依然盡力將手杖放在最精確的地方。接著我們又看了看手錶。

還要二十分鐘左右才到退潮時間。我提議說，我們可以在沙灘上等，因為岩石表面又濕又滑。走到乾燥的沙灘後，我正想要坐下來，但出乎我意料之外的，貝特瑞吉卻說他要先離開這裡。

「你為什麼要走開？」我問。

「先生，你再看一次信件內容就會懂了。」

我又再看了一次信，才想到依照羅珊娜的指示，我得一個人去將那東西拿起來。

「都已經到了這個地步，我也不想離開。」貝特瑞吉說。「不過她死得很悽慘，這個可憐的孩子。法蘭克林先生，我總覺得應該要照她的意思去做，會比較好。況且，」他又偷偷地說：「信裡頭也沒說你不可以將她的秘密說出去。我會在那邊的冷杉樹林等你把東西拿起來。先生，你可不要拖太久，在**這些**情形下，偵探病可是很棘手的。」

他說完這最後的警告就離開了。

等待的這段期間，其實是很短的，但是因為心裡有掛念，卻讓人覺得特別漫長。就是在這種時刻，抽菸這個習慣才讓人覺得難能可貴，且能撫慰人心。我點燃一根雪茄，坐在沙灘的斜面上等待。

萬里無雲，陽光傾灑在我眼前的每一樣事物上頭。清新的空氣，讓只是呼氣吐氣這樣的動作，都成了奢侈的享受。即使是眼前這片寂寥的沙灘，似乎都因這可愛的早晨而顯得相當歡愉；流沙潮濕的表面也閃閃發亮，掩蓋了那底下恐怖的一面。自從我回到英格蘭以來，這一天是我覺得天氣最好的一天。

在我那一根雪茄抽完以前，就開始退潮了。我看到沙灘出現有節奏的起伏，表面緩慢地蠕動著，就好像在那深不見底的下方，有什麼奇怪的生物在那兒蠢動著。我把雪茄扔掉，走回岩石旁邊。

依照備忘錄的指示，我要從靠近燈塔的那一端開始，沿著手杖往前摸。

我遵照指示前進，但是直到過了手杖一半的長度，都沒有碰到任何東西，只是摸到岩石的邊緣而已。又再往前摸一兩英寸以後，我的耐心終於得到了回報——我的手指探入岩石間一個狹窄的縫隙，摸到了鍊條。我試著把手往流沙下方探去，接著就摸到一層厚厚的海草；這些海草，想必是在羅珊娜・史皮爾曼藏好她的東西以後又長出來，因此填滿了岩石的縫隙。

我沒辦法把海草全部拉出來，但又被海草擋住，手無法再往下探。我用手杖把這個地方做上標記，決定靠自己的方法拉出裡面的鍊條。我的想法是，直接就去「探測」岩石底下的狀況，希望藉此把藏在流沙下面的鍊條找出來。我拿起手杖，跪在南岩的邊緣。

這個姿勢讓我的臉非常貼近流沙表面。流沙的表面仍間歇地蠕動著，這麼近距離看這駭人的景象，實在是讓人很不舒服。我甚至有一種可怕的妄想，認為那個自殺的女人會不會在這裡出現，幫我搜索鍊條；但一想到她從不斷蠕動的流沙裡頭跑出來的景象，即使有溫暖的陽光曬在身上，還是嚇得全身發冷。在將手杖戳進流沙裡時，我不禁閉上了眼睛。

不過很快地，當手杖沉入流沙數英尺以後，我那迷信般的恐懼就突然消失，取而代之的是興奮的悸動。雖然我在漫無方向的情況下盲目探索，但沒想到第一次就找對了方向！手杖碰到了底下的鍊條。

我用左手緊緊抓住海草，然後全身趴在岩石的邊緣上，右手探入突出的岩石底下，接著我的右手就抓到了鍊條。

我毫不費力就將鍊條拉上來。鍊條的另一端，繫著一個馬口鐵箱。

海水已經腐蝕了鍊條，我沒辦法把它從扣環上解開。我將箱子放在自己的雙膝間，用盡最大的力氣打開。箱子裡頭裝了些白色的東西。我將那東西拿出來，發現那是一塊亞麻布。

我把亞麻布拉出來的時候，也拉出了一起塞在裡頭的一封信。我看了看那封信，發現上頭寫著我的名字，便將信先放進口袋裡，然後將亞麻布全部拉出來。因為要將亞麻布放進防水箱裡，所以整塊布被捲成厚厚的一塊，至今依然保持乾燥，沒有被海水浸濕。

我帶著亞麻布回到乾燥的沙灘上，將整塊布攤開。很顯然地，這是一件衣服。而且是一件睡袍。

我將睡袍攤開時，是正面朝上，那上頭除了有無數的皺褶以外，其餘什麼都沒有。然後我將睡袍翻面過來，發現背面沾著瑞秋起居室門口那幅畫的顏料！

我的目光牢牢盯著那塊污漬，腦子則開始回憶過去發生的事情。考夫警佐說過的話又在我腦中重演一遍，好像他現在就在我身邊一樣。他當時就指著門上繪畫的污漬這麼說。

「找找看這棟宅邸裡有沒有哪件衣服上沾著繪畫的顏料；找出誰是那件衣服的擁有者；那個人如何解釋為什麼在午夜至凌晨三點這段時間進出起居室。如果那個人的說詞無法讓人滿意，那麼你就可以找到拿走鑽石的人了。」

那些話語一遍又一遍地在我腦海裡重複播放。我感覺自己好像昏昏沉沉地待在那兒很長一段時間，但其實只有短短一瞬間而已。接著我被一個聲音喚醒。我抬頭一看，貝特瑞吉的耐心終於用盡了，他就站在沙丘上，正要朝海灘這邊走過來。

老人的出現將我從回憶中拉回到現在，也提醒了我，我的調查還沒有完成。我找到了這件沾有繪畫顏料的睡袍。但這是誰的睡袍？

我想到的第一件事情，就是先看那封被我放在口袋裡的信。

當我正想要抬起手，把信從口袋裡拿出來時，我突然想到有另一個更快發現睡袍擁有者的方法。因為大多數人都會在睡袍繡上名字，所以只要檢視睡袍就可以了。

我將睡袍從沙地上拿起來，翻找名字在哪裡。

接著我在睡袍某一處找到了，上面繡著——**我的名字**。

它告訴我，這件睡袍應該是我的。我抬起頭。陽光和煦，海灣裡的水波粼粼，老貝特瑞吉走近我的身邊。我又低頭，看了看繡在睡袍上的名字。那是我的名字。那確實是我的名字。

「如果能以時間、痛苦跟金錢為代價，我要抓到那個偷走月光石的小偷。」我離開倫敦時，曾經這樣說過。我找到了藏在流沙底下不為人知的秘密。而從這件睡袍上的顏料污漬，我發現原來我自己正是那個小偷。

4

我完全無法用言語表達我當時的感受。

我受到了很大的衝擊，以致我的思考和感覺全部停頓了。當貝特瑞吉走到我身邊時，我完全不知道該怎麼做；當他問我發生什麼事時，我只是大笑，然後將睡袍遞給他，要他看看上頭繡的名字。

至於我們在沙灘那裡說了些什麼，我完全沒有印象。當我恢復神智時，第一樣看見的東西，是冷杉樹林；我和貝特瑞吉正一起走在回宅邸的路上。貝特瑞吉告訴我，我們回去喝杯烈酒以後，就能好好面對這件事實了。

接著眼前的場景從冷杉樹林，轉換到貝特瑞吉那小小的起居室。我忘了我已經下定決心不進入瑞秋的房子了。這個房間清冷、陰暗、靜謐，讓我覺得很舒適。我喝了一杯烈酒（在白天這種時間喝酒，對我來說也是一種全新的奢侈享受），這杯酒是我的老友用烈酒和清冽的井水調和而成的。如果是在其他場合，這種烈酒會讓我陷入麻痺狀態。但在此時，烈酒卻讓我整個神經緊繃了起來。就跟貝特瑞吉說的一樣，我開始知道該怎麼去「面對」剛剛發現的事實。而貝特瑞吉也跟我一樣。

我得說，我目前面對的是一個非常奇特的狀況。在這種可說是史無前例的狀況下，我該怎麼做？我是不是會被人類社會所隔離？我是不是該先試著解答這個無從抵賴的證據？我是不是該搭第一班火車回去倫敦，立刻向最高當局尋求協助並展開偵查？都不是。我踏進曾經下定決心不再進入的宅邸裡；早上十點鐘，我和一個老僕人一起坐著，一點一點品嚐烈酒和水。像我一樣遇到這種可怕狀況的人，是不是都會做出跟我一樣的反應？我只能說，看到貝特瑞吉那張熟悉的臉，讓我覺得無比安心，而他給的烈酒也比任何東西對身心俱疲的我都更有幫助。我的藉口就是這樣了；而閱讀這些記錄的男士和女士們，若你們一生中遇到這種場合，還可以保持自尊，處變不驚，那我實在是非常佩服你們。

「法蘭克林先生，不管怎麼說，現在我們知道一件確定的事實。」貝特瑞吉一邊說，一邊將那件睡袍丟在我們倆之間的桌子上，然後指著那件睡袍，好像那是一個能聽懂他在說什麼的生物。「**這**不是你的睡袍。」

他雖然是試圖安慰我，但卻跟我所想的不一樣。

「我確實沒有拿走鑽石，」我說：「不過這裡卻出現了足以推翻一切的證據！一件上頭有繪畫污漬的睡袍，還繡著我的名字。」

貝特瑞吉拿起我的杯子，不容分說就將杯子塞進我手裡。

「證據？」他重複說道：「法蘭克林先生，再多喝一點，然後你就可以瞭解所謂證據也是有不堪一擊的時候。先生，這是詐欺行為！」他繼續說，像是在述說什麼秘密一樣壓低聲音。「這是我的看法。有人故意做出這種詐欺行為來掩人耳目，而我們要找出來是誰做的。你把睡袍拿出來的時候，有發現箱子裡還有其他東西嗎？」

這個問題隨即讓我想起放在口袋裡那封信。我將信件掏出來，打開。這裡頭有很多張信紙，每一張都寫得滿滿的。我沒有什麼耐心，便先看了後面的署名，寫的是「羅珊娜．史皮爾曼」。

我看到這名字時，突然想起了一段回憶，同時也讓我開始懷疑一件事。

「等一下！」我大叫：「羅珊娜．史皮爾曼在到我阿姨的宅邸前，曾經待過感化院？羅珊娜．史皮爾曼以前是小偷？」

「法蘭克林先生，你說的沒錯。不過請你告訴我，這件事有什麼關係？」

「這件事有什麼關係？我們怎麼知道她會不會就是偷走鑽石的小偷？她會不會故意拿我的睡袍去沾上繪畫顏料？」

在我說出更多之前，貝特瑞吉將他的手放在我的手臂上，制止了我。

「法蘭克林先生，你終究會弄清楚謎團的。但是我不希望你朝**那個**方向去想。先生，先看看信裡寫了些什麼吧。為了那個女孩的名譽，我們先看看信吧。」

我感覺到他語調裡的真誠，也知道他是用一種很親切的方式在責備我的不謹慎。

「我們看過她的信再做判斷。」我說：「我來把信唸出來吧。」

以下為她的信件內容：

「先生，我有件事情得要告訴你。雖然只要用簡單幾個字就可以說明了，但這個告白卻是相當悲傷的一件事情。我的告白只有三個字，那就是我愛你。」

信件從我手裡掉下去。我看向貝特瑞吉。「老天爺，這是什麼意思呀？」我說。

貝特瑞吉一副不是很想回答我的提問的模樣。

「先生，你今天早上有段時間跟跛腳露西獨處。」他說：「她有沒有說什麼關於羅珊娜．史皮爾曼的事情？」

「她甚至連羅珊娜的名字都沒有提起。」

「法蘭克林先生，我們回頭看信吧。在你已經經歷過那些事情以後，我實在是不想讓你更難過。請你看看她在信裡怎麼說吧。然後，為了你好，再喝點酒吧。」

我繼續唸信。

「如果我還活著，卻對你說出這種告白，實在是有失體面。但當你看到這封信時，我已經不在了，因為這樣，我才能大膽說出自己的心情。就算是我的墳墓，也無法替我訴說情衷，我會將我所知道的真相化為文字，隨著我一起埋葬在流沙底下。

「除此之外，你會發現你那件沾有繪畫污漬的睡袍，被我藏在流沙裡。你應該也會想知道，為什麼我會拿到這件睡袍？還有，為什麼我不是在活著的時候告訴你這件事情？我只有一個理由，我之所以會這麼做，都是因為我愛你。

「我會簡短告訴你，在你來到維林德夫人宅邸前，我過的是什麼樣的人生。維林德夫人是從感化院將我帶出來的。我是在出獄之後，才去到感化院；而我之所以入獄，是因為我是個小偷。當我還小的時候，我母親就在街頭討生活，也因此我後來成為了小偷。我母親會在街頭討生活，都是因為我那有身分的生父拋棄了她。接下來我想沒必要再說明這個再普通不過的故事了，每天報紙幾乎都會報導同樣的情節。

「維林德夫人和貝特瑞吉先生都對我很好。他們兩位和感化院的女舍監，是我這一生中遇到僅有的好人。如果你沒有造訪宅邸，我很可能就會這樣過了一生（雖然不盡是快樂的人生）。但是我不怪你，先生。因為這全都是我的錯，是我的錯。

「你還記得那一天，你從沙丘上朝著我們走過來，找貝特瑞吉先生的時候嗎？你看起來就像童話故事裡的王子一樣。就像夢中情人。你是我所見過最英俊的人。在看到你的那一瞬間，我此生中從未感受過的快樂情緒，突然跳進我的腦子裡。請不要笑我。喔，希望你可以瞭解，**我**是認真的。

「我回到宅邸，在我的針線盒裡寫上你我的名字，還在下頭畫上愛心的標記。然後，我聽到惡魔的聲音——不，在這種狀況下，那應該是天使的聲音吧——在我耳邊細語道：『去照照鏡子吧。』而鏡子告訴我……算了，別管鏡子對我說什麼。我實在是太笨了，竟然沒有聽從那個警告。我越來越喜歡你，以為自己就像是個跟你一樣出身地位的女士，而且還是個你前所未見、最美麗的女孩。我試著想讓你多看我一眼（老天，我真的好努力要你能看著我）。若是你知道，我因為你從未真正看我一眼而感到悲傷和羞愧，經常在夜裡哭泣，你或許會因同情而願意看著我，讓我有勇氣繼續活下去吧。

「但若是你知道，我是多麼憎恨瑞秋小姐，或許你也不會用好臉色看我。我想，在你自己察覺之前，我就知道你愛上瑞秋小姐了。她常常給你一朵玫瑰，讓你別在你的釦眼上。啊，法蘭克林先生，其實你別在衣服上的玫瑰，有大多數都是我給你的，這一點你跟瑞秋小姐完全不知情。我當時唯一能得到的安慰，就是把她給你的玫瑰扔掉，然後在瓶子裡換上我摘的玫瑰。

「如果她就像你所想像的那樣美麗的話，我倒還可以忍受。不，我想我會對她懷有更深的惡意。你想想看，如果讓瑞秋小姐換上僕人的衣服，拿掉她身上所有的裝飾品，她會變成什麼樣子？我不知道我這樣寫有什麼用，但我不得不說，她的身材不好，她實在是太瘦了。但誰又知道男人喜歡的是什麼類型？而年輕女士們的一些行為舉止，可能會讓僕人相當反感。反正這也不關我的事。我想若是我像這樣寫瑞秋小姐的事情，恐怕你也不會想繼續看下去吧。但我確實認為，如果有人說瑞秋小姐漂亮的話，那不是因為她的外貌，而是因為她的服飾妝點，還有她的自信，讓她變得美麗。

「先生，請有耐心一點，我很快就會開始說明你最感興趣的部分了，那就是鑽石遺失的事情。

「但是在那之前，我得要先告訴你一件事。

「當我還是個小偷時，我覺得人生並不是那麼難以忍受。但我在感化院時，他們告訴我，我以前有多麼墮落，我可以試著去過更好的生活，卻讓我覺得日子變得漫長且無趣。我應該要對未來有所打算，但一想到這件事情，我就覺得很沉重。我感受到那些誠實的人們（即使他們是善心的人）對我過去人生的譴責。不管我做什麼，去什麼地方，跟什麼人見面，都無法抹去我心中那無可救藥的孤寂感。我知道，我的職責就是在新的工作地點，和其他僕人同事共同工作，和平共處。但是不知為什麼，我沒辦法和他們交上朋友。他們好像（或者是我自己這麼覺得）知道我的過去。身為一個從感化院出來，尋求新人生的人，我並不後悔做了這項選擇，但這樣的人生卻十分乏味。你的出現，讓我以為我抓到了人生中唯一的一抹光亮，但卻發現事與願違。我是瘋了才會愛上你；但你甚至一點都沒有注意到我的存在。這真是悲慘，實在是太悲慘了。

「現在開始，我要告訴你我想說的事情。在那些苦悶的日子裡，每當我輪休的時候，我就會到我最喜歡的地方——顫抖沙灘的海岸邊。我告訴自己：『我會在這裡結束我的生命。當我無法忍受的時候，我會在這裡結束我的生命。』先生，你會瞭解，在你來之前，這個地方已對我下了咒語。我一直覺得在流沙那裡會發生什麼事情，但是我把那當作讓我平靜的方式，從未正視過這個想法，直到我寫這封信的時刻來臨。我這才真正認為，那裡就是我了結所有的煩惱，永遠埋葬我自己的地方。

「以上就是從第一次遇見你的那天早上起，直到鑽石在宅邸遺失的那個早上，我想告訴你有關於我的一切心思。

「其他女僕一直在談鑽石到底是誰偷走的，實在是讓我感到很惱火；我也很氣你（當時我也不甚清楚情況）傷心難過之餘，又要尋找寶石的下落，還找了我盡量躲遠的警察過來，這心情一直持續到那天稍晚，那個從法蘭茲霍爾來的警官進到宅邸。

「我想你應該記得，西格雷夫先生先派警察擋住通往女僕房間的樓梯口，大家因此覺得受到侮辱，群情激憤地跑到樓上起居室去抗議；當時我也跟著大家一起過去了。因為如果我的舉止跟大家不一樣，西格雷夫先生一定會懷疑我的。我們在瑞秋小姐的起居室裡找到他。他說那裡人太多了，叫大家出去；然後指了指門上繪畫的污漬，說一定是有人的裙子把畫弄髒了，要我們全都回樓下去。

「離開瑞秋小姐的起居室以後，我在樓梯間停下，看看是不是**我的**裙子不小心把畫弄髒了。潘妮洛普．貝特瑞吉（她是僕人當中唯一跟我比較親近的人）走過來，發現到我的動作。

「『羅珊娜，妳不用煩惱，』她說：『瑞秋小姐門上的繪畫早在幾個小時前就乾了。要不是西格雷夫先生要警察看守我們的臥室，我早就告訴他了。我不知道妳是怎麼想的，但我這輩子還沒覺得這麼屈辱過。』

「潘妮洛普是個性格激烈的女孩。我試著安慰她，並把話題拉回她剛說門上的畫已經乾了好幾個小時那件事。

「『妳怎麼知道畫已經乾了？』我問。

「『昨天一整個早上，我都跟瑞秋小姐和法蘭克林先生在一起。』潘妮洛普說：『他們在畫畫時，我幫他們調色。我聽到瑞秋小姐問說，這繪畫的顏料在傍晚時會不會乾，是不是趕得上讓晚宴的客人參觀。法蘭克林先生搖頭說，顏料要在十二小時以後才會乾。當時已經過了午餐時間，是下午三點左右，他們的畫才剛完成。妳的數學怎麼樣？羅珊娜。依照我的計算，門上的畫要在凌晨三點左右才會乾。』

「『昨天傍晚是不是有女士上樓看畫？』我問：『我似乎有聽到瑞秋小姐警告她們不要太靠近。』

「『那些女士都沒有碰到畫。』潘妮洛普回答。『晚上十二點，我伺候瑞秋小姐上床，出來時有注意看一下，那時候門上還沒有污漬呢。』

「『潘妮洛普，妳是不是該把這件事跟西格雷夫先生說？』

「『我才不會幫助西格雷夫先生，不管送我什麼東西，我都不會告訴他半個字！』

「然後她去做她的工作，我也去做我的工作了。

「先生，我的工作就是去幫你鋪床，整理你的房間。那是我一整天最快樂的時刻。我會親吻你躺了一整晚的枕頭。不管以前的僕人如何，我都比他們更盡心盡力地把你的衣服摺疊好。你行李箱裡的所有小東西，我都擦拭得一塵不染。但我想你從來就沒有注意到這一點，就像你從沒有注意到我的存在一樣。很抱歉，我似乎又忘我了。我會快點繼續說明。

「那天早上，我到你房間去做我的工作，看到一件睡袍被扔在床上，似乎是你丟過去的。我將睡袍拾起來疊好，就在這個時候，我看到睡袍上頭沾了瑞秋小姐門上繪畫的顏料！

「我太驚訝了，便拿著睡袍跑出去，從後頭的階梯回到我的房間，馬上將門鎖起來，想要在一個沒人打擾的地方仔細檢查這件睡袍。

「等我的呼吸平順下來以後，我回想起我跟潘妮洛普的對話，然後我告訴自己：『這件睡袍證明了，昨天晚上十二點到凌晨三點之間，他曾經到過瑞秋小姐的房間！』

「我很坦白地告訴你，我不敢跟你說，當我發現這件睡袍時，第一個閃過我腦海的念頭。你可能會覺得生氣；如果你生氣的話，你就會將信撕了，不再繼續看下去。

「所以我就在此打住不說了。我絞盡腦汁去思考，認為事情絕不可能跟我想的一樣。如果你是在瑞秋小姐知情的狀況下，在那天晚上待在她的房間裡（且如果你迷糊到忘了注意門上的繪畫未乾），

她應該會提醒你這件事情，不會讓你帶著這種有損**她**名節的證據離開的。不過同時，我也無法確認我的懷疑究竟正不正確。我想你也知道，我對瑞秋小姐確實心懷妒恨。請試著站在我的立場，想想我對瑞秋小姐的感情吧。所以後來我決定要把睡袍收起來，然後等待，觀察接下來有沒有可能用到這件睡袍。請你記得，在那個時間點，我腦子裡完全沒有想到你會是偷鑽石的小偷。」

我在這裡第二次中斷唸信。

看了先前這個悲慘的女人對我的告白，我感到十分驚訝，同時也覺得非常悲傷。在我看到某些段落以前，我真的因過去的粗心對她造成傷害，感到非常後悔。但是我接著看下去，看到那些段落以後，我開始越來越怨恨羅珊娜．史皮爾曼了。「你來看接下去的部分，」我將信交給坐在桌子對面的貝特瑞吉，「如果有看到什麼需要告訴我的事情，請你唸出來。」

「法蘭克林先生，我瞭解了。」他回答：「先生，**你**的反應很自然。上帝保佑我們！」他又低聲說了一句，「但對**她**來說，這也是再自然不過的反應了。」

以下是我後來抄錄的信件內容。

「我把睡袍拿走，期望這樣東西以後可以對我的感情，或是我的怨恨，提供一點幫助，但接下來我要思考的是，該如何不被人發現睡袍不見了。

「我只想到一個解決方法，那就是在星期六洗衣婦帶著清洗記錄簿過來以前，再做一件一模一樣的新睡袍。

「我很不想把事情拖到第二天（星期五）再進行，因為我擔心這段期間會發生什麼事。我決定當天（星期四）就要去做一件新睡袍；我認為只要我能安排得宜，就可以爭取到一點自己的時間。我接下來做的第一件事情是（我把你的睡袍鎖在我的衣櫃裡），下樓回到你的房間，繼續尋找有沒有其他東西沾上繪畫顏料，例如床單、家具等等（其他清理工作，只要我開口，潘妮洛普都會幫我的）。

「我仔細地檢查過每一樣東西，最後在一件浴袍內側發現一點點顏料的痕跡。那件浴袍並非你在夏天時經常穿的亞麻布浴袍，而是一件你帶在身上的法蘭絨浴袍。我猜想，你應該是覺得只穿著睡袍走來走去有些冷，所以隨手拿了件溫暖的外衣套上吧。不管如何，在浴袍內側有一道清晰可見的顏料痕跡，我很輕易就將它從法蘭絨布料的表面刮除。做完這件事以後，能夠證明你昨晚去過瑞秋小姐房間的證物，就只剩鎖在我衣櫃裡的睡袍了。

「我剛收拾完你的房間，西格雷夫先生就把我和其他僕人叫過去問話。接下來他們就檢查我們僕人的所有物。後來發生了一件**我**始料未及的意外（在我發現你睡袍上的污漬之後）。那是在潘妮洛普・貝特瑞吉第二次被西格雷夫督察長叫去問話以後，我得知的事情。

「潘妮洛普怒氣沖沖地回來，因為西格雷夫先生對待她的態度很差勁。無庸置疑地，他暗示說他懷疑是潘妮洛普偷了鑽石。我們聽到這件事都驚訝不已，大家不禁都在問，為什麼西格雷夫先生會這麼想？

「『因為鑽石就放在瑞秋小姐的起居室裡，』潘妮洛普回答：『因為我是昨天晚上最後一個離開起居室的人！』

「在她說出這句話的同時，我想起還有另一個人比潘妮洛普更晚離開起居室。那個人就是你。我的腦子頓時地轉天旋，有個聲音在我耳邊低語，你睡袍上的顏料污漬所代表的意義，可能跟我所想的差了十萬八千里。『如果最後一個離開房間的人是嫌犯的話，』我想：『那麼小偷不是潘妮洛普，而是法蘭克林・布萊克先生！』

「如果當事者是其他人，我應該會為自己的想法感到羞恥，因為我竟然懷疑一位紳士是小偷。

「可是當我想到，**你**跟我犯了一樣的罪，而我手中握有你的睡袍，讓我能夠掩護你不被發現，不用屈辱地過一生。先生，我想到可以藉此贏得你的好感，就由只是懷疑你是小偷，變成確信你就是小偷了。我當下即認為，你之所以急著要去找警察，是為了掩蓋自己是犯人的事實，偷瑞秋小姐鑽石的人，除了你以外，不作他人想。

「這個新發現讓我整個人興奮得昏了頭。我極度渴望跟你見面，想試著跟你說一些有關鑽石的事情，想要**讓**你看著我，跟我說話。於是我把頭髮整理好，盡我所能把自己弄得好看一些，然後在得知你待在圖書室裡寫東西以後，便大膽地直接到圖書室去找你。

「我發現你把戒指忘在樓上的房間裡了，這給了我一個得以進入圖書室的藉口。可是，先生！如果你曾經深愛過一個人，你應該可以理解，當我走進房間，看到你的那一刻，我的勇氣整個退縮了。你用冰冷的眼神看著我，用漠不關心、不冷不熱的態度向我道謝，讓我的膝蓋顫抖不止，感覺自己幾乎要昏倒在你腳邊了。若你還記得的話，你向我道謝以後，隨即將眼光調回你寫的東西上頭。你的反應讓我窘迫極了，我不得不打起精神，對你開口說：『這件鑽石失竊的案子真的很奇怪，先生。』你又抬頭看我，然後說：『對，確實很奇怪。』你的語氣謙恭有禮，但卻依然冷淡，與我之間有一段殘酷的距離。我相信是你拿走鑽石，並將它藏了起來，你的冷漠態度也激得我一頭熱，讓我更大膽地向你暗示：『先生，他們永遠也找不到鑽石的，不是嗎？我知道，沒有一個人可以找得到鑽石。』我點點頭，對你微笑，意思是在對你說：『我知道是你做的！』**這一次**，你抬頭看我的眼神裡，多了一點興趣；我感覺到，如果我們再繼續對話下去，你可能就會說出真相了。就在那一刻，貝特瑞吉先生走近門口，把一切都毀了。我認得出來他的腳步聲，我也知道，我在那個時間擅自進入圖書室已違反他所訂下的規則，更不用說我是單獨跟你待在圖書室裡。在他進入圖書室趕我離開以前，我先一步衝了出去。我覺得很生氣，而且很失望，但我樂觀認為我們之間的隔閡已經消失了，下一次我會更小心，不讓貝特瑞吉先生阻擋我們。

「我回去僕人廳時，剛好用中餐的鈴聲響了。已經是午後了！而我還沒找到可以做新睡袍的布料！我只剩下一個機會可以去找布料。我假裝生病，沒跟大家一起吃中餐，直到午茶的這段時間，都可以讓我自由運用。

「當所有人都以為我躺在自己房間裡休息時，還有我又在午茶時間裝病，之後整個晚上都關在房間裡，這段期間我都做了些什麼，我想我沒有必要告訴你。因為考夫警佐已經全都知道了，而我也猜到他是如何知道的。我去法蘭茲霍爾的布商那兒買布時，被其他人認了出來（雖然我從頭到尾都覆著面紗）。當我站在櫃臺前買布時，有一面鏡子放在我面前，藉由鏡子的反射，我看到其中一個店員指了指我的肩膀，然後跟另一個人耳語。當天晚上，我把自己關在房間裡做衣服時，我聽到房門外頭有人的呼吸聲；那是懷疑我的其他女僕在偵察我。

「我當時不在意，現在也已經不在意了。星期五早上，在考夫警佐到達宅邸的幾個小時前，我已經把睡袍做好了。我依照你原先那件的尺寸去做，把新睡袍用水洗過擰好晾乾以後，先用熨斗燙過，然後照著洗衣婦摺其他衣服的方式疊好，安全地放入你的衣櫃裡。若有人想要檢查這棟宅邸裡所有亞麻布料的衣服，我也不怕這件睡袍會被看出來是新做的。因為我知道你所有的內衣都是新做的，我想那是因為你剛從國外回來的關係吧。

「接下來考夫警佐就來了。然後最令人驚訝的是，他說出了**他**對門上繪畫污漬的看法。

「我相信你有罪（就跟我一樣），是因為我希望你有罪。考夫警佐用的方式雖然跟我不同，但在睡袍上的污漬這一方面，卻做出了跟我完全相同的結論！而我手中握有的衣服，就是你犯罪的唯一物證！這世界上除了我以外，沒有人知道這件事情（包括你在內）！我不敢告訴你，當時我究竟是怎麼想的；你要是知道了，一定會恨我的。」

唸到這裡，貝特瑞吉的眼睛從信紙上抬起來。

「法蘭克林先生，我還是一頭霧水。」老人說，拿下他沉重的玳瑁眼鏡，將羅珊娜．史皮爾曼寫的告白信拿遠一點。「先生，我在唸信的時候，你有什麼想法嗎？」

「貝特瑞吉，你先把信唸完。唸完以後，搞不好我們就能搞清楚，之後我會再跟你討論。」

「很好，先生。不過先讓我的眼睛休息一下，然後我會繼續唸。法蘭克林先生，我不想催你，但你有沒有想到什麼可以解決這困境的方法？」

「我想到我得先回倫敦去，」我說：「和布拉夫先生商量一下，如果他也不知道該如何幫助我的話……」

「先生？」

「如果警佐不願意離開他過退休生活的多金的話……」

「法蘭克林先生，他不會幫你的！」

「那麼，貝特瑞吉，到目前為止，我就不知道還有什麼方法了。除了布拉夫先生和警佐，我完全不知道還有什麼人可以幫助我。」

我說完這句話時，有人敲了門。

貝特瑞吉聽到敲門聲，很訝異又很生氣被打擾。

「管你是誰，進來吧！」他有些暴躁地說。

門打開了，走進來一個外貌非常引人注目的男人。我從他的身形和動作判斷，他應該還相當年輕。但我看了看他的臉，又和貝特瑞吉比較一下，卻發現他看起來還比較老。他的膚色像吉普賽人一樣黝黑，清瘦的兩頰凹陷，因此讓他的顴骨像閣樓一樣突出。他鼻子的形狀很優美，但比較像古老的東方種族，即使是晚近才融入西方社會的各族人中也少見像他這種樣貌。

他的額頭很高，鼻梁挺直，臉上有無數的瘢痕及皺紋。他有一張奇怪的臉，但當那柔和的棕色眼睛（有一種夢幻、哀傷的色彩，眼瞳深深地陷入眼窩裡）盯著你看時，會有種不自覺被他的意志所掌控的感覺。

他還有一頭豐厚的鬈髮，但不知道怎麼回事，有一部分的顏色變了，整體看起來非常奇特。頭頂部分還是深濃的黑色——這應該是他原本頭髮的顏色，下方頭部周圍竟然全是白色的，沒有一處是由黑逐漸轉白的漸層灰色。而兩種顏色轉變的界線，也不是規則的一直線，有些地方白髮比較長，有些地方卻是黑髮比較長。

我得要承認，我禁不住自己的好奇心，不住地往那個人瞧。他溫和的棕色眼睛也溫柔地回看我。雖然我很無禮地直盯著他看，但他卻先向我道歉，讓我覺得自己實在不值得他這麼禮貌的對待。

「很抱歉，」他說：「我不知道貝特瑞吉先生有客人。」他從口袋裡拿出一張紙，交給貝特瑞吉。「這是下週的清單。」接著他又看了我一眼，然後像進來時一樣靜靜地離開房間。

「他是誰？」我問。

「坎迪先生的助手。」貝特瑞吉說。「對了，法蘭克林先生，有個很遺憾的消息，那位小個子醫生參加晚宴回家後，病了一場，至今尚未完全復原。他現在很健康，但因為高燒的關係失去一部分記憶，至今都還沒有恢復，所有工作都落在他的助手身上。只是現在的工作並不多，只剩下窮人讓他醫療而已。你也知道，那些**窮人們**別無選擇，**他們**得要忍受這位髮色斑駁、膚色黑得像吉普賽人的醫生，否則就沒人幫他們看病了。」

「貝特瑞吉，你好像不太喜歡他？」

「先生，沒人喜歡他的。」

「為什麼他這麼不受歡迎呢？」

「法蘭克林先生，最初是因為他的外表，然後坎迪先生為什麼找他當助手也是個謎。沒人知道他到底是誰，他在這裡也沒什麼朋友，你怎麼能期望還有人喜歡他呢？」

「當然不可能。不過請問一下，他給你那張清單，是想要跟你拿什麼？」

「他只是給我這一週病人的名單，他們需要一點酒做治療。以前夫人會定期給那些年老體衰的窮人一些波特酒和雪莉酒，而瑞秋小姐希望這個習慣可以持續下去。一切都變了！時間改變了所有事物！以前都是坎迪先生親自把名單交給夫人，現在卻是由坎迪先生的助手把名單交給我。先生，如果可以的話，我要繼續唸信了。」

貝特瑞吉說著，把羅珊娜・史皮爾曼的信拉過來。

「先生，唸這封信並不會讓我覺得好過。可是，這麼做能讓我回想起過去的事情時，不會覺得那麼辛酸。」他戴上眼鏡，沉鬱地搖搖頭。「法蘭克林先生，當我們出生的時候，之所以會哇哇大哭，是有原因的。因為我們或多或少都不願意來到這個世界。」

但坎迪醫生的助手給我的印象太過強烈，讓我一下子失了神，所以我沒怎麼留意貝特瑞吉那些富有哲理卻無解的話語，又讓話題回到那個髮色斑駁的男人身上。

「他叫什麼名字？」我問。

「一個不太文雅的名字，」貝特瑞吉粗魯地說：「艾茲拉・詹寧斯。」

5

告訴我坎迪先生助手的名字以後，貝特瑞吉像是覺得我們浪費太多時間在無關緊要的小事，又回頭繼續看羅珊娜．史皮爾曼那封信。

我坐在窗邊，等著他把信看完。慢慢地，艾茲拉．詹寧斯給我的印象衝擊，在我腦海中淡去（很奇怪的是，以我現在的狀況，竟然還有人可以給我這麼深刻的印象）。我的思緒又回到先前的主題上，再度強迫自己去面對這難以置信的處境。我一再回憶到目前為止所經歷的事情，讓我能夠冷靜下來，去想將來該怎麼辦。

我得在當天回到倫敦，就這整件事跟布拉夫先生談談；最重要的是，我得找機會（不管用任何方法和代價）跟瑞秋單獨見面——以上就是我目前所能想到我該做的事情。距離火車發車，還有一個多小時的時間，而在我離開這個月光石被偷走的宅邸以前，貝特瑞吉有可能從羅珊娜．史皮爾曼的信裡找到什麼線索。因此我靜靜地等著他看完信。

信件的最後，寫了這麼一段話：

「法蘭克林先生，就算我握有你人生關鍵的證據，且私心裡有佔有優勢的快感，也請你不要生氣。我開始感覺到焦慮和恐懼了。基於考夫警佐對鑽石遺失事件的看法，他很快就會要求檢視我們的亞麻布和衣服了。這宅邸裡，還有我的房間裡，沒有任何一處可以安全藏匿你的睡袍。我要怎麼把睡袍藏在考夫警佐找不到的地方？我要怎麼做，才能在有限的時間內藏好睡袍？這些都是相當困難的問題。我的不安使我採取了某種會讓你發笑的行為。我脫掉自己的衣服，把那件你曾經穿過的睡袍穿在裡面。而我能穿上這件你穿過的睡袍，給了我莫大的安慰。

「後來我在僕人廳裡聽到一件消息，讓我覺得幸好我先下手為強。考夫警佐想要檢查我們的送洗記錄。

「我找到送洗記錄，然後送到夫人的起居室裡。我以前曾和警佐見過幾次面，我確信他會認出我；但我不確定的是，當他知道我在這棟有價值連城的鑽石遭竊的宅邸當僕人，他會怎麼做。我心裡七上八下的，卻覺得不如乾脆去跟他碰面，馬上就能知道情況會有多糟，這樣也會讓我覺得好過些。

「我把送洗記錄交給他的時候，他一副看陌生人的眼神望著我；而他說謝謝的語氣，又異常地禮貌。這一切都是不好的徵兆。我不知道在我離開以後，他會說些什麼；我也不知道我會不會馬上被以嫌犯的身分逮捕和搜身。當時正好是你送高佛瑞．亞伯懷特先生去車站要回來的時候，我隨即到你最喜歡的灌木林小徑，希望找到跟你說話的機會。現在我知道了，那是最後一次可能跟你說到話的機會。

「你沒有現身。更糟的是，貝特瑞吉先生跟考夫警佐路過我藏身之處，而警佐看到我了。

「我別無選擇，在災難發生在我身上以前，只好回去做我的工作。當我正要離開時，你正好從車站回來了。你直直地向灌木林走來，但你一看到我（先生，我很肯定你看到我了）就像看見瘟疫一樣，轉身往宅邸那兒去了。＊

＊附註：由法蘭克林．布萊克先生所添附。寫信的人完全搞錯了，真是個可憐的人。我並沒有看到她。我當時是想要去灌木林走一走，但是又想到阿姨說，等我從車站回來以後，想要跟我談談，我隨即改變主意，回到宅邸裡。

「我強忍傷心，好不容易從僕人的出入口回到宅邸。當時洗衣室裡沒有其他人在，我就一個人坐在那兒。我曾經跟你說過，顫抖沙灘帶給我的感覺是什麼。我現在又想起那些感覺了。我開始想，如果再這樣繼續下去，到底哪一件事情對我來說比較難以忍受呢？是繼續容忍法蘭克林．布萊克先生對我的冷漠，還是跳進流沙裡一了百了？

「我已經無法控制自己的作為了。我試著想要明白，但卻完全無法瞭解我為什麼會這麼做。

「當你用極為殘酷的方式避開我時，我為什麼沒有叫住你呢？我為什麼不喊道：『法蘭克林先生，我有話要跟你說！這件事情跟你有關，請你一定要聽一聽。』我手中握有你的弱點，我握有可以控制你的證據，而我將來甚至有辦法可以幫上你的忙（只要你相信我的話）。當然，我並不相信像你這樣的紳士，會因為單純出於樂趣就去偷鑽石。不是的。我從潘妮洛普那兒聽到瑞秋小姐說過，還有貝特瑞吉先生也提過，有關你奢華的生活方式和債務問題。我明白你拿走鑽石是想要賣了它，或是拿去做抵押品，好應付目前的債務。我還可以向你引介一位在倫敦的商人，他不僅可以預付大筆金錢購買珠寶，且不會問多餘的問題。

「我當時為什麼沒有跟你說呢？我為什麼沒有跟你說話呢？

「我想，把睡袍留在我身邊，是不是已經變得越來越危險且困難，超過我能掌握的範圍了？對其他女性來說，或許這確實是一個很大的負擔，但對我卻不是。在我還是小偷的時候，我遇過不下五十次可怕的危機，但我每次都能安然過關。與之相比，這一次的危機真的不算什麼。你可能已經知道，我學過詐欺的技巧，有幾件我實在是做得很巧妙，還因此而上了報紙。難道是因為把睡袍留在身邊的壓力，讓我的心情過於沉重，以致我無法提起勇氣跟你搭話嗎？這麼說實在是太愚蠢了！才不是這麼回事。

「我這愚蠢的行徑又代表什麼意思？事實很明顯，不是嗎？我用我的全副身心在偷偷地愛著你。在你面前，我卻恐懼得不得了（我不得不承認這一點）；我怕你會生我的氣，怕你知道我發現你是小偷，你會對我說些什麼重話（雖然你**確實**拿走了鑽石）。我在圖書室試著跟你說話時，已經算是提起我最大的勇氣了。你當時也沒有不理會我，你沒有一副把我當成瘟神的樣子，而想急著逃開。我試著對你的表現感到生氣，這樣可以讓我更有勇氣。可是不行！除了悲慘和羞愧以外，我感受不到其他情緒。『妳是個平凡的女孩，妳的肩膀有點畸形，妳只是一個侍女而已，妳有什麼資格可以跟**我**說話？』法蘭克林先生，你確實從沒有對我說過那些話，但你的神情已經把這些話說出口了。我該怎麼說明我那些瘋狂的想法跟行為？我沒辦法。除了把我的心情說出來以外，別無他法了。

「我又岔開題了，希望你可以原諒我，接下來不會再有這種事情了，我會告訴你最後的結局。

「走進這個空房間，打擾我的第一個人，是潘妮洛普。她很久以前就發現我的秘密了，而她也很好心，盡其所能地安慰我。

「『啊！』她說：『我知道妳為什麼會在這兒，一副愁眉苦臉的樣子。羅珊娜，現在對妳來說最好的事情就是，法蘭克林先生離開這裡。我相信他不久之後就會離開宅邸了。』

「我從沒想過你會離開這裡。我無法跟潘妮洛普說話，只是一直看著她。

「『我剛剛離開瑞秋小姐的房間，』潘妮洛普繼續說：『我得要應付她的壞脾氣，真是累人。她說，只要這宅邸裡有警察在，她就無法忍受；而且她決定要在傍晚時跟夫人談談，說她明天起要在她的亞伯懷特阿姨家住幾天。如果她真的走了，那麼我敢說下一個離開的就是法蘭克林先生了。』

「我好不容易可以開口說話。我問：『妳的意思是說，法蘭克林先生會跟她一起走嗎？』

「『如果她願意的話，我會很高興的；可是那不可能。就是法蘭克林先生讓瑞秋小姐心情不好，**他**

也在她的黑名單上，可是法蘭克林先生這麼盡力幫她呢，真是可憐！不可能！不可能的！如果他們在明天之前沒有和好的話，他們就會分道揚鑣了。我不知道他接下來會去哪兒。可是羅珊娜，只要瑞秋小姐一走，他也不會待在這裡了。』

「我想到你要離開，就沮喪得不得了。我試著要克服這情緒。說實話，知道你和瑞秋小姐不和，給了我一絲希望。『妳知道他們為什麼會吵架嗎？』我問。

「『只有瑞秋小姐知道。』潘妮洛普說。『而且就我看來，是瑞秋小姐那一方在發脾氣。羅珊娜，我不想讓妳覺得不高興，但妳不要誤會事情是法蘭克林先生挑起的。他實在是太喜歡她了，不可能跟**她**吵架的。』

「她說完那些殘酷的話語以後，剛好貝特瑞吉先生就召喚我們了。所有宅邸內的僕人都要在大廳集合。接下來我們得要一個一個進去貝特瑞吉先生的房間，接受考夫警佐的詢問。

「等夫人的貼身侍女，以及宅邸的第一侍女結束以後，就輪到我了。從考夫警佐的詢問（雖然他很巧妙地用其他迂迴方式包裝），我隨即瞭解到，前面那兩個女人（她們是我在這宅邸裡最棘手的敵人）在星期二下午，以及星期四晚上，在我門外鬼祟偷聽時，發現了些什麼事情，而她們告訴考夫警佐的事，已經足以讓他猜到部分真相了。他知道我偷偷做了一件新睡袍，但他以為那件沾了污漬的睡袍是我的。他告訴我的事情裡，有一件事讓我大惑不解，但我卻覺得讓他誤會比較好。當然，他懷疑我也參與了鑽石消失的事件。不過，他的言行也讓我知道（我想他是故意的），他並不認為我是偷竊鑽石的主犯。他研判我是在另一個人的指示下行動的。至於他想的那個人是誰，我當時不知道，現在也還是不清楚。

「雖然我有很多不確定的猜測，但只有一件事情很明顯，那就是再過不久警佐就會發現真相了。

只要睡袍不被人發現，你就是安全的，但這也撐不了太久。

「我非常希望你能知道，這些壓力對我造成的沮喪和恐懼。我再也無法用將你的睡袍穿在身上這種方式躲過搜查。我下一刻很可能就會被逮捕，帶到法蘭茲霍爾去，他們會認為我是嫌疑犯，對我進行搜查。趁考夫警佐還沒有拘束我的自由以前，我得要想辦法破壞睡袍，或是把睡袍藏在遠離宅邸的安全地點。

「如果我沒那麼喜歡你的話，我想我會選擇直接把睡袍破壞掉。可是，我怎麼能毀掉我救了你的唯一證據呢？如果有一天，我們可以開誠布公地談這件事情，但你懷疑我的動機，不承認你做過這些事的話，沒有睡袍，我要怎麼讓你相信我呢？我相信你並不會讓一個像我這樣的可憐女孩去分享你的秘密，在你為了解決財務困境而去偷竊時，讓我當你的共犯。我這麼想錯了嗎？先生，我一想到你對我的冷酷行徑，就讓我不想破壞睡袍，因為這麼一來，我就失去可以贏得你的信賴和感激的證明了。

「我決定要把睡袍藏起來，隱藏地點就是我最熟悉的地方——顫抖沙灘。

「等詢問一結束，我就找了個藉口，讓我可以到外頭散步，呼吸點新鮮空氣。我直接就走到柯伯洞，約蘭德家的房子那裡。約蘭德家的太太跟女兒，是我最要好的朋友。不要認為我把你的秘密告訴她們了；我一個人都沒有說。我所做的，只是要找個地方寫這封信給你，然後找機會脫下我身上的睡袍。因為我被懷疑了，我沒辦法在宅邸裡完成這些事情。

「我現在一個人在露西．約蘭德的房間裡，已經快要將這封長信寫完了。等我寫完以後，我就會把捲起來的睡袍藏在我的斗篷底下，到樓下去。我會在約蘭德太太廚房那堆雜物裡，找一些有用的工具，可以讓我藏睡袍，又不會被海水弄濕。然後我就會去顫抖沙灘（我不會留下足跡！），把東西藏在流沙底下，只要我不說，就不會有人發現我把東西藏在什麼地方。」

「完成以後，接下來呢？

「法蘭克林先生，有兩個理由讓我再次試著告訴你，我一直想要跟你講的話。如果你即將像潘妮洛普說的，就這樣離開宅邸，我必須得在你離開之前把事情告訴你，否則可能就永遠沒機會了。這是其中一個理由。然後，我擁有睡袍這件事，可以證明我對你的感情，而一想到這件事情，我就覺得很安心（雖然我的說法可能會讓你生氣）。這是另一個理由。如果這兩個理由加起來，都無法消融我凍結的心（因為你冷酷的態度），我就會停止一切努力，也會就此結束我的生命。

「是的，如果我失去了下一個機會（如果你依然對我冷酷無情），我就會離開這個總是讓我嫉妒他人幸福的世界了。再見我的人生，我這一生中，除了你對我的一丁點善意，再也沒有一件事情可以讓我感到快樂了。先生，若我真的就此結束生命，也請不要責怪自己。但是請你務必試著為我悲憫。希望當你看到這封信時，你會發現我為你做的這一切事情。你也會像跟瑞秋小姐說話一樣，溫柔地對待我嗎？如果你可以這麼做的話，如果這世界上真的有靈魂的話，我相信我的靈魂一定會聽得到，而且會喜悅得顫抖的。

「我得要走了。我現在哭得不成人形。我要是繼續哭下去，迷濛的淚眼要怎麼讓我看得到路，走到要藏東西的地方去？

「不過，我為什麼要這麼悲觀呢？我為什麼不能相信，這一切都會好轉的？我可能會發現你今晚心情不錯，或者，說不定我明天就可以跟你說到話了。我實在不應該再繼續愁眉苦臉下去，這樣只會讓我變得更難看，不是嗎？我今天寫了這麼長一封信，搞不好也沒人會看得到，對不對？為了安全起見（現在不用管別的什麼理由），我會把信跟睡袍放在一起，藏在流沙裡。寫這封信對我來說越來越困難了。喔！如果我們可以相互理解對方的想法，我一定會很樂意將這封信撕毀的！

「先生，我一直都很愛你，也是你謙卑的僕人。

「羅珊娜．史皮爾曼。」

貝特瑞吉唸完信以後，就陷入沉默。他小心翼翼地將信放回信封裡，就坐在那兒思考，臉朝下，眼睛盯著地板。

「貝特瑞吉，」我說：「信的結尾有什麼線索，可以告訴我該怎麼做嗎？」

他慢慢地抬起頭，重重地嘆了一口氣。

「法蘭克林先生，信裡沒有什麼線索。」他回答：「如果你願意接受我的建議，我覺得你應該等你的焦慮比較平息了以後，再看這封信。不管何時，這封信的內容應該都會讓你心情不太好。你最好現在不要看。」

我把信件夾在我的筆記裡。

我回頭看看貝特瑞吉寫的那份記述，在第十六章和第十七章的部分，我的那些行為其實是情有可原，因為當時我的耐性正受到嚴厲的考驗。那個不快樂的女人，曾經兩度試著向我攀談，而我也很不幸地，兩度把她趕走了（老天，我真的什麼都不知道）。一如貝特瑞吉的記述，星期五晚上，她發現我一個人在撞球室裡，她的言行舉止讓我以為（也會讓所有人都這麼認為），她是想要向我告白她在鑽石遺失事件中所犯下的罪惡。我為了她好，刻意表現出不在意她的樣子；也是為了她好，我故意不看**她**的臉，只是一直看著撞球。但是最後竟然變成這種結果！是我讓她遠離我，是我傷了她的心！到了星期六（她從潘妮洛普的話裡預料到，我不久之後就會離開了），同樣的命運又再度降臨在我們身上。她再一次到灌木林小徑，試圖跟我接觸，但當時我跟貝特瑞吉和考夫警佐在一起。考夫警佐知道她就在一旁，且知道她對我的感情，還故意問我對羅珊娜．史皮爾曼有沒有興趣。我還是為了她著想，刻意用很大的音量（大到她也可以聽見），反駁了那個警官，告訴他：「我對羅珊娜．史皮爾曼一點興趣也沒有。」我說那些話，是想要警告她，我們已經發現她了。她隨即轉身離開。當時我相信我是在幫助她脫離被懷疑的危機，但現在我卻知道，我這麼做只是把她推入絕望的深淵。

到此為止，我已經列出了我在流沙裡發現隱藏的東西之前，所發生的一連串事件。我的回憶已經完成了。我寫出了過去未被揭發的，羅珊娜．史皮爾曼的悲慘故事（即使過了這麼久一段時間，我還是覺得相當悲傷）。接下來我要說明的是，羅珊娜．史皮爾曼的自殺，對我現今的處境和未來的展望造成了什麼樣的影響。這些事情都和記述當中所提及的人們相關，且為我緩慢且辛勞的旅程，帶來了一線曙光。

6

加伯列．貝特瑞吉陪著我一起走到火車站。信件放在我的口袋裡，睡袍也好好的放在一個小袋子裡，在我晚上回去倫敦要睡覺之前，我會將這些東西交給布拉夫先生。

我們兩人不發一語地離開宅邸。第一次，我發現貝特瑞吉在我身邊，竟然一聲不吭。我有話想要對他說，便在兩人一起走出木門後，首先開口了。

「在我去倫敦以前，」我說：「我有兩個問題要問你。這些問題跟我的事情有關，而且我想你聽了應該會覺得很驚訝吧。」

「法蘭克林先生，如果你的問題可以讓我不用再想那封信，就儘管問吧。先生，請你盡快讓我驚訝吧。」

「貝特瑞吉，我的第一個問題是，在瑞秋生日的那天晚上，我喝醉了嗎？」

「你喝醉！」這老人大叫：「法蘭克林先生，這是你性格中的一大缺陷。那天晚上你只在晚餐時喝了一點，接下來就完全沒有碰酒了。」

「可是生日畢竟是很特殊的場合，我那天晚上可能會做出一些跟平常不一樣的事情。」

貝特瑞吉想了一會兒。

「先生，你確實做了平常不做的事。」他說。「我告訴你你做了什麼。你那天看起來很不舒服，所以我們說服你稍微喝一點白蘭地兌水，好振作一下精神。」

「我平常不太喝白蘭地兌水，所以很有可能……」

「等一下，法蘭克林先生。我也知道你平常不喝這種酒。我在杯子裡倒了半杯五十年干邑白蘭地，然後加了一大杯冷水進去，就算是小孩都不可能因為這點濃度就喝醉，更何況還是個大人！」

我知道，在這一類的事情上，我絕對可以仰仗他的記憶力。所以很明顯的，我不可能喝醉。我接下來又問了第二個問題。

「貝特瑞吉，在我被送到國外去以前，你跟我相處了很長一段時間，不是嗎？你現在老實告訴我，你記不記得我在入睡以後，做過什麼奇怪的事情嗎？我有沒有夢遊過？」

貝特瑞吉停下腳步，看了看我，點個頭以後，又繼續走。

「法蘭克林先生，我現在明白你的意圖了。」他說。「你是想試著瞭解，你是如何在自己都不知道的狀況下，把污漬沾到睡袍上。先生，這個論點是錯誤的。你離真相還遠得很。夢遊？你這一輩子都沒做過這種事呢！」

我再度覺得貝特瑞吉說的沒錯。不管是在國內，還是在國外求學期間，我都沒有獨居的經驗。即使我是個夢遊患者，應該早有一堆人發現我有這個習慣，並且為了我的安全著想，會提醒我這件事，要我事先注意不要讓這個習慣再度出現。

雖然我承認我當天晚上沒喝醉，也沒有夢遊的習慣，但我還是緊抓著我所能想到的這兩個解釋不放，希望可以就此讓我從這令人無法忍受的狀態中解放出來（在這種狀況下，我會這麼固執也是情有可原）。貝特瑞吉發現我對事件的說明還是不太滿意，便精明地將話題轉移到月光石事件後來的進展，把我先前的想法給拋到九霄雲外去。

「先生，我們從別的方法入手吧。」他說。「先保留你的想法，然後再看依照這解釋方式延伸下去，是否可以讓你找到真相。我們假設，你不僅是在自己都不知道的狀態下，在睡袍上沾了污漬，甚至還偷了鑽石。雖然我是不相信這個假設啦，不過這說法對不對？先生。」

「沒錯，繼續說。」

「很好，先生。我們可以說，當你偷鑽石的時候，你是在喝醉或是夢遊的狀態下進行的。這件事情是在生日晚宴以後，午夜至清晨之間發生。不過在那之後發生的事情，又該如何解釋？瑞秋小姐的生日晚宴結束後，鑽石就被帶到倫敦，然後抵押在路卡先生那邊。你也是在毫不知情的狀況下，做這兩件事情的嗎？在那個星期六的傍晚，我送你坐上馬車離開時，你也喝醉了嗎？你坐了火車，到達倫敦以後，你是在夢遊的狀態下去找路卡先生的嗎？法蘭克林先生，很抱歉我得說一句，這件事情讓你太過苦惱了，讓你沒有辦法理性地去判斷事情。你越快把事情跟布拉夫先生商量，你就越快能找到讓你走出這死胡同的方法。」

我們走到車站了，現在離發車只剩下一兩分鐘。

我很快地把我的地址寫給貝特瑞吉，有需要的時候，他可以寫信通知我。我同時也保證，若我這邊有什麼新消息，我會通知他的。交換完地址，我跟貝特瑞吉道別時，很湊巧地瞥了一眼附近的書報攤。坎迪先生那位外貌很特別的助手竟然就在那兒跟書報攤的主人說話！我們四目交接。艾茲拉·詹寧斯把帽子拿下來，對我致意。我也向他點個頭，然後在火車發車的前一刻，趕緊跳上車廂。我認為，去想一些完全無關緊要的事，對現在的我來說，是一種放鬆的方式。我現在得要趕回倫敦，去找布拉夫先生商量我現在的處境。在這個重要的時刻，我竟然只是想著（很荒謬吧），我在一天之內和這個髮色斑駁的男人遇上兩次！

我回到倫敦時已經很晚了，算時間布拉夫先生早已離開辦公室，所以我直接從車站來到他位於漢普斯敦的私人住宅，打擾這位在餐室裡打盹的老律師。我到的時候發現，他最愛的巴哥犬就坐在他的膝上，手肘邊放著一瓶酒。

我得先說一下，我向布拉夫先生說明這些事情以後，他是什麼樣的反應。他請人在書房點燈，然後送來濃茶，打算開始研究案情；接著他要人傳話給家裡的女眷，要她們不管發生什麼事，都不要來打擾我們。他處理完這些事情以後，就先仔細檢視睡袍，之後又很專注地看羅珊娜·史皮爾曼寫給我的信。

自從我們兩人單獨關在書房，他就不發一語，直到看完信以後，布拉夫先生才對我開口。

「法蘭克林·布萊克，」這位老紳士說：「這件事情很嚴重，比任何狀況都還要糟糕。就我來看，這件事不僅跟你有關，也和瑞秋脫不了關係。她那些不可理解的行為，**現在**都得到解釋了。她相信是你偷走了鑽石。」

我實在不想提及那令人厭惡的結論。不過不管如何，我都被迫要去面對這件事情。況且能夠讓我得以跟瑞秋會面的關鍵，就在於方才布拉夫先生所說的事情上頭。

「調查的第一步是，」律師說：「先去找瑞秋。她一直都保持沉默，不過我很瞭解她的性格，現在我也明白她的動機是什麼了。但是在發生了這些事情以後，我想她也不可能繼續沉默下去了。我們得要說服她，或是迫使她告訴我們，她為什麼會認為是你偷了月光石。如果我們能讓瑞秋的頑固卸下，讓她開口談這件事，我們就很有可能找到解決此案的線索了。」

「對**我**來說，這實在是令人欣慰的消息。」我說。「不過我想知道該怎麼做。」

「我告訴你我會怎麼幫你辯護。」布拉夫先生插話道：「只要兩分鐘你就可以瞭解了。首先，你得要明白，我是以律師的觀點來看這件事情。對我來說，真正的問題在於證據。很好。一開始，在某個重要的問題點上，證據就失去作用了。」

「在哪一個問題點上？」

「你聽我說。我相信，睡袍上繡的名字證明那確實是你的東西。我也承認，睡袍上的污漬，跟瑞秋小姐門上繪畫的顏料是一樣的。但有什麼證據證明，在鑽石遺失的晚上，穿這件睡袍進出瑞秋小姐房間的人，就是你呢？」

他所提出的反駁讓我很震驚，這是這麼的具有說服力，讓我幾乎說不出一句話來。

「至於這個，」他拿起羅珊娜．史皮爾曼的自白信，「我瞭解，對你來說，這信件內容讓**你**很沮喪。我也瞭解，你會猶豫該不該用比較客觀的方式去分析裡面的內容。不過我跟你的立場不同，我用我的專業經驗來看這封信，就像我也會用我的專業經驗來處理其他事情一樣。雖然不用提這個女人原本就是個小偷，但從信件看來，我認為這已經證明她精通詐欺的技巧，而且我懷疑她並沒有說出所有的事實。我現在不需要用任何理論去推測她做了什麼，或沒做什麼。我唯一要說的是，如果瑞秋**僅憑那件睡袍**就認定你是拿走月光石的小偷，那麼百分之九十九是因為羅珊娜．史皮爾曼將那件睡袍拿給她看了。從她的信裡我們知道，她承認自己嫉妒瑞秋，她把瑞秋給你的玫瑰換掉了，她還認為如果你跟瑞秋不和的話，她就有希望可以介入你們之間。我並不想在這裡討論是誰拿走了月光石（為了達成她的目的，我猜羅珊娜．史皮爾曼願意偷走五十顆月光石），不過我想，鑽石消失的事件，讓這個愛上你的小偷覺得，她有機會讓你這一生都無法和瑞秋和解。你要記得，她決定不銷毀那件睡袍。我也認為，依照她的性格，還有她**當時**所處的地位，她絕對有機會把鑽石拿走。你覺得呢？」

「當我打開信件的時候，」我回答：「我是有想過這種可能性。」

「當然！不過當你讀過信以後，你開始同情起這個可憐的人，不忍去懷疑她是不是偷了鑽石。你要相信你自己，先生，相信你的判斷！」

「可是，如果我當天晚上真的穿了那件睡袍，又如何呢？」

「我不知道該如何證明你穿了睡袍。」布拉夫先生說：「不過如果可以證明的話，那麼你就很難說自己是無辜的了。我們現在不討論這個可能性。先讓我們看看，瑞秋是不是僅只因為睡袍就懷疑你是小偷。」

「老天，你說瑞秋懷疑我的時候，還真是冷酷呀！」我爆發了。「就算有證據，她又有什麼權利懷疑我是個小偷？」

「先生，這是個很敏感的話題。瑞秋確實性格激烈，但那不表示她做事不經大腦。你既然不瞭解為什麼，我當然也不瞭解呀。你回想一下，然後回答我的問題。當你待在宅邸的期間，是不是發生了什麼事情，讓你的信譽受到影響？或者該說，讓瑞秋對你失去了信心？不管多小的事情都可以。」

我因為煩躁不安，便站起身來。律師的問題提醒了我，當時**確實**發生了一些事情，而這些事情自我離開英格蘭以後，就沒有再想起了。

在貝特瑞吉記述的第八章裡面，提到有一位陌生的外國人造訪我阿姨的宅邸，來跟我商討一些生意上的事情。他的生意如以下所述。

我當年少不經事（因為經濟拮据的關係），笨到向一個巴黎餐廳的老闆借錢；因為我是這個餐廳的常客。我跟他講好了何時要還錢，但時限到時，我發現自己無力還款（就像其他成千上萬誠實的債務人一樣），便給了他一份借據。但很不幸地，我在借貸這方面惡名昭彰，他不肯和我協商另外的還款日期。自從我向他借錢以後，他財務狀況就每下愈況，甚至面臨破產的危機。他的親戚是一位法國律師，這位律師便來到英格蘭找我，堅持要我還款。這個人性格激烈，這一點也激怒我了。我們彼此叫罵，阿姨和瑞秋不巧就在隔壁房間，聽到我們在吵架。維林德夫人進來房間，堅持要知道發生了什麼事情。那個法國人拿出借據，說我是如何毀了一個可憐的人，而那個人是多麼相信我會及時還錢。阿姨隨即把錢給這個人，要他離開宅邸。她當然不會把那法國人說的當一回事，因為她相信我不是這樣的人。不過她很驚訝我竟然這麼粗心，也很生氣我竟然捲入這種事件，要不是她從中介入的話，我可能會讓自己受辱。我不知道是阿姨告訴了她，還是瑞秋自己聽說了事情的經過，她對這件事有一種誇大又不切實際的看法。她覺得我很「無情」，我很「無恥」，我「沒有原則」，而她不知道我「接下來還會捅出什麼漏子」。簡而言之，她對我說了一些很嚴厲的話，我可從來沒聽其他年輕女士說過這種話。隔天一整天，我們倆之間的氣氛還是很僵。又隔了一天，我成功地和瑞秋和解，之後就沒再想過這件事情了。後來因為月光石事件，而使瑞秋對我的評價有更嚴重的傷害時，她是不是回想起那件不幸的意外？我提起當時發生的事情，布拉夫先生隨即給了我肯定的答覆。

「這件事對她肯定是造成了什麼效應。」他很嚴肅地說：「為了你好，我還真希望那種事情不曾發生過。不過，我們已經知道了，她確實**已**有否定你的傾向，而且不管如何，要釐清這件案子，還有這麼個不確定的因素存在。我想已經確定我們下一步該怎麼做了。調查的下一個步驟，就是要去找瑞秋。」

他站起身，開始在房間裡走來走去，一邊沉思。我有兩度想要告訴他，我想私下跟瑞秋談話，不過考慮到他的年紀和性格，我不想在這麼艱難的時刻告訴他我的想法。

「最主要的困難是，」他又開口：「要怎麼讓她毫無保留地談這件事情呢。你有什麼想法嗎？」

「我決定了，布拉夫先生，我要親自去跟瑞秋談。」

「你親自去！」他突然停下腳步，一副我已經失心瘋了一樣看著我。「誰不好找，偏偏是你去！」他克制自己的情緒，腳步轉了個彎。「等等，」他說：「這件事情非比尋常，所以盡快是上策。」他想了一會兒，決定大膽接受我的提議。「不入虎穴，焉得虎子，」這個老律師又說：「不過你擁有我所沒有的優勢，我想你可以去試試看。」

「我擁有的優勢？」我驚訝得不得了。

布拉夫先生第一次軟化他的臉部線條，露出笑容。

「事情是這樣的，」他說：「我很坦白地告訴你，我不相信你的判斷力，也不相信你的脾性。可是我相信，在瑞秋內心的某一個小小角落裡，仍然保有對**你**的感情。你要去觸動那個部分，然後你要相信，只要能做到，她就會把心裡的事都告訴你！問題是，你要怎麼樣才能見到她？」

「她以前曾經到你家作客過。」我回答：「我大膽提議，讓我在你家裡跟她見面，但是你先不要跟她提我也在，如何？」

「好！」布拉夫先生說。他用一個字當結論來回答我的提議，說完以後，又開始在房間裡來來回回地走著。

「也就是說，」他說：「我家會成為逮住瑞秋的陷阱。我會幫你準備一個誘惑她過來的圈套，就說我妻子跟女兒們想要招待她吧。如果你不是法蘭克林．布萊克，如果不是因為這件事情實在事態嚴重，我一定會斷然拒絕你的提議。我真不敢想像，瑞秋會怎麼感謝我，活到這把年紀了，居然會當你的共犯一起出賣她。我會想辦法讓瑞秋一整天都待在我家裡；事情定了我會通知你。」

「什麼時候？明天嗎？」

「明天太趕了，我們恐怕沒辦法馬上得到回音。後天比較好吧。」

「你要怎麼通知我？」

「你明天早上都待在家裡，我會通知你的。」

我滿心感激，尤其感謝他給予我這麼可貴的協助。接著我拒絕他好意留我在漢普斯敦的屋子裡過夜的提議，回去我在倫敦的落腳處。

接下來的一整天，可以說是我這一生中最漫長的一天。我知道我是無辜的，我也很明白，那些有關我的可怕傳言早晚會釐清，但我還是覺得有點自卑，不想跟我的朋友們見面。我們常常聽到有人說(這些話總是出自一些膚淺的觀察者)，罪人有時候看起來像是無辜的。但我比較相信另一個格言，那就是——無辜的人有時候看起來像是有罪的。那天只要有人來拜訪，我都拒絕會見；我一直到了晚上才願意出門。

第二天早上，我在用早餐時，布拉夫先生突然過來拜訪我。他給我一把大鑰匙，然後說他這一生第一次覺得自己做了可恥的事情。

「她會來嗎？」

「她今天會過來，她會跟我妻子和女兒一起用午餐，然後待整個下午。」

「布拉夫太太和你女兒們知道這件事情嗎？」

「無可避免地，她們知道。不過你知道的，女人通常都沒什麼原則。我的家人不像我，對欺騙瑞秋這件事感到良心不安。我妻子跟女兒知道這場聚會的最終目的是要讓你跟瑞秋見面，但她們即使知道了，到時候也會裝得像完全不知情一樣。」

「我真的非常非常感謝她們。這把鑰匙是做什麼的？」

「這是我家後院圍牆的鑰匙。你在今天下午三點的時候過來。你進到院子，從溫室的門進來，穿過一間小客廳以後，打開通往音樂室的門，你會在那裡看到瑞秋。她會一個人待在裡面。」

「我真是太感謝你了！」

「我得先告訴你。不管接下來發生什麼事，都請你不要怪我。」

他說完這句話以後，就離開了。

我還得要等幾個小時。為了打發時間，我開始看寄給我的信件，其中一封是貝特瑞吉寄來的。我迫不及待地把信打開。不過我很驚訝且失望地發現，他一開始就向我道歉，因為他那邊並沒有得到什麼新消息。但在下一句，那糾纏我腦海已久的艾茲拉．詹寧斯的名字，卻出現了！他在貝特瑞吉離開車站時叫住了他，還問我是什麼人。當他知道我的身分以後，就對坎迪先生說他曾經見到我。坎迪先生隨即親自駕車到宅邸找貝特瑞吉，說他沒能跟我見到面，實在是很遺憾。他說他有事情要跟我說；還請求說，若我下次來法蘭茲霍爾附近的話，一定要告訴他。除了一些貝特瑞吉特有的哲學觀點以外，以上就是這封信件的大致內容了。這位好心腸且相當忠誠的老友說，他之所以寫信，是因為單純想要「享受寫信給我的樂趣」。

我把信收好放進口袋裡，然後失魂落魄地想著接下來與瑞秋會面的事。

聽到漢普斯敦的教堂鐘聲敲了三下，我打開布拉夫先生家後院圍牆的門鎖。當我踏進花園，將門又再度鎖上時，我心頭忽然湧上一股罪惡感，不知道接下來會發生什麼事。我偷偷地看了看前後左右，懷疑在花園的角落是不是有人躲在哪裡偷窺。但我沒看到任何人影證實我的臆測。只有我一人站在花園的小徑上，唯有鳥兒和蜜蜂是證人。

我穿過花園，進入溫室，再穿過小客廳。當我將手放在門把上時，聽到隔壁房間傳來鋼琴的和聲。我待在她母親的宅邸裡時，有時會聽到她像這樣閒散地彈鋼琴。我暫停一會兒，讓自己平靜一點。在這最重要的時刻，過去和現在的一切從我眼前掠過，而這兩者之間極大的差異也讓我震驚。

過了約一分鐘，我鼓起勇氣，打開了門。

7

看到我的身影在門後出現時，瑞秋從鋼琴椅上站起來。

我關上身後的門。我們兩人站在屋子兩端，沉默相對。她站起身的動作，似乎是她目前唯一能做的事情。她全副身心的機能，似乎全都集中到僅剩用眼睛注視我這個動作而已。

我有些害怕我是不是現身得太突然了。我朝她走近幾步，柔聲說：「瑞秋！」

我的聲音讓她的肢體再度靈活了起來，也讓她的臉恢復血色。她不發一語地走向前。她走得很慢，好像她的動作不是出於自己的意志，只是慢慢地、越來越靠近我；她的臉頰浮現一層幽暗的顏色，她的眼睛越來越明亮，每一瞬間都顯示她的神智變得越來越清楚。我忘了我為什麼要來這裡找她，我忘了她認為我是個卑鄙小人，我忘了過去、現在、未來的所有一切，我只看到這個我愛的女人，越來越靠近我。她全身顫抖，站在那兒，不知道該怎麼辦。我沒有辦法再忍耐下去，伸出手抱住她，在她的臉上落下親吻。

有一瞬間，我覺得她開始回吻我，似乎她也在剎那間忘了一切。在我的腦袋恢復思考以前，她的第一個動作讓我瞭解到：她還記得以前發生的種種事情。她發出宛如恐懼的尖叫，接著很用力地（她力氣之大，我想即使我認真抵抗，搞不好都制止不了她）把我推開。我看到她眼裡浮現殘酷的憤怒，我看到她的嘴角顯露出無情的蔑視。她從頭到腳看遍我全身，就像看著一個方才侮辱了她的陌生人。

「你這個卑鄙小人！」她說。「你這個粗魯、卑劣、無情的懦夫！」

這些就是她所說的第一句話！對一個男人來說，聽到女人嘴裡說出最難以忍受的話語，就是方才她對我說的那些話。

「瑞秋，」我說：「以前我做錯事，妳告訴我的話，還比妳現在說的要好一點。我很抱歉。」

我心裡的苦澀可能透過我的聲音傳達給她了。在聽了我的答覆以後，她原本不肯看我的，此時不情不願地將眼光調回我身上。她用低沉的聲音回話，語調裡有一種陰沉的謙遜，那是我以前從未聽過的語氣。

「我這麼做是有理由的，」她說：「在你做了那些事以後，你今天卻用這種偷偷摸摸的方式企圖跟我見面，這是一個男人該有的行為嗎？這是一種卑劣的行為，想要試探我對你是不是還有感情。

你也卑鄙得嚇到我了，我被嚇得竟然讓你吻我。不過這是我這個女人的觀點。我知道那跟你的觀點不一樣。如果我能控制好自己的情緒，我會表現得更好，而且我一句話都不會跟你說。」

她的道歉比直接侮辱我還要令人難以忍受。就算是最墮落的人，聽到這番話都會覺得自己被羞辱了。

「如果妳不願意相信我的話，」我說：「我會馬上離開這裡，再也不會見妳。妳剛才說我做了某些事情。我做了什麼？」

「你做了什麼！**你**竟然敢問**我**？」

「我就是在問妳。」

「我不想張揚這些醜事。」她回答。「而且因為我保持沉默，已經受到很多抨擊了，我卻還要忍受你來問我，你究竟做了什麼事？你**所有的**感激之情都耗盡了嗎？你曾經是個紳士，你曾經跟我母親很親近，跟我也更親近，甚至到現在我……」

她的聲音漸漸變小了。她跌坐在一張椅子上，背向我，用手遮住自己的臉。

我等了一會兒，直到我認為我可以說出適當的話來。在那沉默的時刻，我不知道我對哪一點感到比較衝擊。是她傷害我的指責，還是她因為過於沮喪，不願意跟我談話。

「如果妳不肯先開口說話，」我說：「就由我來說吧。我來這裡，是有一件很嚴重的事情要告訴妳。妳可以給我一個機會，聽我說嗎？」

她沒有動作，也沒有回答。我不再請求她回應，我甚至沒有靠近她的椅子邊，我就跟她一樣，秉持自尊，告訴她我在顫抖沙灘發現的東西，還有這些東西所引導出來的結論。當然，這番話花了一點時間才解釋清楚，但從頭到尾，她都沒有回頭看我，也沒有說一句話。

我克制住自己的脾氣。我的未來，就取決於我是否可以在這個重要時刻保持冷靜了。現在正是測試布拉夫先生想法的時候。為了瞭解她的反應，我屏住氣息，繞了一圈，走到她面前。

「我有個問題要問妳。」我說。「我得要再跟妳提起這個令人難過的話題。羅珊娜・史皮爾曼有給妳看那件睡袍嗎？有，還是沒有？」

她站起身，用自己的步調走向我。她的雙眼探索似地看著我的臉，好像試圖從我臉上讀取她以前從未見過的什麼。

「你瘋了嗎？」她問。

我依然克制住我自己。我安靜地說：「瑞秋，妳會回答我的問題嗎？」

她完全沒留意到我說了什麼，只是繼續說。

「你是不是想要達到什麼我不知道的目的？你是不是擔心未來會因為我而東窗事發？他們說你父親死了，而繼承他遺產的你變成了個有錢人。你是不是來這裡補償我的鑽石？你還有良心，對你的行徑感到羞恥嗎？**這**就是你的秘密，假裝自己是無辜的，還故意告訴我那個羅珊娜・史皮爾曼的故事？這一次你是因為覺得羞恥，所以才這麼做的嗎？」

我阻止她繼續說下去。我再也控制不了我自己了。

「妳完完全全誤會我了！」我爆發了。「妳懷疑是我偷了妳的鑽石。我有權利知道，我**要**知道，妳為什麼會這麼想！」

「懷疑你！」她大叫，跟我一樣憤怒到了極點。「**你這個混帳，我親眼看到你拿走鑽石的！**」

她突然對我揭露的真相，隨即將我淹沒，讓我陷入無助的境地。這就是布拉夫先生想要引出的真相。我知道我是無辜的，但我無言地站在她面前。在她眼裡看來，在任何人眼裡看來，我應該都像是一個被人揭發過去惡行的罪人吧。

她轉身，不看我受辱的神情，也不再理會自己的揭發所得來的勝利感。我突然陷入沉默，似乎讓她有些驚嚇。

「我當時饒過了你。」她說。「如果你不是逼我要說出來的話，我現在也還是會饒過你的。」她開始移動，似乎是要離開這個房間，但在接近門邊時，又猶豫了一下。「你為什麼要來這裡讓自己受辱呢？」她問。「你為什麼要來這裡侮辱我？」她向前走了幾步，又停下來。「看在老天的分上，你說點什麼呀！」她激動地高聲喊道。「如果你還有一點良知的話，就不要用這種方式羞辱我。你還不說點什麼，好讓我可以離開這裡！」

我靠近她，但完全不知道自己在做什麼。我當時可能是想要耽擱她一會兒，好讓她告訴我更多事情。但從我知道，瑞秋為什麼會認為我是小偷，是因為她親眼看到的那一刻（即使我確信我是無辜的），我的腦子就變成一片空白。

我拉住她的手，試著說些比較有意義的話，但我唯一能說的話卻是：「瑞秋，妳曾經愛過我。」她顫抖了一下，別開眼睛。握在我手中的手，柔軟無力，不停地輕顫著。「你放開我。」她虛弱地說。

自從我進到這個房間，我的聲音以及碰觸，似乎都對她產生了某種效果。雖然她說我是懦夫，雖然她大聲宣告我是個小偷，但只要我還能握住她的手，主導權就在我這邊！

我輕輕地拉著她，帶她走回房間裡，然後讓她在我身邊坐下。「瑞秋，」我說：「我沒有辦法跟妳解釋那些矛盾是怎麼一回事。我只能告訴妳事實，就像妳也說出了事實一樣。妳看到我，妳親眼看到我拿走鑽石。我對天發誓，我是到現在才知道，原來我就是小偷。妳懷疑我說的話嗎？」

她看來並沒有留意到我的存在，也沒有在聽我說話。「放開我的手。」她只是重複用虛弱的語氣說。她雖然開口要求我放開她，但同時她的頭卻靠著我的肩膀，手無意識地抓住我。

我克制自己，不再繼續問問題。但我的忍耐已經到極限了。我是不是可以洗刷我的嫌疑，取決於我能不能讓她說出所有她知道的事實。對我來說，唯一的希望是，她很有可能忽略了什麼。很可能只是小事，但只要經過仔細調查，搞不好可以成為證明我清白的有力關鍵。我依然握住她的手。我只要跟她說話，就能喚回過去我們之間曾擁有的感情和信任。

「我想要問妳一些事情。」我說。「我希望妳可以告訴我，從我們互道晚安以後，一直到妳看到我偷了鑽石之間，究竟發生了什麼事。」

她從我的肩膀上抬起頭，試圖從我手中掙脫。「喔，為什麼要回想這件事情？」她說。「為什麼要回想這件事情？」

「瑞秋，我會告訴妳為什麼。我們兩人都是一個可怕陰謀的受害者，這個陰謀試圖掩蓋真相。如果我們可以一起回顧妳生日那天晚上發生的事情，我們就可以找到釐清案件的真相。」

她的頭又落回我的肩上。她眼裡盈滿淚水，慢慢地，一滴淚順著臉頰滑落。「喔！」她說。「難道我從沒有抱過希望嗎？難道我不曾像你現在一樣，試著想要去解釋為什麼嗎？」

「妳自己試著去理解這個案子。」我回答：「但妳沒有跟我一起這麼做，讓我幫妳。」

我說的這番話，似乎激起了她心中的希望，就如同我所盼望的一般。她開始回答我的問題，但不是只有順從地一問一答而已，她還發揮自己的智慧，開誠布公地告訴我她的想法。

「我們先從互道晚安以後開始說起吧。」我說。「妳直接就上床了嗎？還是沒有馬上休息？」

「我上床休息了。」

「妳有注意是幾點嗎？當時很晚了嗎？」

「我沒有注意。但我想大概是晚上十二點吧。」

「妳馬上就睡著了？」

「沒有。我那天晚上不想睡。」

「妳睡不著？」

「我那時候在想你的事情。」

她的回答讓我不能自持。她的語氣裡的某個東西，比她說的話本身，更加觸動我的內心深處。我停頓了一下，才能繼續問問題。

「妳房間裡有點燈嗎？」我問。

「沒有。但後來我又起來，然後點上蠟燭。」

「妳上床後過了多久才起來？」

「我想大概過了一小時吧。一點左右。」

「妳有離開房間嗎？」

「我想要離開房間。我穿上睡袍，正要去隔壁的起居室找本書……」

「妳有打開臥房的門嗎？」

「我當時正要打開門。」

「但是妳後來沒有到起居室去？」

「沒有，我沒辦法過去。」

「妳為什麼不過去？」

「我看到門下的縫隙透進燈光，還聽到有腳步聲逐漸接近。」

「妳嚇到了嗎？」

「那時候不覺得很可怕。我知道我可憐的母親常常晚上睡不好，我也記得那天晚上她很努力地勸我把鑽石交給她保管，我覺得她對鑽石的焦慮有點不可理喻，因此我認為她是想要過來找我，如果我還醒著的話，想要跟我談談鑽石的事情。」

「妳做了什麼？」

「我把蠟燭吹熄，好讓她以為我已經睡著了。我自己也有點不可理喻，我決意要把鑽石放在我選擇的地方。」

「妳把蠟燭吹熄以後，又回到床上了嗎？」

「我沒時間回去。在我把蠟燭吹熄以後，起居室的門就打開了，我看到……」

「妳看到什麼？」

「你。」

「穿著平時的衣服？」

「不是。」

「我穿著睡袍？」

「你穿著睡袍，手上還拿著臥室的燭台。」

「我一個人嗎？」

「一個人。」

「妳可以看到我的臉嗎？」

「可以。」

「看得很清楚？」

「非常清楚。你手上的蠟燭照亮了你的臉。」

「我的眼睛是張開的嗎？」

「是的。」

「你有注意到我臉上有什麼不對勁嗎？比如說神情有點茫然呆滯？」

「沒有。你的眼睛很明亮，比平常還要明亮。你環顧四周，好像你知道你不該出現在這裡，也不想被別人發現。」

「我進入房間時，妳有觀察到什麼嗎？例如我走路的方式？」

「你走路的姿勢就跟平常一樣。你走到房間中央，停在那兒，然後開始環視四周。」

「妳看到我之後，做了什麼？」

「我什麼都沒辦法做。我整個人嚇得動彈不得。我沒辦法說話，沒辦法發出叫聲，我甚至連關上房門都做不到。」

「我看到妳站在那裡了嗎？」

「你很可能看得到我，可是你沒有看向我這邊。問這問題沒有意義，我很確定你沒有看到我。」

「妳為什麼能這麼肯定？」

「如果你當時發現我醒著，而且看到你了，你還會拿走鑽石嗎？你還會做出後來的事嗎？不要讓我說那件事情！我只想要好好回答你的問題。你就讓我能保持冷靜吧。你繼續問其他事情。」

不管怎麼說，她是對的。我繼續問問題。

「我走到房間中央，停下來以後，我做了什麼？」

「你轉過身，直直往窗邊走去，那個印度式櫃子就擺在那裡。」

「我轉向那個櫃子的時候，應該是背對著妳吧。妳怎麼知道我做了什麼？」

「你移動的時候，我也跟著移動了。」

「所以妳可以看到我的手做了什麼動作？」

「我起居室裡有三面鏡子，你站在櫃子前的時候，我從其中一面鏡子裡看到你做的一切。」

「妳看到什麼？」

「你把燭台放在櫃子上頭。你逐一打開和關上櫃子的抽屜，直到你找到我放鑽石那個抽屜為止。你看著打開的抽屜好一會兒，然後你把手伸進去，取出鑽石。」

「妳怎麼知道我把鑽石拿出來？」

「我看到你的手伸進抽屜裡。我還看到，你的手伸出來時，手指間發出寶石的閃光。」

「我的手後來又碰了抽屜嗎？例如說，把抽屜關上之類的。」

「沒有。你右手拿著鑽石，然後用左手拿起放在櫃子上頭的燭台。」

「我做完這些事情以後，是不是又四下環顧了一下？」

「沒有。」

「我馬上就離開房間了嗎？」

「沒有。你就站在那裡，似乎站了好長一段時間。我從鏡子裡看到你的側臉。你看起來像是在思考什麼，而且對自己的想法很不滿意。」

「接下來發生什麼事？」

「你突然開始動了，然後就離開房間。」

「我離開時有關門嗎？」

「沒有。你很快就走出去，沒有把門關上。」

「然後呢？」

「然後，你手中的燭光就消失了，腳步聲漸漸遠離，只剩下我一個人留在黑暗裡。」

「沒有。」

「之後還有發生什麼事嗎？從那之後，一直到早上大家發現鑽石不見的時候？」

「妳確定嗎？妳之後有睡著嗎？」

「我沒有睡。我後來一直沒有回到床上。到潘妮洛普早上進來房間為止，什麼事都沒有發生。」

我放下她的手，站起身，在房間裡走來走去。我已經問完所有問題了，所有我想知道的細節都攤在我面前。我甚至又重新想了一遍夢遊或喝醉的可能性，但是這些理論全都被證實是無用的，因為都被目擊者全數駁回了。接下來我該說什麼？接下來我該做什麼？我開始害怕偷竊的事情可能是真的！我現在遇到了清楚可見且非常具體的障礙，那如同不可穿越的黑暗重重將我包圍住。就算我手握羅珊娜・史皮爾曼藏在顫抖沙灘的證據，我也找不到一絲可以指引我下一步的提示。而就算我請求瑞秋親口告訴我，那個可怕的晚上究竟發生了什麼事，我依舊茫然不知方向何在。

這一次，是由她先打破沉默。

「怎麼樣？你已經問了問題，我也回答了。」她說。「因為你覺得這麼做，可能有希望可以解決事情，所以也讓我抱著期望。你現在有什麼話要說？」

她說話的口氣讓我意識到，我先前對她的影響力又再次失效了。

「我們已經一起回顧我生日那晚發生的事情了。」她繼續說。「所以我們也很清楚了解彼此了，是不是？」

她擺出近乎冷酷的神情，等待我的回應。但我犯了一個致命的錯誤，我讓自己的無助表現出來了。我很輕率地用無益的言語責備她，不該一直對我隱瞞真相，始終保持沉默。

「如果妳在該說出來的時候，把真相告訴我們的話，」我說：「如果妳馬上告訴大家妳所知道的事情，讓我可以為自己辯護……」

她發出一聲憤怒的尖叫，打斷了我的話。我所說的那些話，似乎在瞬間引爆了她的情緒。

「告訴大家我知道的事情！」她重複我的話。「喔！這世界上有人是這樣子的嗎？我心碎了，但是我原諒了他；我的人格受到懷疑，但我還是袒護**他**；而這個人，現在站在我面前的這個人，**他**竟然說我應該在第一時間把真相說出來！我相信他，我愛他，我對他日思夜想，結果他卻告訴我，我應該要揭發他的罪行。『親愛的，你是個小偷！我最愛且最敬仰的英雄在晚上偷偷進入我的房間，偷走了鑽石！這就是我要告訴大家的真相。』你這個混帳，你這個可惡的混帳！我寧願我的五十顆鑽石被偷，也不要再看到你出現在我面前！」

我拿起我的帽子。出於對**她**的憐憫（對，我可以老實地這麼說），我不發一語地轉身離開，打開我進來的那扇門。

她跟上來，抓住我推開門的手，然後將門關上，指著我剛才站立的地方。

「不行！」她說。「還沒結束！我必須要向你解釋我為什麼會這麼做。你要留下來聽我說。否則你就是個最糟糕的卑鄙小人。」

看到她這模樣，聽到她說的話，讓我的心一陣絞痛。我的回應是嘆了一口氣（我也只能做到這件事情），然後隨她的意去做。

我轉回身，坐在椅子上時，看到她臉頰上憤怒的紅暈漸漸消褪。

她等了一會兒，讓自己恢復冷靜。她開始繼續說話時，很明顯地流露出某種情緒。她說話時沒有看著我。她的雙手交纏，擺在大腿上，雙眼直盯著地板。

「你說，為了還你一個公道，我應該要把我所知道的事情全部說出來。」她重複我說過的話。「我現在告訴你，我是不是有想辦法還你一個公道。我剛剛說，你離開以後，我後來一直睡不著，也沒有回到床上。告訴你我當時都想了些什麼是沒有用的，因為你永遠也不會瞭解；我只告訴你，過了一段時間，等我終於恢復正常思考時，我做了些什麼。我沒有把所有人都叫起來，告訴大家方才我看見了什麼，照理說我應該要這麼做的。雖然我親眼看到了，但是因為我喜歡你，所以我不願意相信你就是個小偷。我想了又想，最後決定寫封信給你。」

「我沒收到信。」

「我知道你沒收到。你等等，我會告訴你為什麼。我的信不會直接跟你點明什麼。即使這封信落入某人手中，也不會對你的人生造成什麼損害。我只是在信裡告訴你（你應該不會錯認我的意圖），我知道你有債務，而且從我母親跟我的經驗來看，我們都知道你如果想要錢的話，是不會慎重考慮該用什麼方法去賺錢的。你看了信就會想起那個來拜訪你的法國律師，也會知道我想要說的是什麼意思。如果你懂的話，你會明白我是在給你一個提議，而這個提議是（我不會跟你明白說出這個提議是什麼，這是只有我們才心知肚明），由我提供你一筆數量龐大的金錢。我可以拿到這筆錢！」她叫道，臉色又開始轉紅，同時抬起眼看著我。「如果我沒有用別的方法弄到錢的話，就由我把鑽石抵押出去。我想要寫信告訴你的就是這些。等等！我還做了更多事情。我想要讓潘妮洛普在四下無人時把信交給你。我把自己關在房間裡，然後把起居室的門打開，整個早上都淨空。我滿心期望你看到信以後，會抓住這個機會，偷偷地把鑽石放回櫃子裡。」

我試著要開口，但她不耐煩地舉起手，阻止了我。她的心情變換快速，下一瞬間憤怒的情緒又冒了出來。她從椅子上站起身，走向我。

「我知道你要說什麼。」她說。「你又要告訴我，你沒收到信。我可以告訴你為什麼。因為我把信給撕了。」

「妳為什麼要這麼做？」我問。

「我有我的理由。我寧願把信撕了，也不想把信交給你這種人！那天早上我第一件聽到的事情是什麼？我已經想好了我的計畫，但卻聽到什麼消息？我聽說你竟然是第一個提議要找警察來的人。你很積極，你還帶領大家，一起努力尋找鑽石！你甚至還大膽到說要跟**我**談談鑽石的事情。你明明就是偷走鑽石的人，而且鑽石其實一直都在你手中！在我知道你是個多麼可怕又狡詐的人以後，我就把信給撕了。但就算是我被你找來的警察質詢，我對你還是有這麼一點執著，讓我沒辦法放棄。我告訴自己：『他在大家面前演戲。我就來試試看，他在我面前是不是還演得下去。』有人告訴我，你在露台那邊，我就到露台去找你，強迫自己看著你，強迫自己跟你說話。你記得當時我跟你說了什麼嗎？」

我想要告訴她，我記得她說過的每一句話。但這麼說又會帶來什麼結果呢？

我要怎麼告訴她，當時她說的話讓我驚嚇沮喪，她的行為舉止暗示了她正處於異常的興奮狀態，也讓我懷疑，她其實瞭解一部分鑽石遺失事件的真相；但儘管如此，我還是無法從她的話語當中瞭解真相究竟是什麼。我既然無法證明自己的無辜，我又怎能說服她相信，在露台時，我就像個完全的陌生人一樣，無法理解她話裡的意思。

「你很自然會忘了我說過什麼，但是我卻全部都記得。」她繼續說。「我知道我在說什麼，因為在我跟你說話之前，我已經仔細想過了。我給你一個機會，讓你可以說出真相來。我**盡我所能**表達出來，想要告訴你，我其實知道是你偷走了鑽石。但你的回應卻是假裝很驚訝地回看著我，還露出一臉無辜的神情；那表情就跟你今天看著我的時候一模一樣！所以我那天早上就離開了，因為我知道了你原來就是這種人，你就是這世界上最可惡的混帳！」

「如果妳當時有把事情說出來的話，瑞秋，妳會發現妳完全錯怪了一個無辜的人。」

「如果我當時在別人面前說出來，」她憤怒地反擊：「你這一輩子就會蒙受莫大的侮辱了！但如果我只告訴你，你會否認是你做的，就像現在一樣！你認為我應該要相信你嗎？在我看到**你**做了什麼，還有事後**你**的那些行為以後，你還能若無其事地撒謊嗎？我告訴你，在我看到你偷東西之後，你的謊言讓我害怕極了。你講得像是這只是一個誤會，我們互相談談就可以解開誤會了。好吧，現在已經沒有什麼誤會了，但事情有解決嗎？沒有！事情還是一樣懸在那兒。我**現在**完全不相信你！我不相信你找到什麼睡袍，我也不相信有羅珊娜．史皮爾曼寫的信，我不相信你說的任何一句話！是你偷了鑽石；我看到你偷了！你還企圖用找警察的方式掩飾罪行；我也看到了！你把鑽石拿去抵押借錢；我很確定你這麼做了！你還擺脫罪行（就因為我什麼都沒說），傷害了別的無辜的人！你偷了鑽石以後，隔天就飛到歐洲去了！你做了這麼多卑劣的勾當，現在你又多做了一件你**能**做的事情。你到這裡來，又對我說了另一個謊言：你到這裡來告訴我，說我誤會你了！」

如果我繼續在這裡待下去的話，我不知道我會不會說出事後讓我後悔的話來。我經過她身邊，第二次打開門。第二次，這個情緒激動的女人又站起身，抓住我的手臂，阻止了我的行動。

「瑞秋，讓我走吧。」我說。「對我們兩個來說，這樣比較好。讓我走。」

她胸中滿溢著歇斯底里的激情。

當她把我拉回來時，我都可以感覺到她急促的呼氣噴在我的臉上。

「你為什麼要過來這裡？」她不顧一切，堅持問道。「我再問你一次，你為什麼要來這裡？你是不是害怕我會說出你的罪行？你現在是個有錢人了，你也有了社會地位，你甚至可以娶這個國家最好的淑女，你是不是害怕我會把我從未跟別人說的真相給說出去？我一個字都沒辦法說！我沒辦法暴露你的罪行！我是個比你還要糟糕的人！」她說完就哭了起來。

她費力地讓自己不要哭泣，抓住我的手越來越緊。

「我沒有辦法忘記你。」她說。「就算是現在也一樣！你要知道，我是多麼費力地在抵抗我這個弱點，這個可恥的弱點！」她突然放開我，雙手激動地在空中揮舞著。「任何一個女人都會覺得，光碰到你就是一種侮辱！」她喊道：「喔，天呀！我恨**他**，但更恨我自己！」

我無法控制自己，只覺熱淚盈眶。我害怕我再也忍受不了，會在她面前流淚。

「之後妳會知道，妳確實誤會我了。」我說。「否則妳永遠也不會再見到我。」

我說完那些話之後，就離開她了。她方才跌坐在椅子上，現在又站起身；她起身跟著我走到外頭的房間，對我說出最後一句告別的話語。

「法蘭克林！」她說：「我原諒你。喔，法蘭克林，法蘭克林！我們以後不會再見面了。說你也原諒**我**吧。」

我轉身，讓她看到我的表情，讓她知道我現在一句話都說不出來。我對她揮揮手，由於眼裡滿是淚水，在我眼中她的模樣，變得模糊黯淡。

最痛苦的分別時刻就這樣過去了。我走到花園，再也看不到她的身影，聽不到她的聲音。

8

那天傍晚，布拉夫先生造訪我的居所，把我嚇了一跳。律師的行為舉止有了明顯的改變。他平常自信滿滿，精神奕奕，如今這些完全不復見。他第一次在和我握手的時候，什麼話都沒有說。

「你要回去漢普斯敦嗎？」我意有所指地問。

「我剛剛從漢普斯敦那邊過來。」他回答。「我知道了，法蘭克林先生，你知道真相了吧。不過我老實說，要是我早知道這麼做會付出什麼代價，我寧願你什麼都不知道。」

「你見過瑞秋了？」

「我送她回波特蘭廣場的房子以後，就過來了。我沒辦法讓她自己駕馬車回去。雖然她是因為這次會面而受到很大的影響，但我不能怪你，畢竟是我讓你進去我房子裡的。我所能做的只是避免讓傷害再擴大下去。她還年輕（她是個很堅強的人），只要給她點時間，充分休息，就會回復了。除非經過我的允許，你可以答應我，不要再試圖跟她碰面嗎？」

「我們兩個都因為會面而受盡折磨了，」我說：「你可以相信我。」

「你可以發誓嗎？」

「我發誓。」

布拉夫先生看來鬆了一口氣。他將帽子取下，把自己的椅子拉近我這邊。

「就這麼說定了！」他說。「現在，我們來談談以後的事情，我是指有關你的未來。在這不尋常的事件發生以後，我簡要說明一下現在是什麼狀況。第一，我想瑞秋已經把她知道的所有事實都告訴你了。第二，因為她是親眼看到，我們也無法說她是完全錯怪你了，雖然我們都知道這當中一定有什麼可怕的誤解。但回頭來想，她目擊到你的犯罪，這個證言實在是完全能定你的罪呢。」

我在此時插話。「我不怪瑞秋。」我說。「我只是很後悔，在當時沒能讓她告訴我事情真相。」

「如果當事人不是瑞秋，我想你也會後悔的。」布拉夫先生回答。「就算是現在，我也懷疑一個有著纖細性格的年輕女子，在一心想要嫁給你之後，如何還能在你面前說出你就是小偷這種事情。不管怎樣，以瑞秋的性格來說，她就是無法做到。之前發生過一件跟你這次的事件完全不同的事，不過在那次事件中，她所處地位就跟你在這個事件的立場相去不遠；我剛好知道，會造成她如今對你的行為態度，就是受到這個類似事件的影響。除此之外，傍晚我送她回去時，她親口告訴我，她不會相信你否認罪行的說詞。關於這一點你會怎麼說？其實你沒必要回答。別這樣，法蘭克林先生！我承認我對這個案子的想法完全錯了，而既然事情已經演變成這樣，那麼我的建議應該會對你有幫助。如果我們試圖要回溯過去，從頭開始檢視這複雜、可怕的案件，坦白說，我們得要有個目標才行，否則只是在浪費時間而已。我們就先不要去想去年在維林德夫人鄉間宅邸裡發生的事件吧。讓我們專注於未來**可以**發現的事情，而非我們以前**無法**發現的事情。」☆3

「不過我想你忘了，」我說：「這整個案件都跟過去發生的事實有關——至少與我息息相關的部分。」

「我問你，」布拉夫先生回應道：「月光石是這個案子的關鍵嗎？或者你認為不是？」

「當然月光石是關鍵。」

「很好。那麼我們相信，月光石被帶到倫敦以後，拿去做了什麼？」

☆3
Let us look to what we CAN discover in the future, instead of to what we can NOT discover in the past.

「月光石被抵押給路卡先生了。」

「我知道你不是把月光石拿去抵押的人。但我們知道抵押的人是誰嗎？」

「不知道。」

「我們認為月光石現在在哪裡？」

「就放在路卡先生銀行的保險庫裡。」

「沒錯。我們來思考一下。現在是六月了，到這個月底（我不清楚確切的日期），就是月光石抵押滿一週年了。有可能抵押月光石的人，會在借貸到期時，把月光石贖回。如果對方想要贖回的話，路卡先生就會（依照他和銀行的約定）親自去銀行將月光石取出來。我提議我們應該在這個月，派人去監視銀行，看看從路卡先生手中拿回鑽石的人是誰。你瞭解了嗎？」

不管怎麼說，我承認（雖然有些不情願），這確實是個新主意。

「其實這是莫斯威特先生的主意，不是我的。」布拉夫先生說。「要不是之前我們談過，我也不會想到要這麼做。如果莫斯威特先生說的沒錯，那些印度人這個月底應該也會在銀行外頭監視，到時候可能會發生什麼嚴重的事情。至於究竟會發生什麼事，對你我來說可能一點都不要緊，最重要的是，這有助於我們知道究竟是誰把月光石拿去抵押。那個人很可能就是陷你於不義的真兇（雖然我得說我不知道那個人究竟是怎麼做到的），而且只要找到那個人，就可以讓瑞秋對你的觀感有所改變。」

「我無法否認你提議的計畫非常巧妙、機智，而且嶄新。可是……」

「可是你反對這個計畫？」

「對。我反對的理由是，依照你的計畫，我們得要等上一段時間。」

「假定就算是這樣，依照我的計算，我們得要等上兩週的時間。這樣對你來說太久了嗎？」

「布拉夫先生，對我來說，這時間就跟一輩子一樣長。除非讓我做點事情，好證明我的清白，否則我會坐立難安，無法忍受。」

「好吧，好吧，我瞭解了。你想過你可以做些什麼嗎？」

「我想過去請考夫警佐協助。」

「他已經退休，不再當警察了。考夫警佐很可能不會幫助你。」

「我知道他現在住在哪裡，我會去試試看的。」

「試試看。」布拉夫先生想了一會兒。「自從考夫警佐退出調查以後，這個案件也爆出了驚人的轉折，或許可以重新引起警佐的興趣吧。你去試試看，然後告訴我結果如何。在這段期間，」他站起身說：「如果你從此刻到月底為止，都沒有得到什麼具體成果，我是不是可以派人去監視銀行？」

「當然可以。」我回答。「除非我在這段期間有找到什麼證據，可以讓你不用執行你的計畫。」

布拉夫先生露出笑容，拿起他的帽子。

「請你告訴考夫警佐，」他說：「我認為解決這案子的關鍵，是在找到抵押鑽石的人。不知道他聽了我的話之後，依照他的經驗，會說些什麼呢。」

我們就此別過。

第二天一大早，我就出發前往小鎮多金。根據貝特瑞吉所說，警佐退休以後就住在這裡。

我詢問旅館的人，他們告訴我到警佐的小屋該怎麼走。通往那座小屋的，是稍微離開城鎮的一條小路，那棟房子就安適地坐落在花園的中央，後面和兩側圍繞著蓋得堅實的磚牆，前方則是一片樹籬笆。大門的上方裝飾著做工精細的格子窗；門是緊鎖著。我按了門鈴以後，透過門上的格子窗窺視裡頭，發現花園裡種滿了考夫警佐最喜歡的玫瑰；玫瑰開滿了庭園，樹枝攀在門上，從窗口就可以窺見滿園的玫瑰。遠離陰暗城市的犯罪，這位傑出的警官退休後，在這個小地方度過安逸享樂的生活，把自己埋首在玫瑰花叢裡。

有一個高雅的老婦人來幫我開門，並且隨即打破了我能得到考夫警佐協助的期望，因為他正好在前一天離開這裡，前往愛爾蘭旅行。

「他是為了工作去愛爾蘭的嗎？」我問。

婦人微笑。「先生，他現在只有一件工作。」她說。「他的工作就是玫瑰。在愛爾蘭有一些了不起的園丁，發現了新的玫瑰種植方法，考夫先生是為了知道那是什麼新方法，才去愛爾蘭的。」

「妳知道他何時會回來嗎？」

「先生，我不太確定。考夫先生是有說，如果他覺得新的玫瑰種植方法不值一提，他會直接回來；但如果有什麼可看之處，他會再待上一陣子。先生，如果你想要留言給他，可以交給我，我會轉交給考夫先生的。」

我將我的名片交給她，名片上用鉛筆寫著：

我想跟你談談關於月光石的事情。請你回來就馬上和我聯繫。

做完這件事情以後，除了等待機會，我就無事可做了，於是我便回到倫敦。

但是我當時整個人焦躁不安，找不到考夫警佐，反倒讓我覺得非做點什麼事不可。從多金回來以後，第二天早上我便下定決心，不管遇到任何阻礙，都要勇往向前，替這深不可見的謎團找到一絲曙光。

那麼我下一步應該要做什麼？

如果在我思考這些問題時，優秀的貝特瑞吉就在我身邊，而且知曉我正在考慮什麼的話，他一定會說，我現在顯示出來的性格，就是我的德國性格。不過從嚴肅一點的面向來看，或許我在德國所受的訓練，在某種程度上，正是讓我陷入這不斷臆測、懷疑迷宮當中的元兇。我一整晚有大部分時間都清醒著，坐在那兒不停抽菸，不斷地想著各種解釋方法，但一個比一個還要荒謬。當我上床休息時，我腦中的意識仍清醒著，因此讓我不斷作夢。第二天早上起床，但主觀-客觀和客觀-主觀的思考方式，不斷地在我腦海裡交互糾纏。我那一天會試圖想要實踐一些行動，但又開始懷疑，在現存的狀況下，我是否有任何權利（在純粹哲學思考的基礎上）去思考這些事情呢（包括鑽石的事情在內）。

當我的思考開始游離渙散時，我就長時間在自己形而上思考的迷霧中迷失了。後來發生了一件意外，將我從這種狀態中拯救出來。某天早上，我偶然穿上去找瑞秋那天穿的同一件外套，在其中一個口袋翻找東西時，卻摸到一張被捏得皺皺的紙張。我將紙張拿出來，發現那是之前貝特瑞吉寄給我的信，我把信放進口袋裡就忘了這回事了。

我忘記回信給我這位老朋友，完全是我的錯。於是我走到寫字桌前，又重讀了他的信。要怎麼回覆一封沒講什麼重要訊息的信，是非常困難的事情。貝特瑞吉這一封信，可以說就是屬於這一種類型。坎迪先生的助手，也就是艾茲拉．詹寧斯，告訴坎迪先生說他看到我了；而坎迪先生說有事要告訴我，下次我到法蘭茲霍爾時，他想跟我見個面。我該怎麼恰當地回覆這封信呢？我坐在桌前，在原本要回給貝特瑞吉的信紙上，無所事事地描繪著坎迪先生那位容貌特異的助手，直到我突然發現，我竟然又在想這個讓人印象深刻的艾茲拉．詹寧斯！我至少把十幾張畫有那個有著斑駁髮色（他的頭髮真的讓人難以忘懷）的男人肖像給丟進字紙簍，才終於給貝特瑞吉寫了封回信。這是一封寫得非常完美，但內容也極其普通的信，不過這麼做卻對我有相當大的幫助。我只是寫了幾個很普通的句子，但卻足以釐清前一天不斷盤據我腦海，那渾沌不清的荒謬情緒。

當我釐清因為自己所處的地位，而搞不清楚的謎團以後，我就開始試著用比較實際的觀點，去想我該如何解決目前遇到的困境。對我來說，我依然搞不清楚偷竊事件那天晚上究竟發生什麼事，所以我試著回憶瑞秋生日那天稍早，是不是還有什麼事件，可能是幫助我找到真相的關鍵。

我和瑞秋完成門上的繪畫時，有發生什麼事嗎？或者是晚一點，我騎馬到法蘭茲霍爾去的時候？又或者再晚一點，我和高佛瑞．亞伯懷特，以及他的兩個姊妹一起回來的時候？還是再更晚一點，我將月光石交給瑞秋的時候呢？或者後來所有客人都到齊，大家一起聚在晚餐桌前的時候？我依照順序一一回憶當天發生的每一件事情，直到最後。我試圖回想那天晚宴的狀況，但卻發現我一開始就遇到阻礙了，因為我連那天晚上總共有幾個客人都想不起來。

我在這個階段受挫，因而推想，若要求其他人也回憶當天晚餐時發生的一些事件，可能也會跟我一樣，無法完整地回想起來吧。我相信，其他跟我處於同樣狀態的人，應該也會有同感吧。當我們開始問自己，對某些和我們攸關的事情到底瞭解多少時，我們總不免會懷疑，自己其實知道的只是片面的真實而已。我把當天也參加晚宴的客人名單寫下來（希望以此來補足我自己記憶上的不足），我想要請這些客人寫下他們當天晚上的記憶；我也同時想要知道，當他們在晚宴結束，離開宅邸以後，又發生了什麼事，希望可以拼湊出後來的狀況。

為使這份記錄具有可信度起見，我在這裡將我想到的這個詢問方法記錄下來（貝特瑞吉應該會說，這麼明晰的思考方式，是我性格當中屬於法國的部分）。雖然起初感覺功用不大，但藉由這個方式，最後卻能讓我找到謎團的源頭。我所要的，只是希望可以找到正確的出發點。隔了一天之後，有一位當天晚上也出席晚宴的客人，就給了我正確的提示。

要執行我的計畫的第一步，就是先擬出當天出席晚宴的正確名單。我可以很容易就從加伯列・貝特瑞吉那裡拿到完整名單。因此我決定在當天去約克夏，然後第二天開始執行我的計畫。

我已經趕不及搭早上離開倫敦的火車。我別無選擇，只好等三小時搭下一班火車。我在倫敦等待的這段期間，還有什麼事情是我可以做的嗎？

我的腦子又再度回到生日晚宴的事情上。

雖然我忘了總共有幾位客人，甚至還忘了一些客人的名字，但我卻清楚記得，這些客人大部分都來自法蘭茲霍爾，或是其鄰近地區。不過即使是「大部分」，也不代表全部都是。有些客人並不是長久定居鄉村。我自己就是其中之一，另一個是莫斯威特先生，第三個人是高佛瑞・亞伯懷特。還有布拉夫先生……不，他沒有出席，我記得他當天有公事纏身，來不及參加生日晚宴。有哪位出席晚宴的女士平常是住在倫敦的呢？我只能記得克拉克小姐應該就是。不過，這三個人當中，我想有一位可以在我離開倫敦以前，給我比較好的建議。我先乘馬車去布拉夫先生的辦公室；因為我不知道我想找的這些人目前的住址，我想布拉夫先生應該可以告訴我。

但布拉夫先生太忙了，他時間寶貴，只能擠出一點點時間給我。雖然會面時間不長，他卻盡其所能（且用相當鼓勵我的態度）在有限的一分鐘內解答我提出的所有問題。

剛開始時，他認為我新想到的探查方式有點太過虛幻，很難跟我好好討論。不過他解答了我第二、三、四個問題：莫斯威特先生正在從他另一次冒險之旅歸來的旅途上；克拉克小姐由於經濟問題，目前定居在法國；高佛瑞・亞伯懷特先生可能在倫敦，但也可能不在。但如果我去他的俱樂部，應該可以找到他吧。我便跟布拉夫先生道別，讓他回去忙他的事情。

我想要找找看在倫敦還能問到幾個人，看來已經被侷限在只能找到一個人了。我按照布拉夫先生的提示，驅車趕到高佛瑞的俱樂部。

在俱樂部的大廳，我遇見一位熟人，他是我表兄的老友，也跟我相當熟識。這位紳士在告訴我高佛瑞目前的地址以後，跟我說了最近發生在高佛瑞身上的兩件事情。這兩件事情都相當重要，而且我還沒聽說過。

看來高佛瑞並沒有因為被瑞秋解除婚約而受挫，最近反倒和一位年輕女士，也是一位富有的女繼承人，訂下了婚約。他求婚成功，婚事也都算談妥確定，但是婚約卻又再度無預期地解除了——據說是因為新郎和新娘的父親，在財產協議的問題上意見不和。

宛如補償他兩次在婚姻之路上受挫，有一位他的愛慕者在此時給了他一筆金錢上的撫慰。某位有錢的老婦人（她同時也是「母親的修改衣服會社」成員，克拉克小姐的好友，但她只留給克拉克小姐一只鑲了照片的紀念戒指），遺贈給令人景仰敬佩的高佛瑞一筆五千英鎊的財產。他自己的收入不算太多，如今得到這麼一筆額外的豐厚收入，使他決定暫時離開他的慈善事業，並依照他的醫生所給的建議，「到歐洲大陸去休養一陣子，這樣對他的健康比較好」。因此，如果我想要見他的話，最好趁他出發以前過去。

我二話不說馬上就到他的住所拜訪。

我之前沒能找到考夫警佐，這一次也沒能找到高佛瑞。他在前一天早上就離開倫敦，搭乘臨港列車前往多佛了。他打算跨越奧斯騰德海岸，而他家裡僕人認為他的目的地應該是布魯塞爾，他們也不清楚他何時會回來；但可以確定的是，他應該會離開三個月左右。

我有些沮喪地回到我的住處。有三位出席晚宴的客人（而且這三位皆是絕頂聰明的人），竟然在我迫切需要和他們談話時，都離開了倫敦。我最後的希望落在貝特瑞吉，還有其他幾位住在約克夏鄰近地區，維林德夫人生前的幾位老友身上了。

因此我決定直接到法蘭茲霍爾，這個小鎮已經成為我進行調查計畫的主要地點。我到的時候已經太晚了，沒來得及去找貝特瑞吉。第二天一早，我差人送了一封信過去，請他如果方便的話，盡早過來旅館跟我會合。

我請送信的人以最快的速度送過去（一方面是為了節省時間，一方面是給貝特瑞吉一個方便），我預估如果沒有任何延誤的話，貝特瑞吉應該會在兩個小時以內過來。在這段等待期間，我開始思考我的探詢計畫，想想在鎮上有幾位我認識，而且很容易就能找到的客人，例如我的親戚亞伯懷特一家，還有坎迪先生。這位醫生曾說過他想要見我，而他就住在隔鄰的街上。所以我第一個先去拜訪坎迪先生。

由於貝特瑞吉先前告訴過我坎迪先生的狀況，我很自然地預期到，會在他臉上看到那一次疾病所留下的痕跡。但當他走進房間和我握手時，我沒料到他的改變會大得超乎我的想像。他的眼神黯淡，頭髮完全轉為灰白色；他的臉乾扁起皺，整個人都縮小了一圈。我看著這位曾經生氣勃勃，說話沒頭沒腦，但充滿幽默感的小個子醫生；在我記憶中，這個人總是會說一些很冒失的話，還有那些孩子氣的笑話，但現在他身上已經看不到過去那些樣貌，出現在我面前的，是個穿著時髦服裝、逐漸老去的男人。這個人因健康不佳而身形憔悴，可是他卻穿著一身華麗的衣服，配戴珠寶（這彷彿在殘酷地諷刺他身上的變化），讓他看起來就跟以前一樣衣著華麗但俗氣。

「布萊克先生，我常常想到你的事情。」他說。「而且我很高興我終於可以再見到你了。如果我可以為你做任何事的話，先生，請儘管吩咐，請儘管吩咐。」

他用很急促且熱心的口氣說這些平常的招呼話，顯然很想知道我這次來到約克夏的理由，他可說是完全（甚至是到孩子氣的地步）不掩飾自己的這份好奇心。由於我的目標是詢問他們那天晚宴的事情，我就有必要先給他們一些說詞，好引起這些人——對我來說幾乎是陌生人——的興趣，讓他們願意幫助我。在前往法蘭茲霍爾的路途上，我就已經安排好一套說詞了，現在我正好可以把握，試看看在坎迪先生身上能不能發揮效果。

「我之前來過約克夏一趟，現在又來這裡，是為了一件任務。」我說。「坎迪先生，這件事情跟維林德夫人以前的朋友有些關係。你記得大約將近一年前，一顆印度鑽石神秘消失的事情嗎？最近發生一些事，顯示我們很有希望找回那顆失竊的鑽石，而我身為家族的一員，自然有義務要幫忙。不過我遇到一些困難，其中包括需要將當時發現的證據盡可能重新搜集整理。我現在必須要回憶起，維林德小姐生日晚宴那一天晚上，發生的所有事情，所以我請求當天出席晚宴的維林德夫人的老友，希望能藉由大家的記憶助我一臂之力……」

我已經要把我準備的這套說詞說完時，卻突然停了下來，因為我從坎迪先生臉上的神情發現，這一套對他完全不管用。

當我說話時，這位小個子醫生始終坐立不安地在玩自己的手指。他那雙黯淡水潤的眼睛，用空洞和苦思不得其解的眼神盯著我的臉看，我根本猜不出來他究竟在想什麼。我唯一知道的是，我只說了一兩句話，就再也無法抓住他的注意力了。唯一有可能讓他回神的方法，就是換個話題，所以我隨即提出其他的新話題。

「發生了好多事情，所以我才到法蘭茲霍爾來。」我很愉快地說。「坎迪先生，現在輪到你了。你之前請加伯列．貝特瑞吉送了個訊息給我……」

「是的！是的！是的！」他很熱切地叫道：「就是這個！我送了個訊息給你！」

「貝特瑞吉遵守他的職責，寫信告訴我這件事情了。」我繼續說。「你說希望我下次到這附近時，可以跟我見面，你有話要跟我說。那麼，坎迪先生，我人就在這裡了。」

「你人就在這裡了呢。」這位醫生重複我說的話。「貝特瑞吉說的一點都沒錯，我有話要跟你說，我的訊息就是這麼說的。貝特瑞吉真是個好人。他記憶力真好。雖然已經是那個年紀了，但是記憶力真好！」

他又陷入沉默，然後開始玩起自己的手指。我想起貝特瑞吉曾經告訴我，那場病的高燒對他的記憶造成了一些影響，所以我試著先開口，看是不是能幫他起個頭。

「我們上次碰面是好久以前的事情了。」我說。「我們最後一次見面，是在我阿姨宅邸舉行的生日宴會。」

「就是這個。」坎迪先生叫道。「生日晚宴！」他很衝動地猛然站起身，看著我。突然他枯萎的臉龐閃過一抹深紅，然後他又很突然地坐下，就好像他瞭解到自己的身體不適，很可能會隨時昏倒，趕緊坐下來掩飾這一切。很明顯地，他自己也很清楚他記憶上的障礙，但是他試著掩飾這一點，希望不要被自己的朋友看出來。

他的表現讓我感到相當同情。但是他說的話（雖然只有短短幾句），卻引起了我的高度好奇心。對我來說，生日晚宴已經是過去的事情，而我是用一種帶著希望及挫敗的複雜情感，回首去看這一段回憶。毫無疑問地，關於那一天的生日晚宴，坎迪先生確實有什麼事情想要告訴我。

我再度試著幫助他想起自己究竟想說什麼。不過，我自己想要探索真相的動機，蓋過了我對坎迪先生現狀的同情，我得承認我確實變得有些躁進了。

「那大概是一年前了吧，」我說，「一年前我們還坐在同一張餐桌上用餐。你有沒有把自己想要說的事情記下來呢？例如說日記或什麼的。」

坎迪先生隨即瞭解我的暗示，而且露出那對他是種侮辱的神情。

「布萊克先生，我不需要做什麼備忘錄。」他很僵硬地說。「我還沒這麼老，而且我的記憶力沒有什麼問題！」

不用說，我不在意我說的話已經冒犯到他了。

「我希望我的記憶力也可以這麼好呢。」我回應。「每次我想要回憶起一年前發生的事情，就會發現我根本沒辦法完整抓回那段記憶。例如說，那天在維林德夫人的宅邸用晚餐時……」

當我提到晚宴的事情時，坎迪先生隨即眼睛一亮。

「啊！晚宴，維林德夫人宅邸的晚宴！」他比先前更熱切地大叫。「我就是想跟你說有關晚宴的事情！」

他再度用痛苦思索的表情看著我，那種絞盡腦汁不得其解、空虛茫然又痛苦無助的神情，讓人不忍卒睹。他很明顯努力要想起那失落的記憶，但是卻一點用都沒有。「那天的晚宴很愉快。」他突然開始說話，一副他很瞭解自己在說什麼的樣子。「很愉快的晚宴，你不覺得嗎？布萊克先生。」他點點頭，好像他認為插入這些話語，就可以成功掩飾記憶力的問題，真是個可憐的人。

我覺得很挫敗，所以又再度轉換話題，開始跟他聊當地的事情（我對於幫助他回復記憶這一點實在是沒指望了）。

一提到當地的事情，他就變得滔滔不絕。小鎮裡發生的一些流言蜚語、緋聞，和小小的爭執，有些事情可能是一個月之前發生的事，不過對他來說卻像是最近的事情一樣。他繼續跟我說那些過去發生的八卦事件。不過雖然他這回說得很流暢，但是在某些時候，還是會稍微停頓（他會看著我一會兒，眼裡又流露出那種空白、詢問的神情），克制一下自己的表現，又繼續說。我很有耐心地熬過這個磨難（這對我來說確實是磨難，我對這個人毫無偏見，只是同情，所以我忍耐著聽他說這個鄉下小鎮的各種八卦），直到我看到壁爐上的時鐘，提醒我到這裡已經超過半小時了，我覺得我付出的犧牲已經夠多了，便起身告別。

當我們握手時，坎迪先生又想起生日晚宴的話題。

「我很高興可以再次跟你見面。」他說。「我知道一件事情，我真的記得，布萊克先生，我有一件事情要告訴你。這件事情是有關在維林德夫人宅邸的晚宴，你知道嗎？那個晚宴真的很愉快，很棒的晚宴，對不對？」

他一邊重複說這些話，似乎也感覺到他已經無法讓我不去發覺他記憶力的缺失了。那渴望的神情再度籠罩他的臉龐。他原本想要陪我走到外頭的大門，但卻突然改變心意，他留在客廳裡，然後拉了傳喚鈴。

我走下醫生家裡的階梯，感覺很灰心。我知道他有事情要告訴我，而且這事情對我來說應該相當重要，但他卻沒辦法說出來。他的記憶力已經相當衰退，他雖然非常努力要想起，究竟想告訴我什麼事情，但他唯一能記起來的，也只有他想要把什麼事情傳達給我這一樣了。

當我走到階梯底端，要轉身走向外頭的廳堂時，一樓的一扇門被輕輕地打開，我聽到我身後響起溫和的聲音。

「先生，你已經發現坎迪先生讓人傷心的改變了吧？」

我回頭，和我面對面的人正是艾茲拉．詹寧斯。

9

醫生那位貌美的女僕就站在門口等我，一手已經將門打開了。門外的陽光，從打開的門縫傾洩而入，當我轉身時，看到早晨的陽光就這樣灑在艾茲拉·詹寧斯的臉上。

貝特瑞吉說艾茲拉·詹寧斯的外貌讓大家對他敬而遠之，我實在是無法反駁他說的話。他黝黑的膚色、消瘦的臉頰、枯槁的顏面骨骼線條、朦朧的眼睛，還有那很不尋常的斑駁髮色，他的臉和身形有著強烈的對比，讓他看起來同時顯老又年輕（對一個初次見面的人來說，這些外貌多少都會讓他人感覺不快）。不過，不可否認地，艾茲拉·詹寧斯也引起了我心中一股不可言喻的同理心，而且我幾乎無法阻止自己心中冒出這樣的情感。雖然我知道身為一個有常識的人，我應該要好好回答他的問題，應該要告訴他，我確實看到坎迪先生整個人都變了，然後離開這個房子；但我對艾茲拉·詹寧斯的興趣，卻讓我的腳宛如生了根，杵在原地不動，讓他有機會私下跟我聊聊有關他雇主的事情，顯然他對雇主的狀況很關心。

「詹寧斯先生，你要跟我一起出去嗎？」我注意到他手上拿著帽子，便這麼問。「我要去找我的阿姨，亞伯懷特夫人。」

艾茲拉·詹寧斯說他要去看一個病人，他會順路陪我走一段。

我們兩人一起離開房子。我注意到詹寧斯在離開時，交給那個貌美的女僕一張紙條，上頭寫著他會在何時回來。這女僕在我向她打招呼告別時，始終滿臉笑容，態度和善，但此時卻緊閉著唇，不情不願地接下紙條，且完全不看詹寧斯的臉。這個可憐的人，即使是在那棟房子裡，也是個不受歡迎的人物。我記得貝特瑞吉說過，詹寧斯在其他地方也被大家疏遠。「真是悲慘的人生！」我想著，一邊走下醫生房子門前的台階。

雖然是艾茲拉．詹寧斯先提起坎迪先生的病情，但他卻似乎決定要把後續丟給我。他的沉默彷彿在說：「換你說了。」我自己也很想問問坎迪先生的病情，因此決定就由我開始這個話題。

「我看到醫生身上的變化，」我開口：「我想坎迪先生的病情應該比我想像的還要嚴重吧？」

「他能活下來，幾乎可以說是奇蹟了。」艾茲拉．詹寧斯說。

「他的記憶力一直都沒比我今天看到的好嗎？他試著要跟我說什麼……」

「是有關他生病以前的事情嗎？」這位助手察覺到我有些猶豫，便先問道。

「是的。」

「他對以前的記憶衰退得很嚴重。」艾茲拉．詹寧斯說。「他能記得的只剩一點點而已，真是令人悲痛。這可憐的人，他依稀記得一些以前的規劃（在他生病以前的一些事情，都是不完整的片段），但規劃的內容卻完全記不起來，或者想不出他究竟要說什麼或做什麼。他很痛苦地清楚知道自己的問題，可是就像你看到的，他也很不想被人發現這件事，所以變得焦躁不安。如果他當初復原時可以完全全忘掉過去的一切，可能現在還會快樂一點，或許我們也都會快樂一點。」他露出一個悲傷的笑容，補充說道：「如果可以完全忘記那該有多好！」

「在所有人的生命之中一定有某些事件，」我回答，「而這些事件的記憶是他們完全不樂於失去的吧？」☆4

「布萊克先生，我想對大多數人來說，這是正確的。不過，恐怕不適用於**所有人**身上。你有可能

☆4
"There are some events surely in all men's lives," I replied, "the memory of which they would be unwilling entirely to lose?"

猜到坎迪先生想要記起來的是什麼事情嗎？你先前跟他說過話了，他想要記起來的事情，對**你**來說很重要嗎？」

他說的這些話，正觸動了我非常感興趣的一點，我也很想要問他這件事情。我對這個奇怪的人的興趣，促使我給了他和我說話的機會；我在提到他雇主的話題時，有比較保留一點，不過從他的回話當中，我也察覺到，他是個個性靈敏、謹慎小心的人，我想我可以信賴他。雖然他相當寡言，但從他說的話，我相信他是個紳士。我認為他性格中有一種很**自然的沉穩**，這表示他曾受過良好的教育，而且不僅只是在英國，可能在世界上其他文明國度受過高等教育。不管他問我這個問題是有什麼目的，我都認為我現在可以毫無保留地把我的想法告訴他。

「我相信，坎迪先生想不起來的回憶，對我來說很重要。」我說。「可以請你告訴我，有沒有什麼方法可以幫助他回想起來？」

艾茲拉．詹寧斯看著我，他那朦朧的棕色眼睛裡閃過一絲興味。

「不管做什麼，都無法幫助坎迪先生回復記憶。」他說。「自從他身體復原以後，我已經試著幫助他回復記憶了，能恢復成這樣已是最好的狀態。」

我覺得很失望。

「我得說，我原本以為你可以給我一個比較有希望的答案。」我說。

艾茲拉．詹寧斯笑了。「布萊克先生，這可能不是我可以給你的結論。我們有可能不藉由坎迪先生的記憶，就知道他失去的記憶究竟是什麼。」

「真的嗎？我可以問你要怎麼做嗎？」

「沒辦法。我很難回答你的問題，是因為我很難向你解釋我的想法。你可否耐心點，先聽我說明一下坎迪先生的病情？這次我可能會用上一些專業術語，可以嗎？」

「請你繼續說！我很想要聽你說明這些細節！」

我的熱切神情大概讓他覺得很好笑；或者該說，也讓他很開心吧。他又再度露出笑容。此時，我們已經走出小鎮的範圍了。艾茲拉．詹寧斯停下腳步，從路邊的圍籬旁摘了幾朵野花。「這些花真漂亮！」他說，把手中的小小花束拿給我看。「但是英國人卻不太欣賞這些花，真是可惜。」

「你不是一直都待在英國嗎？」我說。

「沒有。我出生在英國的一個殖民地，而且在那裡待了一段時間。我父親是英國人，不過我母親……布萊克先生，我們好像偏離原先的話題了，很抱歉都是我的錯，因為我提到這些野花。不過沒關係，我們剛剛正在聊的是坎迪先生，回頭來聊坎迪先生的事情吧。」

於是他只講了幾句跟他自己有關的事就絕口不再提了。

他陰鬱的人生觀讓他拿完全忘卻過去來與人生的快樂相提並論，但我很滿足在他臉上讀到的是真實經歷過的故事，而這個故事點出兩個他與一般人不同的地方：他吃過很多人沒吃過的苦；他的英國血液裡混合了某個外國血統。

「我想你應該聽說了，造成坎迪先生生病的原因是什麼了吧？」他又開始說。「在維林德夫人宅邸舉辦晚宴的那天晚上，下著很大的雨，我的雇主駕著無篷馬車回到家時，全身都濕透了。他一回來就發現有個病人緊急召喚他，而他沒來得及換衣服就去出診了。我那時候因其他工作耽擱在外地，那天晚上不在法蘭茲霍爾；等到我第二天早上回來時，發現坎迪先生的男僕非常緊張，要我馬上到他主人的房間裡去。不過那個時候已經來不及，他已經發病了。」

「別人只告訴我，他一直在發燒。」我說。

「這是最正確的說明了，我也只能這麼告訴你。」艾茲拉．詹寧斯回答道。「從頭到尾，我都不明白他為什麼會發燒。我請了坎迪先生在鎮上的兩位朋友過來，他們都是醫生，所以我向他們請教意見。他們都同意他的病情很嚴重，但卻不認同我的治療方法。我們在幫病人把過脈以後，得出了不同的結論。兩位醫生都認為，因為心跳過於快速，溫和的治療是唯一的方法；至於我，雖然我也知道心跳很快，但他全身系統都出現衰竭，我認為有必要投予比較刺激性的藥劑治療。兩位醫生都建議要給他吃溫粥，喝檸檬水、麥茶等等；我建議給他香檳或白蘭地，還有氨水及奎寧。由此你可以知道，我們之間的歧見有多嚴重！這是兩位在當地已建立名聲的醫生，和我這個只不過是助手的外來者之間的歧見。剛開始幾天，我不得不聽從兩位比我年紀大且經驗較豐富的醫生建議；但雖然緩慢，病人的狀況卻持續變糟了。我第二次試著用脈搏的狀況去提出訴求。他的心跳速度依然很快，而且全身越來越衰竭。我很固執地堅持這一點，讓兩位醫生覺得自己被冒犯了。他們說：『詹寧斯先生，不是由我們來負責這個病例，就是全權交給你。你要哪一種？』我說：『兩位紳士，請讓我考慮個五分鐘，之後我就會有答案了。』時間一到，我已經有了我的答案。我說：『你們還是堅決反對採取比較具刺激性的療法嗎？』他們說了一堆話，拒絕我的提議。『但是我想要馬上試看看，先生們。』『詹寧斯先生，你就試看看吧，不過我們之後就完全撒手不管了。』我請人去地窖拿了一瓶香檳，然後親自餵病人喝了半杯。那兩位醫生不發一語，拿起自己的帽子就離開了。」

「你扛下了相當重大的責任。」我說。「就算我站在你的立場，我想我可能會抽身呢。」

「布萊克先生，如果你站在我的立場，你就會想起，是坎迪先生雇用我當助手，而在這種狀況下，他可以說是把自己的生命交給我了。站在我的立場，你看到他的身體狀況越來越糟糕，你會冒任何危險，只希望可以救這個在世界上唯一對你好的人，別讓他在你眼前死去。你不要以為我就不會心懷恐

☆5
If I had been a happy man, if I had led a prosperous life, I believe I should have sunk under the task I had imposed on myself.

懼，我時時刻刻都覺得自己孤立無援，而我身負的責任卻極其重大。如果我曾經是個幸福的人，如果我曾經過著富足的生活，我相信我應該很快就被施加於我自己身上的任務給擊沉了。☆5我過去並沒有什麼快樂的回憶，也沒有感受過心靈的平和，來對比那時的焦慮和掛念，所以我才能自始至終堅持我的治療方法。每天趁病人狀況比較穩定的空檔，我才能讓自己去休息以維持必要的體力。一天二十四小時之內，只要他的生命出現危機，我就不曾離開病床邊。通常到了太陽西下的時候，他又會開始發高燒，並且出現譫妄。高燒持續了整個晚上，然後到清晨兩點到五點之間（在這段期間，即使是像我們這樣健康的人，都是處於最疲憊、精力最低落的狀態），坎迪先生的高燒變成間歇性的。在這個時刻，往往是死神來迎接他的犧牲者的時候。這同時也是我跟死神互相搏鬥的時候，我們之中必定要有一人屈服。我繼續執行我方才說的治療方法：香檳沒有作用，我就換成白蘭地；其他的刺激藥劑失去作用，我就投予雙倍的劑量。有一段時間狀況不上不下（我在那時候拚命向上帝乞求），然後有一天，原本跳得很快速的脈搏漸漸減緩；除此之外，更好的是，脈搏的頻率也改變了。毫無疑問地，脈搏終於趨於穩定，且恢復了力道。**這時**，我知道我救了坎迪先生的性命，然後換我自己崩潰了。我抓住他乾枯的手，開始嚎啕大哭。布萊克先生，我真的是鬆了很大的一口氣！有些研究生理學的人說，有的男人天生就擁有部分女性特質，我想我就是這種人吧。」

他為自己流淚而道歉，但他說這整件事的口氣，卻是相當沉穩且真摯。不過，從頭到尾，他的語調和態度都顯示出，他非常擔心——甚至可以說是病態般地——他說的話是否能引起我的興趣。

「你可能會問，我為什麼要告訴你這些細節？」他繼續說。「布萊克先生，為了接下來我要跟你說的事情，我有必要先說明之前發生的狀況。現在你應該可以瞭解，在坎迪先生的病情方面，我是處於什麼樣的地位；你也可以明白，我在說明前有必要先減輕自身的心理負擔。過去這幾年來，我利用空閒時間著手在寫一本書，內容是有關人腦以及神經系統的研究，希望可以給其他的醫生看。但我可能永遠也無法把這本書寫完；而且就算寫完了，也應該不會出版。不過，寫書可以打發我一個人的時間，在我待在坎迪先生的病床前時，還可以趕走我心中焦躁的情緒（當時除了等待情況好轉以外，我無事可做）。我跟你說過，他有時候會出現譫妄的狀態，對吧？我也跟你講過，什麼時候這種譫妄常會出現？」

「對。」

「那時候我正好寫到有關譫妄這個問題。我不會長篇大論向你闡述我自己的理論，而會簡短地告訴你，你目前想要知道的事情。我在幫人看病時，常常會懷疑，我們是否可以假設，如果我們失去講話連貫的能力，是不是表示我們的思考也會變得無法連貫。我看到可憐的坎迪先生的狀況，不禁覺得這是我可以測試這個理論的時刻。我懂得怎麼做速記，所以我可以把病人那些奇怪的話語一字不差的記錄下來。布萊克先生，你瞭解我的意思嗎？」

我完全瞭解了，而且焦急地等著他接下來會說什麼。

「我抓了零星的時間，」艾茲拉．詹寧斯繼續說：「把速記的內容重寫成一般的書寫格式。不過坎迪先生不連貫的譫妄中，有一些是破碎的句子，還有一些不明所以的單字，我在這些破碎的句子中間或是不明的單字處留下空格。我把這些片段當作是小孩子的拼圖一樣，試著去把它拼湊起來。剛開始的時候確實很困惑，但一旦找到正確的方向，就可以拼出一個形狀來。我用這種方式，試著去填補那些破碎句子之間的空白，猜測說話的人究竟想要表達什麼；我修改了一次又一次，直到可以找到適當的字詞去填補起來，變成有意義的句子。藉由這種方法，我不僅可以打發時間，消除我內心的不安，還可以證實我的理論。簡單來說，在拼湊這些句子的過程當中，我發現病人的思考其實是有連貫性的，但他卻沒有能力用清楚的話語表達出來。」

「讓我問一句！」我急促地打斷他。「我的名字有出現在他那些譫妄中嗎？」

「布萊克先生，請聽我說。在我那些證明我的理論的文章裡；或者我該說，證明我理論的實驗文章裡，你的名字確實出現了一次。有一個晚上，坎迪先生一直在想一件事情，而**這件事情**跟他和你之間有關。我把他那些破碎的話語都記錄在一張紙上，然後在另一張紙記下我把這些話語連結起來的一般文章，最後得出（套一句算術學家常用的術語）一份很清晰的陳述內容：第一，他過去做了一件事情；第二，如果不是因為生病了，坎迪先生在想著將來還要做一件事情。問題是，他說的這些話語，是否就是你今早去拜訪他時，他試著想要回憶起來，並且告訴你的事情？」

「當然就是了！」我回答。「我們趕快回去，去看你寫的那些文章！」

「布萊克先生，這是不可能的。」

「為什麼？」

「請你站在我的立場想一想。」艾茲拉．詹寧斯說。「你會在不確定對方意圖的狀況下，把你的病人（同時也是無助的朋友）的譫妄記錄，交給那個人嗎？」

我沒有辦法反駁他的話；但是不管如何，我試著跟他討論問題點。

「我想這個狀況確實需要小心處理，」我回答：「但這完全取決於我的朋友想要告訴我的事情，是否就在這份記錄裡頭。」

「我之前就希望能好好處理這方面的問題。」艾茲拉．詹寧斯說。「無論如何，只要我的記錄裡有坎迪先生不欲人知的秘密在，我就會把記錄銷毀。如果坎迪先生恢復記憶，我想他也會猶豫是不是要公開這份在他病床旁做的記錄。不過依照你的狀況，我相信坎迪先生想要告訴你的事情，就在這份記錄當中。」

「可是你還是很猶豫？」

「我確實很猶豫。請你想想，我是在什麼樣的狀況下得到這些訊息。雖然這份記錄內容或許沒什麼大不了，但我還是不願意在不明白你的意圖的情況下，將那份記錄交給你。布萊克先生，坎迪先生病得很重，而且他相當無助，目前只能依靠我的幫助了。所以我先問問你，你想要得知他失落的記憶，究竟有什麼意圖，或是你想從中得到什麼。我這麼問也不為過吧。」

如果我依照他的要求，必須開誠布公說明我的理由，我就不得不告訴他，我被懷疑是月光石的小偷這件事情。雖然我一開始就對艾茲拉・詹寧斯有著強烈的興趣，但卻沒有強烈到足以向他坦言這麼不光采的事。我再度搬出先前準備好，面對陌生人那一套說詞，希望可以藉此避開被羞辱的狀況。

這一次我不用抱怨聽我說話的人注意力不夠集中了。艾茲拉・詹寧斯始終很有耐心，但又有些焦躁地聽我把話說完。

「布萊克先生，我很抱歉我讓你抱有期望，因為我恐怕會讓你失望了。」他說。「在坎迪先生生病期間，從頭到尾，他都沒有提到鑽石的事情。我可以跟你保證，那份有提到你名字的記錄裡，並沒有關於維林德小姐的鑽石遺失，或是失而復得這種訊息。」

當他說這些話時，我們走到了一條岔路。一條路通往亞伯懷特先生的家，另一條再走兩、三英里以後，就會到達一個建於沼地的村落。艾茲拉・詹寧斯站在通往村落的路上。

「我要走這條路。」他說。「布萊克先生，我真的很抱歉，沒有辦法幫上你的忙。」

從他的聲調當中，我知道他確實很真誠。他那雙溫和的棕色眼睛望著我，流露出一股憂鬱的情緒。他朝我鞠躬，然後不發一語地轉身，朝通往村落的那條路走去。

我站在那兒一兩分鐘，看著他的背影逐漸遠去；我也眼睜睜地看著他帶走——我現在確信就是我在尋找的那個——可以幫我找到真相的關鍵。他走了幾步之後，轉身回頭看。他發現我還站在原地時，便停下腳步，好似在想我是不是還有什麼話要跟他說。我完全沒時間去推論自己處於什麼樣的狀況；我提醒自己，我因為無聊的自尊心，竟然錯失了可以扭轉我人生的機會！我只能先把他給叫回來，至於接下來該怎麼做，就等會兒再想吧。我想我應該是那種不經大腦，僅憑衝動就行動的人。我把他叫回來，然後在心中告訴自己：「別無他法了，我得要告訴他真相才行！」

他又走了回來。我則走向前靠近他。

「詹寧斯先生，」我說：「我沒有告訴你全部的事情。我之所以想知道坎迪先生失去的記憶，其實跟想要找到遺失的鑽石無關。我來到約克夏，是和我個人的事情有關。我沒有向你坦白，是有理由的。要我告訴任何人我目前的狀態，是一件很痛苦的事情。」

艾茲拉．詹寧斯望著我，我第一次看到他的眼神裡出現尷尬的情緒。

「布萊克先生，我沒有權利，也不希望介入你的私人事務裡。」他說。「很抱歉，我在一無所知的狀況下，讓你這麼痛苦。」

「你絕對有權利在向我提供坎迪先生的記錄前，先問明我的理由。」我回答。「我很瞭解，也尊重你在處理這件事情的細心。但如果我自己都不坦白了，又怎麼能期望你會相信我？我希望你可以明白，我為什麼想知道坎迪先生試圖告訴我的是什麼事情。如果最後顯示我錯了，你的記錄沒辦法幫助我找到我想要的東西，那麼我應該可以相信你會守住我的秘密；我想我可以相信你。」

「布萊克先生，別說了。在你繼續說以前，我也有話要說。」我很驚訝地看著他。他看來全身上下瀰漫著某種可怕的情緒，直達他的靈魂深處。他黝黑的膚色轉為青灰般的蒼白；雙眼忽然發亮，變得狂野；聲音也變得低沉了（音調很低，且堅決而強硬）。我是第一次聽到他這樣說話。這是一個潛伏在人心裡頭的情緒（不管是好是壞），如同一道閃光一樣，突然在他身上顯現，呈現在我面前。

「在你確定可以信任我以前，」他繼續說：「我想你也**應該**要知道，坎迪先生是怎麼接受我當他的助手。我不會說太久。先生，我通常不會把我過去的事情告訴別人，我的故事會隨著我的死亡帶進墳墓裡。我只是要把我曾經跟坎迪先生說的事情都告訴你；你聽完我說的話以後，如果還是想要跟我說你的事情，就請說吧，我會聽的。我們繼續走吧？」

他臉上那壓抑的悲慘情緒讓我無法開口。我做了個手勢表示可以，我們便繼續往前走。

走了幾百英尺以後，艾茲拉．詹寧斯在路旁一顆堅硬的岩石前停下腳步，這顆岩石正好擋在道路和一旁的沼地之間。

「布萊克先生，你介意我稍微休息一下嗎？」他問。「我今天狀況不太好，情緒有點激動。」

我當然同意了。他先帶路，跨過道路與岩石的邊際，走入一處荒涼的草地間，這塊草地正好被灌木叢及矮樹圍繞著，另一側則面向一整塊荒涼、廣袤的棕色沼地。在過去半個小時內，天空的雲團開始聚集起來，陽光逐漸黯淡，周遭變得霧濛濛，分辨不出距離。原本是宜人的大自然，雖然溫柔，且依然蒼白，卻說變臉就立刻變臉。

我們兩人不發一語地坐下。艾茲拉．詹寧斯將帽子放在一旁，一手疲倦地放在額頭上，接著撫過那頭黑白夾雜的頭髮。他將手中那束小野花丟得遠遠的，似乎這束野花帶給他的回憶，如今成為傷害他的一切。

「布萊克先生！」他突然說：「你身邊這個人是個很糟糕的人。過去這幾年，我身上一直背負著一個很嚴重的罪名。我會告訴你最糟的是什麼。我的人生完全毀了，就連我的人格也都被破壞殆盡。」

我試著想說些什麼，但他阻止了我。

「不用了。」他說。「請原諒我，現在還不要說話。請你不要現在就說些什麼同情的話，因為你聽了我的事情以後，可能就不會這麼想了。我剛才提過，這幾年來我身上背負著很嚴重的罪名，而且所有有關這罪名的證據，都指出就是我做的。我現在無法告訴你那罪名是什麼，但我完全無法證明我是無辜的。我只能發誓我無罪。先生，我是以一個基督徒的名義發誓。身為一個人，我已經無力替自己辯護了。」

他再度停了下來。我看著他，但他卻沒有回看我。他全身精力似乎都放在回憶起這件事情，以及忍受強迫自己說出來的苦痛上頭。

「關於我的家人是怎麼無情對待我的，以及這些無情如何導致我成為一個受害者的事蹟，則是多不勝數。」他繼續說。「但是傷害已經造成，不管用任何手段，都無法將已經發生的錯誤導正回來。先生，如果我能控制自己的話，我盡量不告訴你我受過的那些傷害，免得讓你難過。我剛開始在這個國家執業的時候，發生了一件可惡的誹謗，把我的名聲整個打落谷底。我很快地放棄了我的工作，因為盡量避免出現在大眾面前，是我唯一的救贖。我離開了我愛的女人；我怎麼可以要求她跟我一起受辱呢？在英格蘭一個遙遠的角落，有人在找醫師助手，我到了那個地方工作，我認為在那裡我可以過著平靜且不為人知的生活；但我錯了。那些毀謗，隨著時間和因緣際會，輾轉傳到了偏僻的遠方來。我試著逃離強加在我身上的罪名，但它卻如影隨形。我知道謠言就要在我工作的地區傳開，便帶著雇主的推薦信，再度離開。有人幫我在一個更偏僻的地方找到工作；過了一段時間，那毀謗又再度找上我。這一次我沒有得到任何警告。我的雇主告訴我：『詹寧斯先生，我個人對你沒有什麼意見，你不是說明這是怎麼回事，就是離開這裡。』我別無選擇，只好離開了。再跟你說我接下來遭遇到什麼樣的苦難，也是無意義的。我今年只有四十歲。你看看我的臉，就可以知道我這幾年是過著什麼樣的生活。我的悲慘生活在我來到這裡，遇到坎迪先生以後，終於結束了。他想要找一位助手。在工作能力方面，我給了他我前一位雇主的推薦；但還是無可避免地提到有關我人格的問題。我告訴他我方才告訴你的事情；甚至還說了更多。我警告他，就算他願意相信我，還是有很多證據顯示我很可能有罪。我說：『就算在這裡，我也無法逃離那個罪名的追索。我待在法蘭茲霍爾，也不見得就能安全脫離謠言的侵襲，但我想不管我去哪裡都是一樣的結果。』他回答：『我不做半途而廢的事情。我相信你，也同情你的遭遇，如果事情真的發生了，我會跟你一起面對的。』願全能的神保佑他！他給了我一個庇護所，給了我工作，讓我的心靈能得到平靜；而我也相信（經歷過去幾個月的狀況），我已毫無保留回報他，讓他不後悔自己做了這個決定。」

「謠言已經終止了嗎？」我說。

「謠言就跟以前一樣活躍。不過等謠言傳到這裡，已經太晚了。」

「因為你會離開這裡？」

「不是的，布萊克先生，是因為到時候我已經死了。過去十年來，我一直都飽受內臟不治之症的折磨。我很坦白地告訴你，很久以前我就希望這種疾病可以殺死我，但我人生中唯一一件我最在意的事情阻止了我；這件事情讓我覺得，我的人生還是有意義的。我希望可以留給一個我從此以後不會再見到的人（這個人跟我很親近）一些東西。但是我擁有的這些小小的資產，恐怕無法讓她獨立生活。我希望可以活長一點，好增加能留給她的資產，因此我盡可能用各種治療法來延長我的性命。以我的情況來說，其中一個有效的治療法，就是使用鴉片。這個近乎萬能的藥物，可以延緩我死亡的期限。但我的病越來越嚴重，迫使我使用更多鴉片，到了成癮的地步。我最後還是受到了懲罰。我的神經系

☆6 *A man who has lived as I have lived has his bitter moments when he ponders over human destiny.*

統已經衰竭了；我在晚上難以成眠。我知道我的期限就快到了。我會平靜接受死亡的來臨；因為我這一生並沒有白活。我就快要累積到我想要的資產數量了；萬一我的生命比我預估的時間還要早結束，我也有辦法補足差額。我不知道該怎麼跟你說明這些事情。我也不是那麼無禮的人，只是想要博取你的同情。或許我只是認為你應該會相信我，你要知道，我之所以跟你說這些，是因為我確認自己是個將死之人。布萊克先生，老實說你讓我很感興趣，我是用我那位可憐朋友失落的記憶當藉口，藉此想要親近你。我推測你應該會對他想要說的事情很感興趣，我也認為自己應該可以幫上一點忙。我其實沒有理由可以打擾你。但或許還是有理由的。我看到一個曾經過著跟我一樣生活的人，如今正在苦思人的命運究竟會把自己帶往什麼樣的方向。☆6你很年輕、健康、富有，且在社會上有地位，在未來有遠大的願景。像你這樣的人，讓我在人生即將走到盡頭之時，看到了人性的光明面。不過我要說的話就到此為止了，很感謝你願意聽我說。先生，現在就看你是否也願意告訴我你的事情，或者我們就在這裡告別？」

對於他的請求，我只有一個答案。我毫不猶豫就把事情真相告訴他，而且一如我在這份記述當中所寫的一樣，毫無保留。

當我要開始說明主要造成我目前悲慘際遇的事件時，他站起身，用一種熱切的神情，屏住氣息望著我。

「可以確定的是，我確實走進了那個房間，」我說：「也很確定我拿了鑽石。即使面臨了這兩項昭然若揭的證據，我還是只能說，我完全沒有做這兩件事情的記憶……」

艾茲拉・詹寧斯忽然激動地拉住我的手臂。

「先停一下！」他說。「你說的話裡給了我一些提示。你以前有用過鴉片嗎？」

「我這一生從未用過鴉片。」

「你去年的那段期間，是不是有點不舒服？你是不是常常煩躁，很容易受到刺激？」

「沒錯。」

「你晚上睡不好嗎？」

「睡得很糟。有幾個晚上我幾乎是完全無法入睡。」

「生日晚宴的晚上是不是例外呢？你試著回憶一下。你那天晚上是不是睡得很好？」

「我記得！我睡得很熟！」

就像他突然抓住我的手臂一樣，他也突然放開我的手臂。他看著我的神情，似乎是已經完全撥雲見日，釐清了腦中謎團的模樣。

「對你，或是對我來說，今天都是值得紀念的一天。」他很嚴肅地說。「布萊克先生，我很確定一件事情，從我在坎迪先生病床前記下的筆記裡頭，我知道他今天早上到底想要告訴你什麼了。等等！我還沒說完。我確信可以向你證明，你是怎麼在無意識的狀況下進入房間，拿走鑽石。你給我點時間思考一下，還有我想問你一些問題，我相信我有辦法證明你的清白！」

「看在老天爺的分上，請你說清楚！你剛說的是什麼意思？」

我們兩人越討論越興奮，又向前走了幾步，走出了灌木叢，現在我們的身影已經完全被樹叢障蔽起來。在艾茲拉．詹寧斯回答我之前，路上有個人氣急敗壞地在找他，很激動地喊著他的名字。

「我這就過去！」他喊道，「我會盡快過去的！」他轉向我。「那邊村莊有個情況很緊急的病人，正等著我過去處理。我應該早在半小時以前就到了，所以我現在得快點過去。請你給我兩個小時的時間，然後你去坎迪先生家，我會在那裡等你的。」

「我可等不及了！」我很急躁地喊道。「在你離開以前，可以告訴我一些線索嗎？好讓我心裡可以平靜一點。」

「布萊克先生，這件事情很嚴重，我實在無法用三言兩語就跟你解釋明白。我並不是故意要測試你的耐心；如果我現在跟你隨便說說，只是讓你更七上八下而已。先生，兩個小時以後，在法蘭茲霍爾見！」

在路上的那個人又再度喊了他的名字。他急匆匆地留下我就轉身離開。

10

我不知道其他跟我一樣，被懸在那兒不知所措的人，都會怎麼做。我必須要耐著性子去等待兩小時，而在艾茲拉．詹寧斯告訴我他所知道的事實以前，我覺得我沒辦法一直待在同一個地方，或是跟任何人說話。

在這種狀態下，我沒有去找亞伯懷特夫人談，甚至也避開和加伯列．貝特瑞吉見面的機會。我回到法蘭茲霍爾以後，留了個口信給貝特瑞吉，告訴他我被一個意外事件纏身，要數個小時以後才能辦完，但是他可以在下午三點左右來找我。在這段時間，我請他自行享用中餐，做自己想做的事情。我知道他在法蘭茲霍爾有很多朋友，他可以去拜訪他們；而在我回來以前，他應該有很多方法可以打發時間。

留完口信以後，我又離開法蘭茲霍爾，在圍繞著城鎮外頭的沼地到處遊蕩，直到手錶顯示時間差不多了，我該回去坎迪先生的房子了。

我發現艾茲拉．詹寧斯已經在那裡等我了。

他坐在一個沒什麼家具的小房間裡，有扇玻璃門通往隔壁的手術室。淡黃色、光禿禿的牆上，裝飾著幾張有著怪異色彩的疾病圖示。書櫃裡擺滿了色澤黯淡的醫學書，書架上則擺著一個骷髏頭，讓房間顯得有些死氣沉沉。一張大型牌桌上，有一大塊墨水的污漬；幾張看起來應該是放在廚房或是木屋裡的木頭椅子；一塊破舊的毛毯，就擺在房間中央的地板上；角落有個水槽，水管穿越牆壁，顯示這水槽跟隔壁的手術室是共用的。以上就是這房間裡所有的家具了。

窗外擺著幾盆花，有些蜜蜂圍繞著盛開的花朵打轉；鳥兒在花園裡鳴囀，我可以聽到斷斷續續地傳來隔壁房子的鋼琴樂音。若是在其他地方，這些聲音可說是代表了愉快的日常生活。但是在這裡，這些聲音宛如是侵擾了這一片沉靜，而在這沉靜當中，只充斥著人類的苦難。我看著擺在書架上的桃花心木工具箱，以及一大捲麻布，有些恐懼地意識到，不管是這個房間的一切，還是這些聲音，對艾茲拉．詹寧斯來說，都是他的日常生活。

「布萊克先生，很抱歉我只能在這個地方接待你。」他說。「這個時間點，這個房子裡，這是唯一可以讓我們不受打擾地談話的地方。這是我的記錄；這裡還有兩本書，我想可以在我們看完記錄以後討論一下。請拿張椅子過來桌子這邊吧，你可以好好看這些記錄和書。」

我拿張椅子靠近桌邊；艾茲拉．詹寧斯將他的醫療筆記交給我。記錄寫在兩大張紙上面。其中一張上面的文字寫得很鬆散，另一張則是用紅色及黑色的墨水，把紙面填得滿滿的。我的好奇心實在是讓我煩躁得不得了，便焦慮地把第二頁記錄放在桌上。

「幫幫我吧！」我說。「在我看這份記錄以前，你先告訴我這內容大概是什麼吧。」

「當然沒問題，布萊克先生。我可以先問你一兩個問題嗎？」

「你儘管問。」

他臉上露出一種悲傷的笑容，溫柔的棕色眼睛則帶著感興趣的眼光，看著我。

「你之前告訴過我，」他說：「就你所知，你這一生從未用過鴉片。」

「是的，就我所知。」我重複他的話。

「你會明白我為什麼語帶保留。我們繼續討論吧。你不記得你有用過鴉片。在去年的這個時期，你因為神經系統失常而感到很痛苦，晚上也睡不好；但是在生日晚宴的那個晚上，你卻一反常態地睡得很好。我說到這裡，都沒問題嗎？」

「一點都沒錯！」

「你知道你變得神經系統失常且失眠的原因嗎？」

「我不知道為什麼。不過貝特瑞吉倒是有一個想法，但這件事不值一提。」

「很抱歉，我認為不管任何小事都值得拿出來討論，貝特瑞吉認為造成你失眠的原因是什麼？」

「那時我正在戒菸。」

「你有抽菸的習慣？」

「是的。」

「你是不是很突然就不抽菸了？」

「是的。」

「布萊克先生，貝特瑞吉說的完全正確。對一個有抽菸習慣的人來說，一下子突然戒菸，他的神經系統一定會受到部分暫時的損傷。依照我的想法，你的失眠就是這些症狀之一。我的第二個問題跟坎迪先生有關。你記得那天晚上（不管是在生日晚宴上，或是之後），你有沒有跟他爭論過與他的醫療專業相關的事情？」

這個問題喚醒我有關生日晚宴沉睡的記憶。坎迪先生和我之間的愚蠢爭論，記錄在貝特瑞吉記述的第十章裡，雖然我覺得那段描述有些過長。我們爭論內容的細節（我之後就沒有再去回想這件事）幾乎被我忘得一乾二淨。我所能告訴艾茲拉．詹寧斯的，只是在餐桌上，我對坎迪先生說了一些很粗魯且執拗的話，讓坎迪先生都不禁生氣起來。我也記得後來維林德夫人介入調停，之後我跟這位小個子醫生就像小孩子一樣又「和好」了，在我們握手告別以前，兩人又像好朋友一樣聊得很開心。

「還有一件事，」艾茲拉．詹寧斯說：「這件事情很重要。去年這個時節，你是不是很擔心鑽石的事情？」

「我當時確實非常擔心鑽石。我知道有某個陰謀正在進行，而鎖定的目標正是鑽石；也有人提醒我應該要保護鑽石的擁有者維林德小姐。」

「在你上床休息以前，是不是跟其他人討論過要怎麼保管那顆鑽石？」

「維林德夫人和小姐確實是在討論這件事情。」

「而她們談話的時候，你正好在場？」

「是的。」

艾茲拉．詹寧斯將桌上的筆記拿起來，遞給我。

「布萊克先生，」他說：「你聽了我的問題，還有自己也回答了以後，再看我的筆記，你就會發現有兩件跟你有關的驚人事實。首先，你會發現自己是在鴉片造成的恍惚狀態下，走到維林德小姐的房間，拿走鑽石。第二件事，你會發現，在你不知情的狀況下讓你服用鴉片的人，是坎迪先生；他因為先前跟你在晚餐時爭論，發現你拒絕服用鴉片，便決定採用這種方法。」

我手裡拿著那份筆記，整個人呆若木雞。

「請原諒可憐的坎迪先生吧。」這位助手溫和地說。「我知道他確實惡作劇過頭了，但是他不知道這麼做造成了什麼樣的錯誤。你看這份記錄就會知道，要不是他後來生了重病，他應該會在第二天回去維林德夫人的宅邸，然後發現他做的事情產生了什麼樣的後果。維林德小姐一旦知道了，就會去問他究竟是怎麼回事，這事實就不會等了一年才被揭發了。」

我逐漸恢復冷靜。「我不會怪罪坎迪先生的。」我很生氣地說。「可是他對我做的事情，已經不能算是單純的惡作劇了。我可能會原諒他，但我不會忘記這件事情。」

「布萊克先生，很多醫生都會在治療過程中耍些小手段。在英國，很多人都對鴉片的功效有些誤解，以為那是中下階層的人才會使用。很多醫生在治療時都得騙一下病人，就像坎迪先生騙了你一樣。那時坎迪先生耍的手段確實有些愚蠢，關於這點我無話可說，我只希望你可以理解他背後的動機。」

「他是怎麼做的？」我問。「是誰在我不知情的狀況下，讓我服用鴉片酊的？」

「我不知道。在坎迪先生生病期間，他並沒有說出究竟是怎麼做的。或許你可以憑你的記憶找出有可能是誰。」

「不可能。」

「那麼問這問題就沒有用了。總之，鴉片酊是以某種方法讓你服用的。我們先不要討論這件事，該來看看其他更重要的事情。如果你狀況還可以的話，請看我的筆記。在閱讀的過程中，你可以想起過去發生了什麼事。我有個很大膽且相當驚人的計畫，這跟你的未來有關係。」

他說的最後一句話讓我重新振作了起來。

我依照艾茲拉．詹寧斯給我的順序，看起了手中的筆記。兩張紙最上面那一頁寫的字數最少，直接記錄了坎迪先生在譫妄狀態下，說出的一連串不連續的字句片段。

「……法蘭克林．布萊克先生……善解人意……醫療……挫挫別人的威風……坦承……睡不太好……告訴他……失調……治療……他告訴我……跟在黑暗中摸索出路是一樣的……同桌用晚餐的客人……我告訴……晚上睡不好……除了治療以外……他說……盲人教瞎子……那是什麼意思了……機智……不顧他的反對……一夜好眠……維林德夫人的藥櫃……不知情的狀況下……二十五滴……明天早上……布萊克先生……今天要做點治療……沒有……睡不著……弄錯了，坎迪先生……沒有……一夜好眠……真相……丟出來……用藥了才……一夜好眠……先生，你上床前……一劑鴉片酊……醫療……什麼話要說。」

以上就是兩張紙第一頁的全部內容了。我將這一張紙交還給艾茲拉．詹寧斯。

「你在他病床邊時，就是聽到他這麼說的？」我說。

「照我聽到的，一字不漏。」他回答。「有一些重複的，我就沒有從速寫的部分謄寫過來了。他會很長一段時間一直重複同一句話十次以上，甚至五十次以上，好像他想要確認這件事情真的很重要。不過他的重複次數，也對我重組這些片段話語很有幫助。你不要以為，」他指了指我手中的第二張筆記，「我寫的這些文章，就是坎迪先生可以正常說話時的表達方式。我只是依照構成這些話語的想法，去把它們組成比較連貫的句子而已。你自己判斷吧。」

我看了看第二張筆記，知道這就是解開謎題的關鍵了。

坎迪先生破碎的話語是用黑色的墨水記下來，而艾茲拉．詹寧斯則用紅色的墨水填補空白處。我在這裡記錄下可以讓大家理解的文章，我想各位讀者應該可以輕易比較出，原始版本跟後來修改版本的異同。

「……法蘭克林．布萊克先生是個很聰明且善解人意的人，但是每當談到醫療問題時，他就想要挫挫別人的威風。他坦承自己晚上睡不太好。我告訴他，他的神經系統失調了，而且他應該要接受治療。他告訴我，接受治療跟在黑暗中摸索出路是一樣的。他在所有同桌用晚餐的客人面前這樣說。我告訴他，你晚上睡不好，除了治療以外，你沒有辦法可以處理這件事情。他對我說，有些事情就是盲人教瞎子，他現在瞭解那是什麼意思了。真的很機智。不過我可以不顧他的反對，給他一夜好眠。我可以自由使用維林德夫人的藥櫃，今天晚上在他不知情的狀況下，給他二十五滴的鴉片酊，然後明天早上再去拜訪他。『布萊克先生，今天要做點治療嗎？沒有那些藥你可睡不著的。』『你完全弄錯了，坎迪先生，我昨晚沒有服藥也是一夜好眠。』然後我會把真相丟出來！你昨晚是用藥了才會一夜好眠；先生，你上床前服用了一劑鴉片酊。現在對於醫療，你還有什麼話要說？」

我看完以後，將手稿交還給艾茲拉．詹寧斯。我的第一個感想是，可以把這一團錯綜複雜的不連續片段，編織成好理解且相當完整的文章，這種才能實在是令人佩服。我告訴他我的感想，但他很有禮貌地打斷我的話，先問我看了這份記錄以後，是不是認為他所得出的結論，就跟我想的一樣。

「你是不是也認為，」他說：「你在維林德小姐生日那天晚上，是在鴉片酊的藥效影響下，做出了那些行為？」

「我對鴉片酊的效果一點也不熟悉，不知道該怎麼解釋這件事情。」我回答。「我只能跟隨你的觀點，而且覺得你的想法應該是正確的。」

「很好。接下來的問題就是，你相信，我也相信這個結論；但我們要怎麼讓其他人也相信呢？」

我指了指放在桌上那兩份記錄。艾茲拉・詹寧斯搖搖頭。

「沒有用的，布萊克先生！沒有用的，因為這些記錄無法回答三個問題：第一，這些記錄是在大部分人都不知情的狀況下所寫下來的，光是這一點就足以讓他們不滿了；第二，這些記錄是醫療跟超自然理論的研究，這也讓他們有話可說；第三，這些筆記是我寫的，完全沒有證據可以證明它不是出於我的杜撰。你應該記得我在沼地時告訴你的事情吧；然後你想想，我的主張能不能讓其他人信服。不可能的！我的筆記對外界的人來說，一點價值也沒有。但是你確實是無辜的，這些筆記告訴我們，我們可以證明你的清白。我們必須要讓大家都能信服，而你就是做這件事情的人！」

「我要怎麼做？」我問。

坐在桌子對面的他，熱切地朝我探出身子。

「你願不願意做個大膽的實驗？」

「我現在願意做任何事，只為洗清我身上的嫌疑。」

「即使有段時間可能造成你個人的不便？」

「不管是什麼樣的個人不便，我都願意做。」

「你會依照我的指示隱密進行嗎？這麼做可能會讓你被當成傻瓜，也可能給你所尊敬的朋友們留下不好的印象。」

「你就告訴我該怎麼做吧！」我失去耐心，大叫出聲。「不管那是什麼，我都會去做！」

「布萊克先生，你要做的事情是，」他說：「你要在一堆證人的目擊之下，第二度在無意識間偷走鑽石。這樣的目擊證據強而有力，不容反駁。」

我站起身，試著要說什麼，但是我沒辦法看著他。

「我相信**可以**做到。」他繼續說。「如果你願意幫助我的話，這件事是可以完成的。你冷靜一下，坐好，然後聽我說。我可以看得出來，你又開始抽菸了。你恢復抽菸的習慣，已經多久了？」

「幾乎一年了。」

「你抽得比以前兇，還是少？」

「抽得比以前兇。」

「你想再戒菸嗎？要注意，是突然戒菸！就像你之前戒菸的狀況一樣。」

我開始模模糊糊地瞭解他的意圖了。「我會戒菸的，就從現在開始。」我回答。

「如果你像去年六月那樣，又發生同樣的狀況，」艾茲拉．詹寧斯說：「例如身體不適，晚上失眠，那麼我們就算是成功踏出第一步了。我們得讓你的身體狀況變成跟之前維林德小姐生日那天晚上一樣。如果我們可以還原（或大致還原）當天晚上你周邊的狀況，然後就像先前那樣，讓你不斷想著鑽石的事情，刺激你的心智，接下來就有可能讓你的身心都處於跟去年相同的狀態。在這種狀況下，我們就可以給你相同劑量的鴉片酊，並可能或多或少讓你做出跟去年一樣的事情。雖然說明得有點匆促，但這就是我的提案內容。我希望你可以瞭解，我是基於什麼樣的理由，提出這樣的意見。」

他轉向放在他身邊的書堆，拿出一本書，翻開被一張紙片夾住的那一頁。

「你不用擔心，我不是要跟你上生理學的課。」他說。「我希望可以證明，我所提議的實驗並不完全只基於我自己的研究發明。這些醫學上的原理，跟專家權威的認證，都證明了我的理論是正確的。請你多給我五分鐘，讓我向你證明科學實驗已認可了我的提案，雖然這內容看起來相當光怪陸離。第一個，講的是我現在進行的生理學實驗，這一段是那位有名的卡本特醫生執筆的。請你看看。」

他攤開有記號的那一頁，將書遞給我。那是一小段文章，內容如下：

有充足的證據可以證明，在知覺意識中留下的任何一種感覺印象，都會深深印在腦子裡，而且在經過一段時間以後，有可能再度重新浮現出來；即使在這段期間，我們並沒有察覺到這種意識就存在於自己的腦子裡。

「到目前為止，說明得夠清楚嗎？」艾茲拉．詹寧斯問。

「很清楚。」

他把桌上的一本書推向我這邊，指了指上頭一段被鉛筆圈起來的段落。

「現在請你看看這段文章，我相信這一段想要說明的事情，就跟你的狀況很相似，也跟我希望你可以做的實驗有同樣的企圖。布萊克先生，在你看這一段以前，我想先告訴你，這一段落的執筆者是英格蘭最偉大的生理學家之一。你手中這本《**人類生理學**》是伊利歐森醫生[6]的著作，而這位醫生所舉的案例，就是出自那位著名的康伯先生的觀察。」

那一段文章的內容如下：

「亞貝爾醫生告訴我，」康伯先生說：「有位在倉庫工作的愛爾蘭搬運工，每次喝醉，清醒過來就忘記自己之前做過什麼事。不過，下一次喝醉的時候，他就會想起上一次喝醉發生的事情。例如，他有一次喝醉時把錢包丟了，清醒就忘記自己把錢包放在哪裡。下一次再度喝醉時，他想起自己是把錢包放在某個房子裡，後來他回去找，果然看到錢包安然無恙地擺在那裡。」

6. 約翰．伊利歐森（一七九一～一八六八），英國著名醫生，以催眠麻醉的方式替病患施行重大手術。

「這一段的說明清楚嗎？」

「非常清楚。」

他把做記號的紙放回書頁，然後合上書本。「我可沒有在無權威的認證下信口開河。這樣你滿意了嗎？」他問。「如果還不滿意，我可以從架上拿出其他書，給你看可以證明我理論的其他段落。」

「我很滿意你的說明。」我說。「我不需要再看其他書了。」

「現在我們回頭來說你個人的權益。我必須要告訴你，這個實驗也有可能出現的問題。如果我們可以完完全全複製出去年你所經歷過的狀況，那我可以說，我們就會得到跟去年相同的結果。但是（我不否認這一點），要完全複製同樣狀況是不可能的，我們只能盡量接近原先的狀態。如果我們沒辦法讓你非常接近去年的身體狀況，那我們的計畫就會失敗；如果我們可以成功的話（我個人希望可以成功），你就有可能會重複去年維林德小姐生日那天晚上的舉動，並讓那些理性的人相信你是無辜的，你並不是鑽石小偷。布萊克先生，我相信我已經盡量公平地告訴你這個實驗的好壞面向，如果你覺得我說得不夠清楚，請告訴我，我會盡我所能回答你的疑問。」

「我已經完全瞭解你要說的事情。」我說。「但有一點我還不太清楚，而你也還沒對我說明。」

「是什麼事情？」

「我不明白鴉片酊究竟給我帶來了什麼樣的效果，而我是怎麼走下樓梯，穿過走廊，打開，又關上櫃子的抽屜，然後走回我的房間。這些行為看起來簡直就像是我主動去做的一樣。我一直以為鴉片的效果是，先讓一個人的知覺麻痺，然後讓人陷入沉睡當中。」

「布萊克先生，這是人們對鴉片的一般誤解！我現在正是在服用一劑鴉片酊（比坎迪先生給你的配方還要多上十倍的量）的作用下，在這裡跟你說明這些事情。不過請不要相信我就是這方面的權威，雖然我有些看法確實是基於我個人的經驗。我預料到你會提出這樣的質疑，我也把我自己當作證據之一，我想我的案例很適合做為說服你跟你朋友的材料。」

他把桌上另一本書遞給我。「這本書很有名，是**一個吸食鴉片的英國人懺悔錄**。你可以把書拿走。在我做記號的段落裡，德昆西說他在使用鴉片以後，還能去歌劇院欣賞歌劇，或是在星期六晚上去逛倫敦市場，然後在一旁觀察那些為了星期天的晚餐，而跟攤販討價還價的窮人，來娛樂自己。即使是在鴉片效力的影響下，一個人還是可以做出主動的行為，並從一個地方晃到另一個地方。」

「我很瞭解你的回答，」我說：「但我還是不瞭解鴉片對我的影響是什麼。」

「我會試著用簡短的話來回答你的問題。」艾茲拉．詹寧斯說。「在大部分的案例裡，鴉片造成的主要效果有兩種：先是刺激，然後是鎮靜。在刺激的效果之下，由於你的感覺神經系統出現問題，在你腦子裡最鮮明深刻的印象（以你的案例來說，是鑽石的事情）會變得更加強烈，你會像在作夢時一樣，判斷能力跟意志力完全屈服於那強烈的印象。你這一整天都在擔心鑽石的安危，然後這擔憂逐漸變成確信，這一切會導致你採取行動，只為了保護鑽石。然後這樣的動機讓你走進那個房間，把手伸向櫃子的抽屜，直到你找到那顆鑽石。在鴉片造成的精神亢奮狀態下，你是有可能做出那些事情。之後，刺激效果結束，就變成鎮靜效果了，你因此而變得遲鈍、麻痺，然後你就會陷入深沉的睡眠。第二天早上，鴉片的效果退去以後，你就像身處過兩個截然不同的地方，完全不知道自己昨夜做了什麼事情。我說明得夠清楚嗎？」

「你說得很清楚。」我說。「不過我希望你可以再多說一點。你告訴我，我是如何進入房間，拿了鑽石——維林德小姐看到我離開房間的時候，手上是拿著鑽石的。你可以追查出在那之後發生了什麼事？你知道我之後又做了什麼嗎？」

「這一點正是我要說的。」他回道。「我之所以提議做這個實驗，不僅是要證明你的清白，也希望或許能藉此知道鑽石的去向。你帶著鑽石，離開維林德小姐的起居室以後，很有可能是回到自己的房間……」

「是的？然後呢？」

「布萊克先生，很有可能（我只能這麼說）你想要保護鑽石的心情，很自然地讓你採取了把鑽石藏起來的舉動，你很有可能將鑽石藏在自己房間的某一處。你或許會跟那個愛爾蘭搬運工一樣，在第二次使用鴉片時，想起你第一次使用鴉片時所做的事情。」

這次輪到我向艾茲拉・詹寧斯說明了。在他再度開口以前，我打斷了他的話。

「你所預期的結果很有可能不會發生。」我說：「因為鑽石此刻是在倫敦。」

他站起身，很驚愕地看著我。

「在倫敦？」他重複我說的話。「它是怎麼從維林德夫人的宅邸到倫敦的？」

「沒人知道。」

「是你把鑽石從維林德小姐房間拿出來的，但鑽石是怎麼被帶出宅邸的？」

「我也不知道鑽石是怎麼離開我手邊的。」

「你第二天早上醒來時，有看到鑽石嗎？」

「沒有。」

「維林德小姐後來有找到鑽石嗎？」

「沒有。」

「布萊克先生！看來這裡還有個謎團有待澄清。請問一下，你是怎麼知道鑽石目前是在倫敦？」

當我回到英國時，我就問了布拉夫先生一模一樣的問題。我為了回答艾茲拉・詹寧斯的提問，便把布拉夫先生告訴我的事說了一遍；而讀者應該也已經很熟悉事情經過了。

他的表情很明白地表示，我的回答讓他不甚滿意。

「我尊敬你和你的法律顧問的意見，」他說：「不過我還是覺得我的想法有其可能性。我知道我的想法完全出於臆測。不過很抱歉，我也要提醒你，你的想法也是出於臆測。」

他的意見是我從來沒想過的。我很焦躁地等著他說出什麼來支持自己的觀點。

「我假設鴉片的效果，」艾茲拉・詹寧斯說：「使你在想要保護鑽石的心情下，強制你去拿了鑽石，並且也強制你把鑽石藏在自己房間的某處。**你**則假設那些印度來的陰謀者並沒有犯錯，他們追著鑽石找到了路卡先生家裡，因此路卡先生一定擁有鑽石！你有證據證明，路卡先生確實擁有鑽石嗎？但是你甚至不知道是誰，用什麼辦法，把鑽石從維林德夫人的宅邸帶到倫敦去。你有任何證據可以證明鑽石確實是抵押給了路卡先生嗎？他宣稱自己從未聽過鑽石的事情，而銀行給他的收據也只說明他放了一個寶石在銀行的保險庫裡。印度人認為路卡先生在說謊；而你則認為印度人是正確的。但我持相反的意見，我的意見也可能是正確的。布萊克先生，你有什麼具邏輯、合理的說法，可以證明你的假設？」

他說的話非常強烈，但無可否認地，他說的也很合理。「我得承認，你讓我無話可說。」我回答。

「我想把你方才告訴我的事情，寫信給布拉夫先生，你覺得如何？」

「若你決定寫信給布拉夫先生，我會很高興的。如果可以諮詢他的意見，我想這件事情或許能找到新的方向。不過現在，我們先回頭談鴉片的實驗吧。我們方才決定了，你從此刻起要戒菸。」

「從此刻起？」

☆7

"If I can do you this little service, Mr. Blake, I shall feel it like a last gleam of sunshine, falling on the evening of a long and clouded day."

「這是第一步。第二步，我們要盡量複製出和去年那天晚上相似的環境。」

要怎麼做到呢？維林德夫人已經去世了；瑞秋懷疑我是小偷，決定不再和我見面了；高佛瑞・亞伯懷特到歐陸旅遊去了。要把之前我還住在那棟宅邸時，所有也一起過夜的相關人士全都聚集起來，是不可能的事情。我這麼告訴他，但對艾茲拉・詹寧斯來說，我的反對並沒有讓他覺得這是個阻礙，他說並不需要把相同的人都聚集起來，況且這些人也不一定會採取跟去年相同的行動跟態度。另一方面，他反倒建議，要讓實驗成功的關鍵，是讓我看到跟去年宅邸裡相同的物件。

「最重要的是，」他說：「你得要跟去年維林德小姐生日那天晚上一樣，睡在同一個房間裡，房間的裝飾也要盡量一模一樣，階梯、走道、維林德小姐的起居室等等，最好都布置成跟去年相同。布萊克先生，一定要將今年已經移走的家具擺飾，全都放回跟去年相同的位置。但除非維林德小姐同意我們這麼做，不然你的戒菸會變得毫無意義。」

「誰去取得她的同意？」我問。

「由你來向她提出這個要求，是不可能的嗎？」

「我想不可能。因為鑽石的關係，我們之間發生了種種事情，讓我既無法跟她見面，也不能寫信給她。」

艾茲拉・詹寧斯停頓下來，思考了一會兒。

「我可不可以問你一個敏感的問題？」他問。

我對他比了個手勢，要他繼續說。

「布萊克先生，你過去對維林德小姐是不是有什麼特殊的感情（我是從你說的一兩件事情判斷出來的）？」

「你說的沒錯。」

「你現在也還是對她抱有這種感情嗎？」

「是的。」

「你認為維林德小姐也有強烈的動機，希望可以證明你的清白？」

「我很確定她有。」

「如果你允許的話，那麼請由我寫封信給維林德小姐吧。」

「你要跟她說你方才告訴我的那個提案？」

「我會把我們今天討論的所有事情都告訴她。」

不用說，我非常希望他能代我這麼做。

「我想要在今天把信寄出去。」他看了看手錶。「你回去旅館以後，請不要忘記得把雪茄鎖起來。明天早上我會過去拜訪你，問問你晚上的身體狀況如何。」

我起身道別，一邊試著想要告訴他，我是多麼感激他給予我的善意和幫助。

他很輕地壓了壓我的手。「請你想想我在沼地時告訴你的事情。」他回答。「布萊克先生，如果我能為你幫上一點忙的話，對我來說，那就像是經過了漫長多雲的一天後，終於在傍晚看到日落前最後一道燦爛的陽光。」☆7

我們就此別過。那一天正是六月十五日。接下來這十天發生的事情（這些事情或多或少都跟我所參與的實驗有關係），都被記錄在坎迪先生這位助手的筆記裡。在艾茲拉．詹寧斯的筆記當中，沒有一件事情被隱匿，也沒有一件事情被遺忘。接下來就由艾茲拉．詹寧斯的筆記告訴大家，這個有關鴉片的實驗是如何進行的，以及最後產生了什麼樣的結果。

第四份記述
——節錄自艾茲拉．詹寧斯的筆記

一八四九年，六月十五日。雖然被一些病人，還有我自己的病痛所干擾，但我還是在時限之前，寫完給維林德小姐的信，並即時寄出去。我原本是希望盡量寫得簡短一點，但還是沒有做到。不過我認為我很清楚直接地表達了我的想法，接下來就要看這位小姐做什麼決定了。若她同意讓我們進行實驗，那也是出於她自己的自由意志，而不是出自於對布萊克先生或我的感情。

六月十六日。一晚都睡不好，所以今天早上起晚了。昨天用的鴉片出現了反效果，讓我一整晚都在作惡夢。有時候，我在一個空曠的地方亂晃著，身邊都是死去的人、朋友和敵人的幽魂。有時候，我看到那張我不會再見到，摯愛的臉孔，就出現在我的床頭邊，那張臉在黑暗中發出可怕的燐光，怒目瞪著我，對我露出猙獰的笑。一大清早，一如往常地，疼痛又回到我身上，但此時我卻對這疼痛無比歡迎。疼痛驅走了夢境的幻象；而我之所以還能忍受疼痛，就是因為它能讓我不再看到那些可怕的夢境。

因為一晚上都睡不好，所以起晚了，去找法蘭克林．布萊克先生的時間也比較遲了點。我看見他在沙發上伸展身體，用一杯白蘭地兌蘇打水，配幾片餅乾，當作早餐。

「就跟你希望的一樣，」他說：「我昨晚睡得非常不好，今天早上也完全沒有食慾。就跟去年我戒菸的時候一模一樣。如果我可以快點使用鴉片酊的話，我會很高興的。」

「一旦決定了日期，我們會盡快進行實驗的。」我回答。「在這段期間，我們得要注意你的健康狀況。如果你太過疲累的話，實驗就會失敗。你晚餐的時候必須要恢復食慾。也就是說，你等一下可以去騎個馬，散個步，呼吸些新鮮空氣。」

「如果他們可以幫我找匹馬的話，我會去騎馬。對了，我昨天寫信給布拉夫先生了。你寫信給維林德小姐了嗎？」

「寫了，我昨天就把信寄出去了。」

「很好。明天我們就會得到新消息了。你先別走！我有話要跟你說。你昨天似乎認為，我們的鴉片實驗可能無法得到我一些朋友的認同。你說的沒錯。加伯列．貝特瑞吉算是我的老朋友，你要是知道昨天我見到他時，他有多麼反對這個實驗，你一定會很驚訝的。『法蘭克林先生，你這一生已經幹過不少蠢事了，但這件事絕對是其中最蠢的！』這就是貝特瑞吉的看法。如果你們巧遇的話，我想你應該會容忍他的偏見吧？」

我離開布萊克先生以後，就去巡視我的病人們。雖然我們方才的會面很短暫，但卻讓我心情相當愉快。

對我來說，這個男人身上有什麼東西會這麼吸引我的注意？是不是單純只是因為，他那坦然、友善、願意讓我和他親近的態度，與我平時所遇到那些無情的鄙視、不信任，有很大的差距？或者是不是他身上的某些特質，激發了我心中對於人類同情心的渴望？我在經過這麼多年被迫害的孤獨生活以後，仍然渴望這些嗎？這樣的渴望，隨著時間過去，隨著我越來越接近我的終期，卻變得越來越強烈嗎？問這些問題是沒有用的！布萊克先生給了我的人生一個新的希望。我知道這一點就夠了，我不需要再去問這所謂的新希望究竟是什麼。

六月十七日。在用早餐以前，坎迪先生告知我，他從今天起會去拜訪南英格蘭的友人，在那裡待約兩週的時間。這可憐的人給了我一堆有關病人的指示，就好像他目前還在執業一樣。他早就已經失去一些病人了。其他醫生取代了他以前的地位；而這些醫生也不會雇用我當助手。

他在這段期間離開法蘭茲霍爾，或許是件幸運的事情。如果我沒把對布萊克先生做的實驗告訴他，他一定會很生氣；但如果我跟他說了，我又無法預料之後會招致什麼樣的後果。這樣子比較好。毫無疑問地，這樣子比較好。

在坎迪先生離開以後，郵差送來了維林德小姐的回信。

這封信真是令人高興！信的內容讓我對她有了極高的評價。她完全沒有掩飾自己對我們這次實驗的興趣。她用漂亮的詞彙告訴我，不需要再給她更多的理論證據，我的信就足以讓她明白布萊克先生可能是無辜的。她甚至還責怪自己（她其實不需要這麼想的），在當時並沒有推測出可能的真相。很明顯地，她之所以贊成這樁實驗，並不只是想為自己誤認一個人為罪犯這件事做贖罪而已。雖然他們之間有過很多紛爭，但她顯然是愛著他的。有好幾個段落可以看到她對這個人的愛意，即使是正式的書信內容，即使這是一封寫給陌生人的信件，都可以看到那迸發自字裡行間的熱情。有沒有可能，我是被選出來湊合這一對愛侶的人（看了這封令人愉快的信之後，我不禁問我自己）？我自己的幸福已經被踐踏殆盡了，我所愛的人也被迫離開了我，我是不是能活著看見，因為我的關係而讓別人過著幸福生活？我是不是能讓他們重燃愛火呢？喔，慈悲的死神，請在你用雙臂擁抱我，對我輕聲說：「安息吧！」之前，讓我看見他們終能成為幸福的一對吧。

這封信裡有兩個要求。其中一個是不要將這封信給法蘭克林．布萊克先生看。我只需要告訴他，維林德小姐同意我們使用她的宅邸做為實驗場所。這意思是，她希望我什麼都不要多說。

我可以遵從她的第一個要求。但是這第二個要求真的讓我覺得很尷尬。

她並不認為由她寫信給貝特瑞吉先生，告訴他必須遵從我所要求的事項就夠了；維林德小姐甚至說她想要協助我，幫忙重建去年她起居室裡的家具擺設。她等我回信，告訴她一切安排妥當以後，她就會來到約克夏，並且還想做鴉片實驗的見證人之一。

她為什麼這麼做，應該還有更深層的理由。我想我知道為什麼。

她不希望我告訴法蘭克林・布萊克先生信件內容，是想在布萊克先生當著眾人面前證明自己的清白**以前**，由自己親口告訴他。就算他的清白還未被證實，但我瞭解她想要安慰他的焦躁心情。這是這可憐的女孩，為了自己錯怪他，而想要贖罪的方式。但我不能讓她這麼做。我認為讓這兩人在實驗之前會面，會對雙方都造成刺激(回想起過去種種心情，一同細數過往的回憶，燃起對未來的新希望)，而這刺激對布萊克先生來說，卻可能成為實驗失敗的因素。要重建布萊克先生去年的狀況已經很不容易了，若是再加上新的刺激和新的情感，一定會讓我們的實驗徒勞無功。

雖然如此，我卻無法說出讓她失望的話語來。我得要在今天送信時間結束以前，想出個方法，不僅不會拂逆維林德小姐的要求，還不會破壞我對法蘭克林・布萊克先生所做的實驗。

兩點。我剛剛巡視病人回來，接著理所當然地去旅館拜訪布萊克先生。

布萊克先生對身體狀況的報告跟昨天一樣。他昨晚睡得斷斷續續，除此之外就沒有其他事情了。不過昨天午餐後有小睡了一番，他今天覺得沒有那麼疲憊。他之所以睡午覺，無疑是我建議他在午後去騎馬活動的緣故。我想我得要限制一下他活動的時間。他的狀況不能太好，但也不能太壞。我們得要小心駛得萬年船（若是水手就會這麼說吧）。

他還沒收到布拉夫先生的回信。不過他很想知道我是否收到了維林德小姐的回信。

我告訴他維林德小姐希望我告知他的事情，除此之外我什麼都沒有說。我發現我不需要編造不把信給他看的藉口。這可憐的人很痛苦地告訴我，他完全瞭解我不願意把信給他看的敏感理由。「她當然是出於禮貌和正義的理由，同意我們的實驗計畫，不過在有任何結果出來以前，她依然保留對我的看法。」我很想告訴他，他這次完全誤解她的意圖了，就像過去她曾經錯怪過他一樣。但我想了想，覺得自己應該不要破壞維林德小姐親口告訴他的機會；布萊克先生會很驚訝的發現，維林德小姐早已經原諒他了。

我很快就離開旅館。我前一天晚上已經實驗過了，因此我這一天也不得不放棄使用鴉片。必然的結果就是，疾病帶來的疼痛又侵佔了我的身體。我感覺到快要發病了。為了不讓他察覺，並感到沮喪，我匆匆離開旅館。這一次的發病持續了十五分鐘左右，也留給了我一些力氣，讓我進行我的工作。

五點。我回信給維林德小姐。

我所安排的計畫，折衷了兩方的利益，希望她能同意我的安排。我先說明我反對在實驗進行以前，讓她跟布萊克先生見面談話；但是我建議她可以在實驗進行的當天傍晚，私下來到約克夏的宅邸。若她搭下午的火車離開倫敦，那麼她會在晚上九點左右到達。在那個時候，我已經把布萊克先生送進他的寢室；接著就可以讓維林德小姐自由進入屋子裡，等待鴉片酊的效果發作。若是這樣的話，就無礙於她跟我們這些見證人一起親眼看到結果。到第二天早上，她就可以將她與我之間的通信內容給布萊克先生看（如果她願意的話），並且讓他知道，即使在還未證明自己的清白以前，維林德小姐就已經原諒他了。

我的信件內容就是如此。這也是我今天所能做的事情了。明天我得去找貝特瑞吉先生，跟他敲定該怎麼重整宅邸。

六月十八日。我去找法蘭克林．布萊克先生時，又稍微遲到了些。清晨的痛楚變得更嚴重了；這一次讓我整個人無法動彈，持續好幾個小時。雖然我現在受到使用鴉片的懲罰，但我想之後我會再度回頭使用鴉片，並且是先前一百倍的劑量。如果我仔細想想，我會寧願選擇疾病的痛楚，也不要整夜被惡夢侵擾。但我已經因為肉體的疼痛而筋疲力竭了。不過我現在還不能沉淪，否則到布萊克先生最需要我的那一天，我就無法幫上他的忙了。

我今天到旅館的時候，大約是在午後一點以前。雖然我的身體狀況很糟，不過這一次的拜訪卻讓我充滿驚喜；這一切都要感謝加伯列·貝特瑞吉也在場。

我走進去時，發現他也在房間裡。當我詢問病人一些例行的問題時，他就退到窗邊，看著外頭。布萊克先生說他昨晚依舊睡不好，而且今早又比先前幾天更覺得疲累。

接下來我問他，是否收到布拉夫先生的回信。

今天一早，有封信送到他的手邊。布拉夫先生表達了強烈的反對意願，認為他的客戶不應該依照我的建議，執行這個實驗。他認為這個計畫是錯誤的，因為這會燃起可能永遠無法實現的希望。**他**無法理解實驗內容，但他認為這是個巧妙的詐欺，一如催眠術或是透視眼那種詐欺。這麼做不僅會搞亂維林德小姐的宅邸，同時也會搞亂維林德小姐的心。他諮詢過一位傑出的醫生（並沒有提及這位醫生的姓名），這樣的計畫可不可行；而這位優秀的醫生只是微笑搖頭，並沒有多說一句話。布拉夫先生基於這些理由，提出他的反對意見。

我接下來的問題是有關鑽石的事情。律師找到任何證據證明鑽石確實是在倫敦嗎？

沒有，律師並沒有討論這個議題。他認為鑽石確實已經抵押給路卡先生。他那位人在外地的傑出朋友，莫斯威特先生（不可否認，他確實對於印度人及其文化相當瞭解）也是這麼認為的。在這些因素之下，加上他還有各種要事纏身，他不想再去加入關於尋找證據的爭論。時間會證明一切，而布拉夫先生願意花時間去等待。

很明顯的，他們為什麼不贊成這個計畫，完全是出於對我的不信任（雖然布萊克先生只是唸出信件內容，寫信者的意圖依然很明顯）。我早已預料到會有這種結果，因此我既不覺得羞愧，也不驚訝。我問布萊克先生，朋友們的反對，是否動搖了他決意執行的心情。他斷然地說，即使如此，他的心意已決，我可以不用顧慮布拉夫先生的意見；後來我也真的不再顧慮了。

我們的談話到一個段落時，剛剛一直在旁休息的加伯列・貝特瑞吉從窗邊走過來。

「先生，我可以跟你談談嗎？」他對著我問道。

「當然可以。」我回答。

貝特瑞吉拿了張椅子過來，坐在桌子旁。他拿出一個很大的老式皮套筆記本，接著拿出一枝大小堪與筆記本匹配的鉛筆。他戴上眼鏡，打開筆記本，翻到空白的一頁，接著再度對我開口。

「我服侍已故夫人接近五十個年頭了。」他說，一邊很嚴厲地看著我。「在那之前我是服侍她父親的侍童。我現在是七八十歲的老人了；不過不用管我到底幾歲！我就跟大多數人一樣，對這個世界的知識和經驗都相當豐富。而在我苦幹多年，將近人生盡頭時，我被要求做什麼？艾茲拉・詹寧斯先生，這就像是一個醫生助手，用幾滴鴉片酊，在法蘭克林先生身上施行某種召喚術；這跟街頭藝人的騙人伎倆沒有兩樣，而我還得要跟著你們瞎起鬨！」

布萊克先生笑出聲來。我試著要說些什麼。但貝特瑞吉舉起手，表示他還沒說完。

「詹寧斯先生，我不要求你說什麼！」他說。「先生，我不需要你說什麼。感謝上帝，我有我的原則。我只要接獲命令，不管那是出自哪個從瘋人院出來的精神病患，對我來說都無所謂。過去以來我一直都是遵守老爺和夫人的命令。但我也有我的想法；你要記得，我的想法就跟布拉夫先生一樣，那位偉大的布拉夫先生！」貝特瑞吉的聲音變大，對著我嚴肅地搖搖頭。「但無所謂，不管怎樣，我都不會發表我的意見。如果維林德小姐說：『就這麼做吧。』我會說：『是的小姐。』所以我就在這裡了，帶著我的筆記本和鉛筆。雖然我不能記下我自己想要記的東西，但如果連一個好基督徒都拋卻自己的良知，那我就不知道這筆還能記下什麼了。詹寧斯先生，告訴我你要做什麼吧。我會把你的命令記下來。我會如實將你所說的話全部記錄下來，一點都不漏。但我不過是個盲目的執行者，只知道聽命行事。盲目的執行者！」貝特瑞吉重複說一遍，好似在強調他對自己的形容詞有著什麼樣的含意。

「我很遺憾我們彼此之間無法同意……」我說。

「你不要把**我**算進去！」貝特瑞吉打斷我的話。「這跟同不同意無關，我只是服從主人的命令而已。先生，告訴我你要做什麼。告訴我。」

布萊克先生向我打個手勢，要我照他的話去做。於是我便用很清楚且莊重的方式，告訴他我要做什麼。

「我希望宅邸的某些房間可以重新開放。」我說。「而且這些房間要布置得跟去年一模一樣。」

貝特瑞吉用舌頭舔了舔鉛筆鈍鈍的筆尖。「告訴我你想要開放哪些房間。」他很高傲地說。

「第一個，通往大階梯的內廳。」

「第一個，內廳。」貝特瑞吉寫下。「先生，雖然你的指示才剛開始，不過要把內廳布置得跟去年一樣，恐怕做不到。」

「為什麼？」

「詹寧斯先生，去年內廳擺了一隻美洲鷲的標本，後來家族的人搬走以後，這個標本也被收起來了，可是這標本裂開，壞掉了。」

「那麼就不需要美洲鷲標本了。」

貝特瑞吉在筆記本上記下來。「『內廳要布置得跟去年一樣。除了壞掉的美洲鷲標本以外。』繼續吧，詹寧斯先生。」

「階梯上要跟去年一樣，放張毯子。」

「『階梯上要跟去年一樣，放張毯子。』很抱歉又要讓你失望了，這恐怕也無法做到。」

「為什麼？」

「因為去年幫忙鋪地毯的人已經過世了，詹寧斯先生。而像他那樣的擺飾高手，全英格蘭已經找不到了。」

「很好。那麼我們就得找到全英格蘭第二好的擺飾高手了。」

貝特瑞吉寫下註記，而我繼續給他指示。

「維林德小姐的起居室也要裝飾得跟去年一樣。還有，從起居室到樓梯平台的走廊也是。還有，從二樓的樓梯平台，直通到寢室的走廊也是。另外，還有去年法蘭克林．布萊克先生住的房間。」

貝特瑞吉的鈍筆很辛苦地一一記下我說的話。「繼續吧，先生。」他用譏諷的語氣說。「我還可以繼續寫下去呢。」

我告訴他，我的指示已經結束了。

「先生，」貝特瑞吉說：「關於這項任務，我有一兩件事情要說。」他打開筆記本另一空白頁，又再度舔了舔筆尖。

「我想要知道，我是不是可以洗……」他說。

「你當然可以。」布萊克先生說。「我會幫你傳喚侍者拿水過來。」

「……洗清我自己的責任。」貝特瑞吉似乎下定決心只跟我說話，繼續說道。「首先是維林德小姐的起居室。詹寧斯先生，去年我們把起居室的地毯拿起來時，發現那上頭別著相當多的別針。我需要負起責任，把這些別針都放回去嗎？」

「當然不需要。」

貝特瑞吉在筆記本上寫下另一個註記。

「然後是一樓走廊。」他接著說。「去年我們把一樓走廊的擺飾移開時，其中包括一尊胖小孩的裸體雕像——這雕像在家族物品的清單裡被稱為『丘比特，愛神』。去年他還有兩隻翅膀，就黏在他肥嘟嘟的肩膀上。我只是稍微沒注意，其中一隻翅膀就斷了。我也要負責修復翅膀嗎？」

我再度讓步，他再度寫下另一個註記。

「接下來是二樓走廊。」他繼續說。「二樓走廊去年沒有放任何擺飾，只有幾個房間的出入口而已（如果有必要的話，我可以告訴你有幾個門）。我承認這部分是唯一不需要修改的地方。不過法蘭克林先生的房間（如果**這裡**是要恢復原狀的重點的話）就有些困難，我得要知道是誰必須負責把房間的狀態弄成永遠亂七八糟的樣子（不管我們多麼勤於整理收拾），例如褲子丟在這裡，毛巾丟在那裡，還有到處都是他的法文小說。我的意思是，誰要負責把原本整齊的房間弄成法蘭克林先生使用過後的混亂狀態？是他，還是我？」

布萊克先生說他很樂意接下這個任務。貝特瑞吉很固執，他在得到我的同意和批准以前，不想要聽任何人提供的解決辦法。我接受了布萊克先生的提議；接著貝特瑞吉便將這最後一項註記寫在他的筆記本裡。

「詹寧斯先生，明天我們就會開始重整宅邸，你方便的時候就過來看。」他說著站起身。「你會看到我找了幾個人幫我進行工作。先生，我很感謝你願意忽視美洲鷲的標本，還有丘比特的翅膀；還有讓我免除必須把所有別針都放回地毯，以及布置法蘭克林先生房間的責任。我做為一個僕人，很感謝你的協助。但我做為一個人，我覺得你是個滿腦子奇怪妄想的傢伙，我也認為你的那些實驗不過是幻想跟陷阱而已。不過你不要擔心，我不會讓我個人的想法阻礙了我身為一個僕人的職責。我會遵從你的指示。雖然你是個怪人，但我還是會遵從你的指示。就算你在這宅邸裡點火，若是沒有你的指示，我也不會去叫消防車的。」

他向我道別，然後行個禮，走出房間。

「你認為我們可以信賴他嗎？」我問。

「當然可以。」布萊克先生回答。「我們去那棟宅邸的時候，會發現每一個細節都被弄得好好的，沒有半點遺漏。」

六月十九日。又有人反對我們的計畫了！這一次反對的人是位女士。

一大早郵差送來兩封信。第一封是來自維林德小姐，她同意了我所建議的安排。另一封則是來自維林德小姐的監護人，梅瑞德夫人。

梅瑞德夫人先是向我致意，但也未假裝她瞭解我與維林德小姐往來信件中提到的實驗計畫是基於什麼科學依據。基於社交禮儀，她覺得有權利發表自己的意見。梅瑞德夫人認為，我大概不知道維林德小姐今年僅只十九歲。讓這麼一位年輕小姐孤身一人（在沒有女伴的狀況下）來到滿是男人的宅邸觀看實驗進行，這是梅瑞德夫人所不容許的禮儀疏失。如果情況允許的話，她認為自己有責任陪伴維林德小姐到約克夏（她會犧牲自己個人的便利）。她要求我可以重新考慮這個提案；因為很顯然目前維林德小姐只聽從我的意見。維林德小姐並不一定需要在場，因此只要我說一句話，就可以免除梅瑞德夫人以及我的麻煩。

說白了，這封極其禮貌的信件真正意思就是，梅瑞德夫人很擔心世人的有色眼光。但她也很不幸地，竟求助於我這麼一個全天下最不在乎世人眼光的人。我不會讓維林德小姐失望的；我也不會放棄讓這兩位分離這麼久的年輕愛侶重聚的機會。我接著把我直白的話語轉化成禮貌的書信，藉以表達詹寧斯先生向梅瑞德夫人致意，並說明無法就此事進一步干涉維林德小姐的決心。

今天早上，布萊克先生的身體狀況一如以往。我們決定今天不要去宅邸打擾貝特瑞吉的工作。明天會是比較適合去視察的好日子。

六月二十日。布萊克先生開始覺得一夜輾轉難眠。房間若是能盡快整修好，是再好不過了。

今天早上，我們一起走到宅邸，他有些焦慮且不安地希望我給他一些建議，因為前些天他收到一位考夫警佐的來信（是從倫敦的住處轉過來的）。

警佐是從愛爾蘭寄信過來。他得知布萊克先生去過他位於多金附近的房子，並且留下名片和訊息（他的管家幫忙轉達），表示他會在一週之內回到英格蘭。不過，他希望布萊克先生可以告訴他，為什麼需要和他討論月光石的事情（如同留言所示）。如果布萊克先生可以給他一個充分的理由，說服他相信自己去年的調查確實走錯方向（由於去年已故的維林德夫人以寬大的態度對待他），那麼他就有義務聽任布萊克先生差遣；但如果布萊克先生無法說服他，那麼他希望不要打擾他在鄉村蒔花弄草的寧靜退休生活。

我看了信以後，隨即建議布萊克先生要告知考夫警佐，去年他的調查被迫中止以後，又發生了些什麼事，讓他自己從這些事實證據中導引出結論。

我的第二個想法是，可以邀請考夫警佐過來當實驗的見證人，他回國時正是我們進行實驗的時候。不管如何，他都會是相當重要的證人。況且，若我的推論，亦即鑽石還藏在布萊克先生房間裡這個想法，被證明是錯誤的話，在我無法掌控的狀況下，他的建議會變得非常重要。我的最後一個考量讓布萊克先生下定了決心，他說他會依照我的建議去做。

我們進入通往宅邸的道路時，聽到榔頭在敲擊的聲音，這表示宅邸正在緊鑼密鼓重新裝潢中。貝特瑞吉在外廳迎接我們；他頭戴紅色漁夫帽，身穿一件綠色厚毛呢圍裙。他一看到我，就從圍裙口袋裡拿出他的筆記本和鉛筆，一副固執地要記下我所說每一句話的樣子。我們到處看了看，發現一切就如布萊克先生所說，改裝工程不僅進行得很迅速，而且我們所希望要有的東西，也全都弄得恰到好處。但內廳和維林德小姐臥室的裝潢還有一大部分尚未完成。我很懷疑，在這個星期結束以前，宅邸的改裝是否可以及時完成。

因為工程順利進行，我向貝特瑞吉道謝（每次我一開口，他就拿起筆要把我說的話記下來，而且依然無視布萊克先生說的每一句話），接著向他保證，再過一兩天，我們還會回來檢視改裝的進度。之後我們就往外準備要離開宅邸。不過，在我們走下階梯之前，穿過通往他房間的門廊，貝特瑞吉攔住了我。

「我可以私下跟你說幾句話嗎？」他很神秘地對我耳語。

我當然同意了。我跟著貝特瑞吉到他房裡，而布萊克先生到庭園去等我們。因為之前他曾跟我提過壞掉的美洲鷲標本，以及丘比特翅膀的事情，我預期他會告訴我更多有關改裝工程的問題；但出乎我意料之外的是，貝特瑞吉一副很機密的樣子，將手擺在我的手臂上，接著提出了以下這個不尋常的問題：

「詹寧斯先生，你熟不熟**《魯賓遜漂流記》**？」

我回答說，當我還小的時候，我有唸過這本書。

「在那之後就都沒看過了嗎？」貝特瑞吉問。

「沒有。」

他退後幾步，用一種混雜著同情的好奇心，以及出於迷信的敬畏神情看著我。

「他長大以後就沒唸過《魯賓遜漂流記》了。」貝特瑞吉對著自己說。「現在來看看《魯賓遜漂流記》會怎麼打動他吧。」

他打開角落一個櫃子的鎖，拿出一本很骯髒、書角都折彎起來的書，當他翻動書頁時，散發出一股陳腐的香菸味。他找到想要看的那一頁以後，招我過去那個角落；他說話時神神秘秘的，依舊壓低音量。

「先生，有關你那些莫名其妙的花招，還有鴉片酊跟布萊克先生的事情。」他說：「那些工人還在宅邸裡時，我必須克盡一個僕人的職責，壓抑我個人的觀感。但工人離開以後，我個人的觀感就回來了。很好。詹寧斯先生，昨天晚上，我忽然覺得，你的醫療實驗有可能導致極糟糕的結果。如果我遵從那不知從何而來的天啟的話，我很可能會親手把所有的家具都再搬走，然後要工人們明天不用過來了。」

「我剛剛在二樓看到改裝的狀況，」我說：「我很高興你抗拒了那個不知從何而來的神秘天啟。」

「不只是抗拒而已，」貝特瑞吉說。「應該說角力才對。先生，我在兩種指示之間掙扎角力，一個是存在我心中的沉默指令，另一個是寫在我筆記本上的那些指示（拜你所賜），我掙扎了好久，直到我全身都是冷汗。我被這些念頭弄得心頭煩躁不安，身體也變得懶散無力，有什麼方法可以治療呢？先生，過去這三十年來，有一種治療方法從未讓我失望過，那就是靠這本書！」

他很用力地拍了拍手上的書，從書頁中散發出的菸草味道變得更強烈了。

「你知道我隨意翻開的第一頁上頭寫了些什麼嗎？」貝特瑞吉說。「先生，你看這一段，第一七八頁，『關於這件事，經過反省之後，我訂下了一個規則。有時候我的腦海裡會出現神秘的暗示或要求，尤其在我猶豫不知該做或不該做哪件事情，或者不知何去何從時，我發現只要遵從那不知從何而來的天啟，都會有好的結果。』詹寧斯先生，我發誓，當我正在苦惱該不該聽從我心裡那不知從何而來的天啟時，就正好看到這一段。先生，你不覺得這太不尋常了嗎？」

「我只覺得這是巧合。」

「詹寧斯先生，你在執行你的醫療實驗時，沒有絲毫的猶豫嗎？」

「完全沒有。」

在一片死寂當中，貝特瑞吉狠狠地盯著我。他故意發出很大的聲響，合上書本，接著將書放回櫃子裡，小心翼翼地上鎖。他轉過身，同樣死死地盯著我看，然後他開口了。

「先生，」他很嚴肅地說：「既然你長大以後就沒看過《**魯賓遜漂流記**》，我就可以容忍你的作為。再見。」

他打開門，並朝我鞠躬，然後讓我自己出去，找到通往庭園的路。布萊克先生正要返回宅邸，我在半路上遇到他。

「你不需要告訴我剛才發生了什麼事。」他說。「貝特瑞吉打出了他的最後王牌，又從《**魯賓遜漂流記**》找到了什麼預言吧。你有沒有配合他的妄想？沒有？你讓他知道你不相信他的《**魯賓遜漂流記**》了？詹寧斯先生！你已經被貝特瑞吉認為是最糟糕的人了。將來不管你說什麼或做什麼，你都會發現他不會再理你了。」

六月二十一日。今天的筆記必須要先說明一些事情。

昨天晚上，布萊克先生經歷了最糟糕的一晚。雖然並非出於我的意願，但我必須得要幫他開點藥。很幸運地，像他這樣比較敏感的體質，也能很快就感受到藥物的效果。否則，等到實驗那一天，我會很擔心他的身體狀況無法適應藥物的作用。

至於我的狀況，我在前兩天減輕了藥物的用量，導致我在今天早上發病了；這一次發病，讓我決定要再度使用鴉片。我現在沒辦法再繼續寫了，我得要去吃最高劑量的藥——五百滴的鴉片酊。

六月二十二日。今天我們的計畫進行得很順利。布萊克先生的戒斷症狀減輕了，他昨晚稍微睡了一下。至於我，感謝鴉片帶來的效果，我睡得像個死人一樣。我不該說「我今天早上醒過來」，更正確的表達方式是，「我今天早上恢復了知覺」。

我們駕著馬車前往宅邸，去看看改裝是否已經完成了。工程會在明天，也就是星期六完成。一如布萊克先生所預見的，貝特瑞吉之後沒有再提出任何反對意見。從頭到尾，他都表現得極度禮貌，但也極度沉默。

無可避免地，我的醫療實驗（貝特瑞吉的說法）得延遲到下週一才能進行。明天工人會在宅邸加班趕工。而星期日，是這個自由國度唯一強制大家休息的日子，因此沒有發自倫敦的火車。直到星期一以前，我們都無事可做，除了小心觀察布萊克先生，並盡可能讓他維持像今天的身體狀況。

在這段期間，我試著說服布萊克先生再度寫信給布拉夫先生，希望他可以來擔任見證人。我刻意選擇這位律師，是因為他對我們的計畫存有相當大的偏見。如果我們能說服**他**的話，那麼我們的勝利就無可爭議了。

布萊克先生也寫信給考夫警佐；我則將這消息告知維林德小姐。有了這些見證人，加上貝特瑞吉（他在這家族當中扮演了舉足輕重的角色），我們就可以算是在世人的見證下進行這場實驗了（我沒有把梅瑞德夫人算在內，尤其她是這麼在意世人眼光的人）。

六月二十三日。昨晚鴉片的副作用又出現在我身上。但不管如何，我都得要撐到星期一才行。

布萊克先生今天的身體狀況也不太好。他坦承道，最近這兩天早上，他都試著打開放雪茄的櫃子；他用盡力氣才再度把櫃子關上，鎖起來。他為了不讓自己再度受到誘惑，下一個舉動就是把櫃子的鑰匙丟到窗外。但今天早上，旅館侍者在一個空水槽裡發現了鑰匙，並把鑰匙送還回來。這真是命運！我代為保管鑰匙，直到星期二。

六月二十四日。我和布萊克先生駕著無篷馬車，一起出去兜風。我們兩人都認為，可以吹吹夏日柔和的風，實在是太好了。我和他一起在旅館用午餐。他在用完午餐以後，平靜地在沙發上睡了約兩個小時，讓我鬆了一口氣（因為我發現他今天早上處於有些過度興奮的狀態）。若他今晚還是睡不好，我也不擔心他的身體狀況會對實驗不利了。

六月二十五日，星期一。這一天要進行實驗了。現在是下午五點，我們在此刻到達宅邸。

第一個，且最重要的問題是，布萊克先生的健康狀況。

根據我的判斷，他（的身體狀況）就跟去年此時一樣，變成了容易受到鴉片影響的體質。今天下午我見到他時，發現他很敏感，容易受到刺激。他臉色常常變換，雙手有些不穩，容易因突如其來的聲響，或是突然出現的人或物品，而受到驚嚇。

這很明顯是因為他極度缺乏睡眠。而之所以缺乏睡眠，是因為他在有長期吸菸的習慣之後，突然中斷，開始戒菸的關係。現在的狀況就跟去年一樣；很顯然地，應該也會出現跟去年相同的效果。但實驗的結果，也會出現跟去年相同的狀況嗎？今天晚上就會決定一切了。

當我正在寫這些筆記時，布萊克先生正在內廳的撞球室打發時間。他就像去年六月在這裡作客時一樣，在撞球檯前練習幾種不同的擊球方式。我把筆記本帶來這裡，是預料從今天傍晚到明天早上之前，我會有很多空閒時間；另一方面是認為，或許會發生什麼需要我馬上記下來的事件。

到目前為止，我有沒有省略了什麼事情？我看了看昨天的筆記，發現我漏掉說明我昨天早上收到的信件。在我合上筆記本，去找布萊克先生以前，就讓我先把這件事情說明一下吧。

昨天早上，我收到維林德小姐寄來的信。她依照我的建議，預定搭乘下午的火車前來約克夏。梅瑞德夫人堅持要陪她一起過來。她在信中暗示，這位夫人雖然平日脾氣溫和，但這幾天心情卻有些不佳，而且因為考量到她的年紀跟生活習慣，要求很多奢侈的服務。關於梅瑞德夫人的事情，我會努力像貝特瑞吉對待我一樣，態度有禮但疏遠。他今天來迎接我們的時候，鄭重其事地穿著他最好的黑色西裝，配上燙得最硬挺的領結。每次看向我，他都會想起我是個長大以後就沒讀過《**魯賓遜漂流記**》的人，並禮貌性地對我露出憐憫的神情。

昨天布萊克先生也收到了律師的回信。布拉夫先生雖然仍不同意實驗進行，但接受了他的邀請。他認為，應該要有一個具有一般常識的紳士，陪伴維林德小姐見證這場展示會（依照他的說法）。布拉夫先生自願擔任這位紳士。因此可憐的維林德小姐就有了兩位伴護。不過，想到世人的評價一定會因為有這兩人的見證，而信服我們實驗的結果，我不禁頗覺欣慰。

考夫警佐沒有捎來任何信息。他應該還在愛爾蘭。我們今天應該不會見到他了。

貝特瑞吉走進房間裡來，說布萊克先生想要見我。我得暫時先放下我的筆了。

———•———

七點鐘。房間和走廊都已經改裝完成。我和布萊克先生去灌木林小徑散步，這步道是他去年來時最喜歡的散步路線。我希望藉由這種方法，盡量喚起他腦海中對這個地方一切事物的鮮明回憶。

我們接下來要去用餐，時間正好跟去年維林德小姐生日晚宴時一樣。當然，這麼做的目的完全出於醫學上的考量。為了要讓鴉片酊跟去年一樣發揮作用，我必須讓食物消化以及投入鴉片酊的時間和去年一致。

用完晚餐，過了一段時間以後，我試圖讓我們的對話回到鑽石上頭（盡我所能不著痕跡地引導），以及那些陰謀奪取鑽石的印度人。等我讓他腦子裡滿是這些話題時，我所能做的事情就已經完成了，接下來就是給他服用另一劑鴉片酊。

八點半。我此時有一個最重要的任務，那就是去查看這棟宅邸裡的藥櫃，坎迪先生去年也是從這藥櫃裡拿了他所用的鴉片酊。

十分鐘前，我在貝特瑞吉有空時找到他，告訴他我想要去看看藥櫃。他沒有反對，也沒想要把我的話記在他的筆記本上，便帶我走到儲藏室裡（邊走還邊顧慮我的狀況），藥櫃就放在那個房間裡。

我找到放鴉片酊的藥瓶，瓶口用玻璃瓶塞封得密不透風，上頭還用皮繩綁著。瓶身散發出一股鴉片酊的氣味。我發現裡頭的藥品幾乎還是全滿的。我想如果有什麼緊急狀況，還夠我自己用一點鴉片酊來應付。

但比較困難的是，我應該要用多少劑量。我想過好幾遍，最後決定要稍微加重劑量。我的筆記上記錄著，坎迪先生只加了二十五滴的鴉片酊。這劑量雖小，但造成的效果卻很驚人；尤其是布萊克先生的體質比較敏感。但我覺得有很大的可能性是，坎迪先生給的劑量比自己所想的還要多；他當時是處於生日晚宴結束以後，心情比較放鬆的狀態。因此，我決定要將劑量增加到四十滴。尤其這一次的狀況是，布萊克先生事先知道他會服用鴉片酊，以生理學來說，他會（無意識地）抗拒藥物帶來的效果。如果我的想法沒有錯，為了要製造出跟去年相同的結果，我這一次必須要加大劑量才行。

———•———

十點鐘。見證人（或者我該說是淑女的伴護們？）在一個小時前就抵達宅邸了。

在九點鐘以前，我說服布萊克先生先回他的寢室去。我給他的理由是，希望他可以最後再度確認一下，他房間的擺設有沒有什麼遺漏。我已經事先與貝特瑞吉確認過，將布拉夫先生的寢室安排在布萊克先生房間的隔壁，而律師到的時候，請敲個門通知我。大廳的鐘敲了九下，又過了五分鐘以後，我聽到門上傳來敲門聲；我隨即走出房門，在走廊上遇見布拉夫先生。

我的外表通常會讓人敬而遠之。我可以從布拉夫先生的眼裡，明白看出他對我的不信任。我很瞭解我的外貌對陌生人所造成的效果，因此在布拉夫先生進入布萊克先生的房間以前，便毫不猶豫地先開口。

「你是跟梅瑞德夫人以及維林德小姐一起過來的嗎？」我說。

「是的。」布拉夫先生很冷淡地回答。

「我想維林德小姐可能告訴過你，我希望在布萊克先生開始實驗以前，都不要讓他知道維林德小姐（當然還有梅瑞德夫人）已經到宅邸了。」

「先生，我會守口如瓶。」布拉夫先生很不耐煩地說。「我看遍了人類的愚蠢行徑，也從來就不會對這些行為插嘴，所以在這種場合我不會多說一個字的。這樣你滿意了嗎？」

我向他鞠躬，接著讓貝特瑞吉帶他進入房間。離開時貝特瑞吉瞥了我一眼，那饒富寓意的眼光彷彿在說：「你惹上了一個難纏的人物，詹寧斯先生；而這個人就叫做布拉夫。」

接下來我得要去見兩位女士。我下樓去（我得承認我有些緊張），來到維林德小姐的起居室。我在一樓走廊遇見園丁的妻子（她負責整理兩位女士的房間）。這個優雅的女性對待我的態度過於禮貌，但我可以看得出來，這完全是出於恐懼的結果。每當我跟她說話時，她都會微微發顫，但態度又非常有禮。我問她維林德小姐在哪裡，她一如往常，先是驚訝，發顫，然後開始說一些客套話。要不是維林德小姐突然打開起居室的門，這一套程序還不知道會持續多久。

「你是詹寧斯先生？」她問。

在我來得及回答以前，她就急切地走到走廊上，要和我說話。走廊上有一盞燈光，照亮了我們彼此的臉。看到我的容貌，維林德小姐先是頓住了，接著開始猶豫。但她隨即冷靜下來，臉上浮起一片紅暈；接著她很坦率地朝我伸出手。

「詹寧斯先生，我覺得你不是個陌生人。」她說。「喔，你不知道你的來信讓我有多開心。」

她望著我這張醜陋、滿是皺紋的臉，但神情卻是這麼的亮麗，充滿感激之情，這是我從未在身邊的人身上看到的神情，讓我一時之間不知道該怎麼回答她。我不知道她是這麼親切、這麼美麗的人。感謝上帝，我這幾年的悲慘生活，還沒讓我的心死去。面對她時，我顯得既笨拙又羞怯，好像一個十幾歲的毛頭小子。

「他在哪裡？」她問，完全表現出她目前只對一件事情感興趣，那就是布萊克先生。「他在做什麼？他有提到我嗎？他現在精神好不好？經歷過去年在這宅邸裡發生的事情之後，他看到宅邸的舊貌還承受得住嗎？你什麼時候要讓他服用鴉片酊？我可以去看你調藥劑嗎？我很感興趣；我現在也好興奮，我有上千個問題要問你，但這些問題都擠在一起，我不知道該先問哪一個好。你會不會覺得奇怪，我為什麼這麼想要參與實驗？」

「不會。」我說。「我想我能完全瞭解。」

對於我的話，她完全沒有一絲困惑。跟我對話時，就好像是在和她的兄弟或是父親交談一樣。

「我本來覺得自己悲慘到極點，是你把我從那種狀態下解放出來的。你給了我新生的機會，我怎麼可能會不知感恩，還對你有所隱瞞？我愛他。」她坦承道。「我始終愛著他，即使之前我一直誤會他是小偷，即使我跟他說了那些殘酷的重話。我能告訴他我誤會的原因嗎？我真希望我可以找得到什麼藉口，但我想我也只有一個理由可以說了。等到了明天早上，他知道我也在宅邸裡時，你覺得……」

她此時又停頓下來，用一種很真誠的神情望著我。

「等到了明天，」我說：「我想妳只要告訴他，妳方才跟我說的話，就可以了。」

她的臉整個亮了起來。她踏前一步，更靠近我。她伸出手，有些神經質地撥弄我從花園裡摘來放在外套胸前口袋的一朵花。

「你最近常常跟他見面。」她說。「你真的覺得**這**有可能成功？」

「我很肯定。」我回答。「我確定明天會發生的事。我希望我也可以這麼確定今天晚上會發生的事。」

我們的對話被拿著茶具托盤的貝特瑞吉給打斷了。他穿過我身邊，進入起居室時，又意味深長地看了我一眼。「唉呀，趁太陽還沒下山時多享樂吧，那個難纏的傢伙就在樓上呢，詹寧斯先生。他就在樓上呢！」

我們跟在他身後一起進入起居室。我看到一個身材嬌小的女士，就坐在房間的角落裡，她穿著質料很好的衣服，專心埋頭在手中精細的刺繡工作裡；但她一看到我的深膚色及斑駁的頭髮，就丟下手中的針線，發出微弱的尖叫聲。

「梅瑞德夫人，」維林德小姐說：「這位是詹寧斯先生。」

「詹寧斯先生，我很抱歉。」這位老仕女眼睛看著維林德小姐，卻是在跟我說話。「我坐火車旅行，總是覺得很緊張。我很努力做這些日常工作，好讓我能鎮靜下來。在這種特殊場合，不知道我繼續做刺繡是否恰當。如果依照詹寧斯先生在醫療上的觀點，覺得我這麼做不太合適的話，那麼我就把針線收起來了。」

我趕緊批准了她的刺繡工作，一如之前也批准了美洲鷺標本與丘比特翅膀的事情。梅瑞德夫人努力地（費了很大的力氣）讓自己看著我的頭髮。不過，她還是做不到。她的目光隨即調回維林德小姐身上。

「若詹寧斯先生認為可以的話，我想請求一件事情。」這位老婦人繼續說。「詹寧斯先生似乎是要進行某種科學實驗。我以前在學校唸書時也做過科學實驗，不過這些實驗最後總是會爆炸。希望詹寧斯先生可以好心告訴我，這一次的實驗何時會爆炸。我想在我上床休息以前，先知道時間點會比較安心一些。」

我試著要向梅瑞德夫人保證，這一次的實驗過程不會出現爆炸。

「不是的。」這位老婦人說。「我很感謝詹寧斯先生（我相信他是為了讓我安心，才欺騙我的）。但我希望你可以坦白告訴我。我已經習慣爆炸了，我**真的**只是希望在睡覺以前，先知道爆炸何時會發生，好讓我可以撐過去。」

此時門又打開了，梅瑞德夫人又發出小小的尖叫聲。要爆炸了？不是，進來的是貝特瑞吉。

「詹寧斯先生，很抱歉。」貝特瑞吉故意用一種在說什麼最高機密的口吻說。「法蘭克林先生想要知道你在哪裡。為了要隱瞞維林德小姐也在宅邸裡的事實，我騙他說我不知道你在哪裡。不過這很明顯是謊言。我是個即將一腳踏入墳墓裡的老人，不希望再說謊了，我的良心可是很不安的，如果你能讓我少說點謊，我會很感激的。」

我現在沒時間可以浪費在考慮貝特瑞吉的良心問題了。布萊克先生很可能會為了找我而出現在這裡，所以我得要直接到他房間去找他。維林德小姐跟著我走到外頭的走廊上。

「他們好像聯合起來要攻擊你一樣。」她說。「這是怎麼回事？」

「維林德小姐，這個世界總是會對新的事物心存疑慮（雖然只是很小的規模）。」

「我們該拿梅瑞德夫人怎麼辦？」

「告訴她明天早上九點會有爆炸。」

「這樣就可以讓她上床休息？」

「是的，這樣就可以讓她上床休息。」

維林德小姐回到起居室，我則上樓去找布萊克先生。

我很驚訝地發現，他獨自在房間裡不安地踱著步，而且因為自己一個人被留下，而有些煩躁。

「布拉夫先生呢？」我問。

他指了指和隔壁房間相通的那扇門。布拉夫先生進來房間看他，再度試圖勸阻實驗的進行，但由於無法動搖布萊克先生的決心，他勸退的努力也再度失敗了。之後，律師就從他快被文件塞爆的黑色公事包拿出一堆專業文件。「人生當中應該要做的正經事，全都因為現在這種狀況而亂了套。」他承認道。「但不管如何，我們還是要繼續做這些正經事。布萊克先生應該會諒解，我就是這麼個過時且務實的人。時間就是金錢。至於詹寧斯先生，若是他傳喚我，我就會過去找他。」他說完以後就回去自己的房間，埋首於那些工作當中了。

我想著梅瑞德夫人和她的刺繡，貝特瑞吉以及他的良心。在英國人的性格當中，有一種很強悍的特質；一如在英國人的面容上，總是會出現一種很強悍的神情。

「你什麼時候要讓我服用鴉片酊？」布萊克先生很沒耐性地說。

「你得要再等一會兒。」我說。「我會留在這裡陪你，直到你該服藥的時候。」

現在還不到十點鐘。我好幾次問過布萊克先生和貝特瑞吉那天晚上的狀況，讓我確信坎迪先生應該不可能在十一點鐘以前讓布萊克先生服藥。我也決定應該要在十一點鐘以後，才開始進行實驗。

我們聊了一會兒，但是腦袋裡都裝滿了接下來要進行的試煉，對話很快就中斷，無法持續下去。布萊克先生百無聊賴地翻了翻他房間桌上的書本。我們第一次進到這個房間時，我注意看了下這些書報。《**衛報**》、《**旁觀者**》、理查森的《**潘蜜拉**》、麥肯錫的《**多情男子**》、羅斯科的《**羅倫佐．梅迪奇的一生**》、羅伯森的《**理查五世**》，全都是經典作品。這些書，即使是到了將來，也都會被認為是優秀的作品；不過從我個人觀點來看，這些書引不起任何人的興趣，也不會刺激任何人的腦袋。我讓布萊克先生去看這些經典文學作品，自己則繼續寫我的筆記。

我看了看手錶，現在已經接近十一點了，我得要合上筆記本，該是準備實驗的時候了。

凌晨兩點。實驗已經開始進行。我現在要敘述的是這個實驗造成了什麼樣的結果。

十一點的時候，我拉了傳喚鈴找來貝特瑞吉，並且告訴布萊克先生，他現在可以準備上床休息。

我看向窗外的夜色。外頭的氣溫暖和，還下著小雨，這天氣正好和一年前維林德小姐生日（去年的六月二十一日）的晚上相似。我並不相信什麼預兆，不過我很高興這樣溫和的氣候，不會對布萊克先生的情緒帶來什麼影響（例如暴風雨或是閃電什麼的）。貝特瑞吉和我一起站在窗口邊，接著很神秘地將一張紙片交到我手中，那上頭寫著：

梅瑞德夫人在確認過，爆炸會在明天早上九點發生，以及爆炸並不會影響她所居住的房間那一帶之後，才願意放我自由，上床就寢。她不知道真正的實驗場所，其實是我的起居室；若她知道的話，大概會準備在那裡過夜吧。我現在是一個人，而且很焦慮，請你讓我看你是如何調配鴉片酊吧。我希望可以參與實驗的過程，即使我只是在一旁看著也沒關係。

瑞秋．維林德

我跟著貝特瑞吉走出房間，並且要他將藥櫃移到維林德小姐的起居室裡。但這個指示似乎讓他非常驚愕，以一副我想要在維林德小姐身上施以什麼神秘醫療方式的神情看著我。

「我想請問一下，」他問：「藥櫃跟維林德小姐之間，有什麼關係嗎？」

「你就留在起居室裡看著吧。」

貝特瑞吉似乎在懷疑，若搬移藥櫃也包含在實驗的程序裡頭，那麼單憑他一個人的力量，是否可以有效監督我的行為。

「先生，」他問：「你反對布拉夫先生也加入嗎？」

「正好相反！我正想去請布拉夫先生跟我一起下樓。」

貝特瑞吉不再發言，便去搬藥櫃了。我回到布萊克先生的房間，敲了敲和隔壁房間相通的那扇門。布拉夫先生開了門，手上還拿著文件；他埋首於法律中，不讓醫療入侵他的世界。

「很抱歉打擾你。」我說。「不過我要去準備給布萊克先生服用的鴉片酊，我想要請你也在場看我怎麼做。」

「什麼？」布拉夫先生百分之九十的注意力還在他手上的文件，只很不情願地分配了百分之十的注意力給我。「還有其他事情嗎？」

「然後請你跟我一起回來，看著我讓布萊克先生服藥。」

「還有嗎？」

「還有一件事。我想請你就待在布萊克先生的房間裡，觀察之後會發生什麼事。」

「喔，很好。」布拉夫先生說。「不管是我房間，還是布萊克先生的房間，都沒差別；我可以帶著我的文件到任何地方。詹寧斯先生，除非你反對我把**這些**常識性的東西帶入你的實驗過程裡？」

在我來得及回答以前，躺在床上的布萊克先生對律師說話了。

「你真的對我們進行的實驗一點興趣都沒有嗎？」他問。「布拉夫先生，你的想像力比一隻牛還不如。」

「布萊克先生，牛是有用的動物。」律師說。他說完以後，就跟著我走出房間，手上還是拿著文件。

我們到起居室時，看到維林德小姐一臉蒼白，情緒相當激動，正在起居室裡來回走動著。貝特瑞吉站在角落一張桌子前，護衛著藥櫃。布拉夫先生看到一張椅子就坐下來，開始埋首閱讀手中的文件（彷彿在模仿有用的牛一樣）。

維林德小姐將我拉到一邊，反覆跟我提及她目前唯一感興趣的事情，那就是布萊克先生。

「他現在狀況怎麼樣？」她問。「他會緊張嗎？有沒有發脾氣？你覺得這實驗會成功嗎？你確定不會造成任何傷害？」

「我很確定。來吧，妳過來看我怎麼調配藥劑。」

「等一等！現在已經過十一點了。在藥效發作以前，大概還有多少時間？」

「這可不好說。大約是一小時左右吧。」

「我想他的房間現在就跟去年一樣，一片漆黑吧？」

「當然。」

「我應該要在我的臥室裡等，跟去年一樣。然後我得要把門打開一點縫隙。去年我的門就打開了。我會監視起居室的門；然後等到他過來的時候，我會把臥室內的燭火吹熄。去年我生日的晚上，事情經過大致就是這樣。所以這一次也應該要依照去年的狀況，是不是？」

「維林德小姐，妳確定妳可以控制妳的情緒嗎？」

「若是為了**他**，我什麼都可以做到！」她熱切地說。

我看了看她臉上的神情，確信我可以信任她。我再度向布拉夫先生搭話。

「我得要麻煩你先把文件放旁邊一下，可以嗎？」我問。

「喔，當然可以。」他有點驚訝地站起身來，好似一副自己正做到興頭上，卻被我給打斷了一樣。他跟著我走到藥櫃旁。他放下手中令人興奮的工作，看到貝特瑞吉時，打了一個哈欠。

維林德小姐手中拿著一杯水，那是她從一張邊桌上拿來的。「請你讓我把水加進去吧。」她悄聲說：「我也希望可以親手參與實驗過程。」

我從瓶子裡倒四十滴鴉片酊到一個玻璃藥水杯裡。「倒三倍的水進去。」我說，接著將杯子交給維林德小姐。我要貝特瑞吉將藥櫃鎖上，並告知他我的工作已經完成了。這位老僕人的臉上出現了如釋重負的神情。他很明顯地懷疑我有可能會對他的年輕女主人做什麼醫療實驗。

依照我的指示，將足夠分量的水加入玻璃杯以後，維林德小姐趁貝特瑞吉在鎖藥櫃，布拉夫先生回頭看文件時，輕輕在杯子的邊緣吻了一下。「你把杯子交給他的時候，」這位迷人的小姐說：「請把這一面朝向他。」

我將我口袋裡一顆水晶石拿出來，交給她；這顆水晶石是用來代替鑽石的。

「這件事也需要借妳的手完成。」我說。「請妳把這顆水晶石放在妳去年放月光石的地方。」

她走到印度式櫃子的旁邊，將那顆假鑽石放進抽屜裡，那正是去年真鑽石所放置的地方。布拉夫先生不滿地看著我們的實驗過程；他似乎不管看到什麼都有些不滿意。但在實驗開始進行所造成的強烈刺激之下，貝特瑞吉似乎也無法保持理性了。他拿著燭台的手顫抖著，很焦慮地低語：「小姐，妳確定是放在這個抽屜裡？」

我手裡拿著裝了鴉片酊藥劑的水杯，走到門邊。我要出去時停下腳步，對維林德小姐說了最後一句話。

「請妳要快點將燭火熄滅。」我說。

「我會馬上熄滅的。」她回答。「我會在我臥室裡面等，只點一根蠟燭。」

她在我們身後關上起居室的門。貝特瑞吉和布拉夫先生跟著我，一起走到布萊克先生的房間。我們發現他在床上不安地滾來滾去，而且非常急躁，想著自己今晚到底何時才要服用鴉片酊。在兩位見證人在場的情況下，我讓他服下鴉片酊，幫他把枕頭拍鬆，要他躺下，靜靜等待。

他的床上掛著布料輕柔的印花帳簾，床頭部分靠著牆，讓兩側簾幕都可以打開。我把其中一面的簾幕完全拉起來，讓他看不到那一部分的房間，然後我要貝特瑞吉和布拉夫先生坐在那一側等待。床尾的簾幕則是半遮半掩；我把椅子放在和床尾有點距離的地方，讓布萊克先生可以稍微看到我，而視藥效進展的狀況，他也有可能會對我說話。我事先知道他睡覺時會在室內點一盞燈，便將燭台放在他床頭邊一張小桌上，且盡量不讓光直接照到他的眼睛。我把另一盞燭台交給布拉夫先生，由於他坐的位置，光線會完全被簾幕給遮住。接近天花板的窗打開，讓室內空氣流通；雨輕柔地下著，整座宅邸非常安靜。一切都準備完成以後，我看了看錶，此刻正是十一點二十分；我去坐在床尾的椅子上。

布拉夫先生又開始看文件了，一副對這些文件非常有興趣的樣子。但是我現在看著他，開始覺得有跡象顯示，他對法律的興趣已經漸漸退散了。即使他是這麼缺乏想像力的人，但目前我們所處的不安狀態，也逐漸對他產生了影響。至於貝特瑞吉，他先前採取的堅守原則和莊嚴的言行態度，也變成空話。他忘了我正對法蘭克林．布萊克先生耍什麼神靈召喚的把戲；他忘了我害整棟宅邸從上到下、裡裡外外都亂七八糟；他也忘了我自從長大以後，就沒再看過《魯賓遜漂流記》了。「先生，看在老天的分上，」他對我悄聲說：「請你告訴我們大概何時會開始起作用吧。」

「過午夜之後。」我也小聲說，「不要說話，坐好。」

貝特瑞吉已經不再刻意和我保持距離。他甚至還對我眨眨眼！

我看了看布萊克先生的狀況，發現他就跟之前一樣輾轉難眠；他很焦躁，想著為什麼鴉片酊的效用還沒有發作。以他現在的狀況來看，他越是煩躁，胡思亂想，就越延遲鴉片酊的效果，甚至會讓藥物完全無效。最好能引導他分神去想其他事物，讓他不要把心思全放在鴉片上頭。

於是我鼓勵他跟我說說話。由於是我來引導對話的主題，所以我開始談起傍晚時我們一直在討論的事情，也就是鑽石。我開始重複提起月光石的故事。月光石是怎麼從倫敦到約克夏；布萊克先生帶著鑽石從法蘭茲霍爾的銀行過來時，是面臨著什麼樣的危機；還有在維林德小姐生日的那天傍晚，那些印度人是如何出其不意地出現在宅邸前面。而且我在重述稍早布萊克先生告訴我的這些故事時，故意把一些部分給講錯，用這種方法讓他滿腦子都是跟鑽石相關的事情，且不讓他察覺我是有意要這麼做的。他漸漸專注於訂正我的錯誤，而不再躺在床上翻來覆去。他現在不再想鴉片的事情；看到他的眼神時，我就瞭解鴉片已經開始發揮功效了。

我看了看手錶。正好是十一點五十五分，症狀顯示鴉片酊的效果開始出現了。

在這個時候，非專業的人還無法辨識出他身上已經產生轉變。但是，隨著時間過去，那原本相當模糊的變化，也變得越來越明顯——他臉上滿是汗水，眼裡閃耀著因鴉片造成的狂喜光芒。又過了五分鐘，之前他原本可以跟上我的對話，現在卻變得很不連貫，而他還是在談鑽石的事情，不過卻很難說出完整的句子了。又過了一會兒，破碎的句子，變成一兩個單字。接著就陷入一長段的沉默。他從床上坐起身。因為依然滿腦子都是鑽石的事情，他又開始重拾話題；不過並不是對我說，而是自言自語。這改變告訴我，實驗的第一階段目的已經達成了。鴉片帶來的刺激性效果已經奏效。

此時是十二點二十三分。接下來半個小時的進展，就會決定他是否會從床上起身，離開房間。

我屏息觀察他的狀況（因為第一階段目的在我所預期的時間點完成，而感到相當興奮），幾乎讓我忘了還有兩位見證人跟我一起在場觀看。我看向他們兩人，發現布拉夫先生的文件（法律的代表）散亂在地板上，布拉夫先生則專注地從簾幕縫隙中觀察布萊克先生；而貝特瑞吉似乎完全忘了社會階級該有的分際，從布拉夫先生的背後探頭看。

當發現我在看著他們的時候，兩人都嚇了一跳，就像犯錯被老師當場逮到的小男孩一樣。我邊動作邊比了個手勢，要他們安靜地和我一樣脫下靴子。如果布萊克先生真的起身離開房間，我們最好能安靜無聲地跟在他後面。

過了十分鐘。什麼事都沒發生。接著，他突然把蓋在身上的被子掀開，一隻腳擺在床外。他等了一會兒。

「我真希望我從來就沒有把鑽石從銀行拿出來。」他對自己說。「放在銀行裡比較安全。」

我的心跳得很快，可以感受到脈搏狂跳著。對於鑽石安危的焦慮，再度佔據了他整個心思。在這個關鍵點上，實驗算是有了成功的轉機。有可能成功的展望，對我那脆弱的神經來說，實在是過於強烈了。我得想辦法不要盯著他看，否則我會失去控制。

又陷入一段沉寂。

當我覺得自己又可以看向他時，他已經下了床，直挺挺地站在床邊。他的瞳孔收縮；當他的頭前後晃動時，燭光映著他的眼瞳，閃閃發光。他正在思考，懷疑；他又開始說話了。

「我怎麼會知道呢？」他說。「那些印度人搞不好就藏在宅邸裡。」

他停頓了下，接著慢慢地邁步，走向房間另一端。他轉身，等了一下，又走回床邊。

「甚至連鎖都沒鎖。」他繼續說。「鑽石就放在她房間的櫃子抽屜裡，而且抽屜還沒上鎖。」

他坐在床緣。「任何人都可以把鑽石拿走。」他說。

他又慌張地起身，再度重複先前說過的話。

「我怎麼會知道呢？那些印度人搞不好就藏在宅邸裡。」

他又停了一會兒。我躲在半開的簾幕後頭。他環視房間，眼裡閃耀著空洞的光芒。我屏息看著。他停頓了一下。這停頓是因為鴉片的關係嗎？還是因為他腦子的運作？誰知道呢？一切都取決於他下一步會採取什麼行動。

他竟然又倒回床上了！

我的腦子裡閃過一個可怕的疑問。有沒有可能鴉片的鎮靜效果已經開始發揮功效了？在我的經驗裡，應該沒有這麼快。但關於鴉片的功效，就算是我個人的經驗又如何？這個世界上沒有兩個人會對藥物產生完全相同的反應。會不會是他體質裡的某種成分，讓鎮靜效果提早出現了？我們是不是在即將成功的時候，栽了個觔斗？

但沒有！他又突然起身。「在現在**這種**讓我掛心的狀況下，我怎麼還能睡？」他說。

他看了看放在床頭邊桌上的蠟燭；過了一會兒，他就將燭台拿起來。

我吹熄了放在簾幕後的那根蠟燭，和貝特瑞吉、布拉夫先生一起退到房間角落。我做了個手勢，要他們安靜，彷彿保持安靜是讓他們得以活命之道。

我們等待著；這段時間什麼也沒看到，什麼也沒聽到。我們躲在簾幕後頭，繼續等待著。

他手中握著的燭光突然開始移動。下一刻，他拿著燭台越過我們身邊，動作滑順，無聲無息。他打開寢室的房門，走了出去。

我們跟著他穿過走廊，跟著他下樓，跟著他走過二樓迴廊。他沒有朝後看，腳步沒有絲毫猶豫。

他打開起居室的門，走了進去，身後的門敞開著。

這宅邸裡的門絞鍊，是一種大型、老式的絞鍊。當門打開的時候，門與門框之間會出現很大的縫隙。我朝兩位同伴比手勢，要他們從門縫中窺視裡頭的狀況，這樣就不會被起居室內的人看到了。我則站在他們的另一側（當然還是在門外）。我的左側是牆壁的凹槽，如果他轉身回頭看向走廊的話，我還可以及時隱身在凹槽裡。

他手中依然拿著燭台，走到起居室中央；他看了看四周，但卻沒有往後看。

我看到維林德小姐臥室的門半開半掩著。她已經把房間裡的燈光給熄滅了。她很勇敢地控制了自己的情緒。我只能看到她身上那件白色夏服發出的模糊色澤。不知情的人一定不會料到，這個房間裡還有別人在。她待在黑暗中，全神貫注，沒有一個動作、一句話語逃得過她的注意。

現在正是一點十分了。在死寂的沉靜中，我聽到窗外的雨輕柔地落下，以及風颳過枝頭所發出的顫抖聲。他有些猶豫地站在房間中央約一兩分鐘以後，開始移動至角落的窗邊，那個印度式櫃子正是放在那裡。

他將燭台放在櫃子的上頭。他一個接一個地打開又關上抽屜，直到他打開那個放著假鑽石的抽屜。他看著抽屜內一段時間，接著他用右手把假鑽石拿出來，另一隻手則拿了放在櫃子上頭的燭台。他向後走了幾步，回到房間的中央，然後又在那兒站了一會兒。

到此為止，他完全重複去年維林德小姐生日那天晚上所做的事情。他接下來的舉動也會跟去年一樣嗎？他會離開房間嗎？他會跟我想的一樣，回去他的寢室嗎？等他回去寢室以後，他會讓我們看到他是怎麼處置那顆鑽石的嗎？

但他接下來的第一個動作，卻跟去年受到鴉片影響所做出來的事情，完全不一樣。他將燭台放在一張桌子上，搖搖晃晃走到房間的另一頭。那裡有一張沙發。他重重地將身體靠在沙發的背面，然後用左手撐著，讓自己站起來，接著又回到房間的中央。我可以看到他的雙眼。他的眼睛變得越來越遲鈍、沉重，眼裡的光亮也越來越黯淡。

這令人擔憂的狀況，讓維林德小姐失去了控制。她踏前幾步，但又隨即停下來。布拉夫先生和貝特瑞吉第一次看向我這邊。我們都預料到有可能會失敗，因此覺得失望無比。

但是，只要他還站在房間中央，就還有希望。我們帶著難以言喻的期望，等著接下來會發生什麼事。

接下來的事件是關鍵。他手中的假鑽石掉落在地板上。那假鑽石在地板上滾動至門前，掉落的位置是他或任何人都可以看得很清楚的地方。他沒有試著要把鑽石撿起來；他用空洞的眼神朝下看著鑽石，頭漸漸垂落在胸前。他蹣跚邁步（有一瞬間想要站好），腳步不穩地走到沙發邊，坐了下來。他做了最後的掙扎，試著起身，但又隨即沉入沙發裡。他的頭落在沙發靠墊上。現在是一點二十五分。在我將錶放回我的口袋之前，他就沉沉睡去了。

現在全都結束了。鴉片的鎮靜效果已經發揮作用；實驗結束了。

我走進房間，告訴布拉夫先生和貝特瑞吉，他們也可以跟我一起進去。現在已經不用擔心會打擾到布萊克先生了。我們可以自由移動和說話。

「第一件要處理的事情是，」我說：「我們要怎麼處理布萊克先生。他應該會至少睡上六到七個小時。但是要把他運回他房間又有些遠。如果我年輕點，我還可以一個人就把他搬回去，但我現在體力和力氣都大不如前，我想我得請各位幫忙一下。」

在他們兩人回答我以前，維林德小姐就柔聲叫喚我。她走出臥室時，手上拿著一件輕薄的披肩，還有一條她自己床上的床單。

「你要在他睡著的時候在一旁看著嗎？」她問。

「是的，我要確認一下鴉片對他造成的效果，所以不能放他單獨一個人。」

她將披肩和床單遞給我。

「你為什麼要打擾他睡覺呢？」她輕聲說。「讓他在沙發上睡吧。我會把我的房門關上，然後待在我的臥室裡的。」

這是最簡單和最安全的處理方法了。我問了布拉夫先生和貝特瑞吉的意見，他們兩人都贊成我的決定。不過五分鐘，我就讓他在沙發上舒服地躺下來，將披肩和床單蓋在他身上。維林德小姐向我們道晚安，然後回到自己的臥室裡去。在我的要求之下，我們三人圍坐在房間中央的桌子旁，桌上擺著燭台，還有可以寫作的工具。

「在我們分開以前，」我開始說：「對於今晚的實驗，我有句話要說。從這場實驗，我們達成了兩個很明確的目標。第一，布萊克先生去年確實是在鴉片的效用下，無意識且無責任地進入這個房間拿走鑽石。你們看到實驗過程了，覺得我的說法可信嗎？先生。」

他們毫不遲疑地就同意了我的說法。

「第二，」我繼續說：「去年維林德小姐生日那天晚上，他被維林德小姐目擊到拿了鑽石，離開起居室以後，他做了什麼。當然，我們希望藉由他完全重複去年的行為，來達成我們的目的。不過他後來沒辦法做到，我們在這方面的實驗可以說是失敗了。我不得不說對於這個結果有些失望，但我也不是完全沒有預料到這樣的狀況。我一開始就已經告訴過布萊克先生，這次的實驗成功與否，在於我們是否有辦法完全複製去年他的生理和心理狀態；但我也警告過他，要能完全複製是不可能的事情。我們只能複製出其中一部分，因此也只得到了一部分的成果；但也有可能是我下的鴉片酊劑量過重了。不過，我認為我所給的第一個理由，應該是實驗既失敗又成功的原因。」

說完這些話，我將寫作工具放在布拉夫先生面前，在確認過他本人的意願後，請他（在我們回到各自房間休息之前）將自己今晚所看到的事情寫在紙上並簽名。他隨即提筆，用熟練的方式流暢地寫下見證文章。

「關於今晚稍早我們之間的事情，我向你致歉。」他說，簽上名字。「詹寧斯先生，很抱歉先前還懷疑你。你幫了法蘭克林・布萊克非常大的忙。以我們的法律術語來說，你的案子勝訴了。」

貝特瑞吉的道歉則很有他個人的風格。

「詹寧斯先生，」他說：「你重讀《魯賓遜漂流記》時（我強烈建議你應該要重讀一遍），你會發現，當他發現自己犯錯時，他一定會承認且反省的。先生，我就像魯賓遜一樣，向你致上歉意。」他說完以後，也在紙張上簽名。

我們站起身來時，布拉夫先生拉著我到一旁。

「關於鑽石的事情，」他說：「你的想法是，法蘭克林·布萊克把鑽石藏在自己的房間裡。但我認為月光石就放在路卡先生的銀行保險庫裡。我們現在不要爭論到底誰才是正確的。我們要討論的是，要怎麼來證實誰的想法是對的。」

「我的實驗已經在今晚完成，」我回答：「而且失敗了。」

「而我的實驗還在進行中。」他說。「過去兩天，我都請人去監視路卡先生和銀行。接下來一直到這個月底，我都還是會繼續監視。我知道他一定得親自去銀行取出鑽石；我想那個把鑽石拿去抵押的人，會要路卡先生將抵押品拿回來。如果是這樣的話，我就可以找到抵押鑽石的人，而一旦成功了，也能解開這個把大家耍得團團轉的謎團了。你覺得呢？」

我欣然同意他的說法。

「我會搭明天早上的火車回倫敦。」律師繼續說。「等我回去，或許會得到什麼重大發現。如果有必要的話，我會希望法蘭克林·布萊克也在我身邊。等他醒來，我會告訴他，希望他跟我一起回倫敦。今晚發生了這麼多事，我想我可以相信，你能幫我勸勸他吧？」

「當然可以！」我說。

布拉夫先生和我握手之後，便離開房間。貝特瑞吉也跟著他一起出去。我走回沙發旁，看著布萊克先生。我讓他在沙發上躺下以後，他就一動也不動；目前正陷入深沉的睡眠當中。

我還看著他的時候，聽到身後臥室的門輕輕打開的聲音。我看到維林德小姐穿著那身漂亮的夏服，站在門邊。

「你最後可以再幫我個忙嗎？」她悄聲說。「讓我跟你一起看著他吧。」

我猶豫了；並不是顧慮禮節的問題，而是擔心她今晚完全沒有休息。

她走到我身邊，執起我的手。「我睡不著，我在自己房間裡甚至連坐也坐不住。」她說。「喔，詹寧斯先生，你應該可以瞭解，我多麼希望可以坐在他身邊看著他。請你答應我吧！求你！」

不用說，我當然是屈服了。

她將一張椅子搬到沙發一角。她沉默地看著他，臉上卻帶著狂熱的幸福神情，眼裡逐漸浮現出淚滴。她擦乾眼淚，說要去拿自己的針線活來做。不過，她手裡是拿著針線，自始至終卻連一針都沒刺。針線活就放在她的大腿上，但她的目光根本捨不得從布萊克先生的身上移開，連引線穿針都不願意。我想到我的年輕歲月；我想起那曾經帶著愛意，看著我的溫柔目光。我的心情沉重，因此我開始寫筆記，藉此抒發心情。

我們兩人都不發一語，只是看著沉睡的布萊克先生。我們其中一人埋首於寫作，另一人則專注地以帶著愛意的眼神看著他。

過了幾個小時，他陷入深沉的睡眠中。晨光灑進室內，而他依然一動也不動。

接近六點的時候，我感覺到我的病痛又要發作了。我便離開一會兒，讓他們兩人獨處。我說我要上樓去他的房間，拿另一個枕頭過來。這一次的發作，並沒有持續很長的時間，沒過多久我就可以回去起居室，讓她又看到我。

我回去時發現她就坐在沙發邊，彎下身輕吻他的額頭。我盡可能嚴肅地對她搖搖頭，指了指她的椅子。她抬頭看著我，露出燦爛的笑容，一抹迷人的紅暈浮上她的臉頰。「如果你是我的話，你也會這麼做的。」她輕聲說。

現在是八點鐘。他開始有了動作。

維林德小姐就跪在沙發邊。當布萊克先生張開眼睛時，第一眼看到的就是她。

我是不是該讓他們兩人獨處呢？

當然了！

十一點鐘。宅邸再度清空了。大家各自有事；他們坐十點鐘的火車回倫敦去了。我短暫的幸福夢境結束了。我再度回到我那孤獨無友的現實人生。

我不想寫下維林德小姐和布萊克先生對我說的那些友善的話語。況且我也不需要這麼做。在我孤寂的時刻，我會一再回味這些話語，它們也會陪伴著我，直到我生命最終的一刻。☆8布萊克先生會寫信告訴我在倫敦發生了什麼事；維林德小姐會在秋天時回到宅邸（當然是為了準備婚禮），而我到時會被邀請至宅邸作客，度過愉快的假期。當她看著我時，眼中洋溢著幸福光彩，那雙握著我的溫暖小手似乎在說：「多虧了你，讓我們可以重拾幸福！」

我那些可憐的病人正在等我。今天早上，我又再度回去做那些例行公事了。而今天晚上，我又得在身體的病痛和是否服用鴉片之間掙扎。

上帝慈悲！我曾經看見過陽光；我曾經度過一段幸福的時刻。

☆8
Those words will come back to me in my solitary hours, and will help me through what is left of the end of my life.

第五份記述
——由法蘭克林．布萊克接續

為了要讓艾茲拉．詹寧斯的筆記更完整一點，我得再說明一些事情。

至於我的狀況，我在二十六日早上醒來時，完全不知道前一晚在鴉片的效用下，我說了什麼話，做了什麼事。從鴉片開始發作，直到在瑞秋的起居室醒來，這段期間的事情，我完全不記得了。

至於以後的事情，我想不需要報告太多細節。我只說明結果。在我醒來以後，不需要言語，我跟瑞秋就能彼此心意相通。我和瑞秋都不需要說明什麼，很快就重修舊好。各位先生和女士，請回憶一下當你們墜入情網的那一刻，就會理解，當艾茲拉．詹寧斯離開起居室之後，我和瑞秋之間發生了什麼事。

不過我得要告訴各位，瑞秋後來想起來，過不久梅瑞德夫人就會過來了。她聽到走廊上有老婦人走路時衣服摩擦的聲音，便趕緊跑出去；我聽到梅瑞德夫人說：「怎麼了？」瑞秋回答：「是爆炸。」梅瑞德夫人隨即被拉到外頭的庭園，躲避即將到來的衝擊。她回來以後，在大廳遇到我，隨即告訴我，當她還在學校唸書時，就被科學實驗的爆炸給嚇到了。「布萊克先生，這個爆炸比我想像的還要輕微一點。我在庭園幾乎沒聽到詹寧斯先生實驗的爆炸聲響。而且我回到宅邸以後，也沒聞到什麼氣味。我得要向你那位醫生朋友道歉。他真的把事情處理得很好！」

所以，在成功征服了貝特瑞吉和布拉夫先生以後，艾茲拉．詹寧斯也征服了梅瑞德夫人。不管如何，我重獲自由，宛若新生！

用早餐的時候，布拉夫先生坦誠告訴我，他希望我跟他一起搭早上的火車回去倫敦。他依然派人去監視銀行，而這幾天可能發生的事情，對瑞秋來說，有著無可抗拒的吸引力，她當下即決定（若梅瑞德夫人不反對的話）跟我們一起回倫敦，這樣她就可以及早獲知有關這波行動的最新消息。

梅瑞德夫人認為爆炸的事情處理得很好，因此對這些事採取順應且寬容的態度；貝特瑞吉接著提醒我們四人要趕快上路，才能趕上早上的火車。我本來期望他會要求跟我們一起去倫敦，但是瑞秋很聰明地給了這位忠心的老僕一個任務。他被要求重新裝潢宅邸，且因為任務繁重，就算他偶爾「偵探病」發作，也無力去應付了。

我們唯一的遺憾是，為了要及早趕回倫敦，必須跟艾茲拉．詹寧斯匆匆道別。要說服他跟我們同行，是不可能的事。我只能答應他，我會寫信給他，瑞秋則說下次到約克夏，會邀請他到宅邸來作客。我們很期待，在數個月後與他重逢，看著這位好友孤身一人站在月台上，目送我們離去，實在是令人感到悲傷。

我們一到達倫敦，出了終點站，就有一個男孩接近布拉夫先生，跟他攀談。這男孩穿著脫線的黑色夾克和褲子，全身上下最引人注目的地方，是他的眼睛。他的眼神總是投向遠方，緩慢地轉動著，甚至會讓人覺得，這眼球竟能好好地待在他的眼窩裡真是奇蹟。在聽完那個男孩說的話以後，布拉夫先生告訴兩位女士，我們得在這裡向她們告辭，無法護送兩位女士回去波特蘭廣場的家。在我剛告訴瑞秋我會回去找她，跟她說這一陣子都發生了什麼事之後，布拉夫先生就拉著我，匆匆忙忙上了一輛出租馬車。那個眼睛怪怪的男孩跟車夫坐在一起，車夫隨即駕車往倫巴底街的方向前進。

「銀行那兒有新消息嗎？」一出發，我就問了。

「是路卡先生那兒有新消息。」布拉夫先生說。「一小時以前，他被人看到從蘭貝斯的住家出發，和兩個男人一起坐上出租馬車。那兩個男人，根據我僱請的人形容，是兩個穿著便服的警察。如果路卡先生的警戒態度出自於對那些印度人的恐懼，那麼事情就很明白了。他要去銀行把鑽石拿出來。」

「我們現在要去銀行，看看會發生什麼事嗎？」

「是的，或者如果事情已經結束了，去問問看那時發生了什麼事。你注意到跟車夫坐一起的那個男孩了吧？」

「我注意到他的眼睛很不尋常。」

布拉夫先生笑了。「在我的辦公室，大家都叫這男孩『黑醋栗』。」他說。「我給了他這份差事，不過我真希望辦公室裡給他取這綽號那個職員的辦事能力也跟他一樣牢靠。布萊克先生，黑醋栗是全倫敦最聰明的男孩，除了他的眼睛以外。」

在四點四十分左右，我們到達了位於倫巴底街的銀行。打開出租馬車車門時，黑醋栗用一種熱切的眼神看著他的老闆。

「你也想要進去嗎？」布拉夫先生很親切地說。「那一起進來吧。在我給你新的指令以前，你就跟在我身邊。」「他的動作就跟閃電一樣快。」布拉夫先生對我小聲說。「只要兩個字，黑醋栗就可以瞭解你的意思了。若是其他男孩，可能要說上二十句，他們才能懂呢。」

我們進入銀行。外面的大廳（布置著一長排的櫃臺，出納員就坐在櫃臺後頭）擠滿了人，大家都趕在五點鐘銀行關門以前，等著要去提錢或是存錢。

布拉夫先生一走進來，人群中就有兩個人朝他走來。

「你們看到他了嗎？」布拉夫先生問。

「先生，半個小時前，他從我們面前走過去，然後進去裡頭的辦公室。」

「他還沒出來嗎？」

「是的，先生。」

布拉夫先生轉向我。「我們等吧。」他說。

我看了看圍繞在周圍的人們，想從中尋找那三個印度人的身影。但我到處都看不到他們的蹤跡。唯一有著黝黑膚色的人，是個穿著飛行員夾克，戴圓帽子，看起來像個水手的高個子男人。這個男人有可能是印度人裝扮的嗎？不可能！這個男人比那些印度人還要高，他的臉（即使臉上沒有濃密的黑鬍子）比印度人都還要大。

「他們應該有派間諜過來。」布拉夫先生也看著那個黑皮膚的水手。「他就有可能是間諜。」

在他再度開口之前，跟在他身邊，有著黑醋栗般眼睛的機靈男孩，慎重地拉了拉他的外套下襬。布拉夫先生看向男孩所指的地方。

「噓！」他說。「那是路卡先生！」

這個債權人從銀行內部的辦公室走出來，身邊跟著兩個保護他的警察。

「你注意他的動向。」布拉夫先生輕聲說。「如果他要把鑽石交給某人的話，應該就會在這裡進行交易。」

路卡先生完全沒有注意到我們，逕自穿過擁擠的人群，走向門口。我注意到，當他走過一個身材矮胖、穿著灰色西裝的男人身邊時，他的手動了一下。那個人稍微嚇了一跳，然後看向路卡先生。路卡先生繼續緩慢地穿過人群。接近門口時，他的保鑣分別站在他的兩側。布拉夫先生僱請的其中一人跟著他們出去了；他們的身影消失在我眼前。

我回頭看向律師，又刻意看了看那個穿灰色西裝的男人。「沒錯！」布拉夫先生悄聲說。「我也看到了！」他轉身去找另一個他僱請的人。那個人不見了。他又看了看跟在他身後的機靈男孩，但黑醋栗也消失了。

「到底是怎麼了？」布拉夫先生生氣地說。「在我們需要他們的時候，這兩個人竟然都不在。」

這次輪到那個穿灰色西裝的男人到櫃臺去辦事了。他用支票付款，領取了一張收據以後，就轉身離開銀行。

「我們要怎麼做？」布拉夫先生問。「我們不能跟蹤他，這樣有失身分。」

「我可以！」我說。「跟你賭一萬英鎊，我可不會讓那個人離開我的視線。」

「我跟你賭兩倍的錢，我也不會讓你離開我的視線。」布拉夫先生說。「對我這樣地位的人來說，這還真是件好工作呀。」我們跟著那個陌生人走出銀行時，他對自己這麼喃喃自語。「看在老天的分上，你可不要說出去。要是被別人知道，我的名聲就要掃地了。」

穿灰色西裝的男人搭上一輛往西邊走的公共馬車。我們也跟著他一起上車。我想布拉夫先生的心底還是殘留著一些年少的青澀。他坐上公共馬車的座位時，竟然臉紅了！

灰色西裝的男人在牛津街下了公共馬車，我們也跟著下車。他走進一間藥店。

布拉夫先生驚訝不已。「這是我常去的藥店！」他大叫道。「我們恐怕搞錯了。」

我們進入藥店，布拉夫先生跟老闆私下說了幾句話。當他又來找我時，一臉氣餒的樣子。

「至少這對我們的名聲信用很好。」他拉著我的手臂，帶我走出藥店。「這是唯一值得安慰的地方。」

「關我們的名聲信用什麼事？」我問。

「布萊克先生！我們兩人是最糟糕的業餘偵探。那個穿灰色西裝的男人，這三十年來都是這間藥店的員工，他去銀行是去替老闆付錢，而且他完全不知道月光石的事情。」

我問，接下來我們該怎麼做。

「回去我的辦公室。」布拉夫先生說。「黑醋栗，還有我雇用的人，他們很明顯是去跟蹤其他人了，我們只能期待他們有找到正確的方向。」

我們回到格雷法律學院廣場的時候，那個跟蹤的人已經早我們一步回來了。他在辦公室等了約十五分鐘左右。

「你有什麼消息？」布拉夫先生問。

「先生，很抱歉，」那個人回答：「我犯了個錯誤。我發誓我看到路卡先生把東西交給一個老紳士，那個人穿著一件淡色的寬鬆外套，但我後來發現那位老紳士是在東奇普一位德高望重的鐵器商人。」

「黑醋栗呢？」布拉夫先生一副聽天由命的樣子說。

那個人瞪大眼睛：「我不知道，先生。我離開銀行以後就沒看到他了。」

布拉夫先生要那個人先離開。「現在只有兩種可能。」他對我說。「黑醋栗不是跑掉了，就是還在追蹤他的對象。你要不要在這裡一起用晚餐，說不定一兩個小時以後，那個男孩會回來報告？我這裡的地窖有好酒，還可以請附近的咖啡廳送些肉排過來。」

我們在布拉夫先生的辦公室裡用晚餐。用過餐以後，在桌巾要撤掉之前，外頭有人傳話說，「某人」想要跟律師談一談。那個人是黑醋栗嗎？不是，是跟蹤路卡先生出去銀行的那個人。

他的報告沒有什麼特別之處。路卡先生回去他的房子裡，隨即遣走兩名保鑣，之後他就沒有再出門了。黃昏的時候，窗簾拉了下來，門也拴上鎖。房子前方的大街，和後頭的小巷，都有人看守著。

沒有看到印度人在這一帶出沒。也沒有人在建築物的四周晃蕩。說完這些事情以後，那個人等著還有沒有其他命令。布拉夫先生要他今晚先回去。

「你認為路卡先生把月光石帶回他家裡了？」我問。

「不會的。」布拉夫先生說。「如果他要冒險將鑽石放在家裡，就不會把兩個保護他的便衣警察送回去。」

我們又等了那男孩半個小時，但他終究沒有出現。這個時間，布拉夫先生該回去他在漢普斯敦的家，而我也得去波特蘭廣場找瑞秋了。我給辦公室的看門人一張名片，上頭寫著我會在十點過後回到我的落腳處，若是那男孩回來的話，就把名片轉交給他。

有些人可以好好遵守時間，但有些人就是沒辦法準時。而我就是後者。我在晚上到達波特蘭廣場的房子，在一間長達四十呎的房間裡，我和瑞秋同坐在一起，梅瑞德太太則遠遠地坐在另一端。是不是有人怪我，為什麼要在十二點半，而不是十點半就回家？會這麼說的人實在是很沒良心！我還真是希望我從沒跟這樣的人認識過！

我回到我的住所時，僕人遞給我一張紙。

紙張上頭是幾行整齊的手寫文字：先生，我現在想要休息了。我會在明天早上大約九點到十點間再過來一趟。僕人告訴我，這訊息確實是個有奇怪眼睛的男孩交給我的。他帶著我的名片和訊息過來，等了約一個小時，他睡著了，然後又醒過來，寫下這幾行訊息給我，接著就回家了。他還在回去前很慎重地告訴僕人說，他現在「必須要休息，否則沒辦法做任何事」。

第二天早上九點，我準備好要迎接訪客。過了九點半時，我聽到前門傳來腳步聲。「進來吧，黑醋栗！」我喊道。「謝謝你，先生。」回應的是很慎重，卻也相當陰鬱的聲音。

門打開了。我嚇得跳了起來，因為來人竟是考夫警佐。

「在我寫信去約克夏之前，布萊克先生，我懷抱著你可能在倫敦的希望，所以先順道過來拜訪一下。」

他就跟之前一樣又瘦又沉鬱。但他的目光裡還是有一種慣常出現的神采（這在貝特瑞吉的**記述**裡有詳細記載），讓你覺得，他「看出了你心中連自己都不瞭解的部分」。不過，佛要金裝，人要衣裝，我幾乎認不出換了套衣服的考夫警佐。他戴了一頂寬邊白帽，身穿淡色獵裝外套、白色長褲，腳上套著黃褐色的綁腿。他手中還拿著一根厚重的橡木手杖。他這副裝扮，就像要讓人誤以為這個人一生都是住在鄉下地區。我稱讚他**蛻變**成功時，他可不覺得我是在開玩笑。他很嚴肅地向我抱怨倫敦的噪音和骯髒空氣。我甚至覺得他說話的腔調還帶著一些鄉音！我邀請他跟我一起用早餐，但這位看似純真的鄉下人用一副很震驚的表情看著我。**他**已經在早上六點半用過早餐了——他現在的生活作息是日出而作，日落而息。

「我昨晚才從愛爾蘭回來。」警佐說。他還是用那副難以理解的態度，向我說明此次造訪目的。「在我上床休息以前，我看了你的信，知道去年我離開這案子以後，又發生了什麼事。我這邊只有一件事情要說，我完全搞錯這個案子了。我不知道若跟我處於和當時同樣的狀況，有多少人可以看透真相。我不能聲稱說我知道了，這不能改變既存的事實。我只能說我搞砸了。布萊克先生，這並不是我職業生涯中第一次搞砸事情。只有在小說裡，那些神探才能戰勝人性的弱點，完全不犯錯！」

「你正好可以來挽回你的名譽。」我說。

「很抱歉，布萊克先生。」警佐又說。「我已經退休了，我現在完全不關心我的名譽問題。感謝老天，我已經不用去管什麼名譽了。先生，我之所以過來，是因為我感謝已故的維林德夫人對我的寬大為懷。為了這一點，我會願意重拾以前的工作；若你需要且信任我的話。我不需要金錢。這完全是出於我的榮譽感。現在請你告訴我，布萊克先生，你上次寫信給我以後，又有什麼進展？」

我告訴他鴉片實驗的經過，還有之後在倫巴底街銀行發生的事情。他對實驗感到很震驚；這是他完全沒有經歷過的事情。他也對艾茲拉・詹寧斯的假設很感興趣，因為他認為我在去年瑞秋生日的那個晚上，拿了鑽石以後，就把鑽石藏在自己的房間裡。

「我不認為是你把鑽石藏起來。」警佐說。「但是我同意，你應該是把鑽石拿回自己房間裡了。」

「那麼，接下來發生什麼事了？」我問。

「先生，你沒有想過自己接下來又做了什麼嗎？」

「布拉夫先生怎麼說？」

「我完全沒頭緒。」

「他也跟我一樣。」

考夫警佐起身，走到我的寫字桌旁。他走回來時，手中拿著一個封好的信件。這封信上寫著「私人信件」，收件人是我，信封角落有考夫警佐的署名。

「去年我懷疑錯人了。」他說。「我現在也可能找錯對象。布萊克先生，請你等到發現真相後，再把這封信打開，看看犯罪者的名字，跟我在信裡寫的一不一樣。」

我將信放進口袋裡，接著問考夫警佐，對於我們在銀行發生的一連串事情有什麼想法。

「先生，你們做得很好。」他回答。「不過，當時還有另一個在路卡先生身邊的人需要注意。」

「那個人就是你在信裡提及的人嗎？」

「是的，布萊克先生，就是我在信裡提及的人。不過現在卻一點幫助也沒有。等時機到了，我會

☆9
In our modern system of civilisation, celebrity (no matter of what kind) is the lever that will move anything.

向你跟布拉夫先生解釋的。現在先讓我們等一等，看那個男孩是否會說出什麼值得注意的事情。」

現在已經接近十點了，而那男孩還沒有出現。考夫警佐跟我聊起其他事情。他問候他的老友貝特瑞吉，以及總是與他意見相左的園丁先生。若不是我的僕人走進來，告訴我那個男孩到了的話，過不了一分鐘，他就會把話題扯到自己最喜愛的玫瑰上頭了。

黑醋栗被帶到這個房間，卻在門口處停下腳步，一臉不信任地看著房間裡另一位陌生人。我要那男孩到我身邊來。

「你不用在意這位紳士，」我說：「他是來協助我的，他也知道發生了什麼事。考夫警佐，」我又說：「這位是在布拉夫先生辦公室幫忙的男孩。」

在我們這個文明社會的體系當中，名人（不管是哪一種）是可以讓事情變得更順利進行的手段。☆9小黑醋栗有聽說過考夫警佐的大名。我一提起警佐的名字，這男孩的眼睛就不停地打轉著，我幾乎以為他的眼珠就要從眼窩裡掉出來了。

「過來，小伙子。」警佐說。「請你告訴我們你要說的是什麼吧。」

這個偉大的人（他的事蹟在全倫敦的律師事務所廣為流傳）竟然會注意到自己！這一點讓黑醋栗整個人呆住了。他站在考夫警佐面前，雙手背在身後，就像是個剛剛進入修道院的修士，在接受教義問答測驗的模樣。

「你叫什麼名字？」警佐在測驗一開始，就先問了這個問題。

「奧塔維斯．蓋伊。」男孩回答。「因為我的眼睛，所以辦公室的人都叫我黑醋栗。」

「奧塔維斯．蓋伊，又名黑醋栗。」警佐很嚴肅地說：「你昨天在銀行消失了。你去哪裡了？」

「先生，我去跟蹤一個人。」

「那個人是誰？」

「先生，那個人個子很高，有一臉黑鬍子，穿著打扮像水手。」

「我記得那個人！」我插話道。「布拉夫先生和我都認為，他很可能是印度人雇用的間諜。」

考夫警佐似乎一點也不在意我和布拉夫先生的想法，只是繼續問問題。

「你為什麼會想要去跟蹤那個水手？」他問。

「先生，布拉夫先生想要知道，路卡先生在離開銀行時，有沒有將什麼東西交給別人。我看到路卡先生把東西交給那個黑鬍子水手。」

「你為什麼沒跟布拉夫先生說你看到了？」

「那個水手匆匆忙忙就走出去了，我完全沒時間跟別人說，先生。」

「然後你就跑出去追他，是吧？」

「是的，先生。」

「黑醋栗，」警佐拍了拍他的頭說道：「你腦袋裡確實有東西，那可不只是一團棉花球而已。你到目前為止都做得很好。」

那男孩高興得臉都漲紅了。

「那個水手到大街上以後，做了什麼？」考夫警佐繼續問。

「先生，他叫了輛出租馬車。」

「那你怎麼做？」

「我跟在後頭跑。」

在考夫警佐提出下一個問題以前，又有訪客過來了。這一次是布拉夫先生辦公室的職員主管。

我認為最好還是不要打擾考夫警佐的提問，便決定在另一個房間見那位職員。他帶來的是個壞消息。過去這兩天的激動和興奮，對布拉夫先生來說實在是過頭了。他今早醒來，發現他的痛風發作了，因此今天就待在漢普斯敦的房子裡休息。但是目前情況緊急，把我一個人拋下，沒有人從旁協助，讓他有些不安。因此這位主管就接收到布拉夫先生的命令，代替他來幫助我。

我馬上寫封信給布拉夫先生，讓他安心，告訴他考夫警佐過來找我，而且正在詢問黑醋栗昨天的事情。我同時也答應布拉夫先生，之後我會親自或以書信告知事件發展。我請這位職員將我的信件帶去漢普斯敦以後，就回到原先的房間裡，發現考夫警佐站在壁爐邊正打算拉傳喚鈴。

「布萊克先生，很抱歉。」警佐說。「我剛剛正打算要叫僕人去通知你，說我有話想要跟你說。毫無疑問地，這個男孩，這個令人敬佩的男孩，是跟對人了。」警佐一邊說，一邊拍了拍黑醋栗的頭。「但是很不幸地，你昨天過十點半都還沒回來，已經錯失了黃金時間。先生，現在我們要做的事情，就是馬上去招輛出租馬車過來。」

五分鐘過後，我和考夫警佐就坐上出租馬車（黑醋栗和車夫坐在前面駕駛廂，協助指引方向），駛向城市的東區。

「要不了多久，」警佐指著車窗外說道。「這孩子就會成為我的後繼者，且成就非凡。我這麼多年來，還沒見過像他這麼聰明敏銳的小伙子。布萊克先生，你真應該聽聽你離開房間以後他告訴我的事情。我記得你只聽到他說跟在出租馬車後頭跑，是吧？」

「是的。」

「先生，那輛出租馬車從倫巴底街出發，前往倫敦塔碼頭。抵達後，黑鬍子的水手下車，和一艘明天早上出發開往鹿特丹的汽船服務員說話。他問說是不是可以現在就上船在臥鋪過夜。服務員拒絕了。他說傍晚時會徹底清潔一次船艙、床鋪和寢具，因此在第二天早上以前乘客都無法上船。水手聽了之後，轉身離開碼頭，走回街上。此時那男孩第一次看到，對街有個穿著體面的技工，很顯然在盯著水手看。水手走進鄰近地區一間餐廳裡。男孩（這時無法決定該怎麼做）便在餐廳外和一群男孩子鬼混，從餐廳的窗口窺視裡頭的狀況。他也發現那個技工就跟自己一樣，也在餐廳外頭等著，只是他依然站在對街。過了一分鐘，有輛馬車緩慢地停在技工面前。那男孩很清楚地看到坐在馬車上的人，他靠著窗口和技工說話。布萊克先生，一點都不讓我驚訝的是，他說馬車上的人有張深膚色的臉，看起來就像個印度人。」

很清楚的是，布拉夫先生和我又犯了另一個錯誤。那個黑鬍子水手，不是印度人所雇用的間諜。那麼他有可能就是拿走鑽石的人嗎？

「過了一會兒，那輛馬車又沿著街道前進。」考夫警佐繼續說。「那個技工穿過街道，走進餐廳裡。男孩在外頭等了一會兒，覺得又冷又餓時，才走進餐廳。他身上有一先令，就用來吃了豐盛的一餐；他告訴我餐點包括黑血腸糕、鰻魚派和一瓶薑汁啤酒。對一個男孩來說，哪有什麼東西是吃不下的？所謂吃不下的東西目前還找不到哩。」

「他在餐廳裡看到了什麼？」我問。

「布萊克先生，他看到那水手坐在一張桌子前看報紙，而那個技工也坐在另一張桌子前看報。在黃昏以前，水手起身離開餐廳。他走出街道上時，警戒似地看了看四周。但那男孩（因為他只是個小孩）從他身邊走過時，他完全沒看到他。那個水手沿著街道走，但是看來一副不知道自己該往哪裡去的樣子。此時技工又出現在街道的另一頭。水手繼續走，一直走到通往下泰晤士街的河岸巷。他停在一間酒館前，酒館叫做『命運之輪』，然後他檢視了酒館外頭，就走了進去。黑醋栗也跟著進去。那是一間酒吧，裡頭人聲鼎沸，且大部分人看來都相當體面。布萊克先生，『命運之輪』是一間相當有名的酒館，以門口看守人和豬肉派聞名。」

警佐說話一再離題，讓我很惱火。他也看出我的不耐煩，便盡量只說黑醋栗看到了些什麼。

「水手問說是否還有房間。」警佐繼續說。「酒館老闆喊說沒了，房間已經滿了。但酒吧侍女卻說：『十號房還是空的。』一個侍者被找來帶水手去看房間。在這之前，黑醋栗注意到，那個技工也混在酒吧的人群裡。不過在侍者過來以前，那個技工就消失了。不久之後，水手就被帶去他的房間。黑醋栗不知道該做什麼，但他很聰明，知道要留下來一會兒，看看會發生什麼事情。接下來真的出事了。有人叫老闆過去。他聽到樓上傳來憤怒的吼叫聲。那個技工的身影又突然出現了，但讓黑醋栗嚇一跳的是，他一副醉茫茫的樣子，被老闆拎著領子丟出門外，還警告他再來就要叫警察了。從他們兩人的爭論看來，那個人在十號房內被發現，而且喝醉酒，堅稱他租下了這個房間。黑醋栗很驚愕，因為這個人明明先前還十分清醒，下一刻卻變成了個醉鬼，於是他跟著那個技工跑出街上。那個人還在酒館前面時，走起路東倒西歪的；一繞過轉角，他走路的方式隨即恢復平衡，與放眼隨處可見的凡夫俗子無異。黑醋栗一腦子困惑地回到『命運之輪』。他又在那裡等了一段時間，但接下來沒有任何事發生，也沒再看到那水手的身影。於是黑醋栗決定回去辦公室。但當他下了這個結論之後，竟又發現那個技工的身影出現在對面街道上。他抬頭看著酒館樓上的某扇窗，那也是唯一一個亮起燈的窗戶。看到燈光，似乎讓他鬆了一口氣。他很快就離開了。那男孩回到格雷法律學院廣場的辦公室後，看到你的名片跟訊息，但後來還是沒有找到你。布萊克先生，這就是這個案子到目前為止的進展。」

「警佐，你對這個案子有什麼想法？」

「先生，我覺得事情很嚴重。從那男孩看到的事情判斷，印度人開始介入這個案子了。」

「是的。路卡先生應該就是把鑽石交給那個水手。但奇怪的是，我跟布拉夫先生，還有布拉夫先生雇用的另外一個人，都把對象搞錯了。」

「布萊克先生，一點都不奇怪。你想想他所要冒的風險，就知道路卡先生很有可能為了誤導你們，故意做出一些令人混淆的假動作。」

「你知道在酒館的事件是怎麼一回事嗎？」我問。「那個裝扮成技工的人，很顯然是被印度人雇用的。但我就跟黑醋栗一樣，搞不清楚他為什麼要假裝發酒瘋。」

「先生，我想我可以做個猜測。」警佐說。「你回想一下就會明白，印度人應該給了這個技工相當嚴格的指示。印度人如果出現在銀行或是餐廳，而被旁人目擊的話，那就太危險了，所以他們只能完全信賴他們的代理人。很好。這個代理人在酒館裡，聽到了某個房間的號碼，而這個房間正是那水手要過夜的；也就是說，鑽石會放在那個房間裡。在這種狀況下，印度人應該會要求他告訴他們那房間的狀況——房間位於建築物的哪一個部位，有沒有可能從外部入侵等等。接收到這些命令的人會怎麼做？他跑上樓去，在水手進入房間以前，看了房間的狀況。但他還在房間裡就被發現了，因此他假裝喝醉酒，這是讓他順利脫身最簡單的方法了。我是這麼解釋這個謎團的。他離開酒館以後，可能就直接去找他的雇主，向他們報告。而毫無疑問地，他的雇主要他回去確認一下，那水手是否真的會在房間裡待到第二天早上。至於那男孩離開以後，『命運之輪』又發生了什麼事，我們現在就要去看一看。現在已經十一點了，希望可以趕緊找到我們要找的線索。」

過了約十五分鐘以後，馬車到達河岸巷，黑醋栗幫我們打開了車門。

「還好嗎？」警佐問。

「還好。」男孩回答。

我們一踏入「命運之輪」，即使如我這般非專業的人，都可以一眼看得出來，這酒館內應該發生了什麼事。

唯一一個服務員，是站在提供飲料櫃臺後的女孩，她一臉困惑，不知道究竟是怎麼了。有一兩個客人，一邊等著飲料送上來，一邊很沒耐心地拿著錢幣敲桌面。酒吧侍女從大廳的內側走出來，一臉興奮，但也若有所思。考夫警佐問她老闆在不在，她很嚴厲地回說，老闆就在樓上，但現在正在忙，無法見客。

「先生，請跟我一起過來。」考夫警佐說，冷靜地走向通往樓上的台階，並招手要男孩跟上。酒吧侍女大聲叫喚老闆，警告他有陌生人擅自入侵。在二樓時，我們就遇到匆匆忙忙下樓的老闆，他一臉氣急敗壞，下來看究竟是怎麼一回事。

「你們是誰？來這裡做什麼？」他問。

「別生氣。」警佐鎮靜地說。「我會先告訴你我是誰。我是考夫警佐。」

這個人盡皆知的名字隨即發揮了效用。

一臉氣憤的老闆將起居室的門用力打開，並向警佐道歉。

「我確實因一些事煩心而態度不佳。」他說。「今天早上這裡發生了一些令人不愉快的事情。考夫警佐，做我們這種生意的人，有時候就是會遇到這種狗屁倒灶，讓人忍不住發脾氣的事。」

「我很瞭解。」警佐說。「如果你願意的話，我會先說明我來這裡的目的。我和這位紳士想要問你一些問題，我們正在處理一樁案子。」

「什麼樣的案子？」

「有個深色皮膚，裝扮得像水手的男人，昨晚在這裡過夜。」

「老天！那個人就是帶來麻煩的傢伙！」房東大叫。「你，或是這位紳士認識他嗎？」

「沒有看到他本人，我們無法確認是不是認識他。」警佐回答。

「看到他本人？」房東重複說道。「早上七點過後，就沒有人看到他了。昨晚他說，希望我們在七點的時候去叫他起床，所以我們在那時**就已經**派人去叫過他；但是他沒有回應，也沒有開門。八點和九點也都有人去叫他，但沒有用！門依然鎖得緊緊的，房間裡頭一點聲響都沒有。我早上有事出門了，在十五分鐘前才剛回來。我想要把門打壞，但手邊沒有工具可以用。我已經找侍童去叫木匠過來了。若你們願意多等幾分鐘，就可以把門打開，看看裡頭究竟發生什麼事了。」

「那個人昨晚喝醉了嗎？」考夫警佐問。

「先生，他很清醒，不然我也不會讓他在這裡過夜了。」

「他先付了房錢嗎？」

「還沒。」

「他有可能不從大門就離開這個房子嗎？」

「房間是在閣樓。」房東說。「不過天花板上有個暗門，可以到屋頂上去；隔壁還有一間比較矮的空房子正在整修。警佐，你認為這個惡棍會因為不想付房租，就從那裡溜出去嗎？」

「在大家還沒起床前，水手是有可能用這種方法溜出去。」考夫警佐說。「但他得要很習慣攀爬，才不會從屋頂上滑下去。」

他說話的同時，樓下有人說木匠到了。我們隨即上樓，來到建築物的最頂層。我注意到，警佐的表情異常凝重。另一點讓我驚訝的是，他要男孩在樓下的房間等我們（他之前曾經要男孩跟著我們一起走的）。

沒過幾分鐘，木匠就用榔頭和錐子把門打開了。不過房間裡的家具卻擋在門口，宛如障礙物一樣。我們一起用力將門推開，同時也把阻擋的家具給移開，終於得以進入房間內。老闆第一個進入，警佐是第二個，我是第三個，其他人則跟在我們後頭。

我們看向那張床，全都嚇呆了。那個人並沒有離開房間。他衣服穿得好好地，躺在床上。一個白色枕頭蓋在他的頭上，讓我們看不見他的臉。

「這是怎麼一回事？」房東指著那個白色枕頭問道。

考夫警佐走近床邊，二話不說地就把枕頭拿起來。

那個人黑黝黝的臉非常平靜且安祥，黑髮跟黑鬍子稍微有些凌亂。他雙眼大睜，呆滯、空虛的眼神望著天花板。那朦朧的眼神，以及動也不動的臉部表情，把我給嚇壞了。我隨即轉身，走到窗口邊；其他人則跟考夫警佐一樣，依然站在床邊。

「他昏過去了！」我聽到老闆這麼說。

「他死了。」警佐回答。「去找距離這裡最近的醫生，然後去找警察。」

侍者被叫去執行這些任務。考夫警佐似乎被什麼給迷住了，一直站在床邊。其他人也充滿了好奇心，想知道警佐接下來要做什麼。

我又轉向窗口邊。過了一會兒，我感覺到有人輕拉我的外套下襬，一個聲音小小聲地說：「先生，你看這裡。」

黑醋栗跟著我們進到房間裡了。他的眼睛快速地轉動著，但不是因為恐懼，而是高度的興奮。他自己找到了一些線索。「先生，你看這裡。」他又說了一次，接著帶我走到房間角落的一張桌子前。

桌子上擺了一個小小的木盒子，盒蓋打開，裡頭空空如也。在盒子底下鋪了一些放珠寶用的棉花，另一邊則放著一張白紙，紙被封了起來，不過封緘有一部分被破壞了，裡頭寫著一些文字，還可以清晰辨讀。其文字如下：

託管給布希、萊梭特和布希等幾位先生，委託人為賽提穆斯・路卡先生，地址為蘭貝斯，米德賽克斯區，物品為封緘的小木盒，木盒內容物為高價珠寶。木盒要取回時，將會由布希公司的諸位先生根據路卡先生個人申請交付。

這張紙上的文字完全消除了我的疑慮。前一天，這個水手離開銀行時，手中就拿著月光石。我又感覺有人拉了拉我的外套下襬。這一次又是黑醋栗，他還有事要告訴我。

「搶劫！」這男孩悄聲說，很高興地指了指空無一物的盒子。

「你應該要在樓下等的。」我說。「你走吧！」

「還有謀殺！」黑醋栗又說，一副很感興趣的樣子，指了指躺在床上的男人。

這個地方是這麼可怕，但男孩卻表現得這麼興奮，讓我心中油然生起一股厭惡之情。我抓著男孩的雙肩，把他推出房間。

我聽到考夫警佐的聲音響起，他問我在什麼地方。我回去房間裡時，他走過來強迫我跟他一起回到床邊。

「布萊克先生！」他說。「你看看這個人的臉！他的臉經過變裝，這就是證據！」

他的手指劃過死人黑黝黝的額頭，留下一道白色痕跡，而他的黑色頭髮也顯得有些凌亂。「我們來看看這變裝底下是怎麼樣的一張臉。」警佐說，突然伸手用力抓掉他的黑髮。

我沒辦法承受這種刺激，只好再度掉開眼光。

我轉頭第一個看到的景象是，那個完全無法控制的黑醋栗就站在一張椅子上，越過其他大人的頭頂，津津有味地看著考夫警佐的動作。

「他把假髮拿掉了！」黑醋栗小聲地說。他用充滿同情的口氣對我說，因為我是這房間裡唯一撇開眼光不看的人。

周遭先是一陣沉默，接著圍繞著床邊的人們突然發出驚愕的叫聲。

「他把鬍子也拿掉了！」黑醋栗高聲喊道。

又是一陣沉默；之後警佐請人拿樣東西給他。老闆走去洗手台邊，拿了一盆水和一條毛巾回來。

黑醋栗很興奮地在椅子上跳呀跳的。

「先生，你過來我這邊一起看吧。他要把那人臉上的妝洗掉了。」

警佐突然間衝出圍繞在他身邊的人牆，一臉驚恐地跑向我這邊。

「先生，回到床邊來！」他說。他專注地看著我，一面控制自己的情緒。「不行！」他又說。「你先把那封信打開來看；就是那封我今天早上給你的信。」

我將信打開。

「布萊克先生，你唸唸我寫在信裡頭的名字。」

我唸了那個名字：**高佛瑞·亞伯懷特**。

「你跟我過來，看看床上這人的臉。」警佐說。

我跟他一起走過去，看著床上的人。

那個人是**高佛瑞·亞伯懷特！**

第六份記述
——記述者為考夫警佐

【一】

一八四九年六月三十日，多金，薩里

致法蘭克林．布萊克先生：

首先向您致歉，我要給您的報告因故延遲了。之所以遲一段時間，是希望能好好完成這份報告；我在調查過程中遇到了各種困難，為了排除這一切而耗掉一些耐性和時間。

我希望我已經達成您想要的目標了。您在我的報告中會看到有關高佛瑞．亞伯懷特先生的一些事情（這些是自從上回跟您分別以後，在您的腦海中盤桓不去的疑問）；雖然說不上是全貌，但也傳達了大部分事實了。

首先，我要告訴您，您的表兄死亡的已知事項，並附加說明我根據事實證據進行的推論和結果。

第二，我會說明兩位於已故的維林德夫人宅邸作客之前，以及之後這段期間，發生在高佛瑞．亞伯懷特先生身上的種種事件。

【二】

第一點，關於您表兄的死亡狀態。

很明顯地，他是躺在床上時，被人用他床上的一顆枕頭蓋住臉悶死的（在睡夢中，或是一睜開眼睛就立即被殺害）。下手的就是那三個印度人。他們之所以犯下這椿謀殺罪，是為了要取回名為月光石的鑽石。

之所以得到這個結論，是因為我檢視了小酒館房間內的證物，也有部分是來自驗屍官的證言。我們強制開門，進入房間以後，發現這位已逝的紳士就躺在床上，臉上蓋著枕頭。負責驗屍的醫生在聽說了現場的狀況，以及從死者的面容看來，認為死亡原因確實是窒息；也就是說，某人（一或數人）用枕頭蓋住他的口鼻，直到肺部缺氧充血而導致死亡。

第二點，犯罪動機。

在房間桌上有一個小盒子，盒子的封條被撕開，封條上頭寫著一些文字，盒子裡則空空如也。已經請路卡先生本人親自確認過這個盒子、封條，以及封條的內容。他宣稱，這盒子確實是用來裝名為月光石的鑽石的；他也承認，在六月二十六日下午，是他將這個以封條封住的盒子交給高佛瑞・亞伯懷特先生（他當時變裝以掩人耳目）。從各種狀況推論，可以證實犯罪動機是為了取走月光石。

接下來，犯罪手法。

檢視房間（房間只有七呎高）以後，發現天花板上通往屋頂的暗門被打開了。一把用來爬上天花板暗門的短梯（原本擺在床下）就架在暗門下方，讓任何人皆可輕易地經由暗門離開這房間。暗門的木板門上有個方形的洞，很顯然是用某種尖銳的工具鑿出來的；該洞穴的位置就正好位在內側用來扣緊門板的把手後面。藉由這種方法，任何人皆可以由外側將門板拉開，跳入（或在同夥的幫助下）房間內；況且房間的高度僅七呎，要進入是很容易的事情。由此物證看來，某人，或某些人，就是藉由在門板外鑿洞的方法，進出這個房間。

至於他（或他們）來到屋頂的方法，據說在隔壁比較低矮的一棟房子，因為整修而成為空屋，裡面有一個工人使用的長梯（可以從人行道爬到屋頂上），工人們於二十七日早上回來工作時，發現為了不讓別人在他們不在場時使用這個梯子，而綁在梯子上的一個木板條，被人拆開並丟棄在一旁。至於有沒有可能在無人發覺的狀況下，爬上長梯到屋頂，接著又從長梯回到地面上？我詢問過那天巡邏的夜警，他表示他一個小時會經過河岸巷兩次。河岸巷的居民也證實，午夜以後的河岸巷人煙稀少，可說是倫敦最安靜的街道之一。依種種證言和物證，我們可以合理地推論出，任何人皆可能在無人發覺的狀況下攀爬長梯上下。經過實驗證明，一旦爬上了酒館的屋頂，任何人皆可趴在屋頂的矮牆下，遮掩住自己的身形，並在暗門上鑿出一個洞；這樣一來，即使有人經過前面的大街，也不會發現屋頂上有人影。

最後一點，犯下這樁罪行的兇手。

已知如下幾點：⑴印度人亟欲得到鑽石。⑵奧塔維斯・蓋伊所目擊的兩人，即在出租馬車窗口現身的印度人，以及和印度人說話、裝扮成技工的人，皆可能是印度人陰謀的一分子。⑶可以肯定的是，那個裝扮成技工的人在二十六日晚上一直監視著高佛瑞・亞伯懷特先生的行動，同時他也可能是為了檢視那個房間的狀況，而潛入房間裡（在亞伯懷特先生尚未進駐房間時）。⑷在房間裡發現了一小塊磨損的金線團；根據這方面的專家所言，這種金線團是印度製造的，現今英格蘭並沒有這種東西。⑸在二十七日早上，有人目擊到三個印度人出現在下泰晤士街，他們接著前往倫敦塔碼頭，搭上開往鹿特丹的汽船。

以上是謀殺犯為三個印度人的證明，雖然說不上皆可做為呈堂證供。

我並不確定那個裝扮成技工的人，是否也參與了犯罪的執行。不過他不可能獨自行動，他沒有辦法一個人謀殺亞伯懷特先生；因為亞伯懷特先生較他要高大強壯，若是單獨的犯行，應該無力制止對方掙扎，或是叫喊出聲。但當晚就睡在隔壁房間的女僕，卻表示沒有聽到一點聲響；睡在這個房間下方的房東也表示沒有聽到任何聲響。這些證據皆指出，進行犯罪的不只一個人；我重申，這些情況也合理推論出犯罪者是那三個印度人。

我只多說明一點，驗屍官最後裁定，此為蓄意謀殺的案件。亞伯懷特先生的家人提出一筆賞金，希望盡快抓到犯人。大家不遺餘力地尋找那個裝扮成技工的人，也有人在追蹤三個印度人。我會在這份報告的末尾，向您報告搜尋行動進行到哪一階段，以及有沒有可能找到犯人。

接下來，我會說明高佛瑞．亞伯懷特先生死亡案件的一些必要內容，包括你們一起在已故維林德夫人宅邸作客之前、作客期間，以及之後，亞伯懷特先生所做的一些事情。

【三】

有關高佛瑞．亞伯懷特先生的人生，我首先要說的是，他是個雙面人。

其中一面是他在公開場合給人的印象：他是個紳士，常常出席慈善會議，發表動人心弦的演說，他也常參與慈善機構的行政工作，其中多數是女性的慈善機構。但他還有反差相當大的另外一面，就隱藏在他紳士的外表下：他是個注重享樂的人，在郊區有一棟別墅，該別墅不是登記在他名下，別墅裡還住著一位女士，這位女士自然和他沒有任何法定上的關係。

我到那棟別墅進行調查，看到別墅裡收藏著一些精緻昂貴的繪畫和雕像、一些經過精心挑選、品質精良的家具，溫室裡種植著在倫敦各處都很難看到的稀有花卉。我與這位女士會談的結果是，發現她擁有一些不下於那些稀有花卉價值的珠寶，還養著精壯的馬匹、漂亮的馬車，駕著這些馬車在公園出現時，即使是出身高貴的富裕紳士小姐們，都會投與讚賞的目光。

不過這些都還算是普通的狀況。郊外的別墅與情婦，是倫敦上流階層慣有的遊戲人間姿態；很抱歉，我針對這些事情花費了這麼多篇幅。但從我的經驗看來，最不尋常的一點是，上述這些物品不只是下訂了，連錢都已經付清。我非常驚訝地發現，繪畫、雕像、植物、珠寶、馬車和馬匹，連六便士的債都沒有。至於別墅，也徹頭徹尾地被買了下來，並登記在那位女士的名下。

要不是因為高佛瑞・亞伯懷特先生的過世，讓我必須去調查他的事情，我也無法解開他能付清這些帳款的真正原因。

我的調查發現了以下幾個事實：

高佛瑞・亞伯懷特先生幫忙託管一筆兩萬英鎊的信託基金；他是在一八四八年，當事人還未成年時，成為這筆信託基金的兩位信託管理人之一。在一八五〇年二月，當事人到達法定年齡以後，這筆信託基金就會到期，而這位年輕紳士就可以收到兩萬英鎊。在信託基金到期之前，兩位管理人每半年要付給當事人六百英鎊（一次是聖誕節，一次是在夏季）。這筆收入必須由現任管理人，亦即高佛瑞・亞伯懷特先生支付。這一筆兩萬英鎊的基金（每年的收入就是由這筆基金支付）在不同時期被挪用，一八四七年年底時，已經被使用殆盡。託管的律師有權利將儲存在銀行的資金提領出去，而從銀行的文書資料看來，資金的提領都有兩位信託管理人的正式簽署。不過第二位信託管理人的簽名（他是一位目前住在鄉間的退休軍官），證實是由高佛瑞・亞伯懷特先生所偽造。

這些事實證明了，高佛瑞先生為了支付那位女士、購買別墅、以及（顯而易見的）購買更多物品的費用，而挪用了那筆信託基金。

接下來，我們要來說明維林德小姐生日那一天——一八四八年六月二十一日——的事情。

在那一天之前，高佛瑞・亞伯懷特先生先到了他父親家，表示要向他父親借三百英鎊（我已經向老亞伯懷特先生證實)。要注意的是這筆錢的金額，並記得每半年支付信託基金當事人收入的時間，是六月二十四日。還有一點是，在一八四七年的年底，應該要支付給那位年輕紳士的基金，已經被使用殆盡了。

老亞伯懷特先生拒絕借錢給他的兒子。

第二天，高佛瑞．亞伯懷特先生和你一起騎馬前往維林德夫人的宅邸。數個小時以後，高佛瑞先生向維林德小姐求婚(這是你告訴我的)。毫無疑問地，他希望如果求婚成功，可以終結他在財務上的危機(不管是現在還是未來)。不過後來發生了什麼事？維林德小姐拒絕了他的求婚。

因此，在維林德小姐生日的那天晚上，高佛瑞．亞伯懷特先生的財務狀況是這樣的：他得要在六月二十四日前湊到三百英鎊，在一八五〇年二月以前湊到兩萬英鎊。如果他無法在期限到時支付這些費用的話，他就完蛋了。

在這樣的狀況下，他會採取什麼樣的舉動？

你在晚宴時曾因貶抑坎迪先生的醫療專業，而激怒了他；所以他對你開了個執業上的玩笑，讓你服用一劑鴉片酊。他將鴉片酊放進一個小玻璃瓶裡，交給高佛瑞．亞伯懷特先生保管，他自己承認在這件事情上也摻了一腳，關於這點容後說明。高佛瑞先生非常願意幫忙，因為你在傍晚時也對他說了一些刻薄的話。他和貝特瑞吉一起勸你在上床休息前，喝一點兌水的白蘭地，然後偷偷在你的烈酒裡加了一些鴉片酊，而你則毫不起疑地將這杯混有藥劑的飲料喝了下去。

接下來換個話題，談談在路卡先生位於蘭貝斯的店面發生了什麼事。在此之前，請容我先說明，我和布拉夫先生一起找到路卡先生的某些把柄而令他吐實。我們仔細篩選過他的證詞，以下即為他的說明。

【四】

（一八四八年）六月二十三日星期五傍晚，路卡先生因為高佛瑞・亞伯懷特先生的突然來訪，而感到驚訝無比。但當高佛瑞・亞伯懷特先生拿出月光石時，他的驚訝更是筆墨難以形容。據路卡先生所知，在歐洲沒有私人擁有這種類型的鑽石。

針對這顆鑽石，高佛瑞・亞伯懷特先生有兩項很慎重的要求：第一，路卡先生可否將這顆鑽石買下？第二，（因為路卡先生不願意買下鑽石）可否委託路卡先生進行這顆鑽石的買賣，並且一次將賣得的金額支付給他？

路卡先生在許下任何承諾以前，先測試鑽石的真偽，並評價這顆鑽石的價值。**他的**估價是（儘管鑽石內有些許瑕疵）三萬英鎊。

得出這個結論以後，路卡先生開口問了一個問題：「你是怎麼得到這顆鑽石的？」他只說了這幾個字，但代表的意義卻相當沉重。

高佛瑞・亞伯懷特先生告訴他一個故事。路卡先生聽完以後再度開口，這次更簡短了：「那不可能！」

高佛瑞・亞伯懷特先生又給了另一套說詞。路卡先生一個字都不想說了。他起身，拉了傳喚鈴，要僕人請這位紳士出去。

憑藉一股衝動，高佛瑞先生在此時做了最後一搏，又告訴他另一個版本的故事。以下即為他的說法。

他偷偷地將鴉片酊加入你的兌水白蘭地以後，就向你道聲晚安，接著回到自己的房間裡。他的房間就在你的房間隔壁，兩個房間之間有道門相通。高佛瑞先生進入房間，（以為自己已經）關上相通的房門。他的財務困境讓他整晚輾轉難眠。他穿著睡袍和拖鞋，坐在那兒想著自己今後該怎麼做。一個小時以後，他正打算上床休息時，突然聽到你的房間裡傳來喃喃自語的聲音。他走向相通的門邊，發現自己竟然忘記關門。

他看向你的房間，想知道發生了什麼事。他發現你手中拿著蠟燭，正要離開臥房。他聽到你用很像你平常的聲音對自己說道：「我怎麼會知道呢？那些印度人搞不好就藏在宅邸裡。」

到此刻為止，他都還以為自己是不是（因為加了鴉片酊）讓你成為這個無傷大雅玩笑的犧牲者了。他此時發現，鴉片酊對你產生了某種效果，這一點是醫生和他自己都始料未及的。他因為擔心會發生什麼意外，便悄悄地跟在你後頭出去。

他跟著你到維林德小姐的起居室，看著你走進去。你讓門開著。在他打算潛入房間以前，他先從門與門框之間的縫隙偷窺裡頭的狀況。

由於站在那個位置，他不僅看到你從櫃子裡拿出鑽石，也發現維林德小姐就站在自己的臥室門前，沉默地看著你的動作。他也發現**她**看到你拿走鑽石。

在你離開起居室以前，你猶豫了一下。高佛瑞先生想趁這時候趕緊先回到自己的臥室，以免你出來時會發現他。不過，他沒有辦法在你回去臥室以前，趕回自己的房間裡。在他正要穿過相通的門時，就被你看到了。他說你用很奇怪的睏頓聲音喊了他。

他轉身回到你旁邊。你用一種遲鈍、呆滯的眼神看著他。你把鑽石交給他。對他說：「高佛瑞，把這個鑽石拿到你父親的銀行去。在銀行比較安全，在這裡不安全。」你腳步不穩地轉身，穿上浴袍。接著你坐在房裡一張大型扶手椅上。你說：「我沒辦法把鑽石拿回銀行；我的頭好重，我感覺不到我的腳了。」你的頭落在椅背上，發出沉重的嘆息，接著就睡著了。

高佛瑞・亞伯懷特先生手拿著鑽石，回到自己的房間裡。根據他所言，他當時還不知道該怎麼做，他得先看看第二天早上會發生什麼事才能決定。

第二天早上，他從你的言行舉止中知道，你完全不記得你昨晚做了什麼事。同時，他也從維林德小姐的言行舉止去判斷，她（因為想要保護你）並不打算說出昨晚她看到了什麼。如果高佛瑞・亞伯懷特先生想要將鑽石據為己有，也是情有可原。他在月光石和自己的破產之間猶豫了一會兒，最後終於決定將月光石放入自己的口袋裡。

【五】

以上就是你的表兄（在困境的壓力之下）告訴路卡先生的故事。

路卡先生認為這個故事大致上都是真的，因為在這種情況下，高佛瑞・亞伯懷特先生並不是能夠編出這種故事的人。布拉夫先生和我都同意了路卡先生的想法，我們也認為他所說的故事大致符合事實。

接下來的問題就是，路卡先生要如何處理月光石。路卡先生提出了一個條款；由於這樁交易相當可疑且危險（即使是在**他的**行業），只有在這個條款之下，他才願意淌這個渾水。

路卡先生同意借給高佛瑞・亞伯懷特先生兩萬英鎊，並以月光石為抵押品。抵押期限一年過後，若高佛瑞・亞伯懷特先生能夠支付三萬英鎊的話，那麼他就可贖回鑽石；若他在一年後無力贖回，抵押品就會歸路卡先生所有。如果同意這個條件，路卡先生會大方地在自己的本票簽名，完成交易。

不用說，高佛瑞・亞伯懷特先生忿忿不平地拒絕了這個不公平條款。路卡先生便將鑽石交還給他，向他道別。

你的表兄先是走到門邊，接著又走回來。

他要如何確認這一段對話只是他們兩人之間的秘密？

路卡先生並不打算在交易未完成的狀況下，保守這個秘密。若高佛瑞先生接受了他的條款，那麼他自己就成了共犯，他當然必須要對這樁交易保持沉默。不過，路卡先生也得要考量自己的利益。如果有人來詢問鑽石的事情，他可不想因為一個不願意跟他交易的人，而危及自己的信譽。

聽到路卡先生的回答，高佛瑞・亞伯懷特先生就像所有掉入陷阱的動物（不管是人還是其他動物都一樣），做了他們該做的事。他看了看四周，一臉無助、絕望。他湊巧看到放在路卡先生壁爐上的日曆，那上頭整整齊齊地記錄著那一天的日期。那天正是六月二十三日。二十四日那一天，他就得要支付收入給他所託管那筆基金的當事人，而除了路卡先生的提案以外，他已經沒有其他方法可以弄到錢了。

儘管即使困難重重，他還是可以將鑽石拿到阿姆斯特丹，將鑽石切割成數塊，做成可拋售的商品。但由於時間太過緊迫，他沒有其他辦法，只能接受路卡先生的提議。不管如何，他還有一年的處理時間，可以在這段期間湊到三萬英鎊，一年可是很長的。

路卡先生當場便開始擬寫必要的文件。兩人都簽好名以後，他就交給高佛瑞・亞伯懷特先生兩張支票：一張的兌現日期是六月二十三日，金額是三百英鎊；另外一張的兌現日期是在一週後，款項為剩下的一萬九千七百英鎊。

你已經知道後來月光石是怎麼被路卡先生送到銀行的保險庫，以及那些印度人對路卡先生和高佛瑞先生做了什麼事情。

接下來發生在你表兄人生中的事件，跟維林德小姐有關。他第二次向她求婚（一度被接受了）；

但也在他的同意下，接受了維林德小姐解除婚約的要求。他之所以會讓步的理由，已經被布拉夫先生給看透了。維林德小姐只有她母親遺產的終身財產權，他沒有辦法立即從**那份**產業中拿到兩萬英鎊。

但你可能會說，他可以藉由婚姻取得贖回鑽石的三萬英鎊。當然他可以這麼做，只要他的妻子、妻子的監護者和財產管理者，同意他在結婚第一年就不明原因地提出想要提領超過每年收入一半的錢。但即使他能夠突破這些困境，也還有其他問題在等著他。

住在別墅的那位女士，知道他想要結婚的消息。布萊克先生，那位女士相當高貴，有著明亮的膚色，以及和羅馬人一樣尖挺的鼻梁；她可不是能夠隨便打發的那種女人。她極度蔑視高佛瑞・亞伯懷特先生的行為，但如果他可以給她豐盛的賠償，即使是蔑視，她也會保持沉默。否則，她就會公開說出高佛瑞先生表裡不一的行徑了。而就算是維林德小姐的收入，也無法提供他支付那位女士的封口費，更不用說是那兩萬英鎊了。在這種狀況下，他完全沒辦法靠結婚取得金錢。

你也知道他接下來又試著向另一位女士求婚，但**那場**婚姻再度因為金錢問題而破局。後來他其中一位被他迷倒的仰慕者留了五千英鎊的遺產給他，但這筆遺產卻讓他走向死亡之路。

我確認他一得到遺產就前往阿姆斯特丹。他在那兒和工匠約定好，要將鑽石切割成小塊。他變裝回到英國，在指定的日期贖回月光石。交易雙方都同意，將鑽石從銀行取出的日期，可以往後延幾天。若他能順利將鑽石帶到阿姆斯特丹，就可以在一八四九年七月至一八五〇年二月（他的當事人到達法定年齡的日期）之間，將鑽石切割成數塊，做成可以拋售的商品。由此看來，他有必須冒這些風險的理由，就是他除了孤注一擲，別無他法了。

在這份報告結束以前，我得要提醒您，還有機會抓到那些印度人，並拿回鑽石。（所有的理由都相信）他們現在就在一艘前往孟買的東印度公司貿易船上。這艘船除了目的地以外，不會停靠其他海港；而我們也已經通知了孟買當地警方（藉由橫跨大陸的信件），在船入港之後就登船搜索。

先生，我是您最忠誠的僕人。

李查．考夫（倫敦，蘇格蘭警場前任警探）＊

＊附註：該報告中提及維林德小姐生日當天，以及之後三天的狀況，詳細內容請參照貝特瑞吉的記述第八章至第十三章。

第七份記述
——坎迪先生的信件

一八四九年九月二十六日星期三，法蘭茲霍爾

親愛的法蘭克林・布萊克先生：

同封信裡是你寄給艾茲拉・詹寧斯的信件，未拆封；同時我也要通知你一個令人傷心的消息。艾茲拉・詹寧斯在星期三旭日初升時分過世了。

對於沒有告知你他的狀況不佳，我感到很遺憾。但是他不要我告訴你這件事情。「我欠法蘭克林・布萊克先生太多了。」他說，「那幾天他帶給了我快樂。坎迪先生，不要用這種事情讓他難過。」

在他人生的最後六個小時，他遭遇到非常可怕的痛苦。在痛苦比較緩解，他腦袋比較清醒的時候，我一直請求他告訴我，有沒有親戚需要我通知。但他請我原諒，因為他不希望我去通知他的親人。接著他並不苦澀地說，他希望自己可以在死去時，就像他還活著的時候一樣，被人遺忘，且不為人知。他直到最後都還是這麼堅持。現在我已經沒辦法找到任何跟他相關的事情了。他的人生故事是一片空白。

在他死前一天，他告訴我他將自己的文件放在什麼地方。我將這些文件帶到他的床前。他將其中一束很舊的信件放到一旁，其他還有他未完成的作品，以及他的日記，很多冊且上了鎖。他將今年度的日記打開，一頁一頁地撕下他和你共度的那段期間。「把這些交給法蘭克林・布萊克先生。」他說，「過了幾年以後，他可能會想要回顧一下當年的事情。」接著他合掌，熱忱地向上帝祈禱你的幸福平

安，也為你身邊的人獻上祝福。他說他想要再跟你見一次面，但下一刻他又改變主意。「不用了。」我說我要幫他寫信給你時，他這麼回答。「我不想讓他難過！我不想讓他難過！」

在他的要求之下，我把那些文件收起來：包括那一束信件、他未完成的作品，還有日記。接著我將這些文件包起來，用我的印章封緘。「你答應我，你會親手把這些文件放進我的棺材裡。」他說。「還有，注意不要讓任何人去碰這些東西。」

我答應了他。我也已經實踐了我的諾言。

他最後又要求我做一件事，但我掙扎了好一會兒才願意幫助他。他說：「請你讓我的墳墓成為無名塚吧。請你答應我，不要在我埋葬的地點放上任何標誌，甚至是最普通的墓碑都不要放。請你讓我無名地沉睡吧。我要在不為人所知的情況下永眠。」

我試著請他改變主意。他第一次，也是最後一次，表現出激動的情緒。我沒有辦法抗拒他，只好屈服了。在他埋葬的地點，我只種了一小叢草堆，之後，周圍會立起墓碑。不過所有來我們這一帶的人看到這墓碑，應該都會猜測這究竟是什麼人的墳墓吧。

我告訴過你，在他死前六個小時，他的病痛稍微減輕了些。他睡了一陣子。我想他有作夢。因為他在睡夢中笑了一兩次。當他笑的時候，我聽到他喊了一個女人的名字：「艾拉」。在他死前幾分鐘，他要求我幫助他起身，好讓他可以看見窗外的日出。他當時很衰弱，頭整個靠在我的肩膀上。他輕聲說：「時候到了！」然後又說：「吻我吧！」我吻了他的額頭。他突然間抬起頭來。陽光灑落在他的臉上。他臉上露出了一種美麗、如天使般的神情。他喊出三聲：「安息！安息！安息！」接著頭就再度垂落在我的肩上。他那飽受痛苦的一生就這樣結束了。

他離開我們了。我認為他是個了不起的人，雖然這個世界從未認同過他。他是我遇見過性情最和善的人。失去他，讓我覺得非常寂寞，也可能從我生病以後，我一直都很焦躁不安。有時候我會想要放棄執業，到遠方去，讓異國的空氣和水治療我的疾病。

我聽說你和維林德小姐下個月就要結婚了，謹在此獻上我的祝福。

我可憐朋友的日記目前就放在我家裡，我把日記都包好，封緘，上頭寫著你的名字；我不信任郵政體系，所以就沒有用郵寄的方式交給你。

我向維林德小姐致上敬意。也祝福你，親愛的布萊克先生。

湯馬士・坎迪

第八份記述
——記述者為加伯列・貝特瑞吉

我是這個故事最開頭的記述者（如果你還記得的話）。所以我也擔負了記錄這個故事結局的任務。希望各位不要誤解，我在這結尾部分並不會提及那顆印度鑽石的事情。我很討厭那顆帶來不幸的鑽石，而在這個階段，我希望不是由我，而是由其他人來告知各位讀者月光石的消息。我的目的是要敘述這個家族歷史中的一個事實，這件事已經被很多人所忽略，而我並不希望它就這樣無禮地遭到掩飾。我所要提及的事實就是，瑞秋小姐和法蘭克林・布萊克先生的婚姻。他們的婚禮是在一八四九年十月九日星期二，在約克夏的宅邸裡舉行。為了這個場合，我做了一套新禮服。而新婚夫妻在這之後到蘇格蘭去蜜月旅行。

自從夫人過世以後，宅邸裡就沒有舉辦過喜事了（尤其是像這樣的結婚典禮），我也因此而多喝了點酒。

如果讀者就跟我一樣有這種癖好的話，應該會瞭解我的感受。但若沒有，讀者很可能會說：「這個討厭的老頭！幹嘛要告訴我們這些事情？」以下是我的理由。

我喝了一些酒之後（老天保佑！你的老毛病又犯了；但你的缺陷跟我的缺陷不同，無法相互理解），又拿起我那萬無一失的治療方法，那就是——你知道的，《**魯賓遜漂流記**》。我不知道我會打開書的哪一頁。但是我卻知道，這些文字最終會停在什麼地方，如何與現在的狀況產生交集。那是在第三一八頁，內容是有關魯賓遜的婚姻。

「我開始思考我剛剛才締結下的婚約，我有了個妻子，」（你看這一段，法蘭克林先生。）「生了一個孩子。」（你看，法蘭克林先生也可能很快就會有孩子了。）「然後我的妻子……」接下來魯賓遜的妻子做了，或沒做什麼，我一點都不感興趣。我把提到孩子這一段用鉛筆圈起來，然後在這一頁夾了張紙片做記號。

「就擺在那裡吧。」我說，「等法蘭克林先生和瑞秋小姐結婚幾個月後，再來看看這預言有沒有實現。」

過了幾個月（比我所預期的還要久），並沒有發生書裡頭所預言的事情。直到最近，一八五〇年十一月，法蘭克林先生興致高昂地來到我的房間，對我說：「貝特瑞吉！我有消息要告訴你！再過幾個月，這宅邸就會發生大事了！」

「跟家族有關嗎？」我問。

「這確實跟家族有關。」法蘭克林先生說。

「先生，這跟你的夫人有關嗎？」

「她跟這件事情大有關係。」法蘭克林先生說，神情開始有點驚愕。

「先生，你不用再多說了。」我回答：「上帝保佑你們！我很高興聽到這個消息。」

法蘭克林先生錯愕得像是被雷擊中了。「我可以問你，你是從哪裡得知這個消息的？」他問，「我也是五分鐘前才知道的呢（這消息保密到家了）。」

此刻正是拿出我的《**魯賓遜漂流記**》的時機了。我給法蘭克林先生看他結婚那一天，我就在書上圈出有關家庭跟小孩的那一段。我唸出那一段奇蹟般的文字，接著用很嚴肅的表情看著他。「先生，你**現在**相信《**魯賓遜漂流記**》了嗎？」我用一種非常適合眼下的場合、相當嚴肅的語氣問道。

「貝特瑞吉！」法蘭克林先生也很嚴肅地回道。「我總算是被你說服了。」他和我握手，而我想我終於讓他改宗了。

在說完這個值得慶賀的消息以後，也到了我該退場的時候了。希望各位不要取笑我將這段事蹟當作收場的故事，也希望各位讀者可以盡情享受其他的故事內容。但是若我有提到**《魯賓遜漂流記》**（以上帝的名字發誓，我是認真的！），我希望你可以把它當一回事。

我的記述就到此結束。各位紳士和小姐，請容我在此向各位致意，並結束這個故事。

後記

鑽石的結局

【二】

——考夫警佐手下的證言（一八四九年）

在六月二十七日那一天，我收到考夫警佐的指示，要我去跟蹤三個人，這些人是印度人，且有謀殺嫌疑。有人在當天早上目擊到他們出現在倫敦塔碼頭邊，正要搭上開往鹿特丹的汽船。

我搭上另一艘汽船離開倫敦，那艘船是在二十八日星期四的早上出發。到了鹿特丹以後，我很快就找到星期三出發那艘汽船的船長。他向我證實，這三個印度人確實搭上他的汽船，但是已經在格雷夫森下船了。

其中一個印度人曾問，他們何時可以到達加萊。在得知這艘船是開往鹿特丹以後，這個團體的發言人表示很驚訝，他沒想到自己和兩位同伴竟然犯了錯誤。他們希望船長可以讓他們立即下船，至於船費就不用退了。

船長同情他們的際遇，也瞭解他們是在陌生異地的外國人，更覺得自己沒有理由耽誤他們的行程，便要人用小船載這些印度人離開。

這些印度人的行徑顯示，他們為了不想被跟蹤，而故意做出這種舉動。我刻不容緩地回到英國。我在格雷夫森下了船，發現那些印度人又從該地出發，前往倫敦。因此我又再度跟蹤他們的腳步，回到普利茅司。在普利茅司詢問過後，我知道他們在四十八小時前搭上一艘名為寶麗城的東印度公司貿易船，目的地是孟買。

知道這個消息以後，考夫警佐隨即寄出陸路郵件，通知孟買當地警方，要他們在商船一入港，就上船搜索。

寄出郵件以後，我與事件的關連就此結束。從此沒再聽過有關這案子的消息。

【二】

——船長的證言（一八四九年）

考夫警佐要求我寫下一份證言，內容是有關去年夏天，三個人（被認為是印度人）登上我那艘直接開往孟買的東印度貿易船寶麗城的事情。

這些印度人是在普利茅司上船的。一路上，我都不曾聽說有人抱怨他們的行徑。他們的床鋪是在船艙的前頭部分。我有幾次偶然遇見他們。

在航程的後半，因為過度風平浪靜，寶麗城不幸在印度外海停了三天三夜。我現在手邊沒有航海日記，無法準確說出我們當時停留地點的緯度和經度。我只記得當時有一股潮流將我們的船衝向岸邊，當海風再度吹起時，我們就在二十四小時之內抵達港灣。

由於周遭過於平靜，使得船上的氛圍變得比較隨興（所有從事航海業的人都熟知這種狀況）。在黃昏時刻，天氣比較沒有那麼熱時，有一些男性乘客便搭上小船，以划船、游泳來娛樂自己。他們回來以後，應該要把小船繫回原來的位置，但是他們沒有這麼做，只是將小船靠在船邊而已。因為連續幾天都是風平浪靜，加上氣候炎熱，令人心情不悅，所有人（包括船員和乘客）都沒有覺得這麼做有什麼不妥。

第三個晚上，在甲板上看守的人並沒發覺有什麼不對勁。到了早上，有人發現最小的一艘船不見了；接著，有人說那三個印度人也消失了。

如果這幾個印度人是在夜幕降下不久就偷船離開（毫無疑問是他們做的），就算我們第二天早上馬上發現這件事，要等靠岸以後再派人去搜索他們，也為時已晚了。我相信，即使是在這麼平靜的海面上（他們應該會因不擅長划船而筋疲力竭），他們也會在破曉前上岸。

船入港以後，我才第一次知道，為什麼這些印度人會急著逃離貿易船。我的證言就跟我當時對警方說的一樣。他們認為我應該要對未管束船上鬆懈的氣氛而負責。我也對警方，還有我的船東們，表達了我的悔恨之意。

自那之後，我再也沒聽說過那三個印度人的事情了。我的證言就到此結束。

【三】

——莫斯威特先生的證言（一八五〇年）／（此為寫給布拉夫先生的信件）

先生，不知道你記不記得，一八四八年秋天，你在倫敦的晚宴上遇見一個半野蠻人？請容我提醒你，那個野蠻人的名字是莫斯威特，而在晚餐之後，你和這個人還做了一番長談。你們的談話內容是有關一顆被稱為月光石的印度鑽石，還有試圖取得這顆寶石的陰謀。

自那之後，我就到了中亞。後來我又回到我以前去過的幾個地方，包括印度的北部和西北部。大約兩週前，我來到一個省分（很少有歐洲人知道這個地方），該地名為卡提瓦。

我在這裡遇到了一些事情，雖然相當不可思議，但我想你個人應該會對這些事情很感興趣吧。

在卡提瓦的一些蠻荒地區（這裡的農人是全副武裝去種田的，你就知道這裡有多蠻荒了），當地人全都是印度教徒，他們自古以來即信奉古老的印度教，崇拜婆羅門和毘濕奴。有少數幾個家族是信奉伊斯蘭教，他們散居在村莊內地，是完全的素食者。因為若有人懷疑伊斯蘭教徒殺害了聖牛，他就會被印度教徒鄰居無情地處死。為了加強教徒的虔誠信仰，在卡提瓦的邊境蓋有兩座相當有名的神殿，有許多人會來神殿朝聖。其中一座神殿名為德沃卡，是神祇黑天的出生地。另一個即是聖城索拿斯，在十一世紀就因為伊斯蘭教的征服者，穆罕默德．加茲尼的入侵而遭到損毀。

我是第二次造訪這個浪漫之地，因此想要在離開卡提瓦以前，再去看一眼索拿斯的廢墟。從出發地到索拿斯，依照我的計算，步行需要花上三天的時間。

我剛上路沒多久，就注意到有幾個人（兩、三個人）和我走同一個方向。那些人和我搭話，我告訴他們我是個印度佛教徒，來自一個遙遠的省分，正在進行我的朝聖之旅。不用說，我確實是一身朝聖者裝扮。而且我精通當地語言，再加上此時我身形消瘦，皮膚曬成棕色，別人很難察覺我其實是歐洲人；你也知道我很快就能融入當地人，但並不是偽裝成跟他們一樣出身的人，而是做為一個來自遙遠異地的陌生人。

到了第二天，跟我一起朝聖的印度人增加到五十至一百人。第三天，朝聖的群眾增加到了千人。這些人全都慢慢地朝某一地點靠攏，那就是聖城索拿斯。

在旅程第三天，我因為幫助了另一位朝聖者（雖然只是小事），讓我有了可以跟這群印度人當中社會階層較高者接觸的機會。跟這些人交談以後，我得知，為什麼朝聖的人會這麼多，那是因為幾天後，在離索拿斯不遠處的一個山丘上，即將舉辦一個盛大的宗教儀式。這個儀式是為了膜拜月神，且會在晚上舉行。

我們試圖接近舉行儀式的地點，不過人群太多，阻擋我們前進。等我們能夠靠近山丘時，月亮已經高高掛在空中。我的印度朋友有些特權，得以靠近神壇附近觀禮。他們很好心地邀請我一同過去。我們來到神壇旁時，看到神壇被一塊懸掛在兩棵巨大樹木上的布幔遮蓋住。樹的下方有一塊凸出的岩石，岩石因為自然風化，而呈現平台一樣的狀態。我和我的印度朋友就站在那塊岩石下方。

我回頭看了看身後的山丘，發現整個山頭都被人群和樹叢佔據，這是我所見過最驚人的大自然與人類融合的景象了。山丘的斜坡朝下方緩緩延伸出去，融為一片草原，接下去則是三條河流的匯集處。河流往陸地的方向彎曲延伸，有時候可以看得到河道，有時候則被樹叢遮掩。另一側則是平靜無波的海洋，在無明的夜裡沉睡著。在這美麗的情景之中，總共聚集了上千人，他們全都穿著白色的衣服，密密麻麻排滿了山丘，還一直延伸到草原，以及河流沿岸。紅色的火把點綴在朝聖者的群集之間，宛如在數不清的人群之間流動的星火。請你想像一下，這東方的月色在無雲的夜裡普照大地；你也會像站在山丘頂端俯瞰下方的我，湧現同樣的想法。

突然響起用弦樂和笛子演奏的憂傷音樂，讓我再度將注意力轉回被遮蔽的神壇。

我轉身，看到那塊岩石平台上站著三個人影。我認出站在中間的那個人，他正是出現在維林德夫人宅邸露台前的印度人之一，我當時還跟他說過話。另外兩個人就是他的同伴。

站在我附近的一個觀禮者看出我驚訝的神色，於是很小聲地告訴我站在平台上那三個人的身分。他說，這幾個人是曾經放棄過侍奉神的職位的婆羅門。神告訴他們，必須要經由朝聖，才能得到淨化。那天晚上之後，這三人將會分道揚鑣。他們會分別踏上朝聖之旅，前往印度各地的神殿參拜。他們從此以後不會再相見；同時，從分開直到他們死亡為止，朝聖之旅永遠也不會結束。

那個人跟我說完這些事情以後，那陣悲傷的音樂也終止了。這三個人倒臥在被布幔遮掩的神壇前的岩石上。他們起身，互相看了一眼，然後擁抱。接著他們各自朝著不同的方向，走入人群之間。人們不發一語，讓出一條道路給他們。我看到人們同時讓出三條通往不同方向的道路來。他們走過以後，穿白色衣服的群眾又緩緩聚集在一起。命運已定的三人走過人群的痕跡，就這樣被消除了。之後我們就沒有再看過這三個人的身影。

從被遮蔽的神壇方向傳來另一股宏亮且歡欣鼓舞的樂音。我周圍的人們開始往前擠。大樹之間的布幔被拉了開來，我們終於可以看到神壇的模樣。

月神高高坐在祂的寶座上（祂坐在羚羊上，四隻手臂伸向地球的四方），神秘的月光照亮了從上方俯視我們，黑暗且令人敬畏的月神。而神祇的前額上就鑲著那顆黃色鑽石，那顆我在英國時，曾在一位女士胸襟前看到過，發出絢麗光彩的鑽石。

是的！經過了八個世紀，月光石終於再度回到了聖城，也是這個故事最開始的地方。你或許知道這顆鑽石是怎麼回到它的蠻荒故里，經歷過什麼樣的意外事故，什麼樣的犯罪，這些印度人才能重新找回他們的聖物，但我當時完全不知道是怎麼一回事。你在英格蘭時失去了這顆鑽石，（如果我瞭解這個民族的話）我想從今以後你也不會再看到它了。

時光荏苒，一再重複；在時間的循環當中，同樣的事情會一再發生。下一次月光石又要展開什麼樣的冒險？誰知道呢？

（全文完）

國家圖書館出版品預行編目資料

月光石 / 威廉・威爾基・柯林斯（William Wilkie Collins）著；顏慧儀譯. -- 初版. -- 臺北市：商周出版：家庭傳媒城邦分公司發行, 2013. 04
面；　公分. --（經典名著；40）
譯自：The moonstone
ISBN 978-986-272-359-3（平裝）

873.57　　102005883

線上版讀者回函卡

商周經典名著 40X

月光石（經典全譯本 | 改版）

作　　者／威廉・威爾基・柯林斯（William Wilkie Collins）
譯　　者／顏慧儀
企劃選書／余筱嵐
編輯協力／陳青嬬

版　　權／吳亭儀、林易萱、江欣瑜
行銷業務／周佑潔、賴正祐、賴玉嵐
總 編 輯／黃靖卉
總 經 理／彭之琬
第一事業群總經理／黃淑貞
發 行 人／何飛鵬
法律顧問／元禾法律事務所 王子文律師
出　　版／商周出版
台北市104民生東路二段141號9樓
電話：(02) 25007008　傳真：(02)25007759
E-mail：bwp.service@cite.com.tw
Blog：http://bwp25007008.pixnet.net/blog
發　　行／英屬蓋曼群島商家庭傳媒股份有限公司 城邦分公司
台北市中山區民生東路二段141號2樓
書虫客服服務專線：02-25007718；25007719
服務時間：週一至週五上午 09:30-12:00；下午 13:30-17:00
24 小時傳真專線：02-25001990；25001991
劃撥帳號：19863813；戶名：書虫股份有限公司
讀者服務信箱：service@readingclub.com.tw
城邦讀書花園：www.cite.com.tw
香港發行所／城邦（香港）出版集團有限公司
香港灣仔駱克道193號東超商業中心1樓；E-mail：hkcite@biznetvigator.com
電話：(852) 25086231　傳真：(852) 25789337
馬新發行所／城邦（馬新）出版集團 Cite (M) Sdn. Bhd.
41, Jalan Radin Anum, Bandar Baru Sri Petaling, 57000 Kuala Lumpur, Malaysia.
Tel: (603) 90563833 Fax: (603) 90576622 Email: service@cite.com.my

封面設計／楊啟巽工作室
印　　刷／韋懋實業有限公司
經 銷 商／聯合發行股份有限公司
新北市231新店區寶橋路235巷6弄6號2樓
電話：(02)2917-8022　傳真：(02)2911-0053

■2013年 4 月30日初版
■2023年 8 月 4 日二版1.5刷
定價450元

Printed in Taiwan

城邦讀書花園
www.cite.com.tw

 ISBN 978-986-272-359-3